rororo

Die Autorin

Judith Hawkes, geboren in Memphis, lebt heute in New York. Ein weiterer Roman von ihr, «Der kalte Hauch des Flieders», erschien im Wunderlich Verlag.

Judith Hawkes

Aus dem Dunkel des Vergessens

Roman

Deutsch von Kim Schwaner

Rowohlt Taschenbuch Verlag

Die Originalausgabe erschien 1996 unter
dem Titel «My soul to keep»
bei Dutton/Penguin in New York.

Deutsche Erstausgabe
Veröffentlicht im Rowohlt Taschenbuch
Verlag GmbH, Reinbek bei Hamburg,
Januar 1999

Umschlaggestaltung C. Günther/W. Hellmann
Foto International Stock/BAVARIA
Satz Guardi PostScript (PageOne)
Gesamtherstellung Clausen & Bosse, Leck
Printed in Germany
ISBN 3 499 22177 2

Für Mom und Dad

Dezember 1968

Eine weiße Winterstille.

Bewaldete Berghänge liegen unter einer tiefen Schneedecke. Nur das Ächzen der kahlen Äste im Wind durchbricht ihr Schweigen. Knorrige Kiefern beugen sich unter ihrer kalten weißen Last fast bis hinunter auf den Boden, zeichnen unerwartete Formen und seltsame Schatten in die Landschaft und lassen sie auch jenen Menschen fremd erscheinen, die sich hier bei anderer Witterung sehr gut auskennen.

Der Tag weicht der Dämmerung, aber noch zaudert das kalte, klare Rosa des Sonnenuntergangs über dem Grat und modelliert auf dem weißen Bergrücken die Baumgerippe zu einem scharfkantigen Relief. Die Stille ist jetzt vollkommen – raschelnde Blätter und rauschende Bäche schon lange vom festen Griff der Kälte zum Schweigen gebracht, die Tiere tief in ihren Schlupflöchern verkrochen. Aber in diesem Augenblick, gerade als der Himmel ganz verblassen will, bricht ein Laut durch die spröde Luft.

Der schreckerfüllte Schrei eines Kindes, dünn wie der eines Vogels in der verschneiten Weite der Wildnis.

«Anna-bel –!»

Ein Fasan flattert aufgescheucht aus seinem Versteck. Ein maskierter Waschbär späht aus einem ausgehöhlten

Baum; ein Fuchs regt sich in seinem Bau. In einer fernen Senke bellt ein hellhöriger Hund los und wird durch einen Ruf aus einer nahegelegenen Hütte besänftigt. Aber schon war wieder Stille eingekehrt, eine tiefe weiße Winterstille, die den Laut verschluckt, als sei er nie ertönt.

1. KAPITEL

Juni 1988

Nan erinnerte sich an den Hügel.

Nur daß *erinnern* ein zu starkes Wort war. Als sie die letzte Kurve der bewaldeten Auffahrt genommen und freie Sicht hatten, blitzte nur das schwache Bild eines Kindheitstraumes auf. Ein altes weißes Bauernhaus, dessen Vorderseite im Schatten einer riesigen knorrigen Eiche lag, Rasen, vom Sonnenlicht gesprenkelt, der sanft abfällt und in eine eingezäunte Weide mündet, in der Ferne eine Baumreihe, die sich am Lauf des Baches entlangschlängelt …

Jenseits der Bäume ragte der Hügel auf. Vom schrägen Nachmittagslicht in flammendes Gold getaucht, glühte seine abgerundete Kuppe vor dem Dunkelgrün der Berge im Hintergrund. Unwillkürlich trat Nan kräftig auf die Bremse und brachte den Wagen schlagartig zum Stehen. Neben ihr sagte Stephen etwas.

«Boah! Ist das der Baum, auf dem du dein Baumhaus hattest?»

Sie nickte und suchte nach einer Antwort. Aber er war schon raus aus dem Wagen und rannte durchs Gras schnurstracks auf die Eiche im Vorgarten zu. Nan wandte ihr Augenmerk von ihm ab und nahm die vollständige Szenerie in sich auf – Haus, Baum, Weide und Berge und zum Schluß wieder zurück zum Hügel. Nicht nur ein Traum, nicht nur irgendeine schemenhafte Erinnerung an einen idealen Kindheitssommer mit Baumhaus, eine liebevolle Großmutter, einen besten Freund. Das hier war die Wirklichkeit. Sie war wirklich hier.

Sie holte Luft und atmete langsam wieder aus, zwang sich diesmal zu objektiver Betrachtung. Es würde ein hübsches Foto abgeben. Natürlich nichts für sie; sie machte keine Landschaftsaufnahmen. Aber sie konnte durchaus mit diesem Anblick leben.

Als sie wieder hinsah, hatte sich Stephen unter der Eiche aufgebaut, die Arme nach oben gestreckt. Sie beobachtete, wie er hochsprang, um den untersten Ast zu erreichen. Doch es reichte nicht ganz, und seine Finger streiften nur die herabhängenden Blätter. Für einen flüchtigen Moment schien sie einen anderen Jungen zu sehen, der seine kleine Gestalt verdeckte – er sprang hoch, um den Zweig über seinem Kopf zu ergreifen, packte ihn und zog sich mit einer geschmeidigen Bewegung hoch.

(*He, Tuck, warte auf mich*)

Die Vision war schon fast verflogen, ehe sie sie so recht wahrgenommen hatte. Stephen machte noch einen letzten halbherzigen Versuch. Dann gab er auf, und Nan mußte lächeln. Im März gerade erst acht geworden, war er einfach noch nicht groß genug. Am Ende des Sommers würde er es jedoch vielleicht schon sein.

Wenn sie so lange blieben.

Sie wehrte diesen ersten zaghaften Anflug von Zweifel ab. Er hatte die Wagentür offengelassen. Sie langte hinüber und schloß sie. Dann legte sie den Gang ein und hörte Kies unter den Reifen knirschen, als sie den Volvo auf dem zerfurchten Weg das letzte Stück bis zum Haus lenkte, neben dem ein verbeulter Pickup parkte. Sie hielt neben ihm, stellte die Zündung ab und saß einen Moment nur da, hörte auf das Ticken des abkühlenden Metalls, erledigt nicht nur von der dreizehnstündigen Marathonfahrt aus New York, sondern auch von den letzten hektischen paar Monaten, die jetzt, in diesem Augenblick, tatsächlich in eine Verschnaufpause zu münden schienen, eine Ruhephase, bevor es weiterging. Am Ende der Reise stand das alte weiße Bauernhaus ihrer Großmutter, zwei Etagen und ein Dachgiebel, verwitterte Holzstufen, die auf eine von Heckenkirschenranken überwachsene Vorderveranda führten.

Annabels Haus. Obwohl die tatsächliche Existenz der abblätternden Farbe und der schief in den Angeln hängenden Fensterläden nicht zu leugnen war, hatte sie das Gefühl, das Haus könne jeden Moment seine Konturen verlieren, sich auflösen und die allzu vertraute Realität des verpesteten Himmels und der verdreckten Dächer Manhattans enthüllen, auf die sie durch die Fenster ihres Lofts in SoHo blickten. Und doch konnte sie von dort, wo sie saß, die Heckenkirsche riechen und die Vögel singen hören. Und noch überzeugender war die Abgespanntheit, die ihr nach den vielen, erschöpfenden Meilen zwischen dort und hier in den Knochen steckte.

Stephen rief etwas. Nan schüttelte die Müdigkeit ab und stieg aus dem Wagen.

«Was?»

«Ich hab gesagt, da oben ist ein Junge.»

Er zeigte hinauf in den Baum. Sie ging übers Gras, bis sie neben ihm stand. Dann reckte sie den Hals, um in das undurchdringliche, raschelnde Grün über sich zu spähen. Ein Junge? Zweifellos irgendein Nachbarskind, das im alten Baumhaus spielte und sich von ihrer unerwarteten Ankunft hatte einschüchtern lassen.

«Ich kann ihn nicht sehen.» Ihre Stimme wurde etwas lauter. «Hallo, da oben! Wir sind deine neuen Nachbarn.»

Keine Antwort. Während sie wartend dastanden, hörten sogar die Blätter auf, sich zu bewegen, und Nan wurde sich plötzlich der unergründlichen Stille der ländlichen Umgebung bewußt. Das Zirpen der Grillen und das ferne Zwitschern der Vögel schienen die Ruhe nur noch zu betonen. Als sie sprach, klang ihre Stimme unerwartet laut.

«Bist du sicher, daß du jemanden gesehen hast?»

«Er hat mir die Zunge rausgestreckt.» Sonnenlicht blitzte kurz auf Stephens runden Brillengläsern, als er zu ihr aufsah. Er musterte sie einen Augenblick und blickte dann mürrisch auf die knorrige Baumwurzel unter seinem Fuß. «Du glaubst, ich denk mir das nur aus.»

Nan öffnete den Mund, um zu protestieren, schloß ihn aber wieder. Sie hatte in diesen vergangenen paar Monaten zunehmend mehr Zeit mit ihrem Sohn verbracht und dabei bemerkt, daß er oft auf geradezu unheimliche Weise ganz genau wußte, was ihr durch den Kopf ging. Gleichermaßen war ihr aber auch seine Neigung aufgefallen, Einbildung und Wirklichkeit auf eine Weise zu vermischen, wie es – so hatte Gabe ihr jedenfalls versichert – für einen Achtjährigen nicht ungewöhnlich war.

«Sieh doch!» Plötzlich zeigte Stephen auf etwas, und als sie sich umdrehte, erblickte sie drei Pferde, die am Weidezaun standen und die gespitzten Ohren aufmerksam nach vorn streckten. Er eilte im Laufschritt auf sie zu.

«Sei vorsichtig, Honey. Vielleicht beißen die.»

«Ach, Mom –»

«Na ja, könnte doch sein.»

Sie folgte ihm über den Rasen. Woran konnte man erkennen, ob sie vorhatten zu beißen? Sie legten die Ohren flach an oder so was. In sicherem Abstand vom Zaun blieb Stephen stehen. Ein Windhauch blies das übergroße New-York-Giants-T-Shirt auf, das ihm bis auf die Knie hing, und die Pferde reckten ihm neugierig die Hälse entgegen. Ein viertes, weißes, kam von der baufälligen Scheune unten auf der Weide heraufgetrottet.

«Gehören die uns?»

«Ich nehme an, jetzt ja», sagte Nan. Sie hielt neben ihm inne, fasziniert von dem süßen Geruch in der Luft. Das Gras war erst kürzlich geschnitten worden. Man konnte noch die akkuraten kreisförmigen Spuren erkennen, die der Rasenmäher hinterlassen hatte. Der Duft der Heckenkirsche überlagerte den des frisch gemähten Grases. Als sie zur Eiche zurückschaute, waren keine Anzeichen zu entdecken, daß sich jemand dort aufhielt. War da nur die Phantasie eines Achtjährigen am Werk? Sie wandte sich wieder dem Zaun zu. Die Ohren der Pferde, jetzt vier Paar, wiesen dankenswerterweise nach vorn.

«Du hast mir nicht erzählt, daß hier Pferde sind», sagte Stephen.

«Ich wußte ja nicht, daß Annabel noch immer Pferde hielt. Sie hatte eins, als ich klein war – Blue Moon.» Der Name kam ihr über die Lippen, ohne daß sie nachgedacht hatte, und sie wunderte sich über die geistige Fähigkeit, bedeutungslose Einzelheiten zu speichern. «Aber Blue Moon müßte inzwischen tot sein.»

«Welche Farbe hatte es?»

«Weiß. Wie das da.»

Das weiße Pferd hob seinen Kopf, als sie auf es zeigte. Seine feuchten dunklen Augen blickten freundlich. Die anderen Pferde standen da und peitschten mit den Schwänzen. Die beiden kleineren waren kupferrot, das andere glänzend schwarz mit einer Blesse auf der Stirn. Sie preßten sich gegen den verwitterten Zaun und wirkten überwältigend lebendig; sie konnte sie riechen, konnte sehen, wie ihre kräftigen Muskeln unter dem Fell spielten. Trotz allen Mißtrauens regte sich Bewunderung in ihr.

«Sie sind hübsch, nicht wahr?»

Wie als Antwort darauf warfen die Pferde die Köpfe hin und her und gaben Laute von sich, die wie glucksendes Lachen klangen. Unwillkürlich trat Nan einen Schritt zurück. Pferde, die in der Lage waren, auf Komplimente zu reagieren, waren ihr suspekt. Sie mochte ihre Tiere lieber stumm und dumm.

«Die sagen nur ‹Vielen Dank, Ma'am›.»

Die Stimme ertönte hinter ihrem Rücken, und sie wandte sich aufgeschreckt um. Sie hatte niemanden über das Gras kommen hören. Der Mann, der sich ihnen näherte, war hochgewachsen, und sein lockiges Haar und der kurze Bart waren so kupferfarben wie die kleineren Pferde. Ihm folgte ein schwarzweißer Setter auf den Fersen, der zur Begrüßung mit seinem langhaarigen Schwanz wedelte. Der Mann streckte die Hand aus.

«Annabel Lucas? Ich bin Sky Barnett. Wir sind Cousin und Cousine.»

Nan hatte vergessen, daß sie in jenem Sommer bei ihrem vollständigen Namen gerufen worden war – doch jetzt fiel ihr wieder ein, daß die ältere Annabel darauf bestanden hatte, als sei sie stolz darauf, eine junge Namensvetterin für sich beanspruchen zu können. Der neuentdeckte Cousin hielt ihr noch immer die Hand entgegen, und sie schüttelte sie. Seine Augen, strahlend blau, waren tatsächlich von derselben Farbe wie der Himmel Tennessees. «Sky?» sagte sie.

Er lächelte. «Sie können auch Schuyler zu mir sagen, wenn Sie möchten. Die meisten Leute tun's nicht.»

«Na ja, eigentlich werde ich auch nicht Annabel gerufen. Sondern einfach nur Nan.« Ihre Hand lag noch in seiner. Sie entzog sie ihm und legte sie Stephen auf die Schulter. «Und das hier ist mein Sohn, Stephen Phillips.»

«Bin stolz, dich kennenzulernen, Steve.»

Stephen, der zu schüchtern war, um auszusprechen, wie sehr er es haßte, Steve genannt zu werden, wurde die Hand so kräftig geschüttelt, daß ihm die Haartolle auf der Stirn tanzte. Der Hund sprang ihn mit schmutzigen Pfoten an und ließ erst ab, als sein Herr «Runter, Kate» befahl. Er klemmte den Schwanz zwischen die Beine, wedelte dabei aber weiter mit der Spitze. Die Pferde wieherten und drängelten sich am Zaum. Sky trat näher und griff in seine Jeanstasche.

«Beißen die nicht?» fragte Nan.

«Menschen beißen sie nicht, nein, Ma'am. Aber das hier beißen sie.» Mit einer Handvoll Karottenstücke fütterte er die Pferde. Ihre genüßlichen Kaugeräusche waren unüberhörbar. Das weiße Pferd stieß seine Nüstern sanft an Skys Brust.

Stephen hatte den Hund gestreichelt und kam jetzt zögernd näher. «Kann ich ihnen auch was geben?»

«Klar.» Sky reichte ihm eine halbe Karotte. «Halt nur deine Hand ganz flach, damit sie nicht aus Versehen einen Finger zu fassen kriegen. Machen sich aber nicht viel aus Fleisch.»

Er zwinkerte Nan zu. Sie beobachtete Stephen. Er hielt den Atem an und bot dem schwarzen Pferd die Karotte auf seiner flachen Hand. Es reckte den Hals, die Ohren nach vorn geneigt, die samtenen Nüstern bebend. Im letzten

Moment schob eines der rötlichen Pferde die Nase dazwischen und schnappte sich den Leckerbissen. Das schwarze legte die Ohren zurück und biß nach dem Dieb, der sich jedoch davontrollte, um seine Beute in sicherer Entfernung zu genießen. Nan und Sky lachten.

Stephens Gesicht lief rot an. «Das sollte aber doch für das andere sein – für das schwarze Pferd!»

Ihm standen ganz plötzlich Tränen in den Augen. Nan streckte eine Hand aus, aber er wich der tröstenden Geste aus – vielleicht gehemmt wegen Sky. Doch das glaubte sie nicht. Seit sie ihren Sohn allein erzog, mußte sie wieder und wieder der demütigenden Tatsache ins Auge sehen, daß sie für die Mutterrolle nicht geschaffen war. Und sie versagte besonders dann, wenn es darum ging, die emotionalen Bedürfnisse ihres Kindes einzuschätzen. Selbst unter den besten Umständen war er schnell aus dem Gleichgewicht gebracht, und jetzt war er zudem erschlagen von ihrer langen Reise. Was sollte sie ihm anbieten? Gabe hätte es sofort gewußt, aber sie war hilflos.

Sky gab ihm einfach noch eine Karotte. «Hier, versuch's noch mal. Aber denk dran – du mußt auf die Ponies achten. Die sind 'n ganzen Zacken schneller als die Pferde.»

Verwirrt von dieser Information sah er mit zusammengekniffenen Augen zu dem hochgewachsenen bärtigen Mann auf, der neben ihm stand. «Die kleinen sind Ponys?»

«Stimmt genau.»

«Das sind nicht nur Babypferde?»

«Nein. Ponys sind 'ne andere Sorte. Die werden nie richtig groß. Little Bit da – sie ist Merlins Mama. Aber guck mal, er ist so groß wie sie.»

Das schwarze Pferd war zu seiner Karotte gekommen. Sky überreichte Stephen den Rest seines Vorrats und trat dann zurück, um sich neben Nan zu stellen. Der Junge war jetzt von den gierigen Pferdenüstern fast eingekreist. «Sind Sie sicher, daß sie ihn nicht beißen?» fragte sie.

«Entspannen Sie sich. Ihm passiert nichts.» Er betrachtete Stephen noch einen Augenblick und wandte sich dann ihr zu. «Thornton sagte mir, Sie hätten vor, heute hier aufzutauchen. Dachte, ich lüfte den Laden für Sie und sorg dafür, daß auch alles funktioniert.»

Thornton Reynolds war Annabels Anwalt, eine hingekritzelte Unterschrift am Ende eines Briefs, den Nan kurz nach Weihnachten bekommen hatte und der sie informierte, daß sie von ihrer Großmutter Haus und Land in Ost-Tennessee geerbt hatte. Annabels Haus. Damals hatte Nan den Brief beiseite gelegt, absolut außerstande, sich seine Tragweite zu vergegenwärtigen. Ein zweihundert Jahre altes Bauernhaus in einem Tal in den Smoky Mountains? Sie hatte Annabel nur ein einziges Mal besucht, in jenem Sommer, als sie neun war, und ihre Erinnerungen an den Ort waren so dunkel, daß es fast einem Schock gleichgekommen war, auf seine Existenz gestoßen zu werden. Corey County war in jeder Hinsicht sehr weit entfernt von Manhattan, ein klassischer Fall von Da-führt-bestimmt-kein-Weg-hin. Doch in den folgenden Monaten, als ihr Leben auf bestürzende Weise immer mehr aus den Fugen geriet, waren ihre Gedanken des öfteren zu dem Besitz in Tennessee gewandert.

Warum nicht den Sommer dort verbringen – die Chance ergreifen, sich auf dem Land, weitab vom Alltagsstreß New Yorks, zu entspannen und über alles nachzudenken? Wenn sie sich auf die vereinzelten Bilder konzentrierte, die ihr irgendwo ganz weit hinten durch den Kopf schwirrten, konnte sie einen diffusen Eindruck von Sommertagen heraufbeschwören, an denen sie mit einem blonden Jungen namens Tucker im Baumhaus und in der Scheune spielte, auf dem Hügel und am Bach – aber er war schwach und unwirklich, wie ein Film, den sie schon vor langer Zeit gesehen hatte. Ein Film mit einem traurigen Ende: Tuckers Tod durch Ertrinken, ein Unfall … Und hier verschwammen die vagen Bilder, lösten sich auf und hinterließen bei ihr nur das abstrakte Wissen um ein Ereignis, wie um etwas, das sie in einem Geschichtsbuch gelesen hatte. Klassische Verdrängung, ohne Zweifel, und daran war auch nichts auszusetzen. Dieser Besitz war für sie inzwischen nichts anderes als ein hübsches Grundstück, siebzig Morgen und ein Haus, wo sie nichts und niemandem verpflichtet war. Und da war sie also – und dieser gutaussehende Junge vom Lande, bärtig, in Blue Jeans und mit dem typischen Tonfall der Berggegend, war ihr Cousin.

«Nett, daß Sie sich die Mühe gemacht haben», sagte sie.

«Keine Mühe. Ich wohne gleich über die Straße – das sind meine Obstplantagen, an denen Sie vorbeigefahren sind. Ich hab mich für Annabel um Haus und Hof gekümmert, solange sie noch lebte. Ist 'n gutes Gefühl, es jetzt wieder zu tun.»

Vor zwanzig Jahren hatte sie ihre Großmutter zum letzten Mal gesehen. Bei dem Gedanken regten sich leichte Schuldgefühle, besonders angesichts von Sky, der Annabel gekannt hatte, ihr nahe gewesen war.

«Ich war ziemlich überrascht, als ich erfuhr, daß sie mir das Haus hinterlassen hatte. Ich habe sie nur einmal besucht. Und als ich größer wurde, sind wir so oft umgezogen, daß ich einfach den Kontakt zu ihr verloren habe. Ich weiß nicht einmal, wie sie gestorben ist.»

Die hellblauen Augen nahmen sie ins Visier. «Sie ist gestorben, weil sie alt war, meine Liebe. Ihr Herz wollte nicht mehr. Sie hat nicht im geringsten gelitten, sondern ist nur ein paar Tage im Bett geblieben und dann im Schlaf dahingeschieden. Sie wußte, daß sie von uns gehen würde.»

Nan schüttelte den Kopf, weil sie nicht wußte, was sie sagen sollte, und wandte sich statt dessen ab, um nochmals bewundernd über die Weide hinauszuschauen. «Schön ist es hier.»

Als sie Sky anschaute, bemerkte sie, daß sich sein Gesicht kurz verfinsterte. Ein unliebsamer Gedanke kam ihr: Hatte er sich etwa selbst Hoffnungen gemacht, das hier zu erben? Gab's da vielleicht eine Familienpolitik, die sie urplötzlich auf den Kopf stellte? Für einen Augenblick wurde sie von Panik erfaßt, beschloß dann aber, sich erst mal keine Sorgen zu machen. Wenn er das Haus unbedingt wollte, würde sie es ihm irgendwann verkaufen. Im Moment reichten ihre Pläne jedenfalls nicht über einen erholsamen Sommer auf dem Lande hinaus.

Stephen war seine Karotten losgeworden und tätschelte mit aller Vorsicht die Pferde, die ihm weiterhin die Nüstern entgegenstreckten. Er sah Sky an. «Wie heißt das schwarze?»

«Das ist Scheherazade, Junge. Die hat's faustdick hinter den Ohren. Ich nenn' sie nur Annabels Folly.»

«Annabels Folly?» sagte Nan.

«Drei Jahre alt und wild wie ein Mustang.» Er schüttelte den Kopf. «Annabel hatte einen Narren an dieser Stute gefressen. Wollte nicht erlauben, daß irgendwer sie zuritt – also, sie ist auch kaum ans Halfter gewöhnt. Jetzt ist es zu spät, um ihr noch was beizubringen. Sie ist keinen Pfifferling wert, taugt vielleicht höchstens zu Hundefutter.»

Als sie sah, wie Stephens Augen groß wurden, sagte Nan

schnell: «Sie ist aber hübsch.» Dabei entging ihr nicht, daß Sky ganz kurz ziemlich amüsiert dreinschaute. Vielleicht war es falsch, ein Pferd so zu bezeichnen? Sie beschloß, das Thema Scheherazade fallenzulassen. «Wie heißt denn das weiße?»

«Das ist Joe Lee.»

«Joe Lee. Ist er irgendwie verwandt mit Robert E.?»

Er sah überrascht aus. «Nein, Ma'am, das ist Französisch für *hübsch.* Jolie ist eine Pferdedame.»

Sie war zu müde, um nicht zu lachen, aber sie tat ihr Bestes, um das Lachen in ein Husten übergehen zu lassen, und beglückwünschte sich, daß es ihr einigermaßen gelang; zumindest schien er nichts zu bemerken. In Zukunft würde sie ein Augenmerk auf kulturelle Diskrepanzen solcher Art haben müssen, wenn sie nicht wollte, daß sie beleidigend wirkte.

Sky half dabei, den Wagen auszuladen, schleppte die beiden schwersten Taschen anscheinend mühelos. Nan folgte mit ihrer Kameratasche und dem Stativ. Er drehte sich um und schenkte letzterem einen neugierigen Blick.

«Ich erinnere mich, daß Annabel sagte, Sie machen Fotos. Sie hat gern und oft mit Ihnen angegeben. Sagte, Sie seien berühmt und so.»

Nan lächelte. «Nur nach Großmutter-Maßstäben. Ich kann davon leben.»

«Modefotos, hm? Hier unten werden Sie nicht viel modischen Kram finden.»

«Gut. Ich mache nämlich Ferien.»

Als sie den Wagen leergeräumt hatten, führte er sie durchs Haus und machte sie auf dessen Macken und sympathische Eigenheiten aufmerksam – die Innentreppe im Südbereich, den störrischen alten Gasherd in der Küche und den launischen Kaminabzug im Wohnzimmer. Die Stephens-Familie, Vorfahren ihrer Mutter, hatte das Haus in Abständen gebaut: die ursprüngliche Holzhütte im 18. Jahrhundert, den Rest dann hundert Jahre später. Die Zimmer waren geräumig, mit Holzdielen und Deckenbalken, getäfelten Wänden und weißem Putz, perfekt passend zu Annabels kleinen hellen Teppichen und schlichten Antiquitäten. Die ursprünglichen kleinen Fenster aus den Tagen der Kolonialzeit waren an der Vorderfront des Hauses erhalten geblieben, an der Rückwand jedoch durch größere ersetzt worden, die zur Bergkette wiesen. Nan, an die weiträumige Offenheit eines Tribeca-Lofts gewöhnt, freute sich über die Lichtfülle.

«Und hier hätten wir dann Mister Mustard.» Sky beugte sich hinunter, um die Ohren eines orangefarbenen Katers zu kraulen, der aus dem Nichts aufgetaucht war und laut schnurrend um Nans Schienbeine strich. «Ich hab dafür gesorgt, daß er nicht verhungert ist, seit Annabel von uns gegangen ist, aber er wird stolz sein, jetzt hier Gesellschaft zu haben.»

Stolz schien *froh* zu bedeuten. Mit seinen schmutzigen Stiefeln und seiner ländlichen Ausdrucksweise wirkte Sky wie der klassische Redneck auf sie, aber sie war von der Reise zu erledigt, um Überheblichkeit zu empfinden. Als er den Kühlschrank öffnete, um das gebratene Huhn und den Kartoffelsalat zu präsentieren, den seine Schwester Cassie rübergeschickt hatte, dachte Nan, wenn dies die Gastfreundschaft des Südens sei, könne sie lernen, damit zu leben. Urplötzlich merkte sie auch, wie hungrig sie war und Stephen nicht minder.

Mit dem Versprechen, am nächsten Morgen wieder vorbeizuschauen, überließ Sky sie ihren begehrlichen Blicken auf den Inhalt des Kühlschranks. Sie hörte ihn nach Kate, seiner Hündin, rufen, die während des Rundgangs durchs Haus draußen geblieben war, dann schlug eine Wagentür zu, und schließlich verklang das Motorengeräusch langsam in der Stille des Abends.

«Mom?» Mitten beim Abendessen sah Stephen auf, die Stirn in Sorgenfalten gelegt. «Das schwarze Pferd – was hat er noch gesagt, wie es heißt?»

«Scheherazade», sagte Nan, und ihr fiel ein, wie Sky den Mund verzogen hatte, als er den exotischen Namen aussprach.

«Wird der Mann es töten und Hundefutter draus machen?»

«Nein, Honey, natürlich nicht. Er hat nur einen Witz gemacht. Außerdem gehört es jetzt uns. Wir werden gut für es sorgen.»

Sie sah, daß sich seine Miene entspannte, und wünschte sich, alle seine Ängste so leicht vertreiben zu können. Das vergangene Jahr hatte ihm arg zugesetzt, ebenso wie ihr. Zu Beginn des Frühlings war ein Junge aus seiner Schulklasse spurlos verschwunden – eines jener schrecklichen Geschehnisse, die von Zeit zu Zeit in den New Yorker Abendnachrichten Erwähnung finden. Eine «gute» Wohngegend, ein sonniger Samstagnachmittag: Seine Eltern hatten Brian ohne Begleitung zum Feinkostladen an der Ecke gehen lassen, wo er sich einen Schokoriegel kaufen wollte. Später erinnerten sich Zeugen, ihn gesehen zu haben, wie er mit einem Mann sprach, der mit seinem kastanienbraunen Wagen am Gehsteigrand hielt, aber die Bemühungen der Polizei, den Jungen zu finden, blieben erfolglos. In den langen Monaten, die folgten, wurde sein Bild, auf Anschlagbretter und an Laternenpfählen geklebt, zu einem vertrauten und herzzerreißenden Anblick. HABEN SIE DIESES KIND GESEHEN? Unter den Worten prangte das kleine Gesicht mit dem gewinnenden Lächeln und der keck aufgesetzten Baseballkappe, doch Zeit und Wetter ließen die Plakate vergilben, und die Hoffnung versiegte.

Brian war zwar nicht sein spezieller Freund gewesen, aber das Ereignis machte Stephen angst, wie auch allen anderen Kindern in seiner Klasse. Auf Antrag der Schule kam ein Sozialarbeiter mit psychiatrischen Kenntnissen und sprach in mehreren Gruppensitzungen mit ihnen. Nan wußte nicht, ob es Stephen half. Nach Brians Verschwinden entwickelte er eine absonderliche Phobie in bezug auf einen Zeitschriftenstand an einer Ecke in der Nähe ihres Lofts in Lower Manhattan. Mit Brettern vernagelt, seit der Verkauf eingestellt worden war, schien er ihn furchtbar zu erschrekken; er überquerte die Straße, um zu vermeiden, an ihm entlanglaufen zu müssen. Zudem hatte er Alpträume, in denen so ein irrer Typ vorkam, der vier Uhren an einem Arm trug und den er in der U-Bahn gesehen hatte. Vorrangig beschäftigt mit ihrer geradezu hektisch erfolgreichen Karriere, bot ihm Nan zwar soviel tröstlichen Beistand, wie sie konnte, zählte aber darauf, daß Gabe für ihn da war. Und dann hatte Gabe ihnen beiden den Boden unter den Füßen weggezogen.

Jetzt sah sie wieder zu Stephen hinüber. Er gähnte herzhaft und zeigte dabei die Lücke, die ein vor zwei Wochen verlorener Milchzahn hinterlassen hatte. Er schlief schon fast, zu müde, um sich heute abend noch mehr Sorgen zu machen. Jeden Moment konnte seine Nase auf dem Teller landen, und gemessen an der Aufgabe, ihn nach oben und ins Bett zu schaffen, verloren alle anderen Probleme ihr Gewicht.

Sie brachte ihn nach oben in die Dachkammer der ursprüngliche Hütte, wo dunkle Balken sich über die Länge der niedrigen weißgetünchten Decke zogen und die kleinen Fenster an Zeiten gemahnten, als es so etwas wie Zentralheizung noch nicht gegeben hatte. Das Bett war von einem verblichenen Sommerquilt bedeckt, auf dem Tisch daneben stand eine Lampe, deren vergilbten Schirm zwei Libellen zierten, die über einem Büschel Schilfgras und Teichkolben schwebten. Als sie die Lampe einschaltete, mußte sie blinzeln, so grell leuchteten die Farben –

(*unten am Bach sind echte, die wie goldene Schatten über die glitzernde Wasseroberfläche schwirren und herabstoßen, so dicht an mein Gesicht surren, daß ich zurückschrecke und Tuck mich auslacht*)

– und tief durchatmen. Im Lichtschein der Lampe, in der Enge dieses kleinen Zimmers mit seinen weißen Wänden und den Fenstern mit Ausblick auf die grüne Abenddämmerung war der vergessene Augenblick plötzlich wieder so lebendig, daß sie beinahe die Orientierung verlor. Als öffnete sich ganz kurz in einer dunklen Ecke ihrer Erinnerung eine Tür, hinter der Sonnenschein aufblitzte; Lachen erklang und Wasser plätscherte. Sie schüttelte den Kopf, um ihn freizumachen. Es war nicht der richtige Zeitpunkt, in Tagträume zu verfallen; sie mußte dafür sorgen, daß Stephen ins Bett kam.

Er war so gut wie besinnungslos, zu schläfrig, sich zu widersetzen, als sie ihm in den Pyjama half, etwas, das er seit wenigen Wochen selbständig erledigte. Sie nahm ihm die Nickelbrille ab und legte sie sorgsam neben die Lampe. Dann hob sie ihn aufs Bett, deckte ihn mit dem Quilt zu und strich ihm die seidigen dunklen Haare aus der Stirn, die sich so sehr von ihren braunen Locken unterschieden.

Ohne die Brille glich sein Gesichtsausdruck dem eines blinden, hilflosen Kätzchens, das seine Augen noch nicht geöffnet hat.

Am Rande ihres Blickfeldes schienen die Flügel der gemalten Libellen zu vibrieren, als sie die Lampe ausschaltete und aus dem Zimmer ging. Für den Fall, daß er aufwachte und nicht wußte, wo er war, ließ sie die Tür zum erleuchteten Treppenabsatz offen. Und auch keine schlechte Idee, nebenan im Badezimmer das Licht brennen zu lassen. Sie drückte auf den Schalter und sah sich kurz im Raum um. Eine Duschvorrichtung war an der altmodischen Badewanne mit ihren vier Klauenfüßen angebracht. So eine Wanne hatte ihre Freundin Bernadette in SoHo mit Hilfe eines Schweißbrenners und einiger roter Samtkissen zu einem Zweiersofa umfunktioniert. Eine witzige alte Toilette mit Kettenzug für die Spülung, rissige Kacheln auf dem Boden. Einer der Hähne am Waschbecken brauchte eine neue Dichtung. Wasser tröpfelte schwach, ein hoher Zischton, und sie faßte nach den Griffen, um sie fester anzuziehen. Sinnlos: Ein rostiger Fleck zierte das Porzellan unter dem Hahn, das Werk von Jahren.

Sie verließ das Badezimmer. Auf der anderen Seite lockte die Innentreppe, und die Vorstellung, sich einen Drink zu gönnen, leitete sie die dunklen, schmalen Stufen hinunter – der Gedanke, sich an ihre New Yorker Routine zu halten, um sich an dem fremden Ort leichter zu akklimatisieren. Das erste Stockwerk der ursprünglichen Holzhütte aus Kolonialzeiten war zu einer kleinen Bibliothek umgebaut worden. Die Holztäfelung über dem Kamin entsprach der im Schlafzimmers oben – beide mit Sonnenaufgängen verziert, die im 18. Jahrhundert von einem fahrenden Handwerksgesellen geschnitzt worden waren, wie Sky ihr erzählt hatte. In einer

Ecke stand eine Vitrine, und sie entdeckte Gläser sowie etwas, das nach einer Brandy-Karaffe aussah. Annabels Kater tauchte auf, miaute und rieb sich an ihren Beinen.

Sie streichelte das Tier und holte dann den Brandy hervor. In den Facetten des geschliffenen Glases fing sich das Licht der Lampe, als sie sich eine großzügige Portion einschenkte und dann noch einen Extraschluck dazugab, weil sie sich sagte, daß sie ja schließlich nach ihrem langen Tag abschalten mußte. Auch um sich der vielen leeren Zimmer in diesem weiträumigen alten Haus nicht so schmerzhaft bewußt zu sein, der Türen, die sie vergessen hatte abzuschließen, der Meilen Weideland und Wald, die sie zurückgelegt hatten, ohne mehr als ein oder zwei andere menschliche Behausungen anzutreffen.

Sie nippte an dem Brandy, genoß die samtene Hitze, die in ihr aufstieg, ohne ganz bis zu ihren Gedanken vorzudringen. Es ließ sich nicht verhehlen, daß seit Skys Fortgang böse Zweifel aus düsteren Nischen ihrer Phantasie krochen. Die Nacht brach an, und sie und Stephen waren allein hier. In diesem Augenblick erschien die große böse Stadt, die sie hinter sich gelassen hatten, mit ihren Lichtern und Menschen wie eine sichere Zufluchtsstätte.

Ach, sei doch nicht so eine New Yorkerin. Mehr als drei Bäume auf einem Haufen, und du kommst dir vor wie das arme Rotkäppchen.

Sie erschauerte, nahm noch einen Schluck Brandy und ging ans Fenster, um auf das vordere Grundstück hinauszuschauen. Der Kater sprang behende aufs Fensterbrett und ließ sich dort nieder, die Pfoten verschränkt und den Schwanz um die Hinterbeine geschlungen. Das Fliegengitterfenster stand offen und ließ die kühle ländliche Abenddämmerung herein, die nach grüner Frische roch und erfüllt war vom fernen Murmeln des Baches. Im Zwielicht klang es geheimnisvoll, nicht gerade freundlich.

Sie stand da, blickte hinaus über die Rasenfläche und streichelte geistesabwesend den Kater. Sämtliche grünen Farbtöne waren in Blau und Lila abgedunkelt; zerfranste Baumwipfel zeichneten sich in Schwarz gestochen vor einem klaren lilafarbenen Himmel ab. Zu ihrer Linken, jenseits des Zauns, verlor sich die Weide in schattigen Senken; direkt gegenüber, auf der anderen Seite des Rasens, stieg das Gelände an und mündete in die Obstgärten, wo sie die knorrigen Konturen der Apfelbäume erkennen konnte, deren blasse Stämme sich gegen das dunkle Blattwerk abzeichneten.

Mit zunehmender Dämmerung verstärkte sich auch ihr Gefühl der Abgeschiedenheit. Die Dunkelheit, die sich über die Felder und Berge der Umgebung legte, kam ihr zutiefst unpersönlich vor, blind gegenüber der Gegenwart von Menschen. Sie fühlte sich von ihr unterdrückt und eingeschüchtert, wie sie es in der Stadt nie empfunden hatte. Aus der dunklen, ausufernden Masse der Eiche schrie plötzlich eine Eule. Ihr unheimlicher, wimmernder Ruf klang wie ein in Töne transponiertes Schaudern. Es traf sie direkt zwischen die Schulterblätter: zwei deutliche, vibrierende Schreie und darauf ein dritter – anschwellend, verharrend und dann verstummend in einer atemlosen Stille, in der das Plätschern des Baches auf einmal ohrenbetäubend laut klang.

Und in der Stille hörte sie einen fernen Schrei.

Fast wie ein Echo des Eulenrufs, aber von einem Menschen – oder? Die Stimme eines Kindes, die weit entfernt in den dunklen Bergen rief? Ein verlorener Klang. Verzweifelt.

Das Fell des Katers hatte sich unter ihren Fingern gesträubt. Sie hörte ihn leise fauchen, einen Ton an der Schwelle des Wahrnehmbaren, und unwillkürlich zog sie die Hand weg. Der Kater sprang vom Fensterbrett und schlich aus dem Zimmer. Nan sah ihn fortlaufen. Urplötzlich schien die schnell hereinbrechende Dunkelheit alle möglichen Bedrohungen zu bergen.

Diese Stimme. Nur ein spielendes Kind, weit entfernt – auf dem Lande pflanzte sich der Schall weit fort. Aber sie hatte so verloren geklungen. Hoffnungslos. Ohne lange zu überlegen, ließ sie ihr Brandy-Glas auf der Fensterbank stehen und ging zur Vordertür. Öffnete sie. Trat hinaus auf die Vorderveranda, um nochmals zu lauschen.

Es war jetzt dunkler und bis auf das schrille rhythmische Zirpen der Grillen völlig still. Nicht ein Windhauch, in dem sich die Blätter regten. Als sie dort stand, merkte sie, daß sie am liebsten wieder ins Haus zurückkehren, überall das Licht anmachen und alle Türen abschließen wollte. Stadtbewohner-Syndrom. Sie weigerte sich, dem Impuls nachzugeben, zwang sich, noch einen Augenblick länger auf der Veranda zu bleiben. Die Nacht, die sich jetzt endgültig übers Land gesenkt hatte, kam ihr grenzenlos vor – erfüllt von fremden Geräuschen und Gerüchen, die in der sich abkühlenden Luft nur um so intensiver wurden. Ihr früheres Empfinden, durch eine meilenweite Leere von der Zivilisation getrennt zu sein, war mit Macht zurückgekehrt.

Als sie irgendwo zu ihrer Linken ein Glimmen bemerkte, drehte sie ruckartig den Kopf – aber es war schon fort. Dann tauchte es wieder auf, vervielfacht – und der dunkle Vorgarten war plötzlich illuminiert vom Funkeln zahlloser Leuchtkäfer.

Nan hatte die Luft angehalten und atmete jetzt aus. Betrachtete das Glimmen der winzigen, freundlichen Lichter noch einen Moment lang, bevor sie ins Haus zurücktrat und die Tür fest hinter sich zumachte.

Und abschloß. Nur ein New Yorker, dessen war sie sicher, würde sich diese Mühe machen, hier in einer Gegend, wo die Leute wahrscheinlich ihre Häuser und Autos sperrangelweit offenstehen ließen und unter freiem Himmel schliefen, wenn ihnen danach zumute war. Als sie den Riegel vorschob, wußte sie, daß ihr Verhalten keinen Sinn ergab – daß sie nicht auf Vernunftgründe reagierte, sondern auf eine Ansammlung von namenlosen Ängsten, düsteren Schreckensbildern und Bedenken, die durch jenen verlorenen, durchdringenden Schrei in ihr wachgerufen worden waren. Was tat sie nur, so weit entfernt von der Welt, die sie kannte und verstand, mit einem Kind, für dessen Wohlergehen sie verantwortlich war, was sie manchmal ängstigte? Was in aller Welt war in sie gefahren, daß sie glaubte, dies hier bewerkstelligen zu können?

Jetzt sammle dich erst mal, sagte sie sich mit allem Nachdruck. Du bist müde; draußen ist es dunkel; du hattest einen langen Tag. Morgen früh sieht alles besser aus.

Gesunder Menschenverstand beruhigte sie so weit, daß sie es schaffte, ihren Drink aus dem anderen Zimmer zu holen. Ohne abzusetzen, leerte sie das Glas. Aber obwohl der Brandy sich den Weg in ihren Magen brannte, spürte sie doch in den Knochen die Kälte, die der ferne Schrei ausgelöst hatte.

2. KAPITEL

Sie wurde kurz vor Tagesanbruch wach und schreckte im Bett auf. Ihr Herz pochte gegen die Rippen. Sie wußte nicht, wo sie war. Und der Traum hielt sie noch gefangen, nebelhaft und bedrohlich – der wiederkehrende Alptraum, in dem sie davonrannte und doch nirgendwo ankam, getrieben von einer schrecklichen, nicht greifbaren Zwanghaftigkeit, den eigenen Atem in Eisblumenwolken vor Augen.

Mehr war es nicht. Aber es jagte ihr immer wieder einen heiligen Schrecken ein, und diesmal war es nicht anders. Sie saß da, die Finger um ein Stück Laken gekrampft, und blinzelte in das unbekannte Halbdunkel, das sie umgab.

Stille. Stille und ein düsterer, nicht vertrauter Raum, Fenster, an einem grauen Schimmer zu erkennen, der zu schwach war, um ihn Licht zu nennen. Und schließlich, Schritt für Schritt, ließ der Traum sie aus seiner Umklammerung, und ihr fiel wieder ein, wo sie war.

Ich bin bei Annabel. In Annabels Haus in Tennessee.

Sie holte tief Luft und atmete aus. Die ganze Welt war absolut still. Keine vertrauten Stadtgeräusche – heulende Sirenen, streitende Stimmen draußen auf der Straße, aus vorbeifahrenden Autos scheppernde Megawattmusik. Nicht einmal das Rumpeln eines Lasters auf dem Kopfsteinpflaster unter den Fenstern des Lofts. Es war so still, daß sie den Gedanken ans Weiterschlafen wohl vergessen konnte.

Sie schlüpfte aus dem Bett und ging hinüber zum breiten Fenstersitz im Alkoven. Sie kniete sich darauf und sah hinaus über das vordere Grundstück. Beim Anblick des Obstgartens stockte ihr der Atem – die knorrigen Formen der Apfelbäume ragten aus einem blassen Nebelmeer wie auf einer Radierung, die ein unheilvolles Märchen illustriert. Ihre Kameratasche lag auf dem Fußboden neben dem Wandschrank, wo sie am Abend zuvor beim ansatzweisen Auspacken gelandet war. Ungeduldig kramte sie darin, fand die Hasselblad, kehrte zum Fenster zurück, blickte durch den Sucher, um den richtigen Ausschnitt zu finden, und schoß in schneller Folge ein Dutzend Aufnahmen.

Das Geräusch des Motorantriebs war ein heiseres Knarzen in der Lautlosigkeit des frühen Morgens, aber sie nahm es kaum wahr, so sehr konzentrierte sie sich darauf, die dämonische Atmosphäre einzufangen. Bevor sie sich's versah, hatte sie einem ganzen Film den Garaus gemacht – und, allem Anschein nach, auch ihrer beklommenen Angst: Auf einmal war sie erschöpft, zu müde, den Film auch nur zurückzuspulen. Sie ließ die Kamera auf das Kissen des Fenstersitzes fallen und torkelte zum Bett, wo der Schlaf über ihr zusammenschlug wie eine Welle.

Als Nan wieder erwachte, war das Zimmer von Sonnenschein durchflutet. Er schwappte auf die weißen Wände, ergoß sich über die zerknüllte weiße Tagesdecke, die sie auf dem großen Himmelbett umgab, und ließ die breiten apfelweinfarbenen Fußbodendielen wie von innen heraus leuchten. Zu ihrer Linken, draußen vor dem großen Fenster, das fast die gesamte rückwärtige Wand des Zimmers ausfüllte, streckte der Berg seine sonnigen, waldbestandenen Hänge hinauf in einen wolkenlosen Himmel. Zu ihrer

Rechten gewährte der vordere Alkoven Aussicht auf die graugrünen Wipfel von Apfelbäumen. Sie setzte sich auf, reckte sich und atmete tief durch.

Vielleicht würde sich das hier doch wunschgemäß entwickeln: zu einem Tapetenwechsel, der sie und Stephen aus der Trübsal der vergangenen Monate erlöste. Gabe hatte einen Wutanfall bekommen, als sie beschloß, den ganzen Sommer außerhalb New Yorks zu verbringen – ihrer Meinung nach wohl hauptsächlich deswegen, weil er fürchtete, etwas von seinem Einfluß auf Stephen zu verlieren. Aber sie traute ihm durchaus zu, auch ihr gegenüber weiterhin Besitzansprüche zu hegen, obwohl er sie ausrangiert hatte wie einen abgetragenen Pullover, um zu diesem Luder Jennifer zu gehen. Natürlich behauptete er noch immer, der Bruch sei ebenso ihre Schuld gewesen wie seine, und es gab eine Ebene, auf der sie wußte, daß sie einen Teil der Verantwortung übernehmen mußte. Doch diese Gedanken verscheuchte sie.

Beim Anblick ihrer Kamera auf dem Fenstersitz fiel ihr die Foto-Session im Morgengrauen ein, und gleich darauf folgte die Erinnerung an den alten, immer wiederkehrenden Alptraum. Seit geraumer Zeit hatte sie nicht mehr das zweifelhafte Vergnügen seiner Gesellschaft gehabt – doch wenn sie bedachte, in welch niedergeschlagener Stimmung sie sich befand, als sie zu Bett ging, war es eigentlich kaum verwunderlich, daß sie böse geträumt hatte. Sie zog die Knie hoch und umschlang sie, rief sich den klagenden, entfernten Ruf, den sie gehört hatte, wieder ins Gedächtnis. Im morgendlichen Sonnenschein, mit einem akzeptablen Quantum Schlaf hinter sich, fiel es leichter, das Vorkommnis abzutun. Absolut möglich, daß es überhaupt nicht mit einem Menschen zu tun hatte, sondern von einem Tier hervorgerufen worden war – von einem Raubtier oder gar von seiner Beute. Bei ihrer gigantischen Ignoranz, was die Wildnis betraf, hätte sie weder das eine noch das andere erkannt.

Sie zuckte mit den Achseln und ließ die Gedanken zurückwandern zu dem Anblick, den der in Nebelschwaden treibende Obstgarten geboten hatte. Sehr schwierig zu belichten; sie hoffte, daß die Aufnahmen geglückt waren. Es war schon lange her, daß sie fotografiert hatte, ohne dafür bezahlt zu werden, aus reiner Freude daran, ein Bild auf Film zu bannen, und es überraschte sie, wie gut es tat. Wut und Niedergeschlagenheit über Gabes Betrug hatten bewirkt, daß sie sich gegen ihren Beruf sperrte, ihn gar verabscheute – die perfekten Gesichter der Models, das Getue der Stylisten und Make-up-Leute, all das komplizierte technische Drum und Dran, das zur Hochglanzwelt der Modefotografie gehörte.

Sie schwang ihre Beine von der hohen Bettkante und ging hinüber zum hinteren Fenster. Unten war ein Stück offenes Weideland zu sehen. Die vier Pferde grasten einträchtig beisammen, mit den Schwänzen nach Fliegen peitschend. Nein, nicht vier Pferde. Zwei Pferde und zwei Ponys. Danke dir, Cousin Sky.

Attraktiver Bursche, zumindest für 'nen Redneck. Gabe hielt sich für einen Country-Music-Fan und ließ Kenny und Dolly und Hank Junior aus den großen Lautsprechern im Tribeca-Loft dröhnen, aber der Verherrlichung von Schnaps und Eisenbahnzügen, von ganzen Kerlen in Pickups und hartgesottenen, großherzigen Bräuten hatte Nan nie viel abgewinnen können. Gabe: Sie hatte ihn gestern abend angerufen, einsam und nervös nach jenem Schrei in der Dämmerung, und er hatte sich wie ein richtiger Scheißkerl aufgeführt, einsilbig und distanziert. Es kam ihr so vor, als hätte sie ihn mit Jennifer im Bett unterbrochen. Warum hatte er dann nicht einfach den Anrufbeantworter eingeschaltet?

Motorengeräusch, das sich immer näher fraß, lockte Nan zum gegenüberliegenden Alkovenfenster. Wo sie gerade an Männer in Pickups gedacht hatte – hier kam Cousin Sky in seinem rostigen Ford über den zerfurchten Kies der Auffahrt geholpert. Hatte sie unanständig lange geschlafen? Ein Blick auf das rissige Elfenbeinzifferblatt der Uhr auf Annabels Frisierkommode sagte ihr, daß es zehn Minuten vor acht war. Sie würde ihm künftige Auftritte dieser Art ausreden müssen, aber diesmal – sie warf sich in die Jeans und das Hemd, die sie gestern getragen hatte, und lief hinunter, um die Tür zu öffnen.

«Morgen.» Er stand auf der sonnigen Veranda und sah lächelnd auf sie herab. «Wie haben wir denn so geschlafen letzte Nacht?»

«Wunderbar.» Vögel sangen laut in den Bäumen; der Geruch des warmen Grases umwehte sie. Sie erwischte sich dabei, daß sie zu schnüffeln begann. Schwer, sich nicht ein wenig so vorzukommen wie Kate, die Hündin, die um Skys Hacken tanzte und deren schwarze Nase zuckte. «Stephen ist noch k. o. Die Fahrt gestern hat ihn geschafft.»

«Will ich gern glauben. Stillsitzen ist Schwerstarbeit für junges Gemüse.»

Sein Blick ruhte auf ihrem Gesicht, und sie sah ebenso forschend zurück. Er trug Jeans und abgewetzte Stiefel, ein altes weißes Hemd mit ausgefranstem Kragen, die Ärmel hinaufgerollt bis zu den schwellenden Bizeps. Ihr geübtes Auge sah ihn ohne weiteres in einer Fotostrecke für einen der anspruchsvolleren Sportkleidungskataloge: die weichen blauen und weißen Stoffe als perfekter Kontrast zu seiner gebräunten Haut, dem rötlichen Haar und dem kurzen lockigen Bart. Sie malte sich aus, wie geschockt er reagieren würde, wenn sie ihm das erzählte, und stellte fest, daß sie ihn anlächelte.

«Ich würde Ihnen ja Kaffee anbieten, aber ich weiß nicht einmal, ob überhaupt welcher im Haus ist.» Das dürfte ihm kundtun, daß er ein wenig zu früh vorbeigekommen war.

Es schien ihn jedoch ganz und gar nicht zu beeindrukken. «Ich hab ein paar von Cassies Buttermilchbrötchen mitgebracht, heute morgen frisch gebacken, und eine Thermoskanne Kaffee. Sie hat sich schon gedacht, daß Sie hungrig sind, wenn Sie aufwachen.»

Die Brötchen waren köstlich, der Kaffee ebenfalls (obwohl er schwarz war – anscheinend für Sky und Cassie die einzige Art, ihn zu trinken), und Nan erwog, ihre engherzigen Regeln für frühmorgendliche Besuche zu überdenken. Sie aßen am Küchentisch und sahen dabei hinaus auf die Bergkette. Nan staunte über den Wald, der die Hänge lükkenlos bedeckte, so weit sie sehen konnte, und sich in der Ferne in jenem weichen Dunst auflöste, der dieser Region ihren Namen gegeben hatte. Angesichts eines solchen Überflusses war es etwas schwierig, den Naturschützern Glauben zu schenken, die überall im Lande das Verschwinden der Wälder beklagten. Sie wandte sich an Sky.

«Ich hatte vergessen, daß es in diesem Teil der Welt so viele Bäume gibt.»

«Ja, M'm. Tennessee hat noch immer 'n paar.» Er neigte die Thermoskanne, um seine Tasse nochmals zu füllen. Sie fragte sich, ob seine Bemerkung als plumper Seitenhieb auf New York gemeint sein mochte, beschloß dann aber, dem keine Bedeutung beizumessen. Der Big Apple konnte damit leben.

«Und wir sind in den Smokies, stimmt's?»

Er nahm einen Schluck Kaffee und nickte. «Sehr richtig.» Er beugte sich vor und deutete mit seiner Tasse auf den steilen Hang direkt hinter dem Haus. «Kennen Sie den Berg noch?»

Nan ließ den Blick über den waldbestandenen Kamm streifen, die sonnenbeschienenen Baumwipfel vor einem intensiv blauen Himmel, und der Name kam ihr auf die Lippen geflogen: «Sleepy Gal Mountain.» Sie sah, daß Sky bestätigend nickte, und schüttelte den Kopf. «Ich habe eigentlich nie richtig verstanden, warum er so heißt. Wenn er etwa aussehen soll wie eine schlafende Frau, kann ich das nicht erkennen.»

Seine Lippen zuckten. «Na ja, Sie müssen wissen, daß der Name nicht daher kommt. Hat Annabel Ihnen nie die Geschichte erzählt? Also das war so. Einer der frühen Siedler hier in der Gegend jagte eines Abends Beutelratten und hat behauptet, oben auf dem Berggipfel ein Mädel gefunden zu haben, das unter einem Baum lag und fest schlief.»

Er stellte seine Kaffeetasse ab und setzte sich auf seinem Stuhl zurück, der behaglich knarrte. Seine unwahrscheinlich blauen Augen musterten ihr Gesicht. «Blonde Haare und ganz in Weiß gekleidet. Na ja, er hat versucht, sie zu wecken, es aber nicht geschafft. Dachte, er hebt sie hoch und trägt sie zu sich nach Hause – aber als er sie hochheben wollte, da hat sie sich einfach in Rauch aufgelöst.»

Nan brachte ein anerkennendes Lächeln für diesen Happen einheimischer Folklore auf, bevor sie merkte, daß sie voreilig reagierte. Er sprach nämlich weiter.

«Nun, als er dann den Leuten berichtete, was geschehen war, dachte jeder, er wäre betrunken oder nicht bei Trost. Aber er blieb bei seiner Geschichte. Und ging Abend für

Abend hinauf auf dem Berg, um sie wiederzufinden. Die Leute unten im Tal sahen seine Laterne oben auf dem Berg leuchten, als er überall nach dem Mädel suchte. Eines Tages ist er einfach nicht mehr zurückgekommen.»

Er griff wieder nach seiner Tasse, trank einen Schluck, setzte sie ab. Nan wartete auf den Rest der Geschichte, aber das war offenbar schon das Ende. *Eines Tages ist er einfach nicht zurückgekommen.* Sie wußte nicht so genau, ob ihr das gefiel: Die Legende hatte bei all ihrem merkwürdigen Charme auch einen unliebsamen Beigeschmack. Sie sah nicht mehr zum Berg hinüber, sondern ihr Blick blieb an dem Hügel hängen, der sich jenseits des Baches erhob und dessen gelbbraune Kuppe abgerundet war wie auf einer Kinderzeichnung.

«Wissen Sie, es ist für mich wirklich ein seltsames Gefühl, wieder hier zu sein. Der Sommer, den ich hier verbrachte – das ist wie ein Traum. Ich denke ständig, ich wache in New York auf.»

«Trinken Sie einfach noch 'nen Schluck Kaffee. Sie haben's geschafft, 'n hübsches Stück Grund und Boden zu erben. Annabels Land reicht nämlich ganz bis zum Grat da oben rauf. Die Stephenses sind schon in grauer Vorzeit hier aufgetaucht und haben so ziemlich alles zusammengerafft, was ihnen vor Augen kam.»

Sie lachten beide. Nan stellte fest, daß er ihr gefiel. Er war freundlich, im Einklang mit sich und ohne Probleme mit ihr. Auch wirkte er kaum mehr wie ein Spießer vom Lande, und sie konnte keine Spur dessen entdecken, was sie am Tag zuvor als möglichen Unmut darüber wahrgenommen hatte, in Annabels Testament übergangen worden zu sein. Er sah richtig gut aus, sexy auf rauhbeinige Art, mit einer lässigen Macho-Attitüde, die sie auf die Palme gebracht hätte, wäre er nicht wie ein Relikt aus der Vergangenheit erschienen – ihre Freundinnen in New York würden hemmungslose Eifersucht eingestehen, könnten sie Nan hier sitzen sehen. Doch sie hatte fürs erste genügend Veränderungen in ihr Leben gebracht. Ihre Wertschätzung für Cousin Sky war rein abstrakt.

Sie waren fast mit dem Kaffee fertig, als Stephen auftauchte. Die Haare standen ihm vom Hinterkopf ab, und eine Wange zierte der Abdruck der Kopfkissenfalten. Er gähnte ihnen arglos ins Gesicht.

«Hi, Kumpel», sagte sie. «Haben wir dich geweckt?»

«Nö. Der Kater hat mir seine Schnurrhaare in die Nase gesteckt.» Sein Blick wanderte zu den Brötchen. «Ich hab dollen Hunger.»

«Dann setz dich, und iß ein Brötchen. Cousine Cassie hat sie extra für uns gebacken.»

«Morgen, mein Freund.» Sky machte eine träge Handbewegung.

Stephen hatte schon das Brötchen im Mund. «Hi.»

«Stephen, setz dich hin. Wir möchten doch, daß Cousin Sky uns für zivilisierte Menschen hält.»

«Kann ich ein Glas Milch haben?» Er pflanzte sich auf einen Stuhl.

«Wir haben noch keine Milch. Wie wär's mit einem Glas Wasser?»

Stephen rümpfte die Nase. Sky hob die Thermoskanne hoch und schüttelte sie. «Sind noch ein paar Tropfen Kaffee übrig.»

«Er ist zu jung, um schon Kaffee zu trinken», sagte Nan.

«Tatsächlich? Ich hab meine erste Tasse mit neun getrunken. Wie alt bist du denn, Junge?»

«Acht. Von Koffein kriegt man Krebs.»

«Danke, Honey», sagte Nan.

«Also, Linda sagt –»

«Wenn Linda es sagt, dann gibt's nichts dran zu rütteln.» Nan trank einen Schluck Kaffee. «Lehrerinnen von Drittkläßlern sagen nichts als die reine Wahrheit.»

Sky war aufgestanden, um am Ausguß ein Glas mit Wasser zu füllen. Er stellte es Stephen vor die Nase und setzte sich. Er kippte seinen Stuhl auf die hinteren Beine und schaukelte langsam vor und zurück. «Um dir die Wahrheit zu sagen – meine erste Tasse war hauptsächlich Milch mit ein wenig Kaffee, eben genug um mich wachzumachen, damit ich mit meinem Daddy auf die Jagd gehen konnte.»

Diese Bemerkung erregte Stephens Interesse, und darauf war sie ganz offensichtlich auch abgezielt. Er sah Sky in die Augen. «Was habt ihr gejagt?»

«Hirsche.»

«Habt ihr einen erwischt?»

«Nun, ja und nein. Das ist eine Geschichte für sich, Junge.» Die blauen Augen erwiderten Stephens Blick, der Stuhl schaukelte hin und her. «Also, ich und mein Daddy waren da draußen in den Bergen von vor Sonnenaufgang bis Mittag, auf der Pirsch, um uns einen Bock zu schießen.»

Nan, die das Gesicht ihres Sohnes betrachtete, durchzuckte die panische Vorahnung, dies könne in eine höchst blutrünstige und gewalttätige Schilderung ausarten, die wiederum zu neuen Alpträumen führte. Als New Yorker Junge war Stephen durchaus vertraut mit der Vorstellung, daß Menschen einander umbrachten, aber sie war sich nicht gewiß, ob ihm die detaillierte Schilderung des Todeskampfes eines harmlosen Tieres zuzumuten war. Sie suchte Skys Blick, um ihm ein entsprechendes Zeichen zu geben, aber er zwinkerte ihr nur zu und fuhr mit seiner Geschichte fort.

«Wir stapften also seit Morgengrauen durchs Gehölz, und als es Mittagszeit wurde, legten wir eine Pause ein, um was zu essen. Fanden eine hübsche sonnige Lichtung und waren gespannt, was uns meine Mutter eingepackt hatte. Da gab es also schön knusprig gebratenes Huhn und Krautsalat und ein Riesenstück Kirschkuchen, alles in Folie gewickelt.»

Schaukel, schaukel. Dieser Rhythmus und Skys gedehnter Tennessee-Tonfall hatten hypnotische Wirkung, und trotz ihrer Bedenken verlor sich Nan in der Szenerie, die seine Worte heraufbeschworen: eine grüne Waldlichtung, schläfrig im gleißenden Licht der Mittagssonne. «Wir aßen und aßen, bis wir dachten, wir müßten platzen, und wir waren gerade bei dem Kuchen, als wir zwischen den Bäumen ein Rascheln hörten. Mein Daddy sagte: ‹Psssst. Was war das?›»

Er hielt inne und nahm ausdrücklich Blickkontakt zu seinen beiden Zuhörern auf: zuerst Nan, dann Stephen. Sie bewunderte sein Gespür für Effekte: Er war entweder ein geborener Geschichtenerzähler, oder er hatte bei einem Meister gelernt. Als er weitersprach, hatte er seine Stimme so gesenkt, das kaum mehr als ein Flüstern zu hören war.

«Eine Sekunde später streckt ein einjähriger Bock seinen Kopf zwischen den Bäumen vor und sieht uns direkt in die Augen.»

Eine weitere Pause, in der er ihnen die Möglichkeit gab, sich die Szene auszumalen: Mann, Junge und Hirsch, der Moment des Aufeinandertreffens. Sie sah, wie Stephen die Lippen anfeuchtete, kaum mehr an sich halten konnte, sagen wollte: *Und was passierte dann?* Einen Sekundenbruchteil bevor es aus ihm herausbrach, nahm Sky seine Erzählung wieder auf.

«Na ja, wir hatten unsere Gewehre abgelegt, damit wir essen konnten, und sie lagen zu weit entfernt, als daß wir sie uns hätten schnappen können. Aber mein Daddy hatte den Mund voll Kuchen, und er war ein ungeheurer Spukker. Er spuckt also einen der Kirschkerne auf den Bock – trifft ihn mitten auf die Stirn. Der Bock springt in die Höhe vor Schreck und rennt davon. Wir konnten hören, wie er durchs Buschwerk galoppierte.»

Er hielt nochmals inne, prüfte die Reaktion seiner Zuhörer. Nan griff nach ihrem Kaffee, erleichtert, daß der Hirsch offenbar davongekommen war, aber doch mißtrauisch, was die scheinbare Unschuld der Geschichte betraf.

Sky schüttelte den Kopf. «An dem Tag haben wir keinen Bock erlegt. Aber was meint ihr wohl? Im Herbst darauf ging ich in die Berge, um ein paar Leute zu besuchen, die dort oben wohnten. Und als ich da so vor mich hin marschiere, ganz allein und leise, da komme ich um eine Biegung, und ihr werdet niemals raten, was ich da vor mir sah. Da war er. Der große Bock stand da mitten auf dem Waldweg, und wißt ihr was? Es wuchs ihm ein kleiner Kirschbaum oben aus dem Kopf, genau da, wo eigentlich das Geweih hingehört.»

Sein Gesichtsausdruck war ernst – zu ernst. Stephen betrachtete ihn mit staunenden Eulenaugen, während Nan ihr zynisches Lächeln zu verbergen suchte und sich sagte, eigentlich könne jeder einen so knackigen Cousin zweiten oder dritten Grades gebrauchen, der heroische Lügengeschichten aufzutischen wußte. Und ihr naiver kleiner Junge gab das perfekte Publikum ab. Er hatte die Geschichte so geschluckt, wie sie ihm präsentiert worden war.

Und dann machte ihr naiver kleiner Junge den Mund auf. «Du bist ein Lügner.»

Skys herzhaftes Lachen und ihr verlegenes «Stephen!» kamen gleichzeitig.

«Mom, das hat er sich nur ausgedacht!»

«Wenn man zur Unterhaltung eine Geschichte erzählt, Honey, ist man nicht gleich ein Lügner.»

Er machte ein finsteres Gesicht und biß sich auf die Unterlippe. Nan wurde von einem Gefühl beinahe erbitterter Fürsorglichkeit erfaßt. Wenn er manchmal schwierig war, wer trug dafür die Verantwortung? Er war schon fast sechs Jahre alt gewesen, als sie entdeckt hatten, wie dramatisch kurzsichtig er war. Es hatte sich herausgestellt, daß das besorgte Runzeln auf seiner kleinen Stirn, an dessen Anblick sie sich langsam gewöhnt hatten, daher rührte, daß er sich angestrengte Mühe geben mußte, etwas zu erkennen, das weiter weg war als einen halben Meter. Nan konnte sich des Gedankens nicht erwehren, daß diese Sehstörung zu einem vergleichbaren Stirnrunzeln seiner Psyche geführt hatte. Mit vier hatte er einen imaginären Freund namens Woody zum Leben erweckt, der sein ständiger Begleiter wurde. Therapeutenfreunde rieten Gabe und ihr, Stephen in dieser Hinsicht gewähren zu lassen. Also machten sie bereitwillig mit, wenn er darauf bestand, bei Tisch für Woody mitzudecken, und nahmen auch die Schreikrämpfe hin, wenn Woody beim Überqueren einer belebten Straße in Manhattan versehentlich zurückgelassen worden war. Mit dem Einsatz der dicken Brillengläser, die Stephens Sehschwäche korrigierten, schien Woody allmählich in den Hintergrund zu treten, bis er schließlich ganz verschwunden war. Aber Stephen blieb launisch und in sich gekehrt, als sei er überwältigt vom plötzlichen Überfluß visueller Information, wo er doch die längste Zeit seines Lebens einen ständigen Schleier vor Augen gehabt hatte.

Von Müttern wurde erwartet, daß ihnen so etwas auffiel. Nan machte sich Vorwürfe, die Behinderung ihres Kindes nicht schon früher bemerkt zu haben, und sie wurde von Schuldgefühlen heimgesucht, weil sie offenbar so in ihrer Karriere aufgegangen war, daß sie ihm nicht die angemessene Aufmerksamkeit geschenkt hatte. Die Tatsache, daß Fotografie ein visuelles Medium war, flößte ihr die abergläubische Furcht ein, tatsächlich unbewußt einen Pakt mit dem Teufel eingegangen zu sein, so daß Stephen im Tausch für ihren Erfolg seine ersten sechs Lebensjahre gleichsam als Blinder hatte fristen müssen.

Und Erfolg hatte sie, egal wie oft Gabe ihr etwas anderes einreden wollte, wie oft er gewettert hatte, sie habe sich verkauft, ihr Talent verraten, indem sie das Spiel der Modeindustrie mitspielte. Damit wollte er natürlich auch betonen, daß er der Kunst, der ihr gemeinsames Interesse galt, treu geblieben war. Seine eigene Arbeit, eine geradezu zwanghafte Auseinandersetzung mit Strukturen, war zu esoterisch, um Aussicht auf kommerziellen Erfolg zu haben, und er arbeitete noch immer an der High School, wo sie sich als Lehrer und Schülerin kennengelernt hatten. Seine vielen Sticheleien konnte Nan an sich abprallen lassen, weil sie wußte, daß sie dank ihrer angeblichen Selbstaufgabe ihre Rechnungen bezahlen konnten, aber die Schuldgefühle gegenüber Stephen blieben bestehen.

Als die Thermoskanne geleert war, verabschiedete sich Sky. Sofort fing Stephen an, sie zu beknien, doch das Gelände zu erkunden, aber Nan war der Ansicht, von höchster Dringlichkeit sei ein Ausflug in die nächstgelegene Kleinstadt, um Vorräte einzukaufen. Das war der Ort Breezy, hatte Sky sie informiert, fünfzehn Meilen nördlich auf der

State Road 622. Als Stephen schmollte, versuchte sie, an seine Einsicht zu appellieren.

«Nun komm schon, Honey. Du möchtest doch zum Lunch was zu essen haben, oder?»

«Lunch? Wir haben eben erst gefrühstückt! Können wir nicht wenigstens den Bach anschauen?»

«Stephen –»

«Bitte, Mom!»

Nan zähmte ihre Ungeduld. Hatte sie nicht gerade erst beschlossen, den Bedürfnissen ihres Kindes Vorrang einzuräumen? Hier bot sich Gelegenheit, Zugang zu ihm zu finden und die Vernachlässigung wiedergutzumachen, die sich, wie ungewollt auch immer, aus der Konzentration auf die eigene Karriere ergeben hatte. Eine Dosis Sonnenschein, frische Luft, schöne Landschaft und rechtschaffene Bemutterung, um alle Leiden zu kurieren. Sie sah auf ihre Uhr: erst kurz nach neun. Vielleicht so ungefähr eine Stunde Entdeckungstour, um den Jungen froh zu stimmen, dann nach Breezy fahren und sich umschauen, vielleicht eine frühe Lunchpause machen, vorausgesetzt, es gab dort überhaupt so etwas Ähnliches wie ein Restaurant …

«Also dann, mach zu und zieh dich an», sagte sie. «Wir haben nicht den ganzen Tag Zeit.»

Er rannte durchs Wohnzimmer davon, und sie hörte seine Füße die Treppenstufen am anderen Ende des Hauses hinauftrampeln. Ein zweites, schwächeres Hallen von Schritten verblüffte sie, bis sie merkte, daß es nur ein Echo war – eins, das im Laufe der langen Geschichte des Hauses zahllose Male erklungen sein mußte, denn Generationen von Kindern waren hier aufgewachsen, unter ihnen ihre Mutter und Großmutter. Gedankenverloren und auch ein wenig gerührt ging sie ihre Kamera holen.

Noch präsentierte er sich etwas kühl, aber der Tag versprach heiß zu werden. In Shorts und T-Shirt stürzte Stephen direkt vor ihr aus der Hintertür, und sie bekam die wehleidig quietschende Fliegentür gerade noch zu fassen, bevor sie ihr ins Gesicht prallen konnte. Wieder überraschte sie das frische, süße Aroma der Landluft. Sie atmete tief ein und registrierte hinter dem Duft der Blumen und des gemähten Grases den intensiveren Geruch von Unkraut und üppigem Wildwuchs.

Stephen kletterte schon über den Weidezaun, und sie mußte sich beeilen, um ihn einzuholen. Jenseits seiner kleinen Gestalt fiel das Gelände zum Bach steil ab, bevor es auf der anderen Seite wieder anstieg. Pferde und Ponys, die entfernt im Grünen grasten, hatten die Köpfe gehoben, um ihn zu beobachten, und Scheherazade ließ ihren langen Schwanz tanzen. Als sie den Zaun erreicht hatte, hängte sich Nan die Hasselblad über die Schulter und schwang sich über das verwitterte Geländer.

Hinter dem gleißenden Sonnenlicht, das sich auf Stephens Brillengläsern spiegelte, konnte sie seine vor Begeisterung weit aufgerissenen Augen erkennen. Vielleicht würde es sich gar nicht als schwer erweisen, Mutter zu sein. Sie lächelte zu ihm hinab. «Fertig?»

«Jaha!»

Nan ging voran über die Weide in Richtung der dunklen Baumreihe unten am Bach, aber schon sehr bald stellte sich heraus, daß es alles andere als ein gemütlicher Spaziergang werden würde. Sie mußten sich durch hohes Gras schlagen, dessen fedrige, von Tau benetzte Halme ihr bis zur Taille und Stephen bis zur Brust reichten. Bevor sie auch nur wenige Meter zurückgelegt hatten, waren ihre bloßen Beine (sie hatte sich auch Shorts angezogen) tropfnaß. Insekten schwärmten um ihre Köpfe, darum wetteifernd, ihnen in die Nase zu fliegen. Alle paar Sekunden mußten sie wild vor ihren Gesichtern herumfuchteln, um die Angreifer zu verscheuchen.

Und es war heiß – nicht einmal der Hauch einer Brise. Die Sonne brannte ihnen wie eine schwere Last auf den Schultern, aber sie stapften voran. Unter dem stillen blauen Himmelsgewölbe schwebten die Rufe der Vögel hin und her, Kontrapunkt zum Rascheln des Grases, dem klagenden Sirren der Insekten und dem plötzlichen Schwirren der rundherum fliehenden Grashüpfer. Die Weide, dachte sie zwischendurch, war größer, als sie aussah. Als sie sich jedoch schließlich der Baumreihe näherten, stießen sie auf einen Trampelpfad der Pferde und folgten ihm dankbar den Rest des Weges.

Drüben auf der heißen Weide war Stephen weiter und weiter zurückgefallen. Als sie die Bäume am Bach erreicht hatte, blieb Nan stehen, um auf ihn zu warten. Unter dem Blätterbaldachin war es wohltuend kühl. Auf ihrer Haut kribbelte der Schweiß, in der Hitze auf der offenen Weide ausgebrochen, und sie stand ganz ruhig da, um zu Atem zu kommen, überwältigt von dieser Überdosis Natur, und wartete, daß sich ihre Augen nach dem grellen Sonnenlicht an den Schatten gewöhnten.

Anfangs vermochte sie nicht viel zu erkennen außer dem Fleckenmuster aus vibrierendem Licht und Schatten ringsherum. Umgeben von wucherndem Grün, konnte sie den Bach zwar nicht sehen, aber hören – ein wohlgefälliges Plätschern, das die unergründliche Stille überlagerte, das träge Raunen sommerlicher Morgenstunden, flink flitzende Fische unter Wasser, der Tanz der Libellen darüber. All das versetzte sie in eine Art Trance, und sie ging weiter voran, ohne sich dessen recht bewußt zu sein, spürte kaum das dichte Unterholz, das an ihren Beinen zerrte.

(Annabel! Beeil dich!

Warte! Ich muß mir die Schuhe ausziehen!

Ich schwör dir, du bist lahmer wie 'ne Schnecke. Was willst du überhaupt mit Schuhn? Is doch Sommer!)

Die schwachen Stimmen schienen aus dem plätschernden Wasser aufzusteigen und wieder einzutauchen, zwischen Illusion und Wirklichkeit zu tanzen, als sie sich dem Bach näherte.

(Blondschopf Tuck steht barfuß am anderen Ufer des Baches, die Daumen hinter die Träger seines Overalls gehakt, einen tadelnden Zug um die Mundwinkel

Annabel! Komm schon!

Okay! Ich komme ja!

Luft schnappen, als das kalte Wasser an meinen Beinen hochschwappt bis zu den Knien, hinüberplantschen, dabei spüren, wie die Kiesel unter meinen bloßen Fußsohlen rutschen, dann die kühle, schattige Uferböschung auf der anderen Seite emporklimmen, in aller Eile, um Tuck einzuholen, der schon im Sonnenschein am Fuß des Hügels angelangt ist, Haare von derselben Farbe wie das hohe goldene Gras und sein Ruf, der zu ihr dringt:

Komm schon! Wer zuerst oben ist!)

«Mom!»

Stephens Stimme, die sie jählings in die Realität zurückholte. Sie konnte hören, wie er durchs Unterholz gestürmt kam.

«Hier drüben.» Ein tiefer Atemzug und ein, zwei Lidschläge schienen sowohl ihre Sicht wie ihren Kopf freizumachen. Stephen schloß keuchend zu ihr auf; sie ließ die Hand sinken, um ihm das Haar aus der geröteten Stirn zu streichen. «Alles klar, Kumpel?»

Er nickte. «Ist heiß.»

Der Anblick des Wassers schien ihn aufzumuntern. Er stürzte darauf zu, und Nan folgte, leicht aus der Fassung gebracht von dem, was sie eben durchlebt hatte. Eine schlummernde Erinnerung, irgendwo in ihrem Hirn konserviert und nicht ein einziges Mal angetastet, so daß sie bei deren Erwachen von einer Gefühlsentladung überwältigt worden war, die ihr so intensiv und unmittelbar vorkam wie das Leben selbst. Verstörend, sowohl an sich als auch wegen der Implikation, daß dort, wo sie entsprungen war, noch mehr lauerte: als ob es irgendwo in den Untiefen ihrer Erinnerung noch immer existierte, ausnahmslos alles, was dem Kind vor zwanzig Jahren geschehen war, und nur darauf wartete, daß die Umgebung den benötigten Lebensfunken lieferte. Besagte das nicht auch die wissenschaftliche Forschung – daß jede Erfahrung im Gehirn gespeichert war, jede einzelne Erfahrung einschließlich ihrer visuellen Komponenten, ihrer Geräusche und Gerüche, und jederzeit durch den entsprechenden Reiz wieder ausgelöst werden konnte?

Diese Vorstellung verursachte ihr ein eigenartiges Unbehagen. Sie schüttelte sie ab und gesellte sich zu Stephen. Der stand wie gebannt da und betrachtete den Bach, der sich, breit, seicht und ins Selbstgespräch vertieft, zwischen Felsbrocken und Grasbüscheln schlängelnd, seinen Weg talwärts suchte. Überall fließende Bewegung. Rinnsale und winzige Wasserfälle rieselten über die Flächen der größeren Steine; da gab es Stromschnellen im Kleinformat und dann wieder Stellen, an denen das Wasser nur langsam rann und die glatten braunen Steine auf dem Grund in welligen Konturen sichtbar wurden. Die Bäume bildeten eine schattenspendende grüne Arkade, durch deren Dach das Sonnenlicht blitzte, Libellen mit hauchzarten Flügeln schossen hin und her, und das Rufen unsichtbarer Vögel schien über dem schläfrigen Dahingleiten des Wassers zu verharren.

«Können wir rübergehen?» Stephen zeigte auf die andere Seite. Nan hob den Blick von der Wasseroberfläche und sah den Hügel, der sich vorm Himmel auftürmte, golden vor dem Blau. Seine Nähe verblüffte sie. Er schimmerte jenseits der Bäume auf dem gegenüberliegenden Ufer, in einer Helligkeit schwebend, die unwirklich erschien. Ein lautloses Strahlen schien von ihm auszugehen; vereinzelte Vogelrufe und das unendlich leise Rascheln des hohen Grases streiften die Oberfläche einer Stille, die so intensiv war, daß sie alle Sinne auf unerklärliche Weise zum Vibrieren brachte.

(Gras von der Farbe des Sonnenlichts, fast so hoch, wie wir groß sind, und zusammen kämpfen wir uns hindurch wie Schwimmer, unsere Köpfe auf der Oberfläche tanzend

hol tief Atem – riech die Luft

der scharfe Geruch von Kiefernnadeln und etwas Süßes, ja, reife Brombeeren, die auf dem Gipfel des Hügels wachsen)

Da war es wieder: wie eine Tür, die sich öffnet und eine Welle lebendiger Erinnerung passieren läßt, bevor sie sich wieder schließt. So lebensecht, daß sie für einen kurzen Augenblick die warme dunkle Süße der Beeren geschmeckt hatte, die auf ihrer Zunge barsten. Sie hatte urplötzlich das schwindelerregende Gefühl, daß sich eine wesentliche Grenze auflöste und die unmögliche Vermischung von Vergangenheit und Gegenwart erlaubte. Schwach registrierte sie, daß Stephen an ihrem Arm zerrte. «Komm. Wir können rüberwaten.»

Nan blickte hinunter in sein kleines Gesicht, das irgendwie gelehrt wirkte wegen der Nickelbrille, die er unbedingt hatte haben wollen, weil sie der Gabes ähnelte, und sie rang sich ein Lächeln ab. «Heben wir's uns für morgen auf, okay? Uns läuft allmählich die Zeit davon.»

Sie beglückwünschte sich dazu, daß sie sich wie eine typische erwachsene Spielverderberin anhörte und nicht wie jemand, deren Psyche auf klassische Weise außer Rand und Band geraten war. Dankenswerterweise widersprach Stephen nicht, sondern schaute nur auf die andere Seite des Baches, als sie sich auf den Weg machten, ihr Ufer zu erkunden. Das schwatzhafte Wasser hielt mit ihnen Schritt, floß über und um die Steine, die verstreut sein seichtes Bett zierten, und sammelte sich hier und da in Einbuchtungen, wo seine Oberfläche glatt war wie Glas. Nan sah zu, wie Stephen sich bückte, um einen Stock aufzusammeln und damit einen Stein auf die Seite zu drehen. Er wanderte die schattige Böschung hinunter, und sie folgte, darauf bedacht, nicht auszurutschen. Ein Eichelhäher krächzte laut auf einem Zweig direkt über ihrem Kopf und flog dann mit lautem Flügelschlag davon.

Dann fiel ihr schließlich ihre Kamera wieder ein. Sie nahm die Objektivkappe ab und schaute durch den Sucher, um interessante Motive zu finden. Die gekräuselten Spuren, von eiligen Wasserläufen hinterlassen, die glänzende Struktur eines nassen Steins, Pilzbewuchs wie Spitzenbesatz auf einem Baumstamm – solche Bilder hatte sie schon lange nicht mehr gemacht. Das vertraute Gefühl der Kamera in der Hand vertrieb die nervöse Anspannung, und das Universum schien sich ganz plötzlich zu reduzieren, wie immer, wenn sie arbeitete, und alles auszuklammern bis auf das, was sich direkt vor ihrem Objektiv befand. Das Surren des Motorantriebs beeinträchtigte kaum ihre Konzentration. Am Uferrand entdeckte sie eine Grasnarbe, wo die langen, hinabhängenden Halme, besetzt mit glitzernden Tröpfchen, eine Libelle angelockt hatten, die in der Luft stand. Mit angehaltenem Atem pirschte sie sich näher. Die Flügel der Libelle waren wie aus gesponnenem Sonnenlicht. Wieder und wieder fand sie die Schärfe und löste aus.

(mit Flügeln wie goldene Schatten im Sturzflug niedersausend und über dem glitzernden Wasser in alle Richtungen flitzend, so nahe an mein Gesicht schwirrend, daß ich zurückscheue und Tuck mich auslacht)

«Bleib schön hier, Baby. Bitte nicht wegfliegen. Nur noch einmal ... und noch mal ...» Sie spürte, wie ihre Lippen gemurmelte Silben bildeten, die ungehört im trägen Hintergrundplätschern des Bachs versanken. Das winzige Monster zischte hin und her, in einem zeitlosen Mikrokosmos aus Sonnenschein und Schatten und feuchtgrüner Vegetation eifrig beschäftigt mit seinem ureigenen unergründlichen Vorhaben.

Plötzlich schoß es davon. Nan verlagerte ihr Gewicht auf die Fersen und ließ die Kamera langsam von den Augen sinken. Sie wurde sich ihrer Umgebung wieder bewußt – und sie spürte ihre schmerzenden Oberschenkel, die heftig gegen die ungewohnte Hockstellung protestierten. Sie stand auf, schreckte zusammen und hielt nach Stephen Ausschau.

Er war fort.

Sekundenlang stand sie da, hielt die Kamera umklammert, gelähmt von Panik, und dann meldete sich der gesunde Menschenverstand. Weit konnte er nicht gekommen sein. Er war bestimmt nur vorausgelaufen, ein kleines Stück das Bachufer entlang, wahrscheinlich nur eben um die nächste Biegung.

Sie rief laut genug, um die Geräusche des Wassers zu übertönen. «Stephen«?»

Ein Herzschlag verklang. Zwei. Drei.

«Stephen! Antworte mir!» Wenn der Lausejunge ihr keß kommen wollte und ein Versteckspiel improvisierte, würde sie ihm den Hals umdrehen. Plötzlich schien die Hitze ihr den Atem zu nehmen, sogar hier im Schatten, und die Luft klebte ihr wie eine nasse, unsichtbare Decke an der Haut.

«Mom!»

Erleichterung erfaßte sie wie ein kühle Brise. Sie ging einen Schritt vorwärts, am Ufer entlang, merkte dann aber, daß der aufgeregte Ruf ihres Kindes wohl gar nicht aus der Richtung gekommen war – ja, eigentlich überhaupt aus keiner bestimmten Richtung. Vielleicht prallten die Schallwellen wie Querschläger von Baumstämmen ab oder so. Sie rief wieder lauter. «Wo bist du?»

«Hier drüben!»

Diesmal konnte sie ihn orten: zu ihrer Linken und ein wenig hinter sich, ganz und gar nicht dort, wo sie ihn erwartet hatte. Es überraschte sie, daß er nicht am Bachlauf geblieben war, aber sie zuckte nur mit den Achseln und bahnte sich den Weg durch den Wald dorthin, wo sie seine Stimme gehört hatte. Je weiter sie sich vom Bach entfernte, desto dichter wurde die üppig wuchernde Barriere aus sommerlichem Blattwerk und Ranken und hinderte sie, in irgendeiner Richtung mehr als einen Meter weit zu sehen. Insekten summten ihr Klagelieder ins Ohr. Sie spürte, wie ihr Orientierungsvermögen versiegte und ein heimtückischer Mangel an Wirklichkeitssinn an seine Stelle trat. Gestern bei Morgengrauen war sie noch in New York City gewesen, auf dem angeblichen Gipfelpunkt der Zivilisation. Jetzt, nur etwas mehr als vierundzwanzig Stunden später, war es ihr gelungen, Stephen in einem stickigen, insektenverseuchten Waldstück in den Südstaaten aus den Augen zu verlieren.

«Stephen!»

«Hier»

Klang die Stimme diesmal leiser – kam sie aus größerer Entfernung? Hatte sie die falsche Richtung eingeschlagen? Sie hielt inne, um zu horchen, und konnte plötzlich gar nichts mehr hören, keinen Ton, nicht einmal den Bach. Einen atemlosen Moment lang war die Stille erdrückend, überfiel sie von allen Seiten. Dann war da ein Geräusch irgendwo hinter ihrem Rücken – ein Zweig, der knackte, oder ein schwerer Tropfen, der von einem Ast hinunter auf den Boden fiel.

Unter dem Schweißfilm kräuselte sich Gänsehaut. Hatte daher die *Panik* ihren Namen – die unerklärliche Furcht, die den einsamen Wanderer im Wald beschleicht, wenn Pan, der Gott der Hirten und Jäger, sich nähert? Daheim in Manhattan mochte dieses etymologische Partyhäppchen vielleicht ganz amüsant geklungen haben; im Moment wünschte sie eher, sie hätte sich nicht daran erinnert. Sie berührte die Kamera, dies Zeugnis moderner Technologie, wie einen Talisman. Sie mußte Stephen finden, und zwar schnell. Sie sog nervös Luft ein und rief wieder nach ihm.

«Stephen!»

Kaum war der Klang ihrer Stimme verebbt, kehrte die Stille zurück. Ein Blatt taumelte herab und berührte ihre Schulter, und sie fuhr zusammen. Dann ließ ein entfernter Schrei, kaum hörbar, ihr Herz ungestüm schlagen. War das Stephen? Es schien von so weit her zu kommen.

«Wo *bist* du?» rief sie.

Keine Antwort. Sie zauderte, unentschlossen, mußte an den Schrei denken, den sie in der Dämmerung am Abend zuvor gehört und im nachhinein einem Raubvogel zugeschrieben hatte. War es das, was sie auch jetzt gehört hatte? Ganz gewiß war es nicht Stephen. Wie hätte er sich so weit entfernen können?

«Mom»

Das war Stephen, jetzt irgendwo rechts von ihr.

«Komm ja schon!» Sie eilte in Richtung des Rufes, stieß Zweige aus dem Weg. Feuchte Blätter streiften ihr Gesicht und ihre Arme, ihre Füße verfingen sich im Unterholz. Die Kamera schlug ihr schmerzhaft gegen die Rippen. Ohne Vorwarnung verhedderte sie sich in einem riesigen Spinnennetz.

«Aaarch ...» Als sie versuchte, die klebrigen Fäden von Hals und Kinn zu klauben, spürte sie ein Flattern im Bauch, merkte, daß ein Schrei hervorbrechen wollte. Panik, soufflierte ihr Verstand. Die Furcht, die einsame Wanderer im Wald beschleicht, wenn –

«Mom? Wo bist du?»

Ihr Herz machte einen Satz; die Stimme war so überraschend nah. Noch immer konnte sie ihn nicht sehen – aber er hörte sich ganz nah an, nur Meter entfernt. Sie spähte durch das dichte Blattwerk.

«Ich bin hier, Honey. Rühr dich nicht. Ich komme.» Das Geräusch des Baches war wieder zu hören, doppelt willkommen nach der beänstigenden Stille. Es war zum Verrücktwerden, daß sie Stephen nicht sehen konnte, aber gleich würde es soweit sein. Gleich würde dieser Wahnsinn ein Ende haben, und sie würde ihren Sohn in die Arme schließen können. Dann hörte sie ihn jäh aufschreien.

«Ey –!»

Das Kreischen endete abrupt in einem unheilvollen Platschen.

«Stephen! Was – « In wilder Hektik bahnte sie sich den Weg, erwartete jeden Augenblick, ans Ufer des Baches zu gelangen, und wurde jeden Augenblick aufs neue enttäuscht. Der Wald wollte einfach nicht enden. Und Stephen? Der einzige Laut war das stillvergnügte Plätschern des Wassers, aber jetzt schien es sie gleichzeitig von allen Seiten zu umzingeln, und sie hatte keine Ahnung mehr, wohin sie sich wenden sollte. Es war, als wolle die Wildnis sie daran hindern, ihren Sohn wiederzufinden. Das Flattern stieg aus ihrem Bauch auf und erreichte ihre Kehle. «Stephen!» schrie sie gellend.

Es kam keine Antwort.

In einem Labyrinth aus sonnenbeschienenem Grün gefangen, stolperte sie erst in die eine Richtung, dann in die andere. Nur noch eine Sekunde, und sie würde unkontrolliert zu schreien beginnen. Sie atmete keuchend, und der Schweiß lief ihr das Gesicht hinunter, brannte in ihren Augen. Sie wünschte sich inbrünstig, Napalm zur Verfügung zu haben oder sonst eine Substanz, um dies nervtötende, üppig wuchernde Dschungelgrün um sie herum auszumerzen, damit sie sich endlich wieder orientieren konnte. Sie mußte Stephen finden. Dieser unversehens abgebrochene Schrei –

Sie stürzte sich kopfüber durch eine scheinbar undurchdringliche Vegetationswand und stolperte urplötzlich hinaus auf die Uferböschung.

Endlich. Ihr entfuhr ein Seufzer der Erleichterung. Hier war er wieder, wie sie ihn zurückgelassen hatte – ein verschlungener Wasserlauf, der sich zwischen den Bäumen verlor. Sie stellte fest, daß sie an fast derselben Stelle herausgekommen war, an der sie den Wald betreten hatte: Da war die Grasnarbe, wo sie die Libelle fotografiert hatte. Aber wo war Stephen? So wie es geklungen hatte, mußte er ausgerutscht und ins Wasser gefallen sein. Angenommen, er hatte sich den Kopf gestoßen? War bewußtlos geworden? Als diese furchtbaren Möglichkeiten ihr dämmerten, rannte sie schon am Ufer entlang und ließ den Blick suchend übers Wasser schweifen. Schreckliche Angst stieg in ihr auf.

Als sie ihn schließlich fand, verstrich eine Zeitspanne von mehreren Sekunden, bevor das, was ihre Augen sahen, als Information in ihr Gehirn gelangte. Sie merkte, daß sie auf etwas starrte, das sich unter der dahinfließenden Wasseroberfläche befand – etwas, das sie verspätet als das verschwommene weiße Gesicht ihres Sohnes erkannte.

«Gütiger Gott.» Jemand anderes schien diese Worte zu flüstern, als sie in das betäubend kalte Wasser watete und ihn an die Oberfläche zog. Er lag schlaff in ihren Armen, ließ den Kopf hängen. Unter den dunklen Haaren, die naß auf seiner Stirn klebten, strömte ihm Wasser aus Nase und Mund. Seine Brille baumelte an einem Ohr.

Die Angst hatte ihren Armen alle Kraft genommen, aber irgendwie gelang es ihr doch, ihn auf die Böschung hinaufzuhieven, wo sie ihn auf den Rücken legte. In hektischer Verzweiflung versuchte sie sich zu erinnern, was sie, wenn überhaupt etwas, über künstliche Wiederbelebung wußte. Man drückte den Kopf nach hinten, kniff die Nasenlöcher zu, atmete in den geöffneten Mund.

Als sie sich über Stephen beugte, sah sie für einen flüchtigen Moment aus dem Augenwinkel jemanden auf der anderen Uferseite im Schatten stehen. Jemanden – einen kleinen blondschöpfigen Jungen, die Arme in die Seite gestemmt? Entsetzen ergriff sie. Und dann raschelten die Blätter, und das Licht änderte sich, und sie sah, daß es nichts war. Nichts als Luft und Schatten und Spiegelungen auf dem glitzernden Wasser.

Stephen regte sich und gab Töne von sich, als übergebe er sich. Ihr Herzschlag setzte aus.

«Stephen? Honey?»

«Mom?» Er blinzelte und sah sie aus zusammengekniffenen Augen an. Dann versuchte er angestrengt, sich aufzurappeln. Sie half ihm, so gut sie konnte; die Erleichterung schwächte sie fast so sehr wie zuvor die Angst. Er übergab sich wieder, und ein paar Tropfen Wasser rannen ihm übers Kinn, denen dann aber fast der halbe Bach folgte. Als er es überstanden hatte, fiel er in ihren Armen zitternd in sich zusammen. Nan merkte, daß ihr etwas die Luft abschnürte – ihr Kamerariemen –, und sie nahm die Hasselblad ab, um sie neben sich auf den Boden zu legen.

«Ist alles in Ordnung, Honey? Wie geht es dir?»

«Mir ist kalt. Ich kann nichts sehen.»

Sie fand seine Brille, und es kostete ihn viel Mühe, sie sich richtig aufzusetzen. Nan drückte ihn fest an sich. «Wir werden dich schon warm kriegen. Gott sei Dank geht es dir soweit gut. Was ist denn passiert? Bist du ausgerutscht und gefallen?»

Er hustete und schüttelte den Kopf. «Jemand hat mich gestoßen.»

«Dich gestoßen?» Sie hielt ihn mit gestreckten Armen von sich und sah ihm in die Augen. Offenbar ging die Phantasie mit ihm durch. «Stephen – es ist niemand hier außer dir und mir.»

«Ich kann doch auch nichts dafür! Ich hab jemanden gespürt.» Seine Lippen fingen zu zittern an, und er begann zu wimmern. «Mein Knie tut weh, Mom.»

Sie blickte hinunter und bemerkte erst jetzt, daß sein

Knie blaurot und entsetzlich geschwollen war. Er mußte es sich auf dem steinigen Grund des Baches gestoßen haben. Dem Himmel sei Dank, daß er nicht mit dem Kopf aufgeprallt war. Der Gedanke daran, was alles hätte geschehen können, brachte sie auf einmal völlig aus der Fassung, ließ ihr Herz jagen, machte Pudding aus ihren Muskeln. Sie war sich ganz und gar nicht sicher, ob sie überhaupt würde stehen können oder gar Stephen helfen, den ganzen Weg nach Hause zurückzulegen. Als sie beide sich am Ufer eng aneinanderkuschelten, wurde sie sich abermals der tiefen Stille des Waldes bewußt, die sich hinter dem Murmeln des Wassers verbarg. Über ihnen regte sich nicht ein einziges Blatt, und sogar die Vögel waren verstummt. Auf der anderen Seite des Baches ragte der goldene Hügel in den Himmel.

Die Anblick von Stephens Knie, das von Sekunde zu Sekunde dicker und beeindruckender in seiner Lilafärbung wurde, gab schließlich den Anstoß, sich auf den Weg zu machen.

«Komm, Honey. Schaffen wir dich nach Hause und kümmern wir uns da um die Schwellung.» Ihre Stimme war nicht weniger zittrig als ihre Beine, und sie schaffte es nur mit Mühe, sie unter Kontrolle zu bringen. «Meinst du, du kannst gehen?»

Ein stummes Kopfschütteln. Nan schloß kurz die Augen und öffnete sie wieder, um ihr nasses, erbarmungswürdiges Kind zu betrachten. Seine Nase lief, und in seinen Haaren hatte sich ein durchweichtes Blatt verfangen. Sie entfernte es vorsichtig und rang sich ein geheucheltes Lächeln ab. «Kein Problem. Wir stoppen einfach ein Taxi.»

Obwohl sie immer wieder ins Straucheln geriet und mit einem Arm in der Luft fuchtelte, um das Gleichgewicht zu halten, schaffte sie es doch, ihn zu tragen. Zu ihrer Verblüffung fand sie diesmal den Weg ohne Schwierigkeiten. Der Wald kam ihr weniger undurchdringlich vor; sie konnte sogar ab und zu die sonnenbeschienene Weide zwischen den Bäumen hindurchschimmern sehen. Die Ahnung, sich aus reiner Hysterie selbst in Schwierigkeiten gebracht zu haben, war demütigend, und sie versuchte, nicht mehr daran zu denken.

Draußen auf der offenen Weide kam sie etwas leichter voran. Aber in der glühendheißen Sonne war der Hang besonders steil, und als sie ihn mühsam erklomm, schien ihre Kamera gute fünf Pfund mehr zu wiegen als auf dem Weg bergab. Sie konnte sich schnaufen und japsen hören, und zu diesen Tönen gesellten sich als lautmalerische Interpunktion das rhythmische Quietschen ihrer nassen Turnschuhe, Stephens Wimmern und das Sirren der Insekten um ihren Kopf. Sie konzentrierte sich nur darauf, das Haus zu erreichen, eine künstliche Umgebung, über die sie gewisse Kontrolle hatte.

Es schien eine Ewigkeit zu dauern. Ihre Arme schmerzten unter Stephens Gewicht, anfangs nur dumpf, dann qualvoll. Schließlich fühlten sie sich an wie abgestorben. Ihr gesamter Körper war schweißgebadet. In der Ferne sah sie den Zaun. Er schien ihr vor Augen zu tanzen und nicht einen Deut näher zu kommen, bis er, völlig unerwartet, direkt vor ihr aufragte. Irgendwie brachte sie sich und Stephen hinüber, stolperte dann die Hintertreppe des Hauses hinauf und schob die Fliegentür mit dem Ellbogen auf.

«Ich hab Durst, Mom.»

«Okay, mein Kleiner. Okay.»

Nachdem sie ihn auf der Couch vor dem Fernsehapparat deponiert hatte, regte sich langsam wieder Gefühl in ihren Fingern. Sie brachte ihm ein Glas Wasser und zog ihm trokkene Sachen an. Dann durchstöberte sie das Badezimmer neben der Küche, um etwas zu finden, aus dem sich ein Eisbeutel für sein Knie machen ließ. Inzwischen atmete sie wieder normal, aber ihre Arme zitterten weiterhin und waren kraftlos. Als sie die Tür des Medizinschränkchens schloß, bekam sie einen Schreck: Das Gesicht im Spiegel blickte ihr mit wirrem Blick entgegen, von Schweiß und Schmutz gezeichnet – als ihr eigenes hätte sie es nicht bezeichnen wollen.

Total abgetaucht in eines seiner Videospiele, schien Stephen kaum zu bemerken, daß sie sein Knie auf Kissen stützte und dann mit Eis kühlte. Hatte er sich wirklich so schnell von dem traumatischen Erlebnis erholt? Von sich konnte sie das nicht behaupten.

Sie brauchte unbedingt einen Drink, aber weil es noch nicht einmal halb elf Uhr vormittags war, gab sie sich mit einem Glas kaltem Leitungswasser zufrieden. Am Küchentisch sitzend, versuchte sie, die Ereignisse in die richtige Perspektive zu bringen.

Was war tatsächlich geschehen? Sie hatten einander im Wald verloren – ihre Schuld, denn sie war ganz in ihrem persönlichen Interesse aufgegangen und hatte kein Auge mehr auf ihn gehabt, die alte, schmähliche Geschichte, wie gehabt. Ihre panische Reaktion hatte sie gehindert, ihn schnell wiederzufinden. Und dann war er ausgerutscht und in den Bach gefallen. Und beinahe ertrunken.

Kein schönes Bild, von welcher Warte man es auch betrachtete. Was am meisten an ihr nagte, war der Gedanke, wie schnell ihre Vergnügungstour zur Katastrophe geworden war – eben noch ein ländliches Idyll, kurz darauf schon eine um Haaresbreite abgewendete Tragödie. Sie mußte sich schütteln bei der Erinnerung an Stephens weißes Gesicht unter der Wasseroberfläche. Wenn sie ihn in dem Moment nicht gefunden hätte …

Seine seltsame Aussage fiel ihr wieder ein. *Jemand hat mich gestoßen.*

Ein Schauer durchfuhr sie, und sie ließ ihn in ein Achselzucken münden. Absurd. Er brauchte einen unsichtbaren Angreifer als Sündenbock, um die Tolpatschigkeit zu entschuldigen, die ihn hatte stolpern und stürzen lassen. Weder Stephen noch sie hatten heute morgen ihre Phantasie zügeln können. Er war nicht gestoßen worden, und ebensowenig hatte man sie absichtlich im Wald in die Irre geführt. Nach eingehender Überlegung war die ganze Angelegenheit nicht mehr als der klassische Auftritt von ein paar Lackaffen aus der Großstadt, die sich auf dem Lande als Tölpel erwiesen. Sie waren unbeschwert zu ihrer Expedition aufgebrochen, als sei es ein Spaziergang im Stadtpark, einschließlich Asphaltwegen, Hunden an der Leine und alle zehn Meter ein Papierkorb – und Mutter Natur hatte sie eines anderen belehrt. Ihnen eine derbe Lektion erteilt. Sie leerte ihr Wasserglas und dankte stillschweigend dem Himmel, daß es nicht schlimmer gekommen war.

3. KAPITEL

Breezy, Tennessee, nur fünfzehn Meilen entfernt, aber auf so kurvigen Landstraßen, daß es einem mindestens doppelt so weit vorkam, war eine mickrige Ansammlung von Häusern und Geschäften (Ikenberry & Garth's General, Breezy Feed & Seed, Bev's Valley Luncheonette), zwei Kirchen, einer Tankstelle und einer Apfelwein-Destille. Die breite, sonnige Straße vor dem Gericht, wo eine winzige Kanone und ein zusammengestauchter Obelisk an die toten Helden des Bürgerkriegs gemahnten, hieß Front Street, die dahinter entsprechend Back Street. Nan hatte keine bewußte Erinnerung an diesen Ort, war sich jedoch sicher, daß Annabel sie das eine oder andere Mal in die Stadt mitgenommen haben mußte. Sie sprach zwei einheimische Frauen an und erkundigte sich nach einem Arzt.

Die Arztpraxis war gleich in der Front Street. Vernon Hales, M. D., der mit seinen struppigen Pfeffer-und-Salz-Haaren und dem buschigen Schnurrbart wie die Idealbesetzung eines Landarztes aussah, hörte sich ihren Bericht über das morgendliche Martyrium reichlich desinteressiert an.

«Ich weiß nicht, wie lange er tatsächlich unter Wasser gewesen ist, aber ...» Sie merkte, wie ihre Stimme sich verlor. Die Kostümbildnerin hatte Dr. Hales mit einer Halbbrille à la Benjamin Franklin ausgestattet, aber man konnte nicht gerade behaupten, daß seine Augen über den Gläsern funkelten. Eher blickten sie etwas trübe drein, und Nan fragte sich, ob der Doktor vielleicht ein Alkoholproblem haben mochte. Im Augenblick schien er sich jedenfalls nur mit Mühe wachhalten zu können. Er grunzte, sah sie aus zusammengekniffenen Augen an und legte dann sein Stethoskop an Stephens Brust.

«Huste mal für mich, Junge.»

Stephen tat wie geheißen. Der Arzt wandte sich seinem Rücken zu und horchte ihn auch dort ab. Dann richtete er sich auf.

«Da drinnen ist kein Schaden angerichtet worden. Sehen wir uns mal das Knie an.»

Zu Nans Erleichterung erwies sich auch die Verletzung des Knies als geringfügig, aber Hales riet ihr, darauf zu achten, daß Stephen es ein paar Tage lang schonte.

«Bei Kindern geht die Heilung schnell. Er wird im Handumdrehen wieder ganz der alte sein.»

«Und Sie sind sicher, daß er nichts nachbehalten hat davon ... davon, daß er unter Wasser lag?»

Zum ersten Mal öffneten sich die Augen des Arztes ganz. «Ganz ruhig, Missus. Ist nicht das erste Kind, das sich den Magen mit Wasser aus einem unserer Bäche spült. Dem Jungen geht's bestens.»

Er klang überzeugend, und Nan stellte fest, daß sich ihre Zweifel etwas legten. Hales schien zumindest über Erfahrung zu verfügen und wohl auch genügend von seinem Handwerk zu verstehen. Außerdem war er ja wohl der einzige Arzt in Breezy, so daß ihr keine große Wahl blieb.

Seine Worte gingen ihr nicht aus dem Sinn, als sie mit ihrem humpelnden Sohn die Praxis verließ. *Ist nicht das erste Kind, das sich den Magen mit Wasser aus einem unserer Bäche spült.* Anscheinend war es nicht ungewöhnlich, daß hier in der Gegend jemand beinahe – oder tatsächlich – ertrank. Sie schnitt eine Grimasse, denn plötzlich ging ihr der Zusammenhang auf. *Tucker war ertrunken.* Die Einzelheiten jenes Vorfalls blieben zwar weiterhin im verborgenen, unerreichbar irgendwo in ihrem Unterbewußtsein begraben, aber vielleicht war er die Erklärung dafür, daß sie sich eingebildet hatte, den Freund aus ihren Kindertagen dort im Schatten gesehen zu haben, kurz nachdem sie Stephen aus dem Bach gezogen hatte.

Sie mußten noch Vorräte einkaufen. Nan fand gewissen Trost in dieser praktischen Aufgabe und hatte das Gefühl, langsam die Kontrolle über sich und ihre Umgebung wiederzuerlangen, als sie den Einkaufswagen bei Ikenberry & Garth's zwischen den Regalen auf und ab schob. Sie hatte Stephen vorne bei der mit Fliegengitter bespannten Doppeltür zurückgelassen und konnte sehen, daß er über dem Glasdeckel einer Tiefkühltruhe hing, in der sich das größte Sortiment von kitschigen Speiseeis-Kreationen befand, das die Welt je gesehen hatte. Sie nahm an, er würde sie am liebsten alle probieren, und in ihrer gegenwärtigen Stimmung – dankbar, daß er noch am Leben war – hätte sie ihm kaum Widerstand entgegenzusetzen vermocht. Doch das war ein Problem, dem sie sich liebend gern stellte.

Es hatte den Anschein, als sei das menschliche Dasein zumindest in Teilbereichen durchaus wieder zu bewältigen. Deckenventilatoren drehten sich gemächlich, und eine gescheckte Katze döste auf einem der obersten Regale. Nan versuchte, im Kopf eine Einkaufsliste zu erstellen, füllte jedoch ihren Wagen, ohne das Gefühl vertreiben zu können, daß sie ein Dutzend unentbehrlicher Dinge vergaß. Aber was sollte es, sie konnte ja ohne weiteres morgen wiederkommen. Die breiten, düsteren Gänge boten nicht nur Lebensmittel, sondern schienen von Nähutensilien bis zur Jagdausrüstung alles nur Erdenkliche aufzuweisen.

«Schaut bald wieder rein.» Die dralle Frau hinter der Theke verabschiedete sie mit der klassischen Südstaaten-Aufforderung, einer Standardfloskel in allen Läden südlich von Maryland. Auf ihrer Fahrt nach hier unten hatte Nan sie immer wieder gehört und als belangslos abgetan, als automatische Reaktion auf ein abgewickeltes Geschäft. Aber sie lächelte und nickte dennoch, weil ihr der Gedanke kam, daß es diesmal wahrscheinlich notwendig werden würde.

Im Wagen, auf dem Rückweg nach Hause, ergötzte Stephen sie mit der Beschreibung eines dreibeinigen Hundes, den er vor dem Einkaufsladen gesehen hatte.

«Er tat so, als würde er gar nicht wissen, daß es ihm fehlt. Ist einfach so da längsgehumpelt. Sah richtig witzig aus.» Er war einen Moment lang still. Dann: «Mom, kann ich einen Hund haben?»

«Vergiß nicht, daß wir jetzt eine Katze haben, Stephen. Und Mister Mustard kann wahrscheinlich Hunde nicht leiden.» Insgeheim dankte sie Gott für Mister Mustard. Nichts wünschte sie sich weniger auf der Welt als einen Hund, für den sie ein Heim finden müßten, wenn sie nach New York zurückfuhren.

«Linda hat eine Katze *und* einen Hund. Hat sie uns erzählt. Die lieben einander. Sie schlafen sogar zusammen.»

Zum Teufel mit dieser Grundschullehrerin, die ihre Schüler – wenn sie sie nicht gerade einer umfassenden Gehirnwäsche in allen Thematiken von Kaffee bis zu Delphinen unterzog – ständig ermutigte, ihren Lebensstil zu imitieren. Sie näherten sich Annabels Auffahrt, und Nan fuhr langsamer, um die Abzweigung nicht zu verpassen, die sich hinter tief herunterhängenden Zweigen verbarg. Da war sie. Nan tippte auf die Bremse, bog ab und begann die lange Fahrt auf dem gewundenen und von Bäumen gesäumten Kiesweg.

«Mom?»

«Das ist ja nett, Liebling. Aber nicht alle Katzen und Hunde vertragen sich. Und es ist auch nicht fair gegenüber Mustard, oder? Ich meine, er war schließlich zuerst hier.»

«Aber er soll ja auch nicht –»

Sie erfuhr nie, was es war, das Mister Mustard nicht tun sollte, denn in dem Augenblick tauchte ein Auto auf, kam um eine Kurve der schattigen Auffahrt direkt und schnell auf sie zu. In einem Teil ihres Gehirns registrierte Nan blitzende Sonnenlichtsprenkel auf der Windschutzscheibe des näherkommenden Fahrzeugs und auch dessen beschädigten Kühlergrill, als sie hart auf die Bremse trat und nach rechts auswich. Zweige prasselten gegen ihre Windschutzscheibe, und dann folgte ein kurzes Knallen, als der andere Wagen mit halsbrecherischer Geschwindigkeit an ihnen vorbeirauschte. Nan mußte an Gewehrfeuer denken; instinktiv griff sie nach Stephen und drückte seinen Kopf nach unten.

Aber es war schon vorbei. Das dröhnende Motorengeräusch des anderen Wagens war noch einige Sekunden lang zu hören und verhallte dann in der Ferne. Danach herrschte wieder Stille bis auf das Wispern der verirrten Blätter, die auf die Motorhaube des Wagens hinabsegelten. Zum scheinbar hundertsten Mal an diesem Morgen fühlte Nan ihr Herz schlagen, als wolle es zerspringen. Was war mit ihrer Wunschvorstellung, auf dem Lande Entspannung zu finden?

«Stephen? Alles in Ordnung?»

Langsam entwirrte er das Knäuel, zu dem er sich gerollt hatte. «Hat jemand auf uns geschossen?»

Nan blickte aus dem Seitenfenster und sah ein halbes Dutzend kleine, gebrochene Zweige, die völlig verquer von den Bäumen auf der gegenüberliegenden Seite der Auffahrt herabhingen. «Nein. Die Zweige da haben sich an seinem Wagen verfangen und sind gebrochen, das ist alles.» Erleichterung schlug in Wut um. «Wer war dieser Blödmann überhaupt? Er hat uns beinahe angefahren!»

«Vielleicht hatte er sich verirrt», sagte Stephen.

Sie wollte schon eine böse Bemerkung über Rednecks machen, die sich unbefugt auf ihrem Grundstück bewegten und nicht Auto fahren konnten, aber sie verkniff es sich. Kinder sollten von ihren Eltern Liebenswürdigkeit und Toleranz lernen. Vielleicht war der Typ ja aus einem absolut legitimen Grund vorbeigekommen, dann aber in Panik geraten, als er nach der Kurve so unvermittelt auf sie stieß. Sie fand, sie sollte Nachsicht üben und ihm nur das Beste unterstellen. Stephen spähte interessiert auf den Rücksitz.

«Hast du Orangensaft gekauft?»

«Ja.» Sie wollte sich umdrehen, war aber durch den Sicherheitsgurt eingeschränkt. «Warum?»

«Weil da eine große Saftpfütze auf dem Sitz ist.»

Zu Nans Erleichterung beruhigten sich die Dinge im Laufe der nächsten paar Tage merklich. Dank Stephens Verletzung wurde eine weitere Erkundung des Besitzes erst mal ausgesetzt, und mehr oder weniger vergaß sie auch den Beinahezusammenstoß auf der Zufahrt, denn sie wurden von Horden enthusiastischer Verwandter aus Dutzenden von Zweigen ihrer Familie mütterlicherseits überfallen. Lächelnde Gesichter von Fremden mit entsprechend unvertrauten Namen, so weitläufig verwandt mit ihr, daß sie sich schwergetan hätte, den Grad ohne Hilfe eines Stammbaums zu bestimmen – sie kamen in Scharen, um sie willkommen zu heißen und sich über Stephens Knie auszulassen, das langsam auf normale Größe abschwoll, während es farblich von Lila über Grün zu Schmutziggelb wechselte. Elektronische Musik war bei diesen Besuchen ständige Klangkulisse. Sie ertönte aus dem Wohnzimmer, wo Stephen seine Videospiele in all ihren Funktionen einem staunend glotzenden Publikum aus Vettern und Basen vom Lande vorführte. Nan servierte den Erwachsenen draußen auf der Veranda Kaffee oder Zitronenlimonade.

Sie waren freundlich, diese Leute, allesamt erpicht, ihr das Gefühl zu vermitteln, in ihren Kreisen willkommen zu sein, aber sie fühlte sich eher erdrückt. Von der überschwenglichen Freundlichkeit, von den Geschenken, mochte es sich um frisch gefangene Bachforellen handeln oder um eben geerntetes Gartengemüse, um selbstgebakkene Pasteten oder Kekse, aber auch schon allein von ihrer Masse. Sie konnte sie kaum auseinanderhalten. Da gab es Talbots und Vails, Barnetts und Lelands und Thatchers und Garths und andere, an deren Namen sie sich gar nicht erst zu erinnern versuchte. Sie beneidete Stephen. Die Videospiele waren eine Art Sozialbonus für ihn; ohne sie wäre er bestimmt niedergetrampelt worden von diesem Haufen Kinder aller Altersgruppen zwischen Dreikäsehoch und Teenager, die mit einem Akzent sprachen, den er kaum verstehen konnte, und sich auf eine gemeinsame Mythologie bezogen, von der er nicht die geringste Kenntnis hatte. Er war klein für sein Alter, und einige der jüngeren Buben überragten ihn.

Ihrerseits gab sie sich die größte Mühe, dem allen mit

Gleichmut zu begegnen, obgleich sich nicht leugnen ließ, daß diese geballte Familienattacke sie auch einschüchterte. Sie war gerade erst sechs gewesen, als ihre Mutter bei einem Autounfall ums Leben kam, und sie konnte sich kaum an sie erinnern. Während des größten Teils ihrer Kindheit hatte es nur sie und ihren Vater gegeben. Bei dem Nomadenleben, das sie führten, hatte sie so gut wie keine Freundschaften knüpfen können und ein halbes Dutzend Schulen in den verschiedensten Teilen des Landes besucht. Dieser häufige Ortswechsel hing mit der Arbeit ihres Vaters als Atomphysiker zusammen; und irgendwer hatte ihr in den Kopf gesetzt, daß er als junger Mann eine untergeordnete Rolle bei der Entwicklung der Hiroshima-Bombe gespielt hatte. Als sie Gabe davon erzählt hatte, machten sie sich ihren Spaß daraus. *Mein Daddy baute die Bombe, um all die anderen Daddies in die Luft zu jagen. Er wollte als einziger Daddy übrigbleiben.* Und Gabe pflegte zu sagen: «Es ist der Einzige Daddy» und dabei seine Hand auf den Hörer zu halten, damit ihr Vater es nicht mitbekam. «Der Einzige Daddy möchte mit dir sprechen.»

Der Einzige Daddy war ein hagerer, reservierter Mann, ständig in Berechnungen vertieft, die er mit einem Druckbleistift auf einem Papierblock anstellte. War ihm dann tatsächlich mal nach Kommunikation zumute, nahm er die silberne Kappe vom Bleistiftende ab und zeigte seiner jungen Tochter den kleinen grauen Radiergummi, den er nie benutzte. Als sie Gabe heiratete, rief der Altersunterschied von siebzehn Jahren wissendes Kopfschütteln bei Freunden hervor, die sagten, sie sei wohl immer noch auf der Suche nach dem, was Daddy ihr nicht gegeben hatte. Ob das stimmte oder nicht – ihr Vater jedenfalls hatte Gabe nie gemocht und sich am allerwenigsten damit anfreunden können, daß sie bei der Hochzeit im siebten Monat mit Stephen schwanger war und ihren prallen Bauch in einem kreischend lila hawaiischen Muumuu zur Schau stellte, das sie von ihrer Freundin Bernadette geliehen hatte. Die Zeremonie war in dem Tribeca-Loft abgehalten worden, in dem sie und Gabe schon seit fast einem Jahr zusammenlebten. Ihr Vater ging, über Magenschmerzen klagend, kaum daß die Treueschwüre ausgetauscht worden waren. Einziger Daddy, einziges Kind: Viel machte er nicht her, aber mehr als ihn hatte sie an Familienangehörigen nicht aufbieten können.

Doch jetzt waren sie überall, wohin sie auch blickte – strömten von der Veranda auf den Rasen, kamen jeden Nachmittag in Wagenladungen vorgefahren. Sie nannten sie ausnahmslos Annabel, wie ihre Großmutter es getan hatte, und sie hatte nur schleppenden Erfolg mit ihrer Bemühung, ihnen die Benutzung dieses Namens abzugewöhnen. Eigentlich hatte sie gar nichts gegen ihn einzuwenden – sein perlender Klang, durch ihre Jahre im schroffen, hektischen Norden auf eine Silbe verkürzt, war sogar ganz schön. Aber sie fand sich darin nicht wieder. Der Name gehörte zu jemandem anderen – zu dem temperamentvollen kleinen Mädchen, das sie, wie alle betonten, damals gewesen war, voller Lebensfreude und ständig Schabernack im Sinn. Sie nahm diese Behauptungen ohne Protest hin, konnte sie weder bestätigen noch leugnen. Es war, als sprächen sie von jemandem anderen – einer völlig Fremden, verglichen mit dem unscheinbaren, heimatlosen Kind, an das sie sich mit bedrückender Klarheit erinnerte, oder der Frau, zu der sie seither geworden war.

Unterdessen kultivierte sie ein unverbindliches Lächeln, das ihre Unfähigkeit kaschieren sollte, sich die Namen –

und gelegentlich sogar die Gesichter – zu merken. Zum Beispiel konnte sie sich absolut nicht entsinnen, der großen rothaarigen Frau schon einmal begegnet zu sein, auf die sie stieß, als sie aus dem unteren Badezimmer kam. Und ein paar Minuten später, als sie benutzte Tassen in der inzwischen leeren Bibliothek einsammelte, in der eine Gruppe älterer Damen (alles Garths, da war sie ziemlich sicher) ein Tête-à-tête abgehalten hatte, hörte sie, irgendwo in den tiefsten Winkeln des Treppenaufgangs, eine Stimme ihren Namen flüstern.

«Annabel!»

Nan drehte sich um, sah aber niemanden. Es hatte sich nach einem Kind angehört – verschwörerisch, ein Kichern unterdrückend. Aber als sie um die Ecke lugte, war keine Spur von ihm zu sehen. Sie seufzte kaum hörbar. Familie oder nicht, der Schlingel sollte eigentlich unten bei den restlichen Gästen bleiben, statt durchs Haus zu stromern und – wahrscheinlich – alles einzustecken, was ihm unter die Augen kam ...

Wegen dieses für jeden New Yorker so typischen Verdachts kamen ihr Gewissensbisse. Hier taten die Leute so was nicht. Und doch ... sie stieg die Treppe hinauf. Keine Spur von ihm. Wohin war er verschwunden? Der obere Treppenabsatz war leer, und sie stand einen Moment da, horchte in die Stille. Ihr Flüsterer schien sich in Luft aufgelöst zu haben. Versteckte er sich, wartete er darauf, daß sie nach ihm suchte? Ihr Mut sank. Sie konnte nicht gut mit Kindern umgehen und hatte auch nicht gerade das Bedürfnis, daran etwas zu ändern. Aber einige von ihnen verhielten sich – das war ihr aufgefallen – wie manche Hunde. Je weniger man sie mochte, desto mehr biederten sie sich an.

Die Tür zu ihrem Zimmer stand offen, und sie warf einen

Blick hinein. Niemand zugegen bis auf Mister Mustard, der auf ihrem Bett lag. Sie nahm den orangefarbenen Kater hoch. Er wachte auf und gähnte ihr ins Gesicht. Dann fing er zu schnurren an. Sie wiegte ihn in den Armen – eine tierische Kuscheleinheit bei all der beschwerlichen gesellschaftlichen Pflichterfüllung – und ging wieder hinaus auf den Treppenabsatz.

Noch immer kein Anzeichen von ihrem jungen Gast. War er in Stephens Zimmer? Sie beugte sich über die Schwelle, um nachzuschauen, und völlig unvermittelt fing Mustard sich wie wild zu sträuben an.

«Himmel noch mal!»

Sie ließ ihn fallen, um nicht gekratzt zu werden. Der Kater landete auf allen ausgestreckten vieren gleich am Eingang. Sein Fell war gesträubt, die Ohren hatte er flach angelegt und die Krallen ausgefahren, und er fauchte leise ins leere Zimmer. Nan spürte diesen Ton wie statische Elektrizität durch ihre Nervenstränge laufen. Sie stand da und starrte auf das Tier hinunter, verblüfft über seine plötzliche Verwandlung.

«He. Was ist denn los mit dir?» Behutsam streckte sie die Hand aus, um sein Fell zu glätten, aber er gebärdete sich wie wild, fixierte sie aus geweiteten Pupillen, fauchte und wich zur Seite aus, um dann an ihr vorbei die Treppen hinunterzuflitzen. Sie sah noch, wie sein Schwanz unten um die Ecke verschwand. Zwang sich zu einem Achselzucken, als sie sich umdrehte und ins Zimmer schaute. Verrücktes Vieh, sich von einem leeren Zimmer so erschrecken zu lassen.

Ein leeres Zimmer.

Oder war es nicht leer?

Nan schluckte. Sonnenlicht fiel durch das nach Westen gerichtete Fenster und legte sich sanft auf die verschiedenen

Oberflächen, das schmale Kinderbett mit seinem klumpigen alten Quilt, den Tisch und die Lampe, den kleinen Schaukelstuhl in der Ecke. Durch das Vorderfenster, das halb offenstand, konnte sie die Stimmen ihrer Verwandten hören, die unten auf der Terrasse tratschten. Ja, das Zimmer war zweifellos leer, und im goldenen Nachmittagslicht sah es so friedlich aus, wie man es sich friedlicher nicht hätte vorstellen können. Und doch konnte sie spüren, daß sich ihre Nackenhaare aufrichteten, als wollten sie das gesträubte Katerfell imitieren. Es war ein prickelndes Gefühl wie von einem schwachen Stromschlag.

«Was zum Teufel …?» flüsterte sie. Sie tat einen Schritt rückwärts, und ihr Fuß stieß gegen etwas, das am Türrahmen auf dem Boden lag – ein kleiner Gegenstand, der mit einem metallischen Scheppern über die Bodenbretter rutschte. Sie beugte sich hinab und suchte einen Moment. Dann entdeckte sie ihn und hob ihn auf.

Ein Ring, primitiv geformt aus einem gebogenen Hufeisennagel. Ein Erinnerungsbild blitzte vor ihrem geistigen Auge auf – ein schummriger Ort, von einzelnen Sonnenstrahlen erhellt, staubiger Heugeruch. In der Scheune, oben auf dem Heuboden mit Tuck. Flüsterworte unter den Dachsparren, Silben, so diffus wie das einsickernde Licht.

(Sieh mal – ich hab dir einen Ring gemacht wie meinen. Weißt du noch, du hast gesagt, er gefällt dir?

Der ist für mich? Ich darf ihn behalten?

Ja. Jetzt haben wir beide einen. Das bedeutet, wir bleiben für immer Freunde.)

Aus einem plötzlichen Impuls heraus versuchte sie sich jetzt den Ring auf den Finger zu schieben. Zu klein. War es etwa der, den Tucker für sie gemacht hatte, irgendwohin beiseite gelegt und verschüttgegangen unter dem Krimskrams in diesem alten Haus, bis er jetzt zufällig aus irgendeiner Ritze gerollt war und wieder das Tageslicht erblickt hatte?

«Nan? Honey, wo steckst du denn? Wir müssen uns verabschieden.»

Eine ihrer Thatcher-Cousinen, die von unten rief. Sie steckte den Ring in die Tasche und vergaß ihn.

«Ich komme.»

Als die Familienbesuche allmählich aufhörten, konnte sie nicht sagen, daß sie es bedauerte. Doch sie hatte das Gefühl, zu einigen ihrer neuentdeckten Verwandten wirklich Zugang gefunden zu haben. Diese besonderen Menschen hätten ihr allerorten zugesagt, und die Tatsache, daß sie durch Blutsbande mit ihr verbunden waren, bedeutete ihr überraschenderweise sehr viel.

Da war Sky, der absolut zu seinem Versprechen stand, ihr bei den notwendigen Reparaturen an Annabels Haus zu helfen. Er kam jeden Nachmittag vorbei, um ein paar Stunden zu arbeiten. Mittlerweile zählte sie auf seine Besuche, und das nicht nur wegen ihres praktischen Wertes, sondern auch wegen der zwischenmenschlichen Bedeutung. Seine Schwester Cassie Barnett Thatcher, deren perfektes Brathuhn sie und Stephen an ihrem ersten Abend in Tennessee vor dem Hungertod gerettet hatte, überschüttete sie weiterhin mit Proviant und ließ fast jeden Tag von Sky Kekse oder Muffins oder einen Kuchen mitbringen. Cassie, fünffache Mutter, hatte ein schmales Gesicht, umrahmt von kastanienbraunem Haar, das ihr in einem krausen Pferdeschwanz weit den Rücken hinunterhing. Sie ging mit Nan kumpelhaft ironisch um, als würden sie einander schon seit Jahren kennen.

Von Sky abgesehen war ihre häufigste Besucherin Lucy Talbot, deren Mutter Annabels Schwester gewesen war. Lucy war in den Siebzigern, mager und mit langen Gliedmaßen. Sie hatte ein schrilles, gackerndes Lachen und trug ihre weißen Haare in einem nachlässig hochgesteckten Knoten. Beim anfänglichen Besucheransturm war auch sie mehrere Male mit von der Partie gewesen, und jetzt schaute sie regelmäßig bei Nan und Stephen vorbei. Gewöhnlich brachte auch sie etwas Eßbares als Geschenk mit. Diesmal hatte sie einen Auflauf in einer Form zu bieten. Sie und Nan kosteten ihn in der Küche und saßen am breiten Holztisch, wo sie sich unterhielten, während Whit, Lucys Ehemann, einen humpelnden Stephen mit einer Handvoll Karotten für die Pferde zum Zaun hinaus begleitete.

«Honey, es ist immer wieder eine Freude, dich zu sehen, das muß ich schon sagen. Und du kommst nach deiner Großmutter, besonders was dein Lächeln angeht.» Lucy setzte ihre Kaffeetasse ab und stützte ihre knochigen und von Sommersprossen übersäten Unterarme auf den Tisch. «Sie war so stolz auf dich, Nan. Sie hat immer diese Modezeitschriften im Drugstore gekauft und dann allen die Fotos gezeigt, die du gemacht hast. ‹Meine Enkelin hat das fotografiert›, sagte sie. ‹Sie ist nach mir genannt.› Und dann ist sie vor Stolz fast geplatzt.»

«Ich finde es schrecklich, daß ich den Kontakt zu ihr verloren hatte», sagte Nan. Durchs Küchenfenster konnte sie sehen, wie Stephen Scheherazade eine Karotte anbot. Sie nahm sie mit einer anmutigen Bewegung ihres schwarzglänzenden Kopfes von seiner Handfläche. «Ich weiß nicht, wie es geschehen konnte. Wir sind einfach zu viel umhergezogen –»

Lucy hörte ihr gar nicht zu, sondern sah sich in der Küche um und schüttelte dabei den Kopf. «Und sieh sich das einer an. Die Tür vom Schränkchen ist ganz aus den Angeln, und an der Schublade da fehlt der Griff. Weißt du, Sky hat versucht, das Haus hier für Annabel in Ordnung zu halten, aber zum Schluß war sie einfach zu störrisch, um ihm freie Hand zu lassen. ‹Laß es sein›, sagte sie immerfort. ‹Das Haus ist alt, genau wie ich. Laß es einfach.›»

«Oh ja, es gibt noch allerhand zu tun. Und ich bin immer noch am Ausmisten.» Nan hatte Annabels Sachen durchgesehen und geordnet, zahllose Kartons mit Papieren und Fotos, Kisten mit Dingen, die man nur als Trödel bezeichnen konnte – angeschlagene Vasen, ein Stopfei aus rosa Glas, ein Paar eiserner schwarzer Buchstützen in Form von Eulen, mit starren grünen Glasaugen. Wenigstens hatten ihr Lucy und Irene, deren verheiratete Tochter, Annabels Kleider abgenommen. Jetzt lächelte sie die alte Dame an. «Sky hat mir geholfen, alles in Schuß zu bringen.»

«Wenn du mich fragst, wärest du besser bedient, das hier zu verscherbeln und statt dessen ein kleines Haus zu kaufen. Natürlich hier in der Gegend, Liebes; jetzt, wo du hier bist, wollen wir dich auch bei uns behalten. Aber wozu brauchst du das ganze Land und ein Haus, das so alt ist, daß es zusammenbricht? Mit dem Geld, das du für dies Riesengrundstück bekommen würdest, könntest du was richtig Hübsches finden, etwas mit einer modernen Küche. Also, ich möchte wetten, du könntest dir sogar leisten, was zu bauen, wenn du wolltest – so von Grund auf.»

«Aber Annabel hat mir den Besitz doch hinterlassen», sagte Nan, überrascht, daß Lucy so einen Vorschlag machte, obwohl Haus und Land doch ihrer Familie gehörten, seit die ursprüngliche Blockhütte vor zweihundert Jahren errichtet worden war. Es herrschte absolut kein Mangel an einheimischen Verwandten, denen ihre Großmutter den Besitz hätte vererben können, und manche unter ihnen – eventuell sogar Sky – hatten damit gerechnet. Aber anscheinend hatte die direkte Linie Annabel mehr bedeutet. «Sie wollte, daß ich das alles bekomme», sagte sie.

Lucys Gesicht hatte sich verfinstert. «Weißt du, meine Liebe – manchmal kann es geschehen, daß ein Ort verdirbt, wie Äpfel in einem Faß irgendwann nicht mehr gut sind. Und dann wird es Zeit, sich davon zu trennen.»

Viel Sinn sah Nan nicht in diesen Worten, aber sie hatte auch keine echte Chance, etwas zu entgegnen, denn die Küchentür ging auf und Stephen kam hereingehumpelt.

«Mom! Scheherazade kam angelaufen, als ich sie gerufen habe!»

«Das ist ja wunderbar, Liebling.»

«In die Nähe von Mister, ich meine Cousin Whit, wollte sie nicht gehen, aber zu mir ist sie gekommen.»

«Sie muß wohl wissen, wie sehr du sie magst», sagte Nan.

Whit zwinkerte ihr zu. Er war weit über einsachtzig groß, und daß er leicht gebeugt ging, war wohl weniger Zeichen seines Alters als Resultat lebenslangen Bückens unter zu niedrigen Türbögen. Sein dichtes graues Haar, großzügig pomadisiert und deswegen von Kammspuren durchzogen, die Pflugfurchen glichen, war von der breiten, sommersprossigen Stirn aus streng nach hinten gekämmt. «Der junge Stephen hat ein Auge für ein Pferd, das was hermacht», sagte er.

Die Talbots verabschiedeten sich bald darauf, und Lucy wandte sich auf der Veranda noch einmal um. Ihre alten Hände, von Arthritis gekrümmt, ergriffen Nans Hände und hielten sie fest. «Denk daran, was ich dir gesagt habe, ja?»

«Versprochen», sagte Nan und dachte: Sie ist alt. Tu ihr den Gefallen.

«Und komm uns besuchen. Hörst du?»

«Okay.»

Die Hände ließen sie frei. Lucy ging die Stufen hinab und kletterte in den ältlichen Kombi, hinter dessen Steuer Whit bereits wartete. Er fuhr davon; Nan sah Lucy einen Blick zurückwerfen. Sie winkte, aber die alte Frau reagierte nicht. Sie sah auch überhaupt nicht zu Nan, sondern hinunter zum Bach.

4. KAPITEL

Bei ihrem nächsten Besuch in Breezy entdeckten sie den Buchladen. Dessen selbstgemaltes Schild – BOOKS, ETC. – hing ein paar Türen hinter Ikenberry's über dem Gehsteig. Das hölzerne Oval war auf ganz passable Weise dem Early-American-Stil nachempfunden, Volkskunst eben oder wie immer man das nennen mochte. Zweifellos würde Jennifer, die als Antiquitäten-Liebhaberin galt, die angemessene Bezeichnung kennen. Nan wußte sehr wohl, daß sie selbst eher ein laienhafter Trottel war, was Antiquitäten betraf, aber dieses Schild, das da im Schein der Morgensonne über dem breiten Kleinstadtgehsteig hin und her schwankte, hatte seinen unbestreitbaren Reiz. Sie sah auf Stephen hinunter. Sie waren in die Stadt gekommen, um Lebensmittel einzukaufen, aber an einem kleinen Abstecher war wohl nichts auszusetzen.

«Möchtest du da mal reinschauen und dir ein paar Bücher aussuchen?»

«Bücher?» Seit seiner Knieverletzung hatte er wie festgenagelt vor seinen Videospielen gehockt, selbstvergessen damit beschäftigt, Punkte zu sammeln und Formen computerisierter Vernichtung zu entgehen, die so exotisch waren, daß im Vergleich dazu der Sturz in den Bach harmlos erschien. Nan fühlte sich an den ersten Monat nach Gabes Fortgang erinnert, als sie so deprimiert gewesen war, daß sie ihre Elternrolle nur pro forma hatte wahrnehmen können und sich all ihre guten Vorsätze, was enge Mutter-Kind-Verbundenheit betraf, in gemeinsamen Abenden mit Kost vom China-Imbiß auf dem Futon-Sofa vorm Fernseher erschöpften. Um die Erinnerung zu vertreiben, setzte sie ein strahlendes Lächeln auf.

«Na, komm. Darfst dir auch eins aussuchen. Was dir gefällt.»

Er zuckte mit den Achseln. «Okay.»

Wo das Schaufenster nicht verschmutzt war, warf es ihr Spiegelbild zurück, so daß vom Inneren des Ladens nichts zu erkennen war. Nan stieß die Tür auf, und über ihr bimmelte ein Glöckchen, ebenfalls ein typischer Kleinstadt-Touch. Als sie Stephen mit sanfter Hand hineinsteuerte, nahm sie undeutlich einen langen, schmalen Raum wahr, fast wie einen von Bücherregalen gesäumten Korridor, mit einem hohen Tresen am rückwärtigen Ende. Lampen mit kegelförmigen Schirmen aus grünem Glas hingen in Abständen von der Decke herab und spendeten genügend Licht, um die Buchrücken zu beleuchten und die kunstvollen Schnörkel auf der antiken Registrierkasse aufblitzen zu lassen.

Hinter dem Verkaufstresen wurde geraschelt, und Nan, die ganz selbstverständlich einen ältlichen Ladenbesitzer mit einem zu den Lampen passenden grünen Schirm auf der Stirn erwartet hatte, war ein wenig enttäuscht, als ein stämmiger Mann mit freundlicher Miene auftauchte, der seine leicht schütteren blonden Haare in einem kurzen Pferdeschwanz zurückgebunden hatte und ungefähr in ihrem Alter war. Er lächelte ihnen zu.

«Hi. Wie geht's uns denn heute so?»

«Gut, danke. Wir suchen was zum Lesen.»

«Etwas Bestimmtes?» Er kam hinter dem Tresen hervor und stellte den Obstkorb, den er mitbrachte, zu mehreren anderen auf den Fußboden vor den Tresen. Nan trat näher heran. Die Körbe quollen über von kleinen Plastikspielsachen aller Art. Sie sah einen lila Affen, ein orangefarbenes Känguruh, eine rosa Maus. Stephen humpelte heran.

«He, sauber!»

Bevor sie ihn davon abhalten konnte, hatte er sich eines der Spielzeugtiere geschnappt und stellte irgend etwas mit ihm an. Sie hörte ein schnarrendes Geräusch, und dann plazierte er das Plastiktier (es war ein Känguruh) auf den Tresen, wo es prompt einen Salto schlug und wieder auf den Füßen landete. Es trug blaue Boxhandschuhe. Gerade als Nan nach ihm greifen wollte, schlug es noch einen Salto. Ihre Hand zuckte zurück. «Hilfe!»

Stephen lachte; der Ladenbesitzer schmunzelte. Er stellte dem Känguruh eine rosa Maus und einen Schimpansen in dunklem Lila zur Seite. Die drei Tiere surrten und überschlugen sich emsig für ihr Publikum, gelegentlich sogar absolut synchron. Zu guter Letzt verlor das Känguruh seinen Schwung. Die beiden anderen machten weiter.

«Die Energie hätte ich auch gern», sagte der Ladenbesitzer. Er streckte eine Hand aus, und Nan schüttelte sie geistesabwesend. «Ich bin Cooper Chalmers», sagte er.

«Nan Lucas.» Sie warf einen verstohlenen Blick über Stephens Schulter, der sich hemmungslos über einen weiteren Korb hermachte. «Diese Dinger sind ja toll, Mr. Chalmers.»

«Oh, nennen Sie mich doch Cooper. Das tun alle. Tja, die Leute sind ganz begeistert.» Er langte hinunter und kramte noch ein Spielzeug hervor, einen Hamburger, nicht größer als ein Poker-Chip, mit einem gekräuselten Salatblatt aus Plastik und einem Brötchen mit Körnern. Als er ihn aufzog und auf den Tresen stellte, rannte er im Kreis herum, klappte die obere Brötchenhälfte auf und streckte eine Tomatenscheibe hervor wie eine freche Zunge. Irgendwie hatte das etwas Obszönes. Nan lachte.

«Guck mal, Mom.» Stephen hatte ein Miniaturgebiß aufgestöbert, das hektisch klapperte, während es auf einem Paar bloßer rosa Füße auf und ab sprang. Er wandte sich an den Ladenbesitzer. «Haben Sie auch das Auge?»

«Sind letzte Woche alle weggegangen. Müßten aber jeden Tag neue kommen.»

Ihr Dialog gab Nan Rätsel auf. «Was für ein Auge?»

«Das springt rum wie die Zähne», sagte Stephen. «Echt sauber.»

«Schatz», sagte sie, «wo hast du die Dinger denn gesehen?»

«Dad geht mit mir zu Hause in solche Läden. Ich hab das Känguruh, das Auge und ein kleines Auto, das sich überschlägt.»

«Ich hab dich nie damit spielen sehen.»

«Sind auch bei Dad.»

«Oh», sagte sie. Beim Aufblicken stellte sie fest, daß Cooper Chalmers sie beobachtete. Cooper Chalmers – was für ein Name. Aber er hatte sich ihr zweifellos eingeprägt, was man von den Namen so mancher Verwandter nicht sagen konnte, die sie in letzter Zeit kennengelernt hatte. «Wie dem auch sei», sagte sie. «Ich würde gern für den jungen Mann hier etwas Lesenswertes finden. Vielleicht ‹Der kleine Hobbit› oder so was.»

Er nickte. «Hier drüben.»

Sie folgte ihm in den vorderen Bereich des Ladens und ließ Stephen weiter in einem der Körbe stöbern. Cooper, der ein geradezu abstoßend häßliches Madrashemd trug,

Jeans und hohe Turnschuhe, war ein bißchen kleiner als sie. Seine Bewegungen waren sparsam und, trotz seiner gedrungenen Gestalt, nicht ohne Anmut. Er blieb vor einer Abteilung des Regals stehen und bückte sich, um mit dem Finger an einer Reihe von Buchtiteln entlangzufahren.

«‹Der kleine Hobbit›, sagen Sie bloß nicht, daß der mir ausgegangen ist.» Sein Finger bewegte sich zurück in die andere Richtung. Er richtete sich auf und wandte sich ihr mit einem Seufzer zu. «Nicht mehr da. Ich könnte das Buch aber für Sie bestellen. Bleiben Sie lange in der Stadt?»

Sie hielt es nicht für verwunderlich, von ihm gleich als Nichteinheimische eingestuft zu werden. In einer Stadt dieser Größe kannten sich alle untereinander und wußten wahrscheinlich auch alles voneinander. Natürlich gingen ihn Nans Pläne nicht das geringste an, aber sie wollte auch nicht unfreundlich erscheinen.

«Nun, zumindest den Sommer über. Ich habe hier in der Nähe einen Besitz geerbt – meine Großmutter ist vergangenen Herbst gestorben und hat mir ihr Haus und ihr Land vermacht.»

«Ihre Großmutter – sollte das Miz Annabel Stephens gewesen sein?» Seine hellgrünen Augen musterten sie mit lebhaftem Interesse.

«Sie haben sie gekannt?»

«Klar doch. Sie war eine meiner Lieblingskundinnen. Ich war wirklich traurig, als sie verschied. Eine höchst bemerkenswerte Lady.»

Noch eine Person, die von sich behaupten konnte, ihrer Großmutter in letzter Zeit nähergestanden zu haben als sie selbst. Nan bemühte sich, nicht schuldbewußt zu klingen. «Ja, das war sie.» Eine seiner Lieblingskundinnen. Das Geräusch der hüpfenden, sirrenden und sich überschlagenden

Spielzeugfiguren aus dem rückwärtigen Teil des Ladens brachte sie auf einen kuriosen Gedanken. «Erzählen Sie mir nicht, daß sie ein Faible für Spielzeug zum Aufziehen hatte.»

«Nee. Sie interessierte sich fürs Okkulte. Besonders für das Überdauern.»

Das Okkulte – der Begriff ließ sie an ramponierte Schilder in New Yorker Seitenstraßen denken: Madam Dora (Nora, Tara, Lara), Weissagungen. Fenster mit halb zurückgezogenen Gardinen, hinter denen füllige Frauen mit glasperlenbestickten Schals lauerten. *Soll ich aus Ihrer Hand lesen, Miss? Nur fünf Dollar.* Es war schwer, dies Bild mit Annabel in Verbindung zu bringen. «Was –»

«Das Überdauern des leiblichen Todes», sagte Cooper. «Ein wichtiges Thema im Okkulten – die Vorstellung, daß der Geist überdauert, nachdem der Körper gestorben ist.»

Er ging zu einer anderen Abteilung des Regals und deutete mit einer Handbewegung auf eine ganze Anzahl von Titeln; Nan trat näher, um sie sich ebenfalls anzuschauen. «Das ägyptische Totenbuch». «Außerkörperliche Erfahrungen: Ein Handbuch». «Die erfahrbare Zukunft». Sie wandte sich an Cooper.

«Annabel interessierte sich für Geister? Warum?» Sie konnte ihr Erstaunen nicht verhehlen.

«Das hat sie eigentlich nie gesagt, jedenfalls nicht ausdrücklich. Wir haben nur allgemein vom Überdauern gesprochen. Ist ein Steckenpferd von mir. Sie sagte mir, sie wisse, daß es möglich sei. Sie war da sehr offen.»

Ein Steckenpferd von ihm – und anscheinend auch eins ihrer Großmutter. Nan schob den Gedanken von sich. Sie wußte praktisch nichts über diese Dinge, verknüpfte sie höchstens vage mit Leuten, die Alfalfasprossen aßen und Räucherstäbchen abbrannten. Gabe verachtete die gesamte

New-Age-Bewegung, aber Cooper teilte offenbar Gabes Vorurteile nicht. «Es hört sich an, als hätten Sie sie gemocht», sagte sie.

Er lächelte. «Das habe ich auch. Und zwar sehr.»

«Mom?» rief Stephen von hinten. «Kaufen wir welche von denen hier?» Ein Dutzend vielfarbiger Spielzeugfiguren hüpften und drehten sich in trauter Geselligkeit auf dem Ladentisch hinter ihm.

«Wie wär's denn mit einem Buch?» Mit gespielter Hilflosigkeit wandte sich Nan wieder Cooper zu. Der lächelte sie noch immer an. Stephen kam herbeigeschlendert, und Cooper verwies ihn auf das Bord mit Kinderbüchern. Dann sah er sie wieder an.

«Eine neue Lieferung von ‹Der kleine Hobbit› müßte eigentlich jeden Tag eintreffen. Wenn Sie mir Ihre Nummer dalassen wollen, kann ich Sie anrufen ...»

«Vielleicht sehe ich mich erst mal zu Hause um. Ich kann mir gut vorstellen, daß Großmutter ein Exemplar hatte.»

«Nun, wenn nicht ...»

Er schien es auf mehr abgesehen zu haben als nur den Verkauf eines Buches. Nan erwischte sich dabei, daß sie seinem direkten Blick auswich, und schalt sich im selben Augenblick für ihre Befangenheit. Schließlich war sie jetzt doch nur noch auf dem Papier eine verheiratete Frau. Aber Stephen hielt ihr ein Buch zur Begutachtung unter die Nase, und sie warf einen Blick auf den Umschlag.

«‹Klein Stuart›. Oh, das ist gut. Da geht's um eine Maus.»

«Ich weiß.» Er schlug das Buch auf, so daß eine Illustration zu sehen war. «Die wohnt in New York.»

Als sie zur schmucken Registrierkasse zurückgingen, fragte sich Nan, ob er seine Wahl wohl aus Heimweh getroffen hatte. Sie bezahlte für das Buch und drei Aufziehfiguren (den Schimpansen, den Hamburger und eine Teekanne, die im Kreis lief und dabei den Deckel öffnete und wieder schloß) und bekam ihr Wechselgeld zurück. Wenn sie nur das, was Gabe sonst noch zu bieten hatte, ebensoleicht würde ersetzen können.

«Und schaut bald wieder rein.» Dieselbe Standardfloskel, die ihr allmählich auf die Nerven ging. Aber als er ihnen an die Ladentür und ein paar Treppenstufen auf den Gehsteig folgte, wo das Hemd, das er trug, im Tageslicht seine ganze grelle Scheußlichkeit offenbarte, schien Cooper Chalmers die Worte jedoch von ganzem Herzen ehrlich zu meinen.

Als sie heimkamen, war es schon Spätnachmittag. Die Eiche warf ihren ausladenden Schatten über den Rasen, und der Hügel jenseits des Baches loderte im Licht der niedrigstehenden Sonne. Stephen verschwand nach drinnen, um mit seinen neuen Schätzen zu spielen, und überließ es Nan, die Riesenmengen an Lebensmitteln auszuladen. Diesmal hatte sie daran gedacht, sich eine Liste zu machen, und zum ersten Mal in ihrem Leben hatte sie auf Vorrat eingekauft. Zu Ikenberry's waren es hin und zurück immerhin dreißig Meilen – ein ziemlicher Unterschied zu New York, wo man jederzeit zum 24-Stunden-Deli an der Ecke laufen konnte, wenn man einen Liter Milch brauchte. Als sie mit eingezogenem Kopf aus dem Wagen kletterte, eine randvolle Tüte angestrengt umklammernd, eine zweite auf der Hüfte balancierend, bemerkte sie aus dem Augenwinkel eine Bewegung und schaute sich danach um.

Das Gatter zur Weide schwang auf. Sie sah, wie es gemächlich seinen Bogen über dem dahinter steil abfallenden Hang schlug. Irgendwie mußte es sich gelöst haben.

Unten auf der Weide standen die Pferde mit gereckten Hälsen und nach vorn weisenden Ohren dicht beisammen, folgten dem aufschwingenden Gatter mit Blicken und schienen dabei vor Spannung zu vibrieren. Nan wollte hinübereilen, denn sie fürchtete, die Pferde könnten versuchen auszubrechen. Sie war gerade zwei Schritte vorangekommen, als Scheherazade sich ganz plötzlich drehte und aus der Gruppe herauspreschte. Mit wehendem Schwanz galoppierte sie in Richtung Bach. Im nächsten Moment waren die anderen der schwarzen Stute auch schon gefolgt, und ihr Hufgetrappel klang wie aus dem Soundtrack eines Western.

Nan sah sie davonjagen. Die schwere Einkaufstüte rutschte ihr von der Hüfte, und sie hievte sie wieder höher. Das Gatter erreichte den Endpunkt seines Bogens, federte ab und schwang langsam wieder zurück, wobei es in den Angeln knirschte. Und dann lief ihr – wie aus heiterem Himmel – ein kalter Schauer über den Rücken.

Wie aus heiterem Himmel. Denn noch war der Abend nicht angebrochen und das Gras auf der Weide schimmerte im Sonnenlicht. Die Pferde waren zwischen den Bäumen am Bach verschwunden, und das Grün erstreckte sich verlassen, so weit ihr Blick reichte.

Verlassen. Und stumm. Sie konnte die Stille hinter dem rostigen Knirschen der Angeln hören. Eine unergründliche Stille, die bewirkte, daß ihre Arme sich mit Gänsehaut überzogen und ihre Nackenhaare sich sträubten.

Lächerlich. Sie hatte die Lebensmitteltüte nicht mehr richtig im Griff – und die Realität anscheinend auch nicht. Die Bewegung des Gatters mochte vielleicht Pferde verschrecken, aber sie war ein vernunftbegabtes Wesen. Sie stellte die schweren Tüten auf dem Boden ab und marschierte zum Zaun, wenn auch mit schmachvoll weichen Knien. Sie griff nach dem Gatter, als es auf sie zuschwenkte.

Nur rauhe Bretter, sonst gar nichts.

Als sie das massive Holz unter den Fingern spürte, verging auch langsam ihre irrationale Panik. Und als sie genauer hinsah, erkannte sie, wieso das Gatter aufgesprungen war – die Halterung war kaputt. Ein Haken an der mittleren Querstange sollte in eine Öse am Zaunpfosten einrasten, aber die hatte sich gelöst und lag auf dem Boden. Es war nur ein großes rostiges Metallstück. Sie konnte die Löcher im Pfosten erkennen, wo es festgesessen hatte. Sie hob es auf und versuchte, es wieder einzusetzen, aber es blieb lokker. Was sie brauchte, war ein Hammer.

Ein Hammer. Ihre Großmutter hatte bestimmt einen besessen, aber sie hatte keine Ahnung, wo er sein mochte. Sky brachte immer sein eigenes Werkzeug mit. Vielleicht gab es in der Scheune etwas, das sie benutzen konnte. Sie verkeilte das Gatter hinter sich und ging auf Beinen, die ihr noch immer nicht so ganz gehorchen wollten, den steilen Abhang zu dem windschiefen Bau hinunter.

Das Äußere der Scheune war wenig beeindruckend: ungestrichene graue Bretter und ein abgesacktes Dach, vom Stumpf einer zerbrochenen Wetterfahne gekrönt. Nan zögerte auf der Schwelle und blickte hinein ins Halbdunkel. Es war so still, daß sie meinte, die Staubflocken wirbeln zu hören, die im Licht zu sehen waren, das sich zwischen Dach und Wänden hineindrängte. Ein leises Rieseln wie vom Sand in einem Stundenglas ... wie Zeit, die rückwärts fließt. Dort am anderen Ende war die grobgezimmerte Leiter, die auf den Heuboden führte, wo Tucker ihr den Hufeisenring geschenkt hatte, der zu seinem paßte.

Der ist für mich? Ich darf ihn behalten?

Ja. Jetzt ham wir beide einen. Das bedeutet, wir bleiben für immer Freunde.

Die Erinnerung verharrte kurz und verwischte, hinterließ nur Leere in ihrem Kopf. Warum war sie hergekommen? Oh, ja. Ein Hammer.

Sie ging langsam den Mittelgang der Scheune hinunter und blickte auf der Suche nach einem Hammer oder einem zumindest ähnlichen Werkzeug in die Boxen zu beiden Seiten. In der ersten Box zu ihrer Rechten stand ein Kleintraktor von der Art, wie man sie zum Mähen großer Rasenflächen benutzte – oder wohl auch einer Weide, wenn man denn eine besaß. Das Fahrzeug schien gut in Schuß zu sein, und sie nahm an, dafür sei bestimmt Sky zu danken. Die anderen Boxen waren leer bis auf Haufen desselben angeschimmelten Strohs, das sie in Klumpen auch unter ihren Füßen spürte.

Kein Hammer.

Sie beäugte die Leiter zum Heuboden. Nichts als eine Reihe von Kanthölzern, die an die Wand genagelt waren. Sie konnte sich absolut nicht vorstellen, da je ohne Schwierigkeiten hinaufgeklettert zu sein, auch nicht als kleines Mädchen ... aber vielleicht fand sie etwas, mit dem sie das Weidetor reparieren konnte. Behutsam setzte sie den Fuß auf die unterste Sprosse und reckte den Kopf, um in das dunkle Rechteck über sich schauen. Sie konnte nichts erkennen. Mit aller Vorsicht stieg sie die nächste Sprosse hinauf und dann noch eine, spähte in die düstere Öffnung. Was, wenn dort oben etwas Gruseliges lauerte – zum Beispiel Fledermäuse? Von dieser unerquicklichen Phantasievorstellung erfüllt, stellte sie ihren Fuß auf die nächste Sprosse und merkte zu spät, daß sie lose war – merkte, wie sie unter ihrem Gewicht nachgab, mit einem Knirschen von rostigen Nägeln aus der Wand gerissen wurde. Sie hörte, daß sie selbst mit einem häßlichen Krächzlaut antwortete. Für einen grauenhaften Augenblick hing sie in der Luft, wußte, daß sie fallen würde. Ihre Finger klammerten sich verzweifelt an die schmale Sprosse über ihrem Kopf, während ihre Füße unten blindlings nach Halt strampelten.

Und dann fiel sie, landete hart auf beiden Füßen auf dem blanken Erdboden, taumelte ein paar Schritte rückwärts und fiel dann in einem Strohhaufen auf den Hintern. Der Aufprall nahm ihr die Luft. Während sie dasaß und nach Atem rang,

(Tuckers Gesicht erschien über ihr, besorgt, aber auch mißbilligend und halb verdeckt vom sonnengebleichten Haar, das ihm über die Augen hing, während der Schmerz ihren Knöchel durchzuckte und sie sich zu einem Lächeln zwang, entschlossen, sich nicht wie eine Heulsuse zu gebärden)

sagte in der Stille der Scheune eine junge Stimme ganz deutlich: «Annabel – ist alles in Ordnung?»

Die Worte klangen ihr im Ohr. Das Empfinden, sie tatsächlich gehört zu haben, war so stark, daß sie unwillkürlich den Kopf drehte.

Was zum –?

Sie war allein. Allein in der Scheune, und die Stille um sie herum wurde noch intensiviert durch die wirbelnden Staubflocken und ein leichtes Prickeln auf ihrer Haut.

(Ich klammere meine Zehen um die untere Querstange, halte mich fest an der obersten, während das Gatter hinausschwingt über den Abhang, der hinter dem Zaun beginnt. Schwindelerregende Tiefen gähnen unter mir und rauschen mit halsbrecherischer Geschwindigkeit an mir vorbei. Schrecken und Begeisterung beschleunigen meinen Herzschlag, und als das Gatter den halben Weg zurückgelegt hat, ruft Tucker.

Jetzt!

und ich springe, spüre, wie das Gatter unter meinen Füßen zurückschnellt, als ich mich in die Luft abdrücke und dort einen Moment lang schwebe, frei wie ein Falke, der am Himmel über den Bergen kreist)

Nan blinzelte in die blendenden Lichtornamente, bemüht, sich in der Gegenwart zu orientieren. Da war keine Stimme gewesen, außer in ihrem Kopf. Mochten sie noch so deutlich zu hören gewesen sein, mochten sie noch so *echt* geklungen haben, die Worte waren nicht mehr gewesen als ein Echo aus der Vergangenheit: losgerüttelt – diesmal buchstäblich – aus einer versteckten Nische in ihrem Kopf. Sie sollte sich wohl langsam an die verblüffende Unmittelbarkeit dieser Erinnerungen gewöhnen, die während ihrer langen Verborgenheit eine überwältigende Kraft gewonnen hatten. Wie ein exotischer Wein, der lange Jahre gereift ist, zeitigten sie nachhaltige Wirkung.

Und jedesmal, wenn eine dieser Erinnerungen an die Oberfläche kam, schien sie eine weitere Facette jenes langvergessenen Sommers zu beleuchten. Sie hatte sich beim ersten Sprung vom Gatter den Knöchel verrenkt, und Annabel hatte sie beide gescholten, Tucker und sie. Aber wenn Annabel sie nicht im Auge hatte, nahmen sie jede Möglichkeit wahr, sich hinzuschleichen und es wieder zu tun – wieder und wieder, denn der Reiz jenes langen, gruseligen Schwebens durch die Luft war, einmal genossen, unwiderstehlich …

Damals vielleicht, aber jetzt nicht mehr. Sie schüttelte die Erinnerung ab und machte sich vorsichtig daran, ihre Körperteile zu untersuchen.

Bin ich verletzt? Ich glaube nicht.

In ihren Schienbeinen wirkte der Aufprallschmerz nach,

aber wie durch ein Wunder hatte sie sich keinen Knöchel verrenkt, und der strohbedeckte Boden hatte dafür gesorgt, daß bei der plumpen Landung höchstens ihre Würde angeknackst worden war. Sie rappelte sich auf und klopfte das Stroh von den Beinen und dem Hosenboden.

Kein größerer Schaden angerichtet. Sie sammelte die hinterhältige Leitersprosse vom Scheunenboden auf und verzog das Gesicht beim Anblick der rostigen Nägel, die aus ihr ragten. Ein gefährliches Objekt. Aber sie konnte es wahrscheinlich als Hammerersatz benutzen. Und dann, als sie noch mal einen Blick auf die Leiter warf, bemerkte sie etwas, das ihr vorher entgangen war – einen schmutzigen Handabdruck zwischen der zweiten und dritten Leitersprosse, als habe jemand dort für einen Moment die Hand abgestützt, bevor er hinaufkletterte.

Jemand. Sky? Bedachtsam ging sie hinüber und legte ihre Hand auf den Abdruck. Ein häßlicher kleiner Schock durchfuhr sie, als sie feststellte, daß er von jemandem stammte, dessen Hand, wenn auch ein gutes Stück breiter, nicht viel länger war als ihre eigene. Der Handabdruck eines Mannes, aber zu klein, um von Sky zu sein. Der Schmutz war angetrocknet, blätterte bei ihrer Berührung ab, aber dennoch wich sie zurück und sah sich argwöhnisch um. Unbewußt hob sie sogar die Sprosse mit den Nägeln abwehrend in die Höhe, und ihr fiel der verbeulte Wagen ein, mit dem sie vor gut einer Woche beinahe auf der Auffahrt frontal zusammengestoßen wäre.

Wer war der Fahrer gewesen, und warum hatte er es so eilig gehabt? Und wenn der Handabdruck tatsächlich von ihm stammte, was mochte er auf ihrem Heuboden gesucht haben?

Nan schüttelte den Kopf. Wenn die Antwort oben auf

dem Heuboden zu finden war, würde sie vorerst ein Geheimnis bleiben müssen. Sie würde sich nämlich nicht noch einmal auf die Leiter wagen.

Sie trug die abgebrochene Sprosse den Hang hinauf und benutzte sie, um die metallene Öse wieder in den Zaunpfosten zu schlagen. Dann hakte sie das Gatter fest ein. Und wenn sie sich die unerklärliche Nervenanspannung beim Anblick des aufschwingenden Gatters ins Gedächtnis rief, dann wurde diese Erinnerung von den quälenden Gedanken an einen Fremden verdrängt, der unbefugt Annabels Grundstück betreten hatte, und an sein unerklärliches Treiben in ihrer Scheune.

5. KAPITEL

Sie beschloß, Sky nach dem Fremden zu fragen. Fast jeden Tag kam ihr gutaussehender Cousin zu Besuch. Er unterbrach die Arbeit auf seinen Obstplantagen, um ihr bei Reparaturen am Haus zu helfen – die diversen Fensterscheiben zu ersetzen, die Sprünge hatten, und die tropfenden Wasserhähne abzudichten, die schadhaften Steckdosen zu erneuern und die kaputten Türangeln auszuwechseln, den verstopften Abfluß im Badezimmer im Parterre zu reinigen und all die unwesentlichen, aber trotzdem lästigen Probleme zu beseitigen, die für ein altes Haus so typisch waren. Was auch immer seine Beweggründe sein mochten, ob es ihm um eine aussichtsreiche Investition in die Zukunft ging oder ob er einfach nur nett sein wollte, Sky nahm diese Vorhaben eins nach dem anderen beherzt in Angriff. Nan mochte mittlerweile schon nicht mehr darauf verzichten, seinen Truck die Auffahrt herunterholpern zu sehen, und das nicht nur wegen Skys handwerklicher Talente. Wenn er arbeitete, unterhielten sie sich nebenbei, und diese Momente in Gesellschaft eines Erwachsenen hatten bisher ihren Teil dazu beigetragen, die Bedenken zu zerstreuen, sich und Stephen an einen solch abgeschiedenen Ort verpflanzt zu haben. Als sie ihm von ihrem Beinahezusammenstoß mit dem demolierten Wagen in der Auffahrt berichtete, schüttelte er den Kopf.

«Also, ich wette, das war Jerry Ray Watkins. Das ist nur so'n einheimischer Bursche von unten im Tal. Hat früher dann und wann mal für Annabel was gearbeitet. Kann sein, daß er Werkzeug oder so hier vergessen hat und vorbeigekommen ist, um es zu holen. Hat bestimmt nicht mit Ihnen gerechnet.»

«Nun, das beruht auf Gegenseitigkeit. Er hätte anhalten und sich entschuldigen können.»

Sky schüttelte den Kopf, und in seinen blauen Augen funkelte so etwas wie Belustigung. «Jerry Ray is' reichlich schüchtern.»

Mit dieser Erklärung schien ihre Furcht zerstreut, und Nan erklärte die eigene Besorgnis für unbegründet. Es gab andere Dinge, über die nachzudenken sich eher lohnte – insbesondere ein Projekt, das ihr durch den Kopf ging, seit sie den Obstgarten bei Tagesanbruch fotografiert hatte. Und mit Hilfe von Skys handwerklichen Fähigkeiten war es vielleicht auch zu verwirklichen. Sie wollte im Kellergeschoß eine Dunkelkammer einrichten. Als sie ihm ihren Plan skizzierte, reagierte er fasziniert und erbot sich sogar, mit seinem Truck zum Holzplatz auf der anderen Seite von Breezy zu fahren, um das benötigte Baumaterial zu holen.

«Aber Sie müssen mich Ihre Arbeit bezahlen lassen.»

«Soll das 'n Witz sein? Macht mir doch Spaß.»

«Aber es kostet Sie Zeit. Und wirklich, ich hätte ein besseres Gefühl.»

Sky grinste. «Wenn's so ist, Cousine Nan. Ich möchte wirklich nicht, daß Sie sich schlecht fühlen.»

Zwei Tage später kreuzte er am frühen Nachmittag mit einer Wagenladung Baumaterialien auf und mit einem Sortiment von normalem Werkzeug und Profigeräten. Nan half ihm dabei, alles in den Keller zu tragen, wo sie Sägeböcke aufstellten und sich an die Arbeit machten. Kurze Zeit nachdem Sky angefangen hatte, Rigipsplatten mit seiner Kreissäge zu durchtrennen, blickte sie auf und sah Stephen oben an der Kellertreppe. Er schaute neugierig hinunter.

Das war ungewöhnlich – Stephen hatte es sich zur Gewohnheit gemacht, Sky bei seinen häufigen Besuchen aus dem Weg zu gehen. Die Lügengeschichte über den Hirsch war bei ihm ganz falsch angekommen, und er schien zu glauben, daß Sky ihn zum Einfaltspinsel hatte abstempeln wollen. Wie sehr sie sich auch bemüht hatte, ihn eines besseren zu belehren, es war ihr nicht gelungen, seine Überzeugung zu erschüttern.

Jetzt klang das Heulen der Säge anscheinend so interessant, daß es alle Vorbehalte überwog. Das glänzende, wirbelnde Sägeblatt fraß sich sauber durch die letzten Zentimeter Rigips; Nan hob ihr Plattenstück zur Seite, stellte es an der Wand ab und blickte dann zu Stephen hinauf.

«Hi, Honey. Was gibt's?»

Er balancierte auf einem Bein an der Schwelle. «Was macht ihr da?»

«Bauen eine neue Dunkelkammer. Gib acht da oben, Süßer. Fall nur nicht hin.»

Stephen senkte den anderen Fuß. «Mom, können wir runter zum Bach gehen?»

Die Säge kreischte, als Sky sie wieder an die Rigipsplatte setzte. Eine feine Staubfahne stieg aus der Spur des Sägeblatts, als er es, die Augen zusammengekniffen, geübt auf der Linie führte, die sie mit dem Bleistift angezeichnet hatte. Wieder fing sie das abgesägte Stück auf und stellte es zur Seite.

«Okay, das war was – zehn mal siebzehn? Jetzt brauchen

wir ein Stück von drei Fuß mal sechzehn Zoll. Das können wir aus der anderen Platte sägen.»

«Können wir, Mom?»

Nan blinzelte durch den Staub in seine Richtung. «Jetzt? Ich stecke doch hier mitten in der Arbeit, Stephen.»

Sie kam nicht umhin, sich über den unpassend gewählten Zeitpunkt zu ärgern. Als Fazit seines Unfalls hatte sie bestimmt, daß er sich dem Bach nur in ihrer Begleitung nähern durfte. Schließlich hatte er ungehinderten Auslauf im Garten und auf der Weide, von wo er auch schon diverse Kostbarkeiten mitgebracht hatte, darunter mehrere eher unscheinbare graue Federn, ein großer toter Käfer, dessen Beine in der klassischen Pose toter Insekten in alle Richtungen abstanden, und eine vertrocknete Stinkmorchel, die aufbrach und ein giftig riechendes gelbes Pulver auf den Küchentisch stäubte. Warum mußte ihm gerade jetzt – wo sie doch so offensichtlich beschäftigt war – der Bach in den Sinn kommen?

«Wir gehen in einer Stunde», sagte sie.

«Ist auch egal.» Er trat gegen den Türrahmen, wenn auch nicht sehr hart, und sie wandte sich ab, beschäftigte sich demonstrativ damit, die Rigipsplatte in Position zu bringen, während Sky die Säge anwarf. Ohne direkt hinsehen zu müssen, nahm sie wahr, wie Stephen mürrisch die Treppe herunterkam und zum anderen Ende des Kellers trottete, wo Sättel und Zaumzeug lagerten. Dann kümmerte sie sich nicht mehr um ihn. Sky brachte die letzten Rigipsplatten auf das Maß, das sie berechnet hatte, und schnitt dann die Latten zu. Sie legten sie auf dem Boden aus, um sie zusammenzufügen.

Er trat zurück und warf einen prüfenden Blick auf den Rahmen. «Wo haben Sie eigentlich gelernt, Wände zu bauen? Die meisten Frauen verstehen doch davon höchstens soviel wie der Hahn vom Eierlegen.»

Nan lachte und strich sich Sägespäne aus den Haaren. «In meiner Nachbarschaft in New York haben die Wohnungen keinen solchen Firlefanz wie Innenwände zu bieten. Wenn man unbedingt welche braucht, muß man sie sich schon selbst zimmern.»

«Tatsächlich? Hört sich nicht nach viel Privatleben an.»

«Wer braucht schon Privatleben?»

Sein Blick ging einher mit einem angedeuteten Schmunzeln, und urplötzlich wurde ihr seine ganze Männlichkeit bewußt. Und die primitive Erkenntnis, daß Männer und Frauen dazu geschaffen waren, bestimmte Dinge miteinander zu tun, überfiel sie wie ein Schwindelanfall. Es konnte nur ganz kurz gedauert haben, aber in diesem Moment hatten sie es geschafft, den heißen, staubigen Keller weit hinter sich lassen. Eine Stimme ließ sie zusammenfahren.

«Mom?»

«Meine Güte, Honey!»

Sie hatte ihn völlig vergessen, und ihre Verblüffung, gepaart mit dem Gefühl, daß etwas Bedeutsames unterbrochen worden war, ließ die Worte schroff klingen. Eingeschüchtert verzog er das Gesicht, und gleich plagte sie das schlechte Gewissen. «Du hast mich erschreckt», sagte sie einlenkend.

«Kann ich den hier behalten?»

Als er ihn zur Begutachtung hochhielt, erkannte sie den Ring aus einem Hufeisennagel, den sie in der vergangenen Woche auf dem Fußboden vor seinem Zimmer gefunden hatte.

«Stephen, wo hast du den her? Ich wünschte, du würdest nicht in meinen Sachen wühlen.»

«Hab ich ja gar nicht. Er lag auf der Fensterbank in meinem Zimmer.»

Sie erinnerte sich sehr genau daran, daß sie den Ring aus der Jeanstasche genommen und auf ihre Kommode gelegt hatte. Aber jetzt, in Gegenwart von Sky, war nicht der richtige Zeitpunkt, sich auf ein Geplänkel um Lüge und Wahrheit einzulassen. Sie blickte zu ihrem Cousin, und der antwortete mit einem Augenzwinkern. Sie seufzte.

«Okay. Schön. Er gehört dir.»

«Sauber. Danke.»

Er schob den Ring auf einen Finger, bewunderte ihn kurz, drehte sich um und rannte ohne ein weiteres Wort die Kellertreppe hinauf. Nan sah zu und schüttelte den Kopf. Als er verschwunden war, wandte sie sich an Sky.

«Ich sollte wohl mit ihm zum Bach hinuntergehen. Aber warum er ausgerechnet dann damit kommt, wenn ich mitten in etwas anderem stecke –»

Er kratzte sich das Kinn. «Warum lassen Sie ihn nicht schon vorauslaufen? Ich möchte wetten, daß er seine Lektion gelernt hat. Er wird schon vorsichtig sein.»

Sie seufzte. «Er ist ein Stadtkind, Sky. Er ist einfach nicht dafür gemacht, hier ganz allein durch die Gegend zu strolchen. Wenn ich neulich nicht dagewesen wäre und ihn aus dem Bach gefischt hätte …» Sie brach den Satz ab. «Ich mag gar nicht daran denken.»

Er betrachtete sie, die Augenbrauen angewinkelt. «Ja, aber er weiß jetzt, daß er aufpassen muß. Und Sie wissen doch, was aus Jungs wird, die an Mutters Schürzenzipfel hängen, Cousine Nan. Geht gegen die Natur. Lassen Sie ihn nur loslaufen. Ihm passiert schon nichts.»

Nan war die Skepsis wohl an der Nasenspitze abzulesen. Sie entging ihm nicht, und er lächelte. «Er wird nicht ertrinken, Hon. Und auch nicht von 'ner Schlange gebissen – oben in den Bergen findet man vielleicht die eine oder andere Klapperschlange, aber da drunten treiben sich nur die kleinen braunen Wasserschlangen herum. Ihm geschieht bestimmt nichts. Sagen Sie ihm nur, er soll sich von den Kiefernwäldern auf der anderen Seite des Hügels fernhalten. Da könnte er sich leicht verirren.»

Er hielt sie ganz zweifellos für eine dieser typisch übervorsichtigen Mütter, und dieser Widerspruch zu Gabes Einschätzung ihrer elterlichen Kompetenz amüsierte und betrübte sie zugleich. «Sind Wasserschlangen giftig?»

«Ungefähr so giftig wie Kartoffelchips.»

Das brachte sie wider Willen zum Lachen – so sehr, daß sie sich fragte, ob ihre Reaktion vielleicht weniger seinen Worten galt, sondern eher von der nachhaltigen Wirkung der unerwarteten sexuellen Spannung zwischen ihnen beiden hervorgerufen wurde. Wenn Stephen nicht dagewesen wäre, was hätte geschehen können? Schon bei der Erinnerung an den kurzen Moment wurde ihr leicht schwindlig. Sie setzte sich auf die Treppe und lachte, bis ihr die Tränen kamen, so daß sie Skys hochgewachsene Gestalt im Licht der Nachmittagssonne, das schräg durchs Kellerfenster hereinfiel, nur verschwommen erkennen konnte. Er fing auch zu lachen an, und der kontrapunktische Klang seiner männlich tiefen Stimme, die sich hinzugesellte, durchfuhr sie wie eine körperliche Berührung.

Als er ungefähr eine Stunde später wegfuhr, war Stephen noch nicht wiederaufgetaucht. Sie hörte elektronische Musik aus dem Wohnzimmer und fand ihn dort. Er spielte «Super Mario». Das idiotische Bliepen und Blubbern ging ihr auf die Nerven. Sie beneidete Mustard; der wuschelige orangefarbene Kater fläzte sich auf Stephens Schoß, selbstvergessen in seinem Wohlbehagen.

«He. Ich dachte, du wolltest zum Bach hinuntergehen.»

Er deutete ein Achselzucken an. Auf dem Bildschirm hüpfte Marios muntere Gestalt ein paar feindseligen Pilzen auf den Köpfen herum und stürmte dann die steile Treppe zu einem Schloß empor.

Nan wurde schlagartig klar, daß ein Ausflug, der die Mutter aus der Gesellschaft einer Person riß, die man nicht mochte, ungleich attraktiver war als einer, der eine Beschäftigung unterbrach, an der man Gefallen fand. Sie beäugte Stephens kleines Profil. Seine Brillengläser reflektierten das Farbgeflimmer auf dem Bildschirm. Er sah nicht in ihre Richtung. War er eifersüchtig auf Sky und die Zeit, die sie mit ihm verbrachte? Der Gedanke bescherte ihr wieder Gewissensbisse. Was er wirklich brauchte, war ein gleichaltriger Spielgefährte, irgendein einheimischer Bengel, der sich hier in der Gegend auskannte. Jemand –

Jemand wie Tuck.

In den zwanzig Jahren seit damals war die Erinnerung an den Jungen, der einen Sommer lang ihr ständiger Begleiter gewesen war, so verblaßt, daß kaum noch Konturen blieben, wie auf einer dieser alten Ferrotypien, deren schwarze Stellen im Laufe der Zeit silbrig verblichen waren. Sie hatte sich an seinen Namen erinnert, an seine strohblonden Haare, die unumstößliche Tatsache, daß sie beide in einen Unfall verwickelt gewesen waren, der ihn das Leben gekostet hatte. Das war alles, bis auf ein paar verschwommen wahrgenommene Bruchstücke wie das Baumhaus, der Bach und der Hügel – deren sie sich auf der Herfahrt schamlos bedient hatte, um Stephen ihr Ziel schmackhaft zu machen.

Aber die beunruhigenden Erinnerungen, die durch die Rückkehr in Annabels Haus geweckt worden waren, füllten langsam das skizzenhafte Bild aus, das ihr im Gedächtnis geblieben war, verliehen ihm Farbe und Leben – und ließen sogar Gefühle aufflackern. In den wenigen verblüffenden Augenblicken, in denen ein Zufallsspiel von Licht oder Geräuschen ihr ohne jede Vorwarnung die Anwesenheit von Tucker vorzugaukeln schien, verlor sie sich nicht nur in den Bildern und Tönen jenes Sommers, sondern auch in den heftigen Freuden und Leiden der Kindheit. Der spöttische Tucker mit den sonnenhellen Haaren, ihr bester Freund – und ihr Held, mochte sie das auch noch so weit von sich gewiesen haben. Ihre Freundschaft war ein ungestümer Taumel von Hänseleien, Wettkampf und Mutproben; und wenn sie aus ihrer Erwachsenenperspektive darauf zurückblickte, rührte sie die Erkenntnis, daß jenes gottähnliche Wesen, das sie heimlich verehrt hatte, nur ein kleiner Junge gewesen war, nicht viel älter als ihr eigener Sohn.

Am nächsten Tag waren ihre Gedanken bei Stephen, als sie Sky nach Kindern in der Nachbarschaft fragte. Er zuckte nur mit den Achseln und schüttelte den Kopf. «Da haben wir nichts zu bieten. Drüben im Norden von Ihnen wohnt der alte Todd, der nie geheiratet hat. Die Crenshaws sind im Süden, haben 'n paar ganz kleine Mädchen. Ich bin der einzige Nachbar, der sonst noch in Ihrer Nähe ist. Einige Leutchen wohnen noch da oben auf dem Kamm.» Er schien sich zusammenzureimen, daß sie einen Spielgefährten für Stephen suchte. «He, mein Bruder Burke hat 'nen Jungen ungefähr in Stephens Alter, vielleicht ein bißchen größer. Den werd ich mal herschaffen.»

Am nächsten Tag brachte er seinen Neffen namens Billy

mit. Billy war ein Rotschopf mit Mondgesicht, ein Jahr älter und ein ganzes Stück größer als Stephen. Die beiden schienen sich nicht viel zu sagen zu haben, aber trotzdem erklärte Nan den Fernseher für tabu und schickte sie nach draußen, wo sie in Richtung Weide abmarschierten, während Sky und sie die Arbeit wiederaufnahmen. Die Dunkelkammer nahm allmählich Gestalt an; die Wände standen, und Strom war auch schon fast vollständig gelegt. Nan hatte Gabe angerufen und gebeten, ihre unbenutzte Dunkelkammer im Loft zu leeren und sämtliche Geräte und Materialien runterzuschicken. Widerstrebend hatte er eingewilligt. Sie rechnete noch mit einer Woche für den Bau des Arbeitstisches, das Streichen und die Installation der Apparate.

«Gott sei Dank war der Ausguß schon hier», sagte sie. «Ich glaube nicht, daß ich Klempnerarbeiten durchgestanden hätte.»

Sky hatte Sägespäne im Bart. «Wozu brauchen Sie überhaupt einen Ausguß?»

«Nun, nach der Entwicklung wird Wasser gebraucht. Für den Film ebenso wie für die Abzüge.»

Er schüttelte den Kopf. «Wenn das nicht alles schlägt. Ich hätte nie gedacht, daß die Bilder auch noch gewaschen werden. Dachte, man drückt nur auf 'nen Knopf, und schon kommt so'n Bild fertig raus.»

«Das ist was für Schlaffies», sagte Nan. «Ernstzunehmende Laborarbeit stellt ganz andere Anforderungen. Wenn alles eingerichtet ist, werde ich Ihnen zeigen, wie das funktioniert. Jedenfalls das, was möglich ist. Ein Teil spielt sich nämlich in völliger Dunkelheit ab.»

Während er einen Anschluß legte, sah er sie über die Schulter hinweg an. «Verlassen Sie sich drauf, ich nehm Sie beim Wort.»

Die Vorstellung, im Dunkeln neben ihm zu stehen, war plötzlich sehr lebendig. Sie blickte in den Werkzeugkasten auf ihren Knien, hatte aber vergessen, wonach sie suchte. Als sie den Blick hob, musterte er sie noch immer. Von der obersten Stufe der Kellertreppe ertönte Stephens Stimme.

«Mom. Wir sind hungrig.»

Oben in der Küche stellte sie den Jungen Milch und einige von Cassie Thatchers Keksen hin und warf Sky einen fragenden Blick zu. «Möchten Sie Kaffee? Ein Bier?»

«Milch ist völlig in Ordnung.»

Sie füllte drei Gläser, zögerte und schenkte dann auch ein viertes für sich ein. Gesundes Landleben.

«Und ihr habt Spaß, Jungs?»

«Ja, Ma'am», sagte Billy. Stephen hatte den Mund voll und wich ihrem Blick aus.

Sky nahm noch einen Keks. «Mir ist's ehrlich ein Rätsel, wie Cassie je gelernt hat, so gut zu kochen und zu backen. Als wir Kinder waren, hat sie in der Küche immer nur ein Riesenschlamassel hinterlassen.»

Billy kicherte. Offensichtlich fand er Sky ganz toll, und Nan malte sich aus, wieviel einfacher alles sein könnte, wenn Stephen derselben Meinung wäre. Aber das war er – Kopf zwischen die Schultern gezogen und Augen gesenkt – ganz sicher nicht. Sky trank seine Milch aus und versetzte Billy einen Rippenstoß. «Komm in die Gänge, Bursche. Hab deiner Mama versprochen, dich vor fünf abzuliefern.»

«Yessir.» Billy sprang auf und wollte zur Tür rennen.

«Heia! Wo bleiben deine Manieren?»

Billy blieb stehen, drehte sich um und deklamierte: «Es hat mir sehr gut gefallen, danke schön.» Seine Augen waren auf eine Stelle in der Nähe ihrer Füße gerichtet.

«Freut mich, Billy. Vielleicht magst du ja wiederkommen.»

Billy grinste höflich. «Klar.»

Nan knuffte Stephen. Der bedachte sie mit einem bösen Blick und sagte: «Bye.»

Als die beiden zur Tür hinaus waren und sich das Motorengeräusch des Pickups langsam verlor, setzte sich Nan ihrem Sohn gegenüber an den Tisch.

«Ich nehme an, du mochtest Billy nicht.»

«Er ist echt fies, Mom.»

«Wieso fies?»

Stephen malte in einer Milchpfütze auf der Tischplatte. «Er hat schmutzige Gedanken. Hat mich gefragt, ob ich schon mal gesehen habe, wie Pferde es treiben.»

Das war einfach zu klassisch. Nan vergrub das Gesicht in den Händen.

«Mom?»

«Tut mir leid, Stephen. Ich konnte ja nicht wissen, daß er so einer ist.»

«Er hat gesagt, ein Pferdepimmel ist so dick wie ein Männerarm.»

«Okay. Wir holen ihn nicht wieder her.»

«Ich hab dir ja gesagt, daß er fies ist.»

«Ich bin ganz deiner Meinung», sagte Nan. «Er ist ein Fiesling.»

Sie trug die leeren Gläser zum Ausguß und gab Stephen einen nassen Lappen, um den Tisch abzuwischen. Es war jammerschade mit Billy, der bestimmt ein wunderbarer Kumpel für jemanden wäre, den er nicht von vornherein unter die Knute bekam. Aber ein Cousin aus der Stadt, der eine Brille trug, komisch redete und nichts über Tiere wußte, war eben eine zu große Versuchung gewesen. Warum konnte Stephen nicht einen netten Spielgefährten finden? Jemanden, der ihm alles zeigte, ohne ihn auszulachen, ohne grausam zu sein oder zu versuchen, ihm Angst einzujagen? Er brachte ihr den Lappen, der voller Krümel war, und sie spülte ihn unter laufendem Wasser ab.

«Stimmt das, Mom?»

«Stimmt was, Liebling?»

«Daß ein Pferdepimmel so dick ist wie ein Männerarm.»

Nan drehte sich um und sah auf ihn hinunter. Die geraden dunklen Brauen, die ihren so ähnlich waren, bildeten einen einzigen schmalen Strich über den Augen, die er von Gabe hatte.

«Ehrlich», sagte sie, «das weiß ich nicht.»

Ohne auf Einzelheiten einzugehen, gab sie Sky zu verstehen, daß Billys Besuch kein sonderlicher Erfolg gewesen sei. Sie wußte, daß Sky sich Billys wegen weitere Minuspunkte bei Stephen eingehandelt hatte, und sie wußte auch, daß es keinen Zweck hatte, den Jungen darauf hinzuweisen, wie ungerecht das war. Sie wollte nicht den Anschein erwecken, als nähme sie Sky ihm gegenüber in Schutz, aber es gab Augenblicke, da machte er es ihr schwer.

«Warum kommt er eigentlich jeden Nachmittag her?»

«Er hilft mir dabei, die Dunkelkammer einzurichten, Stephen. Das weißt du doch.»

«Das dauert aber furchtbar lange.»

«Wir sind fast fertig», sagte Nan.

«Weißt du, Mom», sagte Stephen, «ich glaube, er will dein Boyfriend werden.»

Jetzt war es wenigstens ausgesprochen. Die sexuelle Spannung zwischen Sky und ihr war also derart augenfällig, daß sie sogar einem Achtjährigen nicht entging. Am Tag zuvor war es brütend heiß gewesen, und Sky hatte sein

Hemd ausgezogen, um mit nacktem Oberkörper zu arbeiten. Sie hatte sich dabei erwischt, wie sie das Sehnenspiel unter der gebräunten Haut seines Rückens bestaunt hatte, als sei sie ein Teenager, der am Strand einem Jungen nachglotzt. Auch waren ihr seine harten Brustmuskeln nicht entgangen und sein flacher Bauch. Sie fühlte sich von ihm angezogen; es wäre albern gewesen, sich etwas anderes vorzumachen. Als er ihr den Hammer reichte und sich ihre Finger am Stiel berührten, spürte sie die sprichwörtlichen hunderttausend Volt. Sie wußte, daß es ihm nicht anders erging, aber bis jetzt hatte er sich – bis auf die Art, wie er sie anschaute – noch nichts anmerken lassen. Und das mußte sie ihm hoch anrechnen: als ahne er irgendwie den Konflikt, in den ihre Gefühle sie stürzten. Sie wußte, daß er zu haben war. Er hatte sie – in einer der ausufernden Unterhaltungen während der Arbeit am Haus – wissen lassen, daß er von seiner Frau getrennt war und diese in Knoxville Jura studierte.

«Schätze, sobald sie Anwältin geworden ist, zieht sie die Scheidung durch. Sie ist nämlich zu geizig, um jemanden anderen dafür zu engagieren.»

Er klang eher amüsiert als verbittert, und sie schloß daraus, daß die Entscheidung, die Ehe für gescheitert zu erklären, einvernehmlicher getroffen sein mußte als in ihrem Fall. Doch obwohl Nan sich körperlich so stark von Sky angezogen fühlte, war sie sich sehr wohl bewußt, welche Kluft sie ansonsten trennte. Sie mochte ihn, wußte aber nicht, ob sie ihn auch ertragen konnte, wenn die Beziehung intimer wurde. Er war so sehr vom Landleben geprägt – in seiner Ausdrucksweise, in seinem Benehmen, in seiner gesamten Mentalität.

Stephen wartete noch auf eine Antwort. Sie seufzte. «Hör

zu, Honey. Ich bin für einen Boyfriend nicht zu haben, glaub mir.»

Soviel stimmte zweifellos. Sie wollte im Moment keinen Mann; die Vorstellung allein schon überanstrengte sie. Sie mußte sich erst mal entspannen, sich von dem Schock erholen, den Gabes Betrug ausgelöst hatte – am allerwenigsten konnte sie eine neue Beziehung brauchen. Nur Stephen und sie: mehr wollte sie im Augenblick nicht.

Das hatte sie sich jedenfalls auf die Fahne geschrieben. Gleichzeitig aber stellte sie fest, daß sie an Sky dachte, ihren Tagesablauf nach seinen Besuchen richtete und irgendwo im Hinterkopf, wo sie deren Existenz leugnen konnte, Träumereien über ihn nachhing. Zeitweise drängten sie sich in den Vordergrund, und dann gab sie sich alle Mühe, sie im Keim zu ersticken.

Hör mal, er spricht nachlässig. Und wenn man ihm gegenüber den Namen Beethoven erwähnt, meint er wahrscheinlich, es ist von einem Importbier die Rede.

Ach ja? Gabe ist grammatikalisch perfekt und hat ein Abonnement für die New Yorker Philharmoniker, und wohin hat dich das gebracht?

Sie ließ das Grübeln. Wenn ihre Gedanken im Moment auch noch um den Cousin vom Lande kreisen mochten – wenn sie trotz ihrer Verfassung wie ein Murmeltier schlief und jeden Morgen mit neuer Energie und einem Elan aufwachte, der nicht allein der frischen Luft zu verdanken war – nun, das würde sich schon bald ändern, wenn nämlich die Dunkelkammer fertig war und Sky nicht mehr so oft vorbeikam. Sie redete sich ein, daß die Dunkelkammer das letzte größere Projekt bleiben sollte – daß sie sich sofort nach ihrer Fertigstellung auf Stephen konzentrieren und ihm das Interesse schenken würde, das ihm gebührte.

Aber Stephen hatte das Warten anscheinend satt bekommen. An dem Tag, als sie und Sky die Bauarbeiten an der Dunkelkammer beendet hatten und mit dem Streichen anfingen, verkündete er beim Abendessen, er habe den ganzen Nachmittag mit Woody gespielt.

Nan wollte ihm gerade seinen Teller reichen und hätte ihn fast in seinen Schoß gekippt. Vorsichtig stellte sie ihn auf den Tisch und sah Stephen an.

«Tatsächlich? Da ist ja schön, Honey.» Ließ es ganz unbefangen klingen. «Ich wußte ja gar nicht, daß es Woody noch gibt.»

«Ich auch nicht.» Er machte sich über sein Essen her, und sein Ton war ganz sachlich. «Er war plötzlich wieder da.»

«Toll», sagte Nan und ließ im Geist nachklingen: *richtig beschissen toll.* Woody hatte ihr schon immer Unbehagen bereitet, mochte Gabe noch so sehr darauf bestehen, daß ein imaginärer Spielkamerad das Produkt der gesunden Phantasie eines gescheiten, introvertierten Kindes war. Kinder in Stephens Alter lebten eben in einer Welt, in der die Grenzen zwischen Imagination und Realität fließend waren, und sie bewegten sich zwischen den beiden Polen mit einer Ungezwungenheit, die bei Erwachsenen für psychotisch gehalten würde, für einen Fünfjährigen jedoch absolut normal war.

Nan hatte diese Beschwichtigungen hingenommen. Aber Woodys allmähliches Verschwinden, nachdem Stephens Sehschwäche korrigiert worden war, hatte sie erleichtert – und dieses unerwartete Wiederauftauchen ließ eine Menge Schuldgefühle und Zweifel hochkommen. War Stephen nicht inzwischen ein wenig zu groß für imaginäre Freunde? Regression war doch wohl ein Zeichen von Unsicherheit.

Während sie die Zeit darauf verschwendet hatte, ihren gutaussehenden Cousin anzuhimmeln, war ihrem armen, kleinen, verlassenen Jungen nichts anderes übriggeblieben, als sich wieder in Phantasiewelten zu flüchten.

Das Telefon an der Wand neben dem Küchentisch klingelte und unterbrach ihre Selbstbezichtigungsorgie. Es war Lucy Talbot, die mit ihrem nach einer schwirrenden Banjosaite klingenden Akzent überschwenglich von Party-Plänen plärrte.

«Also, Honey, du mußt mir ehrlich sagen, ob dir nächstes Wochenende zu früh ist. Ich will 'n anständiges Familientreffen auf die Beine stellen, um dich und Stephen willkommen zu heißen und mein zehntes Enkelkind zu feiern – na ja, der Wurm ist ja vor Januar nicht fällig, aber Danny hat mich gestern abend angerufen und mir erzählt, daß Sarah guter Hoffnung ist. Es ist ihr erstes, und Danny ist mein Jüngster, und deswegen ist es doch was ganz Besonderes, was meinst du? Ich dachte an Samstag abend, ein richtig schönes altmodisches Abendessen in der Scheune mit Square Dance und allen Schikanen. Wir haben schon ziemlich lange kein schönes Fest mehr gefeiert, und ich weiß genau, daß manche von euch jungen Leuten noch nie Ellis Whipple auf der Country-Fiedel gehört haben. Und das darf man sich einfach nicht entgehen lassen.»

Von diesem Wortschwall überwältigt, hörte Nan, wie sie Lucys Einladung widerspruchslos annahm. Ein neuerliches Zusammentreffen mit der erweiterten Familie, deren meiste Mitglieder sie immer noch nicht auf Anhieb wiedererkannt hätte: Irgendwo mußte sie Reserven an sozialer Standfestigkeit aktivieren, um dem Ansturm südstaatlicher Wärme und südstaatlichen Wohlwollens mutig zu trotzen. Sie war ja durchaus nicht undankbar. Aber sie hatte hier noch nicht Tritt gefaßt, war nicht in ihrem Element und konnte nicht einschätzen, was von ihr verlangt wurde. Sie fürchtete, kaltherzig zu erscheinen, arrogant, ein typischer Yankee, hoffnungslos überfordert, wenn es darum ging, der Überschwenglichkeit von Verwandten zu begegnen, die ihre Großeltern gekannt hatten und sich an ihre Mutter und sie selbst auf Kindesbeinen erinnerten. Und doch dachte sie, als sie einhängte, daß das Abendessen in der Scheune für Stephen eine neue Chance bieten könnte, Kontakt zu einem seiner Cousins zu finden und einen realen Freund zu finden, statt auf die klägliche Ausgeburt seiner Phantasie angewiesen zu sein.

Stephen hatte den Jungen gleich am ersten Tag gesehen. Praktisch im Moment ihrer Ankunft.

Natürlich hatte er da noch nicht gewußt, daß es Woody war. Das koboldhafte Gesicht mit der rüde ausgestreckten Zunge, beschattet vom raschelnden Laub der Eiche, war so schnell wieder verschwunden, daß er sich, ebenso wie seine Mutter, fragen mußte, ob er es sich vielleicht nur eingebildet hatte.

Aber das hatte er nicht.

Er hatte sich auch den Stoß nicht eingebildet, der ihn in den Bach beförderte. Er hatte ihn gespürt, und er hatte auch sehr deutlich das unterdrückte Prusten aus dem Gebüsch am Ufer gehört, als sei der Stoß nichts als ein Riesenspaß gewesen.

Und vielleicht stimmte das. Denn hinterher war alles anders. Zwar meinte er immer noch jemanden zu erahnen, am Grenzbereich seiner Gedanken, eben außerhalb seiner Reichweite. Aber alles Grobe war verschwunden, alles Gemeine: Wer immer es sein mochte, es schien ihm leid zu tun.

In dem Ring, den er auf seiner Fensterbank entdeckt hatte, sah er so etwas wie ein Friedensangebot. Kaum hatte er ihn übergestreift, spürte er noch intensiver und deutlicher, daß da jemand in seiner Nähe war.

Ein vertrautes Gefühl, dasselbe, das auch Woody ihm vermittelte: eine schemenhafte freundliche Existenz, ganz in seiner Nähe. Woody war wie ein großer Bruder gewesen, jemand Starkes, der dafür gesorgt hatte, daß Stephen nichts Böses geschah. Stephen wußte, daß Woody nicht *real* war, so wie Mom und Dad real waren oder sein Lehrer oder die anderen Kids in der Schule. Woody war anders. Aber dieser Unterschied bedeutete nicht, daß es ihn nicht gab.

Und jetzt, als Stephen über den Zaun kletterte, um zum Bach hinunterzulaufen, ließ ihn das Empfinden, eine lautlose, unsichtbare Existenz neben sich zu haben, einen Augenblick oben auf dem Geländer innehalten.

«Woody?»

Es kam keine Antwort. Aber als er den Weg über die Weide einschlug, hatte er das Gefühl, Woody ginge direkt hinter ihm – und sie beide schlugen sich unter dem wolkenlosen Himmelszelt durchs schulterhohe Gras, blinzelten ins Sonnenlicht und wandten den Kopf, um den sirrenden Grashüpfern nachzuschauen, die an ihnen vorbei durch die Luft segelten. Die Weide umfing sie, eine endlose grüne Fläche. Über den Bäumen am Bach schien die Hügelkuppe im Dunst zu flimmern, und die Bergkette war nur ein blauer Schatten im Hintergrund. Stephen atmete tief. Er roch die Kiefern.

«Wer schneller ist!»

Er rannte los. Plötzlich konnte er hinter sich Gelächter

hören, atemlos und beinahe auch lautlos. Außerdem das rhythmische Fächeln des Grases. Ein Freudentaumel erfaßte ihn, beflügelte ihn, und wie befreit lief er noch schneller. Er brauchte sich nicht umzuschauen.

Er wußte, daß Woody bei ihm war.

6. KAPITEL

Nan verbrachte den nächsten Vormittag damit, die Malerarbeiten in der Dunkelkammer zu beenden, denn sie wollte der Farbe genügend Zeit zum Trocknen geben, bevor Sky kam. Er hatte versprochen, ihr nachmittags dabei zu helfen, die kürzlich eingetroffenen Kartons hinunterzubringen, in denen sich Vergrößerungsgerät, Laborlampen, Entwicklerschalen, Chemikalien und dergleichen befanden. Wenn sie beide sich ranhielten, konnte sie schon abends über ein funktionstüchtiges Fotolabor verfügen.

Es überraschte sie, wie sehr sie diese Aussicht begeisterte. In New York war die Dunkelkammer im Loft eingestaubt, weil sie unbenutzt blieb: Gabe hatte schon seit geraumer Zeit keine eigenen Arbeiten mehr vorzuweisen, und ihre Sachen vertraute sie einem professionellen Farblabor an. Aber die Aufnahmen vom Obstgarten im Nebel lagen seit zwei Wochen unentwickelt auf ihrer Kommode, und sie war gespannt darauf, sie endlich zu sehen. Die Bilder, die sie am Bach gemacht hatte, waren so, wie sie seit einem Jahrzehnt nicht mehr fotografiert hatte, in jenem Stil, der sie damals in der High School zu Gabes Starschülerin gemacht hatte – Schwarzweiß-Schnappschüsse in der Natur als denkbar größter Gegensatz zu den sorgfältigst inszenierten Aufnahmen im Mode-Ambiente.

Die Farbe auf Wänden und Arbeitsplatten trocknete, und

sie trug die kleineren Kartons die Kellertreppe hinunter. Inzwischen war es schon nach zwölf Uhr. Sky kam ungewöhnlich spät. Von Stephen ebenfalls keine Spur – seit dem Frühstück, als er zum Bach losgezogen war. Zweifellos um mit Woody zu spielen.

Sie verzog das Gesicht und schüttelte den Kopf. Das gefiel ihr gar nicht. Aber was sollte sie tun? Sie konnte ihre Aktivitäten doch nicht auf eine Bandbreite begrenzen, die den Interessen eines achtjährigen Jungen entsprach. Vielleicht würde er sich ja beim bevorstehenden Square Dance mit ein paar anderen Kids anfreunden … sie konnte nur hoffen.

Davon abgesehen – wo mochte er nur stecken? Sie ging vor die Tür, schirmte die Augen gegen das gleißende Mittagslicht ab und suchte die ferne Baumreihe am Bachufer ab. Völlig unvorbereitet überfiel sie Panik. Es war so *still*. Spielte Stephen da draußen, oder war ihm etwas passiert?

Die sonnenbeschienene grüne Weidefläche döste in der Hitze, beschützt vom dunkleren Gebirgskamm, atemlos still. Die Pferde waren nirgends zu sehen. Heiser krächzte irgendwo zu ihrer Linken eine Krähe, und der Laut war so schnell verschluckt wie ein Wassertropfen vom Wüstensand. Hinter dem allgegenwärtigen Zirpen der Grillen war die Stille vollkommen. Sie durchdrang das Panorama aus Weideland, Bergen, Himmel, und nirgends regte sich auch nur ein Lüftchen. So ruhig war es, daß sie ihr Blut in den Schläfen pochen hörte.

Plötzlich hielt sie es nicht mehr aus. Sie kletterte über den Zaun und ging schnellen Schrittes über die Weide, fing noch nicht zu rennen an. Sie wollte einfach nur sicher sein, daß mit ihm alles in Ordnung war. Mehr nicht. Einfach nur … sicher sein, daß mit ihm alles in Ordnung war. Als sie den Abhang hinunterging, begrüßte sie der Bach mit einem verschlafenen Murmeln.

Und dann bewegte sich etwas zwischen den Bäumen vor ihr. Eine kleine Gestalt kam hervor und winkte.

«Mom!»

Nan verlangsamte den Schritt, blies die Luft aus, die sie unbewußt angehalten hatte. «Hi, Liebling. Ich hab mich gefragt, wo du wohl bist.»

Er trottete ihr durchs brusthohe Gras entgegen. Die bedrückende Stille löste sich auf; eine Brise zauste die Baumwipfel und streichelte übers Gras. Ein Vogelschwarm flatterte in der Ferne auf. Stephen stand vor ihr, japste in der Hitze, schirmte die Augen ab und blickte zu ihr auf. «Darf ich über den Bach rüber. Wir wollen auf den Hügel steigen.»

«Wir?»

«Ich und Woody. Er hat mir eine Stelle gezeigt, wo man leicht rüberkann. Da sind Steine, wenn man auf die tritt, kriegt man nicht mal nasse Füße.»

Nan blinzelte ihn an. «Die solltest du mir vielleicht zeigen.»

Er führte sie selbstsicher und unbeirrt durch den Wald an eine Stelle, wo eine Reihe von Steinen den Bach überbrückte. «Siehst du? Man kann einfach rübergehen.»

Nan starrte auf die glatten braunen Steine, die im Sonnenlicht glänzten, das durch die Blätter drang. Das träge Plätschern des Wassers war wie ein Echo der Erinnerung.

(Hier an dieser selben Stelle im flimmernden Schatten stehend, zuschauend, wie Tuck aus Borke ein kleines Boot bastelte. I-Tüpfelchen ist das verwegene gelbe Blatt, das er als Segel anbringt, und Sonnenlicht verfängt sich in seinen blonden Wimpern, als er zu mir aufblickt.

Okay? Bist du soweit?

Ja! Los doch!

Er setzt das Boot aufs Wasser. Im selben Augenblick reißt die Strömung es mit, wirbelt es über die Ministromschnellen, zwischen den Steinen hindurch und hinab. Das winzige Schiff kentert beinahe, richtet sich aber wieder auf, und wir beide spenden begeistert Beifall.

Da schwimmt es!

Juu-huh!)

«Mom? Ist es okay, wenn ich rübergeh?»

«Ich denke schon. Aber sei vorsichtig.»

Die Erinnerung wollte sie nicht loslassen: das winzige Boot auf kühner Fahrt, seine Proportionen, die den Bach zu einem breiten Fluß anschwellen ließen und Tucker und sie zu freundlichen Riesen machten, die am Ufer entlangliefen und es mit ihren Rufen anspornten ...

Sie sah auf Stephen, der neben ihr stand. «Möchtest du, daß ich mit dir gehe, Honey?»

Er zuckte mit den Achseln. «Ist schon okay. Ich hab ja Woody.»

Ausgestochen von einer Phantasiegestalt. Aber wenn er darauf vertraute, den Hügel, nur von Woody begleitet, erkunden zu können, war das vermutlich eine gesunde Reaktion, ein Anzeichen dafür, daß sich seine Selbsteinschätzung stablilisierte.

Doch zuerst mußte er zu Mittag essen. Ungeachtet seiner Proteste schleppte sie ihn zurück ins Haus. Ihr fiel auf, daß er nicht darum bat, Woody ebenfalls etwas vorzusetzen – aber Woody war nie ein großer Esser gewesen, auch nicht in jenen strapaziösen Tagen, als Stephen darauf bestand, daß bei jeder Mahlzeit für ihn mit gedeckt wurde. Jetzt schlang Stephen sein Sandwich mit Erdnußbutter und

Marmelade hinunter und trank seinen Saft, ohne das Glas auch nur einmal abzusetzen.

«Tschüß, Mom. Ich komm nachher wieder.» Er sauste die Weide hinunter, als Skys Pickup auftauchte.

Zeitlich perfekt abgestimmt. Obwohl ihr Kind anscheinend bester Laune war, nagte das schlechte Gewissen weiter an ihr. Ich werde mir bald mehr Zeit für ihn nehmen. Das schwöre ich.

Aber zwei Stunden später, als Sky und sie die letzten Kartons hinuntergetragen hatten und es sich bei ein paar Flaschen Bier auf der Veranda gemütlich machten, stellte sie schuldbewußt fest, wie froh sie war, nicht von Stephen mit adleräugiger Mißbilligung beobachtet zu werden. Ihre Unterhaltung mochte sich vielleicht träge von Thema zu Thema schleppen, aber die typischen Signale zwischen Mann und Frau waren klar und deutlich.

«Also werden Sie wohl auch am Samstag zum Abendessen bei dieser Scheunen-Veranstaltung von Lucy sein», sagte sie.

«Worauf Sie sich verlassen können. Und Sie tanzen mit mir, okay?»

Nan zuckte die Achseln und widmete sich dem Etikett ihrer Bierflasche. «Ich bin keine große Tänzerin. Und ich muß Ihnen sagen: Ich hasse Parties. In New York hab ich sie mir gewöhnlich geschenkt.»

«Nun, diese könn'n Sie sich nicht schenken. Lucy ist mit ihrem Herzblut dabei. Und sie freut sich wie 'ne Schneekönigin, daß Sie kommen. Aber da ist sie nicht die einzige.»

«Nein? Wer denn sonst noch?»

Er antwortete nicht, sondern setzte nur die Flasche an die Lippen und nahm einen großen Schluck, wobei er den Blick jedoch nicht von ihr wandte. Sie schaute ihm in die

Augen und spürte ein erregendes Kribbeln an allen Nervenenden. Zweifellos genau die Wirkung, die er bezweckt hatte. Sie senkte den Blick.

«Nun, wenn Sie dort sind, hab ich wenigstens noch jemanden, den ich außer Lucy und Whit kenne.»

Er lächelte, und der gleichzeitige Blick aus seinen blauen Augen ließ das Kribbeln wieder stärker werden. «Den haben Sie.»

Stephen hatte Spaß.

Zuerst hatte es ihm hier in Tennessee, so weit entfernt von New York und von seinem Dad, nicht gefallen. Die Gegend und die Leute waren seltsam, und die Gefühlsverwirrung seiner Mutter, die er wahrnahm, war so groß, daß er ständig eine leichte Übelkeit verspürte, wie einmal, als Dad und seine neue Freundin ihn zu einer Segeltour mitgenommen hatten. Er hatte zwar nicht gekotzt, aber ihm war ständig danach zumute gewesen.

So war es ihm in den ersten beiden Wochen in Tennessee ergangen. Seine Mom war ständig besorgt – erst fröhlich und besorgt und im nächsten Augenblick traurig und besorgt. Er wußte nicht, wie er sie hätte aufmuntern können. Wenn er andeutete, daß er ihre Empfindungen mitfühlte, schien er die Situation nur zu verschlimmern. Aber er konnte doch nichts dagegen tun. Manchmal war es, als könne er in die Menschen hineinsehen, alles spüren, was sie empfanden – als habe sich ihre Haut ganz plötzlich in durchsichtiges Plastik verwandelt, so wie bei dem Modell, das sie in der Schule hatten, bei dem «Durchsichtigen Mann» mit seinen roten Muskeln und blauen Venen und gelben Organen.

Stephen konnte nicht die Eingeweide anderer Leute sehen – darüber war er auch sehr froh –, aber in bestimmten Momenten schlugen die Gefühle anderer Leute über ihm zusammen wie eine aus dem Nichts aufbrandende Welle. Zum Beispiel bei Ricky Brand, einem Jungen aus seiner Schulklasse, der mit der Schere auf einen Mitschüler losgegangen war. Alle fanden, er sei durch und durch gemein, aber Stephen spürte, wie verängstigt er war und daß sein Herz so schnell schlug wie das vom Klassenhamster, wenn man ihn in der Hand hatte.

Und dann war da Cousin Sky. Mochte er noch so freundlich und lieb mit seiner Mom tun, Stephen merkte, daß manches davon nur gespielt war. Cousin Sky hatte etwas zu verbergen.

Aber heute hatte er das alles vergessen. Woody war da, und sie hatten Spaß. Sie saßen eine Weile am Bachufer, sahen das tanzende Sonnenlicht wie winzige Diamanten auf dem Wasser funkeln, langten bis zum Ellbogen hinein, um glatte braune Steine vom kalten Grund heraufzuholen und sie dann wieder zurückzuwerfen, so daß ihr Plop das eintönige leise Plätschern unterbrach.

Im lichtdurchsetzten Schatten am Ufer stellte Stephen erfreut fest, daß er Woody sehen konnte. Vor ein paar Jahren, bevor er die Brille bekam, hatte er Woody überhaupt nicht sehen können – aber damals konnte er eigentlich so gut wie nichts deutlich erkennen. Jetzt jedoch, besonders wenn er sich nicht übermäßig anstrengte, sondern nur die Lichtflecken auf sich einwirken ließ, die das Bachufer sprenkelten wie verstreute Goldmünzen aus der Schatztruhe eines Seeräubers, konnte er sich von Woody ein ziemlich klares Bild machen.

Woody war ein bißchen größer als er. Er hatte ganz helle Haare, wie die Münzen im Sonnenschein, und er war barfuß. Er trug ausgefranste Overalls und ein T-Shirt. Und er hatte einen Ring aus einem Hufeisennagel, genau wie der von Stephen.

«Komm», sagte er jetzt. «Laß uns auf den Hügel klettern.»

Stephen beäugte die Steine im Wasser. «Meinst du, ich muß meine Schuhe ausziehen?»

Keine Antwort. Als er aufsah, stellte er zu einer Überraschung fest, daß Woody schon am anderen Ufer stand.

«He! Wie bist du so schnell da rübergekommen?»

«Ich schwör dir, du bist lahmer wie'n alter Esel. Und wieso brauchst du überhaupt im Sommer Schuhe?»

Stephen überlegte kurz und zuckte dann mit den Achseln. «Ich weiß nicht. Falls ich auf was Fieses trete, glaub ich.»

Woody schnaufte verächtlich. «Paß einfach auf, wohin du trittst.»

Er lachte, und Stephen mußte mitlachen. Er löste die Schnürbänder seiner Turnschuhe und zog sie aus. Die Sokken streifte er ebenfalls ab. Die Steine waren unter seinen bloßen Füßen glatt und auch etwas glitschig. Einmal rutschte sein Fuß ins kalte Wasser ab, und er schnappte nach Luft.

«Mann, ist das kalt!»

Woody antwortete nicht. Als er schließlich das andere Ufer erreicht hatte und in aller Eile hinaufkraxelte, konnte Stephen für einen kurzen Moment deutlich sein Gesicht sehen. Er grinste, und einem seiner Vorderzähne fehlte innen ein kleines Eckchen. Er drehte sich um und rannte aus dem Schatten der Bäume hinaus ins helle Sonnenlicht. Geblendet blinzelnd folgte Stephen ihm.

Dann geschah etwas Seltsames. Er konnte Woody nicht

mehr sehen. Für einen Moment brach Stille herein, so intensiv, daß sogar das Plätschern des Baches verschluckt zu werden schien, und in diesem Moment fühlte er sich furchtbar allein. Der goldene Hügel und der hellblaue Himmel dahinter schienen sich auf ihn zu senken und ihn in Einsamkeit zu erdrücken. Dann hörte er Woodys Stimme wie ein Echo aus der Ferne.

«Wer erster oben ist! Der Verlierer ist 'ne alte Oma!»

Als Sky an jenem Abend wegfuhr, mußte Nan sich eingestehen, daß sie ganz wild darauf war, mit ihm ins Bett zu gehen. Es mochte vielleicht verrückt sein, aber die Chemie war einfach zu übermächtig. Aber warum war es eigentlich so verrückt? Sie mochte ihn. Er war ein netter, bodenständiger Typ, kein Intellektueller, aber von blasierten Intellektuellen hatte sie erst mal auch genug. Natürlich, er war ihr Cousin, aber was machte das schon? Sie hatte weder vor, ihn zu heiraten, noch wollte sie Kinder von ihm haben. Es war, als habe ihr Körper, ehrlicher als ihr Geist, seine Entscheidung getroffen.

Er war zum Abendessen geblieben, und sie hatte eine Pasta Primavera improvisiert, wenngleich sie sich fragte, ob das Gericht ihm nicht hoffnungslos zickig erscheinen mochte. Er war doch wohl eher der Fleisch-und-Kartoffeln-Typ. Na ja, sollte er doch zu Hause noch mal essen, wenn er nicht satt wurde.

Stephen vergaß, in Skys Gegenwart zu schmollen, und plapperte über seinen Ausflug mit Woody auf den Hügel. Sky hörte kommentarlos zu, und sie war dankbar, daß er keine Fragen stellte; im Moment fühlte sie sich überfordert davon, Woodys Existenz zu erklären. Oben in New York, wo viele von Stephens Kameraden aus der dritten Klasse zum Therapeuten gingen, war ein Phänomen wie Woody Alltäglichkeit. Aber in Corey County war es etwas Bizarres, und sie wollte nicht, daß Sky Stephen für gestört hielt. Daher bemühte sie sich, das Gespräch auf die Naturerlebnisse ihres Sohnes zu begrenzen.

«Gibt's da oben nicht Brombeersträucher? Wenn ich mich recht erinnere –»

«Ja, aber die Brombeeren sind noch nicht reif. Woody sagt, die sind erst Mitte Juli gut. Wenn die Vögel sie nicht vorher gefressen haben.»

Nan beugte sich Woodys Sachverstand unter Vorbehalten. «Und was gibt's auf der anderen Seite?»

Stephen giggelte. «Weihnachtsbäume.»

«Stephen –»

Sky, der gerade einen Nachschlag Pasta auf seinen Teller häufte, blickte auf. «Er hat schon recht. Annabel hat zehn Morgen mit Kiefern bepflanzt, die als Weihnachtsbäume verkauft werden sollten. Brachte's aber nicht übers Herz, sie abholzen zu lassen. Ließ sie einfach wachsen. Sind inzwischen zu einem stattlichen Kiefernwald geworden.» Er zeigte mit der Gabel auf Stephen: «Sei aber vorsichtig, junger Mann. Geh da nicht zum Spielen hin, verstanden? Könntest dich verirren.»

Der Trotz in Stephens finsterer Miene entging Nan nicht, und sie griff ein: «Okay, Kumpel. Von den Weihnachtsbäumen wird weggeblieben. Kapiert?»

«Okay.» Er seufzte verdrossen, und als Nan zu Sky hinübersah, um sich seiner Zustimmung zu versichern, bedachte der sie statt dessen mit seinem trägen Grinsen, und schon wurden ihr die Knie butterweich.

Anscheinend ein trügerisches Grinsen, denn der Rest der Woche verging, ohne daß sie Cousin Sky nochmals zu Gesicht bekam. Er war an jenem Abend gleich weggefahren, als Stephen ins Bett ging, fast als wolle er nicht mit ihr allein sein. Hatte auch er seine Vorbehalte, was eine engere Beziehung zwischen ihnen beiden betraf? Ihre eigenen Bedenken waren jedoch von Hormonströmen weggeschwemmt worden.

Mittwoch war sie leicht irritiert, als der gesamte Nachmittag verstrich, ohne daß er auftauchte. Aber die Dunkelkammer war ja fertig, und neue Pläne hatten sie nicht gemacht. Donnerstag mittag war sie verärgert. Die Freude, die sie an ihrer neuen Dunkelkammer hatte, wurde dadurch geschmälert, daß sie ganz allein das Vergrößerungsgerät in seiner metallischen Pracht bewundern mußte, die Entwicklerschalen, so akkurat auf der Arbeitsplatte aufgereiht, die Schachteln mit Fotopapier und die Flaschen mit Chemikalien auf dem Wandregal. Aber Stephen war unterwegs, um sich mit Woody zu vergnügen, und Sky war – einfach nicht da.

Ihr wurde klar, daß sie nur darauf gewartet hatte, ihr Versprechen zu erfüllen und ihm zu zeigen, wie man eine Vergrößerung machte, nicht zuletzt, weil sich diese Arbeit im Dunkeln abspielte – ideale Voraussetzungen für eine zufällige Berührung, die zu weiteren, weniger zufälligen Körperkontakten führen konnte. Als ihr das klar wurde, wuchs ihr Unbehagen. Sie kam sich gräßlich uncool vor, wie ein High-School-Teenie, der perfide Pläne schmiedet und Intrigen ausheckt, um ans Ziel zu kommen. Wußte er, daß sie angebissen hatte, und ließ er sie jetzt genüßlich zappeln?

Bei dieser Vorstellung wäre sie am liebsten im Erdboden versunken. Sie lehnte sich gegen die Arbeitsplatte, spürte, wie ihr das Blut ins Gesicht schoß, und war dankbar, daß niemand sie so sah. Das brauchte sie wirklich nicht. Sie brauchte keinen Redneck-Romeo, der sie wie Dreck behandelte, nicht nach dem, was sie mit Gabe hatte durchmachen müssen. Zur Hölle mit ihnen beiden. Mit diesem ganzen saublöden Sex. All die Gedanken an Gabe, die sie seit der Fahrt hierher mehr oder weniger erfolgreich abgeblockt hatte, überfielen sie plötzlich, und die schwarzen Wände der Dunkelkammer schienen sie von allen Seiten zu bedrängen wie greifbare Vorboten einer Depression.

Sie hatten neun Jahre lang zusammengelebt, davon die letzten acht als Ehepaar. Von Beginn an schien ihre Beziehung eine eigene Dynamik zu besitzen, einen für Nan komfortablen Kurs zu steuern. Nachdem sie in der High School bei ihm Fotografie studiert hatte, war sie ihren Ambitionen gefolgt und hatte für einen Modefotografen gearbeitet, der ihr einen Hungerlohn zahlte. Sie und Gabe waren einander nach einer vierjährigen Unterbrechung bei einem Schultreffen wiederbegegnet, und nach der Feier war sie mit zu ihm gegangen. Als sie ein paar Monate später in sein Downtown-Loft zog, war dem eigentlich keine wohlüberlegte Entscheidung vorausgegangen – es waren eben so viele ihrer Habseligkeiten schon dorthin gewandert, daß es albern gewesen wäre, ihnen nicht zu folgen.

Die Konfrontation mit dem Lebensstil eines Mannes, der siebzehn Jahre älter war als sie, erwies sich als Offenbarung. Obwohl sein Gehalt für den Teilzeitjob als Lehrer nicht gerade stattlich war und er auch nur selten eins seiner Fotos verkaufte, gelang es ihm doch, seinen Etat so zu strecken, daß er auch das abdeckte, was er als «unverzichtbaren Luxus» bezeichnete – kolumbianischen Kaffee, guten französischen Käse, die beste Stereoanlage. Sein Loft mit der extrem hohen Decke über dem nicht ganz fertiggestellten Bohlenbelag (erst ihre Einnahmen machten es später möglich, die splitternden Kiefernbretter durch Eiche zu ersetzen) kam ihr vor wie eine Prärielandschaft, verglichen mit dem winzigen, dunklen Apartment in Chelsea, wo sie die meisten Abende damit verbracht hatte, Tiefkühl-Pizza zu essen und sich schlechte Filme im Fernsehen anzuschauen, es sei denn, sie ging mal mit einem Studentenschnösel der School of Visual Arts aus, der ebenso jung und unbedarft war wie sie.

Ihr gefiel das Leben mit Gabe. Ihr gefielen die Cafés und Läden im nahegelegenen Little Italy und Chinatown, die mit Kopfstein gepflasterten Straßen vor dem Loft. Ihr gefiel es, fast den gesamten Sonntag mit der «Times»-Lektüre zu verbringen, dazu Kaffee zu trinken und Brioches aus der Bäckerei an der Ecke zu essen. Er schien auch in ihrer Beziehung weiterhin eine Lehrerrolle auszufüllen: Von ihm lernte sie, daß man die besten Bagels nicht bei «Zabar's» bekam, sondern bei «Yonah Schimmel's» an der Lower East Side; daß es völlig in Ordnung war, im Restaurant mit Kreditkarte zu bezahlen, aber rücksichtsvoll, das Trinkgeld in bar zu geben. Er machte sie mit fremdländischer – japanischer, thailändischer, indischer, äthiopischer – Gastronomie bekannt und brachte ihr bei, wie man einen Wagen mit Knüppelschaltung fuhr, Hummer aß, eine Lampe anbrachte und ein akzeptables Salatdressing machte.

Er hatte alles gelesen, alles gehört und gesehen, konnte über alles mitreden, von Lakota-Häuptling Black Elk bis Wittgenstein. Seine Freunde waren Bildhauer und Musiker, ein berühmter Linguist, ein mittelamerikanischer Dichter. Sie hörte zu und lernte, akzeptierte seine Wertvorstellungen, seine Urteile, seine Analysen und die Schlüsse, die er zog. Er lieferte ihr auch die Einschätzung ihrer Person: intelligent, die talentierteste Studentin, die er in zwanzig Jahren als Lehrer gehabt hatte, aber auch angeknackst durch den frühen Tod der Mutter, die Kälte des Vaters. Die introvertierte und gehemmte Art, wie sie sich ihrer Umwelt präsentierte, wollte so gar nicht zu der kreativen und respektlosen Kühnheit ihrer Fotos passen.

«Es ist, als wäre in dir noch eine andere Person, eine zügellose Frau, verborgen. Und wenn du zur Kamera greifst, übernimmt diese Frau die Regie.»

Er war hellauf begeistert, als sie schwanger wurde. Er machte ihr keinen offiziellen Antrag, sprach aber von Eheschließung, als sei es eine Selbstverständlichkeit; und sie ließ sich von seinem Enthusiasmus und der Zustimmung seiner Freunde mitreißen. Erst als sie ihre Verbindung legalisiert hatten und Stephen zur Welt gekommen war, wurde sie von geradezu lähmenden Zweifeln befallen, was ihre Befähigung zur Mutter betraf.

Das Baby machte sie nervös. Sie fürchtete ständig, bei seiner Betreuung einen Fehler zu machen, ihm aus Unachtsamkeit eine schreckliche Verletzung zuzufügen. Sosehr ihr auch daran gelegen war, mütterliche und herzliche Gefühle zu entwickeln, mehr als ein zaghaftes Bedürfnis nach seiner Anerkennung vermochte sie nicht aufzubieten. Immer wenn sie ihn auf den Arm nahm, weinte er.

«Du bist zu verspannt», pflegte Gabe zu sagen. «Deswegen weint er. Er spürt es.» Es blieb ihr nicht verborgen, daß er ihre Selbstzweifel allmählich hinzunehmen begann. «Entspann dich doch», sagte er stirnrunzelnd und nahm ihr das Baby ab. An seiner breiten Brust beruhigte sich Stephen und schlief sofort ein.

Als Stephen zwei war, bekam ihre Karriere als Modefotografin einen unerwarteten Schub. Die ganze Zeit über waren Aufträge eingetrudelt, die sie früheren Kontakten zu verdanken hatte – hier ein Warenhauskatalog, dort eine Fachzeitschrift, – und die hatten Gabe immer wieder zu ätzenden Kommentaren und dem Vorwurf veranlaßt, sie verschleudere ihr Talent. Doch der Zuschuß zum Haushaltsgeld der Familie war durchaus willkommen. Dann bekam sie eines Nachmittags einen Anruf von einem der Topmagazine für Sportkleidung: Dort hatte jemand viel Gefallen an einer Fotostrecke gefunden, die sie für «Bloomingdale's» abgeliefert hatte, und wollte, daß sie für die Herbstausgabe in Montana Außenaufnahmen machte. Ohne Gabe zu Rate zu ziehen, nahm sie den Auftrag sofort an.

Das war der Anfang gewesen. Der Katalog wurde ein großer Erfolg, und plötzlich war Nan gefragt, bekam so viele Angebote, daß sie sie kaum noch bewältigen konnte. Gabe, ohnehin voller Verachtung für die Modeszene, meckerte über ihren hektischen Terminplan, redete ihr ein schlechtes Gewissen ein, wenn sie auf Reisen gehen mußte, und schmollte, wenn sie zu müde war, um mit ihm zu schlafen. Wie gewöhnlich hatte er schnell seine Analyse der Situation parat, sprach von Vermeidungstendenzen und Verweigerung. Aber Nan ließ sich davon nicht einschüchtern und investierte zunehmend Zeit in ihre Arbeit, die ihr viel Spaß machte. Wenn sie die Kamera in der Hand hatte, verflogen ihre Selbstzweifel. Sie fühlte sich kompetent und souverän. Im Einheitsbrei der Modefotografie erregte sie durch ihren höchst eigenwilligen Stil immer mehr Aufmerksamkeit. Anfangs war sie von der enthusiastischen Reaktion noch überwältigt, aber sie lernte bald, damit zu leben, gewann immer mehr Selbstsicherheit und fand Gefallen an der Gesellschaft von Kollegen und Models, ja sogar an Plauderstündchen mit Kunden, die entzückt davon waren, was sie mit ihren Kollektionen anstellte. Wenn einer versuchte, sie ins Bett zu bekommen, benutzte sie Gabe als Vorwand für ihre Ablehnung, war sich der Ironie der Situation aber auch irgendwie bewußt.

Nach einer Weile stellte sie fest, daß sich die Stimmung zu Hause besserte. Gabe machte allmählich Abstriche, bestand nicht mehr erbittert auf seinen ehelichen Ansprüchen und konzentrierte seine Aufmerksamkeit statt dessen auf Stephen, übernahm zusätzlich auch ihre mütterlichen Pflichten, wenn sie ihnen wegen der vielen Termine nicht nachkommen konnte. Er wurde vom Liebhaber zum verläßlichen Freund, und Nan war deswegen sehr erleichtert. Sie liebte ihn, natürlich, aber nach dem ersten halben Jahr hatte der Sex seinen Zauber verloren. Worauf es ihr ankam, war die emotionale Bindung an sie als treue Freundin und an Stephen als Sohn. Und an dieser grundlegenden Verläßlichkeit zu zweifeln, gab es keinen Grund. Bis vergangenes Jahr, als er sich mit Jennifer zu treffen begann.

Jennifer war eine dynamische Kinderpsychologin mit Opern-Abo, die zum Wochenende abwechselnd nach Paris flog oder in der Provinz auf Antiquitätenjagd ging. Gabe hatte sie bei einem Buchbindekursus im YMCA uptown kennengelernt. Sie war genauso alt wie Nan – neunundzwanzig – und erst kürzlich von einem Schauspieler geschieden, der beschlossen hatte, lieber schwul zu sein. Über Kleistertöpfen, Buchbindermessern und Bögen von marmoriertem Vorsatzpapier hatten sie und Gabe mit ihrem Flirt begonnen, den er Nan mit selbstironischer Attitüde schilderte, wobei er sich sarkastisch als alternden Casanova darstellte.

Eifersucht zu empfinden, hielt Nan für primitiv, und deswegen verzichtete sie darauf. Sie vertraute Gabe, sah sich und Stephen ungefährdet als Mittelpunkt seines Gefühlslebens und mochte sich nicht sonderlich dafür interessieren, wo er seinen Schwanz parkte. Als der Flirt sich zu einer sexuellen Affäre ausweitete, nahm sie sogar für sich in Anspruch, Gabe ermutigt zu haben; sie wußte ja, daß sie ihn in diesem Bereich nicht so ganz befriedigte, und verspürte überdies das leicht konfuse Bedürfnis, sich als selbstlos zu erweisen. Sie waren schließlich erwachsen und aus New York. Sie konnten mühelos mit einer Situation umgehen, die für ein weniger weltoffenes Paar prekär gewesen wäre. Wenn sie heute an all die Selbstbeweihräucherung dachte, mußte sie sich schütteln. Eines Abends im vergangenen März, als Stephen schon im Bett war, hatte Gabe sie auf das Futonsofa in ihrem Loft plaziert und ihr eröffnet, daß er die Scheidung wolle. Er liebe Jennifer. Sie hätten vor zu heiraten. Sicher sei das für sie keine Überraschung.

Sie war so schockiert, als hätte er sie urplötzlich mit einer primitiven Waffe angegriffen, mit einem Messer oder einem Knüppel. Völlig konsterniert und dann außer sich vor Wut rang sie nach Worten und sagte, daß sie auf ihn angewiesen sei, darauf zähle, daß er für sie da war – daß es gut und schön sei, mit Jennifer zu flirten und mit Jennifer zu schlafen, aber nicht, sich in sie zu verlieben.

«Komm schon, Nan.» Kopfschütteln. «Du willst einen emotionalen Notgroschen investieren und dann auch noch eine Riesendividende kassieren. So funktioniert das aber nicht. Niemand bekommt etwas zurück, wenn er nichts einsetzt.»

«Du Bastard!» hatte sie ihn angeschrien, peinlich berührt und empört zugleich, wie ein Krimineller, den man in flagranti ertappt. Er blickte sie mitleidig an, und das konnte sie gar nicht ertragen. Sie sah sich nach etwas um, das sie ihm an den Kopf werfen konnte, aber fand nichts anderes als den Stapel prätentiöser Architekturmagazine, die er so gern auf dem Couchtisch auslegte. Als sie eins nach ihm warf, hörte sich das Rascheln der Blätter an wie ein aufgescheuchter Vogelschwarm.

Der größte Teil der Wut auf ihn – das sah sie inzwischen ein – galt ihr selbst: der selbstgefälligen Närrin in ihrer klassischen Blindheit, die der denkbar banalsten Klischeesituation zum Opfer gefallen war. *Der Krug geht so lange zum Wasser, bis er bricht.* Ihr Freunde brachten zwar Mitgefühl auf, aber sie merkte, daß sie nicht überrascht waren. Sie hielten sie für naiv, weil sie es nicht hatte kommen sehen. Und das war sie wohl auch gewesen: verblendet von der Illusion der eigenen Abgeklärtheit, hatte sie es für selbstverständlich gehalten, daß Gabe ihr für alle Zeiten treu ergeben blieb.

Die Panik, ihn zu verlieren, hatte ihre eher beiläufig ausgelebten Muttergefühle in einen besessenen Besitzanspruch verwandelt, und als er anbot, ihr Stephen abzunehmen, verweigerte sie das vehement. Sie einigten sich auf einen Kompromiß, wonach der Junge die Wochenenden bei Gabe und Jennifer verbrachte und die restliche Zeit bei ihr. Stephen, das unschuldige Opfer, mochte Jennifer nicht, aber das war für Nan auch kein großer Trost. Depressionen und Schlafmangel ließen den beruflichen Erfolg, der sie in den vergangenen sechs Jahren so viel Zeit gekostet hatte, schal erscheinen, als sinnloses Kasperletheater in schmutziger und gefährlicher Großstadtkulisse. Der Gedanke, sich auf Annabels Besitz nach Tennessee zurückzuziehen, um sich die Wunden zu lecken und eine neue Perspektive zu gewinnen, überkam sie wie eine Erleuchtung. Nur mußte sie leider jetzt, da sie hier war, feststellen, daß sie abermals in Gefahr schwebte, von einem Mann an der Nase herumgeführt zu werden. Nun, das würde sie nicht zulassen. Es reichte.

Dieser Entschluß trug sehr viel dazu bei, sie aus den Klammern der Depression zu befreien – zumindest schaffte sie es, die Filme vom Garten und vom Bach zu entwickeln. Als sie getrocknet waren, machte sie schnell Kontaktabzüge und dann ein paar Probevergrößerungen. Sie war angenehm überrascht von deren Qualität. Ein nasser Stein im Bach, auf dessen Oberfläche das schimmernde Blatt einer Platane klebte; ein Wasserläufer, der in einen Sonnenstrahl sprintete. Die Bilder von der Libelle hatten etwas Magisches, und es war schon beinahe unheimlich, wie sehr sie an die gemalte Szene auf dem Lampenschirm in Stephens Zimmer erinnerten. Und die Aufnahmen vom Obstgarten entsprachen absolut ihren Erwartungen – die koboldhaften Bäume, eingehüllt von fast leuchtendem Nebel, eine Szene von gespenstischem Zauber.

Das hatte sie zur Fotografie gebracht: die Freude daran, spontan einen unwiederbringlichen Augenblick für alle Zeiten festhalten zu können. Mit aufgeregter Begeisterung betrachtete sie die Abzüge, deren Halbtöne sich auf so fesselnde Weise von den aufdringlichen Farben ihrer Modestrecken unterschieden. Und als sie die Schärfe des Vergrößerungsgeräts nachzog und die Uhr einstellte, um noch einen Abzug vom Obstgarten zu machen, sagte sie sich eindringlich, daß diese Art Freude weitaus verläßlicher war als der Kitzel, auf den sie mit Sky hatte zusteuern wollen.

7. KAPITEL

Im verblassenden Licht der untergehenden Sonne wirkte der Scheunenhof der Talbots wie der Platz eines Gebrauchtwagenhändlers, voller lädierter Kombis und Pickups, die alle kreuz und quer mit der Nase in Richtung Zaun standen. Nan parkte draußen vor dem Gatter, weil sie hoffte, von dort leichter die Flucht ergreifen zu können. Dann machten sie und Stephen sich zwischen rostigen Stoßstangen und eingebeulten Kotflügeln auf den Weg zur großen weißen Scheune. Sie kamen an einem Hühnerstall mit einem hölzernen Windrad vorbei, einer Vogelscheuche, auf deren Kopf eine große Krähe saß. Im Augenblick bewegten sich die bemalten Figuren nicht, aber sie nahm an, daß schon die nächste Böe den überdimensionalen Vogel dazu bringen würde, auf seinen Genossen mit dem traurigen Gesicht einzuhacken. Gleich hinterm Stall bemerkten sie ein dunkles Etwas, das auf der anderen Seite eines Zauns umherschlich.

Stephen blieb stehen, um es zu begutachten, streckte die Hand zwischen den Querstangen hindurch und wackelte mit dem Finger. «Hallo, Ziege.»

Der schwarze Ziegenbock scherte sich nicht um diesen Annäherungsversuch. Über seinen starren gelben Augen wölbten sich die Hörner in bedrohlicher Krümmung, und Nan mußte gleich an Satanskulte denken. Eine Wolke von seinem strengen Geruch ließ sie die Nase rümpfen. Sie sah hinüber zum weit geöffneten Scheunentor. Stimmengewirr und Gelächter drangen hinaus in die Stille des ländlichen Abends und ließen sie innerlich erstarren. So sehr sie Lucys Geste zu schätzen wußte, vom bevorstehenden Scheunenfest versprach sie sich kaum Vergnügen. Eher machte sie sich auf eine Tortur gefaßt, und Stephen ging es offensichtlich nicht anders, denn er mochte sich anscheinend gar nicht von dem stinkenden und unnahbaren Ziegenbock trennen.

«Na los», sagte sie schließlich, «bringen wir's hinter uns.»

Die geräumige Scheune war von Kerosinlaternen beleuchtet, die an den Wänden hingen und die Gesichter der Festgesellschaft in rötliches Licht tauchten. Weit über einem Heuboden, auf dem sich die Ballen stapelten, verlor sich das Dachgewölbe im Dunkeln. Der festgestampfte Erdboden glänzte saubergefegt, Bänke und Klappstühle waren an den Wänden aufgereiht; auf der anderen Seite standen Tischgestelle, von Picknicktüchern bedeckt und mit Speisen beladen. Mindestens hundert Menschen waren schon versammelt, standen in lautstarken Grüppchen beisammen, saßen auf den Bänken, volle Teller auf den Knien. Kinder tobten ausgelassen zwischen ihnen umher. Nan sah Whit Talbot, Cassie Thatcher, Skys Bruder Burke und seinen Sohn Billy sowie noch einige mehr, die sie erkannte.

Besonders die Gesichter der alten Leute fielen ihr auf. Ganz im Gegensatz zu den glatten und perfekten Model-Gesichtern, die sie normalerweise fotografierte, waren diese von Falten durchzogen und von Wind und Wetter gegerbt. Die Erfahrungen eines langen Lebens hatten sich auf ihnen festgeschrieben, aber sie waren frei von jener Ratlosigkeit und Entmutigung, die sie so oft auf den Gesichtern der alten Menschen in der Stadt las. Der Wunsch, sie zu fotografieren, überkam sie – diese Eigenart einzufangen, dieses lebendige Zusammenspiel von Unschuld und Weisheit, das in ihren Augen leuchtete. Da tauchte Lucy aus der Menge auf, kam zu ihr, küßte sie und drückte ihr eine harte runzlige Wange ans Gesicht.

«Na, kommt schon rein, ihr beiden, lungert nicht in der Tür herum! Ihr seid doch schließlich meine Ehrengäste.» Ihre knorrige Hand tätschelte Stephens Schulter. «Ihr beide marschiert jetzt erst mal los und holt euch was zu futtern, bevor die Tanzerei losgeht. Und probiert ja meine Pfirsichtorte.»

Lucy lotste sie durch die Menge. Gesichter wandten sich ihnen zu und lächelten, Grußworte wurden ihnen zugerufen. Hände streckten sich nach ihnen aus. Nan bewegte sich wie benommen voran, lächelte und erwiderte die Begrüßungen mit Kopfnicken, spürte, wie fest Stephens Finger ihre Hand umklammert hielten. Als sie die Speisen erreichten, hatte sie plötzlich das Gefühl, gleich zu verhungern. Da gab es Platten mit gebratenem Huhn und Bohnenmus, dampfende Maiskolben und Süßkartoffeln, einen Schinken, so groß wie ein kleiner Koffer, Buttermilchbrötchen und Maisbrot, grüne Bohnen in irgendeiner Marinade, Langbohnen und Tomatenscheiben. Ein dritter Tisch war für Kuchen, Torten, Kekse, diverse Fruchtsäfte und eisgekühlte Bowle reserviert. Stephen ließ ihre Hand los und steuerte darauf zu. Sie schnappte sich ihn am Hemdrücken und zog ihn zurück.

«Zuerst wird was Vernünftiges gegessen, mein Großer.»

Lucy hatte sich inzwischen einer blonden Frau in einem rosa Kleid zugewandt. Nan nahm für sich und Stephen zwei Teller von einem Stapel am Ende des ersten Tisches und sorgte dafür, daß er sich etwas von dem Huhn und einen Maiskolben auflegte. Als er auf direktem Weg den Nachspeisen zustrebte, belud sie ihren Teller randvoll mit Kostproben von allem, was man aufgetischt hatte. Wenn sie vorher nicht geplatzt war, würde sie ein zweites Mal kommen, um sich etwas von dem Nachtisch zu gönnen. Sie gesellte sich zu Stephen auf eine noch unbesetzte Bank und registrierte den Zuwachs auf seinem Teller: ein Stück Schokoladenkuchen, sechs Kekse, eine üppige Tortenecke.

«Iß zuerst das Huhn auf, Stephen. Und den Mais.» Vermutlich würde er sich bald einen schweren Zuckerschock einhandeln, aber das konnte sie wohl kaum verhindern. Zumal sie vorhatte, sich selbst auch einen zu gönnen.

Während sie aßen, wurden sie mit Tiraden südstaatlicher Freundlichkeit bombardiert, wurden begrüßt und immer wieder anderen Gästen vorgestellt. Nan reagierte ganz mechanisch, vergaß die Namen, kaum daß sie sie gehört hatte. Die unbekannten Gesichter verschwammen ineinander, blühend und lächelnd, nölten ihre Phrasen, die immerfort dasselbe Thema variierten.

«Honey, bin ja so stolz, dich kennenzulernen. Deine Mama und ich sind zusammen zur Grundschule gegangen. Sie war ja so herzig. Ist wahrhaftig eine himmelschreiende Schande, daß sie so jung von uns gehen mußte.»

«Wurde auch langsam Zeit, daß ihr uns besuchen kommt! Schickt sich einfach nicht, so weit entfernt von der Familie zu wohnen.»

«Ich denke, du erinnerst dich nicht an mich, Hon. Als ich dich das letzte Mal sah, warst du – wie alt? Neun Jahre? Guter Gott, wie nur die Zeit vergeht.»

Immer wenn es mal zu einer Verschnaufpause kam, widmete sie sich ganz dem Schauspiel, das vor ihr ablief. Die Frauen schienen ausnahmslos Kleider zu tragen, und sie war froh, daß sie einen Rock angezogen hatte. Die Männer trugen Jeans, weiße oder karierte Hemden, dazu oft Kordelschlipse. Die meisten hatten Stiefel an, einige hatten breitkrempige Hüte auf. Kichernde kleine Mädchen in weißen Rüschenkleidern flitzten zwischen den Erwachsenengruppen hin und her, gefolgt von rotgesichtigen kleinen Jungs, modischen Ebenbildern ihrer Väter. Stephen war der einzige Junge in Shorts und T-Shirt, aber sie glaubte nicht, daß es ihm aufgefallen war. Er hatte kurzen Prozeß mit seinem Huhn und dem Mais gemacht, und jetzt stopfte er sich Lucys Torte in den Mund. Seine Blicke verfolgten die Leute und ihre Aktivitäten.

«Nan! Seit wann seit ihr denn hier? Hallo, Stephen.» Cassie, in dunkelroter Bluse und schwarzem Rock, setzte sich zu ihnen auf die Bank. Sie warf einen kurzen Blick auf Nans Kleider. «Hon, du siehst toll aus. Achte bloß auf Jackson Talbot – der ist schon voll wie 'ne Natter, und in dem Zustand hat er mehr als zwei Hände. Ich schwör's dir, beim Kirchenpicknick vor 'n paar Jahren hat er sich die Frau vom Pastor gegriffen, und wenn die nicht so laut gekreischt hätte, daß fast die Mauern eingestürzt wären, ich weiß nicht, was dann passiert wäre.»

Jackson, Lucys ältester Sohn, um die Fünfzig, schwergewichtig und das pflaumenfarbene Gesicht verschwitzt, stand auf der anderen Seite der Scheune mit einigen Leuten zusammen, die besonders laut krakeelten und immer wieder in Gelächter ausbrachen. Er hatte der Frau zu seiner Linken den Arm um die Taille gelegt. Nan bekam mit, wie seine andere, freie Hand einen Ausflug zum Hintern der Frau rechts von ihm machte. Die schlug sie mit einem

Klaps weg, ohne überhaupt hinzusehen. Nan schloß sich Cassies Grinsen an.

«Nett.»

«Nicht wahr? Manche von den Jungs hier haben echte Klasse.» Skys Schwester schüttelte den fesch frisierten Kopf und erhob sich ein wenig, um einen alten Mann zu begrüßen, der auf ihre Bank zukam.

Onkel Jim trug makellos saubere, verwaschene Overalls und ein Flanellhemd im häßlichsten grünen Schottenmuster, das Nan je gesehen hatte. Er sah aus wie ungefähr neunzig, und sein völlig unbehaarter Kopf wackelte auf einem mageren Hals. Das Licht der Laternen fing sich in seinen Brillengläsern, als er Cassie anstrahlte und die Hand tätschelte, die sie auf seinen Arm gelegt hatte. Er sah aus wie ein Küken, das ins Greisenalter gekommen ist, und Nan konnte sich nicht vorstellen, daß er ein Bein schwingen, geschweige denn irgend jemanden in Grund und Boden tanzen konnte. Sie erinnerte sich nicht, daß er bei den Horden von Verwandten gewesen war, die in ihr Haus eingefallen waren, um sie willkommen zu heißen. Vielleicht war er ja verwandt mit Cassies Mann Tom, und der wiederum war nicht nur mit ihr verheiratet, sondern, natürlich, auf entfernte und genetisch akzeptable Weise auch mit ihr blutsverwandt – und daher ebenfalls mit Nan. Also mußte Nan annehmen, um die eine oder andere Ecke ebenfalls mit Onkel Jim verwandt zu sein. Jedenfalls stellte Cassie sie einander vor und hatte dabei ein schalkhaftes Glitzern in den Augen, als ahne sie nicht nur Nans Verwirrung, sondern fände auch noch ihren Spaß daran. Nan spürte, wie sich die trockene Klauenhand des alten Mannes sanft um ihre schloß.

Sie nahm wahr, daß sich hinten in der Scheune etwas tat.

Langsam wurden die großen Holztüren zur Seite geschoben, und Stephen zerrte an ihrem Arm.

«Mom – was ist da los?»

«Die bringen einen Laster für Ellis und Nancy rein», sagte Cassie. Sie beugte sich zu Onkel Jim und brüllte ihm ins Ohr. «Ellis Whipple wird spielen, Onkel Jim.»

Der alte Mann antwortete mit einem Grinsen und entblößte dabei eine Doppelreihe geradezu gräßlich perfekter Kunststoffzähne. Nan, der nicht ganz klar war, wozu man einen Laster brauchte, sah, daß tatsächlich ein Truck rückwärts in die Scheune gefahren wurde. Seine Ladefläche war bis auf ein paar Heubüschel leer. Er hielt, und ein affenähnlicher Mann mit Strohhut kletterte, von Applaus und Jubelrufen begleitet, auf die Ladefläche. Er reichte hinunter und bot seine Hand einer Frau, die neben dem Laster stand – einer Frau, die weitaus größer war als er, wie Nan deutlich sah. Nicht nur größer, sondern auch mehrfach breiter, und der Farbton ihrer zum Pferdeschwanz gebundenen Haare war ein unmögliches Orange. Er hatte seine liebe Mühe, sie hinaufzuhieven, und für einen Moment balancierten die beiden gefährlich dicht am Rand der Ladefläche. Der aufmunternde Beifall schwoll noch an, und dann fanden sich hilfreiche Hände aus der Menge, die für den notwendigen letzten Schub sorgten. Das Paar strahlte und winkte triumphierend. Eine Fiedel und eine Gitarre wurden hinaufgereicht, dazu zwei Klappstühle, und schon war man auf dem Podium bereit.

Die beiden Musiker nahmen Platz, und die honigfarbenen Rundungen ihrer Instrumente, denen sie beim Stimmen ein halbes Dutzend kratzender und scheppernder Töne entlockten, reflektierten das Licht der Wandlaternen. Nan betrachtete – unbeteiligt, aber neugierig – das Spektakel mit großem Vergnügen. In der Mitte der Scheune war ein Bereich geräumt, und dort nahmen die Leute emsig Aufstellung. Sie sah Sky mit der Blondine im rosa Kleid, die sich zuvor mit Lucy unterhalten hatte. Noch eine Frau, die sich glücklich schätzen durfte, mit den trägen Blicken aus den ach so blauen Augen bedacht zu werden? Skys weißes Hemd war am Hals offen, die Ärmel hatte er auf den muskulösen Armen weit nach oben gerollt, und er beugte sich lachend vor, um besser mitzubekommen, was sie gesagt hatte. In den sauberen verwaschenen Jeans hatte sie Beine bis zum Himmel.

Als er sich wieder aufrichtete, fiel sein Blick quer durch den Raum auf Nan, und sie spürte das Blau, obwohl sie es auf die Entfernung nicht sehen konnte. Er ließ sie ziemlich lange nicht aus den Augen. *Sentimentales Getue,* sagte ihr Verstand, aber die Muskeln in ihren Beinen waren schon Pudding. Dann kratzte der Bogen des Fiedlers über die Saiten, und Skys Partnerin berührte seinen Arm. Er wandte sich ab und begann zu tanzen. Nan hörte, wie der Caller die Tanzfiguren ausrief und damit die Musik übertönte: «Swing your partner! Allemand left! Grand right and left – meet your partner and promenade!»

Sie war dankbar, daß Stephen den Blickkontakt zwischen ihr und Sky anscheinend nicht mitbekommen hatte. «Mom, kann ich noch ein Stück Pfirsichtorte haben?»

«Vielleicht solltest du erst Lucy fragen. Könnte sein, daß sie was für andere Leute aufheben möchte.»

«Okay.»

Er sprang auf, und sie sah zu, wie er sich an einer Gruppe alter Männer vorbeidrängte, die auf dem anderen Ende der Bank saßen und ihre Pfeifen pafften. Die Musik war ansteckend in ihrer Heiterkeit, und sie gab es auf, sich deren unbeschwertem Charme zu widersetzen. Es war nicht zu übersehen, daß die Tänzer ihren Spaß hatten. Sie hielt Ausschau nach dem Caller und entdeckte ihn: ein noch ziemlich junger Mann mit schütterem Haar. Er stand neben dem Laster und nickte mit dem Kopf im Rhythmus der Musik. Auf seiner sommersprossigen Stirn glänzte bereits der Schweiß.

«Ring, ring, pretty little ring, break that ring with a corner swing!» Die Tänzer bildeten einen Kreis, hielten einander an den Händen; dann drehten sich die Männer zu den Frauen nach links und schwangen sie herum. Nan suchte nach Stephen. Lucy Talbot hatte gerade eine weitere Riesenplatte mit Huhn auf den Tisch gestellt und beugte sich zu ihm, um zu hören, was er wollte. Einen Arm hatte sie um seine Schulter gelegt. Er flüsterte ihr ins Ohr, und sie richtete sich wieder auf, lachte und nickte mit ihrem weißhaarigen Kopf, die Hände in den Hüften, als sie ihm antwortete. Das sanfte Licht einer Laterne an der Wand hinter ihr umspielte ihr Profil. Der energische Elan ihrer Haltung in Verbindung mit ihrem beleuchteten Profil ließ Nan sie plötzlich so sehen, wie sie als junges Mädchen ausgesehen haben mußte, das sein ganzes Leben noch vor sich hatte. Bei dieser Vorstellung stockte ihr der Atem.

Das Stück, das er diesmal zurückbrachte, war unanständig groß.

«Also, Stephen.»

«Lucy hat gesagt, ich kann mir nehmen, soviel ich will.»

«Gib mir was davon ab.»

«Mom – sie hat gesagt, Gott hat die Jungs erschaffen, daß sie Torte essen. Du bist ein Mädchen.»

«Auch Mädchen essen Torte.» Sie griff nach seinem Teller.

«Promenade that pretty little girl, promenade all around the world! Promenade all around the floor, promenade home, there ain't no more!»

Der Tanz endete mit einem schwungvollen Schlußakkord auf der Fiedel. Ellis schob seinen Hut nach hinten und wischte sich mit einem roten Halstuch über das Gesicht. Nancy lehnte sich über die Kante der Ladefläche und spie einen mächtigen Schleimklumpen auf den Scheunenboden. Nan wandte den Blick ab und machte Skys Partnerin in der wogenden, lachenden Menge aus, Sky selbst aber nicht. Neben ihr war Stephen gerade dabei, sich die Hälfte seines Tortenstücks auf einmal in den Mund zu schieben.

«Stephen! Das ist zuviel.»

Lachend versuchte er trotzdem, den Kuchen in sich hineinzustopfen. Ein Teil landete auf seinem Schoß. Nan reichte ihm eine Serviette. «Du Schmutzfink.»

Ihre Schulter wurde angetippt. Sie sah auf, und Sky stand über ihr. «Wollen Sie tanzen, Cousine Annabel?»

«Ich weiß doch gar nicht, wie man einen Square Dance tanzt, Cousin Sky.»

«Ist ganz leicht. Kommen Sie.»

Er nahm sie bei der Hand und zog sie auf die Beine. Sie nahm noch ganz kurz Stephens verdrossenes Gesicht wahr und fand sich schon auf der Tanzfläche wieder. Die Fiedel meldete sich mit einem tiefen Ton. Nan hörte den Caller näseln: «Bow to your partner, bow to your corner.»

Ihr gelang gerade noch ein Knicks, und dann war sie verloren. Die nächsten fünf Minuten vergingen in einem einzigen Wirbel aus verschwommenen Eindrücken. Musik, das Stampfen der vielen Füße auf dem Boden, das Laternenlicht auf atemlosen Gesichtern, die hohe, klare Stimme des Callers über dem schrillen Singsang der Fiedel.

«Wave to the ocean, wave to the sea, wave that pretty little girl back to me!»

Für Nan klang es wie Kauderwelsch, aber es schien seinen Sinn zu haben. Freundliche Hände schoben und drehten sie, schickten sie mal nach hier und mal nach dort, bis sie vor lauter Lachen außer Atem war, sich kurz in Skys Armen wiederfand, dann in denen eines anderen Mannes, umgeben von hochroten und lächelnden Gesichtern.

Wollen Sie tanzen, Cousine Annabel? Skys bärtiges Gesicht zwischen all den anderen, die blauen Augen, die sie nicht losließen. Dies hier war sein Revier, seine Welt, und er paßte nahtlos hinein. All die Gesten und Phrasen, die aus der weltläufigen Perspektive eines Großstädters so plump und rustikal wirkten, waren hier und jetzt absolut angemessen. Er tanzte gut, und sie tanzte gut mit ihm. Ihre Körper harmonierten in allen Bewegungen. Seine Hände umfaßten ihre Taille, drehten sie nach links und rechts. Dann faßte er nach ihrer Hand, um sie herumzuschwingen.

«Hand over hand around the square, then promenade your lady fair.» Sogar die gerufenen Anweisungen rissen sie mit – obwohl ihr, objektiv betrachtet, diese ganze Litanei ziemlich sexistisch vorkam. Doch als sie so im rosigen Licht der Laternen tanzte und ihr Rock sich dabei aufwirbelnd bauschte, genoß sie irgendwie das befreite Gefühl, ein hübsches Mädchen zu sein, eine liebreizende Lady – als habe die altmodische Sprache in ihrer Unschuld sie alle, Männer und Frauen gleichermaßen, in eine romantischere Epoche zurückversetzt. Jetzt legte Sky den Arm um ihre Taille, zog sie eng an seine Seite; an ihn gepreßt, spürte Nan sein Herz, das, nicht nur vom schnellen Tanz beflügelt, im selben Rhythmus schlug wie ihres. «You swing Sal and I'll swing Kate! Hurry up, boys, don't be late!»

Dann war es vorüber. Die Tänzer lachten und schwatzten, wischten sich über die Stirn und verließen den Tanzboden, um ihren Durst zu löschen. Nan sah sich um und stellte fest, daß Stephen noch immer auf der Bank saß. Er machte ein mürrisches Gesicht. Sein Teller war leer. Cassie und Onkel Jim waren verschwunden, und sie fragte sich ungläubig, ob die beiden wohl mitgetanzt hatten. Sie ging zu Stephen.

«Alles in Ordnung? Hast du Bauchschmerzen?»

Wortlos schüttelte er den Kopf. Er kann Sky tatsächlich nicht ausstehen, dachte sie.

«Hör mal, so ein Square Dance macht Spaß. Ein paar von den anderen Kindern machen auch mit. Wie steht's mit dir?»

Abermals Kopfschütteln. Nan setzte sich neben ihn. «Bleiben wir also ein bißchen hier sitzen. Ich bin eh fix und fertig.» Als sie das sagte, konnte sie nicht umhin, die Menschenmenge abzusuchen, um festzustellen, ob Sky wieder die Blondine zum Tanz aufgefordert hatte. Aber nein – diesmal hatte er Lucy Talbot erwählt und führte sie Hand in Hand auf die Tanzfläche. Sie lachte und hielt mit der freien Hand schäkernd einen Rockzipfel in die Höhe. Nan mußte unwillkürlich schmunzeln und bemerkte aus dem Augenwinkel eine Bewegung, als sich Stephen, der sie beobachtet hatte, brüsk abwandte.

Es war zu dumm, wahrhaftig schade, daß er so reagierte. Gerade hier unten brauchte er jemanden wie Sky, einen Mann, der Interesse an ihm zeigte und mit ihm zusammen all das tat, was auch Gabe getan hatte. Ihr entging nicht, daß er Gabe vermißte, der es sich zum Anliegen gemacht hatte, trotz der Trennung weiterhin in ihrer beider Leben eine Rolle zu spielen. Würde Stephen Sky nur mögen, dann könnte Sky ... sie gebot sich Einhalt. Könnte Sky was? Gabes Platz einnehmen? War es das, was sie für sich und für Stephen wünschte? Sicher, er war attraktiv. Aber es kam ihr auch in den Sinn, daß sie beschlossen hatte, sich nicht mit ihm einzulassen.

Er bat sie um den nächsten Tanz, aber sie sagte mit einem Blick auf Stephen, daß sie zu müde sei. Sky schien zu verstehen, suchte sich eine andere Partnerin und verschwand mit ihr im Getümmel. Daß sie Sky einen Korb gegeben hatte, verbesserte Stephens Laune sichtlich. Als der Square Dance begann, stand er sogar von der Bank auf und stellte sich an den Rand der Tanzfläche, klopfte mit einem Fuß den Rhythmus und bewegte sich im Takt auf und ab.

Vergeblich versuchte Nan, den Blick von Sky abzuwenden. Es ging nicht nur darum, daß er ein so blendender Tänzer war. Es war die Unbefangenheit, die er ausstrahlte, die Selbstverständlichkeit im Umgang mit den Menschen und den Dingen – wie er seinen Mittänzern scherzhafte Bemerkungen zurief, wie er lachte, als ein kleines Mädchen hinter ihm herlief und ihm einen Hemdzipfel aus der Hose zog, wie er zusammen mit den anderen den Rhythmus zu einer Tanzfigur klatschte, bei der die Paare nacheinander den Raum durchqueren mußten. Er wußte eben ganz genau, was von ihm erwartet wurde – ja, das war es –, und er hatte nicht die geringsten Zweifel, diese Erwartungen auch erfüllen zu können. Seine unangestrengte männliche Selbstsicherheit zog sie extrem an – besonders hier, in einer ihr fremden Umgebung, in der ihre differenziert anspruchsvollen Maßstäbe so abgeschmackt, fast dekadent wirkten.

«All join hands and circle eight, eight hands around the ring!» Sie dachte an das Gefühl, als seine Hände ihre Taille umfaßt hatten, und ließ ihrer Phantasie ein wenig freien Lauf, riß sich dann aber ganz schnell wieder zusammen. Noch eine Minute so weiter, und all ihre guten Vorsätze hätten sich in Wohlgefallen aufgelöst. Sie zwang sich dazu, woanders hinzusehen.

Stephen hatte sich mit Billy Barnett und einem anderen Jungen zu einem Spiel zusammengefunden und sauste am Rand der Tanzfläche umher. Das war eine Erlösung. Sie trank etwas Bowle, tanzte mit dem lang aufgeschossenen Whit Talbot (Sky war in einer anderen Gruppe), setzte sich wieder und plauderte mit ihren Gastgeberinnen Lucy und Irene. Cassie gesellte sich völlig außer Atem zu ihnen. Ihr Gesicht war röter als ihre Bluse, doch Onkel Jim, ihr Partner, schien nicht einmal ins Schwitzen gekommen zu sein. Je weiter der Abend voranschritt, desto gemächlicher ging es zu. Stephen tauchte auf, japsend, und sie strich ihm die feuchten Haarsträhnen aus der Stirn. Schließlich stand Ellis Whipple auf und tippte mit dem Bogen gegen seine Stuhllehne.

«Damen und Herren, Nance und ich machen jetzt 'ne kleine Pause, aber vorher könnt ihr euch noch 'n letztes Stück wünschen.»

Ein halbes Dutzend Stimmen rief ihm Titel zu. Nan war überrascht, daß auch die von Stephen dazu zählte – ein klarer jungenhafter Sopran, der die anderen übertönte. «Spielt den White Rose Waltz!»

Der Fiedler spähte in Stephens und ihre Richtung, schob den Hut in den Nacken und nickte. «Unser kleiner Freund da möchte den ‹White Rose Waltz› hören, Leute. Das ist ein hübsches Lied, aber wir haben's schon lange nicht mehr gespielt. Woll'n mal sehen, ob wir's noch können ...» Er beugte sich zu Nancy, beriet sich einen Moment leise mit ihr und richtete sich dann wieder auf. «Leute, der ‹White Rose Waltz›!»

Stephen stand neben ihr, und sie berührte seinen Arm. «Woher kennst du das Lied denn, Honey?» Ihr war es nicht vertraut, und sie fragte sich, ob er es wohl bei Gabe gehört hatte, der ja ein Faible für Country Music besaß. Stephen lächelte sie an. Goldene Lichtflecken, Minireflexionen der Laternen, tanzten auf seinen Brillengläsern. «Woody hat es mir vorgepfiffen.»

Es war ein richtiger Walzer, sanft und melodisch, aber zu langsam für einen Square Dance. Die Leute blieben sitzen und hörten zu, klopften mit den Füßen den Takt und nickten rhythmisch mit dem Kopf. Stephen lehnte sich an Nan. Sie zog ihn zu sich auf den Schoß und schlang die Arme um ihn, legte die Wange auf sein Haar und schaukelte ihn langsam zur Musik. Lucys Sohn Danny führte seine Frau auf die Tanzfläche und nahm sie so behutsam in den Arm, als wiege er ihr ungeborenes Kind in den Schlaf. Der Anblick des jungen Paares und dazu die lieblich rauhen Töne der Fiedel ließen Nan mit allen Fasern ihres Herzens reagieren.

Die unverhofften Tränen ließen alles verschwimmen, und die Laternen an den Wänden verwandelten sich in goldene Lichtpailletten. Sie blinzelte, bis die Tränen verschwunden waren, und betrachtete die Gesichter um sich herum. Sie ähnelten einander, aber das lag weniger an physischen Entsprechungen als an den gemeinsamen Bräuchen und Lebenserfahrungen, von denen sie geprägt waren. Die vertraute Fiedel-Melodie zauberte einen wehmütigen Ausdruck auf alle Gesichter, vom kleinsten Kind bis zum ältesten Greis – auch auf das von Stephen und, wie sie feststellen mußte, auf das ihre. Sie kostete das Gefühl der Zugehörigkeit aus, das sie überkam, und ließ ihren Blick wieder schweifen – bis er abrupt an einem Gesicht hängenblieb.

An dem von Lucy Talbot. Die alte Frau sah nicht, wie alle anderen, zu Ellis und Nancy Whipple hinüber. Statt dessen starrte sie Stephen an. Aber ganz und gar nicht wehmütig.

Sondern schreckerfüllt.

8. KAPITEL

Nan öffnete die Tür des Eckschranks und nahm die Karaffe heraus. «Brandy?»

«Da sag ich nicht nein, Ma'am.»

Sie füllte zwei Gläser und reichte eins davon Sky, der auf dem Sofa in der Bibliothek saß. Als sie sich ans andere Ende setzte, mußte sie an Stephen denken, der im Zimmer über ihnen schlief.

«Das hat er noch nie gemacht», sagte sie. «Ich hoffe, es ist nichts Schlimmes.»

Ihr Wagen hatte nach dem Square Dance nicht anspringen wollen. War die Batterie total leer? Es tat sich absolut nichts, wenn sie den Zündschlüssel drehte. Sie und Stephen hatten in der Dunkelheit gegen das Zirpen der Grillen angeschimpft, bis Sky aufgetaucht war und ihnen angeboten hatte, sie in seinem Pickup nach Hause zu fahren. Danach hatte sie es als Gebot der Höflichkeit angesehen, ihn noch auf einen Drink einzuladen.

«Ich werd's mir morgen genauer ansehen», sagte er.

«Hat Spaß gemacht heute abend», sagte sie. «Ich glaube, die Leute in New York wissen nicht mehr, wie man bei Parties Spaß haben kann.»

Sky lächelte, antwortete aber nicht. Nan nippte am Brandy, stellte das Glas ab und beugte sich vor, um ihre Sandalen auszuziehen. Als sie sich wieder aufrichtete, fing er sie ab. Seine weichen Lippen im krausen Barthaar fühlten sich warm an und schmeckten nach Brandy. Seine Zunge stieß in ihren Mund.

Darauf hatte dieser Abend wohl zwangsläufig hinauslaufen müssen. *Wollen Sie tanzen, Cousine Annabel?* Das war der Anfang vom Ende gewesen. Alle ihre Vorsätze, sich nicht mit ihm einzulassen, hatten sich in Luft aufgelöst. Ihr Körper hatte übernommen und tat, was er wollte. Als die Umarmungen heftiger wurden, kam es ihr vor, als würde ein traumvergessener Fatalismus von ihr Besitz ergreifen. Mit vergleichbarer Inbrunst hatte sie das letzte Mal zur High-School-Zeit geknutscht und dann auch prompt während eines Sommergewitters ihre Unschuld auf einem Picknicktisch verloren. Die Dinge schienen jetzt eine ähnliche Dynamik zu entwickeln.

«Ich hab eine wirklich gute Idee», sagte er schließlich. «Aber dazu braucht man eigentlich ein Bett.»

«Oben steht ein Bett», sagte Nan.

«Ich weiß.»

Er küßte sie wieder und ihr fiel ein, daß er sich ja im Haus sehr gut auskannte. Es war ihm viel vertrauter als ihr. Und das Bett hatte Annabel gehört – sie war darin gestorben. Nan hatte inzwischen so weit die Hemmungen verloren, daß ihr diese Vorstellung nichts ausmachte. Sie ließ sich von ihm hochhelfen.

Weil sie ein gewisses Maß an Selbstkontrolle demonstrieren wollte, ging sie auf der engen Treppe voran. Auf halbem Weg umfaßte er ihre Taille und hielt sie zurück. Sie drehte sich um. Da sie eine Stufe über ihm stand, nutzte sie den Größenunterschied und stützte sich mit den Armen auf seine Schultern. Sie küßten sich. Sky faßte ihr unter den Rock und ließ seine Hände ihre Beine hinaufwandern.

Das Bett hätten sie beinahe nicht gebraucht. Er nahm sie auf der Kante, hatte seine Jeans noch an, den Schlitz in aller Eile aufgeknöpft. Als er in sie eindrang, war das Lustgefühl so überwältigend, daß es ihr den Atem raubte und sie einen langen Augenblick in einem prickelnden Schwebezustand gefangen blieb, bis der Orgasmus sie erlöste. Mit einem Aufschrei bog sie sich ihm entgegen. Er atmete tief, sagte «Himmel auch» und kam.

Danach zogen sie sich aus und gingen ins Bett. Er konnte seinen Blick nicht von ihr wenden, hörte nicht auf, sie zu berühren. «Bist wirklich eine tolle Lady, Cousine Nan.»

Sie versuchte ihr Lachen zu unterdrücken, schaffte es aber nicht. «Eine Lady hätte sich nicht auf Sex mit dir eingelassen, nur weil du sie nach Hause gefahren hast.»

Er senkte einen Moment den Blick, und sie dachte schon, sie hätte ihn schockiert. Dann sagte er, ohne ein Lächeln auch nur anzudeuten: «Schätze, du mußt echt dankbar gewesen sein.»

Unfreiwillig mußte sie wieder lachen. Sie fühlte sich schwerelos und ein wenig betrunken. Er sah sie an, und jetzt lächelte er endlich. Hilflos mußte sie sich eingestehen, daß er wieder mit ihr schlafen würde und daß sie es so wollte. Er beugte sich über sie, und ihre Lippen trafen sich.

Da schrie Stephen.

Er saß aufrecht im Bett, die Augen weit aufgerissen, aber sie sah sofort, daß er noch schlief. Sie zog den hastig übergeworfenen Bademantel fester um sich, setzte sich, ohne das Licht anzuschalten, auf die Bettkante und nahm ihn in die Arme. Er zitterte am ganzen Körper.

«Stephen.» Sie zog seinen kleinen Körper an sich, strich ihm übers Haar. Er schreckte zusammen und jaulte los.

«Mom –»

«Du hattest einen bösen Traum. Jetzt ist ja alles wieder gut.»

Sie wiegte ihn in den Armen. Er war noch nicht ganz wach, stammelte an ihrer Schulter, wollte ihr seinen Traum erzählen. Außer einem Wort, das wie «kalt» klang, konnte sie so gut wie nichts heraushören.

«Was, Honey? Ich kann dich nicht verstehen.» Sie erinnerte sich, daß Gabe gesagt hatte, es sei besser, ihn seine Alpträume in allen Einzelheiten schildern zu lassen, damit er sie wirklich loswurde. Sie drückte ihn sanft von der Schulter weg, um ihm ins Gesicht zu sehen. Seine Augen waren glasig.

«Ich wollte weglaufen», murmelte er. «Hab's versucht ... aber es ging nicht. Und es war kalt. Ich konnte meinen Atem sehen ... ganz eisig –»

Nan spürte, wie das Lächeln, mit dem sie ihn hatte beruhigen wollen, langsam auf ihren Lippen erstarb. Er beschrieb *ihren* Alptraum – oder? –, einen Alptraum, der sie plagte, solange sie zurückdenken konnte. Dieses erdrükkende Gefühl, laufen zu wollen, aber nirgends hinzugelangen, dies Bild des eigenen Atems, der in kleinen Wolken vor ihrem Gesicht aufstieg. Ein Teil des Horrors bestand darin, nie zu wissen, ob sie auf etwas zulaufen wollte oder vor etwas davonzulaufen versuchte ...

Sie konnte sich nicht vorstellen, Stephen je davon erzählt zu haben, aber wie sollte sein Traum sonst dem ihren so ähneln? Höchstens, daß es sich um ein klassisches Muster handelte, einen dieser Archetypen, die von allen Menschen auf gleiche Weise erfahren wurden ... und was *sonst* sollte es wohl sein?

«Es ist ja alles gut, mein Süßer.» Sie drückte ihn ganz fest an sich, schaukelte ihn sanft, sprach mindestens so sehr gegen die eigene Angst an wie gegen seine. «Es war ja nur ein Traum. Das ist alles. Nur ein böser Traum. In deinem Bett kann dir gar nichts geschehen. Versuch jetzt wieder zu schlafen.»

Sie spürte, daß er sich ein wenig entspannte, eingelullt von der schaukelnden Bewegung und ihren geflüsterten Worten. Dann verkrampfte er sich wieder.

«Mom!»

Er war jetzt hellwach, starrte über ihre Schulter hinweg. Ihr Herzschlag setzte aus. Sie drehte sich schnell um und erkannte Skys Silhouette in der Tür, schwarz im Lichtschein aus ihrem Schlafzimmer gegenüber.

«Das ist nur Sky, Honey. Er ist auf einen Drink geblieben.»

Stephen konnte seinen Blick nicht losreißen, und sie fragte sich, ob er wohl bemerkt hatte, daß sie nur einen Bademantel trug und darunter nackt war.

Sky hob die Hand. «Hallo, Großer.»

Stephen antwortete nicht. Kurz darauf verbarg er sein Gesicht in Nans Armen und verharrte regungslos. Ihr Blick suchte Sky. Der reagierte mit einem leichten Nicken und verschwand aus der Türöffnung.

Sie brauchte fast eine Stunde, bis Stephen endlich eingeschlafen war, und als sie dann nach unten kam, saß Sky völlig angezogen auf dem Sofa und trank Brandy. Er griff nach ihrem Glas und bot es ihr an. «Wieder alles in Ordnung mit dem kleinen Kerl?»

Nan nickte, nahm das Glas an und setzte sich. «Nur ein Alptraum. In New York hatte er sie sehr oft. Seit wir hier sind, ist es aber das erste Mal.»

«Hoffentlich hab ich ihn nicht erschreckt.»

Sie umschloß das Brandyglas mit ihren Handflächen. «Nein. Wahrscheinlich hat er nur zuviel von Lucys Pfirsichtorte gegessen, aber es ist auch gut möglich, daß er uns im Schlaf gehört hat. Die Zimmer liegen ja direkt nebeneinander. Ich hätte dran denken sollen.»

Sky leerte sein Glas und stellte es ab. «Tut's dir leid, daß es passiert ist?»

Sie überlegte einen Moment und sagte dann lächelnd: «Nein. Mir tut nur leid, daß es nicht noch mal passiert ist.»

«Die Nacht ist jung.»

Sie senkte den Blick, sah ihm dann wieder ins Gesicht. Diese hellblauen Augen waren undurchschaubar. Sie fragte sich, ob er seinen Kommentar wohl für galant hielt. Daß sie ihn absolut nicht kannte, wurde ihr in diesem Moment mit aller Eindringlichkeit bewußt. Sie schüttelte den Kopf, vergaß aber nicht, dabei zu lächeln. «Ich möchte nicht riskieren, daß er wieder wach wird.»

«Dann sag ich gute Nacht.» Er stand auf und streckte die Hand aus. Sie erhob sich und wollte ihm ihre reichen. Er zog sie sanft an sich und küßte sie. Bei dem Kuß wurde ihr klar, daß sie bestimmt nicht versuchen würde, sich zu befreien, auch wenn er sie schließlich gar nicht mehr losließ. Doch er ließ sie los, ganz zuletzt ihre Hand, und dann ging er langsam rückwärts ins Wohnzimmer und den ganzen Weg zur Eingangstür, ohne den Blick von ihr zu lassen. So vertraut war er mit dem Haus, daß er diese kitschfilmreife Show voll abziehen konnte. Auf der Schwelle verweilte er einen Augenblick, schaute ihr noch mal tief in die Augen und war dann ohne ein weiteres Wort verschwunden. Als sich die Tür hinter ihm geschlossen hatte, setzte sie sich wieder aufs Sofa und griff nach der Brandyflasche.

Am nächsten Morgen hatte sie gerade eine Tasse Kaffee gemacht und sich am Küchentisch niedergelassen, als Lucy Talbot mit viel Juchhe an die Küchentür klopfte.

«Hi, Lucy. Komm doch rein. Kaffee?»

«Hm, danke, Honey, ich glaub, ich sag nicht nein.» Der Anblick von Nan im Nachthemd dämpfte den Schwung der alten Dame. «Tut mir leid, daß ich dich so früh überfalle ...»

Nan sah auf die Uhr. Es war nach neun. Sie entsann sich vage, vor einer Weile gehört zu haben, daß Stephen in der Küche rumorte, und der Beweis dafür war auch zurückgeblieben: eine nur halb leergegessene Schüssel mit Frühstücksflocken auf dem Küchentresen, daneben eine üppige Milchpfütze. Sie hätte ihm Gesellschaft leisten sollen, doch statt dessen hatte sie es sich gestattet, einfach wieder einzudösen, herrlich entspannt nach der Begegnung mit Sky in der vergangenen Nacht. Die Erinnerung war noch so gegenwärtig, daß sie Angst hatte, Lucy könne sie ihr bis in alle Einzelheiten von der Stirn ablesen. Sie wandte sich ab, um der alten Dame Kaffee einzuschenken.

«Ich hab wohl verschlafen. Dieser Square Dance hat mich richtig geschafft.»

«Hat es dir Spaß gemacht, Honey?»

«Es war großartig.» Nan brachte die Kaffeetassen an den Tisch, und sie beide setzten sich. «Es war sehr lieb von dir, Lucy, uns einzubeziehen.»

«Euch einzubeziehen?! Ihr gehört doch zur Familie! Ich bin einfach nur froh, daß du wieder bei uns bist.» Lucy zögerte, schien etwas sagen zu wollen, biß sich aber auf die Lippe. Schließlich fragte sie: «Hat dir die Musik gefallen?»

«Sie war wunderbar.»

«Und Stephen – ich hab gehört, daß er sich den ‹White Rose Waltz› wünschte. Woher kannte er denn das Stück?»

Woody hat es mir vorgepfiffen. Doch ganz gewiß gab es eine andere Erklärung, und Nan entschied sich für die nächstliegende. «Sein Vater ist ein Fan.»

«So? Ich verstehe.» Lucy wirkte seltsam erleichtert. Unter normalen Umständen hätte Nan sich vielleicht über dies Gespräch gewundert, aber im Moment fiel es ihr schwer, sich überhaupt auf die Unterhaltung zu konzentrieren: Erinnerungen an die letzte Nacht wurden wach, drängten sich immer wieder mit freizügigen Bildern in den harmlosen Dialog und bewirkten, daß ihre sämtlichen Nervenenden nachvibrierten. Wie gut, daß Lucy nicht ihre Gedanken lesen konnte. Die Vorstellung allein trieb ihr die Schamröte ins Gesicht, und sie zog den Kopf ein.

«Hon, laß mich dich was anderes fragen», sagte die alte Frau. «Dieser Ring, den Stephen trägt. Wo hat er den her?»

Nan holte sich in die Gegenwart zurück. «Ring? Ach, den hab ich gefunden, und er wollte ihn gern haben, also hat er ihn von mir gekriegt. Ich glaube, als ich ein kleines Mädchen war, hat er mal mir gehört. Ich entsinne mich irgendwie – kennst du noch diesen Jungen, mit dem ich mich in jenem Sommer angefreundet hatte – Tucker? Der hat ihn für mich gemacht.»

«Oh. Oh ja. Und du hast ihn jetzt im Haus wiedergefunden?»

Überrascht, daß Lucy sich an einem so unbedeutenden Thema festbiß, mußte Nan lachen. «Auf dem Fußboden im Flur, ja. Ich muß ihn damals im Sommer verloren haben, und dann ist er anscheinend mit dem Fuß irgendwie in eine Ecke getreten worden oder so. Annabel war wohl nicht die allerordentlichste Hausfrau ... Was ist denn mit dem Ring, Lucy?»

Jetzt war es an der alten Dame, vor Verlegenheit zu erröten. «Nichts, Honey. Nichts. Hauptsache ... ich meine ... Hauptsache, du bist glücklich und alles ist ... nun, du weißt schon. Normal.»

«Normal?» fragte Nan verblüfft.

«Vergiß es.» Lucy schien die eigene Wortwahl peinlich zu sein. «Wenn du sagst, daß alles in Ordnung ist –»

«Oh, alles ist in Ordnung», sagte Nan. Sie hatte allmählich genug von diesem sonderbaren und sinnlosen Gespräch. Bei der Erinnerung an Skys Hand auf ihren Schenkeln geriet ihr Blut in Wallung, und deswegen sprach sie emotionsgeladener, als sie eigentlich wollte: «Alles ist *prima.*»

Als sie kurz darauf Lucy zu deren Kombi brachte, stand ihr Volvo wie durch ein Wunder in der Auffahrt. Nachdem die alte Dame sich verabschiedet hatte und davongefahren war, stieg Nan in den Wagen und drehte den Zündschlüssel. Der Motor sprang sofort an. Auf dem Vordersitz lag ein halbes Dutzend zartrosa Rosen, einfach so hingestreut – ein gebundenes Bukett wäre natürlich nicht nach der Art eines waschechten Mannes wie Schuyler Barnett gewesen. Ganz plötzlich überfiel sie der Verdacht, daß er am vergangenen Abend ihren Wagen irgendwie sabotiert hatte, daß die ganze Sache von ihm abgekartet war. Doch sie konnte nicht sagen, daß sie es ihm übelnahm, wenn er es tatsächlich getan hatte.

Sie verbrachte den Tag zwischen Erinnerung und gespannter Erwartung. Stephen war allein unterwegs, und nichts lenkte sie von ihren Gedankengängen ab. Rückblikkend erschienen all ihre logischen Argumente gegen eine Beziehung mit Sky banal. Er wirkte unkompliziert, bereit, jede Rolle zu akzeptieren, die sie ihm in ihrem gegenwärtigen Leben zuwies. Und der Sex war unglaublich gewesen.

Jedenfalls war es fast wie von selbst geschehen. Sie nahm an, daß sie in gewisser Hinsicht trotz aller Vorbehalte bereit dafür gewesen war.

Nach dem Abendessen war sie dann mehr als bereit. Sie hoffte, daß Sky erst erscheinen würde, wenn Stephen schlief. Sie fühlte sich nämlich einer Eifersuchtsreaktion ihres Sohnes noch nicht gewachsen. Als Stephens Bettzeit schließlich herangerückt war, wollte er mit ihr schwatzen.

«Wir haben so eine große Schildkröte gesehen, Mom. Unten am Bach. Sie hat sich in ihren Panzer verkrochen, aber Woody hat einen Stock genommen und damit reingestochert. Und dann – zack! Ihr Kopf schießt vor, und sie beißt die Spitze vom Stock ab!»

«Die Schildkröte hat ein Stück vom Stock abgebissen?»

«Die hatte einen Schnabel wie ein Papagei! Woody hat gesagt, es ist eine Schnappschildkröte. Er hat auch gesagt, sie könnte mir eine Zehe abbeißen, wenn sie wollte.»

Was er nur für eine erstaunliche Phantasie besitzt, dachte sie. Wieviel mochte wohl an dem Vorfall stimmen? Sie nahm an, daß er vielleicht wirklich eine Schnappschildkröte gesehen hatte, aber es war recht unwahrscheinlich, daß ihr kleiner Stadtjunge den Nerv gehabt hatte, sich ihr zu nähern. Nan zerzauste ihm die Haare.

«Sei mir ja vorsichtig. Mach dir nur keine Feinde unter den einheimischen Raubtieren.»

Schließlich schlief er ein. Nan duschte kurz, zog ein leichtes Baumwollkleid an, das ganz simpel aussah, aber in einer Boutique in SoHo irrsinnig viel Geld gekostet hatte. Dann ging sie hinunter, um sich auf die Veranda zu setzen. Es dämmerte, und die aufkommende Dunkelheit war angefüllt vom Duft der Heckenkirsche. Sie setzte sich auf die Verandaschaukel, stieß sich mit einem Fuß ab und ließ sich hin und her schwingen. Sie kam sich vor wie Scarlett O'Hara, und während sie schaukelte, sah sie den ersten Leuchtkäfer vor der dunklen Kulisse des Obstgartens funkeln. Dann noch einen. Und noch einen.

Sie schaukelte weiter. Dieser Auftritt war fast zu perfekt inszeniert. Zweifel schlichen sich in die Vorfreude. Angenommen, Sky kam nicht? Angenommen, er hatte das Gefühl, zu sehr mit Stephen in Konkurrenz treten zu müssen, und keine Lust, sich einem solchen Nervenkrieg auszusetzen? In dem Fall machte sie, deren Körper, vorhin noch ermattet, jetzt elektrisiert fieberte, sich zur Närrin, wenn sie in der Dunkelheit des Sommerabends hier draußen auf der Veranda saß und auf ihn wartete. Eine Zeitlang war das rhythmische Knarren der Schaukel das einzige Geräusch in der Abenddämmerung.

Ein blasser Schatten huschte über den düsteren Rasen – der Kater auf lautloser Jagd nach einem todgeweihten Beutetier –, und die Eule ließ aus dem Geäst der Eiche ihren schaurigen Schrei hören. Es überlief sie heiß und kalt. Ein namenloses Grauen drohte ihr Verlangen zu ersticken. Es war, als würde die unwirkliche Atmosphäre ihre Gefühle einfangen, intensivieren und schließlich zurückschicken, um sie ihr derart übersteigert zu präsentieren, daß sie sie kaum als die eigenen wiedererkannte.

Dann stand er da, am Fuß der Verandastufen. Sie sah sein weißes Hemd in der Dunkelheit.

«Hi», sagte er.

«Hi.» Sie blieb, wo sie war, berührte mit dem Fuß die Bodenbretter, um die Schaukel anzuhalten. «Ich hab deinen Pickup gar nicht gehört.»

«Ich bin durch den Obstgarten gegangen. Es ist ein so schöner Abend.»

Diese Worte beschworen eine einprägsame Szene vor ihrem geistigen Auge: Sie sah ihn zwischen den schattigen Umrissen der Bäume langsam auf das alte weiße Farmhaus zugehen. Und bei diesem Bild erweiterte sich plötzlich ihre Wahrnehmung und bezog den Frieden dieser Nacht auf dem Lande ein, den Himmel über ihr, schwarz und übersät von Sternen, und die Berge, die so massig über der sanftgeschwungenen Talmulde aufragten, in der nur einige wenige Lichter schimmerten. Doch die dunkle Veranda, auf der sie saß, schien der Brennpunkt all dessen zu bleiben. Ihr Leben außerhalb dieses einen Augenblicks verblaßte und erlosch.

«Das stimmt», sagte sie.

9. KAPITEL

Natürlich hatte sie schon von sexueller Anziehungskraft zwischen zwei Menschen gehört, aber jetzt, in Verbindung mit Sky, schien diese Redensart eine ganz neue Dimension zu gewinnen. So wie mit ihm hatte sie Sexualität noch nie erlebt. Keiner ihrer früheren Liebhaber hatte sie hierauf vorbereitet, und dabei hatte sie sich doch für leidlich erfahren gehalten, war mit einem Dutzend Männer ins Bett gegangen, abgesehen von dem Jungen aus der High School, der ihr so stümperhaft die Jungfräulichkeit geraubt hatte, daß man es wohl kaum als einen Liebesakt bezeichnen konnte. Sie hatte liebevolle Zuneigung erlebt, Langeweile, Frustration, hatte Befriedigung erfahren, die an die Qualität eines gesunden Niesens heranreichte, aber letztlich höchstens andeutungsweise erahnt, warum von der ganzen Sache so viel Aufhebens gemacht wurde. Und gerade in den vergangenen Jahren mit Gabe war Sex – oder vielmehr ihre Unempfänglichkeit dafür – zu einem derartigen Problem geworden, daß sie sich bisweilen ehrlich wünschte, er sei nie erfunden worden.

Jetzt war es, als habe sich ihre oberste Hautschicht abgelöst und alle Nerven lägen bloß, als habe sie eine Droge genommen, die alle Empfindungen abenteuerlich steigerte. Wenn er sie berührte, wurde ihr sofort schwindlig. Sie verlebte diese Tage wie in einem sinnlichen Taumel, mit einem Körperbewußtsein, wie sie es nie gekannt hatte.

Und da waren noch andere Überraschungen. Zum erstenmal in ihrem Leben blieb sie bei der Liebe nicht stumm, sondern brachte eine ganze Anzahl von Lauten hervor, die von einer rolligen Katze hätten stammen können und sie zwar belustigten, aber auch leicht schockierten. Jedesmal wenn sie miteinander schliefen, fing sie zu stöhnen und zu winseln an, konnte sich einfach nicht zügeln, wenn er sie zum Höhepunkt trieb. Als sie Sky gestand, daß dies für sie neu sei, lachte er.

«Ich hab's furchtbar gern, wenn du laut loslegst. Und ich will dir auch sagen, warum.»

Sie waren im Bett. Während er sprach, wanderten seine Lippen langsam von ihrer Schulter zu ihrer Hüfte.

«Weil es mir nämlich sehr gefällt, daß du mal die Kontrolle verlierst, Miss Großspur aus New York City, wo sie alle schon alles gesehen haben. Da kamst du hier runter ins gute alte Tennessee und hast deine kleine Überraschung erlebt. Du mußtest feststellen, daß es Zeiten gibt, in denen die Dinge ihren eigenen Lauf nehmen, und dir nichts bleibt, als ihnen dabei getrost zuzuschauen. Hast was dazugelernt. Hab ich recht?»

In jenem Moment war sie zu abgelenkt durch seinen Mund und seine Hände, um etwas zu erwidern, aber später fielen ihr seine Worte wieder ein, und sie dachte darüber nach. Sie brauchte sich wohl nicht zu wundern, daß er sie für eine großspurige Person hielt, die eine Lektion nötig hatte, und zwar von ihm. Trotz ihrer sexuellen Beziehung war sie darauf bedacht gewesen, ihm klarzumachen, daß ihr Leben nur ihr allein gehörte: daß allein sie kontrollierte, wem sie darin Platz gewährte, und daß er nur begrenzt Zugang hatte. Das mußte für Schuyler Barnett wohl eine neue und erschütternde Situation sein. Unterdessen genoß sie das Wesentliche an dieser Affäre – die Tatsache, daß ihr ein attraktiver und potenter Mann im besten Alter den Hof machte.

Wegen des Lärms, den sie machte, konnten sie ihr Schlafzimmer nicht benutzen; es lag zu dicht an Stephens Zimmer. Statt dessen gingen sie in das Gästezimmer auf der anderen Seite des Hauses, über der Küche. Darin stand zwar nur ein Einzelbett, aber mehr brauchten sie auch nicht. Obwohl sie immer hinter geschlossener Tür miteinander schliefen, hielt sie es durchaus für möglich, daß etwas nach draußen drang, daß Stephen den Radau im Schlaf mitbekam und mit Sky in Verbindung brachte. Er demonstrierte nämlich tagtäglich unmißverständlich, daß er Sky immer weniger mochte. Und aus seiner Warte konnte sie es ihm auch nicht verdenken.

Jeden Tag verschwand er gleich nach dem Frühstück über den Bach zum Hügel und verbrachte dort viele Stunden, wobei ihm Woody als einziger Spielgefährte anscheinend reichte. Nan hatte ihre Bedenken, Sky über Woody aufzuklären, denn sie fürchtete, er könne Stephen für einen Spinner halten. Doch er verzog keine Miene, als sie es eines Abends doch tat.

«Kinder sind schon eigenartig, was? Auf was für Sachen die kommen. Na ja –» er beugte sich vor, um sie zu küssen – «wenigstens sitzt er uns nicht auf der Pelle.»

Wenn sie ganz ehrlich war, mußte Nan dem zustimmen: Die Konzentration ihres Sohnes auf seinen Phantasiefreund kam ihrer eigenen Verliebtheit auf ideale Weise zugute. Aber der Gedanke, daß er so viele Stunden allein verbrachte, weckte weiterhin Schuldgefühle bei ihr, und sie gab sich redlich Mühe, Zeit mit ihm zu verbringen.

Ihre Ausflüge führten sie gewöhnlich nach Breezy und in

den Laden von Cooper Chalmers. Der Augapfel zum Aufziehen war eingetroffen – ein hellblaues Puppenauge, das auf bloßen Plastikfüßen unbeholfen über den Ladentisch hoppelte. Auf sie wirkte es absurd, aber Stephen begrüßte es wie einen alten Freund.

«Hierher, Junge. Hierher, Junge.» Er preßte die hohlen Hände an die Tischkante, falls das gruselige Ding versuchen sollte hinunterzuhüpfen. Nan verzog das Gesicht und sah Cooper an, der verhalten lächelnd zuschaute. Mit unerschöpflicher Toleranz gestattete er Stephen, das Warenangebot auszuprobieren. Vor lauter Dankbarkeit war sie dazu übergegangen, bei jedem ihrer Ladenbesuche eine Aufziehfigur zu erstehen – doch wie sie Cooper einschätzte, glaubte sie nicht, daß seine Geduld Resultat dieser Drei-Dollar-Kleckerverkäufe war.

Der Augapfel wich Stephens Händen aus und stürzte sich vom Ladentisch. Cooper fing ihn auf und stellte ihn zurück. «Er hat einen Rechtsdrall, Stephen. Durch den Mechanismus ist er auf der Seite ein bißchen schwerer.»

Nan bemerkte sehr wohl diese kleine Lektion, diese Art Belehrung von Mann zu Mann, die Stephen nicht in einer Million Jahre von Sky angenommen hätte. Sie sah zu, wie er das Spielzeug wieder aufzog, hinstellte und argwöhnisch beäugte, als es in einem Bogen nach rechts hampelte. Als es sich der Kante näherte, postierte er sich neu, um es besser fangen zu können, und dann strahlte er zufrieden, als der Augapfel sicher in seinen hohlen Händen landete.

Nan warf Cooper einen Blick zu und erwiderte dessen Lächeln. Anders als Sky war er jemand, den sie mit Stephen teilen konnte. Und auch anders als bei Sky gab es hier keine überwältigende körperliche Anziehungskraft, die paradoxerweise emotionale Distanz schuf. Sie spürte bei Cooper zwar ein gewisses Maß an männlichem Interesse, aber er bedrängte sie nicht. Innerhalb eines Radius von tausend Meilen war er wohl derjenige, der am ehesten ein Freund werden konnte. Während ihrer Ladenbesuche, wenn Stephen die Spielzeugfiguren Kunststücke machen ließ und Kunden ein und aus gingen, hatten sie die eine oder andere biographische Information ausgetauscht. Sie hatte ihm von Gabe erzählt und von ihren etwas konfusen Gründen, sich für diesen Sommer nach Tennessee zurückzuziehen. Dabei hatte sie erfahren, daß Cooper an der Duke University Philosophie studiert hatte und seine Frau vor vier Jahren gestorben war.

Gewöhnlich endete es damit, daß er Nan und Stephen einen halben Block die Front Street hinunter zum Eisessen in «Bev's Valley Luncheonette» begleitete, ein ganz schlichtes Lokal mit einem Tresen und einer einzigen Reihe von Sitzgruppen aus Holz an einer langen Glasfront. Die halbwüchsige Kellnerin schaffte die Bestellungen herbei, während Bev selbst, schlaksig und in den Vierzigern, an der Theke lehnte, in Zeitschriften blätterte und mit ihren Gästen flachste. Cooper schien Stammgast zu sein, und Nan meinte in Bevs Verhalten ihm gegenüber einen gewissen Besitzanspruch zu entdecken.

Als sie sich heute auf ihren Stammplatz setzten, rutschte Stephen auf die Bank neben Cooper. Nan war überrascht; bis jetzt hatte er immer nur neben ihr gesessen. Aber zweifellos vermißte er Gabe, und da mußte Cooper eben als Ersatz herhalten. Nachdem die Kellnerin ihre Bestellung entgegengenommen hatte, lehnte sich Nan zurück und beobachtete die beiden: Cooper hörte gespannt zu, während Stephen von einem Golfball zum Aufziehen plapperte, den er in New York gesehen hatte. Es fiel ihr plötzlich auf, daß er ganz und gar nicht mehr wie der blasse, schüchterne Knirps aussah, den sie vor gut einem Monat mit hergebracht hatte. Er war etwas voller geworden, hatte Farbe im Gesicht und sah Cooper an, als er mit ihm redete. Er hatte jedoch auch einstecken müssen – nicht noch mal so schlimm wie bei seinem Sturz in den Bach am ersten Tag, aber doch eine ständig aufgefrischte Sammlung von Schürfwunden und Beulen, die sie verarztete, so gut sie konnte. Gegenwärtig hatte er eine Riesenschramme am Ellbogen (gestolpert und gefallen, als er den Hügel hinaufrannte), und rosa Inseln von Zinklotion zierten seine beiden Handrücken (Giftsumach am Bachufer), aber Sky hatte Nan ausgelacht, als sie ihre Besorgnis verriet, und ihr versichert, solche Blessuren seien für einen Jungen vom Lande wie Ehrenzeichen.

«Teufel auch, ich weiß noch genau, als wir Jungs waren, hatte immer einer 'n Gipsarm, weil er vom Pferd gestürzt oder vom Baum gefallen war. Das hat uns aber nicht den Schneid abgekauft.»

Ihr Eis kam, und Stephen machte sich mit Genuß darüber her. Anscheinend schmeckte es ihm nicht weniger gut als die ausgefallenen Sorten, unter denen er daheim wählen konnte. Nan stocherte in ihrem Becher herum und schaute dabei gelangweilt aus dem verschmierten Fenster auf einen Wagen, der draußen vorfuhr. Der kaputte Kühlergrill, der aussah wie ein Gebiß mit hervorstehenden Eckzähnen, löste eine Erinnerung aus, und sie sah genauer hin. War das nicht die Rostlaube, mit der sie auf Annabels Auffahrt beinahe frontal zusammengestoßen wären? Bei näherer Betrachtung sah das Vehikel noch schlimmer aus, als ihr im Gedächtnis war: Die vordere Stoßstange war mit Bindfaden festgezurrt, und das rostige Blech war überall von Flecken blasser Grundierfarbe verunstaltet, die Ähnlichkeit mit der Zinklotion auf Stephens Händen hatten.

Sie beobachtete, wie die Fahrertür geöffnet wurde und ein Mann ausstieg. Sie bekam nur flüchtig seinen Hut zu sehen. Einen Moment später betrat er jedoch das Lokal, und sie konnte ihn genauer betrachten.

Er war klein und dick, und sein Bauch strapazierte die Knöpfe an den Seiten seines abgetragenen Overalls. Eine schmutzige gelbe Baseballkappe war tief in die Stirn gezogen und verbarg seine Augen. Den unteren Teil seines Gesichts zierte ein stoppeliger rötlichgelber Vollbart. Er bestellte etwas am Tresen und fläzte sich dann auf einen Hocker. Als er aufblickte und sich nervös im ganzen Raum umsah, konnte Nan endlich sein Gesicht sehen: feiste, bärtige Hängebakken, ein bösartiger kleiner Mund, kalte Augen unter Brauen, so blaß, daß sie kaum zu existieren schienen. Plötzlich merkte sie, daß ihm ihr musternder Blick aufgefallen war. Gehässig stierte er zurück, und sie senkte schnell die Augen.

«Ihr Eis in Ordnung?» Cooper schenkte ihr ein mitfühlendes Lächeln, als wisse er sehr wohl, daß Flavo-Brand-Eis oder was auch immer es sein mochte, nicht zu ihren Lieblingssorten zählte. Sie sah kurz auf die schnell schmelzende Portion in ihrem Becher und zuckte die Achseln.

«Ist okay. Coop, könnten Sie – nicht sofort, aber gleich mal – einen Blick riskieren und mir sagen, wer der Bursche am Tresen ist, der mit der gelben Kappe?» Sie zweifelte nicht daran, daß sie den Wagen wiedererkannt hatte, aber sie wollte doch ganz sichergehen. Wie, hatte Sky noch gesagt, hieß der Mann? Irgend so ein typischer Hillbilly-Name.

Stephen mußte sich natürlich auf der Stelle den Hals verrenken, aber glücklicherweise wurde der Mann gerade bedient – er schien Kaffee zum Mitnehmen bestellt zu haben – und kramte deswegen in den Taschen seines Overalls nach Kleingeld. Cooper blickte über die Schulter und wandte sich dann wieder ihr zu.

«Sie meinen Jerry Ray Watkins?»

«Genau den.»

«Du liebe Güte, Nan. Was habt ihr denn mit dem zu tun?»

«Eigentlich nichts. Außer daß er uns beinahe auf unserer eigenen Auffahrt umgefahren hätte. Unabsichtlich», fügte sie hinzu, als sie Coopers besorgten Gesichtsausdruck sah. «Anscheinend hat er Arbeiten für Annabel verrichtet.» Seine Miene entspannte sich nicht, und sie sagte: «Coop. Was ist denn los?»

«Na ja, gar nichts, denk ich. Ist nur so, daß er gerade erst aus dem Gefängnis kommt.»

«Gefängnis?» Das Wort traf sie wie ein Schlag. Sky hatte nichts davon erwähnt, daß Watkins im Gefängnis gewesen war. «Weswegen?»

«Wegen Schwarzbrennerei, hab ich gehört. Hat seinen ‹Mondschein›-Whiskey oben in den Bergen gebrannt, wo er wohnt. Als er damit prahlte, haben sie ihn erwischt.»

«Oh.» Ihr fiel ein Stein vom Herzen. Ein Schwarzbrenner war schließlich kein Untier wie ein Vergewaltiger oder Mörder. Im Vergleich zu den Verbrechen, an die sie sich in New York hatte gewöhnen müssen, erschien ihr die illegale Herstellung von Whiskey wie eine kuriose, beinahe romantische Missetat. Dennoch wünschte sie, Stephen hätte die Unterhaltung nicht mitbekommen. Er starrte Watkins, der inzwischen auf dem Weg nach draußen war, mit offenem Mund an. Nan berührte die Schulter ihres Sohnes, um seine Aufmerksamkeit zu erregen.

«Du hast doch verstanden, warum er im Gefängnis war, Honey.» Sie wollte nicht, daß Watkins in einem seiner Alpträume auftauchte. «Er hat Schnaps gebrannt und verkauft, ohne der Regierung dafür Steuern zu bezahlen. Das ist ein Verbrechen, aber kein so großes Verbrechen wie –»

«Oh, ich weiß.» Stephen ließ seinen Löffel klappernd in den leeren Becher fallen. «So, wie wenn man das Kleingeld behält, wenn das Münztelefon es aus Versehen zurückgibt. Linda sagt, dafür kann man ins Gefängnis kommen. Aber es heißt nicht, daß man ein böser Mensch ist.»

«Genau», sagte Nan ergeben. Sie sah Coopers amüsierte Miene. Als sie schließlich bezahlt und das Restaurant verlassen hatten, war Watkins' Wagen fort.

Aber es ging ihr doch nicht aus dem Kopf, als sie Lebensmittel einkaufte – weniger der Wagen und sein schmuddliger Besitzer als vielmehr Skys Versäumnis, sie darüber aufzuklären, daß Watkins ein Ex-Sträfling war. Was mochte er für einen Grund haben, ihr diese Information vorzuenthalten? Hatte er sie nur nicht beunruhigen wollen? Sie würde ihn wissen lassen müssen, daß sie es nicht schätzte, auf solche Weise behütet zu werden. Sie zog es vor, über die Fakten informiert zu sein, wie auch immer sie sein mochten.

Sie sah auf ihre Einkaufsliste: Milch, Eier – die konnte Stephen holen, aber er war schon auf eigene Faust losgezogen, wahrscheinlich in den Gang mit Gebäck. Auf dem Weg zu den Milchprodukten traf sie auf Cassie Thatcher mit ihren beiden Jüngsten im Schlepptau.

«Hallo, Nan! Was treibst du denn so? Hat's dir beim Tanz gefallen?» Cassie nahm eine Tüte aus ihrem überquellenden Einkaufswagen, riß sie auf und gab der kleinen Susannah, die ihr quengelnd am Bein hing, einen Keks. Lucas, etwa ein Jahr älter, kam angewetzt, um sich auch einen Keks abzuholen, und rannte dann wieder davon, lautstark wie ein Artillerieangriff. Wie immer schien Cassie die abgeklärte Ruhe selbst zu sein. Nan wußte, daß sie insgesamt fünf Kinder hatte. Unter anderen Umständen wäre sie vielleicht eine enge Freundin geworden, aber ihre unterschiedlichen Lebensumstände hatten sie bisher daran gehindert, wirklich zusammenzukommen.

Hat's dir beim Tanz gefallen? Gelegentlich hatte Nan sich gefragt, ob die Liaison mit ihrem Cousin wohl den Dutzenden gemeinsamer Verwandter zu Ohren gekommen sein mochte. Sie konnte sich absolut nicht vorstellen, wie zum Beispiel Lucy sich verhalten würde – ob die alte Dame es billigen oder mißbilligen würde oder ob sie gar vernünftigerweise der Ansicht sei, es ginge sie nichts an. Doch von ihnen allen mußte am ehesten Cassie, als Skys Schwester und Vertraute, von der Affäre wissen. Wollte sie jetzt die Lage sondieren, um sich Gewißheit zu verschaffen? Nan merkte, daß sie entschlossen war, nichts zu bestätigen: wahrscheinlich ein Zeichen dafür, wie gemischt ihre Gefühle in bezug auf das Verhältnis zu Sky waren.

«Hat Spaß gemacht. Und du? Hat Onkel James dich schwindlig getanzt?»

Cassie johlte. «Der alte Geier! Ich kann dir sagen, der hat's faustdick hinter den Ohren. Kann nur hoffen, daß ich mit neunzig auch noch so gut drauf bin. Guter Gott!»

Ein vertrautes Klappern lenkte Nan ab, und als sie hinuntersah, kam auch schon der aufziehbare Augapfel hinter einem Regal mit Konserven hervorgehüpft. Als nächstes tauchten Stephen und Lucas auf, die das Spielzeug auf seinem ruckhaften Vormarsch über den Holzfußboden verfolgten. Seine Füße verfingen sich in der Ritze zwischen zwei Brettern, und es stürzte von Zuckungen gebeutelt vornüber. Die beiden Jungen wollten sich ausschütten vor Lachen.

«Was, zum Teufel, ist denn das?» Cassie rümpfte die Nase. Nan hob den Augapfel auf und hielt ihn ihr zur näheren Betrachtung hin, aber Skys Schwester stieß ihre Hand angeekelt von sich. «Das ist das häßlichste Ding, das ich *je* gesehen habe. Wo, in Gottes Namen, kommt das denn her?»

«Du kennst doch ‹Books, Etc.› in der Front Street?» Nan gab Stephen den Augapfel zurück, und er machte sich gleich daran, ihn wieder aufzuziehen, während Cassie voller faszinierter Abscheu zuschaute. «Oh, du meinst Cooper Chalmers' Laden. Mein Güte, ich dachte, das wäre eine Buchhandlung. Ich sag dir eins: Seit Laura tot ist, hat Cooper nur noch ganz seltsame Sachen im Kopf. Ich frag mich manchmal, ob er noch ganz richtig ist.»

Bei Nan regte sich die Neugier. *Seit Laura tot ist –*

Der Augapfel hopste davon. Stephen und Lucas blieben ihm kichernd auf den Fersen. Susannah machte ein paar Schritte in ihre Richtung, bevor Cassie sie zurückhielt. «Honey, du bleibst schön hier bei Mama. Laß die garstigen Bengel allein hinter dem häßlichen Ding herrennen.»

«Sie hieß Laura? Cooper hat mir eigentlich nicht viel über sie erzählt. Nur daß sie vor vier Jahren gestorben ist.» Nan zögerte, folgte dann aber doch ihrem spontanen Interesse. «Was ist denn passiert?»

Cassie gab Susannah noch einen Keks. «Hat sich aufgehängt, Hon. Sie gehörte – na ja, du weißt schon – zu diesen Depressiven. Lag in ihrer Natur, sagte der Doc. Cooper und sie waren schon in der Grundschule ein Liebespaar. Mein Gott, hat er sie geliebt – trotz der Depressionen und allem.

Jedenfalls hat sie aufgehört, ihre Pillen zu nehmen. Warum, werden wir nie erfahren. Cooper war mit seinen Kumpels übers Wochenende zur Jagd, und als er nach Hause kam, hat er sie gefunden.» Sie verzog das Gesicht. «Das reicht wohl leicht aus, um jemanden seltsam werden zu lassen.»

Entsetzt über die Geschichte, sah Nan sich veranlaßt, Cooper in Schutz zu nehmen. «Ich finde nicht, daß er seltsam ist. Ich mag ihn.»

«Um Gottes willen, Nan. Wir alle mögen ihn. Aber er ist seltsam. Er hat eines Abends mit Buddy Dale einen gehoben und gesagt, daß Laura am Abend nach ihrem Tod zurückgekommen ist, um ihn zu besuchen. Seitdem hat er's mit Geistern und Séancen und all so was, diesem ganzen Spukkram. Er ist ganz bis nach Brownsville gefahren, um mit so einem Medium zu reden und zu sehen, ob sie ihn noch mal mit Laura in Kontakt bringen kann. Ich weiß, sie fehlt ihm, aber trotzdem, Nan – das ist schon seltsam.»

Das war also die Erklärung für Coopers Interesse am Übernatürlichen – ein Interesse, das Annabel anscheinend geteilt hatte, denn sie hatte ja Bücher zu dem Thema gekauft. Nan stimmte zu, daß es seltsam war, aber jetzt, da sie Gabes Einflußbereich entkommen war, stellte sie fest, daß ihre Vorurteile nur billiger Abklatsch von den seinen waren, reine Oberfläche und ohne die geringste Substanz. Und weil sie Cooper mochte und respektierte, war sie geneigt, ihm seine seltsamen Eigenheiten nachzusehen. Das, was er im Zusammenhang mit dem Tod seiner Frau erlitten hatte, reichte, wie Cassie sagte, um so gut wie jeden seltsam werden zu lassen.

Woody war nicht da.

Stephen spürte die Einsamkeit wie einen Stich ins Herz, als er die Schatten auf der anderen Seite des Baches vergeblich nach seinem Freund absuchte, dessen Gesellschaft ihm allmählich unverzichtbar geworden war. Ihm gefiel der Laden mit den komischen Figuren zum Aufziehen, er ging auch gern Eis essen und mochte Cooper wirklich sehr. Aber am liebsten spielte er mit Woody.

Früher, als er kleiner gewesen war, hatte Stephen noch nicht soviel Spaß mit Woody gehabt. Der hatte vor nichts Angst – nicht einmal vor den dünnen braunen Wasserschlangen, auf die sie manchmal am Bach stießen. Ab und zu fing er eine, indem er sie kurz hinter dem schmalen Kopf packte, und warf sie dann ins Wasser, wo sie schnell davonschwamm. Er zeigte Stephen, wie man Steine mit solcher Wucht gegen einen Baumstamm warf, daß es richtig schön *wumm* machte und die Vögel kreischend in die Luft stoben. Er konnte wie ein Vogel pfeifen und war schnell wie der Wind. Stephen hätte glatt gewettet, daß Woody sogar mutig genug gewesen wäre, den verlockenden, aber auch beängstigenden Aufstieg in das Baumhaus zu wagen, das sich hoch in der Eiche im Vorgarten befand.

Aber wo steckte er?

Stephen zögerte noch eine Weile, zog dann seine Schuhe und Socken aus und ließ sie am Ufer zurück, bevor er durch den kalten Bach patschte. Wenn Woody keine Schuhe trug, warum sollte er es tun? Die ersten Male, als er versucht hatte, barfuß zu laufen, hatte es wirklich weh getan – jeder kleine Grashalm hatte wie eine Nadel in seinen Fuß gestochen. Jetzt spürte er die Grashalme kaum noch. Einmal war er sogar in Pferdeäpfel getreten. Er hatte gedacht, ihm würde übel werden, bis Woody ihn aufklärte, daß sie nur aus zerkautem Gras bestanden.

Er stapfte allein den Hügel hinauf, der ihm steiler vorkam als sonst. Wenn er endlich den Gipfel erreicht hatte, würde er dort vielleicht Woody vorfinden, der auf ihn wartete.

Aber seine Hoffnung erfüllte sich nicht. Der Gipfel war verlassen, und er stand dort im schulterhohen Gras, das ihn umwogte, und der blaue Himmel über ihm schien so weit entfernt zu sein, daß es ihm die Brust zuschnürte. Bis auf die Brise, die im sonnenbeschienenen Gras spielte, und das ferne, sich ständig wiederholende Rufen eines Vogels aus dem Kiefernwald war er völlig allein.

«Wood-ie!»

Der Wind schnappte sich seinen Ruf und schraubte ihn hinauf in den Himmel. Stephen sank im hohen Gras in die Hocke. Ein Kloß wuchs in seinem Hals, und er versuchte vergeblich, ihn hinunterzuschlucken. Eingeschüchtert von der unermeßlichen Leere des blauen Himmels, verbarg er sein Gesicht zwischen den Knien und hörte um sich herum das Gras flüstern.

Nach und nach wurde ihm bewußt, daß die Laute aus der Ferne, die er für die gebrochenen Klagerufe eines Vogel gehalten hatte, vom Weinen eines Menschen herrührten.

Er hob den Kopf und lauschte. Jetzt klang es wieder nach einem Vogel, aber wenn er den Kopf zwischen die Knie senkte, war es unverkennbar ein Weinen. War das Woody? Er klang verzweifelt, untröstlich, und Stephen spürte seine Augen vor Mitgefühl brennen.

«Woody, was ist denn los?» Die Worte waren nur geflüstert. Aber Woody mußte sie gehört haben, denn ein Flüstern antwortete.

«Ich bin ganz allein.»

Die verzweifelte Einsamkeit, die darin lag, traf Stephen wie ein Schlag, und es wollte ihm fast das Herz zerreißen.

«Nein, bist du nicht. Ich bin hier. Ich bin dein Freund, Woody. Ich werde immer dein Freund sein.»

«Nein, wirst du nicht.»

«Werd ich doch!» Die Empörung ließ Stephen den Kopf von den Knien heben. Er sah sich nach Woody um, konnte ihn aber nirgends entdecken. «Werde ich!» sagte er.

Woody antwortete nicht. Das hohe Gras wogte flüsternd im Wind.

Der Versuch, ihrem kleinen Sohn soziale Verpflichtungen klarzumachen, war für Nan frustrierend. Seit dem Square Dance hatte Lucy Talbot immer wieder gebeten, daß der Junge sie für einen Nachmittag besuchen durfte, und versprochen, ihm das Landleben schmackhaft zu machen. Schließlich hatte Nan die Verabredung getroffen. Aber als sie Stephen davon erzählte, machte er einen Riesenaufstand, weil er Woody nicht alleinlassen könne.

«Honey, Woody hat bestimmt nichts dagegen.»

«Hat er doch. Er ist machmal ganz traurig, Mom. Ich glaube, er ist einsam.»

Für *er* konnte man durchaus Stephen Phillips einsetzen – man brauchte keine hochdotierte Seelenklempnerin für Kinder zu sein wie Jennifer, um sich das zusammenzureimen. Aber er hatte doch bei keinem seiner Cousins Anschluß gefunden, und in der Nähe wohnten keine Kinder. Was sollte sie also tun? Das war ein Dilemma, das sie nicht bedacht hatte, als sie ihn mit nach Tennessee nahm, und es war schlimm. Ein Kind brauchte Freunde, Spielgefährten. Doch jetzt, da sie sich auf Sky eingelassen hatte, war es eigentlich undenkbar, die Zelte abzubrechen und nach New York zurückzukehren. Sie blickte hinunter in das bekümmerte Gesicht ihres Sohnes und seufzte.

«Nun, ich denke, er wird ohne dich nicht gleich sterben. Es ist doch nur ein Nachmittag. Und Lucys Gefühle wären verletzt, wenn ich ihr sagen müßte, daß du sie nicht besuchen willst.»

Als sie Sky anrief und ihm mitteilte, daß sie ein paar Stunden bei Tageslicht zur Verfügung hatte, nahm er sich den Nachmittag frei, und sie beide ritten aus. Auf Jolie und Skys Wallach Joker trotteten sie nebeneinander unter einem wolkenlosen blauen Himmel über Wege und Felder mit Gänseblümchen und Schwarzäugigen Susannen.

Sie sprachen nicht viel. Gelegentlich wies Sky sie auf eine Sehenswürdigkeit hin oder erwähnte den Namen der Familie, über deren Grund und Boden sie im Augenblick ritten, aber die meiste Zeit schwiegen sie. Was Jerry Rays Gefängnisaufenthalt betraf, hatte Nan beschlossen, Sky rundheraus zu fragen, warum er ihr nichts davon erzählt hatte – aber hier draußen in der frischen Landluft und im warmen Sonnenschein war es zu idyllisch, als daß sie die Stimmung hätte verderben wollen. Und sie stellte fest, daß dieser leichte Mißklang zwischen ihnen seine Anziehungskraft nicht im geringsten minderte. Immer wenn die Bewegungen ihrer Pferde dazu führten, daß sich ihre Beine für einen kurzen Moment berührten, fühlte sie die erotische Spannung steigen.

Der Heimweg führte sie durch Skys Obstplantagen, lange Reihen knorriger silbriggrüner Bäume, die dem sanften Schwung der Hügel folgten. In der Ferne war das Tukkern eines Motors zu hören. Als Nan einen Mann erkannte, der am entlegenen Ende einer Schneise mit einer Art Sprühmaschine hantierte, zügelte sie Jolie und hielt an, um zuzuschauen.

«Wer ist das?»

«Bob Comer. Er arbeitet für mich.»

«Was versprüht er denn da – etwa irgendein Insektizid?»

Ihr Widerwille mußte wohl im Tonfall deutlich geworden sein. Sky grinste. «Ja, Ma'am, damit wird Ungeziefer gekillt. Oder möchtest du lieber Würmer essen?» Er schnalzte Joker zu. «Komm, reiten wir weiter. Ich hab eine Überraschung für dich.»

«Und die wäre?» fragte sie, als sie weiterritten.

«Wart's nur ab.»

Sie verließen die Plantage und kamen auf einen kiesbestreuten Hof, wo die Äpfel verpackt wurden. An einer Seite stand ein offener Schuppen mit niedrigem Dach, und Nan sah einen Haufen von Apfelkisten, die an einer Wand aufgestapelt waren. Sky ritt auf den Schuppen zu.

«Wenn du mir einen Apfel kredenzen willst, bringst du unsere Rollenverteilung durcheinander», sagte sie. «Eva ist diejenige, die den Apfel anbietet.»

Er drehte sich im Sattel um und sah sie an. «Ich will dir ja gar keinen Apfel anbieten. Ihr Mädels aus New York seid eh schon schlauer, als euch guttut.»

Es blieb keine Zeit, lange zu überlegen, was wohl hinter dieser Aussage steckte; Jokers Hinterteil war schon um die Schuppenecke verschwunden, und Nan folgte auf Jolie. Im Schatten des überhängenden Daches blitzte Chrom auf. Ein Schimmern von Weiß und Flamingorosa. Sky war abgestiegen und grinste sie an. Sie staunte ungläubig.

«Himmel. Ist das Estelle?» Bis zu diesem Augenblick, in dem ihr dessen Kosename unwillkürlich über die Lippen kam, hatte sie Annabels alten Wagen völlig vergessen.

«Ganz recht. Hab sie wieder in Schwung gebracht und ihren Anstrich aufgemöbelt. Sieht hübsch aus, was? Läuft auch hübsch. Schätze, sie gehört jetzt dir.»

«Um Gottes willen, nein – du solltest sie behalten.»

Sie stieg ab und schlang Jolies Zügel um einen der Stützpfosten des Schuppens. Langsam ging sie auf den Wagen zu. FORD FAIRLANE stand in gedrungenen Chromlettern im Stil der fünfziger Jahre über dem Kühlergrill. Sie ließ die Finger darüber gleiten, öffnete dann die Beifahrertür und stieg ein. Sky rutschte hinter das Lenkrad, klimperte mit den Schlüsseln.

«Möchtest du sie schnurren hören?»

Nan nickte nur aus Höflichkeit, nicht interessiert an der Funktionstüchtigkeit des Motors, sondern hingerissen davon, Estelle wiederzusehen. Bewundernd streichelte sie die extravaganten Wölbungen des vergilbten Armaturenbretts aus Kunststoff, dessen Instrumente in liebevoll polierten Chrom gefaßt waren, und berührte das eigentümlich geriffelte Lenkrad und die prall gepolsterte und mit rosa Leder bezogene Sitzbank. Nachdem Sky den Motor angelassen hatte (ein tiefes Brummen, das in ihren ungeschulten Ohren nicht auffällig klang), knipste er das Radio an, und sie erkannte das quengelnde, gestörte Signal von WKMT in Gaylesville, der nächstgelegenen größeren Stadt. Sie wandte sich ihm zu.

«Was für eine tolle Überraschung!»

«Du bist mächtig weit weg.» Er griff über die geräumige Sitzbank nach ihr. Sie küßten sich und küßten sich nochmals. «Mmmm.» Er ließ unter ihrem Hemd eine Hand ihren Rücken hinaufgleiten. «Erinnert mich an High-School-Zeiten, wie wir auf Feldwegen geparkt haben. Manche von den Mädels waren mächtig lieb zu mir. Mächtig lieb.»

«Das möchte ich wetten.» Nan sank immer weiter in den Sitz. Er war halb über ihr, die Lippen an ihrem Hals, die Hände auf Erkundung unter ihrer Kleidung. Sie ließ sich von seinem Gewicht aufs Polster pressen und kniff die Augen zusammen, weil sie die gleißenden Sonnenstrahlen blendeten, die durch die Ritzen der hölzernen Schuppenwand fielen. Ein süßer Apfelgeruch hing in der Luft. Das Radiosignal, das sich über die Berge quälte, verschwand kurz hinter knatternden Störgeräuschen und kehrte dann mit Crystal Gayle zurück, die «Talking in Your Sleep» sang.

Nan sah durch die Wimpern auf Sky. Das attraktive Gesicht so dicht vor ihr gehörte einem Fremden, dessen war sie sich durchaus bewußt, und sie hatte auch Grund, diesem Fremden zu mißtrauen. Der Gedanke heizte ihre Lust auf perverse Weise an. Unwillkürlich brach sie in nervöses Lachen aus. Er öffnete die Augen und sah sie an.

«Was ist denn so lustig?»

«Ich weiß nicht.» Sie konnte ihm wohl kaum die Wahrheit gestehen. «Als Teenager hatte ich nie solche Chance. Keiner von den Jungs, die ich kannte, hatte sein eigenes Auto.»

«Nun, dann müssen wir eben diese kleine Bildungslücke ausfüllen.»

Bei diesen Worten plagte er sich mit ihren Kleidungsstücken, und sie versuchte, ihm zu helfen, denn plötzlich war sie ganz wild darauf, ihn in sich zu spüren. In dieser klassischen Situation, in der die verbotenen Früchte lockten, wirkte sogar ihrer beider Unbeholfenheit erotisch auf sie. Angenommen, jemand überraschte sie?

«Was ist mit dem Burschen, der die Äpfel sprüht? Was ist, wenn er hier auftaucht?»

«Honey, Bob ist drüben am anderen Ende der Plantage. Nicht mal du kannst solchen Lärm machen.» Er hatte inzwischen ihr Hemd ganz aufgeknöpft. «Und jetzt entspann dich. Ich bin zwar auch 'n bißchen eingerostet, was das hier betrifft, aber ich werd's schon hinkriegen.»

Später richteten sie sich auf und lehnten sich erschöpft auf der Sitzbank zurück. Draußen sangen die Vögel im Obstgarten, und ab und zu klirrte Zaumzeug, wenn eines der Pferde Fliegen abschüttelte.

«Sind wir einander in jenem Sommer begegnet, als ich hier war?» fragte sie. «Ich kann mich nicht an dich erinnern.»

«Ich aber an dich. Du hattest Zöpfe und warst ungestüm wie ein Rehkitz. Ich wollte dich ständig küssen.»

«Hör doch auf. Ich war gerade neun Jahre alt.»

«Und ich war acht. Lag wohl in meiner Natur, daß ich nichts anderes im Sinn hatte.»

«Ist ja auch heute noch so», sagte Nan.

Er reckte sich träge und legte einen Arm auf die Lehne hinter ihrem Kopf. «Wohl wahr. Ich hab lange drauf gewartet.»

«Bin ich froh, daß ich so einen großen Eindruck gemacht habe. Und ich möchte mich entschuldigen, daß ich dich vergessen habe. Ich weiß so gut wie gar nichts mehr von jenem Sommer. Seit ich hier bin, ist mir manches wieder eingefallen, aber nur in Bruchstücken.» Sie hielt inne. Dann: «Sky ... erinnerst du dich an Tucker?»

Er verlagerte sein Gewicht auf dem gewölbten Sitz. «'türlich erinnere ich mich an ihn.»

«Wer war er eigentlich? Gehörte er zur Familie? Ich weiß, meine Fragen klingen albern. Ich weiß, daß wir beide die besten Freunde waren. Aber meine Erinnerung ist so verdammt vage –»

Sky räusperte sich. «Sein Daddy war Annabels Lohnarbeiter. Er brachte Tuck mit, wenn er zur Arbeit kam. Sie wohnten oben am Sleepy Gal Mountain, nur die zwei – Tucks Mom war tot. Überrascht mich aber nicht, daß du meinst, er hat zur Familie gehört. Annabel hielte große Stücke auf Tuck. Muß sie entzückt haben, daß ihr beide so prima miteinander auskamt.»

Nan versuchte krampfhaft, sich zu entsinnen. Doch auf die Erinnerungen, das wußte sie inzwischen, hatte sie keinen Einfluß: Sie stellten sich ein, ganz wie sie wollten. Sie hörte sich sagen: «Weißt du genau, wie er gestorben ist? Es ist reichlich seltsam, dich fragen zu müssen. Ich glaube nämlich, daß ich dabei war. Aber ich kann mich absolut nicht mehr erinnern.»

«Na ja, um die Wahrheit zu sagen, ich erinnere mich auch nicht mehr so gut an die Geschichte. Aber ich glaube, ihr beide habt auf dem Eis des Steinbruchsees hinter Annabels Haus gespielt. Das Eis ist gebrochen, Tucker fiel rein und ist ertrunken.»

«Eis?» Das Wort wollte so gar nicht passen. «Wie kann da Eis gewesen sein? Es war Sommer.»

Er legte den Kopf zur Seite. «Bist du sicher?»

«Nun, ich weiß, daß ich im Winter nie hier war.»

Sky zuckte mit den Achseln. «Dann seh ich's vielleicht falsch – vielleicht wart ihr ja auch schwimmen, und dabei ist er ertrunken. Hauptsächlich weiß ich noch, wie sehr es Annabel mitgenommen hat. Scheint so, als hätte sie seitdem immer Tränen in den Augen gehabt. Caleb, Tuckers Dad – der ist weggezogen. Verband zu viele Erinnerungen mit dem Ort, denk ich.»

Nan schwieg. Dann sagte sie leise: «Ich wünschte, ich könnte mich erinnern.»

«Warum? Um so besser, wenn du's nicht tust. Muß doch ziemlich schrecklich gewesen sein.»

«Ich weiß, aber Tucker und ich standen uns so nahe. Da wäre es doch wohl das mindeste, daß ich –» Sie brach ab, wußte eigentlich auch nicht, was sie meinte. Sky betrachtete sie von der Seite, und sein Blick sagte, daß ihr Gespräch für seinen Geschmack zu morbide wurde.

«Ich würde mich auf die schönen Seiten besinnen, wenn ich du wäre. Zum Beispiel – hat er dich je geküßt?»

«Also, *daran* kann ich mich nun wirklich nicht erinnern. Aber ich bin sicher, er hat es nicht getan. Wir waren doch noch kleine Kinder. Und er war nicht so frühreif wie du.»

Er bedachte sie mit einem übertrieben lüsternen Grinsen. «Da mach dir nur nichts vor, Hon. Alle kleinen Jungs sind in dieser Hinsicht frühreif.» Er tat so, als würde er sich eines Besseren besinnen: «Aber, weißt du, wie ich mich an den alten Tucker erinnere, war er ein waschechter Bergbursche. Sexy war für ihn wohl eher die Sau in Daddys Schweinestall.»

Sie stieß ihn rückwärts gegen die Tür. Lachend hielt er sich an der Lehne fest. Sein anderer Ellbogen traf auf die Hupe, und die trötete klagend los, durchbrach die friedliche Stille des Obstgartens und ließ sie beide zusammenfahren.

«Du bist abscheulich», sagte Nan. Unwillkürlich mußte sie lachen, aber der geschmacklose Scherz hatte sie doch schockiert. Sky merkte das, und seine Miene änderte sich. Er griff nach ihr, umfaßte ihr Handgelenk mit Daumen und Zeigefinger, machte aber keine Anstalten, sie näher an sich zu ziehen.

«Ihr beide wart gute Freunde, hm?»

Sanfte Worte beschworen eine Erinnerung: der Heuboden in Annabels Scheune, Sonnenlicht, das durchs Dach hereinsickerte, Glitzern auf Metall und ein Kitzeln wie von einem Niesen, das hinter den Augenhöhlen wartete …

Freunde.

Für immer.

10. KAPITEL

Der holprige Sandweg, der sich in Serpentinen den bewaldeten Berghang hinaufschlängelte, war kaum breit genug für Skys Pickup, und er fuhr viel zu schnell, eine Hand am Lenkrad und die andere locker auf dem Schaltknüppel. In den Kurven machte Nan sich auf alles gefaßt und griff mit einer schützenden Hand nach der Kamera auf ihrem Schoß. Sie bedauerte Kate, die Hündin, die sich auf der Ladefläche zusammenkauerte. Aus dem Radio tönte lautstark Hank Williams, und das Sonnenlicht blitzte auf beiden Seiten durchs Geäst der Bäume, an denen sie entlangrasten. Am Abend zuvor hatte es geregnet, und die Blätter glänzten wie bunte Glassplitter. Immer wieder einmal tat sich eine Lücke im dichten Laub auf, und sie konnte einen Moment lang hinunter ins Tal sehen, auf das feine Flickwerk aus saftigen Grün- und Gelbtönen, auf die vereinzelten Häuser, die sich in die Mulden schmiegten. Sie hatte schon völlig vergessen, wie viele Grüntöne es auf der Welt gab – bis zu diesem Sommer. Sie verrenkte sich den Hals, um Annabels Haus zu finden, und sah statt dessen zwischen den Bäumen hindurch in der Ferne Wasser glitzern.

«Was ist das für Wasser da unten?»

Sky, der zwischen den Zähnen zu Hank Williams' Gejodel mitpfiff, sah an ihr vorbei in dieselbe Richtung. «Das ist der Steinbruch. Wo dein Kumpel Tuck …»

«Oh.» Sie sah nochmals hin, aber das Glitzern war fort. «Wieso ist in einem Steinbruch so viel Wasser, daß jemand darin ertrinken kann?»

Sein Blick huschte kurz zu ihr. «Arbeiter sind auf einen unterirdischen Fluß gestoßen, irgendwann zu Beginn des Jahrhunderts. Gab einen Einsturz, und der Steinbruch ist vollgelaufen.»

Sie fuhren über eine Bodenwelle, und Nan schnellte vom Sitz hoch. Sie spürte, wie sie mit der Schädeldecke an das Dach der Fahrerkabine stieß, und reflexartig umklammerte sie die Kamera, um sie vor Schaden zu bewahren. Sie sah Sky ihre Beinahe-Gehirnerschütterung belächeln. Weil er wußte, daß sie gern Bergbewohner fotografieren wollte, hatte er angeboten, sie mitzunehmen, wenn er zwei alte Frauen besuchte, Freundinnen, «seit anno dazumal», wie er sagte.

Bei dem Square Dance hatten die vom Leben gezeichneten Gesichter ihrer Verwandten sie ungeheuer fasziniert, und seither hatte sie Porträtaufnahmen von Whit und Lucy Talbot gemacht, mit denen sie höchst zufrieden war. Aber sie reizte der Gedanke, auch die Menschen zu fotografieren, die auf der Bergkette und im jenseitigen Tal wohnten. Sie hatte einige von ihnen kurz zu Gesicht bekommen, wenn sie in Breezy ihre Laster mit Vorräten beluden, und – mit Ausnahme von Jerry Ray Watkins – hatten sie sie stark beeindruckt. Sie wirkten so ungebändigt und unabhängig, und es war anscheinend nicht nur die Topographie, die sie von den «Leuten aus dem Tiefland» trennte. Als Sky erwähnte, er wolle zum Sleepy Gal hinauffahren, um nach Pen und Flutie Larkin zu schauen, hatte sie freudig die Gelegenheit wahrgenommen, ihn zu begleiten.

Hank Williams stimmte gerade «Your Cheatin' Heart»

an, als der Pickup nach links von der Sandpiste abbog und zwischen den Bäumen eine steile grasbewachsene Spur einschlug. Sky fuhr jetzt langsamer, aber spürbar besserte sich nichts – es wurde eher noch schlimmer. Querrinnen und Furchen ließen den Laster stampfen und schlingern wie ein Schiff im Sturm, und sie hörte, daß der bewachsene Mittelstreifen zwischen den Rädern am Unterboden schrammte. Niedrighängende Zweige peitschten über die Windschutzscheibe, und oben zwischen den wie Edelsteine funkelnden Blättern blitzte das Sonnenlicht einen bei der Geschwindigkeit nicht zu entziffernden Code. Um sie herum sangen unsichtbare Vögel, stimmten ein in das Klagelied der Fiedel aus dem Radio.

Sie fuhren über einen Höcker, ein Gefälle hinab – und da war sie ... eine kleine Blockhütte, tatsächlich aus Baumstämmen errichtet, stand auf einer Lichtung. Ihr schräges Schindeldach ragte über eine Veranda, deren Dielen sich gesenkt hatten. Neben einem Schlackestein, der als Treppe diente, lag ein abgewetzter, zum Blumenbeet umfunktionierter Lasterreifen, in dessen Mitte rosa und gelbes Löwenmaul sproß. Sky brachte den Pickup neben der Hütte holpernd zum Stehen; Kate sprang von der Ladefläche und rannte im Kreis.

Nan stieg aus und sah sich auf der sonnenüberfluteten Lichtung um. In allen Bäumen zwitscherten Vögel, und ihre Töne perlten auf der Stille des dunklen Gehölzes wie irisierende Tautropfen. Hinter der Hütte ragte der Berg auf wie ein schützendes Bollwerk, grün und regungslos unter der Mittagssonne. Gefleckte orange Schmetterlinge flatterten zwischen Pflanzenreihen in einem gepflegten Gemüsegarten, wo ein Stanniolteller an einem langen Band von einem Pfahl hing.

«Sky?» Sie zeigte darauf. «Wozu ist denn das?»

«Arme-Leute-Vogelscheuche.»

Wie zur Erläuterung seiner Worte erfaßte eine Brise den Teller, ließ ihn scheppern und in der Sonne aufblitzen. Ein leicht angeschlagener schwarzer Hund kam um eine Ecke der Hütte getrottet und bellte einmal heiser, bevor er sich Kate schwanzwedelnd näherte.

«Wie kommen die beiden hier weg?» fragte Nan. «Haben sie ein Auto?»

Sky verzog das Gesicht. «Können doch beide nicht fahren. Sie hatten mal so 'n alten Maulesel – Frank, wie sie ihn nannten. Pen ist immer auf ihm runtergeritten zum ‹E-Z-Way› an der Route 9. Aber letzten April ist er ihnen einfach weggestorben. Seither sehen ein paar von uns abwechselnd nach den beiden, aber mir wird ganz schlecht, wenn ich mir vorstelle, daß sie mal wirklich in Schwierigkeiten kommen. Ich hab ja versucht, sie zu überreden, daß sie sich CB-Funk anschaffen, aber sie wollen einfach nicht. Macht mir echt Kummer.»

Nan hörte, daß sich die Hüttentür öffnete. Eine untersetzte alte Frau in einem verwaschenen Kattunkleid trat auf die Veranda und blinzelte ihnen entgegen ins Sonnenlicht.

«He da, Pen.» Sky hob einen Karton mit Lebensmitteln aus seinem Pickup. «Hab euch welche von diesen Tangelo-Dingern mitgebracht, die Flutie so gerne mag. Und ein Pfund von Ikes gepfeffertem Speck.»

Ihr Blinzeln wurde zu einem finsteren Blick. «Selber he da, Sky Barnett. Was wi'st du uns arme alte Frauen schon wieder belästigen? Hast nix Wichtigeres zu tun?»

«Was gibt's Wichtigeres, als euch zu belästigen?» Grinsend kam er um den Pickup herum, berührte Nans Arm und schob sie vorwärts. «Pen, das hier ist Annabel Stephens

Enkelin Nan. Ist ganz aus New York gekommen, um mit ihrem kleinen Jungen unten in Annabels Haus zu wohnen.»

«New York City. Ich muß schon sagen.» Pen Larkins knochige Hand ergriff ihre, und Nan blickte in Augen, die so blaß waren, daß man das Blau nur noch ahnen konnte. Die Jahre hatten Pen knorrig und rissig werden lassen wie einen alten Apfelbaum. Ihre Nase und ihr Kinn hätten sich am liebsten über dem eingefallenen Mund getroffen, und ihre Arme ragten aus dem schlabbrigen Kleid hervor wie die einer Vogelscheuche. Ihre Miene war zum Fürchten bissig, aber ihr warmer Händedruck schien sie Lügen zu strafen. Sie schüttelte Nans Hand ruckhaft und rhythmisch wie eine Rumbarassel. Eine jüngere Frau erschien im Schatten des Türrahmens hinter Pen und schaute ihnen schweigend entgegen. Sky griff in den Karton und nahm eine Tangelo heraus.

«Sieh mal, Flutie. Hab dir ein Geschenk mitgebracht.»

Sie streckte die Hand aus, und er legte die glänzende Frucht hinein. Dabei kam die Frau näher ins Licht, und Nan sah, daß sie auch nicht viel jünger war als Pen. Nur hatte das Alter bei ihr nicht so harte Spuren hinterlassen, sondern sie wirkte auf den ersten Blick wie ein schlankes junges Mädchen. Silbrig durchwobenes braunes Haar fiel ihr über die Schultern. Tausend winzige Fältchen sammelten sich um ihren Mund und umgaben wie Strahlen die Winkel ihrer blassen Augen. Sie trug ein Sammelsurium von Kleidungsstücken – ein Baumwollkleid, ähnlich dem von Pen, darüber einen langen Flickenrock und eine mottenzerfressene rote Strickjacke.

«Flutie, das hier ist Annabels Enkelin», sagte Sky. Nan fiel ein, was er ihr erzählt hatte: Die beiden Schwestern, die letzten der ehemals weitverzweigten Larkins, wohnten gemeinsam in der alten Familienhütte, und Pen sorgte für die geistig zurückgebliebene Flutie. Unter den Bergbewohnern genoß Flutie den Ruf, so etwas wie das zweite Gesicht zu haben. Nan lächelte sie an.

«Hallo, Flutie», sagte sie. Ohne zu antworten, preßte die Frau die Tangelo fest an die Brust und schlüpfte in die Hütte zurück.

«Sie redet nich viel», sagte Pen, unwillig darüber, ihre Schwester in Schutz nehmen zu müssen. «Meint's aber nich böse. Sie ist eben so.»

Im Innern war die Hütte klein und düster, aber irgendwie auch anheimelnd. Die Wände waren mit Zeitschriftenseiten tapeziert, größtenteils ausgeschnittenen Anzeigen, deren Hochglanz-Flair so ganz und gar nicht zum Holzofen, dem wackligen Schaukelstuhl aus Korbgeflecht und dem durchgesessenen Sofa passen wollte. Durch eine Türöffnung sah Nan ein Doppelbett, auf dem ein alter, verschossener Quilt lag, der bei einem New Yorker Antiquitätenhändler ein Vermögen gebracht hätte. Ein altertümlicher Kühlschrank summte in einer Ecke. Um seinen Griff, wo das Email abgewetzt war, breitete sich ein stumpfer Metallfleck mit fransigem Rand aus. Pen bemerkte, daß sie dort hinschaute.

«Den Kühlschrank hat uns Jack Carson vor gut sechzehn Jahren geschenkt. Ham unsere Kleider drin aufbewahrt, bis die Überlandleitung hier hochkam und wir elektrischen Strom kriegten. Flutie liebt dies orangene Eis am Stiel, was sie unten bei Ike haben, und da drin schmilzt es nich. Aber das Ding macht auch 'n Mordslärm, stimmt's, Flutie?»

Flutie nickte. Wie sie auf der Sofakante thronte, mit ihren langen verblichenen Haarsträhnen, glich sie den Frauen auf alten Fotos von Julia Margaret Cameron aus dem neunzehnten Jahrhundert – Sylphiden und Musen und weißgekleideten Damen, die Wasserleichen ähnelten. Nan war versucht, ein solches Bild nachzustellen und vielleicht ein orangefarbenes Eis am Stiel als auflockerndes Requisit zu verwenden. Sie lächelte Flutie an und versuchte das in der Hütte vorhandene Licht einzuschätzen, da sie, wenn möglich, auf ihren Blitz verzichten wollte. Drei kleine Fenster, je eins auf beiden Seiten der Eingangstür und eins hinter dem Sofa, waren die recht bescheidenen Lichtquellen.

Unter den Dielen klang es hohl, als Sky in seinen Stiefeln durch die Hütte stapfte. Er spähte hinter den Ofen und sprach mit Pen.

«Das Rohr hält jetzt? Du hast keinen Ärger mehr damit gehabt, oder?»

«Nein. Ham fast gar keinen Qualm nich mehr hier drinnen, seit du das olle Rohr heilgemacht hast.» Pens Übellaunigkeit entpuppte sich immer mehr als Fassade. Sie wandte sich an Nan. «Bevor er's heilgemacht hat, war's so schlimm, daß der Rauch in unsre Kleider zog und alles. Flutie hat mal zu mir gesagt: ‹Du riechst wie Räucherspeck.›» Sie lachte – ein kurzer, schriller Schnaufer, der Nan an das Geräusch erinnerte, das Quietschpuppen für Babys machen.

Sky gab dem Ofenrohr noch einen letzten Klaps und richtete sich auf. «Pen, Nan ist in New York Fotografin. Hat ihre Sachen in Magazinen veröffentlicht und so. Sie möchte von dir und Flutie Bilder machen.»

«Du machst dich lustig über mich, Sky Barnett.» Pen kreuzte die Arme und setzte wieder ihre finstere Miene auf. «Warum, in Herrgotts Namen, will man wohl ein Bild von zwei alten Frauen in einem Magazin sehen?»

«Es wäre nicht für ein Magazin», sagte Nan. «Vielleicht für ein Buch mit Fotos von den Menschen hier aus der Gegend, etwas dergleichen …»

Sie war selbst verblüfft von diesen Worten. Ein Buch mit ihren Fotos, Porträts und Landschaften von diesem Ort, wo sie sich wie neugeboren fühlte? All ihre Kollegen aus der Modebranche würden mit Hohn und Spott reagieren. Nan Lucas, bekannt für die kalten und harten Kontraste ihrer Farbstrecken, den verächtlich-arroganten Gesichtsausdruck ihrer Models, die abwegige, fast schon satirische Erotik der Posen und Arrangements. Doch die Eindrücke von hier, die Eindrücke der vergangenen Wochen, hatten eine Veränderung in ihr ausgelöst. Gemessen an dem guten Dutzend Testabzüge, die sie in ihrer eben fertiggestellten Dunkelkammer gemacht hatte, erschienen ihre Modefotos aufdringlich und banal – Ergebnis einer cleveren Masche, darauf angelegt, Neid und Begierde zu wecken. Im Gegensatz dazu empfand sie eine tiefe Befriedigung, wenn sie die streng komponierten Schwarzweißporträts der Talbots betrachtete: nur die ungeschönten Menschen selbst, nicht mehr jung, keine angedeutete Entschuldigung, kein subtiles Versprechen. Auch mit den frühmorgendlichen Aufnahmen des Obstgartens, der aus dem Nebel erwachte, war sie sehr zufrieden.

Sie spürte eine prickelnde Erregung. War sie etwa auf eine Möglichkeit gestoßen, hier zu bleiben und dieses angenehme Intermezzo zu einem neuen Leben zu machen? Sie hatte eine Reihe von Vignetten vor Augen: sie in Stiefeln und Dufflecoat, Stammkundin im «Feed & Seed»-Laden, ihr eigener Pickup vor der Tür geparkt. *Dasselbe wie immer, Nan? Ja, laden Sie's bitte hinten auf.* Berge, golden und kupferrot im Herbst, unter einer weißen Schneedecke im

Winter. Ein rotwangiger Stephen, der im Vorgarten einen Schneemann baute und am Berghang Schlitten fuhr. Frühling, die Obstgärten in prachtvoller rosa Apfelblüte.

«Ein Buch?» Pen schien beeindruckt, aber auch ungläubig.

Sky grinste. «Eure große Chance, Mädels. Ihr könnt berühmt werden. Euch 'nen Cadillac leisten.»

Diese Taktik erschien ihr falsch, und sie legte die Hand auf seinen Arm. «Würde es dir was ausmachen, mir die schwarze Bildermappe aus dem Wagen zu holen? Pen und Flutie möchten sich vielleicht mal anschauen, was ich hier schon so gemacht habe.»

«Ganz wie Sie wünschen, *Ma'am*.» Er wußte natürlich, daß sie ihn nur loswerden wollte, und dafür würde sie später bezahlen, soviel stand fest. Sie sah zu, wie er mit gebeugtem Kopf durch den niedrigen Türrahmen verschwand und von der Veranda sprang, Sonnenlicht auf seinen roten Locken. Dann spürte sie auf ihrem Handrücken eine Berührung wie von einem Schmetterlingsflügel. Sie wandte sich um und sah Flutie neben sich. Die Augen der alten Frau, blaßblau wie die ihrer Schwester, blinzelten nicht. Mit ihren langen graugesträhnten Haaren und ihren kunterbunten Kleidern sah sie aus wie ein altgewordenes Hippiemädchen.

«Bist groß und hübsch geworden, Honey.» Die Worte waren eher ein Flüstern, das Lächeln ein flüchtiger Reflex. Nan lächelte zurück.

«Erinnern Sie sich an mich, Flutie?»

«Sicher doch. Diese langen Zöpfe.»

«Habe ich Sie hier besucht?» Noch eine weitere Erfahrung, die sie der langen Liste vergessener Ereignisse würde hinzufügen müssen. Aber Flutie schüttelte den Kopf.

«Ich war eines Nachmittags unten bei Annabel, weil ich

ein paar Gewürzblätter zum Kochen brauchte. Traf dich und den jungen Tucker Wills. Habt am Fluß gespielt. Und dann habt ihr mir Tee gemacht – Flußwasser und Löwenzahn.» Ihr Lächeln wurde breiter. «Hast noch das Rezept?»

«Leider nicht.»

Ein stummer Lachanfall schüttelte Flutie. «Tee war ganz prima, Hon. Ganz prima.»

Nan spürte, wie ihr Lächeln erstarb. Fluties starrer, leerer Blick stand im Widerspruch zu ihren freundlichen Worten, und es schien, als bestünde zwischen ihren Augen und ihrem Mund keine Verbindung. Dieser Eindruck war bestürzend, um nicht zu sagen bizarr – aber Sky war mit ihrer Mappe zurückgekehrt, und mit einem Gefühl der Erleichterung wandte sie sich von Flutie ab. Sie nahm die Bildermappe auf den Schoß und öffnete den Reißverschluß.

Der Abzug vom Obstgarten lag obenauf. Er glich einer Radierung, und in der silbrigen Szenerie ragten die Stämme wie Fabeltiere aus dem Nebeldunst. Sie spürte Pen und Flutie neben sich, jeweils auf einer Seite des Schaukelstuhls. Sie sahen auf das Bild, und eine von ihnen atmete hörbar ein.

«Sieht aus wie ein Traum, nicht?» Pen hatte gesprochen. «Aber genau so sieht's wirklich aus. Manchmal morgens kann man rüber an die Straße gehn und das ganze Tal so sehn.»

So hatte sich Nan beim Vorzeigen ihrer Fotos nicht mehr gefühlt seit den Studententagen bei Gabe – verletzlich, in ängstlicher Erwartung, so intensiv auf Lob hoffend, daß sie jedes Wort spürte wie die Rauschwirkung einer starken Droge. In ihrer Modefotografie war sie distanziert, professionell, kalkulierte kühl die Faktoren, mit deren Hilfe sie den gewünschten Effekt erzielte, bediente sich eines Erfolgsrezepts, das sie zu manipulieren verstand. Sie entsann sich, wie Gabe die «Vogue» mit ihrer ersten Modestrecke durchs Zimmer geschleudert und «Erzähl ja niemandem, daß ich dein Lehrer war!» geschrien hatte. Erinnerte sich auch, daß sie mitleidige Geringschätzung für ihn und seinen Idealismus empfunden hatte. Denn es war schließlich «Vogue»; und damit war es der Erfolg. Jetzt blätterte sie die Abzüge einen nach dem anderen mit klammen Fingern auf, in der verzweifelten Hoffnung, daß sie den beiden alten Bergbewohnerinnen und ihrem Liebhaber vom Lande gefielen, und sie harrte voller Spannung auf ihre Reaktionen, als seien sie ein Gremium gnadenloser Kunstkritiker.

Die Bilder gefielen ihnen. Ab und zu ein Wort, ein Murmeln hinter ihr – sie drehte sich um und sah, daß Flutie lächelnd auf den letzten Abzug hinabschaute, das Porträt von Lucy Talbot mit ihrem geliebten Ziegenbock Black Billy.

«Nun, was meinen Sie? Würden Sie gestatten, daß ich Sie fotografiere? Vielleicht hier in der Hütte und auch draußen auf der Veranda?» Sie blickte von einer Schwester zur anderen. «Es wäre mir eine Ehre.»

«Mädel, bei aller Liebe, ich versteh nicht, was du mit zwei häßlichen alten Frauen wie uns willst. Aber wenn du so verrückt bist –» Pen, die Wortführerin, warf einen Blick auf ihre Schwester. «Du solltest deine alte Strickjacke besser ausziehen, Flu.»

«Nein, bitte – sie sieht wundervoll aus, so wie sie ist. Das gilt für Sie beide. Bitte verändern Sie nichts.»

Sie gaben perfekte Sujets ab, blickten ins Objektiv ohne die geringste Pose, ohne die Spur von Befangenheit. Aus sicherer Distanz hinter der Kamera fand Nan Fluties leeren Blick faszinierend. Es gefiel ihr immer besser. Die ersten Aufnahmen schoß sie draußen auf der Veranda – sie ging zurück, um die Totale ins Bild zu bekommen, und dann wieder näher heran, um eine ganze Serie von den Schwestern nebeneinander auf der Autositzbank zu machen, die als Verandamöbel diente. Dann drinnen: Flutie auf dem Schaukelstuhl und Pen hinter ihr stehend, ein Fleck helles Sonnenlicht zu ihren Füßen auf dem Boden. Die Belichtung war kompliziert, aber sie hoffte, das Ergebnis würde die Mühe lohnen.

Das Klicken des Auslösers, das Knirschen der Dielen unter ihren Füßen, wenn sie den Standort wechselte, um aus anderer Perspektive zu fotografieren. Sie fühlte sich entspannt und selbstsicher wie immer, wenn sie ihre Kamera in der Hand hielt – die Fotosession verlief ideal, bis sie unabsichtlich deren Ende herbeiführte. Ein buntes Stoffknäuel in einem Korb neben dem Sofa fiel ihr ins Auge, und sie sah darin das perfekte Requisit.

«Was ist das – ein Quilt? Wie wär's, wenn Flutie ihn auf dem Schoß hielte, während –»

Sie hatte das Zimmer durchquert und den Quilt berührt, bevor sie die schockierten Gesichter registrierte.

«Das ist Fluties Seh-Quilt.» Pen klang entsetzt.

Nan zog die Hände weg, ahnungslos, aber reumütig. *Seh-Quilt?* «Tut mir leid. Ich wollte ja nicht –»

«Sie wußte es nicht, Pen», sagte Flutie. Aber Pen wirkte zutiefst bestürzt, stapfte hinüber zum Korb und machte ein umständliches Ritual daraus, den Quilt wieder zu ordnen, obwohl Nan ihn doch kaum berührt hatte. «Sie wußte es nicht», sagte Flutie wieder, und Nan murmelte nochmals eine Entschuldigung. Pen nickte brüsk, das Gesicht abgewendet, nahm Erklärung und Entschuldigung schließlich an. Aber das stillschweigende Einverständnis der Augenblicke zuvor war zerstört. Nan machte sich zum Vorwurf, vergessen zu haben, wo sie sich befand, sich aufgeführt zu haben wie eine selbstgefällige Meisterfotografin. Dennoch hatte sie auch einige fast perfekte Bilder gemacht.

Als sie den Film zurückgespult und den Inhalt ihrer Mappe geordnet hatte, war die Atmosphäre schon wieder etwas lockerer, und man lud sie herzlich ein, bei anderer Gelegenheit den Besuch zu wiederholen.

«Ich werde Ihnen Probeabzüge von den Bildern mitbringen. Sie können sich dann das aussuchen, was Ihnen am besten gefällt, und ich mache Ihnen eine Vergrößerung.» Aus Höflichkeit hätte sie dies Angebot ohnehin gemacht, aber jetzt ging es ihr darum, bei Pen das rätselhafte Verbrechen wiedergutzumachen, das sie anscheinend begangen hatte, als sie den Quilt im Korb berührte. Sie hatte seither kaum gewagt, auch nur einen weiteren Blick auf ihn zu werfen, sondern nahm ihn nur noch am Rande ihres Gesichtsfeldes als faszinierend bunten Farbfleck wahr. Ein Seh-Quilt? Sie hatte ihn nur kurz angeschaut, aber es hatte für den Eindruck gereicht, daß die Flicken zu einer Landschaft gestaltet waren und anscheinend die nähere Umgebung darstellen sollten – sie meinte, die Silhouette des Sleepy Gal Mountain wiedererkannt zu haben.

«Gott bewahre, Hon», sagte Pen. «Wir ham nich mal einen Spiegel. Alt und häßlich, wie wir sind, ist's ein Segen, sich nich zu sehn.»

«Meine Kamera findet, daß Sie schön sind», sagte Nan.

Sie meinte, was sie sagte, aber die alten Frauen gackerten nur belustigt. Sky rief Kate, und sie stiegen in den Pickup. Es wurde gewinkt und sich verabschiedet, und dann holperten sie zwischen den Bäumen davon.

«Was, in Gottes Namen, ist ein Seh-Quilt?» fragte Nan, als die Hütte hinter ihnen verschwand.

«Teufel, woher soll ich das wissen? Etwas, das sie benutzt, um die Zukunft vorherzusehen, vermutlich. Die Leute hier in der Gegend schwören, daß Flutie das Zweite Gesicht hat. Sie kommen und wollen alles mögliche von ihr wissen. Ob ihr Baby 'n Junge oder 'n Mädchen wird, solche Sachen.»

«Na ja, ich hab jedenfalls Riesenmist gebaut, als ich ihn berührte. Die beiden haben sich aufgeführt, als würde er gleich explodieren.»

«Die Zukunft ist 'ne gefährliche Sache», sagte Sky. Er klang ernst, aber Nan sah es um seine Lippen zucken und musterte ihn desto aufmerksamer. Es gab Momente wie diesen, in denen sie sich fragte, ob sie den Mann vielleicht unterschätzte. Als sie ihn endlich gefragt hatte, warum er ihr vorenthalten hatte, daß Jerry Ray Watkins ein Knastbruder war, hatte er mit einer gewissen würdevollen Strenge geantwortet, er sei der Ansicht, man müsse dem armen Hund seine Vergangenheit nicht ständig aufbürden. «Teufel auch, jeder hat das Recht auf ein paar Fehler. Oder etwa nicht?»

Aber immer wenn er sich als rustikaler Einfaltspinsel gab, schwang kaum überhörbar ein Hauch von Spott mit, und sie wurde den Verdacht nicht los, daß er es um ihretwillen übertrieb. Seit sie miteinander ins Bett gegangen waren, hatten sich in seinen Umgangston ihr gegenüber Nuancen von Stichelei und Provokation eingeschlichen, die vorher nicht vorhanden waren. Mehr als alles andere kam ihr dabei das Verhältnis zwischen Jungen und Mädchen in der Junior High School in den Sinn, wo spöttisches Necken «Ich mag dich» bedeuten sollte. Es war nur natürlich, daß sich ihre Beziehung durch den Sex verändern mußte, aber sie war doch überrascht, daß er allem Anschein nach bemüht war, seine tieferen Gefühle mit einem so kindischen Ritual zu kaschieren. War er in sie verliebt? Sie wußte es nicht. Sie wußte, daß sie nicht in ihn verliebt war, aber sie genoß es, mit ihm zusammen zu sein und fand ihn attraktiv. Und das war für den Anfang eine ganze Menge.

Bergab fuhr er langsamer. Sie fand Gefallen an dem Country-Music-Sender (jetzt sang Patsy Cline) und an der unsanften Fahrt im Pickup – sie kam sich vor wie ein echtes Mädel vom Lande. Es sah aus, als würde es an diesem Nachmittag wieder regnen; dunkle Wolken ballten sich über dem Tal zusammen. Der Laster fuhr um eine Kurve, und abermals bemerkte sie das glitzernde Wasser – den Steinbruchsee, der zwischen den Bäumen in der Ferne kurz zu erkennen war.

«Sky, halt. Fahr doch mal für einen Augenblick rechts ran.»

Der Motor grollte, als Sky runterschaltete und am Straßenrand hielt. «Weswegen?»

«Ich möchte zum Steinbruch gehen und mich da umsehen.»

Er sah sie ungläubig an. «Warum denn das, zum Teufel?»

«Ich weiß nicht. Ich möchte es einfach.»

Er saß da und starrte sie an, als seien ihr plötzlich Hörner gewachsen. Der spontane Impuls, der sie den Wunsch hatte aussprechen lassen, war schon verflogen, doch an seine Stelle trat – wegen Skys Widerstand – eine fast schon perverse Halsstarrigkeit. Sie legte die Hand auf seinen Oberschenkel. «Komm schon. Es dauert doch nicht lange.»

Sein Bein verkrampfte sich unter ihrer Berührung. «Ist schwer hinzukommen», sagte er. «Ist 'n ganzes Stück von der Straße weg.»

«Dann laufen wir eben», sagte sie.

«Kann sein, daß da Giftsumach wächst.»

«Dann sind wir eben vorsichtig.»

«Schlangen.»

«*Sehr* vorsichtig.»

Er schüttelte den Kopf, und sie kniff in seinen Schenkel. «Wieso bist du so seltsam?»

«Ich? Du bist seltsam, daß du da hinwillst, nach dem, was passiert ist. Verflixt noch mal, wieso willst du dir den Ort noch mal ansehen?»

«Ich weiß nicht. Vermutlich, um festzustellen, ob ich mich erinnere.»

«Hör mal, Nan, wenn du dich nicht erinnerst, dann sieh darin einen Segen. Rühr nicht an etwas, das mit gutem Grund begraben ist.»

«Hör du mal», sagte sie. «Ich bin erwachsen, okay? Ich brauche hierbei nicht deinen Rat. Ich bitte dich nur darum, mir zu zeigen, wo es ist.»

Sie wußte, wie widerspenstig sie sich aufführte, aber das Bedürfnis, gegen seine Wünsche aufzubegehren, in jeder Hinsicht, war plötzlich übermächtig – wahrscheinlich verwurzelt in der Tatsache, daß er ihr trotzte, sich weigerte, sich Hals über Kopf in sie zu verlieben und ihr das auch zu zeigen. Hier in seiner Domäne fühlte sie sich benachteiligt. Manchmal argwöhnte sie, daß er sie wohlüberlegt verführt hatte, nur um zu sehen, ob es ihm gelang.

Sie starrten einander ziemlich lange an, und auf einmal grinste er: ein verkniffenes, ärgerliches Blecken der Zähne in seinem kupferroten Bart.

«Okay. Wie du willst.»

Er stellte abrupt den Motor ab. Das Geschnatter der Vögel im dichten Sommerwald um sie herum hörte sich plötzlich doppelt so laut an. Blätter hingen schwer von den

Zweigen, und der klebrigheiße Geruch der Vegetation machte die Luft beinahe greifbar. Sky öffnete die Tür und stieg aus. «Bleib da, Kate.»

Die Hündin jaulte kurz, legte sich platt auf die Ladefläche und versteckte die Schnauze zwischen den Pfoten.

Nan kletterte an ihrer Seite hinaus und landete in knietiefem Gestrüpp, das vom Regen der vergangenen Nacht noch feucht war. Eingedenk seiner Bemerkungen über Schlangen und Giftsumach ging sie vorsichtig um den Pickup herum zu Sky. Er ließ einen Moment den Blick über den Wald an der abfallenden Seite der Straße schweifen und marschierte dann auf die Bäume zu.

Sie folgte ihm. Trotz ihres bitteren Wortwechsels und der zunehmenden Schwüle war die Vorstellung, einen Spaziergang durch den Wald zu machen, irgendwie reizvoll. Seit ihrem Ausraster am ersten Tag am Bach hatte sie mit dem Gedanken an eine Art Gehorsamssprung gespielt, die Chance, sich selbst und vielleicht auch der Natur zu beweisen, daß sie sich in einer solchen Umgebung durchaus behaupten konnte.

Aber jetzt, mitten in diesem üppig wuchernden und triefenden Dschungel, konnte sie nichts erkennen, was einem Pfad auch nur ähnelte. Es war, als habe man sie und Sky unverhofft aus Nordamerika in das Vietnam versetzt, das sie aus Kriegsfilmen kannte. Oder vielleicht in Tarzans Afrika? Wie Klettertaue hingen Ranken von einigen der Bäume herunter, schienen dazu einzuladen, sich an ihnen hin und her zu schwingen.

«Sky? Was für Ranken sind das?»

Er drehte sich nicht um. Seine Antwort driftete zu ihr. «Giftsumach.»

Nan beäugte die Ranken – leicht so dick wie ihr Handgelenk – mit mehr Respekt. Über ihrem Kopf schirmten Blätterbaldachine das Sonnenlicht ab und schufen ein feuchtes grünes Zwielicht. Die Luft war gesättigt von winzigen Insekten. Sie bildeten eine Wolke über ihrem Kopf, und wenn sie sie verscheuchte, hatten sie sich Sekunden später wieder versammelt. Sie trug Shorts, und es fühlte sich höchst unangenehm an, wenn das feuchte Gestrüpp ihre bloßen Beine streifte –

Mehr als unangenehm. «Scheiße!» sagte sie plötzlich, spürte einen schneidenden Schmerz und sah hinunter auf Blutstropfen, die an ihrem Schienbein hervorquollen, wo eine Dornenranke die Haut aufgerissen hatte. Bei näherer Betrachtung zeigte sich, daß die Dornen gut zwei Zentimeter lang waren. Sky, ein paar Meter vor ihr, sah sich kurz um, blieb aber nicht stehen, sondern bahnte sich wie ein gereizter Pendler im Menschengewühl den Weg zwischen niedrighängenden Zweigen, die dann ihre nasse Last über Nan ausschütteten. Die Schramme an ihrem Bein brannte wie Feuer. Ihr war heiß, und sie fühlte sich gräßlich (und außerdem war sie weiterhin beunruhigt wegen der Schlangen; er schien sie absichtlich aufzuscheuchen, damit sie auf eine trat), aber sie weigerte sich, aufzugeben und darum zu bitten, daß sie umkehrten. Die Genugtuung gönnte sie ihm nicht.

Sie bemerkte nicht, wann genau der Gesang der Vögel aufhörte. Die Stille des Waldes um sie herum wurde ihr erst nach und nach bewußt. Zuerst hörte sie die eigenen Atemzüge, dann das nervöse Sirren des Schwarms hartnäckiger kleiner Mistviecher, die sie anscheinend zu ihrem Tagesgericht erkoren hatten. Wenigstens schien Sky genau zu wissen, wohin er ging. Er brach durchs Gehölz wie ein Bär, und es mußte wohl dies Getöse gewesen sein, das die Vögel verschreckt hatte. Die Stille war nervtötend, und allmählich fragte sie sich, wohin er sie führte – oder ob er vielleicht die blöde Absicht hegte, sie im Wald allein zu lassen, um ihr eine Lektion zu erteilen. Das würde nicht schwierig sein. Die Ungewißheit schlug ihr auf den Magen: Die Erinnerung an ihre kürzliche unangenehme Eskapade am Bach war plötzlich sehr lebendig. Umgeben von undurchdringlichem grünem Wildwuchs konnte sie kaum unten von oben unterscheiden, geschweige denn die gewünschte Richtung bestimmen. Vor ihr war Sky stehengeblieben und trieb sie mit einer Handbewegung an.

Seine Miene war undurchdringlich. Kein Lächeln. Sie sagte sich, daß er ihr etwas vorspielte, sie in Angst und Schrecken zu versetzen suchte, um sie dann auslachen zu können. Und das wäre ihm auch beinahe gelungen: Ihr wurde schmerzlich bewußt, daß sie sich meilenweit von jeder Zivilisation entfernt in tiefster Wildnis befand, allein mit einem Mann, den sie nicht besonders gut kannte, außer in sexueller Hinsicht. Als sie neben ihm war, packte er sie am Ellbogen, und sie konnte einen Schmerzensschrei gerade noch unterdrücken. Er hielt sie am Arm fest und zerrte sie grob voran.

«Gib acht. Es geht ganz steil runter.»

Seine Stimme war heiser, als habe er schon stundenlang nicht mehr gesprochen. Aus dieser Nähe konnte ihr nicht entgehen, wie angespannt er war – die tiefen Furchen um seinen Mund, der gehetzte Blick. Das lockige Haar an seinen Schläfen war dunkel von Schweiß, und sie stellte fest, daß sie ebenfalls heftig schwitzte. Die Luftfeuchtigkeit war extrem. Sie schlug wieder nach den Insekten. Sah nach vorn. Hielt den Atem an.

Sie standen kurz vor dem Rand einer Felsenklippe, die

senkrecht abfiel – in der Tiefe füllte Wasser eine annähernd ovale Grube, die von undurchdringlichem Wald umgeben war.

Der Steinbruch.

Die Sonne war hinter Wolken verschwunden, und die Baumbarrieren rundherum wirkten melancholisch und geheimnisvoll. Auf beiden Seiten ihres Aussichtspunkts suchten sich die zerklüfteten Felswände ihren Weg in den Abgrund, lohfarben und aschgrau hinter der sommerlichen Tarnung aus verschlungenen Ranken; unten, auf der gegenüberliegenden niedrigen Seite, schien der Rand der Grube kaum mehr als zwei Meter über dem Wasserspiegel zu liegen.

Sie tastete sich vorwärts, um über den Klippenrand zu spähen, und wich hastig zurück. Sie standen am höchsten Punkt; das Wasser war weit entfernt. Blaßgrüne Algen bildeten hier und da Flecke auf der stillen Oberfläche.

Nichts war vertraut. Sie hatte erwartet – und befürchtet, ohne zu wissen, welch perverser Impuls sie trieb, es heraufzubeschwören –, daß es zu einem plötzlichen Erinnerungsblitz kommen würde, ähnlich denen, die sie schon erlebt hatte. Aber nichts deutete darauf, daß sie jemals hiergewesen war. Über dem verlassenen Ort lastete eine bedrohliche Stimmung, aber das war nur abstrakt, für sie ohne persönlichen Bezug. Sie schüttelte den Kopf.

«Ich kann mich einfach nicht erinnern. Ich meine, ich weiß, daß es geschah. Aber es ist wie eine Geschichte, die man mir erzählt hat. Und dieser Ort hier löst nichts bei mir aus.»

Sky zeigte hinüber auf die niedrige Seite, und sie sah eine Spalte, wo der Fels ausgewaschen war und eine steile Rinne hinunter ins Wasser bildete.

«Drüben sind die Kinder schwimmen gegangen.»

«Sind viele zum Schwimmen hergekommen?»

«Durften eigentlich nicht, haben's aber trotzdem getan.» Er hielt inne, wollte das Thema wechseln. «Weißt du, die Stephens-Familie hat im neunzehnten Jahrhundert einen Haufen Geld aus diesem Steinbruch rausgeholt. Er liegt mitten auf deinem Besitz. Der Hügel jenseits des Baches – nun, wenn du durch die Kiefernwälder auf seiner anderen Seite läufst, die nördliche Gabelung überquerst und ein Stück an ihm entlanggehst, dann kommst du genau drüben an der niedrigen Seite raus. Als der Steinbruch noch in Betrieb war, fuhr die Eisenbahn bis da rein. Die Steine wurden auf offene Güterwagen verladen.» Er hielt sie immer noch am Ellbogen fest, und sein Blick wanderte nervös übers Wasser. «Okay. Hast du genug gesehen?»

Sie befreite ihren Arm und wich etwas zurück. Sie spürte, wie geladen sie war. Diese Spannung rührte wohl daher, daß ihre Erwartungen beim Anblick des Steinbruchs nicht erfüllt worden waren, und hatte wahrscheinlich auch mit dem atmosphärischen Hochdruck zu tun, mit der Hitze und der Luftfeuchtigkeit. Aber die Spannung war auch sexuell. Wieder einmal veranlaßte das Gefühl, in Sky einen Fremden vor sich zu haben, ihre Libido zu absonderlichen Kapriolen.

«Es ist sehr abgeschieden hier. Ist dir das auch aufgefallen?» Mit diesen Worten zog sie sich das Hemd über den Kopf und schwenkte es triumphierend. Beim Anblick seines verdutzten Gesichts mußte sie lächeln.

«Du bist völlig verrückt», sagte er. Mit einem einzigen Schritt war er bei ihr und packte sie an den Schultern. «Zieh dein gottverdammtes Hemd wieder an. Laß uns hier verschwinden.»

Sie griff in seinen Bart und zupfte daran. «Wieso bist du denn so nervös? Mich sieht doch niemand. Außer dir.» Sie ließ ihre Hand an seinem Oberkörper hinuntergleiten und auf der Gürtelschnalle ruhen.

«Du verrücktes Biest.»

Sein Blick war wild, und er schien Schwierigkeiten beim Atmen zu haben. Er verrenkte den Kopf und sah hektisch erst über die eine, dann über die andere Schulter, als meinte er, jemand könne sie beobachten. Dann schob er sie gegen einen Baumstamm und riß ihr die Hosen herunter.

Die rissige Rinde zerkratzte die zarte Haut ihres Hinterns. Sie schloß die Augen, klammerte sich an seinem Hemd fest, hörte den eigenen hechelnden Atem und die Obszönitäten, die er zwischen seinen Atemzügen stammelte. Er preßte sich gegen sie, doch als sie hinuntergriff, um ihm zu helfen, war er nicht steif. Sie öffnete die Augen und sah in seine, nur Zentimeter entfernt, glasig und blutunterlaufen.

«Es ist dieser Ort», sagte er. «Dieser gottverdammte Ort.»

Sie starrte ihn an, spürte, wie ihr die Lust verging. Sie konnte seine Furcht riechen. Deren Gestank, seine Impotenz und der leere Ausdruck in seinen Augen vertrieben gemeinsam die abwegige Stimmung, die sie anscheinend in dem Moment ergriffen hatte, als sie von der Straße aus den Steinbruch entdeckte. Mit deren Abklingen überkam sie eine unerwartete Angst vor der Umgebung: dem lautlosen Wald, dem tiefen, stillen Wasserloch am Fuß des Kliffs. Ob sie sich genau erinnerte oder nicht – ihr bester Freund war darin ertrunken. *Ertrunken.* Das Bild von Stephens weißem Gesicht unter Wasser … Mit plötzlich bebenden Händen zog sie ihre Hosen hoch. Sky brachte ebenfalls seine Kleidung in Ordnung und hob dann ihr Hemd vom Boden auf, wo sie es fallen gelassen hatte.

«Zieh dich an. Machen wir, daß wir hier schleunigst wegkommen.»

Inzwischen war sie dazu mehr als bereit. Aber gerade als sie das Hemd über den Kopf zog, wurde die schwere Luft von einem schwachen Klageschrei zerrissen. Nans Herz setzte aus. Sie zerrte das Hemd herunter und sah Sky verstört an.

«Was, zum Teufel, war denn das?»

Seine Augen verengten sich. «Was war was?»

«Hast du es nicht gehört?»

Er schluckte. «Ich hab nichts gehört.»

Nan ging zögernd einen Schritt auf den Rand der Klippe zu. «Ich dachte, ich hörte ...»

Derselbe Schrei, den sie zuvor auch schon gehört hatte. Wahrscheinlich nichts als der Ruf eines Raubvogels – so selbstverständlich, daß Sky ihn nicht einmal bewußt wahrgenommen, sondern einfach ausgeblendet hatte so wie sie das Fiepen der Auto-Alarmanlagen in New York. Ihre Stimme verhallte, als sie auf die algenüberwucherte Wasseroberfläche in der Tiefe blickte. Zwischen den blassen Flecken konnte sie die wabernde Spiegelung der Bäume erkennen, die den Steinbruchsee umsäumten. Irgend etwas stimmte nicht mit dem Bild, das sie abgaben. Sie trat vorsichtig noch einen Schritt näher, sah angestrengt hin.

«Sky?»

«Was?»

«Würdest du bitte mal herkommen und dir die Spiegelung im Wasser anschauen? Findest du nicht, daß sie ... komisch aussieht?»

«Komisch?» Kleine Zweige knackten unter seinen Füßen, als er neben sie trat.

Die gespiegelten Bäume schwebten kopfüber auf der

Wasseroberfläche, ihre spinnenbeinigen Äste wie in Kupfer gestochen vor einem versunkenen Himmel. Nan starrte darauf und betrachtete anschließend die blätterüberladenen Äste der realen Bäume, verglich beides miteinander. Es schien nicht übereinzustimmen. Aber das war unmöglich. Konfrontiert mit dieser Anomalie, arbeitete ihr Verstand verzweifelt auf Hochtouren wie ein Fahrzeug, das gegen eine Mauer geprallt ist und dessen Räder sich drehen, ohne daß es zu irgendeinem Ziel gelangt.

«Siehst du das?» fragte sie. «Als würden sie nicht zueinander passen.» Sie hätte zu diesem Zeitpunkt auch lieber eine clevere Bemerkung parat gehabt, allein schon um die eigene Anspannung abzubauen, aber dazu fehlte ihr die Eingebung. Statt dessen spürte sie ihren Magen wie ein Schlangennest, in dem gestochert wurde. Als Skys Finger sich um ihren Arm schlossen, schreckte sie zusammen.

«Scheiße», flüsterte er. «Die im Wasser – die sind *tot.*»

Bei dem Wort fühlte Nan einen unwillkürlichen Schauder. Ihre Blicke trafen sich. Einmütig kehrten sie dem Steinbruch den Rücken und stürmten in den Wald, zurück zum Laster. Sky eilte voraus, aber er war Nan doch nicht schnell genug. Ihr Herz schlug ungestüm, und sie war schweißüberströmt, getrieben von einem aberwitzigen Drang, Hals über Kopf durch den Wald zu fliehen. Nur daß sie absolut nicht wußte, wo sich sein Pickup befand, hinderte sie daran, Sky zur Seite zu stoßen und sich allein voranzustürzen. Sie wollte sich nicht noch einmal im Wald verirren – am allerwenigsten in *diesem* Wald.

Während sie sich den Weg zwischen den Bäumen bahnten und den Steinbruch weiter hinter sich ließen, merkte sie, daß sich der gesunde Menschenverstand allmählich immer eindringlicher meldete. Wovor liefen sie davon? Nichts jagte sie. Nichts lauerte hinter ihnen als eine lange zurückliegende Tragödie und eine eigentümliche, widersinnige Spiegelung auf dem Wasser, bei der es sich letztlich nur um eine optische Täuschung handeln konnte.

Diese Logik hatte eine besänftigende Wirkung. Der Impuls zur kopflosen Flucht verschwand; ihr Puls beruhigte sich, und sie verlangsamte das hektische Tempo. Zwar behielt sie Sky in Sichtweite, aber sie trat ihm nicht mehr auf die Hacken. Als sie sich weiter vom Steinbruch entfernten, kam ihr die grüne Wildnis weniger bedrohlich vor, und sie hörte auch hier und dort wieder Vogelzwitschern aus den Bäumen. Noch immer war die Stimmung bedrückend, als würde sich die unheilvolle Aura des Steinbruchs durch den Wald ausbreiten, aber natürlich bedeuteten die Wolken und die schwere Luft nur, daß ein neuerliches Unwetter aufzog.

Als der Pickup auftauchte, begrüßte Kate sie mit wüstem Gebell und aufgeregtem Schwanzwedeln. Sky schenkte ihr keine Beachtung. Nan schaute ihn fragend an. Er sah hohläugig aus. Ohne miteinander zu reden, stiegen sie in den Pickup.

Er ließ den Motor an und sprach, ohne sie anzusehen: «Ich hab dir ja gesagt, wir sollen von dem Ort wegbleiben.» Seine Stimme war klanglos. «Er ist verhext.»

11. KAPITEL

Die Fahrt vom Berg verlief ohne ein weiteres Wort. Im selben Moment, als Sky in den Kiesweg zu seinem Haus einbog, öffnete der Himmel seine Schleusen: Eine Regenflut prasselte auf das Dach des Führerhauses, lief in Strömen über die Windschutzscheibe. Nan war dankbar für das Geräusch. Nachdem er verkündet hatte, der Steinbruch sei verhext, war zu ihrem Leidwesen im Pickup auf jede weitere Unterhaltung verzichtet worden.

Sie dachte zurück an das, was sie gesehen hatte. Nein, die gespiegelten Bäume auf der Wasseroberfläche hatten den Originalen am Ufer nicht entsprochen – aber die blattlosen Widerspiegelungen deswegen gleich als *tot* zu bezeichnen war wohl unnötig gruselig. Die verzerrten, spinnenähnlichen Abbilder mußten durch etwas im Wasser hervorgerufen worden sein – vielleicht war es besonders alkalihaltig oder so. Zugegeben, an Ort und Stelle hatte die Anomalität sie erschüttert. Aber im Rückblick leuchtete ihr ein, daß es eine wissenschaftliche und bessere Erklärung geben mußte als Skys wilde Behauptung, der Ort sei verhext.

Sie hatte versucht, in diesem Sinn etwas zu formulieren, aber er hatte ihre Worte abgewürgt und war den Rest des Weges mit zusammengebissenen Zähnen und starr auf die Straßen gerichtetem Blick gefahren. Zweifellos war er zutiefst irritiert, und ihr fiel sonst nichts ein, womit sie ihn hätte aufheitern können. Der Anblick des Volvos, der vor seinem Haus parkte, war ihr sehr willkommen.

«Es wird Zeit, daß ich Stephen abhole. Ruf mich an, okay?» Sie beugte sich über den Sitz und küßte seine Wange. Er schien tatsächlich zurückzuzucken. Dann war sie auch schon aus dem Pickup gestiegen und rannte durch den Regen zu ihrem Wagen, die Kamera an der Brust geborgen, froh darüber, unbehelligt aus seiner Reichweite zu sein.

Stephens erster Besuch bei den Talbots ein paar Tage zuvor war so fantastisch eingeschlagen, daß Nan für diesen Nachmittag einen weiteren verabredet hatte, weil sie meinte, er würde daran mehr Spaß finden als an einer Bergtour in Skys Gesellschaft. Er hätte es natürlich vorgezogen, den Tag jenseits des Baches zu verbringen und sich vorzugaukeln, mit Woody zu spielen, aber Nan fand, es sei höchste Zeit, Woody auszublenden. Die Talbots, hoch in den Siebzigern, waren vielleicht nicht die idealen Freunde für einen Achtjährigen. Aber zumindest existierten sie nicht nur in Stephens Vorstellung.

Nan hatte Stephen also in den frühen Nachmittagsstunden auf der Farm abgesetzt, bevor sie zu Sky hinübergefahren war und ihren Wagen bei seinem Haus gelassen hatte, um in seinem Pickup auf den Berg zu fahren. Auch wenn das nach einem unnötig komplizierten Manöver aussehen mochte, zahlte sie diesen Preis gern, um zu vermeiden, daß Stephen mit der Nase auf ihre Beziehung zu Sky gestoßen wurde. Natürlich wußte er nur zu gut, mit wem sie den Tag verbringen würde, aber keiner von ihnen beiden sprach seinen Namen aus.

Und sie konnte nicht sagen, daß der Ausflug uneingeschränkt vergnüglich gewesen war, ganz und gar nicht. Als sie an der Talbot-Farm vorfuhr, sah sie hinter der windgepeitschten Regenwand Licht in den Küchenfenstern. Sie parkte so dicht am Haus, wie es ging, und sprintete zur hinteren Veranda. Als sie die Fliegengittertür öffnete, versuchte der Wind, sie ihr aus der Hand zu reißen, und knallte sie dann hinter ihr zu.

Lucy, die neben dem Herd auf dem Boden kniete, sah auf und lächelte. Klägliches Piepsen war aus einem Pappkarton vor ihr zu vernehmen. Nan ging dichter heran und sah ein Dutzend beinahe ertrunkener Küken.

«Stephen und Whit haben sie gerade reingebracht», sagte Lucy. «Der Regen hat uns aber auch überrascht.»

Die nassen Küken sahen aus wie durchweichte Papierknäuel; Lucy benutzte einen rosa Plastikfön, um sie zu trocknen. Als sie Nans Gesicht sah, gackerte sie los.

«Ich weiß, ich bin schrecklich. Irene würde mir den Kopf abreißen, wenn sie mich dabei erwischte, daß ich einen Haufen Küken mit ihrem Fön trockne. Sie ist den ganzen Tag in der Stadt und geht Marge im Laden zur Hand, weil Ike doch mit 'nem schlimmen Rücken flachliegt. Ich werd den Fön in ihr Zimmer zurückschmuggeln, und sie wird's nie mitkriegen.»

Nan saß mit gekreuzten Beinen auf dem Boden neben dem Karton, konnte sich langsam entspannen und erfreute sich an Lucys Gesellschaft, denn sie empfand das arglose Geplapper der alten Frau als perfekte Erholung von dem Waldausflug, der hinter ihr lag. In Lucys Gegenwart war es schwer zu glauben, daß sie sich, wenn auch noch so kurz, vor etwas so Harmlosem wie einer Spiegelung gegruselt hatte – egal wie gespenstisch sie im Moment auch gewirkt haben mochte. Und die altmodisch kitschige Küche voller Krempel war ebenso erholsam: die blauweißen Gingham-Vorhänge und das entsprechende Tischtuch, Salz- und Pfefferstreuer in Form von Entenküken mit Häubchen auf dem Kopf und ein besticktes Tuch aus dem Warenhaus mit der Aufschrift «Bless This Mess», das über dem Herd an der Wand hing.

Sie wandte ihr Augenmerk wieder dem Trocknungsprozeß zu. Dank Lucys beharrlicher Bestrebungen fingen die Küken langsam an, sich wieder aufzuplustern. «Hat Stephen sich auch gut benommen?»

«Guter Gott, aber ja. Ist 'n wunderbarer Junge, den du da hast. Im Moment ist er da draußen in der Scheune und hilft Whit, ein Loch im Dach zu flicken. Ich muß schon sagen, er war heute eine so große Hilfe, daß wir dir Bares für ihn geben sollten.»

«Er kommt sehr gern her», sagte Nan. «Du und Whit seid eigentlich die einzigen Menschen hier unten, mit denen er warm geworden ist. Ich wünschte, ich wüßte, wie ich ihn mit anderen Kindern zusammenbringen könnte.»

Lucy setzte das Küken, das sie in der Hand hielt, zurück in den Karton und sah zu Nan hinüber. «Er hat keinen Draht zu einem seiner Cousins gefunden?»

«Eigentlich nicht. Sky hat eines Tages mal Billy mitgebracht, aber das war eine ziemliche Katastrophe.»

Lucy lachte in sich hinein. «Dieser Billy hat es faustdick hinter den Ohren. Wie oft hab ich schon dem lieben Herrgott gedankt, daß ich ihm ein paar Generationen voraus bin. Armer kleiner Stephen – behüt ihn Gott! Womit vergnügt er sich denn so?»

Nan zögerte. Urplötzlich war das Bedürfnis überwältigend, ihren Kummer wegen Woody mit jemandem wie Lucy zu teilen, die soviel gesunden Menschenverstand ausstrahlte und vier eigene Kinder großgezogen hatte. Nan stellte fest, daß sie ihr Herz ausschüttete, ohne sich bewußt dazu entschieden zu haben.

«Nun, er hat ... diesen imaginären Freund wiederaufleben lassen, den er vor ein paar Jahren hatte. Anscheinend ist er völlig zufrieden damit, den ganzen Tag allein zu spielen und so zu tun, als sei er mit Woody zusammen. Er geht zum Bach hinunter, klettert auf den Hügel ... erfindet sogar Geschichten über das, was sie zusammen unternehmen.» Sie zuckte mit den Achseln. «Zumindest hat er Bewegung und ist an der frischen Luft. Und man hat mir versichert, es sei gar nicht ungewöhnlich, daß Kinder in Stephens Alter sich einen Freund einbilden. Aber ich wünschte nur –»

Lucy hatte den Fön ausgeschaltet. In der Stille, die ihrem nicht zu Ende gesprochenen Satz folgte, konnte Nan das Plätschern des Regens hören.

«Honey, dem mußt du ein Ende setzen», sagte Lucy schließlich. «Das darfst du ihm nicht durchgehen lassen.»

Nan hatte das Gefühl, einen Tritt bekommen zu haben. Von allen erdenklichen Reaktionen auf ihr Geständnis hatte sie am wenigsten eine derart entschiedene Mißbilligung erwartet. Jetzt sah sie sich paradoxerweise genötigt, Stephens Kontakt zu einem nur eingebildeten Spielgefährten zu verteidigen und Lucy zu überzeugen, daß er nicht irgendein kleiner ausgeflippter Spinner war.

«Es ist nur eine Methode der Bewältigung», sagte sie. «Eigentlich hatte er die Sache mit Woody schon hinter sich gelassen, aber ich vermute, er fühlte sich hier so einsam, daß er ihn wieder zurückbringen mußte. Ich habe aber auch gehört, daß es eigentlich eine ganz gesunde Reaktion ist –»

Lucy schüttelte heftig den Kopf. Sie legte den Fön zur Seite und sah Nan an. Ihr Mund war nur noch ein dünner Strich. «Hon, ich muß dir etwas sagen. Seit du hergekommen bist, war ich immer wieder drauf und dran, es dir zu sagen, aber es ist so verrückt, daß ich's einfach nicht fertiggebracht hab.» Sie schluckte und fuhr dann mit bebender Stimme fort: «Nan – kurz bevor Annabel starb, hat sie mir etwas wirklich Seltsames erzählt. Sie hat gesagt, sie glaubt, ihr Haus und Hof sind verhext.»

Nan merkte, wie ihr die Kinnlade herunterfiel. Der gesunde Menschenverstand, den sie gesucht hatte, war nirgendwo zu entdecken; statt dessen kam von Lucy nur albernes Geschwafel. Einen Augenblick lang starrten sie einander an. Dann blickte Lucy auf ihren Schoß hinunter und fingerte an einem losen Faden an ihrer Schürze.

Nan versuchte sich jene Art Lächeln abzuringen, mit der man leicht Verrückte zu beschwichtigen gedenkt. «Also, Lucy …»

«Sie hat mir erzählt, daß sie ihn rund ums Haus gesehn hat – oh, ein dutzendmal oder noch öfter.»

«Wen gesehen?» sagte Nan, völlig verwirrt, und dann fixierten sie plötzlich die Augen der alten Frau, trübe und unergründlich.

«Den jungen Tucker Wills.»

Zweifellos scherzte die alte Dame absolut nicht, doch Nan brach – wenn auch bestürzt über diese Reaktion – in Gelächter aus. Sie konnte nicht anders. Alle ihre Verwandten schienen sich diesen Nachmittag ausgesucht zu haben, um völlig den Verstand zu verlieren. Zuerst Sky und seine absurde Reaktion auf die Spiegelung auf der Wasseroberfläche des Steinbruchsees, jetzt Lucy, die von Geistern brabbelte. Und nicht von irgendwelchen Geistern – sondern von keinem geringeren Geist als dem Tuckers. Ihr Freund aus Kindertagen in der Rolle eines lauernden Schreckgespenstes. Sie mußte lachen oder weinen.

Nan schlug die Hand auf die Lippen, hörte ein leises Piepsen aus dem Karton neben sich und fand, daß der Fön, der in der Nähe auf dem Boden lag, einer albernen rosa Pistole ähnelte.

Lucy schüttelte den Kopf. «Gott weiß, ich kann dir keinen Vorwurf machen, daß du lachst. Ich hör ja selbst, wie geisteskrank es klingt. Als Annabel mir's gesagt hat, da dachte ich auch, sie ist übergeschnappt. Aber ich konnte es einfach nicht aus dem Kopf kriegen. Und dann beim Square Dance, als Stephen sich den ‹White Rose Waltz› wünschte – Honey, das war Tuckers Lieblingslied. Wann immer sich die Möglichkeit bot, bat er darum, ihn zu spielen, bei jedem Square Dance und Picknick und zur Kirchweih – so oft, daß seit seinem Tod niemand mehr den Mut hatte, es sich zu wünschen. Aber dann sagtest du ja, daß Stephen es von deinem Mann gelernt hat –»

Woody hat es mir vorgepfiffen.

In Nans Kopf begann es zu wirbeln. «Hat er nicht», hörte sie sich tonlos sagen, obwohl das Rauschen in ihren Ohren anschwoll.

«Nicht?» kam das Echo von Lucy.

«Hat er nicht von meinem Mann gelernt. Oder vielleicht – ich weiß auch nicht. Er hat mir gesagt, Woody hat's ihm vorgepfiffen.»

«Oh, mein Gott», sagte die ältere Frau. «Gütiger Gott.»

Nans Gedankengang war wie der Weg durch ein Labyrinth: Kaum hatte sie eine Richtung eingeschlagen, tat sich eine Abzweigung auf und lockte in die Irre.

Woody ist imaginär.

Er existiert nur in Stephens Vorstellung.

Stephen mußte das Lied von Gabe gelernt und es Woody einfach zugeschrieben haben.

Es war reiner Zufall, daß es Tuckers Lieblingslied gewesen war – ein unheimlicher und ein unglaublicher Zufall.

Aber immer noch glaubhafter als ein Geist.

Sie öffnete den Mund, um das zu sagen, aber Lucy rappelte sich mühsam auf und bedeutete ihr wortlos, mit ins Wohnzimmer zu kommen. Dort war es ziemlich dunkel, und die schemenhaften Konturen der Möbel ragten sperrig im trüben Licht auf, das durch die Fenster fiel. Ohne innezuhalten, um eine Lampe anzumachen, steuerte Lucy direkt auf einen hohen Sekretär in einer Ecke zu. Sie beugte sich tief hinunter und zog die unterste Schublade auf. Nan, die zögernd in der Türöffnung stehengeblieben war, sah, daß sie überquoll von etwas, das nach Stapeln von Papieren aussah. Papiere und Fotos. Lucy nahm eine Handvoll nach der anderen heraus und ließ sie achtlos zu Boden fallen. Sie suchte etwas Bestimmtes.

«Lucy?»

Die alte Dame antwortete nicht, und Nans Unbehagen wuchs. War Lucy übergeschnappt? Sie fragte sich, ob sie vielleicht hinaus in die Scheune gehen sollte, um Whit zu holen, aber sie wollte Lucy nicht allein lassen. Also ging sie hinüber, kniete sich neben sie und bemühte sich, die ungeordneten Papierberge sorgfältig aufzuhäufen, denn sie wußte nicht, was sie sonst tun sollte. Briefe und Quittungen und alte Kirchenmitteilungen, Karten und Rezepte und zerfledderte Postkarten. Von den Fotos blickten ihr im schwachen Licht Gesichter entgegen, von denen ihr manche verblüffend ähnelten. Gestellte Porträts: eine Frau und ein Kind in Rüschenkleidung, ein junger Mann im Reitdreß. Schnappschüsse: zwei Männer am Ufer des Baches, eine Gruppe von Leuten, um einen Laster geschart. Whit als junger Mann, der einen Jagdhund am Halsband festhält.

«Hier. Ich wußte doch, daß ich es hier habe.»

Lucy hatte einen dicken braunen Umschlag gefunden und nestelte ihn auf. Hervor kam ein kurzer Zeitungsausschnitt, teefarben und brüchig, der an den Rändern abblätterte, als sie ihn Nan entgegenstreckte, die ihn mit aller Vorsicht entgegennahm.

EINHEIMISCHER JUNGE GIBT LEBEN FÜR FREUNDIN lautete die Überschrift. Nan sah zu Lucy auf und blickte dann wieder auf den Artikel.

Annabel Lucas, neunjährige Enkelin von Mrs. Amos Stephens aus Corey County, überlebte heute dank des selbstlosen Handelns von Tucker Wills, zehn, Sohn von Caleb Wills vom Sleepy Gal Mountain. Annabel, die in Connecticut wohnt, besuchte in den Ferien ihre Großmutter. Gestern am Spätnachmittag spielten die beiden Kinder auf der Eisfläche eines verlassenen Steinbruchs auf dem Besitz der Stephens, als das Eis unter ihnen wegbrach. Dem jungen Wills gelang es, das Mädchen aufs Eis zu schieben, bevor er im kalten Wasser versank. Sein Leichnam wurde bisher nicht gefunden. Wie die Bibel uns sagt: «Es gibt keine größere Liebe, als wenn einer sein Leben für seine Freunde hingibt.»

Winter.

Sky hatte recht. Es war Winter gewesen – nicht Sommer, wie sie die ganze Zeit angenommen hatte, gestützt auf die einzige Tatsache, an die sie sich erinnerte: daß Tucker ertrunken war.

Winter. Kahle Äste, die sich auf dem tiefen Wasser des Steinbruchsees spiegelten.

Die Zeitungsmeldung verschwamm vor ihren Augen, wurde wieder deutlicher, verschwamm. Sie konnte sich nicht erinnern, absolut nicht, Annabel zu Weihnachten besucht zu haben. Aber eine Textzeile stach für einen Moment deutlich hervor: *spielten die beiden Kinder auf der Eisflä-*

che eines verlassenen Steinbruchs. Am Rand des Ausschnitts waren die handgeschriebenen Wörter *Gaylesville Record, 23. Dezember 1968* zu lesen. Die Tinte war zu einem Kupferton verblichen.

Sie sah auf. Lucy tastete wieder in dem Umschlag und holte einen unförmigen rostfarbenen Gegenstand hervor. Als sie ihn in die Höhe hielt, erkannte Nan, daß es ein arg strapazierter Kinderhandschuh war.

«Im Frühling drauf sind dann Leute in den Steinbruchsee runtergetaucht, wollten seine Leiche hochholen», sagte Lucy. «Aber mehr als den hier haben sie nie gefunden. Annabel hatte ihn und den Zeitungsausschnitt am Bett, als sie starb. Hat sie die ganze Zeit aufgehoben. Sie liebte Tucker, weißt du. Ich glaube, sie hat sich immer einen eigenen kleinen Jungen gewünscht.»

Nan schluckte, so gut sie konnte. Mund und Kehle waren wie verklebt, und sie konnte keinen klaren Gedanken mehr fassen. Sie saß nur da, das alte Stück Zeitungspapier in der Hand, spürte seine mürbe Struktur zwischen den Fingern und hörte zu, während Lucy sprach.

«Sie sagte, zum ersten Mal hat sie ihn gesehen, da war er einen Monat tot. Sie kam in ihrem Wagen die Auffahrt hinunter, und ganz plötzlich stand da dieser Junge direkt vor ihr. Sie trat so hart auf die Bremse, daß sie sich das Kinn am Lenkrad stieß und Sterne sah, aber sie war zu aufgewühlt, sagte sie, um einen Blackout zu haben. Denn sie hatte ihn erkannt. Und es war Tucker Wills.

Sie sagte, sie dachte, ihr müßte das Herz zerspringen. Er stand da mitten auf der Straße. Annabel sagte, sie konnte sich nicht rühren. Es war, als seien ihre Hände am Lenkrad festgefroren. Sie wußte nicht, wie lange sie dagesessen und ihn angestarrt hatte. Er hatte nur zurückgeschaut. Aber sie muß wohl die Augen zugekniffen haben oder so, denn plötzlich war er wieder verschwunden.

Danach, sagte sie, hat sie ihn wiedergesehen – nicht oft, aber eben ab und zu mal. Manchmal konnte ein ganzes Jahr oder mehr vergehen, ohne daß sie ihn zu Gesicht bekam. Dann wieder sah sie ihn zweimal in einer Woche. Manchmal nur ganz flüchtig, unten am Bach oder wie er im Vorgarten auf den Baum kletterte. Ein paarmal sah sie ihn auf dem Weidetor hin und her schwingen, wie er's damals so gern getan hatte, und auch wenn sie ihn mal nicht mit eigenen Augen sah, fand sie doch öfter das Gatter offen, als wenn er dagewesen wäre.

Sie sagte, sie habe sich tatsächlich an ihn gewöhnt. Nach dem ersten Mal jagte er ihr keine Angst mehr ein. Sie fand ein Buch über Geister im Buchladen in der Stadt und kaufte es, um es zu lesen. Sie sagte, da stand drin, manchmal sterben Menschen ganz plötzlich, und ihr Geist ist so verwirrt, daß er nicht weiß, wo er hingehen soll. Also bleibt er einfach an einem vertrauten Ort. Dort, wo er sich auskennt. Sie sagte, sein Geist hat überhaupt nie Unheil angerichtet.»

Eine Erinnerung meldete sich bei Nan: Cooper, der ihr erzählte, Annabel habe sich für das geistige Überdauern des körperlichen Todes interessiert.

Sie sagte, sie wisse, daß es möglich sei. Sie war da sehr offen.

Oder reichlich verschroben. Während sie dasaß und Lucy zuhörte, begannen sich Nans erlahmte Gedanken von neuem zu regen, und schließlich übernahm auch die Logik wieder ihr Regiment. Annabels Trauer über den Tod des Jungen, den sie so geliebt hatte, mußte all die Jahre sehr an ihr gezehrt haben. Kein Wunder, daß sie Trost in der Phantasievorstellung gesucht hatte, Tucker lebe weiter, sicher und glücklich in einem Niemandsland ewiger Kindheit, in alle Ewigkeit auf Bäume kletternd und auf Toren schwingend.

Auf Toren schwingend.

Sie dachte an den Nachmittag, als sie zugesehen hatte, wie das Gatter langsam in einem weiten Bogen aufgeschwungen war. Das Knirschen seiner rostigen Angeln. Ein leichter Schauer überlief sie, aber sie konnte ihn verscheuchen.

Komm schon. Ein kaputter Schließhaken, das war alles. Das war *alles*.

«Lucy», sagte sie sanft. «Meinst du nicht, Annabel hat sich vielleicht nur eingebildet, Tucker zu sehen? Meinst du nicht, das ist viel wahrscheinlicher als ein Geist?»

Lucy schüttelte ihr weißhaariges Haupt. «Honey, ich weiß nicht. Als sie es mir erzählte – mein Gott, ich hab genauso empfunden wie du. Ich wollte es nicht glauben. Und deswegen habe ich ja auch nichts zu dir gesagt. Ich dachte – nun, vielleicht bildet sich Annabel das alles nur ein. Aber als Stephen in den Bach fiel und beinahe ertrunken wäre … ich sag dir, da wurde ich stutzig. Und dann wünschte er sich diesen Walzer – und tauchte auf mit diesem Ring, wie auch Tucker einen getragen hat – und jetzt erzählst du mir, er spielt die ganze Zeit mit einem kleinen Jungen …»

Jemand hat mich gestoßen.

Hat Stephen das nicht gesagt, an jenem ersten Morgen, als sie ihn aus dem Bach ziehen mußte? Und hatte sie nicht aufgeblickt und gesehen – *gedacht*, gesehen zu haben –, daß Tucker am anderen Ufer stand?

Unmöglich.

«Lucy, um Gottes willen. Die Sache am Bach war ein Unfall; Stephen ist ausgerutscht und gefallen. Und was den Ring betrifft – den hab ich ihm gegeben. Und der kleine

Junge, mit dem er zu spielen vorgibt, ist sein Phantasiefreund, den er vor *drei Jahren* erfunden hat, lange bevor wir hierhergekommen sind. Verstehst du denn nicht? Hier gibt es zwei verschiedene Jungen. Einer entspringt Stephens Phantasie und der andere Annabels. Aber keiner von beiden ist ein echter Geist.»

«Nein?» sagte Lucy. «Dann beantworte mir eins, Honey. Woher kannte Stephen diesen Fiedelwalzer?»

Das verdammte Lied. Nan spürte, wie ihre Logik es umkreiste, aber nicht fassen konnte. *Woody hat es mir vorgepfiffen.* Mißmut überkam sie. Das unbeleuchtete Zimmer, die vom Regen gepeitschten Fensterscheiben, die dann und wann scheppernd vibrierten – die perfekte Kulisse für Geistergeschichten. Aber dafür war sie absolut nicht in Stimmung. Im schummrigen Licht wirkte Lucys Gesicht erstarrt, verbissen, das Antlitz einer Fremden. Nan wurde plötzlich bewußt, wie wenig sie diese Frau eigentlich kannte.

«Ich weiß nicht», sagte sie schneidend. «Aber ich bin sicher, es gibt eine Erklärung. Und ich bin sicher, sie hat nichts mit Geistern zu tun.»

Lucy öffnete den Mund, aber ihre Erwiderung blieb unausgesprochen. Es ertönte ein lautes Krachen, und das Fenster neben dem Schreibtisch zersprang in tausend Splitter.

«Du lieber Himmel!»

Die alte Frau griff hilfesuchend nach Nan, als der Wind ins Zimmer fuhr, den Stapel Fotos zu einem weißen Gestöber aufwirbelte und die Bilder an den Wänden rüttelte. Auf der anderen Seite des Zimmers schwankte eine Lampe wie betrunken, kippte und fiel polternd um. Ein Buch auf einem Tisch wurde von einem Windstoß aufgeblättert, und seine Seiten flatterten wie wild. Der Schaukelstuhl setzte sich hektisch in Bewegung.

Nan biß sich auf die Lippe, um nicht laut loszulachen. Ihr war klar, daß es ein hysterisches Lachen geworden wäre, denn ihr Herz schlug bis zum Hals. Herrgott noch mal, es war doch nur der Wind, aber der Zeitpunkt hätte nicht besser gewählt sein können, und in Lucys Vorstellung gab es gewiß nicht den geringsten Zweifel, daß der Geist hiermit sein Mißvergnügen anzeigte.

«Hast du ein Bettlaken? Etwas, um den Regen abzuhalten?» Sie mußte laut rufen, so stark war das Getöse, aber wenigstens war Lucy nicht so überwältigt, daß sie nichts mehr hörte. Sie nickte und kam stolpernd auf die Beine. Dann eilte sie in die Küche und kehrte einen Augenblick später mit einem zerknitterten Laken auf dem Arm zurück.

Nan nahm es ihr ab. Es war noch warm, wahrscheinlich frisch aus dem Trockner. «Gut. Jetzt brauchen wir ein paar Reißzwecken, kleine Nägel oder so was. Um es am Fensterrahmen zu befestigen.» Lucy sah sie geistesabwesend an, und Nan versetzte ihr einen sanften Stoß. «Reißzwecken, Lucy. Geh welche suchen.»

Während die alte Dame fort war, untersuchte sie das zerborstene Fenster, so gut es ging, ohne vom hereingewehten Regen völlig durchnäßt zu werden. Nur die untere Scheibe war zerbrochen, und es sah aus, als habe sie schon einen Sprung gehabt. Ihr Ellbogen wurde berührt: Lucy war zurück, hielt ihr einen Plastikbehälter mit bunten Reißzwekken entgegen.

Nan nahm ihn ihr ab. «Perfekt.»

Am Ende stellte sich heraus, daß sie die Reißzwecken eigentlich gar nicht gebraucht hätten. Der Wind flaute ab, bevor sie das Laken festgeheftet hatten, und als Whit und Stephen aus der Scheune kamen und auf die Verwüstung im Wohnzimmer mit erschreckten Rufen reagierten, war das Unwetter vorüber. Die Sonne wagte sich wieder hervor und machte aus den Pfützen auf dem Hof funkelnde Spiegel.

Auf dem Heimweg waren Nans Gedanken in Aufruhr. Was für ein Tag! Die unbedachte Pilgertour zum Steinbruch, wo Tucker ums Leben gekommen war, und obendrein dann Lucys gräßliche Wahnvorstellung, daß sein ruheloser Geist es irgendwie geschafft hatte, sich an Stephen zu hängen. Auf einmal schien der tragische Tod ihres Jugendfreundes aus ferner Vergangenheit in übermächtige Nähe gerückt zu sein. Sie war wie vor den Kopf geschlagen von der Eröffnung, daß sich das Unglück nicht im Sommer zugetragen hatte, wie sie seither immer angenommen hatte – sondern im Winter, während eines zweiten Besuchs, an den sie sich absolut nicht erinnern konnte. Absolut nicht. Wenn sie versuchte, konzentriert ihr Wissen über den Unfall zu aktivieren, schien nur eine glatte, nichtssagende Mauer vor ihr aufzuragen, ohne das geringste Anzeichen einer Tür …

Sie zog eine Grimasse, als sie den Wagen abbremste und von der Straße in Annabels Auffahrt einbog.

«Meinst du, Mom?»

Verspätet wurde ihr bewußt, daß Stephen während des gesamten Heimwegs auf sie eingeplappert hatte. Sie hatte ihn einfach ausgeblendet. «Entschuldige, Honey. Meine ich was?»

«Ich hab gesagt, meinst du, daß von diesem ganzen Regen der Bach über die Ufer tritt? Woody sagt, letztes Jahr hat er das getan und die ganze Weide überschwemmt.»

Woody sagt …

Sie holperten die Auffahrt entlang, zwischen Bäumen, deren dichtbelaubte Zweige sich weit über ihnen kreuzten und einen hohen grünen Tunnel bildeten. Ein Strahl Sonnenlicht brach durch die Blätter und tanzte auf ihrer Windschutzscheibe. Sein plötzliches Gleißen blendete sie für einen Moment. Sie umklammerte das Lenkrad, trat auf die Bremse, aber dann war es auch schon vorüber. «Ich weiß nicht, Stephen. Ich glaube aber nicht. Es hat doch jetzt auch schon aufgehört.»

Die ausufernde Phantasie eines Kindes, sonst nichts. Im vergangenen März waren die Gullys auf der Straße vor ihrem Loft in Manhattan nach einem heftigen Regenguß verstopft gewesen, und die ganze Straße war überflutet worden.

Ein einfache Erklärung, absolut naheliegend. Aber nicht für Lucy mit ihren Geschichten von einem Geisterkind. Oder Sky mit seiner Vision vom Tod im Wasser des Steinbruchsees, wo Tucker ertrunken war. Geister und verhexte Steinbrüche. Auf einmal war Nan entsetzt über die Kluft, die sich anscheinend heute nachmittag zwischen ihr und den Menschen aufgetan hatte, zu denen sie an diesem neuen Ort Beziehungen geknüpft hatte. Natürlich hatte sie schon die ganze Zeit existiert, aber bis jetzt war sie ihr als nicht sonderlich tief und deshalb leicht zu überbrücken erschienen. Nun jedoch klaffte sie wie ein gähnender Abgrund.

Sie stoppte den Wagen neben dem Haus, und Stephen sprang hinaus. Nan lehnte sich zum Rücksitz, fischte nach ihrer Kamera. Der Riemen hatte sich mit einem Sicherheitsgurt verheddert, und sie mußte sie entwirren. Als sie eine Minute später auch ausstieg, sah sie Stephen beim Weidezaun. Er öffnete das Gatter. Das überraschte sie: Er benutzte sonst nie das Gatter, sondern kletterte immer über den Zaun. Dann sah sie, wie er sich mit einem Fuß abstieß und auf die untere Sprosse sprang. Er klammerte sich an der oberen Querstange fest, als das Gatter weit über den steilen Abhang hinausschwang.

Ein paarmal sah sie ihn auf dem Weidetor hin und her schwingen, wie er's damals so gern getan hatte, und sie sagte, auch wenn sie ihn mal nicht mit eigenen Augen sah, fand sie doch öfter das Gatter offen, als wenn er dagewesen wäre.

Etwas, das jedes Kind tun würde – das Gatter und die Stelle, wo es sich befand, forderten ein solch sportliches Kunststück geradezu heraus. Aber als sie regungslos in der Nachmittagssonne dastand, die am Riemen baumelnde Kamera in einer unvermittelt erschlafften Hand, hatte Nan von einem Augenblick zum anderen das Gefühl, Dutzende winziger kalter Finger tasteten sich zögernd an ihrer Wirbelsäule entlang.

«Laß dich ganz bis zum Ende mitschwingen», sagte Woody. «Dann spring ab.»

Stephen spähte hinaus über die Weide, die jenseits des Zauns jäh abfiel. «Sieht ziemlich steil aus.»

«Macht aber Spaß», sagte Woody.

Er versetzte dem Gatter einen Stoß, und Stephen merkte, daß er hinausschwang. Sein Magen schlug einen Zeitlupensalto. Er umklammerte die oberste Sprosse, bis seine Knöchel weiß hervortraten, während der Boden unter ihm vorbeischoß. Ihm fiel ein, wie er auf dem Schulhof einmal vom Klettergerüst gefallen war und mit welcher Geschwindigkeit der Boden auf ihn zugerast war. Er hatte sich das Knie schlimm verrenkt. Noch jetzt konnte er sich an die ekligen Schmerzen erinnern.

«Jetzt!» sagte Woody, aber Stephens Finger wollten nicht loslassen. Mit einem rostigen Knirschen erreichte das Gatter das Ende seiner Bahn und begann den Rückweg. «Spring!» sagte Woody.

Aber Stephen konnte nicht. Das Gatter schwang zurück, bis es sich schließlich wieder über festem Grund befand, und er stieg ab, zutiefst erleichtert.

«Wieso bist du nicht gesprungen?»

«Weiß nicht.»

«Schißhase», sagte Woody.

Stephen zuckte zusammen. Das Schimpfwort, dahergesagt und offenbar freundschaftlich gemeint, tat dennoch schrecklich weh. Bis jetzt hatte Woody noch nie so etwas zu ihm gesagt. Aber er wußte, daß es stimmte. Er war ein Schißhase.

Er wandte sich vom Gatter ab und merkte, daß ihm ein Kloß in der Kehle saß. Sein Blick fiel auf die Eiche im Garten. Ihre laubreiche Krone überragte das Dach des Hauses und warf einen riesigen gesprenkelten Schatten auf den grünen Rasen rundherum.

Ein Baumhaus befand sich oben zwischen den Ästen.

Seit seine Mutter ihm davon erzählt hatte, war Stephen von der Vorstellung eines Hauses ganz oben im Baum gleichermaßen fasziniert und eingeschüchtert. Ihm gefiel der Gedanke nicht, so weit vom Erdboden entfernt zu sein. Er vermutete, eben deswegen war er wohl ein Schißhase. Aber wenn man sich in einem kleinen Haus befand, machte es vielleicht Spaß …

«'ne Menge Spaß», sagte Woody.

Und plötzlich spürte Stephen hinter Woodys Worten die ungemeine Verlockung, sich dort oben im Baumhaus aufzuhalten. Umgeben von raschelnden grünen Blättern, unsichtbar für alle unten auf dem Erdboden, das Lachen unterdrückend, damit der Aufenthaltsort ein Geheimnis blieb, während der Rest der Welt weit unten ahnungslos seinen Angelegenheiten nachging. Ein sehnsüchtiges Verlangen ergriff ihn. Er neigte den Kopf nach hinten und sah hinauf in den Baum. Eine Brise erfaßte die Zweige; sie schienen zu flüstern und auffordernd zu winken.

«He!» Woody war aufs Gatter geklettert. «Gib mir einen Schubs, ja?»

Stephen kam seinem Wunsch nach, dankbar, diesmal nicht der Passagier zu sein. «Wirst du wieder abspringen, Woody?»

Aber Woody stand nicht mehr auf dem Gatter. Stephen sah sich verwundert um. Wohin war er verschwunden? Die Brise war abgeflaut, und die einzige Bewegung im stillen, sonnigen Nachmittag war das langsame Schwingen des Gatters, das rostig knirschend dem Ende des Bogens entgegenschwang. Dann fingen hinter ihm die grünen Äste der Eiche zu rascheln und zu schaukeln an. Als sei jemand hoch oben im Baum – und kletterte immer höher.

12. KAPITEL

Nachdem Nan an diesem Abend Stephen zu Bett gebracht hatte, schenkte sie sich einen Brandy ein und ließ sich aufs Sofa in der Bibliothek fallen. Sie war gespannt darauf gewesen, den Film zu entwickeln, den sie nachmittags in der Hütte der Larkins belichtet hatte, aber sie war zu nervös, um sich zu konzentrieren, und zu erschöpft von den Kapriolen ihrer Verwandten.

Zuerst Sky, dann Lucy. Was war nur in sie gefahren? Im Laufe eines einzigen Nachmittags hatten sie sich als abergläubische Bauerntölpel erwiesen, von Hexerei und Geistern gefaselt, wie es abgeschmackter nicht ging. Die Erinnerung an ihre Flucht durch den Wald in Skys Windschatten machte sie so verlegen, daß sie sich am liebsten verkrochen hätte. Sie war versucht, ihm die Schuld zu geben, daß sie zeitweilig in Panik ausgebrochen war. Warum hatte er nicht einen kühlen Kopf behalten können, statt sich als so verdammt leicht einzuschüchtern zu erweisen? Wegen seiner Bemerkung, die sich auf dem Wasser spiegelnden Bäume seien tot, hatte es sie fraglos gegruselt, und sie schämte sich dafür, daß sie – für wie kurze Zeit auch immer – auf das Niveau eines leichtgläubigen Hinterwäldlers gesunken war.

Aber – und das nagte wirklich an ihr – mit Einbruch der Dunkelheit vor den Fenstern gewann die ganze alberne Geschichte ein Gewicht, das sie bei Tageslicht nicht besaß. Jedes kleine Knirschen und Knarren im Haus ließ sie zusammenfahren. Sie stellte fest, daß sie an die schwachen Kinderschreie denken mußte, die in Abständen von fern herübergetragen worden waren und ihr dann jedesmal ein kaltes Grausen beschert hatten … Bei dem Gedanken erschauerte sie und verspürte den Drang, ans Fenster zu treten, um hinauszusehen.

Steh nicht auf. Beweg dich ja nicht. Da draußen ist nichts.

Zumindest nichts, was du sehen könntest.

Im Geiste ballte sie die Faust gegen diese Worte. Natürlich *glaubte* sie nicht die Geschichte von Tuckers Geist, der Haus und Hof heimsuchte. Sie war eine rational denkende, erwachsene Frau, eine New Yorkerin, intellektuell, gebildet, mit einer erfolgreichen Karriere und einem Kind, ja, hatte sogar das statistische I-Tüpfelchen aufzuweisen – eine bevorstehende Scheidung. Und solche Sachen wie Geister existierten nur als Ausgeburten der Phantasie von Schriftstellern und Horrorfilm-Produzenten. Sie glaubte absolut nicht daran. Dennoch … ums Haus herum war die Nacht so immens und so dunkel, daß es den Anschein hatte, fast alles Erdenkliche könne sich da draußen befinden.

Fast alles.

Aber kein Geist.

Auch wenn sie ihn mal nicht mit eigenen Augen sah, fand sie doch öfter das Gatter offen, als wenn er dagewesen wäre.

Ach – paaah.

Sie ertränkte ihren unwillkürlichen Schauder in einem weiteren Schluck Brandy und wünschte nur, sie könne statt dieser halbherzigen Proteste eine gesunde Portion Skepsis aufbieten.

Wie kann ein Gespenst rufen?

Wie kann ein Geist ein Gatter öffnen?

Doch die rationale Annäherung brachte auch nicht die erhoffte Gelassenheit. In diesem stillen Haus auf dem Lande, das so isoliert in der Dunkelheit stand, allein mit dem Kater und Stephen, der oben in seinem Zimmer schlief, war die bloße Unterstellung, es gäbe ein Gespensterkind, schon zählebig genug, und das Lachen, mit dem Nan sie verscheuchen wollte, blieb ihr ihm Hals stecken.

Als Stephen sich den ‹White Rose Waltz› wünschte – Honey, das war Tuckers Lieblingslied.

Woody hat es mir vorgepfiffen.

Wie kann ein körperloses Wesen ein Lied pfeifen?

Sie stellte das Glas so hart auf dem Tisch neben sich ab, daß sie zusammenzuckte.

Es muß eine Erklärung geben. Eine logische Erklärung. Und statt hier zu sitzen wie ein banges Kind am Lagerfeuer und die eigene Angst zu schüren, mußt du sie finden.

Sie stand auf und ging in die Küche. Mit einem Zeigefinger, der unbestreitbar ein wenig zitterte, tippte sie Gabes Nummer in die Tasten. Als es zu klingeln anfing, schloß sie die Augen und betete, daß Jennifer – ohnehin zum Teufel mit ihr! – nicht abhob.

«Hallo?»

«Gabe –»

«Hi? Wie geht's?» Es klang, als sei er ehrlich erfreut, von ihr zu hören – ganz im Gegensatz zum letzten Mal, als sie miteinander gesprochen hatten –, und dafür war sie geradezu beschämend dankbar.

«Okay.» Hörte sie sich so zittrig an, wie sie sich fühlte? Hoffentlich nicht. «Und dir?»

«Okay.» Eine Pause. «Was gibt's Neues?»

«Na ja, ich hab ein paar Fotos gemacht.» Es war erstaunlich, daß allein schon der Klang seiner Stimme die Dinge zurechtrücken konnte und die Ängste, die sie eben noch gehabt hatte, kleinmütig und lachhaft erscheinen ließ. «Die Einheimischen – ihre Gesichter sind überwältigend. Ich habe mich an einigen Porträts versucht. Völlig anders als alles, was ich je zuvor gemacht habe.»

«Ja? Würde ich mir gern mal anschaun.»

«Nun, ich hab bisher nur ein paar Probeabzüge gemacht. Wir sind ja mit der Dunkelkammer erst vor ungefähr einer Woche fertig geworden.»

«Wir?» sagte Gabe.

«Einer von meinen Verwandten ist mir zur Hand gegangen.» Der Gedanke an Skys Hände und das, was sie noch kürzlich getan hatten, ließ sie über die nächsten Wörter stolpern. «Äh, wir, ähm, sie ist unten im Keller bei einem Haufen Trödelkram, alten Sätteln und Reitertrophäen und so 'nem Zeug.»

Absurd, daß sie sich Skys wegen schuldig fühlte. Schließlich waren sie und Gabe definitiv nicht mehr zusammen. Er hatte Jennifer; warum sollte sie nicht auch jemanden haben?

«Wie macht sich Stephen?» sagte er.

«Prima», sagte sie automatisch.

«Und was treibt er?»

«Erkundet die Gegend und so, weißt du. Wir sind auch ein paarmal ausgeritten.»

«Du hast Pferde, was?»

«Zwei Pferde und zwei Ponys.»

«Ausgeflippt», sagte Gabe.

Schweigen.

«Nun, hört sich an, als ginge es dir gut.»

«Und dir?» Sie wollte nicht auflegen. Er gehörte zu einer Phase ihres Lebens, in der die Dinge auf simplere Weise kompliziert gewesen waren. Gabe bedeutete Manhattan und das Loft in Tribeca, in dem die Natur eher schmählich durch einen einzelnen Feigenbaum repräsentiert wurde, der in einem Topf auf dem Eichenfußboden aus Laminatplatten stand. Die Erinnerung daran war angesichts der unendlichen Sommernacht draußen irgendwie tröstlich. Dort zirpten die Grillen in der Dunkelheit, die das vom Bach durchflossene Weideland einhüllte, hinter dem Hügel und Berge unsichtbar aufragten.

«Was machst du denn so?» fragte sie.

«Nicht viel. War letztes Wochenende am Strand. Und sonst ist da nur die Arbeit.»

Sie konnte seine verbale Stenographie unschwer übersetzen: Mit *Strand* war Jennifers Haus in Easthampton gemeint, mit *Arbeit* bezeichnete er seine Tätigkeit an der Schule. Der Drei-Tage-die-Woche-Job als Lehrer war in diesen Tagen die einzige Verbindung, die er noch zur Fotografie hatte. Seit vier oder fünf Jahren hatte er nicht mehr ernsthaft mit einer Kamera gearbeitet und schien ein masochistisches Vergnügen daran zu finden, sich als einfallslos und unproduktiv zu bezeichnen. Auch da hatte es ein Problem zwischen ihnen gegeben: Er redete nur übers Fotografieren, sie fotografierte. Mochte er ihre Arbeit auch hassen, zumindest arbeitete sie.

Jetzt folgte wieder eine Pause. Dann sagte er: «Schläft Stephen?»

«Ja.»

«Oh. Ich hätte gern mit ihm gesprochen. Grüß ihn ganz lieb, ja?»

Plötzlich war da ein Kloß in ihrer Kehle, und sie vermochte nicht zu antworten. Statt dessen nickte sie idiotischerweise in den Hörer. Gabe sagte: «Nan?»

«Ja, ich bin noch dran. Gabe, ich muß dich was fragen. Es hat mit Stephen zu tun.»

Sie hörte, wie er tief durchatmete und dann sagte: «Ich bin ganz Ohr.»

«Hast du – erinnerst du dich, daß du ihm je ein Bluegrass-Stück mit dem Titel ‹White Rose Waltz› vorgespielt hast?»

Einen Herzschlag lang folgte verständnisloses Schweigen, und dann lachte er laut und erleichtert los. «Hab ich *was*? Himmel noch mal, Nan! Hast du mich erschreckt! Ich dachte schon, du wolltest das alleinige Sorgerecht verlangen.»

«Nun, hast du?»

«Hab ich was?»

«Ihm den Song vorgespielt? Den ‹White Rose Waltz›.»

«Nie davon gehört», sagte Gabe.

«Aber du liebst doch Country-Music, oder? Vielleicht ist er auf irgendeiner alten Platte, die du ihm vorgespielt hast –»

«Hör mal, meine Liebe, überschätz mich nicht. Mir gefällt der aufgepeppte Nashville-Sound, nicht das authentische Zeug.»

«Und du bist sicher?» sagte sie.

«Aber klar doch bin ich sicher. Was soll das alles überhaupt?»

Nan erzählte es ihm.

Sie fand, daß sie es mit angemessener Skepsis tat, aber trotzdem ging es ihr bei der neuerlichen Schilderung an die Nieren, wie Bilder aus einem schaurigen Film, von denen man gelegentlich wieder heimgesucht wird. Als sie fertig war, fühlte sich der Hörer schweißnaß an. Gabe schwieg. Dann sagte er: «Ach du Scheiße.»

Auf einmal merkte sie, wie verängstigt sie war. Ihr Herz verkrampfte sich. «Was –»

Dann lachte er, und sie atmete stoßweise aus. «Reiß dich zusammen, Nan», sagte er. «Deine Oma war entweder nicht ganz bei Trost oder hat Lucy einen Bären aufgebunden. Hat ihr Spukgeschichten erzählt. Hör mal, war nicht auch Edgar Allen Poe ein Bursche aus den Südstaaten?»

«Aber das Lied. Der ‹White Rose Waltz›. Das war Tukkers Lieblingslied, Gabe. Und wenn du es Stephen nicht vorgespielt hast – wer dann?»

Woody hat es mir vorgepfiffen.

Gabe stöhnte. «Nun, erstens einmal könnte er es im Radio gehört haben. Oder bei einem dieser sieben Milliarden Verwandten von dir. Verdammt, es gibt massenhaft Orte, wo er es gehört haben könnte.»

«Du hast bestimmt recht», sagte sie.

«Worauf du wetten kannst. Aber für Stephen ist es spaßiger, so zu tun, als habe Woody es ihm beigebracht. Und deswegen tut er so. Das ist des Rätsels Lösung.»

«Aber was ist mit dem Gatter? Wer hat ihm gezeigt, wie man raufklettern und mitschwingen kann?»

«Nan. Keinem Kind, besonders keinem Jungen, muß gezeigt werden, wie man einen Stein wirft, auf einen Baum klettert oder auf einem Gatter hin und her schwingt. Das ist schon in den Genen angelegt.»

«Also schön», sagte sie und lächelte ein wenig. «Okay.» Seine spöttische Zurechtweisung war genau der Trost, den sie jetzt so dringend brauchte. «Nur noch eins, du mein Allwissender.»

«Schieß los.»

«Was Woodys Wiederauftauchen betrifft. Meinst du, das ist ... normal?» Sie zögerte, entschloß sich dann aber zum Geständnis. «Es ist hier unten für Stephen nicht gerade ideal. Er hat sich mit keinem seiner Cousins anfreunden können, und wir wohnen echt isoliert – weit entfernt von den Nachbarn, von der Stadt. Ich versuche ja, Zeit mit ihm zu verbringen, aber meine Möglichkeiten, ihm etwas zu bieten, sind begrenzt ... Was er offensichtlich wirklich dringend braucht, ist ein gleichaltriger Freund. Aber Woody?»

Gabe schien darüber nachzudenken. Dann: «Hör mal, du sagst doch, er ist den ganzen Tag draußen und spielt. Und er scheint einigermaßen glücklich zu sein?»

«Ja ...»

«Nun, nimm das als Maßstab. Ich würde mir jetzt noch keine Sorgen machen. Schließlich hat er ja wohl nicht viele Alternativen. Wenn Woody noch immer bei ihm rumhängt, wenn er fünfunddreißig wird, dann sollten wir wirklich anfangen, uns Sorgen zu machen. Aber im Moment würd ich's einfach so laufenlassen. Okay?»

«Okay», sagte sie.

«Und halt mich auf dem laufenden.» Und dann mit aufgesetztem jiddischem Akzent: «Und mußt du dich nicht machen so rar.»

«Okay.» Der Kloß saß ihr wieder in der Kehle. Mit Gabe zu reden weckte gräßliches Heimweh in ihr – nicht so sehr nach der Stadt mit ihrem Lärm und Trubel, sondern nach einer allgemeinen Attitüde, die den Glauben ans Übernatürliche ausschloß. War es das, was eintrat, wenn man die Großstadtgrenzen überschritt – waren dann plötzlich alle, denen man über den Weg lief, versessen auf fliegende Untertassen und Botschaften aus dem Jenseits? Ihre Verwandten, so liebenswert sie auch sein mochten, waren Mitglieder einer abergläubischen Subkultur, in der Legenden und Schauergeschichten in gewissem Umfang als Wahrheit akzeptiert wurden. In ihren Köpfen, nicht in ihrer Umgebung spukte es. Bei Gabe andererseits konnte sie sich – auch nach all den unangenehmen Auseinandersetzungen – darauf verlassen, daß er ihr nicht mit derartigem Spuk kam, daß er keinen Unsinn über die Geister toter Kinder oder verhexte Spiegelungen von Bäumen brabbelte. Das neue Leben, in das sie sich so beherzt gestürzt hatte, schien unbekömmlich geworden zu sein, und plötzlich wollte sie – mehr als alles andere – nach Hause zurückkehren.

Aber wenigstens fühlte sie sich gefaßt genug, um schlafen zu können. Ja, mit einem Mal war sie so müde, daß sie die Augen kaum mehr offenhalten konnte. Sie ging zur Bibliothek zurück, löschte das Licht und stieg dann die Innentreppe hinauf bis zum erleuchteten Absatz. Stephens Tür war geschlossen. Aber als sie auf ihre Schlafzimmertür zusteuerte, hörte sie seine Stimme.

Anscheinend schlief er doch noch nicht. Nan sah auf die Uhr. Nach zehn: Er hätte eigentlich schon vor geraumer Weile eingeschlafen sein müssen. Aber sie hörte ihn munter plappern – zweifellos mit Woody. Unvermittelt lachte er, das helle, vergnügte Lachen eines Kindes, und obwohl Gabe sie eben noch mit einer Megadosis gesunden Menschenverstandes eingedeckt hatte, spürte sie bei diesem Klang ein Kribbeln im Nacken. Sie ging hinüber zu seiner Tür, klopfte kurz und öffnete sie.

«Stephen? Wieso bist du noch auf?»

Er saß auf dem Boden vor dem leeren Kamin. Seine Sammlung von Aufziehfiguren war vor ihm in Stellung gebracht, und auf seinen Lippen lag noch der Rest eines Lächelns. Dieses Lachen. Die Phantasie eines Achtjährigen. Nicht mehr.

«Deine Bettzeit ist längst überschritten», sagte sie.

«Ach, Mom. Wir haben solchen Spaß.»

Nan sammelte seinen Pyjama am Fuß des Bettes ein und warf ihn Stephen zu. Sie wollte sich von ihm nicht umgarnen lassen. Das Kribbeln, das im Nacken begonnen hatte, verbreitete sich wie ein Flächenbrand über ihren gesamten Körper, bis ihr sämtliche Haare zu Berge standen. Schluß damit, befahl sie sich in aller Entschiedenheit. Das tust du dir selbst an. Das ist die Kraft der Suggestion. Also Schluß damit. Geist siegt über Materie. Ihre Nerven ignorierten sie. Sie dachte an den Kater, der fauchend am Boden gehockt hatte.

«Mom, Woody möchte, daß du hallo zu ihm sagst.»

Ein goldener Schleier reflektierten Lampenschimmers überzog Stephens runde Brillengläser und verbarg seine Augen. Für einen Sekundenbruchteil sah sie in ihm einen Fremden, jemanden, den sie nicht kannte: einen kleinen bebrillten Jungen, der einen weißen Pyjama mit einem Muster aus blauen Raketen fest an sich gepreßt hielt.

«Was soll das heißen, Stephen?»

«Er möchte nur, daß du hi sagst.»

Nan mußte schwer schlucken. Hier ging es um Rückenstärkung, darum, die Bedürfnisse ihres Kindes anzuerkennen. Das war alles. Tu's einfach, sagte sie sich. Sag einfach *Hi, Woody*. Aber die Wörter blieben ihr im Hals stecken. Ihr Herz hämmerte. Sie drehte sich langsam und schaute sich in dem gedämpft beleuchteten altertümlichen Zimmer um. Betrachtete die antiken Balken an der niedrigen Decke, die in die Nacht geöffneten kleinen Fenster. Das windschiefe Bücherregal in einer Ecke. Den Schaukelstuhl. Den Kamin mit seinem geschnitzten Sonnenaufgang. Auf dem Tisch am Bett stand eine Lampe, deren Schein in den Ecken nur noch schimmerndes Zwielicht war.

Die Flügel der Libelle auf dem Schirm schienen zu vibrieren. Unverhofft kam es Nan vor, als ahne sie zwischen den sanften Schatten des alten Zimmers einen, der nicht dazugehörte. Eine Anwesenheit, die sie weder hören noch sehen, aber dank der nicht erlahmenden Übersensibilität ihrer Nerven indirekt wahrnehmen konnte.

Als sie sprach, war ihre Stimme schroff vor Anspannung. «Hör zu, Stephen. Es ist spät, und ich bin müde. Ich möchte nur, daß du jetzt ins Bett gehst.»

Der Mond schien durch die Fenster in Stephens Zimmer. Bis auf das Rascheln der Bettdecke war es still, als er sich aufsetzte, um in den silbrigen Schatten zu spähen.

«Woody?»

Es kam keine Antwort. Stephen ließ sich zurückfallen und legte den Kopf seufzend aufs Kissen. Er hatte gesehen, wie sein Freund direkt neben seiner Mutter stand und ihren Arm berührte, um auf sich aufmerksam zu machen. Aber sie hatte sich geweigert, mit ihm zu sprechen, wahrscheinlich wütend mit ihnen beiden, weil sie so lange aufgeblieben waren und gespielt hatten. Jetzt befürchtete er, daß Woodys Gefühle verletzt waren. Zum zweiten Mal an diesem Tag war sein Freund verschwunden, ohne sich zu verabschieden.

Aber gerade als der Schlaf ihn übermannen wollte, meinte er, irgendwo im Zimmer ein Flüstern zu hören, nicht lauter als ein Ausatmen, so matt, als habe das Mondlicht selbst es gehaucht.

«Annabel ...»

«Tut mir leid, daß ich dich so spät noch mal anrufe», sagte Nan. «Aber ich glaube, ich habe hier ein ernstes Problem.»

Am anderen Ende der Leitung, die sie über endlose Meilen Dunkelheit verband, gab Gabe einen Unmutslaut von sich, aber sie setzte sich darüber hinweg.

«Hör mir nur eine Minute zu, okay? Woody ist reine Einbildung. Stimmt's? Und wieso kann ich ihn dann spüren?»

Sie merkte, daß sie Luft holen mußte, und Gabe mischte sich ein. «Wovon redest du da?»

Nan klemmte den Hörer zwischen Schulter und Ohr, rieb sich die Hände, um sie zu wärmen. Sie spürte, daß sie zitterte. Es überkam sie in Wellen, wie ein Nachbeben des Gefühls, das sie in Stephens Zimmer überfallen hatte. Sie hörte ihr eigenes angespanntes, nicht belustigtes Lachen. «Ich glaube, ich rede von einem Geist.»

Es folgte eine lange Pause. Schließlich sagte Gabe: «Warum erzählst du mir nicht ganz genau, was passiert ist?»

«Das versuche ich ja. Ich bin nach oben gegangen, und Stephen schlief noch nicht. Ich hab ihm gesagt, es sei Bettzeit. Er bat mich, zu Woody hallo zu sagen.»

«Nan.» Sein Ton war besänftigend. «Er hat ein Spiel gespielt, okay? Was ist so schlimm daran, wenn er möchte, daß du das Spiel mitspielst?»

Sie atmete ein und gab sich Mühe, ganz ruhig auszuatmen. «Gabe. Da war etwas in seinem Zimmer.»

«Etwas –?»

«Ich konnte es spüren. Ich bekam am ganzen Körper Gänsehaut. Absolut ohne Grund. Es war wie … eine Anwesenheit.»

«Nan –»

«Hör mal, meinst du nicht, ich weiß, wie verrückt sich

das anhört? Ich *wollte* es bestimmt nicht spüren, um Gottes willen. Aber ich habe es gespürt. Gabe, ich schwöre es dir.»

«Okay, okay. Aber versuch dich mal einen Moment zu beruhigen, und denk nach. Denk daran, was für einen Tag du hinter dir hast. Ziemlich hart, stimmt's?»

«Stimmt», sagte sie unsicher.

«Nun, vielleicht war das jetzt der Tropfen, der das Faß zum Überlaufen gebracht hat. Ich will damit sagen, den ganzen Nachmittag lang hat dir diese hysterische alte Frau damit in den Ohren gelegen, daß es in deinem Haus spukt. Und obendrein ist der Geist dann auch noch ein kleiner Junge, den du kanntest – dessen Unfalltod du wahrscheinlich miterlebt hast, auch wenn du es fast völlig verdrängt hast. Also bist du sowieso schon übernervös. Und dann bekommst du mit, wie Stephen sich mit einem Phantom unterhält. Da überrascht es mich nicht, daß du ausflippst. Du bist überdreht, meine Liebe.»

«Der Kater spürt es auch», sagte sie.

«Der Kater?»

«Ich hab gesehn, wie Annabels Kater im selben Zimmer ausgerastet ist.»

Mit einem Laut des Unmuts gab er ihr seine Zurückhaltung zu verstehen. «Ich werde nicht versuchen, das Verhalten eines Katers zu analysieren. Ich kann dir nur sagen, du hattest einen harten Tag. Spitzenwerte auf der Streßskala. Wenn ich du wäre, würde ich erst mal drüber schlafen, bevor ich die Ghostbusters rufe.»

Das Zittern ebbte langsam ab, aber dann kam doch noch eine Welle, als sie zur Erwiderung ansetzte. «Ich kann dir sagen, daß mir im Moment nicht gerade nach Schlafen zumute ist.»

Es folgte eine lange Pause. Dann sagte er: «Hör mir zu. Es ist ein altes Haus, und du bist ganz allein dort mit diesem überkandidelten Jungen – und mit diesem überkandidelten Kater. Da kann ich's dir wirklich nicht verübeln, wenn du ausflippst. Vielleicht könntet ihr alle drei etwas Gesellschaft vertragen. Wie wär's, wenn ich mal zu euch runterkomme?»

Das Angebot verblüffte sie, und sie antwortete nicht gleich. Er interpretierte ihr Schweigen als Ablehnung.

«He, so ein abgedrehter Achtjähriger wär auch nicht meine erste Wahl als einziger Kumpel für Ferien in der Pampa. Aber vielleicht könnte der Bengel ja einen Mann in seinem Leben gebrauchen. Du verstehst schon? So was wie 'ne gute alte Vaterfigur?»

Ein Mann in seinem Leben. Sie wollte ihn schon anschnauzen, aber der Gedanke an Sky hielt sie davon ab.

«Wie wär's, wenn ich mich nach Flügen erkundige und dich morgen wieder anrufe?» sagte Gabe.

Der alte Groll flackerte auf. Er dachte anscheinend, er könne sie verlassen und dann wieder einfach so in ihr Leben spazieren, wenn ihm danach war. Sie würde sich nicht die Blöße geben, Jennifers Namen zu erwähnen.

«Das hier ist mein Haus», sagte sie. «Meinst du nicht, du könntest warten, bis du eingeladen wirst?»

«Nan, ich bitte dich. Ich will dich doch nicht überrumpeln. Du hörst dich nur so an, als könntest du ein wenig Rückhalt brauchen, das ist alles.»

Schön und gut. Sie war etwas verängstigt durch die Erleichterung, die sie bei dem Gedanken verspürte, daß Gabe auftauchte – als würden alle Wahnvorstellungen und seltsamen Ereignisse augenblicklich aufhören, verscheucht allein schon durch seine reine Anwesenheit. Die düstere Ahnung überfiel sie, daß es komplizierter Logistik bedurfte, ihre Affäre mit Sky fortzusetzen, während jemand im Haus wohnte, der auf dem Papier noch ihr Ehemann war, aber sie ließ sich davon nicht beirren.

«Vergiß aber nicht, daß du in diesem Haus nur Gast bist.»

«Ich verspreche auch, meine besten Manieren mitzubringen», sagte er.

13. KAPITEL

Sky rief am nächsten Morgen an. Nan war unten in der Dunkelkammer und arbeitete an den Porträts von Pen und Flutie, als sie das Telefon in der Küche klingeln hörte. Sie hastete hinauf, weil sie vermutete, daß es Gabe mit Informationen über seinen Flug sein würde. Die Männerstimme, die nicht ihm gehörte, war ihr für einen Moment fremd.

«He da. Wie wär's, wenn ich auf einen Kaffee vorbeikomme?»

«Hallo, Sky.» Der letzte Anblick, finster und schmallippig, den er nach dem gemeinsamen Besuch des Steinbruchs am Tag zuvor geboten hatte, war ihr plötzlich wieder vor Augen. Sie verscheuchte das Bild. «Klar», sagte sie. «Komm rüber.»

Als er zehn Minuten später eintraf, kochte sie bereits Kaffee und hatte ein paar Muffins in den Ofen geschoben. Er kam in die Küche gepoltert, ließ die Fliegengittertür hinter sich zuschlagen, und schien wieder voller Selbstvertrauen und ganz der alte zu sein. Er grinste sie an, und schon bekam sie banalerweise die gewohnten weichen Knie. Er machte keine Anstalten, sie zu berühren. Sie setzten sich einander gegenüber an den Tisch und tranken Kaffee. Er verputzte die Muffins in Nullkommanichts.

«Hab dir Annabels Wagen mitgebracht. Steht draußen.

Dachte, du könntest ihn vielleicht gebrauchen, falls deiner wieder zu bocken anfängt.»

Sie erinnerte sich an den Verdacht, daß er den Volvo vorsätzlich sabotiert hatte, und sah ihn daher durchdringend an, aber er hob nur unschuldig die Augenbrauen. Vielleicht war sie undankbar. Vielleicht galt das hier nach den gestrigen Flausen als Friedensangebot.

«Das ist zwar sehr nett von dir, aber meinst du nicht, daß die arme alte Estelle sich ihren Ruhestand verdient hat?»

Er grinste. «Machst du Witze? Die Kutsche hält noch tausend Jahre. Wenn du sie je loswerden willst, mußt du ihr einen Pfahl durchs Herz treiben.» Er lehnte sich auf dem Stuhl zurück und sah sich in der Küche um, bis sein Blick schließlich auf ihrem Gesicht verweilte. «Und, was gibt's Neues? Wie sind denn deine Bilder von den Larkin-Mädels geworden?»

«Ich war eben dabei, Vergrößerungen zu machen. Möchtest du sie sehen?»

«Aber sicher doch.»

Er folgte ihr die Treppe hinunter ins Kellergeschoß und zum Waschbecken an der Wand, wo die Probeabzüge im Wasserbad schwammen. Sie suchte einen aus, der die ernst dreinschauenden Schwestern gemeinsam auf der Veranda zeigte, und hielt ihn Sky entgegen. Er griff nach dem tropfenden Papier und betrachtete es neugierig.

«Sind sie nicht süß? Die Mädels muß man doch einfach lieben.»

Nan, die mit übertriebenem Lob für ihr fotografisches Können gerechnet hatte, wußte darauf keine Antwort, aber das schien er nicht zu bemerken. Er sah vom Foto auf. «Wo treibt sich Stephen rum?»

Sie nahm ihm das Foto aus der Hand und legte es zurück

ins Wasserbad. «Oh, auf der anderen Seite des Baches – mit Woody.»

«Klingst nicht gerade begeistert.»

Nan schluckte. «Es gibt da ein paar neue Entwicklungen an der Woody-Front.»

«Entwicklungen?» Er beugte sich über das Wasserbad, stocherte darin herum, bemüht, auch noch die anderen Abzüge zu sehen. Sie lehnte sich ans Waschbecken und studierte sein Gesicht.

«Ja. Lucy Talbot meint, er sei ein Geist.»

Das weckte sein Interesse. Er sah sie an und lachte los. «Sag das noch mal.»

«Du hast mich schon verstanden. Und hier kommt die Pointe. Kein x-beliebiger Geist. Sondern der Geist von Tukker Wills.»

Skys Augenbrauen schossen in die Höhe. Sein Lächeln erstarb. «Was?»

Nan holte tief Luft. Noch ließ sich nicht sagen, wie sie die gestrigen Ereignisse verkraftet hatte. Ihr instinktiver Widerstand gegen Lucys Geschichten war durch das seltsame abendliche Erlebnis in Stephens Zimmer ziemlich arg untergraben worden – und entgegen Gabes Versicherung hatte die Nachtruhe nicht sonderlich dazu beigetragen, die Angelegenheit wieder in einen rationalen Rahmen zu rükken. Sie war zwar nicht bereit einzugestehen, daß sie an Geister glaubte. Aber, Geist oder nicht, das Gefühl, das sie verspürt hatte, überstieg ihren Horizont. Sie sagte sich, daß es vielleicht irgendeine wissenschaftliche Erklärung dafür gab, Elektrizität oder Magnetismus. Aber nichtsdestoweniger lief es ihr bei der Erinnerung eiskalt den Rücken hinunter.

«Hat Annabel je –» Ihr blieb die Luft weg, und sie mußte

noch mal anfangen. «Hat sie je davon gesprochen, Tuckers Geist gesehen zu haben?»

Er sah sie noch immer konsterniert an. «Himmel, nein.»

«Nun, kurz vor ihrem Tod sagte sie Lucy, daß sie ihn im Laufe der Jahre des öfteren gesehen habe. Wie er hier umherschlich. Haus und Hof heimsuchte.»

Er pfiff leise vor sich hin, stand da, beide Hände in die Hosentaschen gestemmt und ins Leere starrend. Einen Augenblick später berührte sie seinen Arm, und er murmelte: «Hat verdammt nie ein einziges Wort davon zu mir gesagt.»

«Vielleicht dachte sie, du würdest sie auslachen. Oder sie für geisteskrank halten.»

Er schüttelte den Kopf. «Mir ist noch niemand begegnet, der einen so klaren Kopf hatte wie Annabel. Wenn sie gesagt hat, sie hat ihn gesehen, dann glaub ich's ihr. Aber was hat das alles mit Woody zu tun? Ich dachte, er ist nur – du weißt schon. Einbildung.»

Nan holte tief Luft. «Erinnerst du dich noch, daß sich Stephen beim Square Dance ein Musikstück gewünscht hat – den ‹White Rose Waltz›? Anscheinend war das Tukkers Lieblingslied. Stephen hat mir gesagt, er kennt es von Woody.»

Sky zupfte an seinem Bart. «Ist das alles?»

«An und für sich ja. Außer –» Wider besseres Wissen versuchte sie zögernd, ihm die Erfahrung des gestrigen Abends zu beschreiben.

«Gestern abend ging ich zu Stephen, um ihn ins Bett zu schicken. Er plapperte mit Woody, und plötzlich überkam mich ein ganz komisches Gefühl. Nicht nur so ein Gruseln. Ein konkretes körperliches Gefühl, wie ein schwacher elektrischer Schlag. Mir standen buchstäblich die Haare zu Berge. Ich habe auch miterlebt, wie es dem Kater passiert ist

– hab gesehen, wie er irgendwas im leeren Zimmer angefaucht hat. Und genau das Gefühl hatte ich gestern abend. Daß da etwas war. Ich konnte es nicht sehen. Aber ich schwöre, ich konnte es spüren.»

«Etwas? Du meinst – ein Geist?»

«Ich *weiß* doch nicht.» Sie seufzte. «Oben in New York glaubt niemand an Geister, verstehst du? Ich mein, so was ist doch ein Witz. Als Lucy mir dies ganze Zeug erzählte, mußte ich lachen. Ich dachte, sie wollte mich auf den Arm nehmen. Aber das wollte sie nicht. Sie ist echt ausgeflippt.»

«Teufel – schätze, das ist sie wohl.»

Nan gestattete sich ein Achselzucken. «Aber wieso? Woody oder Tucker – wer auch immer es sein mag, Stephen hat einen Narren an ihm gefressen. Und der Junge braucht weiß Gott einen Spielgefährten. Geist oder imaginärer Freund, was macht das schon für einen Unterschied?»

Sie hatte versucht, einen unbeschwerteren Ton anzuschlagen, aber es kam doch unheilschwanger heraus. Sie schwiegen, und dabei sah Sky sie von der Seite an. «Tut's dir leid, daß Annabel dir das Haus hinterlassen hat?»

«Na ja, wie man's nimmt.» Nan hob die Hände und ließ sie hilflos wieder sinken. «Wenn ein Geist in der Familie zur Erbmasse gehört, weiß ich nicht recht, ob ich dem gewachsen bin.»

Er lächelte nicht, und sie fand, er sei nicht ganz unschuldig daran, daß ihre zaghaften Versuche, die Sache mit Humor zu nehmen, fehlschlugen. Kein Lachen ließ die Beklommenheit verfliegen, und daher hörte sie die Wahrheit in ihren Worten nachklingen. Sky faßte nach ihrer Schulter und drückte sie. Nan ergriff seine Hand, und er schloß sie in die Arme.

«Weißt du, Honey, Flutie Larkin wär vielleicht die richtige, um über all das zu sprechen. Solche Sachen liegen genau auf ihrer Wellenlänge.»

Beim Gedanken an die ausdruckslosen Augen der Bergbewohnerin fühlte sich Nan nicht gerade ermutigt. Sie sagte nichts. In der Stille streichelte er ihren Rücken, und sie preßte sich an ihn. Er fühlte sich so warm an, so kräftig – unversehens begehrte sie ihn, wollte dieser ganzen verrückten Sache entfliehen, auch wenn's nur für eine kleine Weile war. Sie legte die Hände auf seinen Hintern, spürte die festen Muskeln unter dem verschlissenen Stoff seiner Jeans. Er wurde sofort hart. Nan kam ansatzweise wieder zur Besinnung.

«Das können wir nicht machen. Was ist, wenn Stephen zurückkommt?»

«Er kann doch nur über die Weide kommen», sagte Sky. «Wir bleiben hier, wo wir ihn im Auge haben.»

Er drehte sie, so daß sie aus dem staubigen Kellerfenster oben in der Wand über dem Waschbecken blicken konnte. Dann streifte er ihr die Shorts nach unten und drängte sich von hinten an sie heran. Er griff unter ihr Hemd und umfaßte ihre Brüste. Nan hielt sich am Waschbeckenrand fest und schloß die Augen, versuchte, sich in den körperlichen Reaktionen zu verlieren. Dann zuckte sie zusammen und schlug die Augen wieder auf, als er grob in sie hineinstieß. Über dem Gebirgskamm schwebten riesige weiße Wolken im Blau und warfen ihre Schatten auf die grünen Bergspitzen. Eine Brise bewegte die Wipfel der Bäume am Bach, und von da aus schweifte ihr Blick zur hellen Kuppe des Hügels auf der anderen Seite.

Sky bewegte sich in ihr, wurde heftiger und schneller. Er drang tiefer in sie ein, und sein Atem explodierte in heißen

Stößen an ihrem Hals. Sie fühlte sich abgekoppelt von ihrem Körper, den er so hemmungslos benutzte, und war zu keiner Empfindung fähig.

(wie wir uns im Kreis drehen schneller und schneller die Arme ausgestreckt um uns herum das hohe Gras ein gleißendes Funkeln in den Augen und die Berge ein singender grüner Farbstreifen in der Ferne schneller und schneller bis wir schließlich hinfallen und flach auf dem Rücken liegen und spüren wie die Erde bebt und bebt unter uns während oben am blauen Himmel ein Falke auf einem warmen Luftstrom schwebt über unserem wirbelnden goldenen Hügel)

Sky gab einen kleinen Japser von sich. Seine Hände umklammerten ihre Brüste; dann sank er gegen ihren Rücken. Sie spürte, wie sein Penis aus ihr hinausglitt. Er ließ sein Gewicht einen Moment auf ihr ruhen. Dann richtete er sich auf und drehte sie um, damit sie ihn ansehen konnte.

«He, Lady. Du bist ja 'ne Million Meilen weit weg.»

«Tut mir leid, Sky. Ich kann meine Gedanken nicht abstellen –» Sie redete nicht mehr weiter, ordnete ihre Kleider. Er tat dasselbe. Ihre Blicke trafen sich.

«Ich wußte doch, daß was nicht stimmt», sagte er. «Du hast mich nämlich nicht angefeuert dabei.»

Es ging ihm darum, sie zu einem Lächeln zu bewegen, und sie rang sich auch eins ab, aber es wollte nicht andauern. Er versuchte es noch mal. «Hör mal, Honey, ist doch nicht das Ende der Welt. Ist doch nichts Schlimmes passiert.»

Sie zuckte die Achseln. «Noch etwas», sagte sie. «Gabe hat angerufen. Ich hab ihm erzählt, was hier so passiert. Er kommt her.»

«Wann?»

«Schon bald», sagte sie.

«Hast du ihm auch von uns erzählt?»

Sie schüttelte den Kopf, und er griff mit der Hand unter ihr Kinn und hob es ein wenig an.

«Hast du's vor?»

«Geht ihn gar nichts an», sagte sie. «Außerdem kommt er Stephens wegen hier runter und nicht meinetwegen.»

«Gut.» Er ließ die Hand sinken. «Ich bin ein eigennütziger Hund. Hasse es, was zu teilen.»

14. KAPITEL

Das Abfertigungsgebäude des Tri-Counties Regional Airport war ein Wellblechschuppen, in dem es nach Treibstoff und verschwitzten Körpern roch. Am Rollfeld sollte ein Maschendrahtzaun neugierige Besucher und wahrscheinlich auch die Tierwelt davon abhalten, vor die Flugzeuge zu spazieren. Nan sah zu, wie der zwölfsitzige Flieger aus Kingsport landete und ausrollte, wobei seine Flügel wackelten, als wollten sie jeden Moment abfallen.

Gabe war als erster an der Ausstiegsluke. Er trug Leinenhosen und ein locker sitzendes schwarzes Jackett über einem verwaschenen blauen T-Shirt. Die modisch überweiten Sachen kaschierten seinen zunehmenden Taillenumfang. Über seiner Stirn wies der stachelige Haarschopf mehr Grau auf, als Nan in Erinnerung hatte, und mit gewisser Bestürzung sah sie, daß der gestutzte Bart an den Kinnbacken, kürzer als Skys und auch völlig anders beschaffen, jetzt völlig weiß war.

Sie sah zu, wie er heraussprang und sich dann umdrehte, um einer üppigen, mit einer Lederjacke bekleideten Blondine – der Pilotin – zu helfen, die zwar nicht unbedingt auf seine ausgestreckte Hand angewiesen zu sein schien, sie aber doch gern annahm. Sie lachte los, als er sich zu ihr beugte und ihr etwas ins Ohr flüsterte. Netter kleiner Flirt während des kurzen Flugs, attraktiv älterer Mann …

Nan schnitt eine Grimasse. Zieh 'ne Nummer fürs Wartezimmer, Honey.

Sie stand mit gekreuzten Armen am Gatter und wartete. Die Pilotin bemerkte sie, tätschelte Gabes Arm und schwenkte taktvollerweise in Richtung Hangar ab. Als er den Zaun erreicht hatte, öffnete Gabe das Gatter, trat hindurch und ließ es für die anderen Passagiere, die über die Rollbahn getrottet kamen, offenstehen.

«Mein Gott, das hier ist wirklich am Arsch der Welt.» Er küßte ihr die Wange, bedachte sie mit einem abschätzigen Blick und lächelte dann. «Siehst gut aus.»

«Ist das alles an Gepäck?»

Seine schon recht abgewetzte Ledertasche, die er an einem langen Schulterriemen trug. Wie sie ihn kannte, enthielt sie hauptsächlich Bücher (er hatte die Angewohnheit, stets drei oder vier gleichzeitig zu lesen), in ein paar Kleidungsstücke zum Wechseln eingerollt. Er blickte auf die Tasche hinunter, nickte und betrachtete dann mit zur Seite geneigtem Kopf den rostigen Abfertigungsschuppen. «Hochmoderne Anlage, wie ich sehe. Wo ist Stephen?»

«Bei Freunden. Ich hab ihm nicht gesagt, daß du kommst.»

«Nicht? Warum nicht, zum Teufel?»

«Für den Fall, daß Jennifer dich nicht gelassen hätte», sagte Nan.

Er nahm ihr Kinn zwischen Daumen und Zeigefinger und schüttelte es sanft. «Du kannst mich mal. Okay?»

Sie hatte neben einem schwarzem Pickup mit Gewehrhalterung und Dixie-Nummernschildern geparkt. Gabe musterte das Nachbarfahrzeug, enthielt sich aber jedes Kommentars. Als sie vom Parkplatz auf die Landstraße bogen und die südliche Richtung nach Breezy einschlugen, wandte er den Kopf, um sich den schattigen Friedhof auf der anderen Straßenseite näher anzuschauen. «He, das ist 'ne nette Idee. Muß 'ne große Beruhigung sein für die Leute, wenn sie in die Maschine klettern.»

«Siehst du die große Steinbibel da in der Mitte?» Nan stellte fest, daß sie sich in der Rolle der Fremdenführerin gefiel. «In ihrem Sockel befindet sich ein elektronisches Auge. Wenn du nahe genug dran bist, sieht es dich, und dann wird ein Band von Tennessee Ernie Ford abgespielt. Der singt ‹The Old Rugged Cross›.»

«Du lügst», sagte Gabe. «Hast du das mit eigenen Ohren gehört?»

«Nein. Jemand hat es mir erzählt.»

Sky hatte es ihr erzählt. Gabe legte seinen Arm auf die Rückenlehne und sagte nichts. Als sie zu ihm hinübersah, beobachtete er sie, eine Augenbraue hochgezogen. Nan richtete ihr Augenmerk wieder auf die Straße.

Die Fahrt dauerte fast zwei Stunden, und einen Teil dieser Zeit nutzte er, um sie mit Jennifers professionellen Ansichten zu Stephen vertraut zu machen. Er fragte sie nicht erst, ob sie überhaupt etwas davon hören wollte, sondern leierte einfach seinen Sermon herunter.

«Er hat in letzter Zeit allerhand Traumata erfahren – Brians Verschwinden im vergangenen Herbst, unsere Trennung und jetzt dieser Umzug an einen fremden Ort. Wir reden hier von enormen Streßfaktoren. Jennifer meint, Woodys Rückkehr ist mehr als alles andere eine positive Manifestation. Er ist ihm vertraut, ein Bezugspunkt in einer fremden Umgebung, in der sich Stephen verloren vorkommt. Woody ist nicht verletzlich wie Brian; er kann nicht verschwinden. Und er gehört ganz und gar Stephen.»

Ein Bezugspunkt in einer fremden Umgebung, in der Stephen sich verloren vorkommt. Nan zuckte innerlich zusammen. Bestand darin nicht eigentlich ihre Aufgabe? Gabes Einschätzung von Woody bot einer übernatürlichen Interpretation keinen Raum; anscheinend war es für ihn ausgemacht, daß sie sich von dem kurzzeitigen Aussetzen ihres Verstandes erholt hatte. Und unter den gegenwärtigen Umständen versuchte sie, die Situation aus Gabes Perspektive zu sehen. Okay, die Einsamkeit – verstärkt durch ihre Hinwendung zu Sky – hatte Stephen also veranlaßt, Woody wieder aus der Versenkung zu holen. Und der Rest: der Fiedelwalzer, das eigentümliche Verhalten des Katers, ihre eigene Mega-Attacke von Gänsehaut? Nichts als ein Mischmasch aus Zufall und Fehlinterpretation, mit Logik letztlich durchaus erklärbar.

Ihre Unterhaltung schwenkte auf leichte und zivilisierte Themen um. Er brachte sie auf den neusten Stand, was den New-York-Klatsch betraf, und schaffte es sogar, Jennifers Namen herauszuhalten. Sie trug eine bearbeitete Version ihres Treibens bei, einschließlich des Square Dance und des Besuchs bei Pen und Flutie Larkin. In den kurzen Gesprächspausen schien er die Landschaft zu beiden Seiten der Straße zu bewundern – bewaldete Schluchten und Hänge, abgelöst vom Ausblick auf wogende Wiesen, felsige Weiden, gesprenkelt von Kühen und Bauernhäusern mit rostfarbenen Dächern. Über allem erhoben sich die Berge, deren grüne Hänge den Horizont prägten und in der Ferne zu einem zarten Graublau verblaßten.

Wieder war Nan verblüfft, wieviel Rückhalt sie aus Gabes Anwesenheit schöpfen konnte, obwohl sie sich emotional immer noch von ihm betrogen vorkam. Es war mehr als das Syndrom der alten Latschen, die so gut zusammenpaßten: Mit ihm neben sich im Wagen schienen die Grenzen zwischen Möglich und Unmöglich wieder festgeschrieben zu sein. Sie glaubte nicht, daß auch nur irgendein Geist diese skeptisch hochgezogene Augenbraue überleben könnte.

Als sie bei den Talbots ankamen, wo sie Stephen abgegeben hatte, trafen sie Whit am Beginn der Auffahrt. Er holte gerade die Post. Nan lehnte sich aus dem Fenster, um Gabe vorzustellen.

«Bin stolz, Sie kennenzulernen, Sir.» Whit schlenderte zur Beifahrerseite herum und streckte zur Begrüßung seine Hand durchs offene Fenster. «Ihr Kleiner ist oben im Haus und verdirbt sich den Appetit aufs Abendessen mit 'nem neuen Schwung Zuckerkekse. Wenn Sie sich beeilen, kriegen Sie vielleicht auch noch einen davon ab.»

«Sollen wir dich zum Haus mitnehmen?» fragte Nan.

«Nein, Honey. Muß mir 'n Stück weiter da unten den Abzugskanal ansehen. Der verstopft immer wieder, und ich weiß nicht, wieso. Fahrt ihr schon mal vor.»

Er winkte sie an sich vorbei. Gabe verdrehte sich den Hals, um der hochgewachsenen, leicht gebeugten Gestalt nachzuschauen. «Junge, der ist aber noch rüstig. Wie alt ist er?»

«Mitte siebzig», sagte Nan. «Meinst du, du hältst auch so lange durch?» Es war eine billige Anspielung, aber wenn sie auch noch so erleichtert sein mochte, ihn hierzuhaben, lauerte doch gleich unter der Oberfläche noch der Groll. Er sah sie mißbilligend an und sagte nichts.

Und die Strafe – ob sie an dergleichen glaubte oder nicht – folgte auf dem Fuß: Als sie die Fliegengittertür zur Küche der Talbots aufstieß und zur Seite trat, um Gabe einzulassen, erglühte Stephens Gesicht so vor Freude, daß es ihr fast das Herz zerriß. Er sprang von seinem Stuhl am Küchentisch und stürzte Gabe entgegen. «Dad!»

Nan hätte genausogut Luft sein können. Gabe umarmte ihn wortlos, während sie schweigend zuschaute und spürte, wie der erste brennende Schmerz zu einem dumpfen Gefühl der Trauer wurde. Lucy Talbot stand strahlend am Herd, die Hände über dem Latz ihrer mehlbestäubten Schürze verschränkt. Nan spürte Empörung aufflackern, aber sie wußte, daß es ungerecht war. Sie hatte Lucy nichts von ihrer ehelichen Situation erzählt und daher nicht das Recht zu erwarten, daß die ältere Frau sensibel auf Nuancen reagierte. Sie konzentrierte sich darauf, keine Miene zu verziehen, um sich ihre Gefühle nicht anmerken zu lassen.

Als sie sich schließlich von den Talbots losmachen konnten und auf dem Weg zu Annabels Haus waren, hielt Stephens überschäumende Begeisterung weiter an. Während sie auf der kurvenreichen Straße an Obstplantagen und Feldern entlangfuhren, redete er ohne Unterlaß: sein Zimmer, sein Kater, die Pferde, die Weide und der Bach – erpicht darauf, seine neue Welt mit Gabe zu teilen. Nan hörte zu und erwartete jeden Moment Woodys Erwähnung, aber sie kam nicht.

In Annabels Haus angelangt, verlangte Gabe nach einem Drink. Sie ließen sich in der Bibliothek nieder, und Nan reichte ihm einen Scotch.

«Aah. Zivilisation.» Er nippte, stellte das Glas ab. «Sehr anständig. Ist das Omas Scotch?»

«Nichts da. Meiner.»

Wieder diese hochgezogene Augenbraue. Vor Jahren hatte sie sich bemüht, dasselbe Mienenspiel einzuüben, aber es war ihr nicht gelungen, den zuständigen Muskel zur

Kooperation zu bewegen. Stephen hing an der Armlehne von Gabes Stuhl.

«Dad, möchtest du nicht Scheherazade sehen?»

«Wen? Oh, das Pferd. Ich bin nicht gekommen, um Pferde zu besuchen, Stephen. Ich will dich besuchen.»

Nan betrachtete ihre Gesichter, die identischen Augen hinter ähnlichen Opa-Brillen. Gabes Haare waren so dunkel gewesen wie Stephens, bevor sich das Grau ausgebreitet hatte. Es war nicht zu übersehen, daß sie Vater und Sohn waren; und trotz der Tatsache, daß sie Stephen zur Welt gebracht hatte, konnte sie sich oft des Gefühls nicht erwehren, daß er eher Gabes Kind war als ihres. Es war ihr immer so vorgekommen, als sei Gabes Haltung ihm gegenüber eindeutiger, und zwar in allen Bereichen, vom Schuhwerk und Spielzeug bis hin zu schulischen Dingen und der Ernährung – und Stephen hatte sich, als ahne er das, stets mehr auf Gabe bezogen. Unter dem Eindruck, im Hintertreffen zu sein, hatte sie sich in einen Beruf gestürzt, in dem sie unbestritten Expertin war, und es mit gewisser Erleichterung Gabe überlassen, Stephens Mutter zu spielen – und zwar in jeder Hinsicht bis auf die rein biologische.

Daß ihr jetzt die ungemeine Anhänglichkeit des Kindes an seinen Vater demonstriert wurde, war der Preis, den sie zu zahlen hatte. Im Augenblick war es sogar eine buchstäbliche Anhänglichkeit: Zuerst hing der Junge an Gabes Schulter, dann kletterte er ihm für die Dauer des ersten und auch des nächsten Drinks auf den Schoß. Allmählich wurde es Zeit zum Abendessen, und Stephen klebte an Gabes Fersen, als dieser sich getreu seines Versprechens, beste Manieren mitzubringen, bemühte, Nan beim Tischdecken zu helfen.

Nach ihrem dritten Beinahezusammenstoß gab Gabe dem Jungen eine Milchtüte, die er eben aus dem Kühlschrank genommen hatte. «Hier, mach dich nützlich. Das große Glas da ist deins. Schenk dir Milch ein.»

Stephen trug die rotweiße Tüte zum Tisch. «Dad, bleibst du jetzt bei uns?»

«Du meinst, für immer?» Gabe zögerte, warf Nan einen kurzen Blick zu, der besagte, sie hätte ihrem Kind die Situation erklären müssen. Dann: «Das kann ich nicht, Sohn. Du weißt doch, in New York würde ohne mich alles zusammenbrechen.»

Als Nan Stephens verschreckte Miene sah, verwünschte sie sich dafür, die ganze Sache nicht anders angepackt zu haben – sie hätte ihm sagen sollen, daß Gabe auf einen kurzen Besuch kommen würde. Aber Gabe hatte sie schon einmal im Stich gelassen, mit Jennifer; und er hätte es ohne weiteres nochmals tun können – hätte es sich anders überlegen können, anrufen und sagen können, er habe Termine, würde es letztendlich doch nicht schaffen. Und Stephen nahm doch alles so schwer. Im Moment sah er aus, als sei er geohrfeigt worden. Ihr war gar nicht in den Sinn gekommen, daß er hätte annehmen können, Gabe käme nach Tennessee, um wieder mit ihnen zusammenzuleben. In New York schien ihr Sohn die Trennung verstanden und Gabes Beteuerungen akzeptiert zu haben, daß sich nichts geändert hatte – zumindest nicht zwischen ihnen beiden. Jetzt hatte er offenbar das unerwartete Auftauchen seines Vaters als Zeichen dafür gesehen, daß sie wieder zu einer Familie würden.

«Wieso kannst du denn nicht bei uns bleiben?» Stephens Stimme bebte hörbar, als er die Milchtüte mit hartem Schwung am Tischrand absetzte, sich umdrehte und Gabe anstarrte, der leise aufseufzte.

«He, Champ. Ich bin doch jetzt hier. Ist das nichts?»

Er ging auf ihn zu, um ihn in die Arme zu nehmen, aber im letzten Moment machte Stephen einen Satz. Seine ausgestreckte Hand traf die Milchtüte. Die geriet ins Kippeln und fiel vom Tisch. Mit einem vernehmlichen Platschen landete sie zu Gabes Füßen auf dem Boden.

«Himmel!» Er sprang zurück. Stephen heulte los und rannte aus dem Zimmer. Nan und Gabe starrten ihm erschrocken hinterher und hörten seine Schritte auf der Treppe. Milch breitete sich schnell zu einer großen Pfütze auf dem Boden aus. Mister Mustard erschien aus dem Nichts, bedachte Nan mit einem fragenden Blick und machte sich erfreut ans Aufschlecken.

Nan nahm ein nasses Tuch aus dem Waschbecken zur Hand und ging auf die Knie, um den Rest aufzuwischen. Als sie aufsah, stellte sie fest, daß Gabe sie beobachtete. «Gut hingekriegt.»

Er spreizte die Hände. «War das meine Schuld?»

15. KAPITEL

In der Sonne des späten Vormittags war es auf der Front Street brütend heiß, und das helle Klingeln der Ladenglocke von «Books, Etc.» ließ Nan sehnsüchtig an Eiswagen denken, als sie die Tür aufstieß und in die hinteren Bereiche des Verkaufsraumes spähte. Nach dem gleißenden Licht draußen dauerte es ein paar Sekunden, bis sich ihre Augen an die Düsternis gewöhnt hatten. Sie hörte ein Sirren und sah nach unten. Ein kleines rotes Auto steuerte über die Dielenbretter auf sie zu. Als es näher kam, trötete seine Hupe heiser, und seine Scheinwerfer blitzten auf. Das Fahrzeug bremste neben ihrem linken Fuß ab.

Sie blickte forschend nach hinten. «Coop?»

«Hi, Nan.» Er trat hinter dem Ladentisch hervor, wo er gehockt hatte, und kam ihr entgegen. Er sah ein wenig verlegen, aber gleichzeitig auch selbstzufrieden aus. «Gefällt es Ihnen?»

Sie hob das Auto hoch. Mickey Mouse saß am Steuer, Minnie war die Beifahrerin. «Niedlich.»

Er nahm das Auto und lächelte sie an, tausend Fältchen in den Augenwinkeln. «Ich hab gerade daran gedacht, daß Sie schon eine ganze Weile nicht mehr hier waren. Was gibt's Neues?»

«Ach, dies und das. Ich bin nur in die Stadt gekommen, um ein paar Dinge einzukaufen.»

Eine Stunde im Schlepptau von Gabe und Stephen hatte ihr das Gefühl vermittelt, absolut überflüssig zu sein, und sie war mit der Ausrede entflohen, noch einige Vorräte in der Stadt besorgen zu müssen – ehrlicherweise brauchte sie jedoch ein wenig Zeit mit jemandem, der wußte, daß sie noch am Leben war, und ihr das auch vermittelte. Natürlich reagierte sie überempfindlich. Was Gabes Anwesenheit betraf, würde der Reiz des Neuen verfliegen, wenn er tatsächlich zwei Wochen blieb, wie er Stephen heute morgen versprochen hatte. Aber im Moment nagte es noch an ihr, Stephen an seinen Lippen hängen und ihm wie ein junges Hündchen auf Schritt und Tritt nachlaufen zu sehen.

Cooper bot ihr seinen Hocker hinter dem Ladentisch an. Er saß auf dem Boden, öffnete Kartons und mühte sich, deren Inhalt mit einem Stapel zerknitterter Bestellzettel abzustimmen. «Wo ist denn Stephen?»

Sie rang um Fassung. «Zu Hause. Sein Vater ist zu Besuch, und die beiden gründen gerade einen Männerbund.»

Er sah von einem Karton auf, der bis zum Rand mit rosa Plastikmäusen gefüllt war, und schenkte ihr ein mitfühlendes Lächeln. «Fünftes Rad am Wagen, hm?»

Das bißchen Anteilnahme reichte schon fast, Nan aus der Fassung zu bringen. Sie schluckte und heuchelte Interesse an der Lieferung Mäuse. «Wie viele von den Dingern sind denn das?»

«Vier Dutzend.» Er nahm eine heraus, zog sie auf und setzte sie auf den Boden. Statt jedoch einen vollen Salto zu drehen, sprang sie nur in die Höhe und fiel auf die Mäuseschnauze. Cooper seufzte. «So geht das in letzter Zeit. Sagen Sie bloß nicht, ich hab mir vier Dutzend Stümpermäuse eingehandelt.»

Nan lachte, und er stimmte ein. So wie er hinter dem Ladentisch auf dem Fußboden saß, war er von der Tür aus nicht zu sehen, und ihr kam der Gedanke, daß ein Kunde, der jetzt hereinkam, nur sie sehen würde, wie sie allein dort saß und sich vor Lachen ausschüttete. Dabei mußte sie daran denken, wie Stephen in seinem Zimmer mit einem Unsichtbaren geredet und gelacht hatte, und sie merkte, daß ihr das Lächeln auf den Lippen erstarb.

Cooper sah sie an. «Da ist doch wohl nicht nur dieser kleine Männerbund, der Ihnen Kummer macht, Nan. Möchten Sie's mir erzählen?»

Sie atmete ein und studierte ihre Fingernägel. «Coop, darf ich Sie etwas fragen?»

«Schießen Sie los.»

Sie hätte nicht gefragt, wenn sie sich seiner Antwort nicht schon einigermaßen sicher gewesen wäre. Seine Erwähnung des «Überdauerns», Cassies Geschichte von seinen Bemühungen, mit seiner verstorbenen Frau zu kommunizieren – brauchte sie noch mehr Beweise, daß für ihn das Übernatürliche weder verachtenswert noch lächerlich war?

Aber sie wollte es aus seinem Mund hören. Weil sie es sich dann gestatten konnte, die herzzerreißende Furcht einzugestehen, daß es vielleicht stimmte – daß Stephen sich irgendwie und unmöglicherweise mit dem ruhelosen Geist eines Jungen angefreundet hatte, den sie als Kind gekannt hatte. Angesichts Gabes rigoroser Ablehnung alles Übernatürlichen tendierten ihre Ängste dazu, sich schamvoll ins Schneckenhaus zu verziehen, aber sie hatten die tückische Angewohnheit, schleichend zum Vorschein zu kommen, kaum daß sie sich nicht mehr in seiner Gesellschaft befand.

Jetzt atmete sie tief durch und sagte: «Glauben Sie an Geister?»

Cooper erwiderte nichts. Er saß zu ihren Füßen, ohne einen Ton zu sagen, und betrachtete die Plastikmaus, die er in Händen hielt. Sie konnte sein Gesicht nicht sehen, sondern blickte nur von oben auf die rosa Kopfhaut unter seinem schütteren blonden Haar.

«Wieso?» fragte er schließlich.

Das eine barsche Wort schien zu beinhalten, daß es sie nichts anging. Im panischen Bemühen, ihre Frage zu rechtfertigen, platzte sie mit dem wahren Grund für Gabes plötzlichen Besuch heraus und hielt dann mit nichts mehr hinter dem Berg: von Lucy Talbots Geistergeschichte bis zu dem schaurigen Gefühl, eine Anwesenheit zu spüren, das sie drei Abende zuvor in Stephens Zimmer überkommen hatte.

Während sie sprach, nahm Cooper eine weitere Maus aus dem Karton und zog sie auf. Sie sprang hoch und fiel auf die Schnauze.

Nan rutschte auf dem harten Hocker hin und her. «Ich weiß nicht mehr, was ich glauben soll. Es erscheint unmöglich. Aber ich denke immer wieder ... auch wenn ich alles andere außer Betracht lasse – was Annabel Lucy erzählt hat und was ich in Stephens Zimmer spürte – an diese Geschichte mit dem Fiedelwalzer. *Wo* hat Stephen ihn nur kennengelernt?»

Endlich sah Cooper von dem defekten Spielzeug auf. «Als erstes würde ein echter Parapsychologe Ihnen sagen, daß *jede* Erklärung einer paranormalen vorzuziehen ist. Man würde Ihnen sagen, Stephen könnte das Musikstück ohne weiteres durch eine lebende Person kennengelernt haben, vielleicht bei einem seiner Verwandten, und die Tatsache, daß es sich dabei auch um Tuckers Lieblingslied handelte, sei nur Zufall. Man würde sagen, daß dies spezielle Stück vielleicht etwas habe, das besonders auf kleine Jungen wirkt.»

Als er ihren Gesichtsausdruck sah, hielt er inne und lächelte gequält. «Ich bin keine große Hilfe, was? Ich kann Ihnen nicht sagen, was Sie denken sollen, Nan. Ich weiß, daß Ihre Großmutter an Tuckers Anwesenheit glaubte. Sie sagte mir, sie wisse, daß ein Geist den körperlichen Tod überdauern könne. Wir haben das mehrfach diskutiert.» Er hielt ihrem Blick geraume Weile stand, bevor er die Augen senkte. «Ich nehme an, Sie haben die Geschichten über mich gehört.»

«Nun –»

«Ich weiß, daß die Leute reden. Das macht mir nichts. Denn ich habe meine Laura gesehen – gesehen und mit ihr gesprochen, und zwar am Abend nach ihrem Tod.» Er beschäftigte sich mit dem Aufzugsmechanismus der Plastikmaus, die er in der Hand hielt, fingerte daran herum, probierte sie nochmals aus, hatte aber keinen Erfolg.

«Ich war nicht betrunken», sagte er. «Die Phase hatte noch nicht angefangen – ich war noch zu benommen. Ich saß auf meiner Vorderveranda. Die Dämmerung hatte gerade eingesetzt, und ich saß da wie betäubt.» Er sah auf und schien Nan einen Moment lang zu fixieren. «Ich fühlte eigentlich so gut wie gar nichts, wissen Sie, das kam erst sehr viel später. Als ich sie fand, kam es mir vor, als hätte ich schon immer gewußt, daß es geschehen würde.» Der Schmerz war seinem Gesicht so deutlich abzulesen, daß sie den Blick abwenden mußte. Einen Augenblick später vernahm sie wieder seine Stimme.

«Jedenfalls saß ich da draußen auf der Veranda, und ich hörte sie meinen Namen aussprechen, so wie sie ihn einemillionmal ausgesprochen hatte. Ich sah auf, und sie saß vor mir auf dem Geländer. Ich war so benommen, daß ich gar nicht mal sonderlich überrascht reagierte. Verstehen Sie? Sie sah so real aus wie Sie jetzt. Ich sagte: ‹Laura?›, und sie lächelte irgendwie und sagte: ‹Komm bald nach Hause, Coop.› Dann verschwand sie einfach, löste sich in der Dunkelheit auf.»

Ihm schien der Atem zu stocken, und aus Angst, er könne gleich in Tränen ausbrechen, sah Nan ihn weiterhin nicht an. «Haben Sie sie je – wiedergesehen?»

Als er nicht antwortete, schaute sie verstohlen hin und sah, daß er den Kopf schüttelte. «Nein. Ich hab versucht, mit ihr Kontakt aufzunehmen, aber – nein. Doch ich glaube – nun, zuerst dachte ich, sie hat nur, gewissermaßen, wiederholt, was sie sagte, als ich an dem Wochenende weggefahren bin. Wissen Sie, wie ein Echo oder so. Sie sagte es immer, wenn ich ohne sie irgendwo hingefahren bin. Komm bald heim. Ich hab mir Mühe gegeben, sie nicht so oft allein zu lassen. Vielleicht ... Jedenfalls, ich glaub nicht, daß es das war. Es war eher, als würde sie mir sagen wollen: *Ich bin jetzt daheim. Wirklich daheim, und alles ist in Ordnung. Und ich werde auf dich warten.*»

Er schluckte hörbar und schaute wieder auf die Maus, offensichtlich, ohne sie wirklich wahrzunehmen. Nan entdeckte den Ansatz eines Niednagels an ihrem linken Daumen und fing an, wie wild daran zu zupfen. Seine Offenbarung schien ihre Entscheidungsfähigkeit, zu glauben oder nicht zu glauben, überlistet zu haben, und war ihr direkt zu Herzen gegangen. Schließlich streckte sie die Hand aus und berührte seine Schulter. Er legte eine Hand auf ihre und drückte sie krampfhaft. Dann warf er die defekte Maus zurück in den Karton, in dem sie mit einem leisen Scheppern landete.

«Also, alles, was ich Ihnen aus eigener Erfahrung sagen kann, ist: Ja, möglicherweise haben Sie es mit einem Geist zu tun, und dieser Geist steht irgendwie in Kontakt zu Stephen. Aber wenn Sie einen Beweis möchten –»

Er lächelte und hob die Schultern zu einem Achselzukken.

Als sie die Buchhandlung verließ, war sie in Gedanken noch bei Dingen, die jeden geistig normalen Menschen mit Unbehagen erfüllen mußten. Zuerst übersah sie Skys Pickup, der vor «Breezy Feed & Seed» parkte. Dann dämmerte es ihr: das vertraute rostige rote Fahrzeug, Kates neugierige Nase über dem Rand der Ladefläche und hinterm Lenkrad, die unverwechselbar breitschultrige Silhouette ihres knakkigen Liebhabers vom Lande. Sie hatte Sky schon zwei Tage nicht mehr gesehen; also vielleicht kein schlechter Zeitpunkt, hinüberzugehen und ihm zu versichern, daß sie ihn nicht vergessen hatte. Seine Bemerkung, sie mit niemandem teilen zu wollen, hatte sie einerseits verärgert, andererseits aber auch gerührt. Trotz aller Primitivität wußte sie seine Haltung in gewisser Hinsicht durchaus zu schätzen.

Sie war gerade vom Bordstein auf die Fahrbahn getreten und wollte über die Straße zum Pickup gehen, als sich die Tür der Futtermittelhandlung öffnete und eine vertraute Gestalt heraustrat. Unliebsam vertraut: Jerry Ray Watkins. Er hatte sich einen prallen Jutesack auf die Schulter gehievt. Verblüfft sah Nan, daß er den Sack hinten auf Skys Pickup ablud, dann um den Laster herumging und auf der Beifahrerseite einstieg, wobei der schmutzige Overall sich über seinem fetten Hintern spannte.

Nan kam sich vor wie die Heldin in einem schlechten

Film, als sie eine Kehrtwendung machte und Deckung in der Türnische des nahegelegenen Drugstores suchte. Was ging da vor sich? Sie hatte Skys Erklärung akzeptiert, warum er ihr Jerry Rays Gefängnisaufenthalt verschwiegen hatte – aber er hatte nichts davon gesagt, daß er in so enger Beziehung zu diesem Mann stand. Wurde sie für dumm verkauft? Anscheinend meinte er, er könne ihr so viel oder so wenig erzählen, wie es ihm gefiel, und davon ausgehen, daß sie es schluckte und sich zufriedengab.

Der Pickup verließ seinen Parkplatz und fuhr an ihr vorbei zur Stadt hinaus, auf der Straße, die auch sie für den Heimweg nehmen würde. Sie stand im Schatten der Drugstore-Markise und sah ihm nach. Da saßen sie, die beiden, Sky am Steuer und Jerry Ray als Beifahrer daneben. Pat und Patachon. Was ging hier vor?

«'tschuldigung, bitte.»

Eine Frau mit ihrem Baby in der Karre wartete höflich darauf, daß sie den Eingang zum Drugstore freigab. Nan wich mit einer gemurmelten Entschuldigung aus und trat auf den Gehsteig in den heißen Sonnenschein. Dort stand sie und gab sich alle Mühe, ihre fünf Sinne zu sammeln. Besonders erfolgreich war sie damit nicht.

16. KAPITEL

Die Talbots hatten den kleinen Zweig ihrer Familie für diesen Abend zum Essen eingeladen, und während der Autofahrt stellte Nan leicht entnervt fest, wie angenehm es doch war, sich wieder als Teil einer Dreiergemeinschaft zu fühlen. Es war ihr gelungen, sich einzureden, daß weder Stephen noch sie Gabe brauchten, und sie glaubte das auch noch immer. Aber an diesem Ort, wo sie ihrer selbst nicht mehr sicher war und wo sich immer häufiger äußerst seltsame Dinge zutrugen, bot seine Anwesenheit unbestreitbar massiven Rückhalt.

Und ein sozialer Vorteil war er obendrein. Die Unterhaltung bei Tisch war angeregt. Ihre Gastgeber zeigten sich gleich von Gabe angetan – möglicherweise, wie Nan vermutete, weil die Tatsache, daß sie keinen sichtbaren Ehemann aufzuweisen gehabt hatte, die beiden verunsicherte und sie jetzt erleichtert waren, daß jemand die Lücke ausfüllte. Aber es stand auch außer Frage, daß Gabe sich von seiner charmantesten Seite präsentierte und enthusiastisch von der herrlichen Landschaft und den wunderbaren Einheimischen schwärmte – von denen er, wie Nan sich voller Unmut klarmachte, bisher nur diese beiden kennengelernt hatte. Als sie beim Thema Einheimische waren, kam Nan der Gedanke, Whit und Lucy könnten vielleicht etwas Licht auf Skys Verbindung zu Jerry Ray Watkins werfen.

«Kennst du einen Burschen namens Watkins, so einen fiesen Kerl, der mal für Annabel gearbeitet hat?»

Whit, an den sie die Frage gerichtet hatte, sah sie verdutzt an, bearbeitete aber mit seinen breiten Kinnladen erst mal noch einen Mundvoll von Lucys hervorragendem Brathuhn. «Watkins?»

«Jerry Ray Watkins? Fetter Typ mit Bart?»

Whit schluckte und wischte sich mit der Serviette den Mund ab. «Ich weiß wohl, wen du meinst, Honey. Aber er hat nie für Annabel gearbeitet. Nie im Leben, Ma'am.»

«Ich dachte, er hätte Gelegenheitsarbeiten für sie erledigt», sagte Nan.

Auf der gegenüberliegenden Tischseite lachte Lucy unvermittelt. «Kaum wahrscheinlich! Der Junge hat seinen Lebtag keine ehrliche Arbeit getan. Und Annabel hatte keine Verwendung für ihn – Nichtsnutze hätte sie niemals ertragen, und besonders der wäre von ihr ohne viel Federlesens vom Hof gejagt worden, wenn er auch nur seine Nase übern Zaun gestreckt hätte. Wollte er dir etwa weismachen, daß er für sie gearbeitet hat? Was für eine Idee!»

Nan murmelte etwas vor sich hin und ließ das Thema fallen. Eine weitere Lüge, die Sky anzukreiden war. Hatte er ihr überhaupt etwas über Watkins gesagt, das der Wahrheit entsprach? Seinen Namen, aber das war auch alles. Etwas war jedoch beunruhigender als dieser weitere Beweis für Skys Unehrlichkeit. Wenn Watkins niemals für Annabel gearbeitet hatte, was hatte er dann auf ihrem Grundstück zu suchen gehabt?

Sie beschloß, sich einige Antworten zu verschaffen, und zwar bald. Inzwischen nahm das Abendessen auch ohne ihre Beteiligung seinen fröhlichen Lauf. Gabe war mitten in einem Monolog, in dem er die Wunder von New York pries, und sie lauschte diesem Lobgesang. Er malte ein farbenprächtiges Gemälde mit glitzernden Wolkenkratzern und schlagfertigen Cops, philosophierenden Pennern auf der Bowery und Straßenmusikanten, Graffiti an den U-Bahnen, chinesischen Wäschereien, Broadway-Shows, italienischen Straßenfesten, improvisierenden Komikern und Einradfahrern und Feuer-Jongleuren am Washington Square. Whit und Lucy schienen fasziniert zu sein, und Nan merkte, daß sie selbst ebenfalls wie hypnotisiert zuhörte. In seiner Darstellung hatte die Stadt etwas Magisches, und obwohl sie wußte, daß dies Bild höchst selektiv war, spürte sie doch einen Stich Nostalgie. Sie warf einen verstohlenen Blick auf Stephen. Vermißte er all das, was sie hinter sich gelassen hatten? Doch er saß leicht lächelnd und gedankenverloren da und schien nicht einmal zuzuhören.

Als das Essen vorüber war, nahm Lucy ihr Angebot an, beim Abdecken zu helfen. Sie trugen den ersten Stapel Teller in die Küche, und Nan wollte sich gerade auf den Weg machen, weitere zu holen, als Lucy ihr die Hand auf den Arm legte und sie zurückhielt. «Honey, ich weiß, ich misch mich in deine Angelegenheiten, aber ich muß dich einfach fragen –»

Sie zögerte, und Nan sagte: «Mich was fragen?»

Lucy ließ ihren Arm los. «Ob du auch ein waches Auge – nun, ein waches Auge auf Stephen hast?»

«Also, Lucy –»

«Ich weiß, du glaubst mir nicht», sagte Lucy. «Ich muß dir ja wie eine verrückte alte Schnepfe vorkommen, voller Geschichten von Geistern und dergleichen. Aber glaub mir, mir liegt nur dein Glück am Herzen.»

«Das weiß ich doch.» Nan war gerührt. Sie wollte etwas sagen oder tun, um die offenkundige Besorgnis der älteren

Frau zu zerstreuen, aber wie sollte sie Lucy beschwichtigen, wenn sie selbst nicht genau wußte, was sie glaubte? «Ich denke, wir haben die Situation unter Kontrolle», sagte sie.

Die alte Frau schloß die Augen, und ihr Gesicht fiel in ein Netz aus Falten zusammen. Nan fühlte sich schmerzlich an den Augenblick beim Square Dance erinnert, als sie den Eindruck gehabt hatte, Lucys jüngeres Selbst wie ein Licht hinter einem staubbedeckten Schirm aufleuchten zu sehen. Jetzt sah sie aus, als sei sie hundert Jahre alt und nicht rüstige dreiundsiebzig.

Als sie die Augen öffnete, war ihr Blick leer. Sie griff nach Nans Handgelenk und umklammerte es. «Honey, ich hab ein langes Leben hinter mir, und wenn ich eins gelernt habe, dann, daß wir von Rätseln umgeben sind. Ich denke, es gibt niemanden, der sagen könnte, warum Tucker Wills nicht in den Himmel eingegangen ist – warum sein Geist keine Ruhe findet. Vielleicht liegt's daran, daß sie seine Leiche nie gefunden haben und er deswegen kein rechtes christliches Begräbnis bekam. Wir werden's nie erfahren. Aber eins weiß ich. Es ist unnatürlich, wenn die Toten mit den Lebenden Umgang haben. Tucker ist *tot,* Nan. Wenn du vorhast, in Annabels Haus zu bleiben, mußt du ihn und Stephen voneinander fernhalten.»

Nan war wie vor den Kopf geschlagen. Lucys Überzeugung besaß eine primitive Kraft, die jede Logik zerschmetterte, und ihre hagere Gestalt in dem verblichenen Kattunkleid schien für einen Augenblick einen riesigen Schatten an die Küchenwand zu werfen. Ihre Finger waren eiskalt. Nan schluckte, denn ihre Gedanken drehten und drehten sich um die eine aufdringliche Erinnerung: Wie sie in Stephens Zimmer gestanden und einen Schatten gespürt hatte, der nicht dort hingehörte.

«Braucht ihr Mädels da draußen Hilfe?»

Whits Stimme aus dem Eßzimmer brach den Bann. Nan atmete durch und schüttelte den Kopf, um ihn freizumachen. Lucy ließ ihr Handgelenk los und versetzte ihm einen linkischen Klaps. «Bitte», sagte die alte Frau leise.

Nan schloß sie fest in die Arme. Spontan. Sie wußte nichts zu sagen.

Aber Lucys Warnung ging ihr nicht aus dem Kopf. Trotz des inständigen Verlangens, Gabes Skepsis nachzueifern, kam sie sich vor wie ein Blatt im Wind. Was sie glaubte, schien in geradezu beschämendem Maß davon abzuhängen, mit wem sie sich zuletzt unterhalten hatte. Die halbe Nacht wälzte sie sich im Bett, erwog Für und Wider, und schlief schließlich ein, nur um unruhig von nebelhaften, bedrohlichen Schemen zu träumen, die Gestalt annahmen, sich auflösten und wieder Gestalt annahmen. Es kam ihr vor, als habe sie noch kein Auge zugemacht, als sie ein beharrliches Klopfen an ihrer Schlafzimmertür vernahm.

«Was denn?» Sie war unwirsch und hatte Kopfschmerzen. Mit einem Blick auf die Uhr stellte sie fest, daß es erst kurz nach sieben war. «Herrgott», sagte sie. «Was *ist* denn?»

Gabes Stimme klang gedämpft durch die Tür. «Da wandern ein paar Pferde hinten in deinem Hof umher. Gehören die nicht eigentlich eingesperrt?»

«Scheiße.» Nan sprang aus dem Bett und lief zum hinteren Fenster. Unten sah sie Merlin, Little Bit und Jolie neugierig um den Holzverschlag streichen, in dem sich die Mülleimer befanden. «Oh, Scheiße.»

Als sie sich Kleider übergestreift hatte und in die Küche hinunterrannte, war Stephen auch schon auf den Beinen und hüpfte vor dem Fenster auf und ab. Gabe schien ihn davon abzuhalten, nach draußen zu rennen.

«Wer hat denn die dressiert?» sagte er, als sie die Treppe herunterkam.

«Frag mich nicht. Das haben sie bisher noch nie gemacht.»

Stephen und Gabe waren ihr dicht auf den Fersen, als sie die Hintertür aufmachte. Das durchdringende Quietschen des Fliegengitters erschreckte die Pferde; mit angelegten Ohren und zitternden Nüstern stoben sie auseinander. Nan stemmte die Hände in die Hüften. «Wie seid ihr bloß rausgekommen?»

Der Klang ihrer Stimme schien sie zu beruhigen. Die Ohren richteten sich nach vorn, und Jolie kam langsam auf sie zu. Sie konnte geradezu eine Gedankenblase über dem Kopf der weißen Stute schweben sehen: *Karotten?*

Bestechung schien nicht die schlechteste Methode zu sein, sie wieder einzufangen. «Stephen. Schau bitte mal im Gemüsefach nach ein paar Karotten. Schaffen wir die Viecher wieder dahin, wo sie hingehören.»

Er machte sich auf den Rückweg ins Haus, und Gabe gesellte sich durch die Fliegengittertür zu ihr hinaus auf die Hintertreppe. «Sollten es nicht eigentlich vier sein?»

Nan sah sich beunruhigt um. «Ich kann Scheherazade nirgends sehen. Verdammt, ich frag mich nur, wie sie rausgekommen sind.» Als Jolie näherkam, streckte sie ihr eine Hand entgegen und spürte dann die samtene Schnauze der Stute suchend über ihre Handfläche streichen. «Sag bloß, das verdammte Gatter ist wieder aufgegangen. Ich dachte, ich hätte es repariert.»

Sie sagte, auch wenn sie ihn mal nicht mit eigenen Augen sah, fand sie doch öfter das Gatter offen, als wenn er dagewesen wäre.

Unmöglich. Sie wies den Gedanken von sich. Jolie wieherte leise, und sie sagte: «Die Karotten sind im Anmarsch, Süße.»

Hinter ihnen quietschte das Fliegengitter, erschreckte die Pferde abermals und brachte Stephen zum Vorschein, der ein Bund Karotten wie einen Brautstrauß in der Faust hielt.

«Mom, Scheherazade ist im Vorgarten.»

«Großartig», sagte Nan. «Kümmern wir uns erst mal um die Bande hier.»

Die Pferde trugen keine Halfter. Sky hatte ihr gezeigt, wie man ihnen ein kurzes Stück Seil um den Hals warf und sie daran führte, aber sie glaubte nicht, daß dergleichen überhaupt nötig war – die Karotten müßten den Zweck erfüllen. Sie brach eine davon in Stücke, verfütterte sie an Jolie und sah, daß die Ponys die Ohren spitzten, als sie hörten, wie die Stute den Leckerbissen zwischen den Zähnen zermalmte.

«Sollte ich nicht einen Strick besorgen oder so was?» sagte Gabe.

«Ich glaub nicht, daß wir einen brauchen. Könntest du nur vorausgehen und dich vergewissern, daß das Gatter auch offensteht? Ich kann mir aber nicht vorstellen, wie sie sonst rausgekommen sein sollten. Es sei denn, sie hätten fliegen gelernt.»

«Mom, kann ich ihnen Karotten geben?»

«Honey, ich möchte, daß du im Haus bleibst, bis wir sie wieder auf die Weide getrieben haben.» Wenn die Pferde unvermutet in Panik ausbrechen sollten, wollte sie nicht, daß er unter die Hufe geriet.

«Aber –»

«Kein Aber, Stephen», sagte sie, und Gabe stimmte ein. «Gehorch deiner Mutter, Champ.»

Stephen verzog sich mit erboster Miene nach drinnen, während sich Gabe zum Gatter aufmachte. Nan sah, daß er sich immer wieder besorgt umdrehte, als hielte er es für angebracht, die Sache selbst in die Hand zu nehmen. Sie verteilte Karottenstückchen und ging hinter ihm her. Sie betete darum, daß die Tiere ihr folgten. Sie taten es. Als sie um die Hausecke kam, sah sie Gabe am Gatter ausharren.

«Stand es offen?» fragte sie.

«Klar doch.»

Darauf konzentriert, die Pferde mit Willenskraft zu veranlassen, ihr auf die Weide zu folgen, wehrte sie sich gegen das Unbehagen, das seine vergnügte Bestätigung in ihr wachrief. Für den Moment war es unerheblich, wieso das Gatter hatte offenstehen können. Andere Probleme waren näherliegend. Doch Jolie und die Ponys trotteten gehorsam durchs Gatter, und sie scheuchte sie in Richtung Scheune, während Gabe das Gatter schloß und den Haken einrasten ließ.

«Na, das war ja ein Kinderspiel.»

Nan merkte, wie ihr das Lächeln verging, als sie an ihm vorbei in den Vorgarten schaute. Bewegungslos stand Scheherazade unter der Eiche, eine schwarze Marmorstatue, von der sie beobachtet wurden.

Er drehte sich um und folgte ihrem Blick. «O ja, der wilde Mustang. Stephen hat mir von ihm erzählt.»

«Von ihr.»

«Verzeihung. Von ihr. Versuchen wir es wieder mit dem Karottentrick?»

Nan holte tief Luft und atmete hörbar aus. Wäre sie allein gewesen, hätte sie Sky angerufen und ihn gebeten, rüberzukommen und sich um Scheherazade zu kümmern. Aber in Gabes Gegenwart hatte sie irgendwie das Gefühl, sich beweisen zu müssen. Und außerdem war sie auch befangen; er würde nur einen Blick auf Sky werfen müssen, um die Art ihrer Beziehung zu erraten, und sie wollte nicht, daß er in ihre Privatangelegenheiten eingeweiht war.

Angesichts des schwarzen Pferdes, das dort unter der Eiche lauerte, meldete sich eine mahnende Stimme in ihrem Hinterkopf und gab zu bedenken, daß sie vielleicht mehr als den Verlust ihrer Privatsphäre riskierte, wenn sie versuchte, diese Herausforderung allein zu bewältigen. Ihr fiel ein, daß Sky gesagt hatte, Scheherazade sei kaum ans Halfter gewöhnt. Doch im Gegensatz zu den anderen Pferden trug die Stute zumindest ein Halfter, dessen lockere Lederriemen ihren fein gemeißelten Kopf umrahmten.

Nan musterte das Pferd und wandte sich Gabe zu. «Warum versuchen wir es nicht mit den Karotten? Vielleicht klappt es ja.»

«Soll ich das übernehmen?»

Ihm war ihre Unentschlossenheit nicht entgangen, und sie nahm an, daß er es nur gut meinte, reagierte aber mit spontanem Unmut auf die Unterstellung, daß sie mit ihren eigenen Tieren nicht umgehen konnte. Schließlich war das hier ihr Platz; sie hatte die vergangenen sechs Wochen hier verbracht. Für wen hielt er sich, daß er meinte, er könne aus der großen Stadt angeschneit kommen und ihr zeigen, wo's langging?

Ohne ihm zu antworten, schüttelte sie den Kopf und ging auf Scheherazade zu, eine Karotte verführerisch zur Schau gestellt. Sie betete stumm und inbrünstig, dieses Pferd möge es ihr ebenso leichtmachen wie die anderen. Ohne mit einem Muskel zu zucken, ließ die Stute sie näher kommen und spitzte die Ohren, als Nan eine Litanei unaufrichtiger Schmeicheleien herunterzubeten begann.

«Gutes Mädchen. Das ist mein Baby. Hübsches Baby.»

Es schien zu fruchten, aber dann mußte sie wohl eine unsichtbare, verbotene Linie überschritten haben. Plötzlich rollte Scheherazade mit den Augen, die jetzt weiß und boshaft aus dem dunklen Kopf hervorstachen. Sie schnaubte, wich jäh aus und kam im Seitschritt unter dem Baum hervor, um dann in Richtung der Obstplantage über den Vorderrasen zu traben, wobei ihr langer Schweif aufgestellt flatterte und ihr glattes schwarzes Fell in der Sonne schimmerte.

Nan stand unter dem Baum, die Karotte in der Faust. Ihre Knie schienen einzuknicken. Der kurze heiße Atemhauch des Pferdes, der über ihre Haut gestreift war, hatte sie völlig demoralisiert. Mit einem Mal waren Größe und Kraft des Tieres sowie seine unbändige Energie überwältigend.

Gefährlich. Du mußt Sky holen.

Aber ihre eigensinnige Ader hinderte sie daran, jetzt schon aufzugeben. Gabe war doch da; bestimmt würde es ihnen zu zweit gelingen, Scheherazade einzufangen oder zumindest zu überlisten, so daß sie freiwillig auf die Weide zurückkehrte. Die Stute war inzwischen stehengeblieben und beäugte sie wieder. Nan zwang sich, ein paar Schritte vorwärtszugehen, dem Tier die Karotte noch mal anzubieten.

«Mom!»

Sie hielt jählings inne und sah über die Schulter zurück. Stephen stand auf der obersten Stufe der vorderen Veranda.

«Honey, ich hab dir doch gesagt, du sollst drinnen bleiben.»

«Laß mich ihr die Karotte geben. Sie mag mich.»

«Stephen, ich habe nein gesagt.»

«Stephen, du hast deine Mutter gehört.»

Wieder ihr männlicher Beistand, drüben am Gatter. In einem Anflug von Verbitterung ging ihr auf, daß er ihr an diesem Morgen mehr Unterstützung hatte zukommen lassen als in der gesamten Zeit, in der sie ihre Elternpflichten noch gemeinsam wahrgenommen hatten.

«Hör zu, Gabe», rief sie. «An der Karotte ist sie nicht interessiert. Ich werde versuchen, mich hinter sie zu schleichen und sie dann in deine Richtung zu treiben. Vielleicht kannst du sie umlenken, wenn sie versucht, am Gatter vorbeizulaufen. Aber sei vorsichtig. Die hat ihren eigenen Kopf.»

Er salutierte spöttisch und nahm seinen Posten ein. Nan schlug einen weiten Bogen um den Hof. Sie wollte hinter Scheherazade gelangen, um ihr den Weg zur Obstplantage abzuschneiden. Die Stute scharrte nervös mit den Vorderhufen im Gras. Sie schaute sich um, warf den Kopf in die Höhe und schüttelte ihn, so daß die Metallringe des Halfters klirrten.

Sie weiß, was ich vorhabe. Und sie wird es mir nicht durchgehen lassen.

Nan schob diesen Gedanken beiseite. Sie hatte doch nur ein Tier vor sich, und dazu eins, das – soweit sie sich an Skys Aussagen erinnerte – zu einer nicht sonderlich cleveren Gattung zählte. Als sie feststellte, daß sie die Karotte noch immer umklammert hielt, warf sie sie auf den Boden, ging dann einen Schritt auf Scheherazade zu und klatschte in die Hände.

«Los doch, du. Beweg dich!»

Ein weiteres klirrendes Kopfschütteln. Scheherazade hielt die Stellung. Ihre dunklen Augen waren starr auf Nan gerichtet, die leise vor sich hin fluchte.

«Ich hab gesagt, beweg dich!»

Das Pferd antwortete mit einem aufmüpfigen Laut tief aus der Kehle und stampfte mit dem Vorderbein im Gras. Nans Herz schlug laut, und ihre Hände waren schweißnaß. Ein entsetzliches Szenario, in dem Scheherazade an ihr vorbei die Auffahrt hinunterpreschte und auf die Straße lief, spielte sich in ihrer Vorstellung ab. Überstürzt wedelte sie mit den Armen und schrie: «Los!»

Die Stute bäumte sich auf. Nan sah eine schwindelerregende schwarze Silhouette in die Höhe klimmen, die harten Schachfigurkonturen eines Pferdekopfs wie eine Skulptur vor dem wolkenlosen blauen Himmel, die Vorderhufe, die wild in der Luft schlugen, bevor sie einen knappen Meter entfernt mit einer solchen Gewalt auf den Boden trafen, daß ihre sämtlichen Knochen vibrierten. Undeutlich hörte sie Gabe aufschreien und sah ihn seinen Posten am Gatter verlassen. Er kam auf sie zugerannt.

Bevor sie wußte, wie ihr geschah, hatte er das Pferd am Halfter gepackt, und der Zweikampf begann. Scheherazade wollte wieder auf die Hinterbeine steigen – Nan sah, wie Gabes Füße sich tatsächlich vom Boden hoben, bevor die Stute aufgab und statt dessen davonzugaloppieren versuchte. Sie hörte sich schreien: «Laß sie los, um Gottes willen! Gabe! Laß sie los!»

Das wogende Getümmel versetzte sie in schreckliche Angst; es schien unmöglich, daß er mit dem Leben davonkommen würde. Die Hufe des Pferdes wirbelten Kies auf, als es über die Auffahrt tobte und dabei Gabe mitschleifte, der sich wild entschlossen ans Halfter klammerte.

Und dann war es von einer Sekunde zur anderen vorbei.

Ohne Vorwarnung gab Scheherazade einfach auf und stand still. Ihre Flanken bebten, und ihr Kopf neigte sich gefügig Gabes Hand am Halfter entgegen. Nan wollte ihren

Augen kaum trauen. Sie schluckte und merkte dabei, daß sie sich die Kehle wundgeschrien hatte. «Kannst du sie zum Gatter rüberführen?» fragte sie heiser.

Er atmete keuchend, und seine Brille saß ihm gefährlich schief auf der Nase, aber ansonsten wirkte er unbeschadet. «Sicher. Warum nicht?»

Nan ging auf wackligen Beinen voraus und sah sich ein paarmal um. Scheherazade hielt mit Gabe Schritt, fromm wie ein Jahrmarktspony.

Erst als sie das Gatter geschlossen und Gabe die schwarze Stute auf die Weide entlassen hatte und wieder über den Zaun zurückgeklettert war, bemerkte sie, daß Stephen mit blassem Gesicht und stumm auf der Veranda saß.

Gabe hob die Hand. «Kein Problem mehr, mein Sohn. Alles ist in Ordnung.»

«Du hast ihr doch nicht weh getan, oder, Dad?»

Gabe ging zu ihm und nahm ihn in den Arm. Dabei lächelte er Nan über den kleinen dunkelhaarigen Kopf hinweg verschwörerisch zu. «Nein, Stephen. Natürlich nicht.»

«Sie ist ein echt nettes Pferd.»

Gabe zwinkerte Nan zu. «Sie ist wirklich ein Schatz.»

Sein Lächeln und sein Augenzwinkern brachten den Zorn an die Oberfläche, der in Nan brodelte. «Du hast verdammtes Glück gehabt», sagte sie vorwurfsvoll. «Das war wirklich dumm, was du da gemacht hast.»

Er sah sie gelassen an, zuckte leicht mit den Achseln. «Nun, es ist ja gut ausgegangen.»

«Da kannst du von Glück sagen. Sonst wärst du jetzt vielleicht nicht mehr am Leben.»

Seine Augenbraue setzte sich in Bewegung. «So wie du mich ansiehst, hab ich den Eindruck, das wär dir vielleicht lieber gewesen.»

Allem Anschein nach hielt er sich für eine Kombination aus John Wayne und Tarzan. Sie hätte explodieren mögen. «Ich bin froh, daß es gut ausgegangen ist», sagte sie. «Jetzt tu nur bitte nicht so, als hättest du dich besonders klug verhalten.»

Gabe seufzte. «Hör zu. Ich habe doch nur zu helfen versucht. Das ist alles. Es sah so aus, als wär die Lage nicht mehr unter Kontrolle.»

Diese letzte Bemerkung ließ Nan absolut rot sehen. «Und deswegen bist du auch hergekommen, stimmt's? Um mir zu helfen, alles unter Kontrolle zu bekommen, weil ich ganz gewiß allein nicht dazu in der Lage sein würde. Vielen Dank auch.»

Gabe sagte nichts. Er sah sie nur an, mit offenem Mund, und Stephens Gesicht, direkt unter seinem, war ein Spiegelbild im Kleinformat.

Sie wollte ausreiten. Sie mußte weg von Gabe, eine Weile allein sein. Sie wußte, daß er ganz spontan gehandelt hatte, ohne über die Gefahr nachzudenken. Sie wußte, daß sie unmöglich von ihm erwarten konnte, nicht selbstzufrieden zu reagieren. Schließlich hatte er die Situation gemeistert, nachdem sie selbst zuvor unbestreitbar alles vermasselt hatte. Aber sie wurde das Gefühl nicht los, daß zum Teil auch seine Gegenwart ihr Selbstvertrauen untergraben und sie gehindert hatte, allein mit den Schwierigkeiten fertig zu werden. Er rechnete mit ihrem Versagen, und entsprechend versagte sie.

Ein Teil ihres Zorns erwuchs aus der Furcht, die er in ihr ausgelöst hatte. In der kurzen Spanne des schrecklichen Kräftemessens mit dem Pferd hatte sie eine Menge Zeit gehabt, sich vorzustellen, wie er zu Tode getrampelt wurde.

Aber hinter dem Zorn und der Furcht erhob sich die eine Frage, die diese Regungen noch schürte und zudem an ihren Nerven zerrte: Wieso hatte das Gatter überhaupt offenstehen können?

Mit dem Schließhaken ist alles in Ordnung. Ich habe ihn repariert.

Wer hat also das Gatter geöffnet? Die Pferde?

Unmöglich. So clever sind sie nicht.

Nichts erklärte, wie es sich hätte öffnen können. Nichts – außer der Erklärung, die Lucy ihr gegeben hatte.

Sie schüttelte den Gedanken ab. Im Moment wollte sie handeln, nicht denken. Jolie graste noch immer in der Nähe des Zauns. Es war leicht, sie einzufangen und zu satteln. Nans Finger flogen über Riemen und Schnallen, die ihr anfangs so kompliziert vorgekommen waren, und sie schaffte es in Rekordzeit. Sie stieg auf und galoppierte die Auffahrt entlang, hörte, wie der knirschende Kies unter den Hufen der Schimmelstute aufstob. Ein Kaninchen, zwischen den Bäumen aufgescheucht, flitzte vor ihnen davon. Sie überquerte die Straße, trabte die Viertelmeile südlich zu Skys Besitz, wo sie die Auffahrt hinaufritt, am verwitterten Schuppen vorbei, wo die Äpfel verpackt wurden, und erreichte dann die Obstplantage, die dahinter lag.

Als sie sich schließlich zwischen den Bäumen befand und ihr Pferd sie leichtfüßig die langen laubbeschirmten Gänge hinuntertrug, fühlte sie sich allmählich besser. Noch glitzerte Tau im Gras, und über den Bäumen mit ihren von reifenden Äpfeln schweren Zweigen war der Himmel blendend blau. Vogelgesang in der Ferne war der einzige Laut und konnte der alles beschützenden frühmorgendlichen Stille kaum etwas anhaben, die auch ihre Spannung in sich aufzusaugen schien, als sie einen sanften Abhang hinunterritt und dann den nächsten Hang hinauf. Sie hatte schrecklichen Hunger, aber das war anscheinend unerheblich. Die ausgerichteten Reihen knorriger Bäume zu beiden Seiten wirkten so beruhigend auf die Seele wie ein gestalteter Garten. Sie schloß die Augen und entspannte sich im Rhythmus des Pferdes, spürte die unsichtbare Sonne warm auf dem Gesicht.

Der Klang sich nähernder Hufschläge brach den Zauber. Sie öffnete die Augen und blickte nach hinten, von wo ein Reiter sich zwischen den grünen Reihen näherte. Sky, auf Joker. Sie zügelte ihr Pferd und wartete, merkte, daß ihre Anspannung wieder stärker wurde. Nichts war ihr im Moment weniger willkommen als Gesellschaft. Besonders wenn es sich um die Gesellschaft eines Mannes handelte, dem sie anscheinend nicht trauen konnte. Diese Geschichte mit Watkins –

Sky parierte Joker aus dem kurzen Galopp und trabte an ihre Seite. «He da.»

«Hi.» Sie konnte nicht froh klingen, ihn zu sehen, und sie versuchte es auch gar nicht erst. Sie hatte das Gefühl, sein Grinsen sei darauf angelegt, ihr unverzüglich in die Knochen zu fahren oder dergleichen. Er mußte sie für beschränkt halten, meinte wohl, sie sei ihm so verfallen, daß er ihr erzählen konnte, was er wollte, ohne daß sie daran zweifelte.

«Hab dich am Schuppen vorbeireiten sehen», sagte er. «Hab auch noch gerufen, aber ich schätze, du hast mich nicht gehört.»

«Nein, das hab ich nicht.»

Die Pferde gingen jetzt Seite an Seite.

«Du bist mächtig früh auf. Wie geht's denn so drüben im Haus?»

«Gut.» Sie spürte, daß er sie ansah, blickte aber weiter standhaft zwischen Jolies Ohren.

«He.» Er griff nach ihrem Handgelenk, zügelte Joker so, daß er dicht zu Jolie aufschloß. «Weswegen bist du denn so sauer?»

In ihrer gegenwärtigen Stimmung war das zuviel. Wütend versuchte sie sich zu entwinden. Die jähe Bewegung erschreckte Jolie. Nan sah, wie die Stute ihre Ohren anlegte, sah, wie sie den Kopf drehte, die Zähne bleckte und sie dann in Jokers Hals schlug. Der große Wallach schnaubte und scheute, hätte Sky beinahe aus dem Sattel geworfen und brachte ihn dazu, Nans Handgelenk loszulassen. Sie faßte Jolies Zügel und gab ihr einen kräftigen Tritt in die Flanken. Die Stute schoß vorwärts.

Nan beugte sich tief hinunter, spürte, wie die flatternde Mähne ihr schmerzend ins Gesicht peitschte, sah die Bäume wie einen einzigen grünen Schatten vorbeihuschen. Irgendwann ließ sie Jolie in einen anderen Weg zwischen den Baumreihen einschwenken; irgendwann fing sie an zu lachen und konnte nicht mehr aufhören. Sie vernahm einen Ruf: Sky folgte ihr. Sie trieb Jolie voran. Die rhythmischen Hufschläge und die schaukelnde Bewegung des Sattels zwischen ihren Beinen erregten sie; sie überließ sich ihnen, und im Vertrauen darauf, daß ihr Pferd für sie beide achtgab, schloß sie die Augen.

Jolie ermüdete. Sie wurde allmählich langsamer, verfiel in Trab und schließlich ging sie nur noch im Schritt. Sie atmete schwer, ihre Seiten hoben und senkten sich. Hinter ihnen kam Sky dröhnend herangeprescht, zügelte Joker und sprang wie ein Cowboy in einem TV-Western aus dem Sattel. Er packte Nan und zerrte sie von Jolie herunter. Sie strauchelten und gingen beinahe gemeinsam zu Boden.

Nan lachte noch immer. Die Pferde entfernten sich von ihnen, senkten die Köpfe und begannen zu grasen.

Sky lachte nicht. Er lag auf ihr, und sie konnte seine Erektion spüren. Aber er bewegte sich nicht, sondern lag einfach nur da und starrte sie an, bis sie außer Atem geriet. Sie musterten einander. Ihre Kehle war plötzlich trocken, und als sie zu schlucken versuchte, gelang es ihr nicht. Sie traute ihm nicht, und in diesem Moment war sie sich nicht einmal gewiß, ob sie ihn mochte. Doch ihr Körper schien sich um nichts anderes zu scheren als um seine ureigensten Bedürfnisse. Sky bemerkte ihren Zwiespalt, und ein boshaftes kleines Lächeln trat auf seine Lippen.

«Dann wollen wir mal sehen, wie laut du krakeelen kannst», sagte er leise.

Dort im Gras zwischen den Apfelbäumen lotete er die Grenzen ihrer Bereitschaft aus. Zärtlichkeit hatte keinen Platz bei diesem Kräftemessen; es war wie ein Zusammenprall, ein Test der Willensstärke, und Nan staunte über das Ausmaß ihres Widerstands. Nichtsdestoweniger mußte sie feststellen, daß sie immer mehr an Boden verlor. Als sie kurz vorm Orgasmus war, zog er sich aus ihr zurück und ließ sie einfach daliegen, starrte hinunter in ihr Gesicht, ohne auch nur eine Miene zu verziehen. Sie fühlte sich erniedrigt und haßte ihn dafür. Und dennoch war ihre Erregung stärker, als sie es je zuvor erlebt hatte, auch nicht mit ihm. Als er wieder in sie hineinstieß, umschloß sie ihn mit den Beinen und bettelte, er möge nicht aufhören. Er fletschte die Zähne zu einem aufreizenden Grinsen.

«Du brauchst es, hm? Brauchst es unbedingt?»

«Ja. Ja.»

Er nahm sie beim Wort. Der brutale Rhythmus seiner

Stöße raubte ihr den Atem. Im Moment des Orgasmus türmte sich eine schwarze Flut zu schwindelerregender Höhe hinter ihren Augen auf, alles drehte sich, und sie meinte die Besinnung zu verlieren. Am Rande der Bewußtlosigkeit taumelnd, hatte sie das Gefühl, in bodenlose Tiefen hinabzustürzen – etwas Verborgenem und Furchtbarem entgegen, das dort auf sie wartete. Ein schwacher Klageruf hallte in ihrem Kopf wider, ließ sie vor Entsetzen beben, und verzweifelt versuchte sie, sich wieder hinaufzukämpfen, nach Atem schluchzend, in blinder Flucht vor diesem Ruf ...

Wegzulaufen, aber nirgends hinzugelangen, dies Bild meines eigenen Atems, der in kleinen Wolken vor meinem Gesicht aufsteigt ...

Sie kämpfte sich verbissen zurück in die Realität, gewahrte, noch benommen, Sky über sich – gewahrte sich selbst, wie sie sich weiterhin an ihn klammerte und das Zittern spürte, das seinen Körper von Kopf bis Fuß durchlief, als er sich in sie ergoß.

Er ließ sich von ihr rollen. Ihr Denken hatte ausgesetzt, und sie lag bewegungslos da, sah über sich die Sonne zwischen den silbrigen Blättern blinzeln und hörte ein Geräusch, das sie erst nach und nach als seine und ihre Atemzüge identifizierte, die sich miteinander verwoben. Darüber hinaus hörte sie noch die in der Nähe grasenden Pferde, wie sie die Halme ausrupften und mampften.

Sie wandte den Kopf und stellte fest, daß er sie betrachtete. Aus seinen blauen Augen war nichts abzulesen. Schließlich sagte er: «Dein Mann ist angekommen?»

Ihre Gedanken regten sich träge. Sie nickte.

«Und?»

«Und was?» Der Schrecken war verflogen, und mit ihm

auch alle anderen Regungen: Sie fühlte sich ausgelaugt, als sei sie ein Marathonrennen gelaufen. Angestrengt bemüht, sich zusammenzureißen, setzte sie sich auf und machte sich daran, ihre Kleidung zu ordnen. Sky tat dasselbe, kehrte ihr dabei den Rücken zu.

«Und, was läuft da? Seid ihr noch immer getrennt?»

«Ja», sagte sie. Hinter ihrer lähmenden Erschöpfung erwachte der Unmut.

«Und wieso bist du dann so verdammt hochnäsig zu mir?»

Nan zögerte und betrachtete seinen kupferfarbenen Handrücken. «Vielleicht», sagte sie leise, «weil ich keine Lügner mag.»

Sie erinnerte sich daran, daß Stephen ihn wegen der Geschichte von dem Bock mit dem Kirschbaum-Geweih einen Lügner genannt hatte, und auch, daß sie den Jungen deswegen gescholten hatte. Das schien schon hundert Jahre her zu sein.

Sky war verstummt. Ein silbriges Klirren ertönte, als eines der Pferde die Fliegen abschüttelte. Er drehte sich langsam zu ihr.

«Wovon redest du, zum Teufel?» Sein Blick war kalt, und sie spürte einen Funken Besorgnis, aber der Zorn war stärker.

«Ich rede von Mister Jerry Ray Watkins, der offensichtlich zu deinen Freunden zählt, da ich ja gesehen habe, daß er bei dir im Pickup mitgefahren ist. Und der *irgendwas* drüben in Annabels Haus zu tun gehabt haben muß, bevor er Stephen und mich auf unserer eigenen Auffahrt beinahe über den Haufen fuhr – *irgendwas* außer Werkzeug abholen, denn er hat nie für Annabel gearbeitet. Obwohl du mir das Gegenteil erzählt hast.»

Während ihres Wutausbruchs sah sie, daß er den Blick von ihr abwandte, und sie wußte, daß es keine einfache und harmlose Erklärung für die Täuschung gab. Anscheinend wollte er ihr jedoch eine auftischen.

«Hör zu, Nan, okay. Ja, Jerry Ray hat 'n paar Sachen von mir abgeholt, die ich bei Annabel gelassen hatte. Hat also in gewisser Weise was für mich erledigt.»

«Und warum hast du das nicht gleich gesagt?»

Er zuckte die Achseln. «Teufel auch, ich dachte, dir würde es vielleicht nicht gefallen, daß ich ihn da rübergeschickt hatte, wo es doch jetzt dein Besitz ist und so. Als ich mich dort noch um alles gekümmert hab, hatte ich mich irgendwie dran gewöhnt, damit umzugehen, als wenn's meins wäre. Ich hab ihn rübergeschickt, ohne groß nachzudenken, aber als du mich deswegen gefragt hast, war ich besorgt, daß du vielleicht das Gefühl hast, ich respektier deinen Besitz nicht genug.»

Diese schwache Argumentation wollte ihr nicht einleuchten, aber sie beschloß, es dabei zu belassen. «Und wie vertraut seid ihr beide denn nun? Ich meine, *vorgegeben* hast du doch, ihn kaum zu kennen.»

Er ignorierte den höhnischen Seitenhieb. «Ab und an läuft da 'ne kleine Sache zwischen uns. Wie gesagt, mag sein, daß er mal das eine oder andere für mich erledigt.»

«Und was tust du als Gegenleistung für ihn?»

«Ach Gott, ich leih ihm dann und wann ein bißchen Geld, wenn er knapp bei Kasse ist. Was hast denn du damit zu kriegen?»

Er fing an, gereizt zu reagieren, aber dahinter schien Berechnung zu stecken. Anscheinend gingen ihm langsam die unverfänglichen Antworten aus. Er wollte wohl, daß sie aufhörte zu fragen.

«Ich glaube, du lügst», sagte sie. «Ich glaube, du hast die ganze Zeit gelogen, was ihn betrifft, und tust es auch jetzt noch.»

Es kam ihr leichtsinnig vor, solche Töne anzuschlagen, und sie fragte sich, ob er wohl gewalttätig werden konnte. Wer sollte sie hier draußen schon hören, mitten in dieser riesigen Obstplantage? Sie stand auf und blickte zu ihm hinunter. Ihre Knie zitterten ein wenig.

Aber als er schließlich auch aufstand, wich er gleich vor ihr zurück. Er ließ sein Pferd nicht mal den letzten Mundvoll Gras ausrupfen, sondern riß Jokers Kopf mit einem Ruck hoch und schwang sich in den Sattel.

«Schön. Glaub doch, was du willst.»

Als sie nach Hause zurückkam, saßen Gabe und Stephen vorm Fernseher. Stephen sah nicht auf, Gabe tat es. Verstandesmäßig konnte sie ihren Wutausbruch ihm gegenüber rekapitulieren, aber den Zorn selbst vermochte sie nicht mehr nachzuempfinden. Den schien jemand anders erlebt zu haben. Welche Fehler Gabe auch haben mochte, angelogen hatte er sie zumindest noch nie.

«Wohin bist du denn verschwunden?» fragte er. «Lucy Talbot hat angerufen.»

«Ich war reiten», sagte Nan knapp. Sie merkte, daß sein Blick ihr folgte, als sie zur Treppe ging.

«Sieht aus, als hätte jemand anders im Sattel gesessen», sagte er.

Sie verwünschte sich dafür, daß sie sekundenlang innehielt, bevor sie weiterging, verwünschte sich, weil sie ihn immer wieder an sich herankommen ließ. Aber woher konnte er etwas wissen? Als sie den oberen Treppenabsatz erreicht hatte, legte sie die Hände aufs Gesicht; es schien zu glühen. Verfluchter Kerl. Wieso konnte er es wissen?

Ein so großes Rätsel war es gar nicht: Es löste sich, als sie sich umziehen ging und feststellte, daß der Rücken ihres weißen Hemdes von Grasflecken übersät war.

Sieht aus, als hätte jemand anders im Sattel gesessen.

Verdammter Gabe. Sie war ihm keine Erklärung schuldig, nicht in ihrem eigenen Haus. Sie warf das Hemd auf den Boden.

«Du brauchst gar nicht so schuldbewußt zu tun», sagte er von der Schlafzimmertür her. «Ich wußte, daß du mit jemandem rumfickst. Hab's gleich gewußt, als ich dich sah. Du hast dieses Glühen.»

Die Art, wie er sie ansah, ließ sie vergessen, was sie hatte sagen wollen. Ihr wurde bewußt, daß sie halbnackt war. Nach neun Jahren Zusammenleben schien es ein wenig absurd, vor Gabe schamhafte Anwandlungen zu bekommen, aber sie sah darin einen taktischen Nachteil. Daher griff sie ein Handtuch von der Stuhllehne und drapierte es sich um den Hals.

«Ich geh unter die Dusche.»

Er folgte ihr ins Badezimmer. «Weißt du, vielleicht hängen Stephens Probleme ja damit zusammen, daß du dich ab und zu davonschleichst, um dich von einem knackigen Bauernlümmel flachlegen zu lassen –»

«Gabe, halt die Klappe. Ich bin auf diese Sache mit Sky nicht ausgewesen, okay? Es ist einfach passiert. Also halt bitte die Klappe.» Die eben erlebte halbe Stunde in der Obstplantage fiel ihr ein, und die Erinnerung ließ sie erschauern. «Ich glaube, es ist ohnehin vorbei. Und würdest du jetzt bitte hier verschwinden, damit ich in Ruhe duschen kann?»

Seltsam, wie eine erhobene Stimme in dem kleinen Raum widerhallen konnte: Als würde jede einzelne Kachel den Ton auffangen und ihn um Sekundenbruchteile zeitversetzt zurückwerfen, um in ihrem Kopf eine Kakophonie auszulösen. Ihr Herz fing an zu hämmern, und ihr wurde schwarz vor Augen. Plötzlich spürte sie wieder den Sog jener inneren Finsternis, diese unsägliche, die Luft abschnürende Furcht. Sie griff nach dem Rand des Waschbeckens, um sich festzuhalten. Die Berührung des kühlen Porzellans half ihr, sich zu orientieren. Sie hörte Gabes Stimme in Echofetzen.

«Was»

«ist denn»

«mit d-?»

Langsam konnte sie wieder klar sehen. Sie lehnte an der Badezimmerwand. Gabe hielt sie an den Schultern fest, und das Handtuch war runtergerutscht. Aber das war völlig egal, denn an nichts hatte er im Augenblick weniger Interesse als daran; er sah ihr besorgt in die Augen, und sie erinnerte sich, daß er vor Zeiten einmal ihr bester Freund gewesen war. «Geht es dir wieder gut? Was ist passiert?»

«Mir ist ein bißchen schwindlig geworden.»

Er musterte sie über den Brillenrand. «Du hast wahrscheinlich nur Hunger. Zuviel körperliche Betätigung auf leeren Magen.»

Nan war nicht sicher, ob er damit auf das Reiten oder den Sex anspielte, und sie wollte es auch nicht wissen. Damit er nicht bemerkte, daß ihr die Röte ins Gesicht stieg, beugte sie sich hinunter und hob das Handtuch vom Boden auf. Dann schlang sie es sich um die Schultern und hielt ihm mit übertriebener Höflichkeit die Tür auf. «Ich würde jetzt gern duschen. Wenn es dir nichts ausmacht ...»

17. KAPITEL

Sie fuhren nach Breezy, um im «Bev's» zu Mittag zu essen, und machten mit Gabe eine einstündige Tour durch die Stadt. Dabei besuchten sie auch «Books, Etc.», wo er Cooper kennenlernte und dessen Auswahl an Spielzeug zum Aufziehen bewunderte. Stephen klammerte sich an Gabes Hand, als sie die Buchhandlung verließen und die Straße überquerten, um sich das Denkmal vor dem Gerichtsgebäude näher anzuschauen. Seit der Ankunft seines Vaters hatte er Woody nicht erwähnt, und Nan konnte sich zusammenreimen, daß Gabe der Meinung war, sie habe aus einer Mücke einen Elefanten gemacht. Und sie mußte einräumen, daß es fast so schien, als sei Woody in dem Moment verschwunden, da Stephen Besseres zu tun hatte.

«Hier stehen wir also vor dem Gerichtsgebäude von Tornado.» Gabe hatte Stephen damit belustigt, daß er vorgab, sich den Namen der Stadt nicht merken zu können, und sie statt dessen abwechselnd Windy, Gusty oder so ähnlich nannte.

Der Junge kicherte. «Dad, es heißt Breeeezy.»

Nan verdrehte die Augen. Normalerweise hätte so ein Geplänkel sie amüsiert, aber im Moment konnte sie ihre üble Laune nicht abschütteln. Wie gern sie sich auch das Thema Schuyler Barnett aus dem Kopf geschlagen hätte – es wollte nicht verschwinden. Außer seinen Lügen und den dubiosen Aktivitäten gleich welcher Art, die sie verschleiern sollten, war da die verstörende Erinnerung an das, was während ihrer sexuellen Begegnung geschehen war – etwas, das beunruhigenderweise nach einer psychotischen Reaktion aussah. Sie sah ein, daß es wohl unfair wäre, Sky ihre psychischen Macken zum Vorwurf zu machen. Aber die Lügen konnte sie ihm zweifellos zum Vorwurf machen.

Am nächsten Tag regnete es schon früh, klarte dann aber gegen neun Uhr dreißig auf. Gabe schlief sich aus, und Nan fand ihn am Küchentisch bei einer Tasse Kaffee, als sie von der Arbeit in ihrer Dunkelkammer heraufkam. Sie fand, er paßte nicht zur Kulisse aus grünen Weiden und Bergen draußen vor dem Fenster – sowenig wie Sky in ein rußgeschwängertes, geschäftiges New Yorker Straßenbild gepaßt hätte. Oder vielleicht lag es auch nur an ihrer eingeschränkten Vorstellungskraft. Der Gedanke an Sky ließ sie erschauern.

«Wo ist Stephen?» fragte Gabe sie.

«Auf der anderen Seite des Baches. Mit Woody.»

Er grunzte und rieb eine Hand übers Gesicht. Nan neigte den Kopf und sah ihn an. «Hast du wirklich gedacht, wir würden Woody so leicht los?»

Er grunzte nochmals. «Vielleicht geh ich mal rüber und mach dem alten Woody Konkurrenz. Seh mal, ob ich ihn nicht von der Bildfläche verscheuchen kann.»

«Darf ich euch drei zum Mittagessen erwarten?»

Gabe bedachte sie mit einem griesgrämigen Blick, als er zur Hintertür hinausging und beim Quietschen des Fliegengitters zusammenzuckte. Sie schaute zu, wie er das Gatter öffnete, auf die Weide trat, es sorgfältig hinter sich schloß und dann den Weg zum Bach einschlug. Sie biß sich auf die Lippe. Wenn sie etwas Entsprechendes getan hätte, wenn sie Stephen mehr Interesse geschenkt und ihre Verantwortung als gute Mutter erfüllt hätte, dann wäre das Problem mit Woody vielleicht gar nicht erst aufgekommen.

Es dauerte keine Stunde, da war Gabe schon wieder zurück.

Sie bewegte gerade einen Abzug im Entwickler, als sie oben in der Küche jemanden poltern hörte, und ging hinauf, um nachzuschauen. Sie hatte die verrückte Idee, daß es Sky sein könnte, und wurde nervös bei dem Gedanken, ihn wiederzusehen.

Aber es war Gabe, der den Krach verursachte – Gabe, sichtbar mißgelaunt, der sich ein Glas aus der Küche besorgte und in die Bibliothek stapfte, um die Flasche aus dem Schrank zu holen und sich einen Brandy einzuschenken. Nan blieb ihm auf den Fersen und sah auf die Uhr. Es war halb zwölf. Sie betrachtete ihn genauer. Er war tropfnaß.

«Was ist passiert?»

Er kippte den Brandy hinunter und schenkte sich noch einen ein. Er zitterte. «Wonach sieht's denn aus? Ich bin in den Scheißbach gefallen. Das Wasser ist verdammt kalt.»

«Hast du Stephen gesehen?»

«Nein, verflucht. Aber ich schwöre, der kleine Bastard hat dafür gesorgt, daß ich reingefallen bin.

Nan setzte sich aufs Sofa, bemüht, nicht zu lächeln. «Warum ziehst du dir nicht ein paar trockene Sachen an? Danach kannst du mir dann alles erzählen.»

Er schien nicht warm werden zu können. Seine Lippen waren blau, und er hörte nicht auf zu zittern. Schließlich ging er unter die Dusche und ließ das heiße Wasser auf sich niederrauschen.

«Ich bin da rübergegangen, wo es flach ist», rief er, um das Prasseln zu übertönen. «Hab ihn nicht gesehen und bin deswegen den Hügel raufgeklettert. Keine Spur von ihm. Bin dann runtergelaufen und hab im Gehölz auf der anderen Seite des Hügels rumgestöbert. Dort ist der Bach tiefer. Ich sah diesen umgestürzten Baum, eine natürliche Brücke – dachte, den nutz ich, um rüberzukommen.»

Er war stolz auf seinen Gleichgewichtssinn. Im Loft hatte er einen wacklig auf der Sitzfläche eines Stuhls balancierenden langbeinigen Hocker zu Hilfe genommen, um an der fünf Meter hohen Decke Glühbirnen auszuwechseln. «Hätte Astronaut werden können», brüstete er sich gern. Als er ausgezogen war, hatte sie eine Leiter angeschafft.

Jetzt stellte er das Wasser in der Dusche ab, und Nan reichte ihm ein Handtuch. Er schob den Vorhang an klappernden Ringen zur Seite und sah sie an, während er sich trockenrieb. Jene ungezwungene Intimität, die aus langen Ehejahren resultierte, hatte sich unbemerkt wieder eingestellt.

«Er muß mir gefolgt sein. Ich war schon halb drüben – meinte, ein Rascheln zwischen den Bäumen auf dem Ufer hinter mir zu hören. Dann fing der Stamm an zu rollen. Ich schwöre, er rollte mir unter den Füßen weg. Mit dem Arsch voran bin ich im Wasser gelandet. Als ich's geschafft hatte, wieder rauszukommen, war niemand zu sehen.»

«Bist du sicher, daß du nicht einfach nur ausgerutscht bist?»

Er hielt mit dem Abtrocknen lange genug inne, um ihr einen erbosten Blick zuzuwerfen. «Ich hab ihn gehört. Der kleine Bastard hat sich totgelacht.»

Stephen hatte so gelacht, daß er fast keine Luft mehr bekam. Er und Woody waren Hals über Kopf vor dem verräterischen Geräusch davongelaufen und durch den Wald gerannt, bis sie schließlich keuchend und kichernd auf einem dicken Bett aus Kiefernnadeln zusammenbrachen. Immer wenn Stephen zu Atem kam, sah er zu Woody hinüber und erinnerte sich, wie ulkig sein Dad

(ein Unbefugter)

ausgesehen hatte, als er mit Armen und Beinen in der Luft gefuchtelt hatte, um sein Gleichgewicht zu halten, dann der Riesenplatsch

(wird ihm eine Lehre sein)

als er ins Wasser gestürzt war. Sie hatten ihn schon ausgemacht, kaum daß er den Bach überquert hatte, und Woody hatte geflüstert, er sei ein gefährlicher Sträfling, ausgebrochen aus dem Staatsgefängnis von Bushy Mountain. Das Spiel war so aufregend, daß es Stephen auf den Magen schlug. Sie hatten den Unbefugten lange verfolgt, hatten sich so nahe an ihn herangepirscht, wie sie konnten, ohne sich zu zeigen, hatten den Atem angehalten, immer wenn er stehengeblieben war oder sich umgedreht hatte. Als er sich anschickte, über den Baumstamm zu balancieren, hatte Stephen genau gewußt, was zu tun war.

Er hatte wieder das Platschen und den Schwall von Flüchen im Ohr. Er hatte seinen Vater nicht mehr so viele schlimme Wörter hintereinander sagen hören seit damals, als die kleine Nachbarskatze ihren Haufen in einem seiner Turnschuhe hinterlassen hatte.

Sein Dad.

Stephen hörte zu lachen auf. Langsam zog er die Knie an die Brust und umschlang sie. «Woody? Er war doch okay, oder? Er hat sich doch nicht weh getan?»

Woodys Grinsen verblaßte. Wind kam auf, und die Lichtpunkte um sie herum tanzten, strichen über sein blondes Haar. «Nee. Und wen kümmert's schon?»

Stephen war bestürzt. «Er ist mein Dad», sagte er.

Woody zuckte die Achseln und wandte den Blick ab. «Ja. Aber er will nicht, daß du mit mir spielst.» Die gemurmelten Worte waren kaum zu hören, aber Stephen spürte die Einsamkeit des anderen Jungen über sich hereinbrechen.

«Das ist nicht wahr», sagte er. Oder? Ihm fiel ein, wie seine Mom sich an dem Abend verhalten hatte, als Woody sich wünschte, daß sie hi zu ihm sagte. Seine Mutter hatte Woody noch nie gemocht; das wußte er. Sein Dad ... da war er nicht sicher. Aber –

«Keine Sorge, Woody», sagte er mannhaft. «Es kommt nicht darauf an, was die anderen wollen. Du bist mein Freund.»

Unbewußt berührte er den Facettenkopf des Hufeisennagels, der als Ring seinen Finger umschloß. Irgendwo in seinem Hinterkopf hörte er ein Flüstern, nur zwei Wörter, und unwillkürlich sprach er sie laut nach.

«Für immer.»

18. KAPITEL

Sollte Nan je Gefahr gelaufen sein, es zu vergessen, so bot sich ihr im Laufe der nächsten paar Tage überreichlich Gelegenheit, sich wieder daran zu erinnern, daß Gabe den Hang besaß, in jeder Situation, mit der er konfrontiert wurde, die Initiative zu ergreifen. Er brauchte nur zehn Minuten lang das Anschlagbrett der Methodistenkirche von Breezy zu überfliegen, schon kam er auf die Idee, Stephens Sozialkontakte zu verbessern, indem er ihn für ein sommerliches Freizeitprogramm anmeldete, das von Mitgliedern der Kirchengemeinde betreut wurde. An etwas Derartiges hätte sie nicht in einer Million Jahre gedacht – und auch wenn, niemals hätte sie Stephen zur Teilnahme überreden können.

Aber Gabe führte ein Telefongespräch, informierte sich über die Einzelheiten (die Aktivitäten wechselten von Tag zu Tag, und dazu gehörten Malen, Singen und Puppenspiele) und entschied, das Morgenprogramm höre sich ideal an. Stephen machte zwar einen kleinen Aufstand, aber sein Widerstand war letztlich minimal, und Gabe wurde leicht damit fertig. Nan kam sich auf niederschmetternde Weise unzulänglich vor, denn sie erinnerte sich allzu gut, wie sie sich den Kopf zerbrochen hatte, auf welche Weise sie Stephen mit anderen Kindern zusammenbringen konnte. Und dabei hatte diese schnelle und simple Möglichkeit auf der Hand gelegen. Bisher schien Stephen zwar nicht sonderlich begeistert zu sein, aber er hatte ja auch erst zweimal teilgenommen, und er würde bestimmt Fortschritte machen. Vielleicht fand er ja irgendwann sogar einen Freund, der weniger problematisch war als der Junge, den er Woody nannte – wer oder was auch immer der sein mochte.

Statt wie gewöhnlich zum Bach hinunter zu verschwinden, war er heute am Haus geblieben, verlockt durch Gabes Versprechen, ein paar Runden auf Annabels Kleintraktor zu drehen. Als Nan im oberen Stockwerk die Bettwäsche wechselte, konnte sie das Motorknattern hören, das die friedliche Nachmittagsstille durchbrach. Das von Gänseblümchen durchwucherte saftige Gras auf dem Vorderrasen, unangetastet, seit Sky es vor fast fünf Wochen gemäht hatte, war inzwischen kniehoch, ein grünes Meer, das ans alte weiße Haus schwappte. Gabe, der auf dem Traktorsitz thronte, ließ Stephen vor sich stehen und steuern. Der Junge war Feuer und Flamme.

Ihre eigene Stimmung blieb weiterhin überschattet von dem, was zwischen ihr und Sky geschehen war. Sie war immer noch nicht damit ins reine gekommen, und es ging ihr auch nicht aus dem Kopf. Was auch immer seine Gründe sein mochten – ob es wegen Gabes Anwesenheit war oder weil er keine weiteren Fragen zu Jerry Ray Watkins beantworten wollte oder weil auch er von ihrer sexuellen Begegnung verunsichert war –, er war seitdem nicht mehr auf der Bildfläche erschienen. Und sie war nicht sicher, ob sie es bedauerte oder froh darüber war.

Als sie ein sauberes Laken aus dem Wäschekorb nahm und es über Annabels Bett breitete, hörte sie den Motor stottern und seinen Geist aufgeben. Dann rief Stephen aus dem Garten etwas zu ihr hinauf.

«Mom! Mom! Sieh mal aus dem Fenster!»

Sie ging zum Alkovenfenster und blickte hinaus. Die beiden saßen auf dem Traktor und winkten ihr zu.

«Was?»

Gabe gestikulierte ausholend. «Wir haben dir ein Geschenk gemacht.»

Eine Reihe von willkürlich ausgerichteten Schneisen war ins Gras gemäht worden. Nan lehnte sich mit den Ellbogen aufs Fensterbrett. «Ihr seid noch nicht fertig.»

Stephen hüpfte auf Gabes Knien. «Nein! Wir haben was geschrieben! Lies mal, was da steht!»

Nan schaute angestrengt hin. Die Schneisen, dunkler als die restliche Fläche, wirkten auf sie noch immer wie wahllos angeordnet. Sie sagte aufs Geratewohl: «Hi?»

«Nein! Es heißt ‹Mom›!»

«Das glaub ich nicht.»

«Tut's aber», sagte Gabe. «Junge Frau, können Sie denn nicht lesen?»

Sie nahm an, eine der Zickzacklinien könne vielleicht als «M» durchgehen. Im Verhältnis zu dieser Linie schien die andere jedoch auf der Seite zu liegen.

«Da steht ‹Mo-3›.»

Das entsprach exakt Stephens achtjährigem Sinn für Humor, und er überschlug sich fast vor Lachen. «He, Mo-3! Was ist angesagt, Mo-3?»

Dies war – durchfuhr es sie – ein idyllischer Augenblick, wie sie ihn als Familie daheim in New York niemals erlebt hatten, wahrscheinlich weil sie immer entweder zu beschäftigt oder zu abgelenkt gewesen war. Jetzt hatte Gabe sich emotional neu orientiert, und sie waren, allem Anschein zum Trotz, keine Familie mehr. Oder? Vater und Sohn saßen auf dem Traktor, mitten auf dem grünen Rasen, und ihre einander so ähnlichen bebrillten Gesichter lachten zu ihr hinauf.

Vom Aussichtspunkt am Fenster sah sie als erste den Wagen: Der Kombi der Talbots kam die Auffahrt herauf. Sie winkte. Gabe und Stephen sahen sich um.

«Ich bin gleich draußen», rief sie. Sie sah noch, wie Gabe Stephen vom Traktor hob und dann selbst auch abstieg, bevor sie sich vom Fenster abwandte und hinunter in die Küche eilte. Gäste bedeutete Limonade. Sie selbst konnte das Zeug zwar nicht ausstehen, aber sie hatte sich angewöhnt, für unerwartete Besucher einen Vorrat davon im Kühlschrank bereitzuhalten, denn «Stippvisiten» schienen in dieser Gegend zum guten Ton zu gehören. Sie nahm die hohen Gläser hervor, füllte sie und stellte sie auf ein Tablett. Irgendwie gab ihr das Auftrieb. Nan Lucas, rustikale Gastgeberin. Wer hätte gedacht, daß sie das zustande bringen könnte?

Sie trug das Tablett hinaus auf die Vorderveranda. Gabe stand am Wagen und plauderte mit den Talbots. Lucy sah sie und winkte. Die Männer drehten sich um, und Whit zog den Hut. Wie immer war sie entzückt von dieser altmodischen Geste. Sie setzte das Tablett auf dem breiten Geländer ab und winkte einladend. «Langt zu, Leute.»

Sie kamen über den malträtierten Rasen, vorbei an Stephen, der auf den leeren Traktorsitz geklettert war, an den Instrumenten herumspielte und so tat, als würde er losfahren. Sie hörte, wie Gabe sich bei ihren Gästen darüber beschwerte, daß sie ihn, den armen Besucher, so schwer schuften ließ.

Als sie die Verandastufen erreichten, lächelte Whit ihr zu. «Nan, die Limonade da sieht an einem heißen Nachmittag wie heute mächtig einladend aus.»

«Ich hätte auch Bier, wenn du's lieber möchtest.»

«Gott behüte, Honey. Nein, wenn ich jetzt ein Bier trinken müßte, würd ich auf der Stelle hier auf deiner Veranda einschlafen.»

«Na ja, ich kann mir unangenehmere Arten vorstellen, den Rest des Tages zu verbringen», sagte Gabe. «Ich hätte nichts gegen ein Bier einzuwenden. Muß meine Elektrolyte auffrischen. Nach all der körperlichen Arbeit.»

Er machte es sich auf der Verandaschaukel bequem und lächelte Nan ins Gesicht, allem Anschein nach in der Erwartung, von ihr bedient zu werden. Das Lächeln mißfiel ihr; irgendwie brachte sie es mit Jennifer in Zusammenhang. Sie war drauf und dran, ihm zu sagen, er solle sich sein Bier selbst besorgen, aber seine letzte Bemerkung ließ sie zögern. Er hatte *tatsächlich* gearbeitet – wenn man das Sitzen auf einem Traktor Arbeit nennen konnte. Und die Anwesenheit von Lucy und Whit trug auch dazu bei, sie davon abzuhalten, ihn in die Schranken zu weisen. Sie zuckte mit den Achseln und ging ins Haus zurück. Lucy folgte ihr auf den Fersen. Nan nahm ein kaltes Guinness aus dem Kühlschrank und wandte sich mit ironischer Miene an die ältere Frau.

«Meinst du, er hat sich auch ein Glas verdient?»

Lucy lächelte vieldeutig, antwortete aber nicht. Nan entschied sich gegen das Glas und öffnete eine Schublade, wo sie in einem Wirrwarr von Küchenwerkzeugen nach einem Flaschenöffner kramte. Sie hatte ihn gerade gefunden, als sie Lucy hörte: «Honey, ich bin ja so froh zu sehen, daß ihr euren kleinen Jungen immer im Auge habt.»

Nan stieß die Schublade zu und sah auf. «Oh – äh, ja.»

«Und jetzt ist dein Mann hier, und ihr drei wirkt so glücklich zusammen. Vielleicht kommt doch alles irgendwie ins Lot. Vielleicht findet Tucker den Weg nach dort, wo er hingehört.»

Nan merkte, daß sie ein scheinheiliges Lächeln aufsetzte. Sie verabscheute diese Heuchelei. Aber was hätte sie sagen sollen?

«He, was macht mein Bier?»

Gabes Ruf von der Veranda rettete sie. Sie senkte den Blick und beschäftigte sich damit, den Kronenkorken von der Bierflasche zu lösen. Als sie den Öffner wieder in die Schublade zurückgelegt hatte, blickte sie auf und sah, daß Lucy sie anstrahlte.

«Du bist unbezahlbar, Lucy», platzte sie los. Wenigstens war es ehrlich gemeint. Die ältere Frau stimmte ihr gakkerndes Lachen an.

Als sie auf die Veranda zurückkehrten, war Stephen nirgends zu sehen. Gabe nahm ihr die Flasche ab und bedachte sie zum Dank mit einem spöttischen militärischen Gruß, ohne seine Unterhaltung mit Whit zu unterbrechen.

«Ich geh also die Bleecker Street runter und seh diese Frau, die mit ihrem Hund auf mich zukommt – mit einem dieser absolut ausgemergelten Hunde, einem Greyhound oder so. Und der Hund trägt einen Leopardenfell-Mantel aus Polyester. Also sag ich zu dem Hund –»

Nan merkte, daß sie einerseits aufmerksam seiner Geschichte zu folgen versuchte, sich andererseits aber immer wieder abgelenkt fragte, wohin Stephen sich wohl abgesetzt hatte. Während sie mit den anderen auf der schattigen Veranda saß, umgeben von Stimmen und Gelächter, in der Luft der süße Duft von Heckenkirsche und frisch gemähtem Gras, wurde sie zunehmend unruhiger, konnte sich aber nicht erklären, wieso. Lag es nur an der düsteren Mahnung, die in Lucys wohlmeinenden Worten enthalten war?

Ich bin ja so froh zu sehen, daß ihr euren kleinen Jungen immer im Auge habt.

«Gabe, wo ist Stephen?»

Mitten im Satz unterbrochen, sah Gabe sie verständnislos an. «Äh?»

Nan wies auf den leeren Garten. «Dein Sohn. Wo ist er hingegangen?»

Er stand auf, um die halbgemähte Grünfläche zu inspizieren. «Verdammt, ich weiß nicht. Whit? Hast du ihn weglaufen sehen?»

Whit schüttelte den Kopf. Seine breite Stirn runzelte sich besorgt. «Tut mir leid, ich hab nicht hingesehn.»

Nan und Lucy tauschten einen Blick, in dem sie die Gedanken der älteren Frau lesen konnte, als würden die Wörter laut ausgesprochen. Ist das nicht typisch Mann? Aber der Humor, der in diesem Gedankenaustausch hätte liegen sollen, wurde von Besorgnis verdrängt. Wo war Stephen?

Gabe trank einen Schluck Bier, stellte die Flasche ab und ging zur obersten Verandastufe. Mit leicht angehobener Stimme rief er: «Stephen?»

Die einzige Antwort war Stille – eine Stille, in der Nan den Atem anhielt und feststellte, daß das ständige Zirpen der Grillen, das sie schon lange nicht mehr bewußt wahrgenommen hatte, verstummt war. Sie spürte, wie ihr der Schweiß ausbrach.

«Stephen!» brüllte Gabe. Der Klang seiner Stimme fuhr wie ein Blitz in ihre Nervenenden, und sie öffnete den Mund, um zu protestieren, um zu sagen, daß Schreien auch nichts mehr half. Aber in eben diesem Moment kam eine Antwort.

«Dad?»

Die kleine, verzagte Stimme kam scheinbar von Nirgendwo – sie alle blickten hektisch um sich und sahen nichts. Nan wurde von Panik ergriffen.

«Stephen? Wo b –»

Whit zeigte plötzlich auf die Eiche. Sie alle sahen hinüber. Stephen war nicht zu erkennen. Aber hoch oben im Baum schwankten Zweige, und als sie wie gebannt auf die leichte Bewegung starrten, meldete sich wieder die kleine, bebende Stimme.

«Ich bin hier oben. Im Baum.»

Es war alles okay gewesen, solange er nicht hinuntergesehen hatte.

Stephen war es zu langweilig geworden, nur so zu tun, als würde er mit dem Traktor fahren. Sein Dad quasselte mit Cousin Whit, seine Mom und Cousine Lucy waren ins Haus gegangen. Da blieb niemand, mit dem er reden konnte, und es gab nichts zu tun. Er wünschte, er wäre an diesem Nachmittag zum Bach hinuntergegangen, um mit Woody zu spielen, statt hier bei den Erwachsenen rumzuhängen, die doch lieber quasselten, als was Lustiges zu machen. Er ließ sich vom Traktorsitz gleiten und wanderte zur Eiche, setzte sich hin, mit dem Rücken an den dicken Stamm gelehnt, und spürte, daß die Langeweile sich über ihn legte wie eine erstickende Decke.

«He!»

Woodys Flüstern klang sehr nahe. Stephen rappelte sich auf und eilte um den Baum herum. Dort fand er seinen Freund, der mit an die Brust gezogenen Knien auf dem Boden saß – ein Spiegelbild der Pose, die Stephen kurz zuvor eingenommen hatte. Seine Langeweile verflog augenblicklich. «He, Woody! Willst du mitkommen runter zum Bach?»

Woody schüttelte den Kopf. «Laß uns rauf ins Baumhaus klettern.»

«Ins Baumhaus?» Stephen erwischte sich dabei, daß er ganz schnell hinaufblickte und genauso schnell den Blick wieder senkte. Das Baumhaus lockte ihn und flößte ihm gleichzeitig Angst ein. Wie aus heiterem Himmel tauchte es in seiner Phantasie auf – das kleine Haus hoch oben zwischen den grünen Zweigen der Eiche, umgeben von raschelndem Laub. Und dann schlich sich der Gedanke an den langen, unheimlichen Aufstieg ein, drehte ihm den Magen um und ließ ihm die Knie schlottern.

«Los, komm schon», sagte Woody.

«Ich kann nicht», sagte Stephen. «Ich kann den untersten Ast nicht erreichen.»

«Ich helf dir rauf», sagte Woody.

Zuerst war es okay gewesen. Stephen hatte starr auf die rauhe Rinde ein paar Zentimeter vor seiner Nase geblickt, sich darauf konzentriert, von einem Ast zum anderen zu hangeln, und war Woody einfach nur gefolgt. Aber je höher sie hinaufgelangten, desto schwieriger wurde es, den Eindruck der unermeßlichen Leere zu verdrängen, die sich um ihn herum auftat.

Und über ihm. Und unter ihm.

Eine Brise trieb die Blätter auseinander, und am Rand seines Blickfelds bot sich für einen Moment eine schwindelerregende Aussicht. Er war fast so hoch wie das Dach des Wohnhauses. Die Stimme seines Vaters auf der Veranda, anfangs noch gut zu hören, war inzwischen vom Rauschen des Blätterdickichts um ihn herum erstickt worden. Er schloß die Augen und spürte einen Brechreiz.

«Kletter weiter!»

Woodys Stimme kam von weit über ihm. Vom Boden aus hatte der Baum überhaupt nicht so hoch ausgesehen. Inzwischen hätte er das Baumhaus erreicht haben müssen, sollte schon sicher neben Woody sitzen und so tun, als habe ihm die Kletterei nicht die geringste Angst gemacht. Aber statt dessen kletterte er noch immer. Die Baumrinde zerkratzte ihm Hände und Knie, das Herz schlug ihm gegen die Rippen, und er stellte sich vor, daß er fiel, durch die Luft hinunterstürzte und mit einem gräßlichen Krachen auf den Boden aufschlug. Sein Mund fühlte sich an, als habe er Klebstoff gegessen; wenn er zu schlucken versuchte, wollte es nicht gelingen. Zwischen den Beinen hatte er Schmerzen, weil er rittlings auf dem Ast saß.

«Woody? Muß ich noch viel weiter rauf?»

Es kam keine Antwort. Stephen zog ein zitterndes Bein auf den Zweig, auf dem er saß, fand Halt unter dem Fuß und zwang sich dazu, mit den Händen am Stamm hinauf nach dem nächsten Ast zu tasten. Die Brise kehrte wieder, ließ rundherum die Blätter flattern. Es kam ihm vor, als würde der ganze Baum schwanken. Heiße Tränen schossen ihm in die Augen, und mit dem Mut der Verzweiflung blinzelte er sie weg.

Er faßte mit den Händen um den nächsten Ast und zog sich hinauf.

Ich bin hier oben. Im Baum.

Nans Haut gefror unter dem Schweiß. Sie hörte, wie Gabe «Ach, du Scheiße» in sich hineinflüsterte; und im nächsten Moment war er auch schon die Verandastufen hinuntergeeilt und hatte den Rasen überquert. Ohne sich bewußt dazu entschlossen zu haben, rannte sie hinter ihm her, taumelte unwillkürlich vorwärts, als hätte ihr jemand unversehens den Boden unter den Füßen nach hinten weggezogen. Unter dem Baum an Gabes Seite reckte sie den Hals, um in das Labyrinth aus Blättern und Zweigen hinaufzuspähen.

«Mein Sohn, ich denke, du kommst am besten wieder runter», sagte Gabe. Er bekam keine Antwort und sagte: «Stephen?»

«Ich – ich kann nicht.»

«Was soll das heißen – du kannst nicht?»

«Woody will mir das Baumhaus zeigen.»

Nan fühlte sich von einer kalten Hand gepackt. Sie riß den Blick von den Zweigen über sich los und sah neben sich Lucy stehen. Deutlich erkennbar zitterte das Kinn der alten Frau. «Gnädig sei der Herr», flüsterte sie. «Gnädig sei der Herr.»

Gabe hatte inzwischen die Hände in die Hüften gestützt. «Hör zu, Stephen. Mir ist egal, was Woody sagt. Ich will, daß du von dem Baum runterkommst. Und ich will, daß du es sofort tust.»

Diesmal war die Pause nervenaufreibend lang. Nan sah, wie sich Gabes Mund wieder öffnete und dann schloß, als Stephen sprach.

«Woody?»

Die Zweige raschelten. Von hoch über ihren Köpfen wehte eine Stimme, nicht die von Stephen, aus dem Baum zu ihnen.

«Komm schon. Du bist lahmer wie 'ne Schnecke.«

Der gedehnte einheimische Akzent war unverkennbar. Aber es war der Charakter der Stimme, dieser leicht schrille und aufgekratzte Sopran, in dem eine gewisse Ungeduld mitschwang, der einen Schaltkreis in Nans Erinnerung mit einem so grellen Blitz kurzschloß, daß ihr Kopf zu explodieren schien.

Tuckers Stimme.

In den vergangenen Wochen war sie in ihrer Erinnerung wieder und wieder erklungen, und sie wußte sofort, wem sie gehörte. Diese Erkenntnis verursachte einen jähen Schwindelanfall, gefolgt von Übelkeit, und eine Sekunde lang meinte sie, die Besinnung zu verlieren. Aber sie durfte sich jetzt nicht so gehenlassen. Sie sah Lucy in die Augen und stellte fest, daß sich im Blick der alten Frau ihr eigenes Entsetzen widerspiegelte. Sie war nicht Opfer ihrer Einbildung: Lucy hatte die Stimme ebenfalls gehört und auch erkannt. Sie holte tief Luft und schaute zu Gabe. Er stand da, den Kopf im Nacken, und spähte in den Baum hinauf. Ob es an seiner Verblüffung lag oder nur an dem extrem zurückgebogenen Hals – jedenfalls stand sein Mund offen. Als er schließlich etwas sagte, klang seine Stimme besänftigend.

«Also, hör mir mal zu, mein Sohn. Ich möchte, daß du jetzt runterkommst. Das Baumhaus kannst du dir vielleicht demnächst mal ansehen. Darüber reden wir noch, okay? Aber jetzt, jetzt mußt du runterkommen.»

Keine Antwort.

«Stephen. Hast du mich gehört? Jetzt gleich.»

«Ich hänge fest, Dad.»

«Nein, tust du nicht. Hör zu. Ich möchte, daß du genau tust, was ich sage. Sieh nicht hinunter. Taste nur mit einem Fuß nach unten, bis du einen Ast spürst.»

Stille von oben, dann ein zögerliches Rascheln.

«Stephen?»

«O-okay.»

«Spürst du den Ast?»

«Ja …»

«Prima. Und jetzt setzt du den anderen Fuß auch darauf.»

Ast für Ast, Schritt für nervenaufreibenden Schritt holte er Stephen durch sein Zureden immer weiter herunter. Undeutlich hörte Nan Whit davon reden, daß er eine Leiter holen wolle. In ihrer Benommenheit hatte sie den Eindruck, als würde Stunde um Stunde schleichend vergehen. Sie stand da, Hand in Hand mit Lucy, lauschte auf das vorsichtige Rascheln, das von Zeit zu Zeit aus dem Geäst zu hören war, und erhaschte ab und zu einen flüchtigen Blick auf eine schemenhafte Bewegung. Ihren Körper nahm sie nur noch als starren Panzer wahr, der ein heißes, schier zerspringendes Herz umschloß. Gelegentlich segelten einzelne Blätter durch die Luft und landeten lautlos im Gras.

«Dad, da sind jetzt keine Äste mehr –»

«Klar sind da noch welche, mein Sohn. Du bist doch da raufgekommen, stimmt's? Und auf genau dieselbe Weise kommst du auch runter.»

«Aber was ist, wenn ich falle?»

«Du wirst ja nicht fallen. Denn wenn ich dich auffangen muß und mir dabei den Rücken verrenke, bekommst du den nächsten Monat kein einziges Stück Schokokäsekuchen.»

Der zittrige Laut von oben mochte durchaus der Versuch eines Lachens gewesen sein.

Ein abgebrochener Zweig fiel aus der Baumkrone und landete zu Nans Füßen. Sie sah verschreckt auf ihn hinab, spürte ein häßliches Ziehen im Nacken und schaute wieder angestrengt hinauf in den Baum, bis auf einmal Stephens Fuß im Turnschuh zu sehen war, der blind und zaghaft nach einem Halt tastete. Der Junge befand sich in ungefähr sechs Meter Höhe, und sie hielt den Atem an.

Bitte …

Er ließ sich ganz vorsichtig auf den Ast hinuntergleiten. Für einen Moment konnte sie sein ängstliches kleines Gesicht erkennen, das nach unten spähte.

«Da – ad –»

«Sieh nicht runter, mein Sohn. Was hab ich dir gesagt? Sieh nur auf den Stamm. In einer Minute bist du unten. Okay.»

Es schienen eher zwanzig zu werden – aber schließlich hatte er den niedrigsten Ast erreicht, und Gabe, der die ganze Zeit über ruhig Blut bewahrt hatte, stürmte vor, packte Stephen und riß ihn so grob herunter, daß der Junge aufschrie und in Tränen ausbrach.

Gabe drückte ihn fest an die Brust, lachte und fluchte gleichzeitig. Nan spürte Lucys Umarmung. Sie wollte zu Stephen gehen, aber urplötzlich zitterten ihre Beine so stark, daß sie nicht mehr stehen konnte und im Gras in die Hocke ging. Vage nahm sie wahr, daß Whit mit einer Leiter auf der Schulter über den Rasen angelaufen kam und eine langsamere Gangart anschlug, als er sah, daß sie nicht mehr gebraucht wurde. Lucy war zu Gabe und Stephen geeilt und wich nicht von ihrer Seite. Und dann war da ein Geräusch im Baum über ihnen.

Anfangs noch leise, ein zögerndes Rascheln, das sich aber sehr schnell zu einer Folge von dumpfen Schlägen steigerte, von knirschenden und krachenden Geräuschen, bis etwas polternd durchs Geäst brach und herabgestürzt kam.

«Du lieber Gott!» sagte Gabe. Er zog den Kopf ein und stolperte rückwärts, Stephen noch immer im Arm. Whit, der gerade Nan erreichte, ergriff ihren Arm und zerrte sie auf die Beine. Lucy jedoch bewegte sich nicht. Lucy stand da wie versteinert und blickte in die Höhe, die Arme halb ausgestreckt, als wolle sie auffangen, was auch immer dort hinabgestürzt kam. Und das starke Brett, das aus dem Baum gefallen kam, das mit so verblüffender Plötzlichkeit vor ihrer aller Augen auftauchte, traf Lucys nach oben gerichtetes Gesicht mit brutaler Gewalt.

«Nan. Bring Stephen nach drinnen.»

Gabe sprach ihr energisch ins Ohr, und sie blinzelte. Er schob ihr Stephen in die Arme. Einen Augenblick lang verdrängte die Dankbarkeit, daß ihr kleiner Sohn in Sicherheit war, alles andere, und sie konnte sich nicht an den Grund für das nackte Entsetzen erinnern, das gleich hinter dieser Dankbarkeit lauerte. Dann nahm sie Whit wahr, der leise, erstickte Laute von sich gab und nicht weit entfernt neben einer Gestalt kniete, die am Boden lag.

Sie drehte den Kopf.

Sah.

Erinnerte sich.

Lucy lag ganz still. Ihre Augen waren weit geöffnet, und auf ihrer Stirn, direkt unter dem Haaransatz, war die tiefe Einkerbung zu erkennen, wo das niederfallende Brett sie getroffen und ihren Kopf mit solcher Wucht nach hinten geschlagen hatte, daß ihr Hals gebrochen sein mußte. Das Brett, eine morsche Planke von zwei mal sechs Zoll, die sicherlich zum Baumhaus gehört hatte, lag neben ihr auf dem Boden, umgeben von Blättern und Borke, die es bei seinem Fall losgerissen hatte.

Eine kleine Menge Blut hatte sich in der Einkerbung auf Lucys Stirn gesammelt. Entweder der Schlag oder der Fall hatte verursacht, daß sich ihre weißen Haare aus den Spangen gelöst hatten, und Nan konnte sich bei allem Schock und Entsetzen nicht des Eindrucks erwehren, daß Lucy Talbots Gesicht irgendwie wieder den flüchtigen Glanz von Jugend ausstrahlte, den es beim Square Dance in der Scheune besessen hatte.

Stephen weinte, und die Tränen liefen ihm übers Gesicht. «Ich wollte doch nichts Böses tun», sagte er.

Ein zentnerschweres Gewicht lastete auf Nans Brust und machte jedes Wort, jeden Gedanken, ja sogar das Atmen zu einer furchtbaren Anstrengung. In kurzen Abständen verlor sie immer wieder die Verbindung zu dem, was gerade geschehen war, und wenn sie sich dann erinnerte, war es so gräßlich, als müßte sie es von neuem mit ansehen. Stephen kauerte auf seinem Bett, und sie saß neben ihm. Gabe und Whit kümmerten sich um die Situation im Garten, doch sie zog es vor, die Einzelheiten aus ihrer Wahrnehmung zu verbannen. Sie hatte die Fenster geschlossen, um die Geräusche zu dämpfen, die in der ländlichen Stille besonders aufdringlich waren.

Der Sinn dessen, was Stephen sagen wollte, dämmerte ihr nur langsam. Sie legte den Arm um ihn. «Es war nicht deine Schuld, Honey.»

«Woody hat gesagt, es ist leicht, da raufzuklettern.»

Nan schloß die Augen, empfand den Film, der auf der Innenseite ihrer Lider ablief, als zu intensiv, öffnete die Augen wieder und nahm den Anblick des sie umgebenden Zimmers gierig in sich auf wie ein Gegengift. Der zerknautschte alte Quilt unter ihnen auf dem Bett, der Lampenschirm mit der Libelle. Ein unwillkürlicher Schauder überkam sie; sie hoffte, daß er nicht auch in der Hand zu spüren war, mit der sie ihr Kind streichelte.

Woody?

Komm schon. Du bist lahmer wie 'ne Schnecke.

Diese spöttische junge Stimme, unmöglich vertraut, deren Worte aus der Baumkrone herunterwehten. Ihr wurde wieder schwindlig, und im Taumel der Benommenheit sah sie Lucys Leiche vor sich liegen, ihr Gesicht, umspielt von den langen weißen Haaren. Dann Lucy in der Küche ihres Hauses, vor ein paar Abenden, als sie dort zum Essen gewesen waren. Wie sie Nans Handgelenk so fest umklammert hielt.

Es ist unnatürlich, wenn die Toten mit den Lebenden Umgang haben.

Wieder durchfuhr Nan ein Schauder. Diesmal erstarb er nicht ganz, sondern ebbte nur zu einem schwachen Zittern ab, das irgendwo unter ihrem Herzen einsetzte und sich in Wellen bis in ihre Fingerspitzen fortpflanzte.

Was war oben im Baum bei Stephen?

Nicht *was.*

Wer.

Sie schreckte zurück vor der Überlegung und versuchte statt dessen, sich auf etwas Praktisches zu konzentrieren, wie zum Beispiel darauf, Stephen zu überreden, sich hinzulegen. Schließlich hatte sie Erfolg. Er schlief fast augenblicklich erschöpft ein, und sie deckte ihn mit dem Quilt zu. Dann setzte sie sich wieder ans Fußende, lauschte darauf, wie er geräuschvoll durch den Mund atmete, und starrte auf alles, was sie davon abhalten konnte, die Gedanken miteinander zu verbinden, die ihr durch den Kopf schossen. Die schwachen Geräusche vor dem Fenster waren verhallt, und im Haus war es so still, daß sie die Uhr in ihrem Schlafzimmer auf der anderen Flurseite ticken hörte.

Woody hat gesagt, es ist leicht, da raufzuklettern.

Komm schon! Du bist lahmer wie 'ne Schnecke!

Sie merkte, daß sie wieder zu zittern begann, und stand vorsichtig vom Bett auf, voller Angst, Stephen aus dem Schlaf aufzuschrecken. Sie wollte nicht mehr denken. Wie aus ungeheurer Distanz sah sie Gabe und sich mit Whit und Lucy auf der Veranda sitzen, vor weniger als einer Stunde, Limonade trinken und lachen, eine Gruppe verschwommener Gestalten, eingefroren in einer schimmernden Kapsel aus Sicherheit und Unwissenheit. Sie schloß die Augen ganz fest, bis nur noch dies Bild blieb, und sie gaukelte sich vor, sie müsse es sich nur intensiv genug wünschen, sich verzweifelt genug bemühen, dann könne sie sich dorthin zurückversetzen.

19. KAPITEL

Die Baptistenkirche «Hope Of Heaven» in Breezy war bis auf den letzten Platz gefüllt. Es war ein heißer Tag, und die Leute benutzten alles, von ihren Hüten bis zu den Gesangbüchern, um sich Luft zuzufächeln. Bruder Fesmire, der Prediger, hatte ein weißes Taschentuch von der Größe eines Geschirrhandtuchs in Gebrauch, mit dem er sich während des Gottesdienstes in Abständen den Schweiß vom Gesicht wischte. Während der Choräle schneuzte er sich darin.

Nan, die mit Stephen und Gabe in der Reihe hinter Whit und seiner Familie saß, war das unbequeme Kirchengestühl willkommen – ebenso willkommen wie der Schweißtropfen, der ihr kitzelnd den Nacken hinunterlief. Alles, was sie von den Gedanken an die vergangenen paar Tage ablenkte, war ihr willkommen. Gabe hatte einen Mann aufgetan, der vorbeigekommen war und die Überbleibsel des Baumhauses fortgeschafft hatte, um weiteren Unfällen vorzubeugen. Er hatte die morschen Bretter auf seinen Laster gestapelt und war davongefahren – aber die Erinnerung an die furchtbare Tragödie ließ sich nicht so leicht aus der Welt schaffen. Vor ihrem geistigen Auge ließ sie den Unfall wieder und wieder ablaufen, gab ihm aber eine andere Wendung. Ließ Lucy ausweichen und das Brett im Gras landen, so daß alles glimpflich vonstatten ging und Stephen nur eine Tracht Prügel bekam.

Die Versuchung war groß, Dutzende von harmlosen Verläufen heraufzubeschwören, die die Folge der Ereignisse hätte nehmen können, ohne in einer Katastrophe zu enden. Aber sie hatte festgestellt, daß sie sich am meisten half, wenn sie sich auf Banalitäten konzentrierte. Dadurch wurde ihr Verstand gleichsam in den Leerlauf geschaltet, und die Last auf ihrer Brust wich einer gar nicht mal unliebsamen Betäubung.

Nachdem der Schweißtropfen vom Kragen ihres Kleides aufgesogen worden war, schaute sie wieder auf die Kirchenbank vor sich und begann abermals, die Plastikkirschen auf Irene Talbots Hut zu zählen. Sie hatte das schon zweimal getan und war jeweils zu einem anderen Resultat gekommen: zwanzig und achtzehn. Außerdem gab es da noch sechs Plastikbananen, die im Verhältnis zu den Kirschen grotesk winzig waren.

Bruder Fesmire sprach jetzt von Lucy Talbots Warmherzigkeit und Güte, von ihrem langjährigen Christendienst an der Gemeinde. Nan hörte seine exaltierte nasale Stimme wie aus weiter Ferne. Von Zeit zu Zeit warf sie einen verstohlenen Blick auf Stephen neben sich, der die Hände im Schoß gefaltet hatte. Sie vermochte nicht zu sagen, ob er zuhörte oder nicht.

Als Abschlußchoral sangen sie «Shall We Gather At The River?». Dabei verlor Whit die Fassung und begann zu weinen. Seine hochgewachsene Gestalt knickte ein, und er barg das Gesicht an Irenes Schulter. Sie tätschelte ihn und sang in einem markerschütternden Sopran weiter, der die hohen Töne verfehlte. Vor dem Gottesdienst hatte Whit demonstrativ mit Stephen gesprochen und ihm die Hand geschüttelt – sogar einen kleinen Scherz darüber gemacht, daß sie beide Krawatten trugen. Er machte Stephen keinen

Vorwurf. Keiner tat das. Es war ein Unfall gewesen. Aber wenn sie nie hergekommen wären, würde Lucy noch leben.

Woody hat gesagt, es ist leicht, da raufzuklettern.

Komm schon! Du bist lahmer wie 'ne Schnecke!

Stephen stand neben ihr, hielt das Gesangbuch an einer Ecke fest, den kleinen Daumen mit dem abgeknabberten Nagel auf die Seite gepreßt. Schwer zu sagen, ob er sang oder nicht. Sein Kopf war gesenkt, die seidigen schwarzen Haare säumten den Hemdkragen. Als sie sich näher zu ihm hinabbeugte, konnte Nan hören, daß er Laute von sich gab, ein wortloses Summen, das der Melodie mehr oder weniger folgte. Sie richtete sich auf und versuchte, ins Lied zurückzufinden.

> Sollen wir uns am Fluß versammeln –
> Dem schönen, dem schönen Fluß?
> Versammeln mit den Heiligen am Fluß
> Der zu uns strömt von Gottes Thron?

Eiben beschatteten den kleinen Friedhof auf dem Hügel hinter der Kirche. Bekümmert und gleichzeitig gut anzuschauen in seinem dunklen Anzug, trug Sky zusammen mit Lucys drei Söhnen die Last des Sarges. Die Trauergemeinde aus der Kirche folgte stumm, doch dann hörte Nan, wie jemand weiter hinten in Schluchzen ausbrach – einsame Klagelaute in der Sonnenglut des Friedhofshügels.

Sie hielt Stephens Hand. Am Grab unter den Bäumen war es kühler. Dort gab es Schatten und eine flüsternde Brise, die den Duft von feuchtem Gras und weißen Lilien mit sich trug.

Am Ende des Gottesdienstes in der Kirche hatte der Prediger die Familie ermuntert, an den offenen Sarg zu treten, um den «letzten Abschied» zu nehmen, wie er sich ausdrückte. Nan ahnte, daß Gabe auf den Gedanken kommen konnte, Stephen da hinzuschleppen; als er sich auf der Kirchenbank zu ihr wandte, hatte sie ihn mit einem Kommt-gar-nicht-in-Frage-Blick durchbohrt. Sie hatten alle drei auf ihrem Platz ausgeharrt und zugesehen, wie die Trauernden in einer langen Prozession zum Sarg geschritten waren und sich über ihn gebeugt hatten, um der Frau, die dort lag, noch einige gemurmelte Worte mit auf den Weg zu geben. Viele von ihnen hatten sich danach unter Tränen abgewandt. Sie sah Skys Bruder und seine Familie, Cassie und Tom und ihre Kinderschar, Cooper, der in Jackett und Krawatte schwitzte, Mr. Ikenberry vom Gemischtwarenladen, den uralten Onkel Jim, wie stets in seinen verwaschenen Overalls, das Musikantenpaar vom Square Dance und mehr als ein Dutzend anderer, die sie erkannte, aber nicht beim Namen hätte nennen können.

Als sie jetzt auf den geschlossenen Deckel des Sarges blickte, der neben dem frisch ausgehobenen Grab stand, traf die Einsicht in die Endgültigkeit des Geschehens sie mit einer derartigen Gewalt, daß für einen Moment die Betäubung, mit der sie sich gewappnet hatte, ihre Wirkung zu verlieren drohte.

Lucy ist tot. Tot.

Sie wiederholte die Worte im Geist, bis sie zu einer Leerformel wurden, bedeutungslose Silben ohne die Kraft, weh zu tun. Neben ihr hielt Stephen den Kopf gesenkt, auf seine Schuhspitzen konzentriert. Seine Hand war schlaff und feucht. Sie drückte sie, aber bekam keine Reaktion zu spüren.

Sky trat aus einer Gruppe am Kopf des Grabes vor und räusperte sich.

«Whit bat mich, ein Gebet zu sprechen.»

Seine Stimme war heiser. Er war unverkennbar aufgewühlt von Trauer, und Nan schämte sich plötzlich ihrer emotionalen Feigheit. Seine Augen wanderten über die Trauergemeinde, trafen in einem kurzen blauen Aufblitzen auch ihren Blick und setzten ihren Weg fort, ohne innezuhalten. In diesem Moment bereute sie die häßliche Szene zwischen ihnen beiden und die Entfremdung, die daraus entsprungen war, so bitterlich, daß sie sich wie erschlagen fühlte.

Sky beugte den Kopf, und die anderen Trauernden taten es ihm gleich. «Herr, du weißt, daß Lucy uns ziemlich viel bedeutet hat. Wir bitten dich, uns zu helfen, ohne sie klarzukommen. Sie war ein ganz besonderer Teil unseres Lebens, und wir werden sie vermissen.

Hilf uns zu verstehen, daß sie auf vielerlei Weise noch immer bei uns ist. Wir alle sind ein bißchen besser dran, als wir's gewesen wären, wenn wir sie nie gekannt hätten. Herr, sei bedankt dafür, daß du uns diejenigen hast sein lassen, die Lucy Talbots Zeit hier auf Erden teilen durften. Das war eine große Gunst. Amen.»

Er trat zurück. Nan spürte einen Kloß in ihrer Kehle. Als sie ihn hinunterzuschlucken versuchte, füllten sich ihre Augen mit Tränen. In seiner Kürze und Einfachheit schien das Gebet ihre sämtlichen Schutzwälle durchbrochen zu haben. Die tröstliche Betäubung verlor zunehmend ihre Wirkung, und es blieb ein so überwältigender Kummer zurück, daß sie kaum noch Luft schöpfen konnte.

Gegen die Tränen ankämpfend, wandte sie sich ab, um nicht mit anzusehen, wie der Sarg ins Grab hinabgelassen wurde. Bemüht, ihre Fassung wiederzugewinnen und Distanz aufzubauen, ließ sie den tränenumflorten Blick über die Gesichter der Trauergemeinde schweifen. Die Mehrheit der Anwesenden blieb ihr weiterhin fremd; sie wußte, daß sie viele von ihnen kennengelernt hatte, wahrscheinlich sogar mit ihnen verwandt war, aber eine rechte Vorstellung davon, wer sie waren, hatte sie nicht. Schlagartig wurde ihr bewußt, daß Sky und Lucy ihre engsten Vertrauten gewesen waren und daß sie im Endeffekt beide verloren hatte.

Wieder kamen ihr die Tränen, und sie blinzelte heftig, um sie zu vertreiben, als sie über das offene Grab hinweg einen Jungen stehen sah, der den Kopf gesenkt hielt, so daß die ziemlich langen blonden Haare sein Gesicht verbargen. Er hatte die Hände vor sich verschränkt. An einem Finger seiner Rechten steckte ein Ring, grob geformt aus einem gebogenen Hufeisennagel. Im selben Moment, als dieser Umstand sie aus ihrer Versunkenheit riß, hob er den Kopf und sah sie an.

Eine Zeitlang versenkten sich ihre Blicke ineinander. Seine Lippen öffneten sich. An der inneren Ecke seines linken Schneidezahns war ein Stück abgesplittert.

Tucker.

Die Erkenntnis, daß er es war, traf sie wie ein Schlag, raubte ihr den Atem. Sie stand da und starrte ihn an, spürte ganz bewußt jeden einzelnen ihrer Herzschläge an den Rippen. Sie konnte ihn deutlich sehen: der verwaschene Overall, eine Hand, die das Gelenk der anderen umklammert hielt, den matten Schimmer des Rings. Ein paar Strähnen seiner sonnengebleichten Haare stellten sich im Windhauch auf. Er stand direkt vor zwei Männern, die sie nicht kannte, und irgendwo in einer Nische ihres Verstandes registrierte sie dumpf, daß sie deren stämmige, dunkel gekleidete Gestalten durch ihn hindurch sehen konnte. Unter ihrer kribbelnden Haut verflüchtigte sich die Körperwärme rapide, und Kälte kroch nach. Auf der anderen Seite des offenen Grabes hob der flachsblonde Junge seine Hand, als wolle er nach ihr greifen. Seine Lippen bewegten sich stumm, formten Silben, die sie kannte.

Annabel –

«Asche zu Asche», sagte die Fistelstimme des Predigers wie von weit her. «Staub zu Staub.»

Erde rieselte auf den Sarg, die Trauergemeinde geriet in Bewegung; Gabes Schulter stieß gegen ihre, und sie blinzelte und schrak zusammen. Die Menschen schoben sich voran, warfen einige Häufchen Erde ins Grab und gaben dann die Schaufel an den nächsten weiter. Die Männer, die sie hinter Tucker hatte stehen sehen, waren vorgetreten, aber der Junge selbst war verschwunden.

Sie blickte forschend in die Gesichter um sich herum. Er schien sich in Luft aufgelöst zu haben. Aber sie hatte ihn gesehen.

Und er hatte sie gesehen.

Das Grab war zugeschüttet worden, ein niedriger Erdhügel, dunkel im Gras. Zwei Männer wuchteten den Grabstein an Ort und Stelle, und sie las die frisch eingemeißelte Inschrift unter dem Namen und den Jahreszahlen.

Lucinda Vail Talbot
1915–1988
«Auf Erden hat sie kurze Zeit verweilt
Ein Engel, uns gesandt.
Ins Himmelreich ist sie enteilt
Hat doch ihre Liebe uns gelassen.»

Bruder Fesmire, eine dünne schwarzgekleidete Gestalt, stand hinter dem Stein und hob beide Hände gen Himmel.

Die Menschen neigten den Kopf. Einen Augenblick lang war der einzige Laut auf dem Hügel das Rascheln der Blätter in einer Brise, die zu flüchtig wehte, um sich auf heißen Gesichtern bemerkbar zu machen.

«Der Herr segne und behüte dich. Der Herr lasse sein Antlitz leuchten über dir und sei dir gnädig. Amen.»

Der Priester ließ die Hände sinken. Die Trauergemeinde verharrte noch einen Moment und wandte sich dann ab. Manche gingen auf Whit und seine Familie zu, andere langsam den Hügel hinunter. Nan suchte fieberhaft unter den sich zerstreuenden Menschen nach einer Spur von Tucker. Gabe war an ihrer Seite und sagte etwas, aber sie hörte seine Worte nicht. Irgendwann hatte sie Stephens Hand losgelassen, und jetzt strebte sie allein den Hügel hinab, eilte durch die Menge, suchte nach einem blonden Haarschopf. Sie kam an einem kleinen blonden Jungen vorbei – mollig und schwitzend und schon jetzt schwerfällig wie der fette Mann, der er einmal sein würde – und einem zweiten, viel zu kleinem, auf dem Arm seines Vaters.

Dann sah sie ihn.

Er war vor ihr, ging allein, die Hände in den Taschen.

Sie rannte los, um ihn einzuholen.

Sie legte ihm die Hand auf die Schulter.

Er drehte sich zu ihr um, und beinahe hätte sie vor Schreck losgeschrien, weil sie nicht Tucker vor sich sah, sondern einen Fremden – einen Jungen mit stumpfen Augen, dessen halbes Gesicht von einem leuchtend rosa Muttermal verunziert wurde. Sie standen da und starrten einander an. Von irgendwoher tauchte eine Frau mit altmodischem schwarzem Hut und Schleier auf, musterte Nan halb lächelnd, halb stirnrunzelnd, nahm ihren Sohn bei der Hand und führte ihn davon. Nan schaute ihnen nach, wie sie den Hügel hinunter fortgingen, und erkannte erst jetzt, daß er im Gegensatz zu dem Jungen, den sie gesehen hatte, einen Sonntagsanzug und Schuhe trug. Sie stand im Sonnenschein am Hang, und das heiße Gras kitzelte ihre mit Sandalen bekleideten Füße.

«Nan!»

Sky kam auf sie zu. Sie drehte sich um und sah ihn mit dem vagen Gefühl an, daß sie beide in unterschiedlichen Welten lebten. Er griff nach ihrer Hand und hielt sie fest. Entgeistert sagte er: «Mein Gott, ist deine Hand kalt. Fällst du gleich in Ohnmacht?»

«Mir geht's gut», antwortete sie mechanisch.

«Hör mal, wir müssen reden.»

Dank einer immensen Konzentrationsleistung vermochte sie sich zu erinnern, daß es zwischen ihnen beiden eine Unstimmigkeit gegeben hatte, doch deren Einzelheiten waren ihr momentan nicht gegenwärtig. Sie starrte ihn an, sah den Schmerz und die Sorgenfalten in seinem Gesicht. Und sah ein zweites Gesicht darübergeblendet. Das Gesicht eines kleinen Jungen mit sonnengebleichtem Haar und einem abgesplitterten Schneidezahn. Das Gesicht von Tucker Wills.

«Nan?» Gabe war direkt neben ihr, Stephen im Schlepptau. Sie sah, wie er und Sky Blicke austauschten, zwei Männer, die einander wortlos abschätzten. Kurz darauf merkte sie, daß Sky ihre Hand losgelassen hatte.

«Können wir gehen?» sagte Gabe. Es wurde ihr nicht bewußt, ob sie ihm antwortete, und als nächstes registrierte sie erst wieder, daß er sie den Hügel hinabführte.

20. KAPITEL

Den Heimweg vom Begräbnis verbrachte sie gleichsam in Trance, nahm kaum wahr, wo sie sich befand. Gabe fuhr; Stephen saß in sich gekehrt auf der Rückbank. Nan starrte aus dem Fenster, und ein einziges Bild stieg unablässig aus irgendeinem Niemandsland in ihrem Hinterkopf auf: der Junge, der sie über Lucys Grab hinweg ansah, der Ring an seinem Finger und die blaßblonden Haarsträhnen, die sich im Wind aufstellten, der abgesplitterte Schneidezahn, den er zeigte, als er einen vertrauten Namen aussprach.

Annabel –

Wieder und wieder sah sie es geschehen. Ein Trugbild der Erinnerung, ein Produkt ihrer Einbildungskraft? Oder eine Art Echozeichen auf dem Radar ihrer Wahrnehmung – Halluzination? Er war so nahe gewesen. So unleugbar *anwesend.* Über die Bahnen ihres Sehnervs hatten sich ihr alle Einzelheiten mit frappanter Klarheit eingeprägt.

Zu Hause angekommen, schlafwandelte sie in die Bibliothek und schenkte sich einen Brandy ein. Gabe kam dazu, als sie ihn hinunterstürzte und sich gleich nachschenkte.

Er beäugte sie kritisch. «Ist das schlau?»

Nan hielt beim Nachschenken lange genug inne, um ihm den Mittelfinger entgegenzustrecken. «Ich hab ihn gesehen, verdammt. Ich hab ihn *gesehen.*»

Augenbraue in die Höhe. «Wen gesehen?»

Unvermittelt erfaßte sie Schwindel, und sie ließ sich auf den nächstbesten Stuhl fallen, wunderbarerweise ohne ihren Drink zu verschütten. «Tucker.»

In extremer Zeitlupe ließ Gabe die Hände auf die Hüften sinken. Er sagte nichts, sondern stand nur da und sah sie an.

«Am Grab», sagte sie. «Er stand mir direkt gegenüber. Einen Augenblick lang war er da. Dann war er einfach – weg.»

«Weg?» Er schaffte es, das Wort lächerlich klingen zu lassen.

Nan schüttelte den Kopf. Sie konnte sich nicht verständlich machen. Sie wußte nicht einmal, warum sie sich anstrengte; er würde ihr ohnehin keinen Glauben schenken.

«Hör zu», sagte sie. «Lucy hatte recht. Es gibt *wirklich* einen Geist. Tuckers Geist. Und er hat irgendwie Verbindung mit Stephen aufgenommen. Ich glaube, durch Woody.»

Wieder wurde sie von einem Schwindelanfall gepackt. Sie schloß die Augen, aber dadurch wurde es nur schlimmer. Sie öffnete sie wieder. Gabe starrte sie an.

«Himmel», sagte er. «Wie hast du es nur geschafft, so schnell betrunken zu werden?»

«Ich bin nicht betrunken.»

«Dann bist du hysterisch.» Er wandte eine ganze Weile den Blick nicht von ihr. «Kaum verwunderlich nach den letzten Tagen. Also» – er setzte sich auf den Stuhl ihr gegenüber – «fangen wir noch mal von vorn an. Du sagst, du hast bei der Beerdigung einen Jungen gesehen.»

Sie nickte.

«Und du dachtest, er wäre Tucker.»

«Es *war* Tucker», sagte sie und sprach besonders deutlich, um allen Anschuldigungen entgegenzuwirken, sie sei betrunken.

«Was macht dich so sicher?»

«Himmel noch mal. Ich habe ihn erkannt. Das flachsblonde Haar, der abgesplitterte Zahn – er hatte sogar einen Ring wie den von Stephen!»

«Nan! Die Hälfte aller Rotzlöffel hier in der Gegend hat blonde Haare und abgesplitterte Zähne!» Er bremste sich und unternahm eindeutig den Versuch, sich im Tonfall zu mäßigen. «Hör mal. Deine Erinnerung daran, wie Tucker aussah, ist *zwei Jahrzehnte alt.* Du hast einen Jungen gesehen, okay. Jemanden, der Tucker so ähnlich sah, daß du *denken* mußtest, er sei es. Aber er war es nicht. Es war irgendein Bengel aus Fleisch und Blut.»

«Schön», sagte sie. «Wenn es keinen Geist gibt, wer war dann oben im Baum bei Stephen? Du hast ihn doch reden gehört, oder? Ich jedenfalls hab es. Und Lucy ebenso.»

Er schüttelte den Kopf. «Was ich gehört hab, war Stephen, der die Rolle seines imaginären Freundes gespielt hat.»

«Gabe, es war Tuckers Stimme.»

«In deinem Kopf, mag sein. So wie ein Junge beim Begräbnis Tuckers Gesicht hatte. Nan – wie sollte es möglich sein, daß du dich an den Charakter einer Stimme erinnerst, der Stimme eines Jungen, den du nur ein paar Monate lang kanntest, und das vor zwanzig Jahren? Du füllst einfach nur die Gedächtnislücken mit dem auf, was sich dir anbietet!»

«Wer hat das Brett vom Baum runtergeworfen?»

«Geworfen? Quark! Das verdammte Ding ist gefallen. Stephen muß danach gegriffen und es dadurch ein bißchen gelockert haben. Als er dann weiter runterkletterte, hat es sich ganz losgerissen, und –»

«Schön, okay.» Sie winkte ab. «Ich nehme an, du bist bereit zuzugeben, daß Stephen oben im Baum *war.* Oder habe ich mir auch das nur eingebildet?»

Seine Miene verfinsterte sich. «Worauf willst du hinaus?

«Ich will hinaus auf die Tatsache, daß Stephen zu *klein* ist, um allein auf den Baum hinaufzukommen. Er kann einfach nicht hoch genug springen, um den untersten Ast zu erreichen. Da fehlt eine ganze Armlänge. Ich hab gesehen, wie er's am Tag, als wir hier ankamen, versucht hat. Gabe, er hätte es allein gar nicht schaffen können.»

«Vielleicht nicht am Tag, als ihr hier ankamt. Aber das war vor über einem Monat. Er ist seither gewachsen, Nan. Das ist mir auf den ersten Blick aufgefallen. Du nimmst einen ganzen Schwung absolut normaler Gegebenheiten und bastelst dir daraus ein völlig hirnrissiges Szenario zusammen –»

Er fuhr fort, aber sie machte sich nicht die Mühe, mit mehr als einem halben Ohr hinzuhören, als er ihr eröffnete, daß sie einfach überreizt sei, und zwar aus Kummer um Lucy und wegen ihrer Schuldgefühle. Daß sie ihrem Gedächtnis im Moment nicht trauen könne, und ebensowenig ihrer Wahrnehmung. Der Junge, den sie gesehen hatte, könne sich unmöglich in Luft aufgelöst haben. Und wer immer er gewesen sein mochte, ganz bestimmt habe es sich nicht um den Geist von Tucker Wills gehandelt. Während er sprach, erinnerte sie sich an den durchdringenden Blick des Jungen, sah, wie seine Lippen jene vertrauten Silben formten.

Annabel –

Bei der Erinnerung wurde ihr wieder schummrig vor Augen – oder vielleicht lag es auch am Brandy, der zu wirken begann. Jedenfalls stammelte sie ein paar Worte und verschwand nach oben ins Schlafzimmer, um ein Nickerchen zu machen. Als sie auf dem Bett lag, konnte sie Gabe und Stephen unten in der Küche miteinander reden hören, während Gabe dem Jungen einen Imbiß zurechtmachte. Ihr zwangloses Gemurmel bildete einen seltsamen Kontrast zu den nicht zu bändigenden Gedanken, die ihr durch den Kopf jagten. Nach einer Weile trat Ruhe ein.

Ihrem Gefühl nach war sie gerade erst eingedöst, als dem Bett ein harter Stoß versetzt wurde und sie die schweren Lider öffnete – in jähem Entsetzen schnürte sich ihr die Kehle zu, als sie sah, was es war. Lucy Talbot streckte sich am Fuß der Matratze aus, die Haare aufgelöst. Blut sickerte in einem dünnen Rinnsal aus der gräßlichen Einkerbung auf ihrer Stirn und besudelte das weiße Bettlaken. Während Nan vor Schreck gelähmt dalag, setzte sich Lucy auf und wickelte ihre langen Haare so auf, das sie annähernd den gewohnten Knoten formten.

Es ist Tucker, Honey, sagte sie. *Er will Stephen. Er wußte, daß ich ihn durchschaut hatte, und deswegen hat er das Brett losgestemmt und auf mich fallen lassen. Du mußt ihm Einhalt gebieten. Er ist einsam. Er will einen Spielgefährten. Nan, er will deinen kleinen Jungen.*

Lucy, versuchte Nan zu sagen, aber das Wort blieb ihr im Hals stecken. Lucy lächelte ihr zu und wiegte den Kopf sanftmütig hin und her. Blut tropfte ihr dabei vom Gesicht und hinterließ Flecken auf ihrem Kleid, als sie sich allmählich auflöste.

In dem Moment wachte Nan auf, diesmal wirklich, und sah Mister Mustard am Fuß des Bettes sitzen und sich das Fell an der Innenseite eines Hinterbeins putzen. Ihr Herz hämmerte, und ihr Kopf fühlte sich zerbrechlich an wie hauchdünnes Glas. Der Traum war so grauenhaft realistisch gewesen, daß sie sich dabei erwischte, wie sie das Laken nach Blutflecken absuchte. Die Katze unterbrach ihre Wäsche, um sie aus gelben Augen anzublinzeln. Sie schaute auf die Uhr: Sie hatte über eine Stunde geschlafen. Von unten drang das Brabbeln des Fernsehers herauf. Sie stand aus dem Bett auf und stieg langsam die Stufen zur Küche hinab.

«Oh. Du bist auf.» Gabe schloß die Kühlschranktür, ein Bier in der Hand. Im Wohnzimmer lief ein Baseballspiel im Fernsehen. «Fühlst du dich besser?»

«Wo ist Stephen?» fragte sie.

Er nahm einen Schluck Bier, sah sie unverwandt an. «Zum Spielen weg.»

Die Worte trafen sie wie ein Keulenschlag. «Mit Woody?»

Achselzucken. «Mit wem sonst?»

Der Traum stieg wieder auf, überlagert von dem Bild des Jungen, der sie über Lucys offenes Grab hinweg anschaute.

Er will deinen kleinen Jungen.

Nans Knie wollten einknicken, und sie setzte sich in aller Eile an den Tisch. «Gabe –»

«Nun reg dich mal nicht auf.» Er brachte sein Bier mit und setzte sich ihr gegenüber. «Ich hab eine Idee, okay?»

Sie sah ihn sprachlos an, unfähig, sich vorzustellen, was er wohl sagen wollte. Die Ereignisse hatten sich überschlagen, waren in kürzester Zeit völlig außer Kontrolle geraten, und er schien von dieser Tatsache gänzlich unberührt zu sein.

«Wir werden diesen Burschen finden, den du gesehen hast», sagte er beruhigend. «Wir werden herausfinden, wo er wohnt, und ihn besuchen, und du kannst ihn berühren. Dann wirst du wissen, daß er lebt und nicht Tucker ist.»

Sie sah ihn an. Er tätschelte ihre Hand.

«Während du schliefst, hab ich die Leute von der Kirche

angerufen – die Stephens Sommerprogramm leiten. Ich dachte, die wüßten vielleicht, wer der Junge ist. Sie kannten niemanden, auf den die Beschreibung zutrifft, aber sie sagten, er wohnt wahrscheinlich in den Bergen, in einem Ort namens Stepp Hollow. Man hat mir den Namen des dortigen Pfarrers gegeben, eines Bruders Woolbright. Er könnte den Jungen kennen, so hieß es. Ich hab die Wegbeschreibung zu seinem Haus. Morgen schauen wir uns da mal um.»

Nan sah hinunter auf seine Hand, die über ihrer lag. Er tätschelte sie wieder. Dann erregte ein Aufschrei des Stadionpublikums seine Aufmerksamkeit. Er schob seinen Stuhl zurück und machte sich auf ins Wohnzimmer.

Sie blieb in der Flut des nachmittäglichen Sonnenlichts am Tisch sitzen. Flimmernde Hitze lag über der Weide; Vögel riefen aus diesiger Ferne. Den Plan, den Gabe ausgetüftelt hatte, hielt sie nicht für eine gute Idee. Auch wenn sie die geringste Hoffnung gehegt hätte, den Jungen zu finden, den sie beim Begräbnis gesehen hatte, hätte sie doch bezweifelt, daß es klug war, sich in die Berge zu wagen. Die Bewohner von Stepp Hollow würden bestimmt verschlossen und abweisend reagieren, wie eine verschworene Gemeinschaft. Aller Wahrscheinlichkeit nach würden sie in jedem Fremden, der ihnen nicht von jemandem vorgestellt wurde, den sie kannten, einen unliebsamen Eindringling sehen. Ihr kam der Gedanke, daß Sky die Verbindung hätte knüpfen können, aber auf seine Hilfe konnte sie nicht mehr länger zählen.

Es gibt Zeiten, in denen die Dinge ihren eigenen Lauf nehmen, und dir bleibt nichts, als ihnen getrost dabei zuzuschauen.

Ihr fiel ein, daß er diesen Satz irgendwann zu Beginn ihrer Beziehung geäußert hatte, um auf das Gefühl von Überlegenheit anzuspielen, das zu verbergen sie sich nur geringe Mühe gegeben hatte. Im Zusammenhang mit den Ereignissen der vergangenen Tage hatten die Worte einen bitteren Beigeschmack bekommen und schienen ihre Hilflosigkeit und ihr Gefühl, daß die Dinge außer Kontrolle gerieten, verhöhnen zu wollen.

War es möglich, daß Gabe recht hatte – ging die Phantasie mit ihr durch? War der Anblick von Tucker am Grab nur wieder einer von diesen lebensechten Erinnerungsblitzen?

Nein. Ich hab ihn gesehen. Er war da.

Wieder sah sie seine Lippen sich bewegen, sah seine ausgestreckte Hand. Was wollte er? Die Erinnerung an ihren grotesken Traum, Lucy ausgestreckt auf dem Bett oben im Schlafzimmer, drängte sich ihr auf wie zur Antwort.

Er ist einsam. Er will einen Spielgefährten ... er will deinen kleinen Jungen.

«Woody? Woody?»

Sogar in den eigenen Ohren klang Stephens Stimme so hoch und krächzend wie die des rostfarbenen Vogels, der immer hoch am Himmel über dem Hügel kreiste. Woody sagte, es sei ein Turmfalke. Er klang immer so verstört, und verstört war Stephen jetzt auch, denn er konnte Woody nicht finden.

Er hatte gedacht, wenn er sich nur ganz still auf die Hügelkuppe setzte, würde Woody kommen. Aber jetzt saß er schon eine halbe Stunde hier oder noch länger, und noch immer keine Spur von ihm. Stephen schirmte die Augen ab und schaute hinunter zum Bach, wo eine Brise das Sonnenlicht über die fedrigen gelben Gräser scheuchte. Aber Woody war nirgends zu sehen. Vielleicht hatte er ja Angst, in Schwierigkeiten zu stecken, weil er oben auf dem Baum gesessen hatte, als das Brett aus dem Baumhaus runtergefallen war und Cousine Lucy getroffen hatte und –

(sie getötet hatte)

Stephen schreckte vor der Erinnerung zurück. Dad hatte gesagt, es war ein Unfall. Niemand war daran schuld. Er nicht und Woody auch nicht. Er wollte Woody finden und ihm das sagen.

«Wood – ie!»

Diesmal, so dachte er zumindest, kam aus weiter Ferne ein Antwortruf. Wie ein Echo seiner Stimme, aber auch nicht ganz. Es schien aus dem Kiefernwald zu kommen, und er rannte den Hügel hinunter, auf den Wald zu, und er sah die grünen Zweige schwanken, obwohl gar kein Wind ging. Als er sich den Bäumen näherte, kam ihm ihr kühler Duft entgegen und versprach Schatten und Stille selbst am heißesten Tag. Seine Mom und Sky hatten gesagt, er solle niemals in den Kiefernwald gehen, aber er war trotzdem ein paarmal hineingegangen, zusammen mit Woody. Mit Woody bestand keine Gefahr, daß er sich verirrte. Woody kannte sich aus im Wald.

«Woody?»

Es kam keine Antwort. Nur die Kiefernzweige, die miteinander tuschelten.

«Woody, mein Dad sagt, es war ein Unfall. Das, was passiert ist. Er sagt, niemand hatte daran die Schuld. Ich nicht. Und du auch nicht.» Er schluckte. «Niemand.»

Er spähte ins Dickicht, und ganz kurz meinte er, Woody erblickt zu haben – eine schemenhafte Gestalt, die weit entfernt zwischen den Bäumen stand. Woody hielt die Hand ausgestreckt, als wolle er ihn zu sich winken. Aber dann mußte Stephen geblinzelt haben oder so was, denn mit einem Mal war die Gestalt verschwunden.

Die Zweige bewegten sich nicht mehr, und um ihn herum ruhte die Welt in der unermeßlichen Stille eines baumbestandenen Berghangs an einem sonnigen Julinachmittag.

21. KAPITEL

Das Straßenschild der «617» war halb versteckt hinter den knorrigen Zweigen einer riesigen Kiefer, und Nan wäre beinahe an der Abzweigung vorbeigefahren, wenn Gabe nicht gesagt hätte: «Da ist es.»

Die State Road 617 war eine Schotterpiste, die sich zwischen umzäunten Feldern zum Gebirgskamm hinaufschlängelte. Nan bremste und bog ab. Sie hätte sich einen schöneren Tag gewünscht. Unter dem wolkenverhangenen Himmel wirkten die Berge beängstigend. Sie waren kein Schutzwall mehr, sondern eine Bedrohung. Und hinter den lückenlosen Baumreihen, die im Sonnenschein Ruhe ausstrahlten, schienen jetzt Gefahren zu lauern. Aber vielleicht lag es auch nur an ihrer Gemütsverfassung.

Sie sah zu Gabe hinüber. Er fummelte am Radio und versuchte vergeblich, das statische Rauschen loszuwerden. Er setzte große Hoffnung in diese Expedition, und sie enthielt sich jeden Kommentars, machte widerspruchslos mit, weil sie seiner Theorie eine Chance geben wollte. Weil sie letztlich wirklich überzeugt werden *wollte,* daß sich diese ganze Geschichte nur in ihrem Kopf abgespielt hatte. Wollte, daß der Junge, den sie gesehen hatte, ein quicklebendiger kleiner Bauernbursche war, irgendein einheimischer Jethro oder Jim-Bob, und daß ihre Sichtweise der Situation total abwegig war. Denn unter den gegebenen Umständen wäre die Erkenntnis, daß sie kurz davor war, den Verstand zu verlieren, eine ungemeine Erleichterung.

Als sie sich dem Kamm näherten, machte die Straße eine scharfe Rechtskurve, und die Bäume rückten auf beiden Seiten näher. Das Grün ihrer Blätter schimmerte im matten Licht gespenstisch fahl. Es ging beinahe geradewegs nach Norden, und als sie höher kletterten, öffnete sich zu ihrer Rechten das Tal. Nan fuhr vorsichtig. Die Straßenoberfläche war holprig, nicht viel besser als die auf dem Weg zur Hütte der Larkins auf dem Sleepy Gal, aber im Gegensatz zu Sky hielt sie sich an eine vernünftige Geschwindigkeit.

Sie folgten dem Auf und Ab des Kamms ungefähr eine Meile, bevor die Talmulde in Sicht kam. Zu ihrer Linken schmiegte sich eine Senke zwischen die bewaldeten Hänge. Einige wenige Dächer waren im dunklen Grün auszumachen. Voller Staunen betrachtete Nan diesen Flecken, der so völlig verborgen vor der Außenwelt dalag, nur Minuten entfernt vom Tiefland, aber in einer Atmosphäre von Abgeschiedenheit, die zu einem Bergdorf in Tibet gepaßt hätte. Sie ließ den Fuß auf der Bremse, als die Straße kurviger und abschüssiger wurde. Die Berge um sie herum schienen sich langsam aus ihrer Kauerstellung aufzurichten und über sie zu beugen, als sie die Mulde erreichten.

Klaustrophobie drohte sie zu überwältigen, als eine Behausung auf der rechten Straßenseite auftauchte und sie ablenkte – ein Wohnwagen, bläulich wie das Ei einer Wanderdrossel, der im Zentrum einer kleinen gerodeten Lichtung auf Schlackesteinen aufgebockt war. Einen Baum hatte man auf der Lichtung stehenlassen, und er war durch eine Wäscheleine mit einer Ecke des Wohnwagens verbunden. Nan sah Overalls, Hemden, ausgefranste Geschirrhandtücher, bevor eine Art Menagerie ihr Interesse erregte.

Gabe zerknitterte ziemlich ungnädig seine flüchtig notierte Wegbeschreibung. «Fahr mal rechts ran, okay?»

Sie hielt an. Neben dem Baum mit der Wäscheleine stand ein grobgezimmerter zweidimensionaler Hund aus bemaltem Sperrholz. Seine Vorderpfoten berührten den Stamm, und er streckte die Nase in die Luft, als habe er eine Katze in den Baum hinaufgejagt. Und tatsächlich, als sie näher hinschaute, entdeckte sie die passende Sperrholzkatze, die auf einem Zweig befestigt war. Nicht weit entfernt ragten zwei rosa Plastikflamingos auf Stöcken aus dem spärlichen Gras. Von einem Briefkasten mit der Aufschrift HARMON grinste ein Keramikwaschbär sein Disney-Grinsen, und neben der Vordertür des Wohnwagens hielt ein schimmerndes Bambi, gut einen halben Meter hoch, seinen kecken Kopf geradezu unerträglich niedlich zur Seite geneigt.

«Ach, du lieber Gott», sagte Gabe. «Wir sind in Queens.»

Die Tür des Wohnwagens wurde geöffnet, und ein kleines Mädchen mit schmutzigem Gesicht lugte in ihre Richtung. Es verschwand wieder nach drinnen, und einen Augenblick später trat eine Frau mit einem Baby auf dem Arm in die Tür, machte aber keine Anstalten, sich dem Auto zu nähern, sondern beobachtete sie nur. Sie war noch jung, keine dreißig, wirkte bläßlich und müde. Sie trug ein billiges Kattunkleid. Ihr stumpfes braunes Haar war lang, fiel ihr bis über die Schulter und machte den Eindruck, als sei sie noch nicht dazu gekommen, es zu bürsten. Das kleine Mädchen schielte hinter ihr hervor.

Gabe lehnte sich aus dem Fenster. «Hi. Können Sie mir sagen, wie ich zu Mr. Woolbrights Haus komme?»

Die Frau antwortete nicht. Er zog den Kopf wieder ins Wageninnere zurück und sah Nan an. «Okay, Zeit für den berühmten Phillips-Charme. Gib mir Rückendeckung.»

Er öffnete die Beifahrertür und kletterte hinaus, ohne sie ganz hinter sich zu schließen. Nan fragte sich, ob sie ihn wohl begleiten sollte – ob die Frau vielleicht von einem Fremden, einem Mann, eingeschüchert sein würde. Sie versuchte, Gabe mit unvoreingenommenen Augen zu betrachten: ein bärtiger Typ von mittlerer Größe, um die Taille schon ein wenig füllig, Haaransatz auf dem Rückzug und eine Nickelbrille auf der Nasenspitze. Es war schwer vorstellbar, daß sich jemand davon einschüchtern lassen könnte, aber sie stellte trotzdem den Motor ab und stieg aus. Sie setzte eigens ein Lächeln auf. Doch die Mühe war umsonst; die Frau sah sie nicht an. Gabe war neben Bambi stehengeblieben und spulte seinen einstudierten Spruch ab.

«Mein Name ist Phillips, Gabriel Phillips, und meine Frau und ich sind kürzlich ins Tal gezogen. Wir suchen einen Reverend Woolbright. Wohnt der hier irgendwo in der Nähe?»

Die Frau schob etwas in ihrem Mund von einer Seite auf die andere und hob in einer dazu perfekt synchronen Bewegung ihr Baby von einer Hüfte auf die andere. Dabei ließ sie wie zufällig den Blick kurz auf Gabes Schritt fallen.

«Zwei Meil'n die Straße rauf», sagte sie. Das kleine Mädchen schickte sich an, hinter ihr hervorzukommen, Gabe entgegen, aber die Frau griff nach unten und zerrte es zurück. Das Baby fing zu schreien an. Aus dem Wohnwagen klang ein dumpfer Schlag, und die Frau verdrehte die Augen kurz nach links und rechts. Sie drehte sich jedoch nicht um. «Zwei Meil'n», wiederholte sie.

«Okay, danke.» Beim ersten Schritt rückwärts wäre er beinahe über Bambi gestolpert. Die Frau feixte, schaute dann aber über die Entfernung Nan in die Augen. Ihr Blick war unergründlich. Nan winkte zaghaft und kam sich dabei albern vor – um so mehr, als die Frau nicht reagierte. Sie verzog sich schnell in den Wagen und ließ den Motor an.

Gabe gesellte sich einen Augenblick später dazu und grummelte: «Soviel zur sprichwörtlichen Gastfreundschaft des Südens. Vielleicht hätten wir einen deiner Verwandten als Dolmetscher mitbringen sollen.»

«Vielleicht», sagte Nan. Aber sie war nicht mehr in der Situation, Sky um einen Gefallen bitten zu können, und sie konnte sich nicht vorstellen, wen sonst. Cassie war immer viel zu beschäftigt, und alle anderen kannte sie nicht gut genug, um sie zu bitten. Lucy wäre perfekt gewesen. Aber Lucy wäre auch die erste gewesen, die ihnen prophezeit hätte, daß ihre Expedition zwecklos war.

Die unebene Straße tauchte unter einen dunklen Baldachin aus Baumkronen, und schon erwachte wieder ihre Klaustrophobie. Der gesamte Ausflug schien unter einem schlechten Stern zu stehen, und die Feindseligkeit der Frau im Wohnwagen war vielleicht nur ein Vorbote, der Schlimmeres ankündigte. Nan war in Gedanken versunken und schenkte Straße und Umgebung nur ein Minimum an Interesse. Daher wäre sie am nächsten Haus glatt vorbeigefahren, hätte Gabe nicht laut «Stopp!» gerufen.

Sie trat zu hart auf die Bremse und sah aus dem Augenwinkel, daß er sich am Armaturenbrett abstützte. Der Wagen ruckte. Er bedachte sie mit einem Kopfschütteln, öffnete ohne einen weiteren Kommentar die Tür und stieg aus.

Diesmal hatten sie eine echte Blockhütte vor sich, wie die von Pen und Flutie Larkin. Die Ritzen zwischen den einzelnen Stämmen waren mit gelblichem Mörtel gefüllt, und das Dach bestand aus rostigem Blech. Von den dicht zusammenstehenden Bäumen war sie fast verdeckt und wirkte geheimnisvoll. Unterholz wuchs bis an ihre Tür. Nan nahm an, daß sie die Hütte auch dann hätte übersehen können, wenn sie aufgepaßt hätte. Sie war verlassen, wahrscheinlich überhaupt nicht mehr bewohnt. Gabe schnüffelte herum, klopfte gegen die Tür aus rohen Bohlen und versuchte, in die Fenster zu schauen.

«Niemand zu Hause.» Er kam zum Wagen zurück und stieg ein, wobei er sich Kletten von den Hosenbeinen zupfte.

Als sie davonfuhren, blickte Nan in den Rückspiegel und sah hinter ihnen einen Wagen um die Kurve biegen. Motorhaube mit Flecken von Grundierfarbe, beschädigter Kühlergrill – ihr wurde übel. Jerry Ray Watkins. Er fuhr langsam, als wolle er sie weder überholen noch dicht zu ihnen aufschließen. Er folgte ihnen nur. Sie beobachtete den Wagen im Rückspiegel, kontrollierte alle paar Sekunden, bis er hinter einer Biegung zurückblieb und nicht mehr zu sehen war.

«Wir werden verfolgt», sagte sie. Gabe wandte den Kopf, um nachzusehen. «Hinter der Kurve», klärte sie ihn auf. «Ich kenne den Kerl. Ein Bauernlümmel aus der Gegend. Richtig mieser Typ.»

Er stöhnte. «Wohnt wahrscheinlich irgendwo hier in der Gegend. Du leidest allmählich an Xenophobie, meine Liebe.»

Vielleicht. Eigentlich hatte Watkins ihr gar nichts getan. Der Beinahezusammenstoß war Zufall gewesen. Wie sie sich vergegenwärtigte, waren es in erster Linie wohl Skys Lügengeschichten, die sie dem Mann zum Vorwurf machte. Beim Weiterfahren kontrollierte sie immer wieder den Rückspiegel, aber Watkins' Wagen blieb verschwunden. Sie gerieten in Bodennebel, und die weißen Schwaden waberten wie Gespensterfinger über der Straßendecke. Als sie aus dem Dunst hinausfuhren, stieg die Straße langsam an und führte aus dem Wald hinaus auf eine Anhöhe. Jetzt konnten sie die Mulde aus südlicher Richtung überblicken. Vor ihnen tauchte ein weiteres Haus auf. Es thronte auf einem steilen, bewaldeten Berghang, und eine lange, wacklig aussehende Treppe führte zu seiner Veranda hinauf. Nan warf einen Blick auf den Briefkasten und trat jäh auf die Bremse, womit sie Gabe abermals animierte, zu einer Schimpfkanonade anzusetzen.

«Was zum –»

«Wills.» Sie deutete auf einen Briefkasten mit ungelenk gepinselten Buchstaben, der sich windschief zu einer Seite der Verandatreppe lehnte. «Das war Tuckers Nachname. Wills.»

«Und?»

«Na ja, die Leute hier sind wahrscheinlich Verwandte von ihm.»

«Kann sein.» Sein Tonfall zeigte an, daß er sich alle Mühe gab, nicht die Geduld zu verlieren. «Und was hat das zu tun mit –»

Eine Stimme begrüßte sie von oben. «Howdy, Leute. Habt ihr euch verfahren?»

Als sie den Kopf aus dem Fenster streckte und sich fast den Hals verrenkte, konnte Nan den Rufer erkennen: einen älteren Mann, der sich hoch oben übers Verandageländer beugte. Sie stieg aus dem Auto. Gabe tat es ihr auf seiner Seite gleich und schirmte mit der Hand die Augen ab, um hinaufzublicken.

«So ganz nicht. Eigentlich suchen wir jemanden, der hier irgendwo wohnt. Mein Name ist Gabriel Phillips. Das hier ist meine Frau Nan.»

Der alte Mann hatte einen Strohhut auf dem Kopf und trug uralte, farblose Hosen mit Trägern sowie ein ärmelloses T-Shirt. Der mächtige Schmerbauch darunter schien seine Substanz aus den besenstieldünnen Armen und Beinen abgesaugt zu haben. Der Alte nickte. «Virgil Wills. Warum kommt ihr nicht hier rauf, Leute, und leistet mir Gesellschaft auf der Hühnerstange?»

Während sie die Treppe hinaufkletterten – es waren mindestens zwanzig Stufen, so steil wie eine Leiter – monologisierte er weiter.

«Nenn das hier meine Hühnerstange, nicht wahr. Bin hier so weit oben, komm mir vor wie 'n Vogel auf'm Ast. Fast jeden Abend nach dem Essen sag ich zu meiner Frau: ‹Geh jetzt raus auf meine Hühnerstange und hock mich da hin.› Sie mag's hier draußen nicht. Viecher fressen sie auf. Mir machen die gar nichts. ‹Zu dumm›, sag ich ihr immer, ‹bin eben nicht so süß wie du.›»

Er griff die Rückenlehne eines altersschwachen Stuhls und schob ihn in Nans Richtung, als sie die oberste Stufe erreicht hatte. «Nimm Platz, Honey. Und wonach suchen die Herrschaften?»

Nan setzte sich, erleichtert wegen seiner Herzlichkeit. In der Wildnis umherzufahren, fremde Leute anzusprechen und auszufragen hatte sie nervöser gemacht, als sie sich eingestehen mochte. Aber irgendwie war sie versöhnt durch diese unerwartete Begegnung mit jemandem, der aller Wahrscheinlichkeit nach zu einem Zweig von Tuckers Familie gehörte. Da bestand eine Verbindung, mochte sie auch noch so weitläufig sein.

Sie sah die Straße hinunter. Wenn Watkins ihnen noch immer folgte, mußte er jeden Moment hier vorbeikommen. Aber sein Wagen tauchte nicht auf, und sie merkte, wie ihr

Blick unwiderstehlich von dem Panorama angezogen wurde. Sie war erstaunt, wie hoch sie sich befanden: Sie konnte von hier aus die gesamte Senke überblicken. Der Nebel, durch den sie gefahren waren, stieg unten zwischen den Bäumen auf wie Dampf aus einem brodelnden Hexenkessel.

Hinter sich hörte sie Gabe sagen: «Wir sind auf der Suche nach einem Mann namens Woolbright. Jemand in der Methodistenkirche von Breezy riet uns, mit ihm Kontakt aufzunehmen. Wenn ich recht verstanden habe, wohnt er hier in der Gegend.»

«Stimmt, mein Junge. Aber ich muß Ihnen leider sagen, daß Woolbright heute nicht daheim ist. Er ist bis zum Wochenende oben in Gaylesville.» Er zwinkerte. «Unter uns, er ist auf Brautschau. Deswegen hat er Gott im Moment ganz und gar abgeschrieben.»

Nan lächelte, aber Gabe war zu sehr auf seine Mission bedacht, um die scherzhaften Worte zu würdigen. «Vielleicht können Sie uns helfen. Wir suchen nach einem kleinen Jungen, der eventuell hier in der Gegend wohnt. Blond, zehn, elf Jahre alt, mit einem abgesplitterten Schneidezahn. Kommt Ihnen das bekannt vor?»

Virgil Wills schob den Hut in den Nacken und kratzte sich die Stirn. «Auf Anhieb nicht, aber nehmen Sie mich nicht beim Wort – die Leute hier haben mehr Kinder als die Hunde Flöhe. Mir könnte der eine oder andere entgangen sein. Blondschopf, sagen Sie? Fragen wir meine Frau. Die kennt sie alle.»

Er ging über die knarrenden Dielen der Veranda zur Fliegentür des Holzhauses und öffnete sie, um sich hineinzubeugen. «Janey? Wir haben Gesellschaft, Honey.»

Sie hörten leichtfüßige Schritte aus dem hinteren Bereich des Hauses.

«Also, Virgil», sagte eine Stimme, «ich dachte schon, du führst da draußen Selbstgespräche. Das macht er nämlich, wissen Sie», sagte Virgils Frau und schloß schnell die Fliegentür hinter sich (eine vielsagende Handlung, die von jahrelangen Auseinandersetzungen über Insekten im Haus kündete). Dann streckte sie Nan die Hand entgegen. «Ich bin Janey Wills.»

«Nan Lucas», sagte Nan. Sie war unwillkürlich aufgestanden. Janey war wohl Ende sechzig und außergewöhnlich schön; als junge Frau mußte sie atemberaubend ausgesehen haben. Nach ihren Jahren in der Modewelt hätte Nan gesagt, daß sie jeder erdenklichen Erscheinungsform weiblicher Schönheit begegnet war, und doch setzte sie das Gesicht dieser alten Frau mit der zeitlosen Reinheit seiner Konturen, die so klar und einfach waren wie die einer Muschel, in Erstaunen. Weißes Haar und alternde Haut verliehen der Perfektion nur noch zusätzliche Prägnanz. Janey hatte sich inzwischen Gabe zugewandt und begrüßte ihn huldvoll. Nan bemerkte seine verblüffte Miene und wußte, daß er, ähnlich wie sie auch, dachte: Was macht denn *so was* an *diesem* Ort?

«Darf ich Ihnen etwas zu trinken anbieten? Da gibt es Limonade, oder vielleicht möchten Sie ja auch einen Schwarzbirkentee versuchen – den trinken Virgil und ich gern an einem Tag wie heute, wenn die Luft so drückend ist.»

Nan bemerkte, daß ihr Akzent nur einen Anflug des einheimischen Genäsels hatte, als sei sie hier geboren, aber außerhalb des Tals aufgewachsen und erzogen worden. Sie war fasziniert von dieser feinen, allem Anschein nach gebildeten Frau, die in einer Berghütte mit einem Mann zusammenlebte, der bei all seiner aufgeräumten Freundlichkeit doch ein typischer Hinterwäldler war. Die Neugier war ihr als Abwechslung von Kummer und Schrecken der vergangenen Tage sehr willkommen. Als Janey sie einlud, in der Küche beim Aufbrühen des Tees zu helfen, packte sie die Gelegenheit beim Schopf, sich mit ihr zu unterhalten, und überließ es Gabe, sich nach eigenem Gutdünken mit Virgil auseinanderzusetzen.

«Hierher verirren sich nicht gerade viele Besucher», sagte Janey auf dem Weg durch den Vorderraum der Hütte in die Küche. Nan nahm blitzende Fußbodenbretter mit leuchtend bunten Knüpfteppichen wahr, handgenähte Gardinen an den Fenstern und ein robustes Kiefernholzregal voller gebundener Bücher. Die Küche war, wenn auch nicht modern, so doch zwanzigstes Jahrhundert, mit einem Gasherd und einem Kühlschrank, der einige Generationen weniger auf dem Buckel hatte als der in Pen und Flutie Larkins Hütte.

Janey füllte am Ausguß einen alten Blechkessel und setzte ihn zum Kochen auf den Herd. Auf einem Regal über dem Arbeitstresen wählte sie unter einem halben Dutzend den gewünschten Glasbehälter mit Tee. Sie nahm Tassen und eine leicht angeschlagene blaue Porzellankanne aus einem Küchenschrank aus Kiefernholz und stellte sie auf ein Tablett. Dabei handhabte sie ihre Utensilien in einem flinken Rhythmus, der sich über lange Jahre eingespielt hatte. Nan sah ihr zu, wollte gern das Thema Tucker ansprechen, wußte aber nicht, wie.

«Nun, Besucher sind wir eigentlich nicht», sagte sie. «Mein Sohn und ich sind vor etwas über einem Monat ins Tal gezogen. Meine Großmutter ist letzten Winter verstorben und hat mir ihr Haus und ihr Land hinterlassen.»

Janey drehte sich um und sah sie an. «Das ist es – jetzt

weiß ich, an wen Sie mich erinnern! Sie sind Annabel Stephens Enkelin. Ich kann mich noch an den Sommer erinnern, als Sie bei ihr zu Besuch waren – wie lange ist das schon her?»

«Zwanzig Jahre», sagte Nan.

Janey löffelte Tee in die Kanne. Das Wasser im Kessel fing an zu zischeln, würde gleich kochen. Vor dem Fenster zerriß das rauhe Kreischen eines Eichelhähers die Stille.

«Zwanzig Jahre», sagte Janey schließlich. «Es kommt mir gar so lange vor.» Sie schüttelte ganz leicht den Kopf. «Ich hatte Annabel eine ganze Weile kaum mehr gesehen. Aber jetzt, da sie tot ist, fehlt sie mir. Sie war ein guter Mensch. Manche von den Tieflandleuten tun so, als würden wir hier oben auf dem Berg gar nicht existieren, aber so war Annabel nicht. Damals 1947, als ich meinen Abschluß als Lehrerin am College in Knoxville machte und herkam, um eine Schule zu gründen, da gab sie mir Geld, um Bücher zu kaufen.»

«Sie haben hier eine Schule gegründet?»

«Und sie sechsunddreißig Jahre in Betrieb gehalten», sagte Janey. «Männer von überall in den Bergen sind gekommen und haben etwas oberhalb von Silverleaf Falls eine Hütte errichtet. Damals wohnten hier noch 'ne Menge mehr Leute. Ed Luther spendete einen Holzofen, damit wir nicht zu Tode froren, wenn das kalte Wetter einsetzte. Ich hatte fünfzehn Kinder in meiner ersten Klasse und Rufus Bessey dazu. Rufus war achtunddreißig und hatte sich zum Ziel gesetzt, lesen zu lernen. Seine Mutter pflegte sonntags morgens stets laut aus der Bibel vorzulesen, aber sie wurde allmählich blind, und daher fand Rufus, er müsse es ihr abnehmen.» Sie lächelte, und Nan lächelte zurück.

«Hat er's gelernt?»

Dampf stieg aus der Kesseltülle auf. Janey wickelte ein Geschirrtuch um den Griff und hob den Kessel vom Herd. Sie goß das kochende Wasser in die Kanne. «O ja, er hat's gelernt.» Sie setzte den Kessel zurück auf den Herd. «Aber ich glaube, außer der Fibel hat er nie etwas anderes gelesen als die Bibel, und auch das nur sonntags. So war es eben damals hier in der Gegend. Die Leute dachten, wenn man seine Lektion aus dem Buch der Bücher mitbekam, reichte es mit dem Lesen.»

Sie senkte den Blick, lächelte milde, als sie den Tee umrührte. Der Löffel klirrte gegen das Porzellan. Nan betrachtete ihr Profil, wünschte, sie hätte ihre Kamera dabei, merkte, daß sie ihr Gegenüber anstarrte und zwang sich wegzusehen. Sie hörte Janey sagen: «Sie sind also Annabels Enkelin. Und was führt Sie nach Stepp Hollow?»

«Nun ...» Unfähig, eine geschickte Überleitung zu dem Thema zu finden, das ihr auf der Seele lag, gab Nan auf und platzte heraus: «Dürfte ich Sie etwas fragen? War Tucker Wills mit Ihnen verwandt?»

Die andere Frau nickte bedächtig. «Tucker war Virgils Neffe. Der Sohn seines Bruders Caleb.»

Nan schluckte. Die vage Idee, die ihr gekommen war, sowie sie den Namen auf dem Briefkasten gelesen hatte, nahm jetzt deutlichere Konturen an. Sie atmete tief. «Haben Sie ... vielleicht Fotos von ihm?»

Sie wußte, wie seltsam diese Frage aus dem Mund eines aus heiterem Himmel aufgetauchten Besuchers klingen mußte. Aber wenn Janey überrascht war, hinderten ihre guten Manieren sie daran, es sich anmerken zu lassen.

«Ich glaube, in unserem Familienalbum müßten einige sein», sagte sie. «Lassen Sie mich es holen.»

Während sie fort war, saß Nan da und sah zu, wie sich der

Dampf aus der Tülle der Teekanne kräuselte. Gedanken wirbelten durch ihren Kopf. Wenn Janey ein Bild von Tukker hatte – wenn das Bild dem Jungen ähnelte, den sie gestern auf der Beerdigung gesehen hatte – wenn sie sicher sein konnte, daß es nicht nur Ihre Phantasie war, die, wie Gabe sagte, Erinnerungslücken ausfüllte –

Schnelle Schritte waren zu hören, und Janey war zurück, ein dickes schwarzes Fotoalbum geöffnet auf den Armen. Sie schob das Tablett mit dem Teegeschirr beiseite und legte das Album vor Nan auf den Tisch.

«Viele von Tucker sind nicht dabei, so ist es leider. Wenn ich mich recht erinnere, wollte er für ein Foto nie lange genug stillhalten! Aber hier ist eins von ihm mit Caleb.»

Ein knochendürrer junger Mann mit Baseballkappe stand vor einer weißen Bretterwand, an der Hand einen Jungen von ungefähr vier oder fünf Jahren. Beide blinzelten in die Sonne, und ihre geblendeten Augen hatten sich zu dunklen Schlitzen verengt. Die hellen Haare des Kindes verschmolzen fast übergangslos mit der weißen Wand hinter ihm. Ein ganz gewöhnlicher Junge ohne spezielle Merkmale. Enttäuschung überkam Nan.

«Gibt es welche von ihm aus der Zeit, als – als ich ihn kannte? Als er ungefähr zehn war?»

Janey blätterte ein, zwei Seiten weiter und zeigte auf ein Bild. Diesmal spürte Nan ihr Herz laut und erregt pochen. Der Junge auf dem Bild hatte das richtige Alter, die richtige Größe … Wieder war er neben seinem Vater zu sehen, hielt diesmal einen selbstgefangenen Fisch hoch. Mit breitem Grinsen im Gesicht standen sie beide unter einem schattenspendenden Baum, und im Hintergrund funkelte Wasser.

Nan beugte sich vor. Vor mehr als zwei Jahrzehnten festgehalten durch das chemische Zusammenwirken von Licht und empfindlichen Silbernitratpartikeln, war Tuckers Gesicht auf dem Foto nicht größer als der Nagel ihres kleinen Fingers. Das Herz schlug ihr bis zum Hals, denn sie hegte nicht den leisesten Zweifel, daß es sich um dasselbe Gesicht handelte, das sie gestern über Lucy Talbots offenes Grab hinweg angeschaut hatte. Schlagartig und mit schwindelerregender Intensität traf sie die Ungeheuerlichkeit der ganzen Angelegenheit, die völlige Unmöglichkeit. Sie legte eine zitternde Hand auf das Foto.

Einen Augenblick später hörte sie Janey mit leiser Stimme fragen: «Was führt Sie hierher? Nach all dieser Zeit?»

Nan schluckte und lehnte sich auf dem Stuhl zurück. Mit kalten Händen hielt sie die Ellbogen umfaßt. Die Aufgabe, auf diese Frage eine Antwort zu formulieren, war so beängstigend, daß sie es eigentlich gar nicht erst zu versuchen wagte. Aber derselbe rätselhafte Impuls, der sie beim Anblick des Briefkastens hatte anhalten lassen, dasselbe Verlangen, das sie angestachelt hatte, sich nach den Fotos zu erkundigen, trieben sie auch jetzt noch an. Hier gab es etwas zu erfahren. Und vielleicht eine Chance, die unglaublichen Ereignisse zu ergründen, von denen sie sich immer mehr erdrückt fühlte.

«Wissen Sie –» Die Worte blieben ihr im Hals stecken, und sie mußte innehalten und nochmals schlucken, bevor sie fortfahren konnte. «Ich erinnere mich eigentlich kaum noch an – an den Unfall. Da klafft eine Gedächtnislücke.»

Janey schloß das Fotoalbum und schob es zur Seite. «Das ist doch ganz natürlich. Warum sollten Sie sich an etwas so Schmerzliches erinnern wollen?»

«Ich will es aber», sagte Nan. «Ich meine, ich habe das

Gefühl, daß ich es sollte.» Sie zögerte, entnervt von dem plötzlichen Bedürfnis, Einzelheiten zu erfahren, voller Furcht, als eine Person mit makabren Gelüsten dazustehen. Janey nahm den Deckel von der Teekanne und rührte nochmals um. Sie schüttelte wieder leicht den Kopf, und Nan sagte: «Bitte.»

Der Eifer in ihrer Stimme brachte den klirrenden Löffel zum Stillstand. Ihre Blicke trafen sich, und langsam legte die andere Frau den Löffel aus der Hand. Dann ließ sie sich im Stuhl gegenüber nieder. Eine geraume Weile war es in der Küche, abgesehen vom Zwitschern der Vögel draußen, absolut still.

«Es geschah gegen Ende des Tages», sagte Janey schließlich. Ihre leise Stimme schien die Stille kaum zu durchbrechen. «Sie und Tucker, ihr hattet den ganzen Nachmittag draußen gespielt, und es wurde schon langsam dunkel, als Caleb sagte, sie hätten Sie von der anderen Seite des Baches her schreien gehört. Als sie runterrannten, Caleb und Annabel, fanden sie Sie tropfnaß von Kopf bis Fuß.» Sie hielt inne und sah Nan durchdringend an. «Sind Sie sicher, daß Sie das hören möchten?»

Nan nickte unsicher. Die Ereignisse, die Janey rekapitulierte, waren ihr nicht im Gedächtnis – sie besaß nicht die geringste bewußte Erinnerung daran, und bisher erschienen ihr die Details ausnahmslos fremd, riefen nicht eine einzige Assoziation wach. Es fiel ihr noch immer schwer zu glauben, daß sie jenen Besuch im Winter überhaupt gemacht hatte. Aber nichtsdestoweniger hämmerte ihr Herz, und ihre Hände waren feucht.

«Nun, Annabel brachte Sie zurück ins Haus, und Caleb rannte zum Steinbruch. Er folgte Ihren Fußspuren im Schnee. Er sagte, als er dort ankam, habe sich ihm das Herz im Leibe herumgedreht. Denn mitten auf dem Steinbruchsee war ein Loch im Eis, und Tucker war nirgends zu sehen.

Er sagte, alles, was geschehen war, sei dem Eis und dem Schnee buchstäblich abzulesen gewesen. Das große gezackte Loch im Eis, über dessen Ränder das schwarze Wasser schwappte, und der Schnee, plattgetrampelt, wo Sie durch den Wald gelaufen waren, auf der Suche nach einem Ast, um ihn Tucker zu reichen und ihn dann herauszuziehen. Der Ast lag noch immer dort auf dem Eis. Aber Tucker war zu schnell untergegangen, als daß Sie ihn noch hätten retten können. Einfach zu schnell.»

Unscharfe Bilder begannen in Nans Hinterkopf aufzusteigen, körnig und stockend wie in einer alten Wochenschau. Sie sah eine kleine Gestalt Hals über Kopf durch den weißgefrorenen Wald rennen. Sah, wie sie einen abgebrochenen Ast auf dem Boden fand und dann die eigenen Schritte zurückverfolgte, den Ast unbeholfen hinter sich herschleppend.

Ich will laufen und komme nirgends an … ich sehe meinen Atem, der vor mir in der Luft Eiswolken bildet …

«Caleb sagte, nachdem Sie und Tucker ins Wasser gefallen seid, muß er es noch geschafft haben, Sie rauszuschieben. Aber er war größer als Sie, und das Eis war zu dünn, um sein Gewicht zu tragen – muß wohl immer wieder unter ihm weggebrochen sein, als er rauszuklettern versuchte. Der Ast war eine gute Idee. Aber das Wasser war zu kalt, und er ist einfach zu schnell untergegangen.»

Vor Nans geistigem Auge lief der Film weiter, zeigte die Gestalt eines kleinen Mädchens, das sich stolpernd an den Rand des Steinbruchsees zurückkämpfte. Großaufnahme des angstverzerrten Gesichts – die sich vor Angst weitenden Augen, dann der Mund, zu einem stummen Schrei geöffnet. Schnitt auf das schwarze, gezackte und leere Loch im Eis. Die Kamera holte seine furchterregenden, splitternd aufgebrochenen Umrisse näher heran.

Ihr Arm wurde berührt, und sie schreckte auf. Sie blickte in Janeys besorgtes Gesicht.

«Trinken Sie das», sagte die ältere Frau und drückte ihr eine Tasse mit dampfendem Tee in die Hand. Nan nippte und spürte die heiße Flüssigkeit brennend im Hals. «Guter Gott, Honey», sagte Janey. «Ich muß schon sagen, ich weiß nicht, was ich mir dabei gedacht habe, Ihnen diese Geschichte zu erzählen. Da sind Sie keine zehn Minuten unter meinem Dach, und ich hab schon dafür gesorgt, daß Sie fast in Ohnmacht fallen.»

Nan nahm einen weiteren Schluck Tee, diesmal vorsichtiger. Er schmeckte erfrischend und unbestreitbar wie ein Kräutertee.

«Nein, ich bin ja froh, daß Sie es mir erzählt haben. Ich glaube, ich kann mich jetzt an gewisse Dinge erinnern. Es kommt mir aber alles weiterhin unwirklich vor. Dennoch ist es besser, als nur eine – eine Leere vor sich zu haben, wo eigentlich Erinnerungen angesiedelt sein sollten.»

Aber war diese Leere tatsächlich so absolut gewesen, wie sie vermutet hatte? Die Erinnerung daran, hektisch im Wald nach einem abgebrochenen Ast gesucht zu haben, bemüht gewesen zu sein, ihn noch rechtzeitig zu finden, um Tucker retten zu können, war in einen Alptraum verschlüsselt worden, dessen Ursprünge ihr bis heute rätselhaft geblieben waren. Sie zögerte. Dann: «Es tut mir leid. Es tut mir leid, daß ich ihn nicht retten konnte.»

«Um Himmels willen! Niemand macht Ihnen einen Vorwurf – es war ein Unfall! Wenn überhaupt jemandem ein Vorwurf zu machen wäre, dann Tucker. Er war der ältere. Er hätte es besser wissen müssen, als da aufs Eis rauszugehen. Ich kann nur dem lieben Herrgott danken, daß Sie nicht beide ertrunken sind.»

Nan zuckte mit den Achseln. Janey nahm ihre Hand und drückte sie. «Eine junge Frau wie Sie – Sie sollten nach vorn schauen, nicht zurück. Die Vergangenheit ist erledigt. Vorbei und vergessen.»

Wie ich mir das wünschte.

Aber sie sagte nichts. Es folgte ein Moment zähen Schweigens, bis der Anblick des Tabletts Janey daran zu erinnern schien, daß die Männer draußen auf der Veranda noch immer auf die versprochene Erfrischung warteten. «Nanu, da hab ich doch fast ihren Tee vergessen! Kümmern Sie sich mal um die Tür?»

Nan rappelte sich auf, ging voraus, um die Fliegentür aufzuhalten, und vergaß nicht, sie sofort wieder hinter sich zu schließen. Auf der Veranda stellte Janey das Tablett auf einem niedrigen Kieferntisch ab, füllte die Tassen und teilte sie aus. Nan sah, wie Gabe seine neben dem Stuhl auf dem Verandaboden abstellte. Er haßte Kräutertee.

Virgil hatte sich an Janey gewandt. «Kennst du den Kleinen, den sie suchen?»

Janey reagierte verblüfft. «Was?»

«Ein Junge um die zehn oder elf», sagte Gabe. «Blondes Haar, ein abgesplitterter Schneidezahn. Er war gestern in Breezy, und die Leute von der Methodistenkirche scheinen anzunehmen, er könnte hier aus der Gegend sein.»

Während er sprach, hatte Janey sich zu ihm umgedreht. Jetzt richtete sie den Blick wieder auf Nan. Sie sahen einander in die Augen, und schließlich sagte Janey leise: «Nein. Er ist nicht hier aus der Gegend.»

«Sie ist doch erstaunlich, was?» sagte Virgil. «Sie erinnert sich nämlich an den Namen von jedem Kind, das seit Gott weiß wann hier oben in den Bergen aufgewachsen ist, und Geschichten kann sie auch von allen erzählen. Also, da war zum Beispiel mal dieser Bengel, der hat ein totes Stinktier in den Ofen vom Schulhaus gelegt –»

Janey stand unvermittelt auf und ging zum anderen Ende der Veranda. Sie bedeutete Nan, ihr zu folgen. Nan kam der Aufforderung nach und hörte Virgils geschwätzige Stimme weiter schwadronieren. Sie fühlte sich am ganzen Körper wie gelähmt. Nur ihr Herz leistete Schwerstarbeit. Janey stand am Geländer und sah hinaus über die Baumwipfel. Als Nan an ihre Seite getreten war, sagte sie: «Weshalb sind Sie hergekommen? Sagen Sie mir die Wahrheit.»

Zumindest bot das Geländer einen festen Halt. Nan sagte tonlos: «Ich habe gestern Tucker gesehen.»

Inzwischen war es ihr gleichgültig, ob man ihr glaubte oder nicht. Janey sagte lange Zeit nichts. Als sie schließlich wieder sprach, hörte sich ihre Stimme unbeschwert und beinahe träumerisch an.

«Meine Großmutter hat mir mal eine Geschichte erzählt. Sie sagte, es habe im Winter 1900 hier oben in den Bergen eine schreckliche Grippeepidemie gegeben und alle in der Familie seien krank geworden bis auf sie. Mein Großvater, mein Vater und sein Bruder und auch deren kleine Schwester, die gerade erst sieben Jahre alt war. Meine Großmutter pflegte sie. Die Jungen waren nicht so krank, aber meinen Großvater hatte es wirklich schlimm erwischt und Rebecca, das kleine Mädchen, ebenfalls. Schließlich starb es. Eine Zeitlang sah es so aus, als würde auch mein Großvater sterben, aber dann erholte er sich langsam.»

Ihre Finger kneteten das Geländer, während sie sprach. «Er war so krank gewesen, daß er nicht einmal mitbekommen hatte, wie Rebecca starb. Als meine Großmutter ihn für widerstandsfähig genug hielt, erzählte sie es ihm. Er sagte nicht viel, aber es blieb ihr nicht verborgen, wie schwer er es nahm. Es war, so sagte sie, als sei ein Licht in seinen Augen ausgegangen.

Sie sagte, die Dinge hätten ihren Lauf genommen, wie sie es eben tun, ungeachtet aller Tränen oder Sorgen. Dann erwähnte mein Großvater eines Tages, er habe Rebecca gesehen, wie sie draußen im Hof an der Pumpe stand. Sie fragte ihn, was das heißen solle – Rebecca sei tot und hinüber. Er habe nur eigentümlich gelächelt. Ein paar Wochen später eröffnete er ihr, er habe Rebecca mit gekreuzten Beinen am Herd sitzen sehen, so wie sie es gern getan hatte, als sie noch lebte.

Jetzt wurde meine Großmutter allmählich wütend. Sie sagte, er rede verrücktes Zeug, und sie wolle davon nichts mehr hören. Sie sagte, es sei bitter genug, daß Rebecca von ihnen gegangen sei, da brauche er sich nicht vorzugaukeln, daß sie noch da sei. Danach sagte er lange Zeit nichts mehr über Rebecca. Dann, eines Herbstnachmittags, ungefähr ein Jahr später, stand meine Großmutter in der Küche und backte Apfelkuchen, als sie ihn rufen hörte, sie möge auf die Veranda hinauskommen. Als sie bei ihm war, zeigte er in den Hof und sagte: ‹Schau doch hin. Siehst du sie jetzt?›

Meine Großmutter sagte, sie habe genau hingeschaut, aber nichts gesehen als einen Wirbel welker Blätter – Sie wissen schon, wenn der Wind sie vom Boden in die Höhe weht und in der Luft kreiseln läßt? Das war alles, was sie sah. Aber dann, sagte sie, habe die Nachmittagssonne das Laub aufleuchten lassen, und eine kurze Sekunde lang habe sie ihr kleines Mädchen gesehen, wie es dort inmitten der wirbelnden goldenen Blätter stand.»

Janey verstummte. Nan konnte trotz ihres lauten Herzschlags hinter ihnen beiden das anhaltende Dröhnen von Virgils Stimme hören, aber nicht eine Silbe verstehen. Schließlich sagte Janey: «Das war das einzige Mal, daß meine Großmutter sie je sah, aber mein Großvater sah sie noch jahrelang. Meine Großmutter sagte, sie glaube, daß er sie auf gewisse Weise bei sich behielt. Verstehen Sie, sie war ja gestorben, ohne daß er es mitbekommen hatte, und es war, als könne er sie einfach nicht gehenlassen.»

Sie verstummte wieder. Nan verstand, was sie zu sagen versuchte, aber die Botschaft schien weit am Ziel vorbeizuschießen. Es war nicht ihre Weigerung, sich von Tucker zu lösen, die seinen Geist hier auf der Erde festhielt. Nach Lucys Aussagen hatte er seit seinem Tod Annabels Haus und Hof heimgesucht – während sie ihn die ganze Zeit über praktisch vergessen hatte.

Hinausblickend über die baumbestandenen Berghänge und die in Dunst gehüllte Senke, verspürte sie wieder den flüchtigen, aber inbrünstigen Wunsch, die Sonne möge herauskommen. Motorengeräusch drang an ihr Ohr und lenkte sie ab. Einen Augenblick später raste Jerry Ray Watkins' Wagen auf der Straße unterhalb des Hauses der Wills vorbei. Er fuhr viel schneller, als bei dem schlechten Straßenzustand vernünftig gewesen wäre. Nan beugte sich über das Verandageländer, aber konnte nur einen kurzen Blick auf Watkins' fettes Gesicht mit dem rötlichgelben Bart werfen, das übers Lenkrad gebeugt war. Dann war der Wagen auch schon hinter den Bäumen verschwunden. Sie schaute Virgil an, der aufgestanden war und sich zu ihnen ans Geländer gesellt hatte. Er schüttelte den Kopf.

«Ich frag mich, was den alten Jerry Ray wohl so in Rage gebracht hat.»

Janey reagierte mit einem «tsk, tsk» und sagte dann: «Seit er im Gefängnis war, ist es immer schlimmer geworden. Vermutlich hat er sich irgendwo eine neue Schnapsbrennerei eingerichtet. Man sollte doch meinen, er habe seine Lektion gelernt. Die meisten Leute hätten es. Aber nicht Jerry Ray.»

«Er ist Schwarzbrenner?» fragte Gabe ungläubig.

Virgil nickte. «Haben Sie bemerkt, wie nervös er aussah? Muß wohl meinen, Sie vertreten das Gesetz und schnüffeln wegen seiner Brennerei hier rum.»

Gabe schnaubte. «Sehen wir aus wie Polizeibeamte?»

Virgil ließ ein trockenes Gackern vernehmen. «Vielleicht nicht, mein Junge. Aber den Knaben würde jede fremde Nase auf die Palme bringen. Wenn einer ein faules Geschäft betreibt, das von Staats wegen nicht geduldet wird, ist er natürlich immer ein bißchen nervös.»

Auf dem Heimweg saß Gabe am Steuer. Sie unterhielten sich nicht. Nan hockte da, versunken nicht so sehr in Gedanken als vielmehr in eine Art geistiges Nägelkauen. Die hübsche Theorie von der Personenverwechslung war durch Janeys entschiedene Behauptung, niemanden zu kennen, der Tucker ähnelte, so gut wie vom Tisch gewischt. Jetzt war Gabes Laune schlecht – aber wie würde sie erst sein, wenn sie ihm von dem Foto erzählte, das ihre Version der Geschichte bestätigte? Oder von der Selbstverständlichkeit, mit der Janey den Gedanken akzeptiert hatte, daß Tuckers Geist noch immer herumspukte? Er mochte vielleicht Lucy Talbot als leichtgläubige alte Frau abtun, aber Janey war gebildet, zweifellos intelligent …

«Wir haben Gesellschaft», sagte Gabe plötzlich.

Seine Augen waren auf den Rückspiegel gerichtet, und Nan verrenkte sich auf dem Sitz, um nachzuschauen, was ihn beunruhigte. In beträchtlichem Abstand hinter ihnen war auf der schmalen Straße ein weiteres Auto aufgetaucht, und sie erschrak, als sie es erkannte. Schon wieder Jerry Ray Watkins.

«Was *will* der denn bloß?» sagte sie.

«Vielleicht fürchtet er, daß wir in seinem Hinterwaldrevier wildern. Und jetzt will er uns eben hinauseskortieren.»

Himmel und Laub spiegelten sich auf seiner Windschutzscheibe und machten Watkins unsichtbar, aber Nan hatte sein Gesicht klar vor Augen. Es fiel nicht schwer, sich dieses Gesicht als reißerisches Umschlagfoto eines jener Sachbücher über reale Verbrechen vorzustellen, die ihre Freundin Genevieve daheim in New York so gerne las: die Kinnladen mit den ungleichmäßig verteilten Bartstoppeln, die Schweinsaugen, die gefühllos, aber gleichzeitig auch niederträchtig dreinschauten.

«Nun, wir fahren ja schon weg», sagte sie mit bebender Stimme. «Das müßte ihn doch glücklich machen.»

Der blaue Wohnwagen tauchte vor ihnen auf, und sie bemerkte, daß die Wäsche von der Leine genommen worden war. Ein kurzer Blick nach hinten zeigte ihr, daß Watkins' Wagen langsam den Abstand zu ihnen verringerte.

«Gabe. Er holt auf.»

«Im Moment kann ich nicht viel dagegen tun. Abhängen können wir ihn frühestens auf einer festen Straße.»

Nan versuchte sich einzureden, daß sie übertrieben reagierte. Was konnte Watkins ihnen schon anhaben? Hinten auffahren, okay, aber ein solcher Zusammenstoß würde wahrscheinlich seiner Rostlaube größeren Schaden zufügen als dem stabilen Volvo. Nein, er versuchte nur, sie einzuschüchtern. Und sie mußte schon sagen, das gelang ihm verdammt gut. Auf einmal kam ihr wieder Janeys mißbilligende Bemerkung über seine Schnapsbrennerei in den Sinn, begleitet von der Szene, als Watkins etwas hinten auf Skys Pickup gewuchtet hatte und dann zu Sky ins Führerhaus geklettert war. War *das* etwa das Geheimnis der Verbindung dieser beiden Männer – war ihr Cousin vielleicht stummer Teilhaber am illegalen Geschäft des Schwarzbrenners?

Im Moment konnte sie sich nicht recht darüber freuen, damit eine hinreichende Erklärung für Skys verdächtige und ungeschickte Lügen über Watkins gefunden zu haben. Sie mußte nämlich feststellen, daß sie geradezu zwanghaft alle paar Sekunden den Kopf drehte und zurückschaute. Während sie die steile Straße aus der Mulde hinauffuhren, hielt Watkins jetzt einen Abstand von ungefähr fünf, sechs Metern ein, und sie konnte hinter seiner Windschutzscheibe die Silhouette seines Kopfes und der gedrungenen Schultern erkennen. Ihr kam ein häßlicher Gedanke.

«Gabe. Glaubst du, er hat eine Waffe?»

Das Getriebe des Volvo gab einen Seufzer unverkennbarer Erleichterung von sich, als sie den Kamm erreicht hatten und die Straße eben wurde.

Gabe warf ihr einen Blick zu. «Er ist ein Redneck, oder? Ich bin sicher, er hat eine Waffe. Aber es ist wahrscheinlich eine Schrotflinte, und die kann er während der Fahrt unmöglich benutzen. So was gibt's nur im Kino. Außerdem verliert er jetzt, da wir sein Territorium verlassen haben, vielleicht das Interesse an uns.»

Doch dem war nicht so. Während sie auf der Höhe entlangfuhren, hing ihnen Watkins mit seiner Schrottkiste im Nacken – unangenehm nahe, aber ohne aufzuholen und ohne zurückzufallen. Selbst wenn sie sich dazu zwang, nicht hinzuschauen und nach vorn auf die Straße zu sehen, spürte Nan Watkins' Gegenwart als Bedrohung. Gabe sagte nichts, aber sie erkannte an seinen verzerrten Lippen und daran, wie seine Augen immer wieder in den Rückspiegel schielten, daß er verärgert war. Und ja, verängstigt.

Sie fuhren jetzt ins Tal hinab, holperten endlich auf die Schotterpiste. Gabe blieb noch eine Weile bei derselben Geschwindigkeit, beobachtete den anderen Wagen im Rückspiegel. «Fahr nach Hause, du Idiot.»

Watkins blieb dran. Gabe sah zu Nan hinüber. «Okay. Zeit, die lahme Mühle abzuschütteln.»

Der Volvo beschleunigte, und sie spürte, wie ihr Pulsschlag es ihm gleichtat. Der Sicherheitsgurt wurde stramm, und sie packte ihn mit beiden Händen, als die grüne Landschaft jäh an ihnen vorüberschoß. Gabe hing verbissen über dem Lenkrad, verlangsamte zwar das Tempo, hielt aber nicht an, als sie nach rechts auf die 622 bogen. Dann gab er wieder Gas, und der Wagen flog über die schmale Straße, legte sich in die Kurven und durchraste Steigungen und Gefälle der Berge wie auf einer Achterbahn.

Nan linste hinüber zum Tachometer und sah, daß sie nur etwas über hundert fuhren. Doch auf der engen Straße, die an der einen Seite von hohen Bäumen gesäumt war und auf der anderen von Stacheldrahtzäunen und einem steinigen Entwässerungsgraben, kam es ihr wie mindestens hundertachtzig vor. Hinter ihnen war Jerry Ray Watkins, anscheinend überrumpelt, nirgends mehr zu sehen.

Zum Glück hatte die State Road 622, mochte sie auch noch so schmal sein und sich durch die Landschaft schlängeln, dennoch keine scharfen Kurven, und der Volvo schien sie auch mit hoher Geschwindigkeit mühelos zu bewältigen. Sie näherten sich Annabels Haus, kamen an dem Durchlaß vorbei, wo der Bach unter der Straße entlangfloß, und dann tauchte ihr Gehölz auf, als sie auf die Einmündung der Auffahrt zurasten.

«Halt dich fest», zischte Gabe. «Jetzt machen wir uns dünne!»

Er bremste und bog scharf nach rechts ab, aber die Reifen griffen nicht, und Nan wurde unsanft in den Sicherheitsgurt gepreßt, als der Wagen auf dem Kies wie wild ins Schleudern geriet. Unter ihren Füßen ertönte unheilschwanger ein dumpfer Schlag, und dann ratterten ganz kurz Zweige über die Windschutzscheibe, als sie dicht an den Bäumen entlangschlitterten. Mit einem Ruck kamen sie zum Stehen.

Der Motor gab den Geist auf. Nach der vorübergehenden Stille hörten sie einen anderen Motor, der immer lauter wurde und schließlich ohrenbetäubend dröhnte, als Jerry Ray Watkins auf der Straße hinter ihnen vorüberdonnerte. Mit einem Blick aus dem Fenster sah Nan, daß er völlig verdutzt den Kopf verrenkte, als er sie erblickte.

Für einen Sekundenbruchteil sah sie seine feisten Hängebacken mit den rötlichen Bartstoppeln und die tief über die Augen gezogene schmutzige Kappe, und sie spürte, daß auch er sie genau im Visier hatte. Das traf sie wie ein elektrischer Schlag, und sie kam sich fast mißbraucht vor, so als habe er sie angefaßt. Er fuhr weiter. Gabe und sie saßen stumm und stocksteif da.

Im Haus hörte Gabe nur kurz zu fluchen auf, um zu verkünden, daß er einen Drink brauche.

Nan sah auf die Uhr. «Ich sollte jetzt besser Stephen abholen.»

Die Kinderfreizeit der Kirche dauerte bis Mittag, und es war gerade mal halb elf, aber obwohl sie nach den Abenteuern dieses Morgens ebenfalls einen Drink hätte brauchen können, gab es für Nan einen Grund, möglichst bald in die Stadt zu kommen: Sie mußte unbedingt mit Cooper sprechen. Also eilte sie die Verandatreppen hinunter zum Auto, verlangsamte aber ihre Schritte und blieb zögernd stehen, als sie einen ominösen Fleck auf dem Kies bemerkte.

«Gabe? Kannst du mal einen Moment herkommen?»

Er kam murrend aus dem Haus. Sie zeigte auf die Stelle, und er beugte sich leicht unwillig hinunter, um nachzuschauen.

«Verdammt. Ich brauche eine Taschenlampe.»

Nan holte eine und harrte dann der Diagnose, während er am Volvo kniete und dessen Unterseite inspizierte. Schließlich ging er ächzend in die Hocke. «Sieht so aus, als hätte die verdammte Ölwanne ein Loch. Muß passiert sein, als wir die Auffahrt raufkamen. Dieses gottverdammte Oberarschloch von Hillbilly. Wir brauchen einen Abschleppwagen.»

«Toll. Und wie soll ich Stephen abholen?»

Er deutete mit einer ruckhaften Kopfbewegung auf Annabels Wagen, der noch immer neben dem Haus parkte, wo Sky ihn abgestellt hatte. «Läuft das Ding? Oder dient es nur als Rasenschmuck?»

Nan fiel ein, daß Sky sich gebrüstet hatte, Estelles Motor wieder auf Vordermann gebracht zu haben. Theoretisch war die alte Lady für ihr Alter in einem Tipptopp-Zustand. Sie schaute durchs Seitenfenster und sah die Schlüssel im Zündschloß stecken. Als sie eingestiegen war und den Motor startete, sprang er augenblicklich an und verfiel in ein artiges Murmeln, wie eine ältere Dame, die Selbstgespräche führt. Nan sah auf. Gabe beobachtete sie, die Hände in den Hüften.

«Laß dich nicht von irgendwelchen Oldtimer-Fans kidnappen.»

Nan verscheuchte das Bild eines vorbeirasenden Jerry Ray Watkins, der sich umdrehte und sie aus seiner Rostlaube verstört anschaute. Sie brachte Estelles Motor auf Touren, und weitaus unbeschwerter, als sie sich eigentlich fühlte, bedachte sie Gabe mit ihrer besten Imitation südstaatlicher Sprechweise: «Da mach dir mal keine Sorgen nich, Honey.»

22. KAPITEL

Hinten in «Bev's Valley Luncheonette» spülte jemand Geschirr. Nan saß Cooper in der gewohnten Nische gegenüber und empfand das ordinäre Klappern von Tellern und Bestecken als wohltuenden Kontrast zum Wahnsinn dessen, was sie ihm zu erzählen hatte. Angefangen hatte sie mit Stephens Klettertour auf die Eiche, hatte von der Stimme gesprochen, die sie wiedererkannt zu haben meinte, und zum Schluß geschildert, wie Janey ihr das Foto von Tucker gezeigt hatte. Cooper hörte zu, ohne sie zu unterbrechen, und seine grünen Augen ließen nicht eine Sekunde ihr Gesicht los.

«Natürlich», sagte sie abschließend, «habe ich Gabe nichts von dem Foto erzählt. Ich weiß, er wird nur sagen, daß es nicht im geringsten als Beweis gelten kann – daß alle etwaigen Ähnlichkeiten nur in meiner Einbildung existieren.» Sie seufzte. «So wie ich es sehe, haben wir heute morgen bei unserer Jagd durch die Bergwelt nichts anderes bewerkstelligt, als diesen Fiesling Watkins stinksauer zu machen.»

Cooper lächelte milde. «Als ich noch ein Junge war, arbeitete eine alte schwarze Lady für uns. Sie hieß Dovey. Wenn man ihr etwas erzählte, das sie für weit hergeholt hielt, pflegte sie zu sagen: ‹Einmal gesehen ist besser wie zwanzigmal gehört.› Gabe wird nicht an Geister glauben, bevor er nicht einen mit eigenen Augen sieht, und wahrscheinlich auch dann noch nicht. Aber Sie, Nan – Sie hatten Ihren ‹einmal gesehen›. Ich ebenfalls. Und ich glaube, Ihre Großmutter hatte recht. Ich glaube, was Sie gestern bei der Beerdigung sahen, war der Geist Ihres Freundes Tucker.»

Sie atmete die Luft aus, die sie angehalten hatte, ohne sich dessen bewußt zu sein. Sie empfand eine eigentümliche Mischung aus Entsetzen und Erleichterung, ohne sagen zu können, was von beidem überwog. Wie absurd diese Geschichte auch sein mochte, es tat gut, sie diskutieren zu können, ohne sich nach jedem zweiten Wort anhören zu müssen, man sei überreizt, hysterisch oder ganz einfach bescheuert. Sie war zutiefst dankbar, daß es Cooper gab. Sie nahm an, daß sie bei absolut freier Wahl unter potentiellen Ratgebern wohl jenem bärtigen Alten den Vorzug gegeben hätte, der in den Vampirfilmen immer so genau wußte, wann mit Knoblauch und Kruzifix zu winken war. Aber so nahm sie, was sie bekommen konnte.

«Er hat mich auch gesehen, wissen Sie. Er hat etwas zu mir gesagt», verriet sie leise. Das hatte sie bisher für sich behalten, weil es sich so verrückt anhörte, aber inzwischen wußte sie nicht mehr, warum sie noch Haarspaltereien betreiben sollte. Es klang doch alles gleich verrückt, von vorne bis hinten. Sie sah Coopers Augen funkeln.

«Was hat er gesagt?»

«Meinen Namen. Oder zumindest den Namen, bei dem er mich damals rief. Annabel. So rief mich meine Großmutter, und deswegen taten es alle anderen auch.» Sie bewegte sich unvermittelt auf dem weichen Sitz in der Nische, spürte Furcht und Ungläubigkeit in sich aufsteigen. «Verstehen Sie, ich kann das einfach nicht glauben. Wenn ich tatsächlich einen Geist gesehen habe ... einen *Geist* – was ist dann mit der modernen Wissenschaft? Die moderne Wissenschaft sagt, das gibt es nicht. Kein Wenn, Und oder Aber. Nur: Das … gibt … es … nicht. Aber ich habe einen gesehen. Und jetzt habe ich das Gefühl, daß allem, was ich jemals geglaubt habe, die Grundlage entzogen worden ist.»

Er lächelte hintergründig. «Das müssen Sie mir nicht erzählen.»

«Was *sind* die denn eigentlich? Ich meine, wenn sie reine Geister sind, wieso können wir sie sehen?»

Cooper stocherte in den Resten des fragwürdigen Omeletts, das man ihm serviert hatte. «Nun, der Theorie nach senden sie eine Art Signal aus, und das empfängt man, jedoch nicht mit den Augen, sondern unterschwellig in irgendeinem Bereich des Gehirns. Die Person – der Geist – *scheint* da zu sein. Ist es aber nicht. Jedenfalls nicht physisch.»

«Coop, das ist einfach nicht möglich. Ich meine, welche Art von Signal könnte –»

«He», sagte er. «Wir unterhalten uns über etwas, das von der Wissenschaft abgestritten wird, und daher ist das ganze Thema von jeder ernsthaften Forschung so gut wie völlig unberührt geblieben. Aber daß wir es uns nicht erklären können, bedeutet noch lange nicht, daß es nicht existiert. Denken Sie doch nur einen Moment ans Radio. Jemand auf der anderen Seite des Globus sagt etwas, und Sie hören es. Wieso? Weil diese unsichtbaren Wel-lel-lel-len sich durch die Luft fortpflanzen.» Er untermalte seine Worte mit einer entsprechenden Handbewegung. «Klingt ziemlich aberwitzig, nicht wahr? *Nicht möglich.* Aber es existiert und geschieht.»

«Okay.» Sie war gewillt einzuräumen, daß die Theorie – so betrachtet – schon etwas leichter zu schlucken war. «Na schön. Es geschieht also. Aber wieso? Was läßt es geschehen? Warum sind sie nicht einfach *tot*?»

Er zuckte mit den Achseln. «Nan, da kann ich nur noch mit einer weiteren Theorie aufwarten. Und die besagt, daß ein Tod wie der Tuckers – plötzlich, traumatisch – den Geist veranlassen kann, in eine Art Schock zu verfallen. Er ist desorientiert, verwirrt – er weiß nicht, wohin er gehen oder was er tun soll. Also bleibt er einfach da. Er klammert sich an das, was ihm im Leben vertraut war. Das sucht er heim. Der Ort ist für ihn entscheidend. Er hat seinen Körper verloren, seine physische Kohäsion. Der Ort ist buchstäblich das, was ihn noch zusammenhält.»

Der Ort.

Hügel. Bach. Stephens Zimmer. Die Eiche in Annabels Vorgarten.

«Und was hat er dann an Lucys Grab gesucht?» sagte sie.

«Ich weiß nicht.» Er nagte an der Unterlippe. «Das ist eine gute Frage. Und hier ist noch eine. Sie sagten, er habe Sie beim Namen gerufen. Ist es nicht interessant, daß er Sie zu erkennen scheint, obwohl sich ihre physische Erscheinung seit dem letzten Mal, als er sie sah, erheblich verändert hat? Ich meine, Sie waren neun Jahre alt, als Sie sich mit ihm anfreundeten, nicht wahr? Und doch hat er Sie gestern erkannt, nach einer Zeitspanne von zwanzig Jahren, in denen Sie von einem kleinen Mädchen zu einer erwachsenen Frau wurden. Anscheinend war er in der Lage, Ihr *psychisches* Selbst wiederzuerkennen, obwohl Ihr *physisches* Selbst sich radikal verändert hat. Und das ist interessant, wie Sie zugeben müssen.»

Das Scheppern, mit dem ein Stapel Teller ins Spülbecken rutschte, war Musik in ihren Ohren, denn es holte sie schlagartig in die Wirklichkeit zurück. Sie entdeckte einen

Fettfleck auf der Resopalfläche neben ihrer Kaffeetasse und wischte ihn mit einer Papierserviette weg. «Das Wort würde ich nicht wählen, Coop. Aberwitzig, ja. Furchterregend auch. Aber für interessant bin ich noch nicht reif.»

Er lächelte mitfühlend. «Ja. Das Thema bedarf einer gewissen Gewöhnung.»

«Kann ich Ihnen heute sonst noch was bringen?» Bonnie, die blutjunge Kellnerin mit dem fröhlichen Gesicht, war neben ihrer Nische aufgetaucht, den Bestellblock gezückt. Cooper sah zu ihr auf und warf dann einen Blick auf seine Uhr.

«Ich glaub nicht, Bonnie. Wir müssen langsam gehen.» Er nahm die Rechnung in Empfang, schob eine Dollarnote unter seine Kaffeetasse, rutschte von der Sitzbank und steuerte auf die Kasse am Eingang zu.

Nan blieb ihm auf den Fersen. «He, lassen Sie mich das machen. Ich durfte Sie doch schon kostenlos konsultieren.»

Er schüttelte den Kopf, nahm das Wechselgeld entgegen und steckte es ein. «Könnten Sie noch einen Augenblick mit in den Laden kommen? Es gibt da etwas, das ich Ihnen gern zur Lektüre mitgeben möchte.»

Im «Books, Etc.» holte Nan sich das Taschenbuch ab (ein zerfleddertes Exemplar, das sie kaum eines Blickes würdigte, bevor sie es in ihre Tasche stopfte) und nahm Beileidsbekundungen zu Lucys Tod von zwei Kundinnen entgegen, die gerade den Laden betraten, als sie gehen wollte. Ein Blick auf die Uhr sagte ihr, daß es an der Zeit war, Stephen abzuholen. Auf dem Gehsteig blieb sie stehen und hielt entgeistert links und rechts Ausschau nach dem Volvo, bis ihr beim Anblick von Estelles wuchtigen rosa

Heckflossen wieder einfiel, daß Annabels Auto sie in die Stadt gebracht hatte.

Und auch der Grund dafür. Der Gedankenaustausch mit Cooper hatte die Erinnerung an Jerry Rays bedrohliches Verhalten verdrängt, aber jetzt kehrte sie zurück. Als sie Estelle aus der Parklücke bugsieren wollte, gab sie zuviel Gas und hätte beinahe den Wagen hinter sich gerammt.

Sie konnte gerade noch rechtzeitig auf die Bremse treten. Stumm fluchte sie in sich hinein. Jerry Ray war Gabes Schuld. Es war sein donquichotischer Ausflug in die Berge gewesen, der die Paranoia des Schwarzbrenners noch mehr geschürt und ihn auf ihre Fersen gehetzt hatte. Aber es war nicht nur Jerry Ray, der ihre Nerven malträtierte – er war nur die Spitze des Eisbergs, und im Gegensatz zu den abgehobenen Sachen, die Cooper und sie besprochen hatten, war er eine personifizierte Plage. Zitternd lagen ihre Hände auf dem Lenkrad.

Er scheint sie zu erkennen, obwohl sich ihre physische Erscheinung erheblich verändert hat. Ich meine, Sie waren neun Jahre alt, als Sie sich mit ihm anfreundeten, nicht wahr? Und doch hat er Sie gestern erkannt, nach einer Zeitspanne von zwanzig Jahren, in denen Sie von einem kleinen Mädchen zu einer erwachsenen Frau wurden. Anscheinend war er in der Lage, Ihr psychisches *Selbst wiederzuerkennen, obwohl Ihr* physisches *Selbst sich radikal verändert hat.*

Er hatte sie wiedererkannt, ja. Er kannte sie. Aber was wollte er?

Sie legte die vier Blocks zur Methodistenkirche wie in Trance zurück. Als sie vor dem Gebäude hielt, sah sie die auf dem sonnigen Rasen versammelten Kinder. Ihre hellen Stimmen, die sich mit wechselhaftem Erfolg mühten, die Melodie zu halten, klangen über den Rasen herüber. Ein langhaariges Paar, Mann und Frau, führte den Gesang an und begleitete ihn auf Gitarren. Nan stellte den Motor ab, um genauer hinzuhören.

Erzähl mir die Geschichten von Jeeeehesus
Denn die hör ich so geeeehern

Der junge Mann, der wahrhaftig dem Jesus aus Darstellungen in protestantischen Bibeln ähnelte, lächelte sanftmütig und begleitete seinen Gesang mit rhythmischem Kopfnikken. Seine Gefährtin setzte ihren ganzen Körper ein und wiegte sich mit solcher Energie vor und zurück, daß ihre langen blonden Zöpfe wie Zwillingspendel ausschlugen.

Nan machte Stephen ausfindig. Er saß in seinem roten T-Shirt ziemlich weit hinten und hielt den Kopf zwischen den Schultern vergraben. Sie konnte nicht erkennen, ob er mitsang oder nicht. Sie fragte sich, ob es nur Schuld ihrer persönlichen Paranoia war, daß sie sich einbildete, er sei durch ein Kraftfeld isoliert: inmitten der Gruppe, aber nicht Teil von ihr. Das Lied endete, und Jesus ermunterte die Kinder zu einer selbstgefälligen Beifallskundgebung. Die Gruppe löste sich auf: Kinder tobten kreischend über den Rasen, ein Tohuwabohu bunter Bewegung. Stephen erblickte den Wagen und kam angerannt.

Sie erwischte sich dabei, daß sie ihn mit gekünstelter Fröhlichkeit begrüßte, bemüht, ihre Unruhe zu überspielen. «Hi, Honey! Hat's Spaß gemacht heute?»

Er zuckte mit den Achseln und murmelte etwas Unverständliches. Auf dem Heimweg konnte sie ihm nur einsilbige Antworten auf ihre Fragen entlocken. Schließlich gab sie auf. Ganz offensichtlich fand er kein Gefallen an dem Programm, und es war inzwischen ziemlich klar, daß er den

Freund, den er bereits hatte, nicht durch eine neue Bekanntschaft ersetzen würde. Woody – Tucker – war alles, was er wollte.

(Das Sonnenlicht des Spätnachmittags wirft zwei lange Schatten über die Kuppe eines goldenen Hügels … eine Kinderstimme ruft aus den dunklen Tiefen des Obstgartens, blasse Apfelbüten zittern vor einem lilafarbenen Himmel – ich komme, ob du willst oder nicht!)

Gegen die Bilder, die aufstiegen, stellte sich die klare, kalte Erinnerung an Lucy Talbot, die mit offenen Augen dalag, den Kopf verkehrt angewinkelt, die gelösten weißen Haare im Gras. Ihr Grabstein mit dem sentimentalen Vers, tief eingemeißelt in silbrigen Tennessee-Kalkstein. Nan warf einen Seitenblick auf Stephens kleines Profil und biß sich auf die Lippe. Es war an der Zeit, Lucys Warnungen Beachtung zu schenken – jetzt, bevor noch mehr geschah. Wieder blickte sie, wie sie es unwillkürlich schon auf dem ganzen bisherigen Nachhauseweg getan hatte, in den Rückspiegel, um sich zu versichern, daß die Straße hinter ihnen leer war. Es fehlte ihr gerade noch, daß dieser Idiot Watkins auf der Bildfläche erschien und versuchte, sie von der Straße zu drängen.

Aber von ihm war nichts zu sehen, und als sie schließlich bei Annabels Haus angekommen waren und parkten, warteten Gabe und Mister Mustard schon auf der Veranda. Gabe verkündete triumphierend, daß er zum Mittagessen eine Ratatouille vorbereitet habe. In zwanzig Minuten sei sie soweit.

Stephen ließ sich matt auf die oberste Stufe sinken, und der Kater sprang ihm auf den Schoß. «Kann ich nur ein Sandwich haben? Ich will Woody suchen gehn.»

Gabe stellte sich in Positur, zwirbelte die Enden eines imaginären Schnurrbarts. «Wollen Sie ährlisch die bärühmte Küschenschäff Gabriel beleidigen? Die Fünf-Stärne-Koch, die nur einmal jehrrlisch eine Ratatouille kreiert?»

Küchenchef Gabriel war Nan neu, aber Stephen offenbar nicht, denn der streckte die Hand aus und tätschelte Gabes Arm mit einer verblüffend erwachsenen Geste. «Komm schon, Daddy. Mach mal halblang.»

«Okay, okay. Wie wär's also mit einem Sandwich?»

Nan verlagerte das Gewicht der Lebensmittel auf ihrem Arm. «Würden Sie mir vielleicht mal behilflich sein, Mister, äh, Monsieur Küchenchef?»

Er nahm ihr eine Tüte ab und folgte ihr nach drinnen, wo ein brodelndes, wohlriechendes Allerlei auf dem Herd von Küchenchef Gabriels Künsten kündete. Sie wandte sich ihm zu. «Ich möchte nicht, daß er weiterhin mit Woody spielt.»

«Um Gottes willen, Nan.» Die Einkaufstüte, die er auf dem Tresen abgestellt hatte, drohte umzukippen, und er fing sie auf.

«Gabe, hör mir zu –»

«Und du hörst mir zu.» Sein Gesicht lief rot an, und er fing an, hörbar durch die Nase zu atmen. Sie wurde sich plötzlich des Größen- und Gewichtsunterschiedes zwischen ihnen beiden bewußt. «Wenn der Junge sich die große Mühe gemacht hat, einen Spielgefährten zu erfinden, dann doch nur, weil er ganz nötig einen braucht. Du darfst ihm seine Illusion nicht so einfach rauben. Solange du nicht bereit bist, ihm eine Alternative dafür zu bieten. Solange du nicht bereit bist, seine Bedürfnisse den deinen voranzustellen und ab und zu mal auf die Bumserei mit deinem gutaussehenden Cousin zu verzichten, um statt dessen ein wenig Zeit mit deinem Kind zu verbringen.»

Tränen der Wut schossen Nan in die Augen; ihr war, als habe er sie geschlagen. Sie bekam kein Wort heraus.

Er drängte sich an ihr vorbei und öffnete den Kühlschrank. «Ich werd ihm jetzt ein Sandwich machen.»

Nan floh hinauf in ihr Zimmer und setzte sich auf die Bettkante. Sie zitterte am ganzen Körper und zwang sich dazu, nicht laut loszuheulen. Als sie schließlich in der Lage war, in Wörtern zu denken, flüsterte sie wieder und wieder: «Dreckskerl. Mieser Dreckskerl.»

Die Wut half, den Schmerz zu bewältigen. Sie hatte keine Illusionen in bezug auf Gabes Einschätzung ihrer mütterlichen Qualitäten. Aber die Ironie bestand doch darin, daß es *seine* Haltung war, die sich als Gefahr für Stephen erwies. Er war überzeugt, daß es sich bei Woody nur um eine harmlose, ja sogar positive Phantasiegestalt handelte. Und er hatte die Wissenschaft auf seiner Seite sowie die Vernunft und den gesunden Menschenverstand obendrein. Sie dagegen hatte nur das instinktive Gefühl aufzubieten, daß irgend etwas absolut nicht stimmte. Und das verblüffend deutliche Bild eines flachsblonden Jungen, der ihr über Lucys offenes Grab hinweg die Hand entgegenstreckte.

Das Bild gaukelte ihr auch jetzt vor Augen. In der Stille ihres sonnendurchfluteten Schlafzimmers konnte sie das tonlose Flüstern schon fast hören.

Annabel –

Es wurde ausgelöscht von einem markerschütternden Schrei.

Und noch einem.

Und noch einem.

Sie hörten nicht auf, diese Schreie – bis Nan schließlich die Starre abschüttelte, die der erste von ihnen ausgelöst hatte, und bewußt registrierte, daß sie aus dem Vordergarten kamen. Als sie vom Bett aufsprang und zum Fenster eilte, hörte sie Gabes Schritte unter sich durchs Wohnzimmer poltern. Die Vordertür wurde geknallt. Als sie das Fenster erreicht hatte, sah sie, wie er unten zur Mitte des Gartens lief. In Richtung eines Knäuels aus wüsten und kreischenden Bewegungen. Vor dem Grün des Rasens sah sie Rot aufblitzen und lohfarbenes Gold.

Stephen – und Mustard –

In dem Moment, als Gabe sie erreichte, befreite sich der Kater aus dem Griff des Jungen und flitzte über den Rasen zum Haus. Gabe bekam Stephens wild fuchtelnde Arme zu fassen und hielt sie nieder. Sogar von da, wo sie stand, konnte Nan das Blut sehen.

Sie stürzte nach unten und traf auf Gabe, der mit dem Jungen auf dem Arm durch die Tür kam. Stephen hatte zu schreien aufgehört, aber der erste Blick auf sein blutverschmiertes Gesicht hätte beinahe bei Nan einen Schreikrampf ausgelöst.

«Seine *Augen* –»

«Die sind okay – hab ich mir angesehen. Aber ich glaube, eine Schockreaktion setzt ein. Wo ist hier in der Nähe ein Krankenhaus?»

«Ungefähr sechzig Meilen entfernt», sagte sie. «Aber hör zu, der örtliche Doc ist okay, und Stephen war schon mal bei ihm. Bringen wir ihn nach Breezy.»

Gabe fuhr. Nan saß hinten, wiegte Stephen in den Armen und gab wie mechanisch tröstende Laute von sich. Ungefähr auf halbem Weg nach Breezy fing er an zu weinen. Die schlimmsten Kratzer waren auf seinen Unterarmen, und einer von ihnen, besonders lang und tief, wollte einfach nicht aufhören zu bluten, obwohl sie ein Handtuch ganz fest um den Arm gewickelt hatten. Auch die Kratzer auf seiner Stirn bluteten, schienen aber nicht sonderlich tief zu sein.

Doc Hales nähte die klaffende Wunde an Stephens linkem Arm und eine weitere nahe an seinem Daumen.

«Ich kann auch die auf der Stirn nähen, wenn du willst. Sonst dürfte eine ziemlich üble Narbe zurückbleiben.» Er sprach Stephen an, der auf dem Untersuchungstisch lag. «Möchtest du eine große häßliche Narbe, junger Mann?»

«Vielleicht.» Ein zittriger Hauch von Faszination schwang in der kleinen Stimme mit.

Hales gackerte. «Jungs bleiben Jungs.»

«Ich würde es begrüßen, wenn Sie weitermachten und nähten», sagte Gabe humorlos.

«Ach, Dad –»

«Tu mir den Gefallen, Sohn.»

Die übrigen Wunden mußten nur gesäubert und verbunden werden. Hales arbeitete zügig und sprach dabei die ganze Zeit über die Schulter hinweg mit Nan. «Sie müssen diese Verbände anfangs zweimal am Tag wechseln. Achten sie auf Entzündungen. Ein paar Tage lang nicht baden – ich weiß, das dürfte dem Jungen das Herz brechen.»

Er setzte den frisch verarzteten Stephen im Wartezimmer auf ein Sofa, versorgte ihn mit einem Stapel «Spiderman»-Comics und bat dann Nan und Gabe in sein Sprechzimmer. Sie setzten sich. Seine geröteten Augen musterten sie über den Brillenrand hinweg. «Katzen sind schmutzig, auch wenn sie ihr halbes Leben damit verbringen, sich zu putzen. Und einige dieser Wunden sind Bisse. Sie müssen das Tier auf Tollwut untersuchen lassen.»

Das Wort verschlug Nan die Sprache. Gabe sagte: «Tollwut?»

Der Arzt funkelte ihn an; die Sache mit der Narbe schien eine spontane Antipathie in ihm geweckt zu haben. «Katzen treiben sich draußen rum, nicht wahr? Könnte von einem Waschbären gebissen worden sein oder von einer Beutelratte – um diese Jahreszeit ist eine ganze Menge tollwütiges Viehzeug unterwegs.»

Nan kämpfte gegen die Trockenheit in ihrer Kehle an. «Meinen Sie nicht, daß Annabel den Kater hat impfen lassen?»

Der Doc zuckte die Achseln. «Wahrscheinlich. Aber in solchen Fällen darf man kein Risiko eingehen.»

«Wie können wir ihn denn testen lassen?»

Der Arzt machte ein betretenes Gesicht. «Ist nicht gerade nur ein Test. Der Katze wird der Kopf abgeschnitten und nach Nashville geschickt. Das Labor dort kann die Speicheldrüsen untersuchen.»

Nan war entsetzt. «Können wir nicht erst mal feststellen lassen, ob er geimpft wurde? Ich meine –»

Der alte Mann zuckte mit den Achseln. «Vielleicht. Ich bin kein Tierarzt. Rufen Sie Tompkins an. Der müßte es wissen.»

Auf der Rückfahrt war Stephen gefaßter. Nan nahm die Gelegenheit wahr und versuchte, ihm die Einzelheiten dessen zu entlocken, was geschehen war.

«Ich hab Mustard gestreichelt, und da kam Woody. Mustard wollte weglaufen, aber ich dachte, Woody möchte ihn vielleicht auch noch streicheln. Also hab ich ihn festgehalten. Aber er ist dann ganz verrückt geworden.»

Nan erinnerte sich an jenen Nachmittag, als sie den Kater mit angelegten Ohren und fauchend auf dem Fußboden in Stephens Zimmer hatte hocken sehen. Erinnerte sich an das Prickeln, das sie wie einen elektrischen Schlag auf ihrer

Haut gespürt hatte. «Er hat dir nicht absichtlich weh getan, Honey. Er hatte nur Angst. Warum hast du ihn nicht einfach fallen lassen?»

«Ich weiß auch nicht. Es ging alles so schnell –»

Vor Überraschung mußte er noch fester zugegriffen haben, und danach konnte er wohl vor lauter Furcht und Schmerzen nicht mehr loslassen. Nan strich ihm die Haare über dem weißen Verband nach hinten, der die Stiche auf seiner Stirn bedeckte. «Sei ganz unbesorgt, Liebling. Es ist ja vorbei.»

Aber das war es nicht, noch nicht ganz. Stephen wollte fernsehen, als sie zu Hause waren, und Gabe machte es ihm im Wohnzimmer bequem, bevor er in die Küche kam, wo Nan versuchte, Dr. Tompkins, den örtlichen Tierarzt, ans Telefon zu bekommen.

«Ich will verdammt noch mal hoffen, daß wir den elenden Kater auch *finden.*»

«Was?» Das Telefon des Tierarztes klingelte an ihrem anderen Ohr. Warum nahm er nicht ab? Sie sah auf die Uhr: nicht ganz vier. Der Tag schien schon ewig zu dauern.

«Er ist abgehauen wie 'ne gesengte Sau», sagte Gabe.

«Er hatte Angst», sagte sie.

«Angst wovor?»

Sie sah ihn von der Seite an. Er kratzte die verkohlten Überreste von Küchenchef Gabriels vergessener Ratatouille aus dem Topf und warf sie in den Müll. Er hatte ebenso deutlich wie sie Stephens Bemerkung über Woody mitbekommen. Aber für ihn war Woody absolut imaginär, existierte ausschließlich in Stephens Vorstellung – und war ganz gewiß nicht von einer Katze wahrzunehmen oder gar zu fürchten. *Tiere mögen keine Geister.* Das hatte sie irgendwo gelesen, hatte es für ein amüsantes Häppchen Volksweisheit gehalten. Doch jetzt –

«Praxis.» Die schroffe Stimme am anderen Ende war unerwartet laut, mußte wildes Gebell im Hintergrund übertönen.

«Dr. Tompkins?»

«Leg ihn auf den Tisch, Willie. Mist. Hätte mir doch denken können, daß er erst mal pißt. Nimm das Handtuch.» Das Bellen ging in Gewinsel über.

«Dr. Tompkins?»

«Ja.»

«Mein Name ist Nan Lucas. Ich bin Annabel Stephens' Enkelin. Ich brauche einige Informationen über ihren Kater.»

«Annabel ... Stephens ... Kater.» Er wiederholte die Silben, als seien sie reines Kauderwelsch, ein Satz in einer Fremdsprache.

«Ich muß wissen, wann er das letzte Mal gegen Tollwut geimpft wurde.»

«Ma'am, meine Gehilfin hat heute nachmittag frei, um zu heiraten, und ich habe das Wartezimmer voller kranker Tiere. Rufen Sie mich morgen wieder an.»

«Bitte», flehte Nan verzweifelt. «Der Kater hat heute nachmittag meinen Sohn angegriffen. Doc Hales sagte, wir sollten uns mit Ihnen in Verbindung setzen. Denn wenn –»

«Einen Moment.»

Sie blieb dran, hörte Stimmen im Hintergrund. Eine Tür wurde zugeschlagen; dann wieder Bellen. Eine Kinderstimme sagte: «Sitz, King. Sitz, Junge.» Es folgte ein Krachen. Dann miaute eine Katze kläglich.

«Rotgescheckter Kater, sechs Jahre alt, Name Mustard?» sagte plötzlich eine laute Stimme an ihrem Ohr.

«Ja –»

«Gegen Tollwut geimpft im vergangenen November.»

«Und wie lange hält die Wirkung an?»

«Ein Jahr.»

«Also brauche ich mir keine Sorgen zu machen?»

«Nein, Hon. Sie brauchen sich keine Sorgen zu machen.»

Die plötzliche und unverhoffte Freundlichkeit in der gedehnten Stimme ließ sie schlucken. Sie mußte zweimal ansetzen, bevor sie etwas zu erwidern vermochte. «Danke Ihnen. Haben Sie recht schönen Dank.»

«Schon gut.» Er legte auf. Sie ließ sich auf einen Stuhl am Küchentisch neben dem Telefon sinken und stützte den Kopf in die Hände.

«Und?» sagte Gabe.

«Es ist okay. Er wurde geimpft.»

«Gott sei Dank. Aber Nan, auch wenn er nicht tollwütig ist … möchtest du wirklich ein Tier behalten, dessen Verhalten so unberechenbar ist?»

«Sein Verhalten ist nicht unberechenbar. Er hatte Angst.»

Er sah ihr tief in die Augen, ohne zu antworten, und sie schaffte es, seinem Blick nicht auszuweichen. Schließlich wandte er sich ab.

Während des Abendessens sprachen sie nur das Notwendigste. Nan wurde allmählich bewußt, daß sie sich keine Hoffnung machen durfte, Gabe von ihrer Version der Geschehnisse zu überzeugen. Ihre Gedanken kehrten kurz zu dem Foto zurück, das Janey Wills ihr gezeigt hatte. Hätte sie es sich vielleicht ausborgen sollen? Vielleicht hätte sie es Stephen zeigen und ihn fragen sollen, ob der Junge auf dem

Bild wie Woody aussah … Aber sie wußte, daß Gabe eine souveräne Erklärung parat haben und etwas von Suggestivität und Imagination predigen würde.

Sie zuckte mit den Achseln. Leicht verblüfft stellte sie fest, daß es sie nicht mehr kümmerte, was er dachte, und mit diesem neuen Bewußtsein stellte sich auch ein gewisses Freiheitsgefühl ein. Nach dem Abendessen brachte sie einen völlig erledigten Stephen nach oben ins Bett. Als sie wieder nach unten kam, traf sie Gabe in der Küche an. Er telefonierte und sah schuldbewußt auf, als sie eintrat.

«Ich hab Jennifer am Apparat. Wenn es dir nichts ausmachen würde …»

Nan machte eine sarkastisch großmütige Geste und verließ die Küche. Sie zog sich in die Bibliothek zurück, schenkte sich einen Brandy ein und setzte sich, um ihn in aller Ruhe zu trinken und ihren Gedanken nachzuhängen.

Was war aus ihrem gloriosen Plan geworden, hier auf dem Land eine Zufluchtsstätte zu finden, einen Ort im Grünen, um ihre Wunden zu lecken und zu regenerieren? Die pastorale Idylle hatte sich sehr bald als Trugbild entpuppt. Eine Freundschaft zwischen zwei Kindern … eins lebendig und eins tot? Das widersprach aller Vernunft; es war unmöglich – und doch schien hier, in dieser Bergfeste, die Grenze zwischen Möglich und Unmöglich auf eine Weise zu verschwimmen, wie sie es in der Großstadt nie getan hatte. Wenn man die Park Avenue hinunterlief, zwischen den Reihen großartiger Wolkenkratzer, war es ein Leichtes, der Menschheit allumfassendes Wissen, allumfassende Macht zuzuschreiben. Aber hier war das Gleichgewicht verschoben: Die Wildnis überschattete alles andere, und die Abgründe der Seele, in denen Vernunft nur als schwaches Echo verklang, schienen sich in der Landschaft widerzuspiegeln. Irgendwie hatten sich diverse Facetten der Realität – Gedächtnis, Traum, Einbildung und etwas, das dem Paranormalen auf bestürzende Weise ähnelte – auf eine Weise überschnitten, die sich als gefahrbringend erwies.

Und in New York dachte ich schon, ich hätte Probleme.

Heimweh überfiel sie. Auf einmal sah sie sich versucht, die Hacken dreimal zusammenzuschlagen und zu flüstern: *Nirgendwo ist es wie daheim … nirgendwo ist es wie daheim …*

Sollte sie weiteren Verlusten zuvorkommen und sich schnellstens auf den Weg nach Norden machen? Der Gedanke, das Tal zu verlassen, bereitete ihr körperliche Schmerzen. Sie hatte hier eine Regeneration erfahren – neuerlich Zugang gefunden zu einem Teil ihrer selbst, den wieder zu begraben sie sich nicht leisten durfte. Ihr Fotobuch nahm allmählich Gestalt an. Was auch immer Gabe sagen mochte, sie war dabei, eine echte Beziehung zu ihrem Kind aufzubauen. Und als sie Sky bei Lucys Beerdigung gesehen hatte, war ihr zu Bewußtsein gekommen, daß sie einen neuen Anlauf mit ihm wollte.

Aber ein schwerwiegendes Argument gegen derlei Vorhaben war die unbestreitbare Tatsache, daß die Situation hier zunehmend außer Kontrolle geriet. Davonzulaufen war unbestreitbar die sicherere Alternative.

Sie hörte draußen jemanden vorfahren, stand auf und ging ans Fenster. Sie legte die hohlen Hände an die Schläfen, um in die Dämmerung hinauszuspähen. Wenn man vom Teufel spricht – Skys hochgewachsene Gestalt, die die Verandatreppen hinaufkam. Sie ging ihm die Tür öffnen. Er stand da genau wie an jenem ersten Morgen, sah jedoch, sofern das möglich war, noch besser aus als damals.

«Nan, ich muß mit dir reden.»

«Worüber?» fragte sie kurzangebunden und kämpfte dabei gegen ein verräterisches Begehren an, das sie wie ein Schauder durchlief.

Er zog eine Grimasse und senkte den kupferroten Kopf. «Darf ich reinkommen?»

Sie trat zurück, um ihn einzulassen. Er schloß die Tür hinter sich und schaute sie dann an. «Schlimme Geschichte mit Lucy. Wirklich schlimm.»

«Es war ein Unfall», sagte sie gepreßt.

«Teufel auch, das weiß ich. Ich mach euch doch keinen Vorwurf.» Er steckte die Hände in die Taschen und sah zu Boden. Dann blickte er ihr wieder in die Augen. «Scheint so, als würde in letzter Zeit alles schieflaufen. Nan, was ist mit dir und mir geschehen?»

Sie zuckte die Achseln, zu sehr ihren Gefühlen ausgeliefert, um antworten zu können, voller Angst, sie könnte laut losheulen.

Aus dem Türdurchgang zur Küche kam ein Geräusch. Sie hob den Kopf und sah Gabe dort stehen.

«Gabe. Das hier ist Sky Barnett.»

Irgendwie preßte sie die Worte heraus, obwohl ihre Kehle wie zugeschnürt war. Zu einer wortreicheren Vorstellung fühlte sie sich nicht in der Lage und bezweifelte, daß sie es je gewesen wäre. Gabe brachte ein reserviertes Kopfnicken zustande und trat zwei Schritte ins Zimmer.

«Und was können wir heute abend für Sie tun, Mr. Barnett?»

Sky trat von einem Fuß auf den anderen. «Bin gekomm', mit Nan zu red'n.»

Übertrieb er Gabes wegen seinen Akzent? Die beiden erinnerten sie an Rüden im Revierkampf, die einander mit gesträubtem Fell umschlichen.

Ohne den Blick von dem Besucher zu lassen, sagte Gabe: «Nan? Möchtest du mit ihm reden?»

Die offenbar rhetorisch gemeinte Frage überrumpelte sie so, daß sie nicht sofort antwortete.

Sky kreuzte ostentativ die Arme über der Brust und schaukelte in den Stiefeln vor und zurück. «Wenn sie's nicht möchte, kann sie's mir wohl verdammt gut selber sagen.»

Gabe musterte ihn von Kopf bis Fuß und wandte sich an sie. «Für wen hält er sich, für deinen edlen Ritter? Ich dachte, du hättest gesagt, daß du nicht mehr mit ihm rumfickst.»

Es ging Nan zu schnell. Sie sah zu Sky hinüber. Dessen Gesicht zeigte keine Regung, aber sie hatte seine Augen aufblitzen sehen.

«Sei still, Gabe», sagte sie. «Laß ihn zufrieden.»

«Nun, dann soll er sagen, was er will. Und zwar kurz und knapp.»

Sky nahm die Arme ganz langsam herunter. «Was, zum Teufel, spielst du dich eigentlich so auf, Kumpel? Soweit ich gehört hab, bist du doch gar nicht mehr im Rennen. Warum verziehst du dich also nicht?»

Gabes Gesicht lief glutrot an. Er holte aus und zielte mit einem ungeschickten Fausthieb auf Skys Kinn. Nan hörte sich aufstöhnen, aber Sky wehrte den Angriff mit einem lässigen Seitenhieb ab, legte Gabe die flache Hand auf die Brust und versetzte ihm einen kräftigen Stoß. Gabe verlor die Balance und taumelte rückwärts. Sein Arm kreiste wie ein Windmühlenflügel und traf eine Stehlampe, die ins Schwanken geriet und deren Schirm verrutschte. Wild fuchtelnd fand er schießlich sein Gleichgewicht wieder, stand mit weitgespreizten Beinen da und ballte beide

Hände krampfhaft zu Fäusten, die er immer wieder öffnete und schloß. Er starrte Sky mordlustig an, aber rührte sich nicht, denn er hatte wohl eingesehen, daß er dem jüngeren Mann keinesfalls gewachsen war. Bis auf seine schweren Atemgeräusche war es still im Zimmer.

«Wunderbar», sagte Nan. «Laßt ihr mich jetzt vielleicht auch mal zu Wort kommen? Das hier ist mein Haus, und mein Sohn schläft. Er hatte einen harten Tag, und er kann gut darauf verzichten, daß ein paar Kampfhähne hier unten rumkrähen und aufeinander losgehen, während er oben zu schlafen versucht. Und ich kann ebenfalls darauf verzichten. Wenn ihr beide also nicht an euch halten könnt, würde ich vorschlagen, daß ihr nach draußen verschwindet und euch dort die Scheiße aus dem Leib prügelt oder sonst tut, was euer Herz begehrt. Aber tut es nicht hier drinnen.»

Die impulsive Empörung, von der sie sich hatte mitreißen lassen, verging plötzlich, und sie stand mit hängenden Armen da. Aber der Wutanfall schien gewirkt zu haben. Sky hatte die Hände tief in den Taschen, Gabe sah betreten in eine Zimmerecke. Er murmelte etwas. Sie konnte die einzelnen Wörter nicht verstehen, aber es klang nach einer Entschuldigung.

«Ich geh rauf und seh nach Stephen», sagte sie. Als sie das Wohnzimmer verließ, sah sie, daß Sky auf die Tür zusteuerte.

23. KAPITEL

Beim Frühstück am nächsten Morgen machte Gabe Stephen ein Angebot, von dem Nan annahm, daß es auf Jennifers Mist gewachsen war. Er würde noch zweimal die Kirchenfreizeit besuchen und sich alle Mühe geben, daran Spaß zu finden. Wenn er danach immer noch aufhören wollte, durfte er es tun.

«Wirklich, Dad?» Sein Gesicht strahlte vor unverkennbarer Erleichterung.

Hab dir's doch gesagt – sie übermittelte die selbstzufriedene Botschaft telepathisch an Gabe, und sie mußte wohl ihr Ziel erreicht haben, denn der schickte ihr einen bösen Blick zurück. Stephen sagte: «Dad?»

«Ja, mein Sohn.»

«Meinst du, ich könnte aber heute vielleicht zu Hause bleiben? Mir geht es nicht so gut.»

«Na schön», sagte Gabe schweren Herzens.

Nan nutzte die Gelegenheit. «Wenn es dir nicht so gut geht, dann mußt du dich schonen, Stephen. Bleib also im Haus. Okay?»

Er war so glücklich, zu Hause bleiben zu dürfen, daß diese Einschränkung ihm nichts auszumachen schien. «Klar.»

Sie ging Gabe den ganzen Morgen aus dem Weg, aber nach dem Mittagessen kam er nach oben, um sie zu suchen. Sie hörte, daß unten im Wohnzimmer ein lärmendes Videospiel in vollem Gang war, mit Stephen an den Schalthebeln. Zum ersten Mal waren diese Geräusche wie eine Wohltat. Gabe betrat ihr Schlafzimmer mit aller Vorsicht, als fürchte er, es könne vermint sein.

«Hör mal, Nan. Wir müssen reden.»

«Ich höre.»

Sie legte den Katalog beiseite, in dem sie geblättert hatte, und nahm auf dem Platz am Fenster eine andere Sitzhaltung ein. Er fingerte an den Sachen herum, die auf ihrer Kommode standen, und sie widerstand dem Drang, ihn aufzufordern, das seinzulassen.

«Jennifer meint, Stephen gehört in eine Therapie», sagte er schließlich.

Sie lehnte sich zurück und kreuzte die Arme. «Und?»

«Nun, hier in der Gegend gibt es niemanden, der auch nur annähernd qualifiziert wäre, ihn zu behandeln. Am allerbesten wäre er in New York aufgehoben.»

«Und bei wem wäre er am allerbesten aufgehoben? Bei Jennifer?»

«Sei nicht idiotisch», sagte Gabe. «Jennifer würde ihn nicht einmal behandeln, wenn wir darum bettelten. Sie besitzt zuviel Berufsethos, um jemanden als Patienten anzunehmen, zu dem sie ein persönliches Verhältnis hat. Aber sie könnte selbstverständlich einen Kollegen empfehlen.»

Die Vorstellung zu *betteln*, damit Jennifer etwas tat, ließ Nans Blutdruck in die Höhe schießen. Sie stand so abrupt vom Fensterplatz auf, daß ihr das zweifelhafte Vergnügen zuteil wurde, ihn verschreckt den Kopf einziehen zu sehen.

«Nan, der Junge braucht Hilfe. Es ist eigentlich nichts gegen einen Freund zu sagen, der nur in der Einbildung existiert. Aber aus unerfindlichen Gründen wirkt Woody nicht mehr positiv, sondern negativ. Er ist für Stephen zur Gefahr geworden. Und da Stephen ihn erschaffen hat, müssen wir uns langsam fragen, warum Stephen das Bedürfnis verspürt, sich zu bestrafen.»

«Sich zu bestrafen? Weswegen?»

«Genau das müssen wir ja herausfinden. Deswegen braucht er eine Therapie.» Er steckte die Hände in die Taschen und zog sie wieder hervor. «Nan, bitte. Laß mich ihn mit nach New York nehmen.»

Sie verbiß sich eine gereizte Entgegnung. Konnte sie Gabe einen Vorwurf machen? Er versuchte nur nach bestem Wissen und Gewissen, sich um Stephen zu kümmern. Ihn zu beschützen. Und so wie sich die Dinge darstellten, konnte sie nicht gerade behaupten, sonderlich viel Erfolg aufzuweisen. Vielleicht sollte sie um Stephens Sicherheit willen Gabe *tatsächlich* gestatten, ihn mitzunehmen.

Sie ging zum Fenster mit dem Ausblick über die Weide, schaute hinauf auf den Bergkamm. Gabe schien zu spüren, daß sie nachgiebig wurde, denn er trat näher und berührte sanft ihre Schulter. «Wir müssen das Beste für ihn tun.»

Sie sah in sein ernstes Gesicht und dann wieder zum Fenster hinaus. Im späten Sonnenlicht leuchtete der goldene Hügel in der Ferne über den dunklen Baumreihen am Bach.

«Du mußt Stephen selbst fragen», sagte sie schließlich.

Instruiert, sich an diesem Abend gleich nach dem Essen an die Seite seines Vaters aufs Sofa in der Bibliothek zu setzen, wirkte Stephen beeindruckt und ein wenig beklommen. Gabe besaß echtes Talent für dramatische Gesten; Nan erinnerte sich an High-School-Zeiten, als er bei Diavorträgen in seiner Klasse an den Lichtschalter geschlichen war und ihn dann ganz plötzlich betätigt hatte, um die blendende Festbeleuchtung mit irgendeinem lakonischen Kommentar über das Leben als Kunst zu garnieren. Mit siebzehn war sie darauf reingefallen. Stephen war acht.

«Sohn, wir müssen uns unterhalten.»

Stephens Augen waren so rund wie seine Brillengläser. «Über was, Dad?»

Nan hatte darauf bestanden, bei dieser Unterredung anwesend zu sein. Alle instinktiven Anwandlungen von Feigheit, und es schienen Legionen zu sein, forderten sie im weinerlichen Chor auf, sich davonzuschleichen, bis alles vorüber war. Aber da hockte sie nun, hatte sich mit einem Buch auf einen Stuhl in der Ecke verdrückt: die Diskretion in Person. Sie hatte das kurze, verhaltene Lächeln mitbekommen, das Stephen ihr zuwarf, als er seinen Platz neben Gabe einnahm.

«Über die Zukunft, Champ. Es läßt sich nicht ändern, ich muß nach New York zurück.»

Stephen zuckte zusammen. Sicherlich hatte er etwas Ähnliches erwartet. Er saß wortlos da, und sein Kummer wurde fast greifbar. Nan senkte den Kopf über die ungelesene Seite; sie hatte nicht mal nach dem Titel des Buches geschaut, als sie es zur Hand nahm. Sie wollte Tennessee nicht verlassen, nicht einmal nach all dem, was geschehen war. Ihr noch unausgereiftes Bild von einem Leben an diesem Ort, weit weg vom Wahnsinn der Großstadt, hatte kaum etwas von seiner Anziehungskraft verloren. Auch für Stephen wollte sie so ein Leben. Aber angenommen, damit handelte sie sich auch Tucker ein?

«Hör mir jetzt gut zu, mein Sohn», sagte Gabe. «Ich möchte, daß du mit mir kommst.»

«Zurück nach New York?»

«Ja. Zurück nach Hause. Wir können schon gleich morgen früh im Flugzeug sitzen, Stephen. Vielleicht sogar noch rechtzeitig ankommen, um bei ‹Bruno's› heiße Schokolade zu trinken und Croissants zu essen. Wie hört sich das an?»

Stephen zupfte an einem der Verbände an seinem Arm. «Kommst du auch mit, Mom?»

Verblüfft improvisierte Nan: «Ich – ich weiß nicht so genau, Honey. Aber auch wenn ich mitkäme, heißt das nicht, daß dein Dad und ich wieder zusammenleben würden. Es würde sein wie vorher. Du bist während der Woche bei mir, und die Wochenenden verbringst du mit Jennifer und ihm.»

Sie wollte nicht, daß an der familiären Front noch mehr Verwirrung aufkam. Stephen betrachtete krampfhaft konzentriert seine pendelnden Füße.

Zu ihrer Überraschung sprach er sie an, als er schließlich etwas sagte. «Ich will hierbleiben, Mom», sagte er. «Ich will hier bei dir und Woody bleiben.»

Gabe hatte vorgebeugt dagesessen, die Ellbogen auf den Knien. Jetzt lehnte er sich zurück und atmete aufbrausend aus. Stephen zuckte bei dem Laut ein wenig zusammen und sah dann zu seinem Vater auf.

Gabe gab sich alle Mühe, seine finstere Miene zu entspannen. «Hör mal, Sohn. Woody kann mit uns kommen.»

Stephen schüttelte den Kopf. «Er will hierbleiben.»

Nan holte langsam Luft. Er will – oder *muß*? Cooper hatte irgendwas davon geschwafelt, daß ein Geist eine Ansammlung von Bruchstücken sei, die durch einen spezifischen Standort zusammengehalten wurden – einen vertrauten Platz. Wenn Stephen ging, konnte Tucker nicht folgen. An *dem* Gedanken war durchaus etwas Tröstliches.

Gabe und Stephen sahen einander in die Augen. Eines jung, das andere alternd – die beiden Profile mit den passenden Brillengläsern hätten sie vielleicht zum Lachen gereizt, wenn die Situation weniger prekär gewesen wäre.

Schließlich seufzte Gabe. «Nun, dann wirst du ihn wohl zurücklassen müssen.»

«Aber, Dad –»

«Hör mal, Stephen.» Seine Miene hatte sich wieder verfinstert. «Vielleicht ist Woody für dich gar nicht mehr so ein guter Freund. Weißt du noch, daß er dich aufgefordert hat, auf den Baum zu klettern? Weißt du noch, wieviel Angst du hattest? Und was war das für eine Geschichte mit dem Kater? Woody hat dich veranlaßt, den Kater ganz fest an dich zu drücken, nicht wahr? Und du bist gekratzt worden.»

«Es war nicht seine Schuld.»

Aber er klang ein bißchen verunsichert, und Gabe setzte nach. «Sohn, bitte vertraue mir. Ich bin dein Dad und habe deswegen die Verpflichtung, das zu tun, was für dich das beste ist. Okay?»

Stephen blieb stumm; der Logik des Erziehungskonzepts konnte er vielleicht nicht ganz folgen, aber den bedeutungsvollen Tonfall mußte er einfach wahrnehmen.

«Okay?» sagte Gabe nochmals, und unter diesem Zwang formten Stephens Lippen ein stummes Echo: *Okay.*

«Gut. Dann reisen du und ich nach New York zurück. Morgen.»

Stephen saß nur da, und eine ganze Weile dachte Nan, es sei ausgestanden. Dann bewegte er den Kopf mit einer Entschlossenheit, die schon an einen Gewaltausbruch grenzte, nach links und rechts. «Nein. Nein! Ich geh nicht fort! Ich verlasse Woody nicht! Du kannst mich nicht zwingen!»

Er verbiß sich geradezu in die Worte und schüttelte den

Kopf hin und her wie ein Hund mit einem Schuh im Maul. Als Gabe die Hand nach ihm ausstreckte, wich er jäh zurück, kam vom Sofa hoch und stand dann schwankend auf den Füßen.

Nan war unwillkürlich von ihrem Stuhl aufgesprungen, streckte zaghaft die Hand aus, hatte schon fast Angst, ihren Sohn zu berühren. Er schüttelte nicht mehr so heftig den Kopf, hatte aber die Schultern hochgezogen und beide Hände zu Fäusten geballt. «NEIN!»

Er schrie seinem Vater diese letzte Weigerung ins Gesicht. Nan sah, daß Gabe zusammenzuckte und seine Augen sich mit Tränen füllten – aber Stephen, der geräuschvoll die Innentreppe zu seinem Zimmer hinaufstürmte, bemerkte sie nicht mehr.

Nan ging ein wenig später auch hinauf, um ihr Kind ins Bett zu bringen. Gesprächig war er ganz und gar nicht, doch seine Gute-Nacht-Umarmung war so stürmisch, daß er sie fast erwürgt hätte. Sie ließ die Tür einen Spalt offen und ging hinüber in ihr Schlafzimmer. Mit einem Mal spürte sie die körperliche Erschöpfung. Die nervenaufreibenden Ereignisse des Tages hatten sie ziemlich erledigt, und der lautstarke Disput zwischen Gabe und Stephen hatte ihre letzten Reserven aufgezehrt. Unten wartete schmutziges Geschirr in der Spüle, aber das mußte sich bis morgen gedulden. Obwohl es noch nicht einmal acht Uhr war, fühlte sie sich bettreif.

Als sie dann jedoch im Bett lag, konnte sie nicht einschlafen – ihr Körper war müde, doch ihr Geist arbeitete auf Hochtouren, spulte unaufhörlich die Bildschleife ab, die Lucy im Gras zeigte, dann Stephens blutiges Gesicht, dann Tucker, der über Lucys Grab hinweg nach ihr griff. Nach ihrer Einschätzung war die Sache festgefahren. Es sei denn, Gabe war bereit, Stephen gegen seinen Willen mitzunehmen …

Unversehens erinnerte sie sich an das Taschenbuch, das Cooper ihr zum Lesen mitgegeben hatte. Es mußte noch im Auto sein.

Als sie hinunterging, sah sie, daß in der Bibliothek noch Licht brannte und Gabe dort schmollend am kalten Kamin saß. Draußen wölbte sich die Nacht wie ein unermeßlicher samtschwarzer Baldachin. Über dem dunklen Bergmassiv funkelten Sterne, und in der Ferne plätscherte der Bach. Sie vermied es, in die Dunkelheit hinauszuschauen, von der sie umgeben war, und hielt den Blick gesenkt, als sie über den düsteren Rasen zu Annabels Wagen eilte. Ihre Füße huschten so leise durchs Gras, daß sie sich wie eine Diebin vorkam.

War er in diesem Moment da draußen, irgendwo in der dunklen Weite, außerstande, seine Ruhe zu finden – der Geist des Jungen, den sie vor zwanzig Jahren gekannt hatte? Was mochte er nur wollen? Warum suchte er den Ort heim, an dem sie als Kinder zusammen gespielt hatten? Janey Wills hatte das Rätsel um seinen Tod gelüftet, ihr Tatsachen geboten, um die Erinnerungslücke zu füllen; und auch wenn diese Tatsachen noch recht nüchtern und wenig greifbar erschienen, wußte sie doch zumindest jetzt, was sich abgespielt hatte.

Ist er da draußen in der Dunkelheit und spürt meine Gegenwart?

Was will er?

Es war ein *Unfall* gewesen.

Sie beugte sich in den Wagen, fand nach einigem Umhertasten das Buch und machte sich dann auf den Rückweg zum Haus. Hinter ihr löste sich ein Geräusch aus der Nacht. Es ging ihr durch Mark und Bein und löste blanke Panik aus.

Ein langsames und rostiges Knirschen, als würde das Weidegatter langsam aufschwingen.

«Nein», füsterte sie. Ihre Beine waren wie gelähmt. Sie zwang sich dazu, über die Schulter zu blicken.

Das Gatter war geschlossen.

Einbildung?

Ins Haus zurückgekehrt, von Kissen gestützt im Bett und mit dem Buch vor der Nase, stürzte sie sich wie manisch in die Lektüre, um das Knirschen der rostigen Angeln aus dem Kopf zu vertreiben. Aber das Buch war schwere Kost. Sie zügelte sich und blätterte bedachtsam, las hier und da einen Absatz, sah Namen, die sie kannte – Einstein, Oppenheimer, William James; andere, wie Planck und Heisenberg, die ihr bekannt vorkamen; und wieder andere – Meister Eckhardt, Vivekananda, die ihr absolut unbekannt waren.

Allmählich wurden ihre Lider schwer. Sie wechselte die Lage und griff hinter sich, um die Kissen aufzubauschen. Das hier war unzweifelhaft Coopers Bibel; Dutzende der zerfledderten Seiten hatten Eselsohren, und überall waren Passagen unterstrichen. Aus Pflichtgefühl betrachtete sie eine davon genauer, obwohl ihre Augen inzwischen brannten.

Wir sehen diese Welt mit unseren fünf Sinnen, aber wenn wir einen weiteren Sinn hätten, würden wir mehr in ihr sehen.

Solche Gedankengänge verachtete Gabe, setzte sie gleich mit Räucherstäbchen, Siebenkornbrot und Leuten, die Glitzerstaub in den Augenbrauen hatten und «Was ist dein

Sternzeichen?» fragten. Bis vor kurzem hätte sie noch erklärt, mit ihm einer Meinung zu sein. Aber diesen Skeptizismus hatte sie eben aus zweiter Hand; unter dem Druck der jüngsten Ereignisse war ihr klargeworden, daß er auf tönernen Füßen stand, und inzwischen war sie einzugestehen bereit, daß ihm der totale Kollaps drohte. Sie hätte gern geglaubt, daß dort draußen nichts anderes war als das, was sie sehen, schmecken, fühlen, riechen und hören konnte. Aber den Luxus, zu glauben, was ihr beliebte, konnte sie sich nicht mehr leisten.

Mit dieser Erkenntnis legte sie das Buch auf den Tisch am Bett, schaltete die Lampe aus und spürte, wie die unermeßliche Dunkelheit zu den Fenstern hereinflutete.

24. KAPITEL

«Also Jennifer sagt, daß Stephen Woody benutzt, um sich aus irgendeinem noch unbekannten Grund zu bestrafen. Sie sagt, daß er unbedingt eine Therapie braucht. Professionelle Hilfe.»

Ihr gegenüber in ihrer Stammnische bei «Bev's» saß Cooper und schaute zu, wie der Dampf kräuselnd über seiner Kaffeetasse aufstieg. Er seufzte und griff hinter den Kopf, um seinen Pferdeschwanz zu berühren. «Hören Sie, Nan. Irgendwann müssen Sie, was diese Vorkommnisse betrifft, Ihrem eigenen Gefühl trauen.»

Ihr Vertrauen in die eigene Wahrnehmung war wankelmütig und konnte von einer Minute auf die andere vergangen sein. Aber irgendwie brachte sein Plädoyer für Selbstvertrauen und Zuversicht sie gefährlich nahe an den Rand der Tränen. Sie kramte in ihrer Handtasche nach etwas, das Ähnlichkeit mit einem Taschentuch besaß, aber fand statt dessen das Buch, das er ihr geliehen hatte.

«Oh, ich habe Ihnen Ihr Buch zurückgebracht. Es war – nun, ich bin nicht besonders weit gekommen. Ich schätze, ich bin zu abgelenkt, um mich auf irgend etwas konzentrieren zu können.»

Sie reichte ihm das zerlesene Taschenbuch über den Tisch, und er nahm es ehrfurchtsvoll entgegen.

«Ich dachte, es könnte Ihnen vielleicht helfen zu akzeptieren, was geschieht», sagte er. «Als ich zum ersten Mal ungewollt auf diese Dinge stieß, hat mir unter anderem auch wohlgetan, daß es da draußen ein paar sehr gescheite Leute gibt, die dergleichen ernst nehmen. Wissen Sie, was Einstein gesagt hat? *Der Stoff der Welt ist Geistesstoff.* Und tatsächlich, wenn man mal etwas so Abenteuerliches betrachtet wie die Relativitätstheorie –»

Ihre Augen mußten wohl feucht geworden sein, denn er hielt inne. «Wie weit sind Sie gekommen?» fragte er.

Nan tastete nach ihrer Kaffeetaste und trank einen Schluck. «Nicht sehr weit.»

«Lassen Sie mich Ihnen nur erläutern, wie es sich meiner Ansicht nach auf ihre Situation anwenden ließe. Okay? Ich versuche, weder pathetisch zu werden noch zu predigen.»

«Okay», sagte sie.

Er stützte die Ellbogen auf den Tisch und lehnte sich vor. «Im Grunde geht es darum, die Definition von Realität zu erweitern. Sich von dem Gedanken zu lösen, daß etwas, das wir nicht schmecken, riechen, sehen, hören oder berühren können, auch nicht existieren kann. Man muß sich die Sinne als Filter vorstellen. Sie reduzieren unsere Wahrnehmung der Welt auf zu bewältigende Proportionen, um die Chancen des Überlebens im biologischen Sinn zu optimieren. Aber weil sie das tun, entgeht uns auch viel von dem, was geschieht – ein viel breiteres Spektrum der Realität, das den physischen Sinnen einfach zugänglich ist.»

Er hielt inne, und Nan sagte: «Wie zum Beispiel Geister.»

Er lächelte. Sein Hand spielte wieder am Hinterkopf mit dem Pferdeschwanz.

«Nicht nur Geister. Ganze Bereiche von Realität, die mit derselben Gewißheit existieren wie dieser Tisch» – er tippte auf die fettbeschmierte Resopalplatte –», nur daß sie den meisten von uns verborgen bleiben, weil wir unsere Fähigkeit, sie wahrzunehmen, nicht hinreichend ausgebildet haben. Wir besitzen diese Fähigkeit. Wir alle wurden mit ihr geboren. Aber weil wir sie zum Überleben nicht brauchen, vernachlässigen wir sie, und sie verkümmert wie ein Muskel, der nie eingesetzt wird. Sie geht uns einfach verloren.»

Beeindruckt von seinem engagierten Ernst, versuchte sie, eine intelligente Frage zu formulieren. «Aber was würden wir mit ihr anfangen? Wenn wir sie uns erhielten?»

Er holte Luft und sah ihr unbefangen in die Augen. «Die Zukunft vorhersehen. Gedanken lesen. Mit den Toten sprechen.»

Bisher hatte Nan nicht darauf geachtet, ob jemand in ihrer Nähe saß, aber jetzt sah sie sich suchend um, ob andere Gäste vielleicht mithören konnten. Ein älterer Mann saß zwei Nischen weiter, augenscheinlich in seine Zeitung vertieft. Oben an der Thekenecke scherzte Bev mit zwei Lastwagenfahrern. Dabei ging es anscheinend um die Tätowierung, die einer von ihnen hatte.

Nan sah Cooper wieder an und holte tief Luft.

Mit den Toten sprechen.

«Da wären wir also wieder bei den Geistern», sagte sie. Er nickte.

«Erinnern Sie sich daran, daß wir von Tuckers Geist als einer Art Signal sprachen, das von Ihrem Gehirn empfangen wurde? Für Sie war es wie ein Gedankenblitz, ein Zufallstreffer, bei dem die beiden Frequenzen, Ihre und seine, ein paar Sekunden lang interferierten. Dasselbe mit Laura und mir. Und viel mehr kann man bei Leuten wie uns auch nicht erwarten, bei Erwachsenen, die jahrelange Übung darin haben, alles zu ignorieren, was sich nicht direkt vor ihrer Nase abspielt. Aber für einen kleinen Jungen wie Stephen ist die außersinnliche Realität nicht weniger authentisch als die sinnlich wahrnehmbare. Kinder brauchen eine ganze Weile, bis sie das Vorurteil mitbekommen haben, das wir allem entgegenbringen, was wir nicht sehen oder hören oder berühren können. Deswegen vermögen sie sich auf Dinge einzustimmen, die der Rest von uns total weggeschoben hat.»

«Was ist mit Woody?» fragte sie unvermittelt. «Wie paßt er in das alles? Ich meine, wenn es wirklich Tucker ist, den Stephen wahrnimmt, warum gibt er ihm den Namen eines imaginären Freundes, den er vor drei Jahren erfunden hat? Wie kann er ihn für denselben Jungen halten?»

Cooper zuckte mit den Achseln. «Nan, ich kann nicht so tun, als wüßte ich genau, was hier geschieht. Es dürfte ziemlich sicher sein, daß es sich bei dem Wesen, das von Stephen Woody genannt wird, in Wahrheit um den Geist von Tucker Wills handelt, aber nur Stephen kann Ihnen sagen, wie er die beiden in seiner Vorstellung zusammengebracht hat. Woody war vielleicht so diffus, daß Tucker sozusagen in seine Haut schlüpfen konnte. Ein intimer Freund, ein Freund, den sonst niemand sehen kann ... Wer weiß, wo die Imagination aufhört und die außersinnliche Realität beginnt? Vielleicht gibt es zwischen ihnen auch keine deutliche Grenze, sondern eine Art Übergangsbereich. Und es könnte sein, daß sich genau dort Tucker und Woody überschneiden.»

Sie fand, daß ihr Gespräch immer mehr an die Fernsehserie «The Twilight Zone» erinnerte. Sie sah sich abermals im Lokal um und erwartete schon fast, den Moderator Rod Serling an der Musikbox lehnen zu sehen, aber erblickte nur Bonnie, die Kellnerin, die hinter der Kasse hockte und sich die Nägel feilte.

Sie wandte sich wieder Cooper zu. Er saß da und sah ganz normal aus: ein zu spät geborener Hippie mit einem netten Lächeln. Von Rechts wegen hätte er über Karottensaft oder Tanztherapie reden müssen. Aber statt dessen –

«Es ist, als würde er stärker», sagte sie. «Aktiver. Annabel hat Lucy erzählt, daß sie ihn in zwanzig Jahren nur ungefähr ein dutzendmal gesehen hat. Aber seit wir hier sind –»

Cooper nickte mit dem Kopf. «Ja, darüber habe ich auch schon nachgedacht. Wie er sich an Lucys Grab manifestieren und wie er Sie nach zwanzig Jahren erkennen konnte. Und ich bin zu folgendem Ergebnis gekommen:

Der klassische Geist wird angesehen als eine Art Echo oder Schatten, nicht als wirklich bewußt. Jemand – wer, weiß ich nicht mehr – nannte sie ‹Traumgespinste der Toten›. Und das hat meiner Meinung nach Ihre Großmutter gesehen. Aber wie Sie sagen, scheint Tucker sich in jüngster Zeit verändert zu haben. Und ich glaube, das könnte an Ihnen liegen.»

«An mir?» Ihr Herz schien einen Schlag zu überspringen.

«Ja. Sie erwähnten Ihre Erinnerungen an ihn – wie lebendig sie geworden sind, seit Sie herkamen. Nan, diese Ihre Erinnerungen schaffen eventuell eine Art Substanz, die ihm zuvor gefehlt hat. In gewissem Sinn wirken sie auf dieselbe Weise, wie es ein Ort tut – bieten ihm Orientierung und definieren ihn. Aber anders als eine Örtlichkeit sind ihre Erinnerungen aktiv, nicht passiv. Wir haben von Tukkers ‹Signal› gesprochen. Es mag sein, daß Ihre Erinnerungen eben dieses Signal verstärken.»

«Das ist doch Irrsinn», flüsterte sie. Aber irgendwie klang es vertraut. Hatte nicht ausgerechnet Janey Wills etwas Ähnliches angedeutet?

«Vielleicht», sagte Cooper. «Aber zweifellos besteht eine aktive psychische Verbindung zwischen Ihnen beiden. Auf die Weise erkannte er Sie auf dem Friedhof. Was sollte sonst für diese Verbindung sorgen, wenn nicht Ihre Erinnerungen?»

«Aber eine Erinnerung ist doch nur ... sie ist nicht real! Sie ist nur etwas in meinem Kopf. Wie –»

Er schüttelte den Kopf, lächelte ein wenig. «Da wären wir wieder, immer dieselbe Falle. Wenn man es nicht sehen oder berühren kann, existiert es nicht. Aber vergessen Sie nicht: Das physikalische Spektrum ist nicht die gesamte Realität. Sondern nur ein winziges Scheibchen.»

Nan spürte eine plötzliche Welle von Panik, in der sie unterzugehen drohte, aber dann gelang es ihr mit großer Mühe, sich auf das laute Lokal und Coopers erwartungsvolle Miene zu konzentrieren. Ihre Serviette lag zu einer Kugel zerknüllt neben ihrem Teller; sie nahm sie in die Hand und versuchte mit zitternden Fingern, sie wieder zu glätten. Ihre eigenen Erinnerungen, die einem Phantom Substanz verliehen ...

«Annabel hielt ihn für harmlos», sagte sie. «Und vielleicht war er das auch – damals. Aber jetzt nicht mehr. Bedenken Sie, was Lucy geschehen ist. Und auch Stephen hätte ums Leben kommen können, wenn er von diesem Baum gefallen wäre.» Bilder kamen ihr in den Kopf: das angstverzerrte Antlitz ihres Kindes, das zwischen den Blättern nach unten sah; seine Stirn, blutig gekratzt von den Krallen des Katers; ein weißes Gesicht im fließenden Wasser des Baches.

«Was *will* er denn nur?» flüsterte sie.

Cooper spielte mit seiner Gabel und legte sie dann beiseite. «Ich weiß es nicht. In einigen primitiven Gemeinschaften werden die Toten gefürchtet, weil sie einsam sind. Sie suchen Gesellschaft.»

Nan verspürte ein unangenehmes Gefühl in der Brust, wie von kleinen flatternden Flügeln. Sie erinnerte sich daran, auf der Treppe das Flüstern eines Kindes gehört zu haben. Daß sie den Hufeisennagel-Ring auf dem Fußboden gefunden hatte, wie eine Opfergabe. Daß sie eine Stimme hatte rufen hören, als sie in der Scheune fiel.

Sie suchen Gesellschaft. Hatte Tucker, außerstande, sie zu erreichen, statt dessen mit ihrem Kind vorlieb genommen?

«Lieber Gott im Himmel», hauchte sie.

«Hören Sie, Nan, geraten wir nicht in Panik.» Nachdem er ihr eine Höllenangst eingeflößt hatte, schien Cooper jetzt erpicht darauf, den Schaden zu beheben. «Es ist absolut möglich, daß Tucker niemandem Leid zufügen möchte. Vielleicht hat er das Brett ganz spontan vom Baum geworfen, weil er ihnen allen übelnahm, daß sie Stephen nicht zu ihm ins Baumhaus klettern ließen. Wahrscheinlich hatte er nicht die Absicht, jemanden zu treffen. Oder vielleicht ist es auch von selbst runtergefallen.»

«Er hat den Kater veranlaßt, Stephen zu attackieren», sagte sie.

«Möglich. Oder vielleicht hat er nicht damit gerechnet, daß seine Gegenwart eine solche Wirkung haben würde. Vergessen Sie nicht – er mag ja ein Geist sein, aber er ist der Geist eines Kindes. Vielleicht wollte er den Kater ja nur streicheln.»

Sie verzog das Gesicht. «Entscheiden Sie sich, Coop. Erst sagen Sie, er versucht, aus Stephen so eine Art permanenten Spielgefährten zu machen. Dann sagen Sie, er ist völlig unschuldig.»

«Nun, er könnte *durchaus* unschuldig sein. Es ist schwer

vorstellbar, daß er Wege ersinnt, Stephen in Gefahr zu bringen. Die Theorie besagt, die Existenz eines Geistes ist wahrscheinlich eher eine Sache von Augenblick zu Augenblick, ohne echte Kontinuität von Denken oder Handeln. Wir können davon ausgehen –»

Ganz plötzlich hatte Nan genug. «Hören Sie», sagte sie und hörte ihren Herzschlag in den Schläfen. «Das *Warum* ist eigentlich egal, oder? Fazit ist doch, daß wir den Vorfällen ein Ende setzen müssen. Können wir Tucker nicht irgendwie loswerden? Ich weiß, es klingt herzlos. Aber können wir es nicht mit einem Exorzismus oder so was versuchen?»

Er schürzte die Lippen. «Es dürfte da eine Möglichkeit geben ... Miz Flutie ist ein natürliches Medium, wissen Sie. Wenn Sie einverstanden wäre, könnten wir eine Séance abhalten.»

Der Vorschlag war wie ein Schock für Nan. «Moment mal. Flutie Larkin ist geistig zurückgeblieben.»

«Nun ja –» Er spreizte die Finger auf der Tischplatte und studierte sie. Dann sah er zu ihr auf. «Es stimmt, daß ihr Geist nicht so ist wie unser. Sie hat einer Wahrnehmungsweise den Vorzug gegeben, die nicht dem Standard entspricht, also sagen wir, sie sei geistig zurückgeblieben. Aber in Indien würde man sie vielleicht für eine Erleuchtete halten. Sogar hier bei uns trifft das in gewissem Rahmen zu. Die Leute suchen sie auf, wenn sie etwas wissen wollen, was sie über normale Kanäle nicht erfahren können.» Er hielt inne. «Sie könnte in der Lage sein, zu Tucker Kontakt aufzunehmen.»

«Und was dann? Können wir ihn dann – fortschicken?»

Er nickte. «Es wäre nichts Schlimmes, Nan. Er gehört nicht dorthin, wo er sich befindet – gefangen zwischen unserer Realität und wo immer er sein sollte. Und das könnte damit zu tun haben, wie er gestorben ist. Verstehen Sie? Er wartete darauf, daß Sie mit dem Ast zurückkamen und ihn retteten. Irgendwie ist es so, als warte er noch immer … Aber wenn wir ihm helfen können zu verstehen, was damals geschah, dann wird es ihm vielleicht möglich sein fortzugehen.» Sie sah ihn schlucken. «Gott weiß, hätte Laura in so einer Falle gesteckt, wäre es auch mein Wunsch gewesen, daß ihr jemand geholfen hätte, den Weg hinaus zu finden. Und dorthin zu gelangen – wo immer sie hingehen.»

«Und dann wird er auch dort bleiben?»

Er nickte bedächtig. «Es scheint so, als würden sie, wenn sie einmal dort angelangt sind, all das hier vergessen. Uns vergessen.» Sie sah Tränen in seinen Augen, als er hinzufügte: «Laura nannte es *Zuhause.*»

25. KAPITEL

Es war nach sechs, als Nan zurückkehrte. Sobald Annabels Haus in Sichtweite kam, hielt sie Ausschau nach Gabe und Stephen. Die beiden – reichlich angeschlagen vom Streit am gestrigen Abend über die Rückkehr nach New York und eifrig auf Wiedergutmachung bedacht – hatten am frühen Nachmittag Pläne geschmiedet, einen Drachen zu bauen und fliegen zu lassen. Daher hatte sie damit gerechnet, Vater und Sohn auf der schattigen Weide in idyllischer Kameradschaft vorzufinden. Aber sie waren weit und breit nicht zu sehen. War ihr Projekt gescheitert, oder hatten sie es schon beendet und waren zu einer weiteren Freizeitaktivität aus Gabes scheinbar unerschöpflichem Reservoir übergegangen? Er hatte immer Zeit für Stephen, hatte ihm stets etwas beizubringen oder zu zeigen – kein Wunder, daß der Junge seinem Vater den Vorzug gab. Doch sie erinnerte sich leicht erstaunt daran, wie er sich gestern im kritischen Moment ihr zugewandt hatte, und fragte sich, ob da vielleicht ein Stimmungsumschwung einsetzte. Auch Gabe schien das zu spüren: Nach Stephens Weigerung, mit ihm abzureisen, war er ihr mit gewissem Argwohn begegnet – als übe sie insgeheim, aber zielbewußt einen Einfluß aus, der seine Autorität untergrub. Er hatte kein Hehl daraus gemacht, daß er ihr nicht zutraute, sich angemessen um ihren gemeinsamen Sohn zu kümmern. Wenn er also

Stephen nicht nach New York in Sicherheit bringen durfte, würde er hierbleiben, wo er ein Auge auf die Dinge haben konnte.

Sie hielt neben dem Haus und stieg aus. Das Klappen der Autotür klang in der Stille überlaut. Die tiefstehende Sonne schickte ihre blendenden Strahlen über den Bergkamm und verlängerte den Schatten der Eiche unmäßig weit über den Rasen. Nan erschauerte bei dem Anblick, mußte an Lucy denken. Der Tod der alten Dame bereitete ihr immer noch körperlichen Schmerz, mal wie ein dumpfer Druck, dann wieder wie ein Stich ins Herz. Doch jetzt im sanften Lichtschein, der das alte weiße Haus in seiner üppig grünen Kulisse umschmeichelte, fühlte sie sich irgendwie versöhnt. Es war so schön hier. Wenn sie nur bleiben könnten. Wenn sich nur alles irgendwie zum Guten wenden würde …

Als sie durch die Eingangstür kam, sah sie als erstes Gabe, der schlaff im Sessel vorm Fernseher hing und fest schlief, den Mund weit offen. Die Abendnachrichten liefen in kaum hörbarer Lautstärke. Nan sah sich zweimal im Raum um, bevor sie wahrhaben wollte, daß Stephen nicht da war. Mit drei Schritten hatte sie das Zimmer durchquert und rüttelte Gabes Schulter. Er blinzelte.

«Wa-sssssis –»

«Gabe. Wo ist Stephen?»

«Häh?» Seine Brille war ihm auf die Nasenspitze gerutscht, und er stierte sie aus verschleierten Augen verstört an. Er sah alt und desorientiert aus, und dieser Anblick schockierte und verärgerte sie. Sie sah, wie er sich mit der Hand übers Gesicht rieb und dabei die Brille anstieß, so daß sie ihm von der Nase fiel und nur noch über einem Ohr hing. Mühsam rückte er sie wieder zurecht. «Scheiße. Wie spät ist es?»

Nan zeigte ihm ihre Uhr, und das Herz schlug ihr bis zum Hals. «Wo ist Stephen?»

«Er ist – er sagte, er geht –» Er hievte sich aus dem Sessel und starrte sie erbost an, als sei alles ihre Schuld. «Das war vor drei vermaledeiten Stunden!»

«Er sagte, er geht *wohin*?»

«Runter zum Bach. Er sagte, er wüßte, wo lange dünne Stöcke zu finden seien, die wir für einen Drachen benutzen könnten. Er sollte gleich wieder zurückkommen. Ich hab mich nur eine Minute hingesetzt – Teufel auch, ich muß eingenickt sein.»

Er redete weiter, aber Nan hatte aufgehört, ihm zuzuhören. Sie ließ ihre Handtasche zu Boden fallen und rannte zur Treppe. «Stephen? Honey, wo bist du?»

Aber sein Zimmer war leer, und eine Antwort kam auch nicht. Sie wußte, daß er nicht im Haus war. Sie eilte die Küchentreppe hinunter und rannte zur Hintertür hinaus.

Gabe holte sie am Weidezaun ein. «Hör mal, keine Panik, okay? Er ist wahrscheinlich nur drüben auf dem Hügel.»

Sie blickte zum Hügel hinüber, dessen Kuppe über den grünen Baumwipfeln am Bachrand im Licht der letzten Sonnenstrahlen schimmerte, und hörte im Geist Coopers Stimme.

In einigen primitiven Gemeinschaften werden die Toten gefürchtet, weil sie einsam sind. Sie suchen Gesellschaft.

Gesellschaft.

«Mit Tucker», sagte sie.

Sie erreichten den Bach in Rekordzeit und blieben beim Überqueren kurz stehen, um auf- und abwärts zu schauen, wo sich der Wasserlauf zwischen den Bäumen aus dem Blickfeld schlängelte. Von Stephen nichts zu sehen.

Auf dem Hügel übernahm Gabe die Führung und erklomm den steilen Hang in einem Tempo, dem Nan nicht folgen konnte. Als sie seinen breiten Rücken eine Schneise ins hohe gelbe Gras schlagen und weit vor ihr immer kleiner werden sah, kam ihr der Gedanke, daß er vielleicht doch noch kein so alter Mann war. Ihre Beine schmerzten bei dem Versuch, ihn einzuholen, aber sie trieb sich gnadenlos an und konzentrierte sich auf die körperlichen Beschwerden, um sich am Grübeln zu hindern.

Stephen war nicht auf der Kuppe des Hügels. Als sie die höchste Stelle endlich erreicht hatten, fand sie Gabe, der seine Augen abschirmte, um auf die andere Seite in Richtung des Kiefernwaldes hinabzublicken. Die Sonne, die hinter den Bergen unterging, schien in Strahlenbündel zu zerbersten, und sie schloß die Augen vor der gleißenden Flut.

Bunte Lichtpunkte tanzten in komplexen Mustern auf den Innenseiten ihrer Lider, und ihr schwirrte der Kopf. Die zeitweilige Blindheit schien den vertrauten Duft der Kiefern und reifen Brombeeren auf dem Hügel noch berauschender zu machen. Eine Brise ließ das hohe Gras neben ihr aufrauschen, und für einen kurzen Moment war sie neun Jahre alt, und ihr bester Freund war ein magerer flachsblonder Junge, der den Ruf einer Wachtel perfekt nachahmen konnte und wußte, wie man eine dösende Steignatter mit einer Astgabel zu Boden drücken und fangen konnte. In diesem Moment umfing der Sommer sie beide wie eine unermeßliche goldene Wolke ohne Anfang und ohne Ende, und sie spürte Tuckers Anwesenheit so deutlich wie die schwindende Wärme der Sonne auf ihrer Haut.

Diese Ihre Erinnerungen schaffen eventuell eine Art Substanz, die ihm zuvor gefehlt hat. In gewissem Sinn wirken sie auf dieselbe

Weise, wie es ein Ort tut – bieten ihm Orientierung und definieren ihn.

Das Echo von Coopers Worten schien sie aus weiter Ferne zu erreichen. Aufgeschreckt öffnete sie die Augen. Gabe eilte schon die andere Seite hinunter, auf die dunklen Bäume zu, die auf halber Höhe des Hangs begannen. Sie hastete ihm hinterher. Er blieb abrupt stehen und wandte sich ihr zu.

«Wenn er da drinnen steckt, werden wir ihn nie finden – nicht, bevor er gefunden werden will. Weißt du, was ich glaube? Ich glaube, er will's mir heimzahlen, weil ich ihm wegen Woody zu nahe getreten bin. Ich glaube, er taucht auf, wenn er meint, daß ich genug habe.»

Nan hob den Blick zur Bergkette, die vorm Himmel aufragte. Ihre bewaldeten Senken lagen inzwischen in dunklem Schatten. Irgendwo dort hinten zwischen den dichten Bäumen befand sich der Steinbruchsee, in dem Tucker ertrunken war.

Der Steinbruchsee.

«Was ist, wenn er zum Steinbruch gegangen ist?» sagte sie. «Gabe, wir müssen ihn finden. Es wird schon bald dunkel.»

Seine Haare standen dort, wo er sie sich gerauft hatte, zu Berge. «Warum der Steinbruch? Wie kommst du darauf –»

«Vertrau mir doch nur einmal», sagte sie hitzig, und er blinzelte verschreckt.

«Okay, ist ja schon gut. Aber wie kommen wir da hin? Es hilft Stephen auch nichts, wenn wir uns ebenfalls im Wald verirren.»

Sie erinnerte sich an Skys Worte, der Steinbruch sei vom Hügel aus zu erreichen, aber wie genau, das konnte sie im Augenblick absolut nicht sagen. Gabe hatte recht; es war ihrer Suche nicht dienlich, wenn sie bei schnell hereinbrechender Dunkelheit durch den Wald stolperten. Sie brauchten jemanden, der sie führte. Jemanden, der sich auskannte.

«Gehen wir zum Haus zurück», sagte sie. «Ich muß Sky anrufen.»

Er versprach, in fünf Minuten da zu sein. Mittlerweile zum Reden zu angespannt, gingen sie auf die Vorderveranda hinaus, um auf ihn zu warten, und lauschten nervös auf das Geräusch seines Pickups. Nan stand auf der obersten Stufe, konnte nicht davon lassen, die abblätternde Farbe vom Geländer zu kratzen. Gabe kaute auf seinem Daumennagel.

In einigen primitiven Gemeinschaften werden die Toten gefürchtet, weil sie einsam sind.

Sie dachte an die steile Felsenklippe, versteckt zwischen den grünen Baumreihen, an das stille, unergründliche Wasser an deren Fuß, und vor Angst schnürte sich ihr die Kehle zu.

Sie suchen Gesellschaft.

In dem Augenblick kam Skys Pickup die Auffahrt heraufgebrettert und bremste mit einem Ruck neben dem Haus. Nan lief die Treppen hinunter, Gabe ihr auf den Fersen, und griff nach der Beifahrertür des Lasters, die aufgestoßen wurde.

Als sie in den Pickup kletterte, gefolgt von Gabe, sah sie die beiden Männer einen Blick austauschen, den sie als Gegenstück zur vorangegangenen Spannung zwischen ihnen erkannte – eine Art Männerkumpanei, basierend darauf, daß sie vereint die Krisensituation in Angriff nahmen, die Stephens Verschwinden heraufbeschworen hatte, und daher alle Probleme, die sie in Nans Gegenwart miteinander gehabt haben mochten, zurückstellten. Arschlöcher, hätte sie am liebsten gesagt. Ihr seid beide Arschlöcher. Statt dessen biß sie sich auf die Lippe.

Der Gebirgskamm ragte drohend in den Sonnenuntergang, als sie ihm auf der Straße entgegenrasten. Nan, die zwischen den beiden Männern eingekeilt war, tat alles, um aufrecht zu sitzen, wurde am Ende aber doch erst gegen den einen und dann wieder gegen den anderen geschleudert. Keiner von ihnen sprach ein Wort. Sie starrte durch die Windschutzscheibe nach vorn auf die Straße. Irgendwann einmal spürte sie, daß Sky sie ansah, erwiderte seinen Blick aber nicht. In diesem Augenblick war es für sie unvorstellbar, jemals Sex mit ihm gehabt zu haben; er kam ihr vor wie ein total Fremder. Und Gabe zu ihrer Rechten war ebenfalls ein Fremder; beides unbekannte Wesen angesichts der furchtbaren Angst, die ihr im Nacken saß, und angesichts des Gefühls, daß die Ereignisse sie überrannten.

Als sie auf der klapprigen Brücke über den Bach ratterten, erblickte sie einen Wagen, der abseits der Straße zwischen den Bäumen parkte. Ihr Herz setzte aus, als sie ihn erkannte: schrottreif und mit Flecken von Grundierfarbe stand er da wie ein wahrgewordener Alptraum.

«Was zum Teufel – was hat Jerry Ray Watkins auf meinem Grund und Boden zu suchen?»

Sie wußte nicht genau, ob sie die Frage direkt an Sky gerichtet hatte, er antwortete jedenfalls mit einem Achselzukken. Überdies war der Wagen jetzt hinter ihnen und außer Sichtweite. Sie konzentrierte sich wieder auf Stephens Verschwinden. Mit Watkins würde sie sich später beschäftigen können.

Die Straße stieg immer mehr an, und Sky mußte einen anderen Gang einlegen. Der Pickup rappelte und holperte, als er ihn gnadenlos um die engen Kurven manövrierte. Krampfhaft bemüht, nicht das Gleichgewicht zu verlieren, grub Nan die Finger in die Vorderkante des Sitzes. Obwohl der Himmel noch ziemlich hell schimmerte, lag der Berghang schon im Schatten, und Sky war gezwungen, die Scheinwerfer einzuschalten, um besser sehen zu können. Nan merkte, daß sie ihre Augen überstrapazierte, weil sie versuchte, um jede Kurve herumzublicken. Gerade als es ihr vorkam, als würde die Fahrt ewig dauern, lenkte er unversehens an den Straßenrand und hielt den Laster an.

«Von hier aus gehen wir?»

Er nickte knapp. Seine nächste Handlung trug auch nicht gerade zu ihrer Beruhigung bei. Als er den Motor des Pickup abgestellt und Gabe und sie hinausgewinkt hatte, griff er hinter den Sitz und löste eine doppelläufige Schrotflinte aus ihrer Halterung.

«Sky?» Sie konnte das Beben in ihrer Stimme hören.

Er zuckte die Achseln. «Sicher is' sicher.»

Im Gänsemarsch betraten sie den Wald: Sky voran, dahinter Nan und Gabe. In der rechten Hand trug Sky die Flinte, angewinkelt, so daß die glänzenden Läufe auf den Boden gerichtet waren. Nans Nerven waren zum Zerreißen gespannt, ihre ängstliche Besorgnis kaum mehr erträglich. Grüne Dämmerung legte sich über den Wald, doch beim Hinaufblicken ahnte sie noch Licht, sobald ein Stückchen Himmel zwischen den dichten Zweigen sichtbar wurde.

Sie merkte, daß sie Sky auf dem überwucherten Pfad bedrängte. Undeutlich hörte sie weit hinter sich Gabe trampeln und vor sich hin fluchen, wenn er sich wieder einmal aus dem dichten Unterholz kämpfen mußte. Er machte mehr Lärm als eine ganze Armee, und sie drehte sich um und ermahnte ihn, leiser zu sein. Er zeigte ihr den Mittelfinger, und sie wandte sich von ihm ab. Beinahe wäre sie mit Sky, der stehengeblieben war, zusammengeprallt.

«Was?» sagte sie. «Was ist los?»

Er schüttelte den Kopf. «Ich horch nur mal.»

Irgendwann während der letzten Stunde schien ihr Herz sich in ihrem Hals festgesetzt zu haben, wo es jetzt wie wild schlug und sie daran hinderte, tief durchzuatmen. Als sie sich weiter vorankämpften, wollte sie es mit reiner Willenskraft wieder an seinen angestammten Platz dirigieren, aber genausogut hätte sie versuchen können, einen Klumpen Erdnußbutter zu schlucken.

Bald darauf erreichten sie den Steinbruch. Als sich die tiefe Grube vor ihnen auftat, streckte Sky einen warnenden Arm vor ihr aus, und sie bewegte sich ganz vorsichtig, achtete darauf, wo sie hintrat, und griff nach einem jungen Baum, um Halt zu finden. Der offene Himmel über der Ausschachtung verdüsterte sich, aber die gegenüberliegende Seite des Tals war noch immer vom Licht der untergehenden Sonne gefärbt. Sie stand da und suchte den baumbestandenen Rand des Steinbruchs ab. Sie war zu aufgeregt, um dabei systematisch vorzugehen, und ihr Blick sprang aufs Geratewohl zwischen einzelnen Geländeabschnitten hin und her. Neben ihr hielt Sky, Gewehr in der Hand, auf eigene Weise Ausschau.

Sie hörte, wie Gabe schweratmend hinter ihnen auftauchte. «Seht ihr ihn?»

Nan schüttelte wortlos den Kopf. Er hatte das Fernglas mitgebracht, das er jetzt an die Augen hob und in einem langsamen Schwenk bewegte. Schließlich: «Ich sehe ihn auch nicht. Willst du mal durchschauen?»

Durch die starken Gläser schien die gegenüberliegende Seite des Steinbruchs plötzlich so nahe zu sein, daß ihr schwindlig wurde. Sie schwankte ein wenig und spürte eine stützende Hand – die von Sky – an der Schulter. «Ist schon okay», sagte sie, und er nahm sie weg.

Sie fand die Scharfeinstellung des Fernglases und drehte daran. Die niedrige Seite gegenüber sprang ihr mit verblüffender Klarheit ins Auge; sie erkannte die dunklen Stämme der Bäume, ihr düsteres Laub. Dazwischen regte sich nichts, und ihr war die absolute Stille unheimlich. Nicht einmal von einem fernen Vogelruf oder dem Geräusch eines fallenden Zweiges wurde die Dämmerung über den Berghängen durchbrochen, und sogar die allgegenwärtigen Grillen waren ausnahmsweise einmal verstummt. Nur die ungestüme Kraft ihres Herzschlags verlieh der Szenerie vor ihr eine trügerische Lebendigkeit, so daß sie vor ihren Augen zu pulsieren schien.

Nirgends ein Anzeichen von Stephen. Sie bewegte das Fernglas, suchte nochmals den Grubenrand ab und erkannte die Umgebung wieder, auf die Sky sie bei ihrem ersten Besuch hingewiesen hatte, die Stelle, wo die Wand zu einer felsigen Spalte aufgebrochen war, die ins Wasser hinunterführte.

Das Wasser.

Sie schwenkte mit dem Glas über die Oberfläche, suchte, aber weigerte sich gleichzeitig, daran zu denken, was sie suchte. Dunkel und trübe, die Flecken aus blassen Algen allem Anschein nach unberührt. Sie hatte ihren Schwenk fast beendet, als plötzlich ein heiserer Schrei die Stille zerriß, der von irgendwo unterhalb der Klippe kam, auf der sie alle drei standen.

In dieser Sekunde war Nan sofort der ferne Klageruf gegenwärtig, den sie vor gar nicht langer Zeit gehört hatte. Aber das hier klang anders: laut und angsterfüllt, unverkennbar menschlich. Ihr Herz hatte einen doppelten Salto rückwärts gemacht; sie ließ das Fernglas fallen und hörte es mit einem dumpfen Schlag zu ihren Füßen auf den Boden prallen. Sie wollte Stephens Namen rufen, mußte aber feststellen, daß sie keinen Ton herausbrachte. Neben ihr standen Sky und Gabe wie erstarrt. Zweifellos hatten auch sie es gehört.

Eine geraume Weile standen sie wartend da, aber jetzt war das einzige Geräusch das langatmige Wispern raschelnder Blätter. Der Wald schien den Schrei völlig verschluckt zu haben. In der Stille erlosch der letzte Sonnenschimmer im Tal. Nan spürte, wie es ihr kalt den Rücken hinunterlief. Dann sagte Gabe mit belegter Stimme: «Was, zum Teufel, war denn das?»

Sky hob die Hand, um eine Richtung anzudeuten; trotz des schwachen Lichts konnte Nan sehen, daß sie zitterte. «Kam von da unten.»

Sie atmete tief ein. «Stephen?» Es reichte nur zu einem Flüstern, aber er hörte sie dennoch und schüttelte den Kopf.

«Das war nicht Stephen. Niemals. Aber je eher wir ihn finden, desto besser. Wir sollten uns da unten mal umsehen.»

Der Pfad durch den Wald hatte sie an die höchste Stelle des von Rissen durchzogenen Kalksteinfelsen gebracht. Sky winkte sie wieder in den Wald zurück und ging voraus. In einem Abstand von mehreren Metern zum Rand führte er sie um die Grube herum. Tückisches Unterholz und Blätter auf dem Boden erschwerten das Gehen; zweimal rutschte Nan aus und mußte nach nahen Zweigen greifen, um nicht zu fallen.

Als sie den nördlichen Rand des Steinbruchs umrundet

hatten und den Abstieg begannen, wurde es sehr steil. Sky legte ein hohes Tempo vor. Nan hatte das Gefühl, als stürzten sie sich Hals über Kopf durch den düsteren Wald, taumelten gegen Baumstämme und prallten von ihnen ab, glitten auf welken Blättern aus – und als würde sie selbst in der nächsten Sekunde ausrutschen und fallen und den Berg runterrollen und sich an einem Felsen oder einem Baum den Kopf zu Brei schlagen. Der steile Abstieg war Mord für ihre Beinmuskeln, aber sie nahm den Schmerz kaum wahr, sondern fühlte sich nur in einem endlosen grauen Alptraum gefangen, voller Angst, sich auszumalen, was ihr wohl als nächstes bevorstand.

Endlich wurde das Gelände wieder eben. Sky, der sie anführte, hob stumm die Hand und gebot ihnen stehenzubleiben. Sie rückten zu ihm auf. Hier, tief im Wald, war die Dunkelheit hereingebrochen. Bis auf das Glitzern in den Augen war sein Gesicht nur schemenhaft zu erkennen, als er von Nan zu Gabe hinübersah. Er sprach mit gesenkter Stimme. «Der Bach ist da drüben. Sehen wir uns da mal um.»

Als sie wieder losmarschierten, lauschte Nan angestrengt auf das Plätschern des Wassers, aber bis auf das Knacken der Zweige unter ihren Füßen war es still im Wald, und nur der leise Schrei einer Eule war irgendwo in der Ferne zu hören. Dann merkte sie zu ihrem Erstaunen, daß der Bach rechts neben ihnen war, ein schimmernder Streifen Wasser, das stumm zwischen steilen Uferböschungen floß. Sein verstohlenes Dahingleiten wirkte einschüchternd, eine weitere Facette des Alptraums. Sie beschleunigte die Schritte, um Sky einzuholen. «Wo sind wir?»

Er deutete über den Bach. «Kleines Stück nordwestlich von Annabels Haus, auf der entlegenen Seite des Hügels.

Hat sich angehört, als wär der Schrei aus dem Kiefernwald drüben auf der anderen Bachseite gekommen. Wir sind gleich da.»

Ein Stück weiter führte er sie die Uferböschung hinunter und über eine Furt, wo das Wasser ihnen kaum bis zu den Knöcheln reichte. Nans Nerven lagen bloß. Sie blieb Sky dicht auf den Fersen; Gabe folgte ihnen in einigem Abstand, aber sein schwerer Atem verriet, wo er sich gerade befand. Sie kletterten zwischen den dunklen Schatten der Kiefern die gegenüberliegende Uferböschung hinauf und atmeten den scharfen Geruch der Bäume ein, während ihre Füße in den dichten Nadelteppich sanken. Es war so düster, daß Nan in ihn hineinrannte, als Sky jäh stehenblieb.

Seine Hände gaben ihr Halt; sie spürte sein Flüstern kitzelnd am Ohr. «Hör mal.»

Sie lauschte angestrengt – hörte nichts, dann in der Ferne die hohe Stimme eines Kindes. Stephen.

Schwindelerregende Erleichterung ließ sie taumeln; sie umklammerte Skys Hände. Sie konnte Stephens Worte nicht verstehen, aber sie wurden im Plauderton gesprochen, und das war ein beruhigender Unterschied zu dem wilden Schrei, den sie zuvor gehört hatten. Sie wollte in Richtung der Stimme loslaufen. Sky ergriff ihren Arm und hielt sie zurück.

Sie versuchte, sich zu befreien. «Laß *los*!»

Seine Finger krallten sich in ihren Arm, sein Flüstern war eindringlich. «Denkst du noch an den Schrei, den wir gehört haben? Wer oder was auch immer ihn ausgestoßen hat, willst du dem in die Arme laufen?»

Das brachte sie zur Besinnung. Der Wald rundherum erschien ihr plötzlich doppelt so dunkel. Unergründlich und wimmelnd von ungeahnten Gefahren. Gabe schloß schnaufend und keuchend zu ihnen auf. Sky flüsterte ihm etwas zu, und Nan sah, daß Gabe heftig den Kopf schüttelte. Sie trat näher heran, um das Gespräch mit anzuhören.

«Nein, verdammt», sagte Gabe. «Wir müssen auf jeden Fall zusammenbleiben. Angenommen –»

«Hören Sie.» Skys nüchternes Flüstern unterbrach ihn. «Ich möchte Ihnen nicht zu nahe treten, aber ich kann mich viel schneller und leiser bewegen, wenn ich allein bin. Ich werde Stephen finden und bin wieder da mit ihm, ehe Sie sich's versehen.»

«Ich komme mit Ihnen.» Gabe war unerbittlich. Er hatte sich bis dahin im Zaum gehalten, aber den Gedanken, daß Sky ganz allein den rettenden Engel spielte, schien er dann doch nicht ertragen zu können.

«Gabe», sagte sie. «Vielleicht hat er recht.»

Das Zornesfunkeln seiner Augen war in der Dunkelheit nicht zu sehen, aber sie spürte es sehr wohl. «Ich sag dir, es ist irrsinnig, sich zu trennen! Völliger Blödsinn. Machen wir uns daran, Stephen zu finden. So vergeuden wir nur Zeit.»

Er drehte sich um und stürmte voran ins Gehölz; Nan zögerte und folgte ihm. Es stimmte, daß es ziemlich unsinnig war, sich jetzt zu trennen. Vielleicht würden sie einander in der Dunkelheit nicht wiederfinden. Jedenfalls schien Sky kapituliert zu haben. Er bildete jetzt die Nachhut, war kurz hinter ihr. Sky war kaum zu hören, und dafür machte Gabe vorn um so mehr Radau. Wenn der Schreihals noch immer in der Nähe war, würde ihn der Lärm vielleicht vorwarnen, sich von ihnen fernzuhalten.

Stephens Stimme war nicht mehr zu hören, und urplötzlich ergriff sie die Gewißheit, daß sie sich von ihm weg bewegten. Ohne Skys Führung würden sie bestimmt im Kreis laufen; im Zwielicht zwischen den Bäumen war es unmöglich, sich in eine bestimmte Richtung zu orientieren. Auf einmal gemahnte sie das hier auf alarmierende Weise an ihren ersten Morgen in Tennessee, als sie Stephen im Wald am Bach verloren hatte. Vor ihr verlor Gabe allmählich seinen Schwung. Und dann hörten sie wieder Stephen sprechen.

Diesmal schien es ganz aus der Nähe zu kommen. Ohne nachzudenken, platzte Nan heraus: «Stephen?» Ihre eigene Stimme verblüffte sie: jung, angstvoll, die eines kleinen Mädchens.

«Mom?»

Sie stieß Gabe zur Seite und stolperte vorwärts. Schemenhaft ragten im Dunkeln die Umrisse einer Art Schuppen auf, Pfosten und ein niedriges Dach. Sie blieb stehen.

Ein Rascheln. Sie meinte, eine Bewegung unter dem vorstehenden Dach wahrgenommen zu haben. Eilte darauf zu – fühlte, wie ihr ein Stein vom Herzen fiel, als sie Stephens undeutliche Gestalt erkannte.

«Mom, wie hast du mich gefunden?»

«Honey, geht es dir gut?»

«Klar.» Er wand sich in ihrer Umarmung, als sie niederkniete und ihn an sich drückte, darauf bedacht, seine verbundenen Wunden nicht zu berühren.

«Mom, guck doch mal, was für 'ne tolle Stelle ich gefunden hab. Ist 'ne Fabrik oder so was.»

Gabe und Sky kamen zwischen den Bäumen hervor, und sie spürte Stephens Schreckreaktion, als er seinen Vater erkannte.

«Dad!»

«Sohn, was, um Himmels willen, tust du hier? Du solltest ein paar Stöcke für den Drachen besorgen und dann gleich wieder zurückkommen!»

Stephen zog den Kopf ein. Nan ließ ihn los, und er trat von einem Fuß auf den anderen. «Ich und Woody haben Versteck gespielt, und dann hab ich's einfach vergessen. Bist du böse auf mich?»

«Ein bißchen. Ist dir nicht gesagt worden, du sollst nicht hier im Wald spielen?»

«Ach, Dad. Ich hab doch nur Woody gesucht.»

«Hast du ihn denn gefunden?» fragte Nan.

«Nein. Aber dafür hab ich diese tolle Stelle entdeckt.»

Versteck gespielt. Nan drehte sich um und betrachtete den Wald, die schemenhaften Konturen der Bäume, die rundherum in der Dunkelheit miteinander verschmolzen. Der Wind frischte auf. Mit einem Mal regte es sich in den Bäumen, ein Rauschen setzte ein, wie ein Seufzer, der stetig lauter wurde. Sie bekam eine Gänsehaut. Schließlich aber beruhigten sich die Blätter wieder. Sie sah, daß Stephen staunend die unverkennbaren Konturen der Flinte betrachtete, die Sky in der Hand hielt. «He, ist das ein Gewehr?»

«Nee. Nur 'ne alte Flinte.» Sky wog sie in der Hand. «Hast wohl keine Kirschbaum-Böcke hier im Wald herumlaufen sehen, oder, Stephen?»

Der Junge schüttelte den Kopf, starrte weiter auf die Waffe. «Nein. Aber da hat jemand geschrien.»

«Ja, den haben wir auch gehört.» Im Gegensatz zu seiner plötzlich wachsam angespannten Haltung war Skys Tonfall ganz ungezwungen. «Weißt du, welchen Weg er eingeschlagen hat?»

«Nein. Ich hab nur sein Schreien gehört. Und dann eine Menge Lärm, als er davonlief. Kann sein, er hat was Schreckliches gesehen. Vielleicht einen Bären.»

Alle schwiegen einen Moment.

«Vielleicht», sagte Sky schließlich. Er hakte die Taschenlampe von seinem Gürtel und schaltete sie ein. Der kleine Lichtkreis wirkte in der Dunkelheit, in der sie gefangen waren, freundlich wie ein Glühwürmchen. Er ließ ihn kurz über das Innere des Schuppens tänzeln, beleuchtete den grob aus Backsteinen gemauerten Schornstein, der von einem Sammelsurium an Fässern umgeben war, aus denen Kupferrohre in diverse Richtungen herausragten.

«Was ist denn *das*?» fragte Nan.

«Schätze, wir haben Jerry Rays Arbeitsplatz aufgestöbert. Der Schlauberger muß ihn nach Annabels Tod hier eingerichtet haben. Dachte wohl, er wär hier ganz für sich. Hat nicht damit gerechnet, daß ihr Leute hier einzieht.»

Jerry Ray Watkins. Auf dem Weg zum Steinbruch waren sie, wie Nan sich jetzt erinnerte, an seinem Wagen vorbeigekommen, der weiter unten am Bach bei der Brücke geparkt stand.

«Soll das heißen, das ist eine Brennerei?»

«Du sagst es.» Sein Ton war neutral, und sie wünschte, sie könnte sein Gesicht sehen.

«Was ist eine Brennerei?» sagte Stephen.

Sky räusperte sich. «Na ja, Junge, eine Brennerei ist, wo man ‹Mondschein› macht. Weißt du, was das ist?»

Stephens vergrätzte Miene war im Randbereich des Lichtkegels deutlich zu erkennen. «Du lügst. Menschen machen keinen Mondschein. Der wird von der Sonne reflektiert.»

Alle lachten befreit auf. Leicht verwirrt stimmte Stephen kurz darauf ein. Sky schüttelte den Kopf. «Wer einmal lügt, dem glaubt man nicht, schätz ich. Und jetzt wollt ihr wohl alle zum Abendessen nach Hause?»

Der Schein seiner Taschenlampe führte sie aus dem Wald und hinauf über den Hügel durch eine sommerliche Abenddämmerung, in der die Grillen plötzlich wieder lebendig wurden und die Glühwürmchen zwinkerten. Mit wackligen Knien schleppte Nan sich vorwärts, und sie hielt Stephens Hand fest, während sie seinem Geplapper lauschte, ohne auch nur ein einziges Wort wirklich zu verstehen.

Sie erreichten das Bachufer, und Stephen machte sich los, um selbstsicher vorauszuwaten. Nan schluckte ihren Einspruch hinunter und vergewisserte sich, daß er unbeschadet die gegenüberliegende Böschung hinaufgekraxelt war, bevor sie ihm folgte. Die Kälte des Wassers, das an ihren Waden entlangschwappte, ließ sie erschaudern.

Hinter ihr wurde ein Fluch ausgestoßen, dann folgte ein Platschen – jemand zappelte im flachen Wasser – Gabe, wie sie sah, als der zuckende Lichtkegel von Skys Taschenlampe ihn erfaßt hatte. Gabe, der sich aufraffte, die Hosen klitschnaß und Verbitterung im Gesicht.

«Was –?»

«Ich bin ausgerutscht, okay? Ich bin nur – autsch!» Er strauchelte vornüber; Sky war bei ihm, packte ihn am Arm und konnte ihn noch rechtzeitig stützen. «Hab mir den gottverdammten Knöchel verrenkt.»

Zu Hause angelangt, verwehrte er es Nan, einen Blick darauf zu werfen, und behauptete, alles sei in bester Ordnung. Sie gab auf: Ein Kind reichte ihr ohnehin im Moment. Stephen war völlig verdreckt, und sie schickte ihn ins Badezimmer. Gabe schüttelte Sky die Hand, murmelte etwas, das wohl ein Wort des Dankes sein sollte, und humpelte dann in die Bibliothek, um sich einen Drink einzuschenken. Nan und Sky blieben allein in der Küche.

«Na ja, was soll ich sagen? Danke. Ich weiß deine Hilfe zu schätzen.» Das Gefühl, ihm irgendwie verpflichtet zu sein, ließ sie hinzufügen: «Möchtest du vielleicht zum Abendessen bleiben?»

«Danke nein, ich muß los. Aber würde es dir viel ausmachen, mich zu meinem Pickup zu fahren?»

«Aber nein.»

Sie sagte Gabe, daß sie bald zurück sein würde. Sky wartete mit der Flinte in der Hand draußen unterm Sternenhimmel auf sie. Seine schemenhafte Silhouette ließ ihn wie den Geist eines Bürgerkriegssoldaten aussehen. Sie deutete auf Estelle, und sie stiegen wortlos ein. Bei ihrem letzten gemeinsamen Ausflug in diesem Wagen hatte er, wie sie sich jetzt erinnerte, mit ihr geschlafen. Sie spürte ein perverses Verlangen aufkommen und unterdrückte es voller Unmut. Sie ließ den Motor aufheulen und bemerkte aus dem Augenwinkel, daß Sky sie verwirrt ansah.

Während der Fahrt wechselten sie kein Wort. Im Dunkeln kam Nan die Straße völlig fremd vor, und sie hatte am Steuer erhebliche Mühe. Als sie die Brücke überquerten, schaute sie kurz zu den Bäumen hinüber und stellte fest, daß Watkins' Wagen verschwunden war.

Sky hatte ebenfalls zur Seite geschaut, und jetzt räusperte er sich. «Hör mal, Nan –»

«Ich weiß», sagte sie. «Du bist zusammen mit Watkins im ‹Mondschein›-Geschäft.» Die Bergstraße stieg vor ihnen an, und sie schaltete das Fernlicht ein. «Hast du mir deswegen all diese Lügen aufgetischt? Warum hast du mir nicht einfach die Wahrheit gesagt? Hast du wirklich gedacht, es macht mir was aus, daß du im Nebenberuf Schnapsbrenner bist?»

Er seufzte. «Ich wußte nicht, was du denken würdest.»

«Gott im Himmel», sagte Nan. «Und da war ich immer der Meinung, nur Leute aus New York trauen keiner Menschenseele.»

«Mist, wenn ich gewußt hätte, daß Annabel dir Grund und Boden hinterlassen würde, hätte ich nie zugelassen, daß Jerry Ray seine verdammte Brennerei da im Wald eingerichtet. Seit ihr hier seid, hab ich versucht, ihn dazu zu kriegen, daß er sich verzieht. Aber er will nichts davon hören und stellt sich stur.»

«Und wessen Idee war es überhaupt erst, dort zu brennen? Deine?»

Er gab ein Grunzen von sich, das nach Zustimmung klang. «Ist bestens ausgetüftelt. Wir schaffen das Zeug auf 'nem Floß den Bach runter, direkt bis zur Brücke da hinten, und dann laden wir's auf'n Laster.»

«Und wer sind eure Kunden? Einheimische?»

«Hauptsächlich. Ist guter Stoff. Jerry Ray ist leicht behämmert, aber brennen kann er.»

Nans Arme schmerzten allmählich vom Lenken durch die engen Kurven. «Und warum habt ihr mir nicht einfach einen Gratiskrug kredenzt? Schließlich ist es ja mein Grundstück da draußen. Ihr beide schuldet mir wohl noch eine kräftige Mietnachzahlung.»

Er prustete überrascht los. «Es macht dir nichts aus?»

«Hör mal, Sky.» Da stand endlich sein Pickup, am äußersten Ende des Scheinwerferkegels. Sie bremste ab und fuhr langsam an den Straßenrand. «Ich bin nicht glücklich darüber, daß sich Watkins auf meinem Grundstück rumtreibt. Wie du schon sagtest, er ist leicht behämmert, und was er macht, ist wohl auch leicht gesetzeswidrig. Aber wirklich unglücklich bin ich darüber, daß er anscheinend versucht, mir angst zu machen und mich zu verscheuchen oder was immer er da vorhat. Auf solche Scheiße kann ich verzichten. Ich habe schon genug Probleme. Also sag ihm, er soll mir vom Hals bleiben.»

Sie stoppte hinter seinem Laster, aber er machte keine Anstalten auszusteigen. «He, Nan. Mir tut das alles mächtig leid.»

Sie zuckte die Achseln. Gemessen an ihren Sorgen wegen Stephen, war das hier recht unerheblich. Sie saßen schweigend da, während die Grillen auf den nächtlichen Bäumen rundherum zirpten. Sie wünschte nur, er würde aussteigen, damit sie zu ihrem Kind heimfahren konnte. Schließlich öffnete er doch noch die Tür.

«Danke fürs Herfahren.»

Plötzlich fiel ihr wieder ein, daß er ihr gerade erst einen großen Gefallen erwiesen hatte. Ohne seine Hilfe würden sie und Gabe wohl noch immer nach Stephen suchen.

«Ich danke *dir*«, sagte sie. «Ehrlich.»

Im schummrigen Innenlicht ihres Wagens tauschten sie ein verhaltenes Lächeln aus.

Zu Hause fand sie eine Vielzahl von Sandwich-Zutaten auf dem Küchentisch ausgebreitet. Gabe und Stephen hatten gegessen und vor dem Fernseher Stellung bezogen, um «Jeopardy» zu sehen. Gabe hatte das Bein mit dem verrenkten Knöchel auf einen Stuhl gelegt und einen Drink in der Hand. Mit dem Glas gestikulierte er in Richtung Bildschirm, wo ein Kandidat gerade die «Solo»-Chance erwischt hatte.

«Setz Haus und Hof, Arschloch.»

«Ich riskiere hundert, Alex.»

«Waschlappen», murmelte Gabe und sah dann zu ihr hinüber. «Und, haben wir den Helden heil an seinem Triumphwagen abgesetzt?»

Sie hatte den Verdacht, daß er getrunken hatte, seit sie losgefahren war. «Haben wir», sagte sie kühl und dann, zu Stephen: «In die Wanne mit dir, Kumpel. Und dann ab ins Bett.»

Stephens Murren war reine Gewohnheit; er schlief schon fast. Oben ließ Nan Badewasser ein. Der Arzt hatte sie ermahnt, die Verbände nicht naß werden zu lassen, und daher entnahm sie dem Vorrat, den sie im Badezimmerschrank gehortet hatte, einen Plastikbeutel und Gummibänder. Jetzt, da sie daheim bei Stephen war, kehrten ihre Gedanken paradoxerweise immer wieder zur Unterhaltung mit Sky zurück, die sie gerade im Auto gehabt hatte. Ihr Cousin machte also Geschäfte mit schwarzgebranntem Schnaps. Das erklärte, warum er vorgeschlagen hatte, Gabe und sie sollten im Wald warten, während er losging, um Stephen zu finden. Er hätte sein Geheimnis gern gehütet. Aber dennoch war es ihm, gemessen an Stephens Wohlergehen, zweitrangig gewesen.

«Diese Stelle im Wald, Mom, was machen die da?»

Als habe Stephen ihre Gedanken gelesen. Aber hatte Cooper ihr nicht erzählt, daß diese psychische Befähigung bei Kindern verbreitet war?

«Sky hat's dir doch gesagt.» Sie bedeutete ihm, den verletzten Arm auszustrecken. «Da stellen sie ‹Mondschein› her – illegalen Whiskey.»

«Du meinst *Schnaps*?» Er machte ein langes Gesicht: Offenbar hatte er sich etwas tausendfach Interessanteres vorgestellt.

«Mein ich.» Sie schob den Plastikbeutel über seinen linken Arm. Der Verband war schmutzig; sie würde ihn wechseln müssen. Als Stephen mit seiner freien Hand half, das Gummiband über dem Plastikbeutel zu befestigen, fiel ihr das matte Glitzern von Metall an seinem Ringfinger ins Auge.

Jetzt ham wir beide einen. Das bedeutet, wir bleiben für immer Freunde.

Sie redete drauflos, um das Echo im Kopf zum Schweigen zu bringen. «Honey, tu mir einen Gefallen. Nimm den Ring ab. Okay?»

«Warum denn, Mom?» Er sah stirnrunzelnd zu ihr auf.

Nan zwang sich zu einem Lächeln. «Einfach ... darum.»

Er sah weg, ohne zu antworten. Sie versuchte es nochmals. «Bitte, Liebling. Mir zu Gefallen.»

Sie griff nach seiner Hand, und es war nicht zu übersehen, daß er sie ihr nur widerstrebend überließ. Aber als sie ihm den Ring vom Finger streifen wollte, ballte sich seine kleine schmuddelige Hand spontan zur Faust.

«Stephen –»

«*Annabel* –»

Die Silben entsprangen zweifellos den Lippen ihres Kindes. Aber der geflüsterte Name, der Ausdruck in seinen Augen –

Sie ließ seine Hand los und trat unwillkürlich einen Schritt zurück. Scheinbar endlos lange starrten sie einander in die Augen. Dann rümpfte Stephen verwirrt die Nase. «Mom?»

Das Dröhnen in ihren Ohren mochte nichts anderes gewesen sein als das Einlaufen des Badewassers – als sie an ihm vorbeisah, stellte sie fest, daß es kurz vorm Überlaufen war. Sie ging zur Wanne, um es abzudrehen und blieb dort, versuchte die Panik niederzuhalten, die in ihr aufstieg, und klammerte sich an die Wasserhähne, als wären sie Dreh- und Angelpunkt des Universums.

26. KAPITEL

Als sie Stephen ins Bett geschafft hatte, ging sie nach unten und rief Cooper an. Ihre Hände zitterten, und sie hätte aus der Haut fahren mögen. Cooper enthielt sich jeden Kommentars, als sie ihm von der abendlichen Suchaktion im Wald berichtete und darüber, was geschehen war, als sie Stephen veranlassen wollte, den Ring abzunehmen. Als sie sich so reden hörte, fragte sie sich, ob diese Dinge tatsächlich geschehen waren – oder ob sie ganz einfach den Verstand verloren hatte.

«Es war für einen Sekundenbruchteil so, als habe Tucker *durch* ihn gesprochen. Aber Stephen war sich dessen nicht einmal bewußt. Zumindest schien es nicht so. Wie konnte das geschehen? Was, zum Teufel, geht da vor?»

«Ich weiß nicht, Nan. Es klingt so, als habe Tucker zeitweilig die Kontrolle über Stephen ausgeübt, so wie ein Geist ein in Trance versetztes Medium kontrolliert.»

Eine Erinnerung kam in dieser Konfusion hoch, und sie klammerte sich daran. «Coop – was Sie über Flutie Larkin gesagt haben, daß sie ein Medium ist. Über eine Séance, die wir abhalten könnten. Das möchte ich tun. Meinen Sie wirklich, daß wir Kontakt zu Tucker aufnehmen können?»

Nach einer Pause sagte er: «Wenn sie mitmacht, könnten wir's auf jeden Fall versuchen. Wann?»

«Jetzt gleich», sagte Nan.

Und so rumpelten sie also, weniger als zwei Stunden später, in Annabels Wagen durch den dunklen Wald und spähten angestrengt durch die letzten Baumreihen nach den erleuchteten Fenstern der Larkin-Hütte. Estelles altersschwache Federung reagierte nicht besonders freundlich auf die furchenreiche Wegstrecke; Nan hatte das Gefühl, zusammen mit Cooper wie die Zahlenkugeln bei einer Lottoziehung durchgerüttelt zu werden. Schweigend mahlte sie mit den Zähnen, voller Angst, sich die Zunge abzubeißen, wenn sie den Mund aufmachte, um etwas zu sagen. Sie stieß einen Seufzer der Erleichterung aus, als sie endlich die Lichtung und ebenes Gelände erreicht hatten.

Sie parkten neben der Hütte und stiegen aus. Cooper blickte neugierig in die Finsternis. Ihre Ankunft mußte in der friedlichen Bergnacht mehr als deutlich zu hören gewesen sein, aber außer einem Lichtschimmer hinter fadenscheinigen Gardinen gab es in der Hütte kein Lebenszeichen. Nan fühlte, wie ihre Beklemmung um ein gehöriges Maß zunahm.

Sie erklomm die Schlackesteinstufe zur Veranda und klopfte zögernd an die Tür.

«Hallo? Jemand daheim?»

Keine Antwort. Wohin, um Himmels willen, sollten Pen und Flutie gegangen sein? Waren sie etwa auf irgendeiner mysteriösen Hillbilly-Expedition, jagten Beutelratten oder sammelten im Mondschein Kräuter; oder hatten sich Skys Befürchtungen tatsächlich erfüllt – waren die beiden so abgeschieden lebenden alten Frauen hilflos einer Notsituation ausgeliefert? Sie hörte, daß Cooper hinter ihr die Veranda betrat.

«Sind sie nicht da?»

«Ich wüßte nicht, wo sie sonst sein sollten.» Sie klopfte nochmals, lauter. «Pen? Flutie? Hier ist Nan Lucas.»

In der Hütte war ein Schrammen zu hören, als sei jemand gegen ein Möbelstück gestoßen. Nan erstarrte. Sie registrierte eine winzige Bewegung hinter dem Fenster links von der Tür – die Gardine wurde fast unmerklich zur Seite geschoben – und trat einen Schritt zurück, Cooper direkt auf den Fuß. Er stöhnte leise auf.

«Nan?» sagte eine zittrige Stimme. «Bist du's?»

Die Tür wurde einen Spalt weit geöffnet, und ein Gesicht lugte hervor. Pen Larkin.

«Pen! Ist alles in Ordnung? Was ist denn los?»

«Darf doch nicht wahr sein», sagte Pen, und mit zunehmender Festigkeit in der Stimme kam auch die mürrische Schrulligkeit der Alten wieder durch. «Hast uns fast zu Tode erschreckt.»

Als sie schließlich drinnen auf der uralten Couch im Begrüßungsschein zweier Öllampen mit Glaszylindern saßen, wurde ihnen eine Erklärung zuteil. Allem Anschein nach traf Estelle die Schuld; als sie aus dem Fenster sahen, hatten die Larkin-Frauen die vertraute Silhouette des Wagens erkannt und waren auf den Gedanken gekommen, daß sie Besuch von seiner ursprünglichen Besitzerin erhielten.

«Na ja, eignlich auch nich – aber wir wußten zuerst wirklich nich, *was* wir davon halten sollten.» Pen schien, zumindest was sie selbst betraf, sehr erpicht darauf, die Annahme zu entkräften, daß sie solch törichter Selbsttäuschung etwa länger als nur einen Moment aufgesessen war. «Gott is mein Zeuge, ich hab den verrückten alten Wagen nich mehr gesehn, seit deine Oma uns verlassen hat. Hat mich nur außer Fassung gebracht, das is alles.»

Flutie, die gegenüber auf dem Schaukelstuhl saß, hatte

nicht einmal die Augen von Nan gelassen. Als Pen zu reden aufhörte, sagte sie leise: «Zeit is gekommen, Annabel.»

«Ihr Name ist Nan, Flu! Das weißt du doch. Schon seit Jahren hat sie keiner mehr Annabel gerufen.»

Flutie schien auf die tadelnden Worte ihrer Schwester nichts zu geben. Ihre blassen Augen fingen den stetigen goldenen Lichtschein der Lampen ein und reflektierten ihn. Unterhalb des strahlenden Augenpaars formte sich auf den Lippen ein angedeutetes Lächeln, das in Abständen wieder erlosch. Vom starren Blick der eigentümlichen Bergbewohnerin unwillkürlich gebannt, aber auch verstört, wollte Nan woanders hinsehen, als Flutie neuerlich sprach.

«Zeit is gekommen, die Dinge zu bereinigen.»

«Achtet nicht auf sie.» Pen winkte mit einer Handbewegung ab. «An manchen Tagen, und ich schätz, heute ist so einer, ergibt nichts, was sie sagt, auch nur ein Fünkchen Sinn.»

Sinn ergeben ... das war das Thema. Nan stieß Cooper sanft an. «Vielleicht sollten Sie erklären, warum wir überhaupt hier sind.»

Bei der Fahrt den Berg hinauf hatte er sich größte Mühe gegeben, ihre verzweifelten Fragen zu den Geschehnissen im Badezimmer zu beantworten, als Tuck scheinbar durch Stephen zu ihr gesprochen hatte. Scheinwerfer und matt leuchtende Instrumente am Armaturenbrett waren im Dunkel des Berghangs die einzigen Lichtquellen. Daher blieb Cooper nur eine körperlose Stimme zu Nans Rechten, als er sprach.

«Ein Geist vermag sich anscheinend zeitweilig irgend jemandes Körper auszuleihen, so wie ich mir Ihr Auto borgen könnte. Einige professionelle Medien haben sogar spezifische Geister, die in regelmäßigen Abständen durch sie sprechen. Das funktioniert wie eine Partnerschaft.»

Sie bremste ab, weil sie auf eine scharfe Kurve zufuhren, und wünschte, es gäbe ein entsprechendes Pedal, auf das sie nur treten müßte, um ihren Herzschlag zu dämpfen. «Coop. Wir reden hier nicht von einem professionellen Medium. Wir reden von Stephen. Meinem achtjährigen Sohn.»

«Ich weiß», sagte seine Stimme aus der Dunkelheit neben ihr. «Aber es ist möglich, daß eine ähnliche Partnerschaft zwischen Stephen und Tucker besteht. Zum Teil wohl durch Woody ... aber vielleicht auch durch den Ring.»

«Durch den *Ring*?» Nan hätte am liebsten losgelacht, aber sie war zu angespannt. «Was wollen Sie damit sagen? Daß er eine Art magisches Instrument ist?»

«Nicht magisch. Aber Tucker hat den Ring gemacht. Und haben Sie mir nicht selbst gesagt, daß ihm eine gewisse emotionale Bedeutsamkeit anhaftet?»

Freunde ... für immer.

Ihr abstrakter Wunsch zu lachen verflüchtigte sich. «Ja», flüsterte sie.

«Nan, es gibt da die Theorie, daß materielle Objekte eine Art emotionale Prägung erhalten können. Je stärker die Emotion, desto stärker auch die Prägung. Eine Person mit der richtigen Sensibilität kann sogar Ereignisse aus der Vergangenheit eines Objekts ablesen, indem sie es abtastet. Es ist, als würde so ein Objekt als Verbindungsglied zwischen Vergangenheit und Gegenwart fungieren. Also denke ich, vielleicht ...» Er brach ab, und die Dunkelheit im Auto schien noch schwärzer zu werden.

Schließlich sagte Nan: «Sie denken – was?»

«Nun, was wäre, wenn ein Objekt – das richtige Objekt –

auch eine Verbindung zwischen verschiedenen Ebenen der Realität knüpfen könnte?»

«Also», wies Pen an, «ihr nehmt jeder eine von ihrn Händen. Sollte sie sie wegziehn, wenn der Geist in sie fährt, versucht ja nich festzuhalten, sonnern laßt sie einfach los. Aber jetzt müssen wir erst mal einen geschlossenen Kreis bilden. Das bringt sie her. Ein geschlossener Kreis.»

Flutie saß auf dem Schaukelstuhl, ihren Seh-Quilt auf dem Schoß ausgebreitet, Nan und Cooper jeweils zu ihrer Rechten und Linken auf wackligen Stühlen aus dem Schlafzimmer. Pen löschte eine der Lampen und drehte den Docht der anderen so weit herunter, daß er nur noch schwach glomm. Sie setzte sich ihrer Schwester gegenüber auf die Couch und streckte beide Hände aus, um den Kreis zu schließen. Flutie war in Schweigen verfallen und starrte ausdruckslos ins Leere. Jetzt, da die Prozedur begonnen hatte, schien sie kaum noch zu wissen, wo sie sich befand.

Die linke Hand in Pens, mit der rechten Fluties Hand umklammernd, wurde Nan mit einem Mal von Zweifeln gepackt. Ihre anfängliche Panik hatte sich allmählich gelegt – in erster Linie wohl tatsächlich, weil es ihr peinlich wurde. Die ganze Sache hatte etwas von einem Schmierentheater, etwas so trivial Billiges, daß sie am liebsten laut gelacht oder geweint hätte. Hier saß sie in einer Hütte irgendwo in der äußersten Walachei auf ihrem Hintern und wollte mit Hilfe zweier alter Hillbilly-Frauen, die wahrscheinlich weder lesen noch schreiben konnten, Geister beschwören. Hätte sie Gabe eröffnet, wohin sie an diesem Abend fuhr, hätte er sie von neuem bezichtigt, den Verstand verloren zu haben, und sie nahm an, die Chancen standen gar nicht so schlecht, daß er damit recht hatte.

Aber jetzt war es für einen Rückzieher zu spät. Sie sah hinüber in Coopers versunkenes, ernstes Gesicht. Gegenüber der Aversion, die sie erfaßt hatte, war er ganz offensichtlich immun, denn er hatte eine solche Situation oder zumindest eine ähnliche schon erlebt – als er versuchte, mit dem Geist seiner verstorbenen Frau in Kontakt zu treten.

Die kleine Flamme der Lampe hatte das Hütteninnere in einen Hort der Schatten verwandelt. In der Düsternis sah Flutie erstaunlich jung aus, wie ein Mädchen um die zwanzig. Sie saß regungslos da, hatte die Augen mittlerweile geschlossen. Der Seh-Quilt bedeckte in aufgeworfenen Falten ihren Schoß, und ihre kühlen, knochigen Finger übten so gut wie keinen Druck auf Nans Hand aus. Trotz eines wachsenden Unbehagens faszinierte der Quilt Nan immer mehr. Flicken waren so zugeschnitten und vernäht worden, daß sie haargenau die Konturen des Gebirgskamms vor einem verblaßten lila Himmel darstellten. Unter den Bergen waren die Felder und Obstgärten des Tales aus Stoffresten zusammengesetzt, grün und blau, rosa und braun und golden, ein paar Häuser dazwischen verstreut.

Sie verrenkte den Hals, um eines der Häuser als das von Annabel zu identifizieren, als sie Coopers Räuspern hörte.

«Wir wollen mit dem Geist von Tucker Wills Verbindung aufnehmen», sagte er leise. «Ist hier jemand, der uns dabei helfen kann?»

Wie zur Antwort auf seine Frage blähten sich unheimlicherweise die dünnen Gardinen am offenen Fenster hinter dem Sofa. Unwillkürlich fuhr Nan zusammen. Es mochte an der Verkrampfung ihrer Muskeln gelegen haben, daß Fluties Finger ihr entglitten; die alte Frau vom Berg stieß einen tiefen Seufzer aus und ließ die freie Hand über den Quilt auf ihrem Schoß gleiten. Sie glättete und streichelte den Stoff. Nan erinnerte sich an Pens Anweisungen und versuchte nicht, Flutie noch mal wieder zu berühren. Ihre Hand war kalt, und sie schob sie zwischen die Knie, um sie zu wärmen.

Die Gardinen hingen wieder schlaff herunter. Einen Augenblick später ergriff Cooper abermals das Wort: «Wir wollen Tucker sagen, daß seine Zeit in dieser Welt beendet ist. Es gibt nichts, was ihn hier noch hält.»

Es folgte keine wahrnehmbare Reaktion. Nan sah, daß Fluties Hand wieder und wieder glättend über den Quilt strich, als wolle sie seine Falten absuchen. Die ständige Wiederholung strapazierte ihr bereits zerfranstes Nervenkostüm, und zähneknirschend wünschte sie sich, auch Pens Hand loslassen zu dürfen. Sie kam sich furchtbar dämlich dabei vor, sie noch immer zu halten. Cooper, ihr gegenüber und weiterhin Hand in Hand mit den beiden alten Frauen, redete ins Leere und sah dabei ziemlich albern aus. Die ganze Angelegenheit wirkte langsam wie ein dümmliches und peinliches Gesellschaftsspiel auf sie. Was war nur in sie gefahren, daß sie meinte, durch so eine Farce ließe sich etwas Bedeutungsvolles bewirken?

Flutie war das Kinn auf die Brust gesunken. Ihre Hand lag jetzt regungslos auf dem Quilt. Nur die Finger zuckten leicht.

Cooper räusperte sich nochmals, aber es schien nicht zu helfen: Er war noch immer heiser, als er sprach. «Tucker erinnert sich vielleicht nicht daran, was geschehen ist», krächzte er. «Vielleicht erinnert er sich nicht, daß das Eis des Steinbruchsees brach. Vielleicht erinnert er sich nicht daran, daß er ins Wasser fiel oder daß er darauf gewartet hat, daß seine Freundin Annabel einen Ast fand, um ihn damit herauszuziehen.»

Beim letzten Wort versagte seine Stimme, und Nan sah ihn voller Selbstzweifel und böser Vorahnungen an, mit einem Mal überzeugt, daß es ein schlimmer Fehler gewesen war, ihn hergebracht zu haben, ja, ihn überhaupt gebeten zu haben, das hier durchzuführen. Seine Erfahrung mit Laura hatte der Annahme, daß eine geliebte Person den Tod überdauern könne, ein erdrückendes emotionales Gewicht gegeben, und für ihn war es keine Frage, daß Tucker in irgendeinem Niemandsland zwischen Leben und Tod existierte, ein verlorener Junge, der ganz dringend der Rettung bedurfte. Seine Augen waren geschlossen, und seine Miene glich der eines Menschen in religiöser Verzückung. Peinlich berührt schaute Nan weg.

Flutie murmelte etwas Unverständliches und verfiel dann in ein Schweigen, das sich, während sie untätig dasaßen, derart in die Länge streckte, daß Nan irgendwann ganz bewußt wieder die Grillen in der sommerlichen Dunkelheit draußen vor der Hütte zirpen hörte. Sie starrte auf Fluties gesenkten Kopf, auf den unregelmäßigen Scheitel im graugesträhnten Haar, und wünschte sich, alles sei vorüber. Sie war hundemüde, ärgerlich trotz ihrer Zuneigung für diese Menschen und gekränkt angesichts ihrer Naivität. Und sie fror. Sie hätte daran denken sollen, einen Pullover mitzubringen; es wurde kalt nachts in den Bergen.

Eine einsame Träne quoll unter dem geschlossenen Lid von Coopers rechtem Auge hervor und rann ihm langsam die Wange hinunter. Er machte keine Anstalten, sie wegzuwischen; Nan vermutete, daß er sie wohl gar nicht bemerkte. «Sie konnte dich nicht retten, Tuck», flüsterte er. «Sie tat ihr Bestes. Aber die Zeit reichte nicht.»

Nan rutschte auf dem harten Stuhl hin und her und zog die Schultern hoch, um die Kälte abzuwehren. Das Lärmen der Grillen hatte aufgehört, und eine in den Ohren dröhnende Stille schien die Hütte zu umfangen. Plötzlich und ohne jede Vorwarnung wurde sie von der schwindelerregenden Gewißheit überfallen, daß die Welt draußen einfach weggerutscht war und diese winzige Behausung in einer Dimension, die zu Raum und Zeit im althergebrachten Sinn keine Verbindung besaß, hilflos umhertreibend zurückgelassen hatte. Sie hatte die verrückte Ahnung, daß sie nichts als wirbelnde Leere zu Gesicht bekäme, wenn sie aufspringen und aus dem Fenster sehen würde. Sie konnte sich nicht gegen die kribbelnde Gänsehaut wehren und preßte ihre Hand zwischen den Knien, bis die Knochen schmerzten. Damit wollte sie die extremen Empfindungen vertreiben, die von ihr Besitz ergriffen hatten.

Aber sie ließen sich nicht vertreiben. Statt dessen fühlte sie die Spannung steigen, bis sie schier unerträglich wurde und noch das letzte Quentchen Skepsis wegfegte. Bebend saß sie auf ihrem Stuhl, überwältigt von der Ahnung einer unsichtbaren Anwesenheit ganz in ihrer Nähe. Sie befeuchtete die Lippen und versuchte zu sprechen. Zuerst kam kein Wort hervor. Dann gelang ihr ein harsches Flüstern.

«Tuck?»

Die fadenscheinige weiße Gardine wölbte sich plötzlich nach innen, ließ einen eisigen Windstoß herein. In dem Moment zersprang der Glaszylinder der Lampe mit einem klangvollen Ton, und die Lampe erlosch. Dunkelheit breitete sich in der Hütte aus.

«Annabel, hilf mir!» Eine Kinderstimme, gebrochen und angstvoll, rief in der Dunkelheit so dicht neben ihr, daß sie nur hätte hinübergreifen und anfassen müssen – *was*?

«Bitte, Annabel!»

Nan gefror das Blut in den Adern. Pen hatte ihre Hand losgelassen, und Nan trieb haltlos in der Dunkelheit, die sich über das Innere der Hütte gesenkt hatte. Sie spürte, daß sie am ganzen Körper zitterte und nicht mehr Kontrolle über die eigenen Glieder hatte als eine schlotternd tanzende Marionette. Sie klammerte sich am Stuhl fest, blinzelte verzweifelt in die schwarze Finsternis. Ihr Herz hämmerte in den Ohren wie hektisch davoneilende Schritte, und in der alles verschlingenden Düsternis schien sie sehen zu können, wie ihr Atemhauch nebelhafte Konturen annahm –

Ein unerwarteter dumpfer Schlag ließ sie laut in die Dunkelheit schreien. Links gab ein halb erstickter Schrei Antwort. In schneller Folge waren noch diverse laute Geräusche zu hören, es polterte und knarrte. Dann wurde ein Streichholz angerissen – und plötzlich flackerte am Docht der Lampe eine Flamme auf, die ersehntes Licht brachte. Hinter dem lodernden Schein war Pens erschrecktes, runzliges Gesicht zu sehen, das sich zuerst Nan zuwandte und dann der Schwester, die blinzelnd auf dem Schaukelstuhl saß – und am Ende dann Cooper, der besinnungslos auf dem Boden lag, alle viere von sich gestreckt.

Nan zitterte immer noch, als sie eine halbe Stunde später den Motor anließ und die Scheinwerfer einschaltete, in deren Licht die dunkle Baumwand sichtbar wurde, von der die Lichtung begrenzt war. Auf der Hüttenveranda schenkte Pens gedrungene Gestalt ihnen noch ein Abschiedswinken, und Nan erwiderte es. Ein kleinlauter Cooper schien neben ihr im Beifahrersitz zu versinken. Naß war er obendrein: Die ältere Larkin-Schwester hatte einen Krug mit kaltem Wasser über ihn geleert, um ihn ins Leben zurückzuholen.

Jetzt stieß er einen Seufzer aus, der aus tiefstem Herzen kam. «Einfach nicht zu glauben, daß ich ohnmächtig geworden bin.»

Nan setzte Estelle vorsichtig in Bewegung. Die Dunkelheit raubte ihr die Orientierung; schließlich sichtete sie doch die Lücke zwischen den Bäumen, die die Straße markierte, und steuerte darauf zu. Cooper verrenkte sich, um noch einen Blick zurück auf die Hütte zu werfen. Zum zehnten Mal sagte er: «Sie haben es auch gehört, nicht?»

Ein Ast krachte auf das Wagendach, und sie beide zuckten zusammen. Nan umklammerte das Lenkrad noch fester und nickte, so gut es im holpernden Wagen ging. Sie wußte nicht, ob er sie sehen konnte, und es war ihr auch egal. Käme er in diesem Augenblick mit einer Theorie, gleich welcher Art, ihr würde die Hand ausrutschen, daran bestand kein Zweifel. Sie wollte nicht an die angstvolle Kinderstimme in der Dunkelheit denken und auch nicht an den Moment, als sie das Gefühl überkommen hatte, die Hütte triebe durch den Raum. Sie wollte an nichts von alledem denken. Statt dessen konzentrierte sie sich aufs Fahren; der Pfad, der sich zwischen den Bäumen hindurchschlängelte, erforderte ihre ganze Aufmerksamkeit. Neben ihr klapperte Cooper mit den Zähnen. Es war kühl im Auto, und kommentarlos stellte sie die Heizung an.

Schweigend holperten sie voran und erreichten schließlich die unbefestigte Straße, die einigermaßen eben war. Nan bog ab, aber sah jetzt schon mit Schrecken den Haarnadelkurven am dunklen Berghang entgegen. Sie war am Ende, körperlich wie geistig. Ein Frösteln überkam sie. Die Heizung schien nicht richtig zu funktionieren. Die Luft, die aus dem Gebläse kam, war kalt, und sie fragte sich, ob sie wohl aus Versehen die Klimaanlage eingeschaltet hatte. Sie fuhr langsamer und blinzelte in Richtung Armaturenbrett, behielt aber gleichzeitig auch die Straße im Auge.

Mehrere Dinge geschahen gleichzeitig.

Ihr fiel ein, daß Annabels Auto gar nicht mit einer Klimaanlage ausgestattet war.

Sie sah etwas Weißes im Scheinwerferlicht aufblitzen.

Cooper sagte: «Nan – passen Sie auf!»

Sie trat heftig auf die Bremse, und das Heck des Wagens brach aus, so daß die Vorderräder ins Unterholz auf einer nicht existierenden Bankette gerieten. Der Motor verstummte jäh. Im Scheinwerferkegel leuchtete ein Segment des nächtlichen Waldes verblüffend grün.

«Was war denn *das*?»

Cooper war schon mit einem Bein aus dem Wagen. «Es war ein Kind.»

«Nein», sagte sie zu sich.

Er war bereits zu weit vom Wagen entfernt, um sie noch zu hören. «Er ist einfach – verschwunden», hörte sie dafür Cooper sagen. Sie stieg aus und sah ihn auf der anderen Straßenseite, wo er ins Gehölz auf dem dunklen Berghang hinuntersah.

«Coop?» rief sie zitternd. Die Luft, die sie ausatmete, wurde zu einem weißen Wolkenfetzen, und der Anblick erinnerte sie an den unbeschreibbaren Moment, als die Lampe ausgegangen war. «Sind Sie sicher?»

Als sie bei ihm war, drehte er sich zu ihr um, drückte beide Arme wärmesuchend an die Brust und entblößte die Zähne zu einem gehemmten kleinen Grinsen, das nichts als seine Angst bewies. «Er war äußerst blaß und nicht sehr groß. Mehr konnte ich nicht erkennen. Nan, er stand doch mitten auf der Straße. Haben Sie ihn nicht gesehen?»

«Eigentlich nicht. Ich hab zwar etwas gesehen, aber ganz

undeutlich.» Vor ihrem geistigen Auge rief sie eine Wiederholung ab: etwas Weißes, aufblitzend im Scheinwerferlicht. In der zweiten Wiederholung, diesmal in Zeitlupe, wurde der weiße Lichtblitz zu einer kleinen blassen Gestalt, die sie erkannte. Aber das war nur Einbildung. «Ich hab's nicht gesehen», sagte sie.

«Mein Gott», sagte Cooper. Er kam näher und berührte ihren Arm; sie spürte, wie er zitterte.

«Verschwinden wir hier», sagte sie. Was immer der Lichtblitz gewesen sein mochte, sie hatte nicht den Wunsch, weiter nachzuforschen. Für diesen Abend hatte sie mehr als genug hinter sich. Sie hoffte, daß der Wagen wieder anspringen würde. Die Vorstellung, in der schon fast winterlichen Kälte den Berg hinunterzustiefeln, behagte ihr ganz und gar nicht. Sie konnte sich nicht daran erinnern, daß es auch so kalt gewesen war, als sie Stephen im Wald gesucht hatten. Aber es war jetzt später, schon nach zehn; der Mond stand hoch über ihnen am Himmel, eine frostige weiße Scheibe, umgeben von einem Dunstkreis.

Sie drehte sich wieder zum Wagen um. Cooper suchte die Bäume ab. «Vielleicht sollten wir uns mal genauer umsehen.»

«Sie glauben wirklich, er ist da draußen?»

«Ich weiß nicht. Aber wenn wir ihn gesehen haben, dann vielleicht, weil er etwas von uns will.»

Ihre Hände waren eiskalt. Sie vergrub sie unter den Achseln. Die Vorstellung, durch den stockdunklen Wald zu stolpern, verursachte ihr körperliches Unbehagen. Schon jetzt hatte sie unangenehme Déjà-vu-Erlebnisse, die gewiß von der abendlichen Suche nach Stephen rührten. Sie hatte nicht wirklich *Angst,*

(dieser panische Schrei, den sie aus dem Wald am Steinbruch gehört hatten, und Stephens beiläufige Worte: *Kann sein, er hat was Schreckliches gesehen*)

aber sie und Cooper wußten nicht, was sie taten. Sie hatten nicht einmal eine Taschenlampe bei sich. Sich zu verirren wäre noch ihre geringste Sorge; sie konnten stürzen, sich etwas brechen – alles mögliche. Kurzzeitig wurde sie von der überwältigenden Sehnsucht nach den überfüllten, lauten und schmutzigen Straßen von New York City erfaßt, auf denen trotz aller negativen Berichte über Gleichgültigkeit stets mindestens ein Dutzend Leute zur Stelle war, um sich nach den Schwierigkeiten der Mitmenschen zu erkundigen.

Sie spähte nochmals ins pechschwarze Laub. Das schrille Lärmen der Grillen kratzte auf der Oberfläche einer unergründlichen Stille. Wenn die Gestalt je dagewesen war, inzwischen war sie zweifellos verschwunden.

«Ich glaube nicht, daß wir ihn finden werden, Coop», sagte sie.

Er antwortete nicht, sondern stand nur da und starrte in den Wald, bis sie seinen Arm berührte. Daraufhin drehte er sich abrupt um und trottete zum Wagen zurück. Der Schotter knirschte unter seinen Schuhen. Nan folgte ihm.

«Annabel – !»

Diesmal kam der dünne Ruf von weither, aus einer nicht zu bestimmenden Richtung, und schickte eine ganze Reihe von Echos rundherum in die Berge.

«-el-el-el-»

Sie erstarrten und sahen einander an. Ihre schwachen Schatten streckten sich über die mondbeschienene Straße. Die folgende Stille, als sogar die Grillen zu zirpen aufhörten, wurde durchbrochen von Coopers heiseren Worten: «Haben Sie das gehört?»

Nan nickte. Ihr Herz hämmerte, pumpte Eiswasser statt Blut durch die Adern. *Annabel.* Sie spürte den verzweifelten Ruf in ihrem Kopf widerhallen, ein Echo, das endlos jene Leere umkreiste, die in ihrer Erinnerung Tuckers Tod umgab.

Panik brach über sie herein: ein Moment der ungebrochenen Wahrnehmung der dunklen, bedrohlichen Wildnis, die sie umgab, unbetreten und weitaus unwegsamer, als sie begreifen konnte. Sie riß sich zusammen und rannte zum Wagen, hantierte an der Tür und stieg ein, betete, er möge anspringen. Cooper rutschte neben ihr auf den Beifahrersitz, als der Motor aufheulte, und hatte kaum seine Tür geschlossen, als sie auch schon aus dem Gebüsch zurücksetzte und dann beschleunigte, den Berg hinunter. Sie schien kaum genügend Kraft zu haben, das Lenkrad zu halten. Aber der Selbsterhaltungstrieb war stärker als das spontane Bedürfnis, das Gaspedal bis zum Boden durchzutreten. Sie fuhr so schnell sie konnte, ohne die Kontrolle über den Wagen zu verlieren. Cooper saß stumm neben ihr, die Hände gegen das Armaturenbrett gestemmt.

Sie hatten den Fuß des Berges erreicht, als ihr bewußt wurde, daß sie nicht mehr fror. Aus den Gebläseöffnungen kam nun heiße Luft: heiße Luft wie ein unbarmherziger Wüstenwind auf ihrem Gesicht und ihren Armen. Sie schaltete die Heizung ab, nahm den Fuß vom Gas und ließ den Wagen langsamer werden. Die Bohlen ratterten, als sie die Brücke über den Bach passierten. Sie ließ den Wagen ausrollen und hielt an. Sie saßen da, ohne ein Wort zu sprechen, bis der Gesang der Grillen sie allmählich aus ihrer Benommenheit weckte. Schließlich kurbelte Nan das Fenster hinunter und fühlte, wie die milde Luft von draußen über ihr Gesicht strich.

Stephen träumte. Der Traum hatte sich zu Beginn in New York abgespielt, wo er eines Morgens in die Schule gekommen war und feststellen mußte, daß sich alle seine Klassenkameraden in riesige Kaninchen verwandelt hatten.

Aber dann hatte sich alles geändert. Die Kaninchen waren verschwunden, und er befand sich an einem unbekannten Ort. Er hatte den Eindruck, daß er mit Woody Versteck spielen sollte, aber es war dunkel, und er konnte nichts sehen. Dann hörte er Woody rufen. Seine Stimme war laut und undeutlich, als stünde er zu dicht an einem Mikrofon. In Stephens Kopf wurde die Stimme lauter und lauter, bis er fürchtete, ihm könne der Schädel platzen.

Er warf den Kopf auf dem Kissen hin und her und stöhnte unterdrückt. Der Mond schien durchs Fenster auf sein Gesicht und badete seine Züge in weißes Licht, aber er merkte nichts von diesem Licht. In seinem Traum war er gefangen in einer verwirrenden Schattenwelt voller schemenhafter Formen und undefinierbarer Laute, in der ihm nur eins auf furchterregende Weise bewußt war.

Er war allein.

27. KAPITEL

Als Nan aufwachte, wußte sie, auch ohne auf die Uhr zu sehen, daß es spät war. Sie war erst nach eins ins Bett gekommen. Und dann hatte sie, erschlagen wie sie war, noch eine ganze Stunde wachgelegen, im Kopf ein wirr verknotetes Bindfadenknäuel, an dem die Gedanken zerrten und zerrten wie ungeschickte Finger, nichts zu lösen vermochten, aber dennoch nicht aufhören konnten. Als sie schließlich weggedämmert war, hatte sie geschlafen wie tot.

Nur daß hier in der Gegend die Toten anscheinend verdammt leicht zu erwecken waren.

Die Uhr auf Annabels Kommode zeigte Viertel nach zehn an. Draußen regnete es, ein leichtes Nieseln, von dem das Gras kaum richtig feucht wurde. Sie horchte beunruhigt in die Stille des Hauses und nahm an, daß Stephen, wenn Gabe ihm nicht irgendwie aufgelauert hatte, wohl schon auf der anderen Seite des Baches war.

Um Tucker zu treffen.

Die Erinnerung an den weißen Lichtblitz am Straßenrand, an den Ruf im dunklen Wald brachte sie auf Touren. Sie glitt aus dem Bett, spürte, wie sich ihr Magen zusammenkrampfte, und eilte hinaus auf den Treppenabsatz. Der Anblick von Stephens verschlossener Tür verblüffte sie. Schlief er etwa noch? Gewöhnlich war er doch schon viel früher wach. Was –

Sie öffnete die Tür. Da lag er im Bett, zusammengerollt unter seinem Quilt. Ein Stein fiel ihr vom Herzen, aber dann meldeten sich erste Bedenken. Warum schlief er noch? Sie ging ans Bett hinüber und streckte die Hand aus, um sein Haar zurückzustreichen.

«Stephen? Wach auf, Honey.»

Er regte sich nicht.

«Stephen?»

Noch immer keine Reaktion. Nan griff nach seiner Schulter und rüttelte sie – anfangs sanft, dann stärker. «Stephen, wach auf! Stephen!»

Ein furchtbarer Verdacht ließ sie erstarren. Atmete er überhaupt? Sie sank neben dem Bett auf die Knie, legte ihr Gesicht dicht an seins, hielt den Atem an, um zu lauschen. Einen lähmenden Moment lang hörte sie nichts, dann nahm sie wahr, daß er leise durch die Nase einatmete. Aufgewühlt rang Nan selbst nach Luft.

Er lebte. Aber warum wollte er nicht aufwachen?

«Stephen», flüsterte sie. «Honey, bitte –»

Aber die dunklen Wimpern zitterten nicht einmal. Nan kam hoch und eilte zur Tür. «Gabe!» Kein Problem, daß sie laut wurde, um seinen Namen zu rufen – wenn Stephen davon aufwachte, um so besser.

«Gabe!»

Es schien eine Ewigkeit zu dauern, bis überhaupt Antwort kam; dann vernahm sie einen gedämpften Ruf. Gleich darauf hörte sie durch ihr Schlafzimmer, wie er langsam herbeihumpelte. Er kam aus dem Nebenraum auf der gegenüberliegenden Seite und mußte noch geschlafen haben. Als er auf dem Treppenabsatz auftauchte, rieb er sich knurrend das Gesicht.

«Was zum Teufel –»

«Es geht um Stephen.»

«Stephen?» Er strauchelte, als er einen plötzlichen Schritt nach vorn machte. «Verdammter Knöchel – was ist mit ihm?»

«Er schläft. Und ich krieg ihn nicht wach.»

Nach Ansicht des Docs sollten sie ihn schlafen lassen.

Sie und Gabe hatten noch weitere zwanzig Minuten lang versucht, Stephen aufzuwecken. Ohne Erfolg. Obwohl er anscheinend normal atmete und auch Farbe im Gesicht hatte, war er so schlaff wie eine Stoffpuppe. Schließlich riefen sie Doc Hales in seiner Praxis an.

Der Doc war gleich zu ihnen hinausgefahren. Er war auf der Stelle in Stephens Zimmer gehastet – hatte seine Temperatur gemessen, seinen Puls, seinen Blutdruck, hatte seine Reflexe geprüft, seine Augenlider angehoben und mit einer kleinen Taschenlampe in die Pupillen geleuchtet. Am Ende hatte er den Jungen wieder mit dem Quilt zugedeckt und über seine Benjamin-Franklin-Halbbrille Nan und Gabe angeschaut, die nervös neben ihm ausharrten.

«Ich kann nur sagen, daß seine Körperfunktionen normal sind. Er hat weder einen Schock noch etwas Ähnliches. Wie wär's also, wenn Sie mir erzählen würden, wieso er mit einem solchen Schlaf gesegnet ist?»

Sie tauschten Blicke aus. Der Doc sah das und raunzte: «Ich höre.»

«Er steht seit kurzem unter ziemlich starker emotionaler Anspannung», sagte Gabe schließlich. «Verbringt den größten Teil seiner Zeit beim Spielen mit einem imaginären Freund. In den letzten paar Tagen habe ich versucht, ihn dazu zu bewegen, sich mit der Tatsache abzufinden, daß sein Freund in Wahrheit gar nicht existiert.»

«Irgendein besonderer Grund, weswegen Sie das für nötig hielten?»

In die Defensive gedrängt, reagierte Gabe schroff. «Ja. Der Freund ermutigt ihn, Dinge zu tun, die ihm gefährlich werden.»

Der Doc kratzte sich das stopplige Kinn. «Okay. Ich sag ja nicht, daß Sie was Falsches gemacht haben. Aber wenn Sie meine Meinung wissen wollen, dann hören Sie zu: Er tut sich schwer mit dem, was Sie ihm gesagt haben. Er will sich dem schlicht und einfach nicht stellen. Also gönnt er sich 'ne kleine Auszeit, wie's bei den großen Football-Spielen gemacht wird, wenn's mal zu hart zur Sache geht. Höchstwahrscheinlich wacht er in ein paar Stunden auf. Wenn nicht, rufen Sie mich an.»

Das schien Gabe nicht zu reichen. «Sollten wir ihn nicht in ein Krankenhaus bringen – um ganz sicher zu gehen?»

Doc Hales knurrte. «Besser, wenn er an einem Ort aufwacht, den er kennt. Behalten Sie ihn einfach im Auge. Wie ich schon sagte, wenn er gegen Abend nicht wieder munter ist, rufen Sie mich an.»

Nan gegenüber war er leutseliger. Sie brachte ihn zu seinem Wagen und versuchte ihm klarzumachen, wie sehr sie seinen Hausbesuch zu schätzen wußte.

«Hab's noch nie für sinnvoll gehalten, wenn kranke Menschen ins Auto steigen und lange durch die Gegend fahren.» Er beugte sich in den ramponierten Chevy und ließ seine Arzttasche auf den Sitz fallen. Dann sah er Nan wieder an. «Einer Ihrer Nachbarn von hier draußen ist trotzdem den ganzen Weg in die Stadt gekommen, um mich aufzusuchen. Gerade erst heute morgen.»

Vor lauter Sorge geistesabwesend, hatte sie Mühe, seinen Worten zu folgen.

«Einer meiner Nachbarn?»

«Bergbursche namens Watkins. Ist gestürzt und hat sich den Handknöchel gebrochen, als er durch den Wald rannte. Hat mir 'ne wilde Geschichte aufgetischt, hätte 'n Gespenst gesehen – oder irgend so 'n Blödsinn.»

Die gesamte Umgebung begann langsam und gemächlich um Nan zu rotieren. Sie starrte auf das feinverzweigte Netz geplatzter Blutgefäße auf der Nasenspitze des Docs. Im Geist hörte sie Stephens hohe Stimme deutlich sagen: *Kann sein, er hat was Schreckliches gesehen. Vielleicht einen Bären.* Ihr Mund war voller Watte. «Ein Gespenst?»

Doc Hales nickte. «Muß wohl einen gehoben haben. Einer muß schon reichlich betrunken oder verrückt sein, daß er durch den Wald zu rennen versucht. Über die Wurzeln stolpert man garantiert. Bursche wie der, in den Bergen aufgewachsen und alles, sollte mehr Verstand besitzen. Böser Bruch, muß ich sagen.»

Nan antwortete mit einem Murmeln.

Gabe saß am Küchentisch und starrte vor sich hin, als sie ins Haus zurückkam. Sie ging an ihm vorbei und dann die Treppe hinauf in Stephens Zimmer, der noch immer zusammengerollt wie ein Embryo dalag. Der Anblick des Rings an seiner Hand ließ sie erschauern. Wenn sie den doch bloß abbekäme ...

Gegen ein Uhr dreißig rief Cooper an, und sie informierte ihn über das, was sich inzwischen ereignet hatte.

«Guter Gott», sagte er, als sie schloß. «Meinen Sie ...?»

Seine Gedanken liefen offenbar auf dasselbe hinaus wie ihre und brachten Stephens Zustand mit der Séance des vergangenen Abends in Zusammenhang.

«Ich weiß nicht», sagte sie. «Der Doc scheint zu glauben, daß es nur die Auswirkung eines emotionalen Bewältigungsprozesses ist. Eine Reaktion darauf, daß Gabe ihm gesagt hat, Woody – Tuck – sei nur Einbildung.»

«Haben Sie dem Doc etwas von der Séance erzählt?»

«Aber klar. Selbstverständlich hab ich das. Wieso, halten Sie mich für verrückt?»

Viel mehr zu besprechen schien es nicht zu geben. Einen Moment lang hörten sie einander noch beim Atmen zu. Schließlich sagte er: «Hören Sie, halten Sie mich auf dem laufenden, wie's ihm geht, okay? Sie wissen, daß ich Stephen sehr gerne mag.»

«Ich weiß», sagte Nan.

Sie harrte am Bett ihres Sohnes aus, während der Nachmittag langsam in die Abenddämmerung überging. Der Nieselregen hörte auf und hinterließ einen flachen grauen Himmel, der den Gebirgskamm zu einer zweidimensionalen Pappkulisse machte. Nach und nach sammelten sich kleine Schatten in den Zimmerecken, während sie ermattet dasaß und nicht einmal die Kraft aufbringen konnte, sich vorzubeugen, um die Lampe anzuschalten. Nur ihre Gedanken waren in Bewegung, drehten sich endlos im Kreis. Angenommen, Gabe hatte doch recht – angenommen, das hier war eine psychische Sache, ein verzweifelter Hilferuf. Die zeitliche Abfolge schien jedoch für einen Zusammenhang mit der Séance zu sprechen. Als ob Tuckers Krise die von Stephen heraufbeschworen hätte …

Irgendwann hörte sie das Telefon klingeln und Gabes Stimme murmeln. Einige Zeit später waren behutsame Schritte auf der Innentreppe zu hören, und als sie aufblickte, stand Cooper vor ihr.

«Hi.» Seine Stimme war kaum lauter als ein Flüstern. «Wie geht's ihm?»

«Ich weiß nicht.» Sie sprach ebenfalls leise, obwohl es keinen Grund gab, denn sie wünschte sich ja nichts mehr auf der Welt, als daß Stephen aufwachte.

«Ich hab vor einer Weile angerufen. Gabe sagte, es sei okay, wenn ich vorbeikäme, um ihn zu besuchen.» Er atmete hörbar aus. «Irgendwie hab ich das Gefühl, es ist meine Schuld.»

«Seien Sie nicht albern», sagte Nan.

Er zuckte mit den Achseln. «Na ja, ich mit meiner dilettantischen Aktion – ich wußte doch gar nicht so recht, was ich tat. Ich habe zu helfen versucht, aber es sieht so aus, als hätte ich alles nur noch schlimmer gemacht.»

«Wir müßten größenwahnsinnig sein, wenn wir denken, die Séance hätte hiermit was zu tun», sagte sie.

Coopers Blick ruhte auf Stephens Gesicht. «Ich wünschte, ich könnte das glauben.»

Später, als die Dämmerung hereingebrochen war, kam Gabe heraufgehumpelt und gesellte sich zu ihnen. Im düsteren Licht sah sie ihn einen Blick auf seine Uhr werfen. «Es ist nach sieben, Nan. Hast du ihn zu wecken versucht?»

«Noch nicht.» Sie hatte zuviel Angst vor dem Ergebnis gehabt. Gabe trat an die Bettkante und beugte sich über Stephen.

«He, Champ. Zeit aufzuwachen.» Eine Pause. «Stephen?»

Noch immer keine Reaktion. Gabes Schultern erschlafften. Er blieb dort stehen, ohne sich zu bewegen, beide Hände auf die Matratze gestützt, als fehle ihm die Energie, aufrecht zu stehen.

«Vielleicht sollten wir jetzt den Doc anrufen», sagte Nan.

Gabe richtete sich auf, drehte sich um und funkelte sie

giftig an. «Zur Hölle mit dem Doc. Der ist doch nur ein Quacksalber vom Lande. Ich würde sagen, wir bringen Stephen in ein Krankenhaus, wo man feststellen kann, was, zum Teufel, ihm fehlt. Was, wenn diese ganze Geschichte mit dem imaginären Freund, sein komisches Benehmen den ganzen Sommer über – was, wenn das physische Ursachen hat, irgendeine Gehirnkrankheit, die akut geworden ist – und wir lassen ihn einfach da liegen und hoffen, daß er sich gesundschläft? Er muß dringend von jemandem untersucht werden, der seinen Doktor in diesem Jahrhundert gemacht hat.»

Das Geräusch eines Autos auf der Auffahrt ersparte ihr die Antwort. Als Gabe die Treppe hinunterhumpelte, um nachzusehen, wer gekommen war, wandte sie sich an Cooper. «Meinen Sie, er hat recht?»

Er zwirbelte seinen Pferdeschwanz. «Ich weiß wirklich nicht, Nan. Könnte schon sein. Vielleicht wäre ein Krankenhaus das Beste.»

«Vielleicht.»

Sie versuchte, die einzelnen Faktoren abzuwägen, aber ihre Gedanken verweigerten jede Schlußfolgerung: Es war, als versuche sie, eine Mauer aus Steinen zu bauen, die ständig wieder hinunterfielen. Alles, was ihr durch den Kopf ging, mündete in das stumme, hilflose Flehen, Stephen möge einfach nur *aufwachen*.

Dann nahm sie bewußt die Stimmen unten wahr, hörte, wie Gabe mehrere Leute an der Tür zu begrüßen schien. Ein paar Minuten später kam er die Treppe hinaufgehinkt und blieb in der Türöffnung stehen.

«Noch mehr Gesellschaft.»

«Wer ist es?»

«Zwei alte Hillbilly-Frauen und dein Cousin Sky.»

Nan war verwirrt. «Was, um Gottes willen, wollen denn die?»

«Eine von ihnen sagt, sie möchte Stephen sehen.»

Die Worte trafen Nan wie ein Dolchstoß, und sie fuhr vom Stuhl hoch. Das Flurlicht hinter Gabe machte es unmöglich, sein Gesicht zu sehen. «Möchte Stephen sehen – warum?»

«Woher, zum Teufel, soll ich das wissen?» Er verschränkte die Arme. «Sie hat es nicht näher erläutert.»

Daß die Larkins so unerwartet auftauchten und daß Flutie offenbar über die kritische Situation Bescheid wußte, verstörte Nan. Wie konnte die alte Frau davon erfahren haben?

«Laß mich runtergehen und mit ihr reden», sagte sie.

Cooper folgte ihr nach unten, wo die beiden alten Frauen zusammen mit einem leicht betreten wirkenden Sky vor dem Kamin in der Bibliothek standen. Als Nan den Fuß der Treppe erreicht hatte, kam Flutie ohne Umschweife auf sie zu.

«Ich muß deinen Jungen sehen, Honey. Nachdem ihr gestern abend alle weggefahren wart, bekam ich so eine schlimme Ahnung –»

«Und konntest nicht mehr drüber stillschweigen, den lieben langen Tag nicht», posaunte Pen laut durchs Zimmer. «Entweder mußte ich sie herbringen oder ihr mit 'nem Stück Feuerholz eins übern Schädel ziehn. Dem Herrn sei Dank, daß Sky Barnett heut abend mit seinem Pickup aufgekreuzt ist. Ich hab's ihm erzählt und gesagt, hab doch Erbarmen und fahr uns runter zu Annabels Haus, bevor ich zur Mörderin an meiner eigenen Schwester werd.»

Sky sah Nan kurz in die Augen und deutete mit einer leichten Grimasse an, daß ihn keine Schuld traf. Sie versuchte, ihm das mit einem Kopfnicken zu bestätigen, aber Flutie drängte sich dazwischen und verlangte ihre Aufmerksamkeit. Die blassen Augen der Frau vom Berg waren klar wie Glas.

«Honey», sagte sie. «Ich muß ihn sehen.»

Es schien keinen vernünftigen Grund zu geben, ihr das zu verweigern. Nan nahm sie mit hinauf, während die anderen unten blieben. In Stephens Zimmer hatte sich nichts verändert; Nan schaltete die Lampe an seinem Bett an, und Flutie stand da und sah hinunter auf den kleinen Jungen, wobei ihr Kinn in die Falten ihres Schals sank. Sie ließ sich viel Zeit mit der Prüfung. Nans Anspannung wurde stärker. Was hatte das hier zu bedeuten? Egal wie klar bei Verstand Lucy eben noch gewirkt haben mochte – es fiel schwer, wirklich Vertrauen in ihren Geisteszustand zu setzen.

Auf einmal bewegte sich Stephens Kopf auf dem Kissen. Leise stammelte er etwas. Nans Herz setzte aus; sie hielt den Atem an. Die gemurmelten Silben wiederholten sich.

«Annabel ... hilf mir ...»

Nan bekam am ganzen Körper Gänsehaut. Die Erleichterung darüber, daß er sich bewegt und gesprochen hatte, wurde von den Worten zunichte gemacht. *Annabel, hilf mir.* Genau wie gestern abend, als sie versucht hatte, den Ring abzustreifen, und –

Trostsuchend faltete sie die kalten Hände.

Flutie ergriff sie am Arm und zog sie hinaus auf den Flur. Durch die offene Tür konnte Nan die Umrisse ihres Sohnes erkennen, der wieder regungslos unter dem alten Quilt lag. Das Licht der Lampe fiel in einem Streifen über die gesteppte Fläche, doch sein Kopf blieb im Schatten. Sie warf einen Blick auf Flutie. Angesichts ihrer zerschlissenen Kleidung und ihrer Blumenkinderfrisur wäre es leichtgefallen, sie als Witzfigur und Halbirre abzutun – aber dazu fühlte sich Nan momentan außerstande. Im Gegensatz zu ihrer sonstigen Unverbindlichkeit schien Flutie jetzt eine dringende Absicht zu verfolgen. Sie strahlte natürliche Würde und überraschenderweise auch besonnene Autorität aus. Leise sagte sie: «Du mußt jetzt stark sein, Honey. Tuckers Geist ist in deinen Jungen gefahren.»

Nan fühlte sich wie ein waidwundes Tier. «Aber Flutie – warum?»

«Tucker hat Angst, Annabel. Du mußt ihm helfen.»

«Aber wie?» Ihr schwirrte der Kopf, ihr Herz wurde schwer, ihr Magen revoltierte. *Du mußt ihm helfen.* «Ich weiß nicht, wie», sagte sie.

Die Frau vom Berg starrte sie nur schweigend an.

Unten in der Bibliothek kam es zu den unterschiedlichsten Reaktionen, als Flutie auf Nans Bitte hin wiederholte, was sie zu sagen hatte.

Coopers Gesicht wurde aschfahl. «Sie spricht von Besessenheit», sagte er.

Im Gegensatz dazu war Gabe knallrot angelaufen. Er warf beide Arme in die Höhe. «Ich kann einfach nicht glauben, was ich hier zu hören bekomme. Ich hatte Sie für einen gebildeten Menschen gehalten.»

Cooper schluckte. «Ich habe es schon miterlebt – daß ein Geist die Kontrolle über ein in Trance befindliches Medium übernommen hat. Es ist so, als würden sie sich die Körper für eine Weile ausborgen, während ihre Besitzer quasi auf dem Rücksitz Platz nehmen. Sie –»

Gabes Gesicht war inzwischen fast lila. «Hören Sie zu, Freundchen. Mein Sohn ist kein Medium, und er hat seinen Körper keinem verschissenen körperlosen Geist ausgeliehen! Er ist ein kranker kleiner Junge, der in ein modernes Krankenhaus gehört. Und da werd ich ihn jetzt auch hinbringen. Wenn ich in dieser gottverlassenen Walachei eins finde.»

Cooper zuckte mit den Achseln. Niemand sagte einen Ton. Pens Züge, die einem verschrumpelten Apfel glichen, waren ausdruckslos. Sky, am Fuß der Treppe, verschränkte die Arme über der Brust. Nan sah, wie er die Lippen anfeuchtete. Gabe schenkte ihnen allen noch einen vernichtenden Blick und humpelte aus dem Zimmer.

Nan wandte sich an Flutie, die neben ihr stand. «Du sagtest, ich könnte Tucker helfen. Wie?»

Die alte Frau öffnete die Hände, als wolle sie deren Leere zur Schau stellen. Aber ihr fester Blick war irritierend, und schließlich mußte Nan sich abwenden.

Als sie ein paar Minuten später wieder hinaufging, um nach Stephen zu sehen, hatte er sich nicht bewegt, sondern lag noch immer flach auf dem Rücken und atmete leise. Gegen eine namenlose Furcht ankämpfend, stand sie im düsteren Zimmer und sah auf ihn hinunter. Er sah aus wie immer. Aber diese gestammelten Worte –

Annabel ... hilf mir ...

Undeutlich konnte sie Gabe unten in der Küche am Telefon jemandem mit flammenden Worten zusetzen hören. Durchs Fenster neben Stephens Bett sah sie den Mond langsam aufgehen. In seinem Umkreis war der Himmel von Sommersternen besiedelt, die sich über Sleepy Gals Schattenmassiv zu sammeln schienen.

Die Leute unten im Tal sahen seine Laterne oben auf dem Berg leuchten, als er überall nach dem Mädel suchte. Eines Tages ist er einfach nicht mehr zurückgekommen.

Tuckers Geist ist in deinen Jungen gefahren.

Besessenheit.

Wie ein Alptraum, aus dem sie nicht erwachen konnte, unglaublich, aber unabwendbar, sich stets vor ihr auftürmend, wohin sie sich auch wenden mochte. *Besessenheit.* Vor diesem Sommer hätte sie ein solches Wort verlacht, aber nach dem, was sie inzwischen erlebt hatte ...

Als sie wieder zu Stephen hinuntersah, fiel ihr der Hufeisennagelring an seiner Hand ins Auge. Spontan griff sie danach. Vielleicht könnte sie ihn ja abziehen –

Aber schon beim ersten sanften Ruck schlossen sich seine Finger zur Faust, wie am Abend zuvor im Badezimmer. Sie schluckte und gab auf. Nach einem letzten Blick auf ihren schlafenden Sohn ging sie hinaus und ließ die Tür einen Spalt weit offen. Sie wollte nicht nach unten gehen, wollte nicht mit Gabe und seinem unreflektierten Tatendrang konfrontiert werden. Statt dessen machte sie im Badezimmer Station, um ihrer trockenen Kehle ein Glas Wasser zu gönnen. Nach ein paar Schlucken stellte sie das Glas auf dem Waschbeckenrand ab und starrte im stellenweise trüben Spiegel auf ihr eigenes Gesicht.

Er hat Angst, Annabel.

Du mußt ihm helfen.

Aber wie? Ihr Herz fing wieder zu hämmern an. Es war, als wüßte Flutie die Antwort, aber wollte oder konnte ihr Wissen nicht preisgeben. Als wenn sie, Nan, von ganz allein darauf kommen mußte.

Das Gesicht im Spiegel starrte aus unergründlichen Augen zurück.

Du mußt ihm helfen.

Coopers Worte – war es erst gestern gewesen? *Es könnte damit zu tun haben, wie er gestorben ist ... Er wartete darauf, daß*

Sie mit dem Ast zurückkamen und ihn retteten. Irgendwie ist es so, als wartete er noch immer ...

Du mußt ihm helfen.

Irgendwo in ihr regte sich etwas. Ein Schaudern in den Tiefen ihrer Erinnerung. Der Alptraum. Der Versuch zu laufen, ihr Atem, den sie gefrieren sah –

Aber ich habe doch versucht, ihm zu helfen.

Ich habe es versucht.

Die Augen im Spiegel flackerten. *Es ist, als würde er immer noch warten ...*

Der schwache Klang von Kinderstimmen schien an ihr Ohr zu dringen, weit entfernt, aber auch schrill und klar in einer Landschaft aus reinem Schwarz und Weiß, wo die kahlen Äste der Bäume sich als scharfumrissene Spinnwebsilhouetten vor dem schneebedeckten Boden abzeichneten.

Siehst du, ich hab dir ja versprochen, dir was Tolles zu zeigen.

Was ist das hier?

Es ist der alte Steinbruch, wo sie Kalksteine gehauen haben. Sie haben so tief gegraben, daß sie auf einen unterirdischen Fluß gestoßen sind, und dann hat sich hier alles mit Wasser gefüllt.

Sieh mal, der See ist gefroren. Hätten wir doch nur Schlittschuhe!

Bist du verrückt, Annabel? Das Wasser ist ungefähr eine Million Fuß tief.

Na und? Das Eis wird uns tragen. Komm schon! Auch wenn wir keine Schlittschuhe haben, können wir doch so drauf schlittern. Das macht bestimmt Spaß.

Ja, 'ne Menge Spaß – wenn wir nicht ertrinken.

Du bist eben ein Angsthase.

Bin ich nicht.

Dann komm!

Ich weiß nicht, Annabel –

Angsthase!

Bin ich nicht!

Wer als erster drauf ist ... Angsthase!

Nans Herz trommelte. Plötzlich waren die Konturen der Erinnerung ganz nahe, gleich hinter der Barriere, die sie so lange abgeblockt hatte. Instinktiv wollte sie sich wehren, all das schnell wieder begraben – aber um Stephens willen und um Tuckers willen mußte sie zulassen, daß die Erinnerungsbilder deutlich wurden. Sie starrte auf ihr Spiegelbild, sah nur die Augen. Sah, wie das Wissen in sie zurückkehrte.

Wir sind anfangs ganz vorsichtig, bleiben am Rand, setzen unsere Füße behutsam aufs Eis und lauschen auf jedes noch so schwache Knirschen und Knacken, bevor wir unser ganzes Gewicht folgen lassen. Aber das Eis scheint zu tragen, und allmählich entspannen wir uns. Tuck rutscht aus und fällt platt auf den Bauch, Arme und Beine ulkig von sich gestreckt – wir fangen beide an zu lachen, und er rollt auf die Seite, und vor dem Hintergrund des kalten weißen Eises sehe ich, wie leuchtend rot seine Backen sind, und ich sehe auch seinen flachsblonden Pony unter der blauen Strickmütze hervorlugen. Er steht auf und nimmt Anlauf und schliiiiiiittert übers Eis, läßt die Arme wie Windmühlenflügel kreisen, um das Gleichgewicht zu halten, und das alles sieht aus, als sei es ein Riesenspaß, und daher mach ich's ihm nach, spüre, wie der eisige Wind meine Haare flattern läßt.

Siehst du? Ich hab dir doch gesagt, wir brauchen keine Schlittschuhe!

Es macht sogar noch mehr Spaß, als ich gedacht hätte. Er gibt mir überraschend einen Schubs, und beinahe falle ich hin, aber ich kann mich gerade noch fangen, um ihn ebenfalls zu schubsen. Wir lachen so sehr, daß wir nicht mehr reden können, und bemerken überhaupt nicht, daß wir uns immer weiter vom Rand entfernen und in die Mitte geraten. Meine Winterstiefel finden mehr Halt auf dem glat-

ten Eis als seine, und obwohl er größer ist, schaff ich es schließlich, ihn öfter hinzuschmeißen als er mich. Beim letzten Mal landet er mit voller Wucht auf dem Hintern, und man kann seinem Gesicht ansehen, wie weh es tut, und ich will gerade fragen, ob alles in Ordnung ist, da hören wir beide es plötzlich krachen und knacken, als wenn in der Ferne Feuerwerkskörper explodieren.

Und es geht alles so schnell, daß wir uns nicht bewegen können. Erst steh ich noch da und sehe auf Tuck hinunter – und im nächsten Moment bricht die Welt unter mir weg, und ich stürze in die Finsternis. Ohne Vorwarnung wird mir in diesem Sekundenbruchteil alles entrissen – Luft, Licht, Atem, Leben. Nichts kann ich mit meinen rudernden Armen ergreifen. Eine Ewigkeit lang schwebe ich im dunklen Nichts. Und dann packt eine Hand die Schulter meines Mantels und zerrt mich an die Oberfläche. Ich muß husten.

Tuck klammert sich mit einer Hand im roten Fäustling an den Zackenrand des Eislochs, mit der anderen hat er mich gepackt. Schwarzes Wasser umwirbelt uns, so kalt, daß mein ganzer Körper vor Empörung schreit. Ich kann sehen, daß sich Tucks Lippen bewegen, aber meine Ohren sind wie eingefroren, und ich kann ihn nicht hören. Dann plötzlich höre ich ihn.

«Los doch, Annabel! Du mußt rausklettern. Ich werde dir einen Schubs geben. Bist du soweit?»

Ich zwinge meine eingefrorenen Arme dazu, sich zu bewegen, strecke sie über das feste Eis vor mir aus, und Tuck läßt die klatschnasse Schulter meines Mantels lange genug los, um mir von hinten einen kräftigen Stoß zu versetzen. Ich höre noch ein weiteres Knakken, und plötzlich ist der Druck seiner Hand nicht mehr da. Aber ich bin schon fast draußen, und ich kralle mich fest, zieh mich aufs Eis, und als ich mich umdrehe, kann ich sehen, daß er in einem schwarzen Wasserloch mit schartigen Rändern zappelt und nach der immer wieder neu brechenden Kante greift.

«Tuck!»

Ich strecke ihm meine Hand entgegen, und er packt sie. Ich ziehe – aber als er versucht, aufs Eis zu klettern, hören wir beide das unheimliche Knacken.

«Paß auf!» Er läßt meine Hand los und rutscht wieder ein Stück zurück, klammert sich an die neue Kante und ringt nach Luft, als das schwarze Wasser wie Öl um ihn schwappt. «Das wird nichts. Hör zu, Annabel. Du mußt einen A-Ast finden, einen langen. Du k-kannst d-dann weiter da hinten bleiben, wo's E-Eis dicker ist – und ihn mir herschieben. O-k-kay? D-Du mußt einen l-l-langen A-A-Ast finden.»

«Okay. Halt dich fest, Tuck. Ich bin gleich wieder da.»

«Be-e-e-eil dich.»

Ich renne, so schnell ich kann, zwischen den skelettähnlichen Bäumen, tappe durch knietiefen Schnee, der meine Beine so hemmt, daß ich denke, ich bewege mich in Zeitlupe. Mein keuchender Atem gefriert in der kalten Luft vor meinem Gesicht zu Eisblumenwölkchen, und in meiner gräßlichen Angst fühle ich mein Herz schlagen wie einen Dampfhammer.

Schließlich finde ich einen Ast, einen abgebrochenen, der aus der Schneedecke herausragt. Als ich zum Steinbruch zurückkomme, wartet Tuck, klammert sich an die Eiskante. Seine Backen sind inzwischen blau, nicht mehr rot, und seine Lippen haben dieselbe Farbe. Den Ast hinter mir herschleppend, gehe ich aufs Eis, aber schon nach ein paar Schritten scheint mit meinen Beinen etwas zu geschehen, denn sie bewegen sich langsamer und immer langsamer, bis sie plötzlich ganz stehenbleiben.

«Annabel! Komm doch!»

Mit zitternden Armen strecke ich ihm den Ast entgegen. Er ist zu kurz. Ich kann ihn von meinem Standort nicht erreichen. Aber meine Beine wollen mich nicht näher herantragen.

«Annabel, bitte!»

Ich weiß, daß ich näher herangehen muß. Aber wenn ich das tue, könnte das Eis brechen. Und ich weiß, daß es wartet, das kalte schwarze Wasser. Tuck hat es sich schon geholt. Aber das reicht ihm nicht. Es will auch mich.

«Annabel, hilf mir!»

Aber ich kann mich nicht bewegen.

Kann mich nicht bewegen.

Der Eindruck, etwas Kühles und Hartes unter den Händen zu spüren, drang nur langsam in Nans Bewußtsein. Sie blinzelte und sah hinunter auf das Waschbecken. Nach und nach ließ sie es los. Aus ihren Fingern war alles Blut gewichen, so fest hatte sie das unnachgiebige Porzellan umklammert.

Ihre Knie waren wacklig, und in ihrer Kehle brannte es. Ihre Hände fingen zu prickeln an wie von tausend Stecknadeln, aber ihr Geist blieb benommen, konnte immer noch die schreckliche Gewißheit nicht akzeptieren, die er zwanzig Jahre lang aus der Erinnerung gestrichen hatte.

Sie ging ans offene Fenster und stand da, auf die Fensterbank gestützt, atmete die kühle Nachtluft in gierigen Zügen, spürte, wie sich ihre Augen mit heißen Tränen füllten.

Ich hab ihn herausgefordert. Und er hat mir das Leben gerettet. Aber ich hatte nicht den Mumm, sein Leben zu retten.

Hinter sich hörte sie ein leises Geräusch. Noch immer von der schockierenden Erinnerung geschüttelt, drehte sie sich kraftlos um.

Stephen stand in der Tür.

Er hatte die Augen aufgeschlagen, und er sah sie an. Aber da war etwas an der Art, wie er sie ansah – irgend etwas stimmte nicht. Es dauerte einen Moment, bevor es bei ihr klickte:

Er trug seine Brille nicht, und trotzdem sah er sie an …

… sah sie an, *als könne er sie deutlich erkennen.*

Die weit aufgerissenen blauen Augen blickten klar und konzentriert. Sie wollte etwas sagen, brachte aber keinen Ton heraus, und dann war er auch schon fort, zur Tür hinausgeschlüpft mit einer geschmeidigen Beweglichkeit, die sie bei ihm nicht kannte. Sie hörte seine bloßen Füße über den Schlafzimmerfußboden und dann die Treppen in die Küche tappen. Die Fliegentür meldete sich mit ihrem heiseren Quietschen und schlug mit lautem Knall zu. Bei diesem Ton kehrte ihre Stimme zurück, und sie schrie.

Als sie die Treppe hinuntergestürzt kam, stand Gabe in der Küche, das Telefon in der Hand. Er sah sie entgeistert an.

«Was, zum Teufel, geht hier vor?» brüllte er. Die anderen kamen aus der Bibliothek angerannt, redeten aufgeregt durcheinander.

«Hast du ihn gesehen?» schrie sie zurück. «Ist er nach draußen gelaufen?»

Er ließ den Hörer fallen. «Wer?»

«Stephen, um Himmels willen. Er ist aufgewacht. Ich war im Badezimmer, und er kam zur Tür und sah mich an. Dann ist er davongelaufen.»

«Davongelaufen? Verdammt, wieso –»

«Wir müssen ihn aufhalten», sagte Nan. Sie rannte zur Tür.

28. KAPITEL

Draußen auf der mondbeschienenen Weide herrschte Chaos.

Der Mond war fast voll und verbreitete nach Nans Empfinden erstaunlich viel Licht – wenn auch ein Licht, in dem die Schatten eine trügerische Stofflichkeit annahmen und feste Objekte sich aufzulösen und mit ihrer Umgebung zu verschmelzen schienen. Die anderen waren ihr aus dem Haus gefolgt, und jetzt suchten alle gemeinsam nach Stephen, stolperten umher und riefen und jagten Dingen hinterher, die, wie sich später herausstellte, gar nicht da waren. Die Pferde, von all dem Lärm und der Geschäftigkeit aufgescheucht, galoppierten in die Dunkelheit davon. Sky war der einzige mit einer Taschenlampe, ihr Strahl tastete sich zitternd über die Weide, ohne etwas zu entdecken. Dafür blendete er kurzzeitig jeden, der ihm in die Quere kam. Vor den dunklen Bäumen funkelten Hunderte von Glühwürmchen, winzige Lichtpunkte, den Sternen am Himmel gleich. Doch nirgends auch nur eine Spur von Stephen.

… Oder wer immer es sein mochte, der in Stephens Körper steckte, dachte Nan deprimiert. Sie war in der Nähe des Baches angekommen, weitab vom allgemeinen Tohuwabohu. Zwischen den Rufen konnte sie im dunklen Schatten der Bäume das Murmeln des Wassers hören, das große Ähnlichkeit mit einer menschlichen Stimme besaß. Langsam tastete sie sich vor, bis sie auf der Uferböschung angelangt war. Als sie dort stand, wurde es ganz still, bis auf das Geräusch des fließenden Wassers, das alle anderen Laute schluckte. Auch die Gerüche schienen ihr stärker zu sein: feuchte Erde, faulende Blätter und dazu der intensive Duft des saftiggrünen sommerlichen Wildwuchses. Auf dem gegenüberliegenden Ufer schien der Hügel im Mondlicht zu schweben.

Wer erster oben ist, Annabel!

Der Verlierer ist 'ne alte Oma …

Es war nur der Bach, der die Silben nachplapperte, um ihren empfänglichen Geist zu narren. Und doch wurde sie unaufhaltsam vorangetrieben, watete ins Wasser und spürte, wie seine Kälte an ihren Knöcheln zerrte, dann an ihren Knien. Sie strauchelte auf dem steinigen Grund und wäre beinahe gestürzt, fing sich aber wieder und schleppte sich voran, kraxelte auf der anderen Seite hinauf und blieb stehen, um zu Atem zu kommen.

… wer erster oben ist …

… Annabel

Ihre Beine schienen sich aus eigenem Antrieb vorwärts zu bewegen und trugen sie den steilen Hügel hinauf zur abgerundeten Kuppe, die vor dem Nachthimmel schimmerte. Als sie den Gipfel erreicht hatte, blieb sie wieder stehen, um Atem zu schöpfen. Zitternd stand sie da, bemerkte, daß ihre Sandalen von der Bachüberquerung klatschnaß waren. Irgendwo im Hinterkopf wußte sie, daß es keinen Sinn hatte, was sie tat – aber sie schien von einer äußeren Macht getrieben zu werden, deren Plan sie blindlings folgte. Als sie die andere Seite des Hügels hinab in den Kiefernwald schaute, hatte sie plötzlich Skys Stimme so deutlich im Kopf, als stünde er neben ihr.

Wenn du durch die Kiefernwälder auf der anderen Seite des Hügels läufst, dann den Bach überquerst und ein Stück an ihm entlanggehst, dann kommst du genau drüben an der niedrigen Seite raus.

Niedrige Seite von was?

Vom Steinbruch.

Nan bewegte sich auf die Bäume zu und hatte jetzt schon ein Gewirr von Stimmen im Kopf.

Die Toten ... suchen Gesellschaft.

Tuckers Geist ist in deinen Jungen gefahren.

Als sie den Waldrand erreicht hatte, zögerte sie nur einen Augenblick, bevor sie weiterging. Zwischen den Kiefern war es dunkel, doch sie fand sich mit Hilfe des Mondlichts zurecht, das hier und da zwischen den Nadelbüscheln der Zweige hindurchfiel – und so kam sie mühsam voran, von einem erleuchteten Fleck zum nächsten, beide Arme ausgestreckt, um Zweige abzuwehren, die sie nicht sehen konnte. Das abfallende Gelände schien darauf hinzudeuten, daß sie die gewünschte Richtung eingeschlagen hatte. Und dann hörte sie irgendwo vor sich ein schwaches Knakken.

Sie erstarrte, horchte. Wieder Stille. War es Stephen gewesen oder irgendein Tier auf seinem nächtlichen Jagdausflug? Jedenfalls wiederholte sich das Geräusch nicht, und sie ging weiter, beeilte sich, so gut sie in der Dunkelheit konnte. Das Gefälle beschleunigte ihre Schritte; sie stolperte über eine Wurzel und konnte nur in letzter Sekunde einen Sturz verhindern. Jetzt gesellte sich Doc Hales Stimme zu den anderen in ihrem Kopf.

Einer muß schon reichlich betrunken oder verrückt sein, daß er durch den Wald zu rennen versucht. Über die Wurzeln stolpert man garantiert.

Überquer den Bach, und geh ein Stück an ihm entlang ...

Sie war froh über diesen Chor. Er leistete ihr Gesellschaft bei der waghalsigen Traumwanderung durch die Dunkelheit. Solange die Stimmen nicht zu reden aufhörten, war nichts außerhalb ihres Kopfes wirklich real – nicht diese alptraumhafte Suche nach ihrem verlorenen Kind, die sich schon an jenem ersten Morgen am Bach angekündigt zu haben schien, nicht diese ungeheure Nacht in der Wildnis oder der dunkle, rauschende Wald um sie herum, in dem die Orientierung allmählich leichter wurde, da sich ihre Augen langsam an das durchsickernde Mondlicht gewöhnten.

Da war es wieder. Ein Geräusch, als würde sich jemand vor ihr zwischen den Bäumen bewegen.

«Stephen?» rief sie, und es brach ab. Sie stolperte vorwärts. O Gott, laß mich ihn bitte finden ... Aber als sie an diese konzentrierten Augen dachte, an die ungewohnte körperliche Beweglichkeit, mußte sie sich fragen, *wen* sie eigentlich finden würde. Sie zwang sich, schneller zu gehen. Und dann, ohne Vorwarnung, griff eine Hand nach ihr und packte ihren Arm.

Sie gab einen erstickten Schrei von sich. Die Finger, die sich in ihr Fleisch gruben, schienen auch den Nebel in ihrem Kopf zu vertreiben und sie aus ihrer Benommenheit zu reißen. Als sie noch fester zudrückten und sie nach rechts zerrten, erkannte Nan die schemenhafte Gestalt von Jerry Ray Watkins.

«He da, kleine Lady. So ganz allein hier draußen heute nacht?»

Sein Atem stank. Nans Herz schlug, als wolle es den Brustkorb sprengen. Ihr Blick fiel von Jerry Rays Gesicht auf die Schrotflinte, die er in der Armbeuge hielt.

Er schüttelte sie, als müßte er sich noch mal bemerkbar

machen, und sie mußte würgen, als ihr ein zweites Mal sein Fuselatem entgegenwehte. «Sie scheinen mich wohl zu mögen, kleine Lady. Wohin ich auch geh, Sie kommen hinterher.»

Zu ihrem größten Mißfallen bekam Nan kein Wort heraus. Der Schirm seiner Kappe war tief in die Stirn gezogen, und sie konnte seine Augen nicht sehen, sondern nur die feisten Hängebacken mit dem Stoppelbart und den weißen Gipsverband um das Gelenk des Arms, auf dem die Flinte ruhte.

«Sollten auf der Hut sein, wenn Sie nachts hier rumrennen. Gibt 'ne Masse wilder Viecher hier im Wald. Die könnten beißen.» Er ließ sie unversehens los, aber als sie rückwärts stolperte, sah sie, daß die Gewehrmündung ihr folgte. «Was, zum Teufel, machen Sie überhaupt hier draußen?»

Nan stützte sich mit der Hand an einen Baumstamm. Würde er auf sie schießen, wenn sie davonzulaufen versuchte? In ihrem Kopf kam Skys Stimme zu Hilfe: *Jerry Ray ist leicht behämmert* ... Sie holte tief Luft und schaffte es, mit zitternder Stimme herauszubringen: «Hören Sie, Mr. Watkins –»

(*«Anna-bel – !»*)

Es kam in dem Moment, als ihre Stimme sich verlor. Wie ein Echo, so schwach, daß sie absolut nicht sicher sein konnte, überhaupt etwas gehört zu haben. Aber Jerry Rays erstarrte Haltung sagte ihr, daß er etwas gehört hatte. Sie hielt den Atem an. Der Ruf kam wieder.

(*«Anna-bel-!»*)

Er schien aus keiner Richtung und aus allen Richtungen zu kommen. Watkins fuhr herum und sah erst über die eine Schulter, dann über die andere. Nan bemerkte das angstvolle Glitzern in seinen Augen.

«Was, zur Hölle, war *das*?» Nan, die eben noch kaum einen Laut hätte herausbringen können, stellte jetzt mit Erstaunen fest, wie sachlich sie reagierte. «Mein kleiner Junge ist irgendwo da draußen, und er hat sich verirrt. Könnten Sie mir helfen, ihn zu suchen? Ich bezahle Sie auch. Was Sie verlangen.»

«Der da schreit, ist Ihr Junge? Klingt für mich nicht wie 'n Menschenkind.» Die Worte klangen wie ein Winseln, und sie sah, daß er einen schnellen Blick auf sein gebrochenes Handgelenk warf. «Hört sich an wie 'n verdammter Geist.»

«Bitte», sagte Nan. «Bitte helfen sie mir, ihn zu finden.»

Wie beschränkt Watkins auch sonst sein mochte, in diesem Wald kannte er sich aus. Er war vielleicht ihre einzige Chance. Aber als sie auf ihn zuging, fuhr er zusammen und wich jäh zurück.

«Lassen Sie mich zufrieden – ich hab schon genug Geister gesehn. Von denen wimmelt's doch nur so im verdammten Wald. Scheiße!»

Er machte ein paar Schritte rückwärts, sah sich noch einmal hektisch um, duckte sich zwischen zwei knorrige Kiefern und war verschwunden. Nan hörte ihn lärmend durch den Wald hasten.

Einer muß schon reichlich betrunken oder verrückt sein, daß er durch den Wald zu rennen versucht.

Sie ging weiter voran, noch immer bergab, und schon nach weniger als einem Dutzend Schritte fand sie sich am stillen Bach wieder. Zwischen den tief ausgehöhlten Uferböschungen glitzerte seine Oberfläche schwach im Mondlicht. Sie blieb stehen und spähte übers Wasser hinüber auf die andere Seite in den undurchdringlichen Wald.

Überquer den Bach, und geh ein Stück an ihm entlang, dann kommst du drüben an der niedrigen Seite heraus.

Was war mit dem Schrei, den Watkins und sie gehört hatten? Die Nacht war jetzt völlig still, nicht eine einzige Grille zirpte. Der Mond hing wie ein Punktscheinwerfer am Nachthimmel, saugte der Landschaft alle Farbe aus und präsentierte sie in reinem Schwarzweiß. Der strenge Geruch der Kiefernnadeln hing in der kühlen Luft. In der Stille konnte sie ihren Herzschlag hören, als sie auf der Uferböschung stand, wartend …

(«Anna-bel-!»)

Der Ruf zog sie mit einem Ruck voran. Er hallte ihr im Ohr, als sie die morastige Böschung hinunterrutschte und durch den Bach watete, hinüber in den Wald. Sie kämpfte sich durch einen Dschungel aus dichtem Gestrüpp, stolperte und griff wild nach Zweigen und Ästen, um nicht zu stürzen. Dünne Wurzelschlingen zerrten an ihren Füßen, belaubte Ranken schlugen ihr ins Gesicht. Die Dunkelheit war hier noch dunkler, denn das Mondlicht konnte den dichten Blätterbaldachin kaum durchdringen. Dennoch bahnte sie sich einen Weg – und dann war da plötzlich vor ihr ein Leuchten. Mit einem Mal war der Weg frei. Dort erhob sich die hohe Steinbruchklippe, ragte über die Wasserfläche hinauf in den Himmel. Sommerliche Bäume umsäumten ihren Rand, und deren Laub schimmerte silbern im Mondschein, der die dunkle Wasseroberfläche zu einem Spiegel machte.

Ein Spiegel nicht dieses Augenblicks, sondern eines anderen. Als sie näher wankte, sah sie ganz flüchtig das Abbild einer weißen Winterlandschaft, in der sich die Äste der Bäume schwarz und kahl gegen den Schnee abzeichneten.

«Annabel!»

Schwindel ergriff sie, und Nan sank am Rand des Steinbruchsees auf die Knie. Sie starrte auf das Bild, um es mit reiner Willenskraft zu verscheuchen. Der Schwindel packte sie und wirbelte sie herum, als das Abbild rasend aufstieg, ihr entgegen, und alle Realität außer der eigenen auslöschte.

Sämtliche Bäume waren kahl. Schnee bedeckte den Boden und lag auch auf den schwarzen Spinnwebzweigen, die einen Himmel verzierten, den die letzten Strahlen des winterlichen Sonnenuntergangs rosa schimmern ließen. Ein Teil ihres Gehirns widersetzte sich dem, was sie sah, und doch akzeptierte sie es in einer Art bewußter Trance. Ihr Verstand hatte jegliche Befähigung verloren, zu beurteilen, was möglich oder unmöglich war, real oder irreal. Ihrem Sinn für das Rationale war so oft Gewalt angetan worden, daß er den Dienst verweigerte wie ein entkräfteter Muskel.

Die Luft war kühl und frisch. Ihr Atem bildete winzige Eisblumenwölkchen vor ihrem Gesicht, und ein unkontrollierbares Zittern durchlief ihren ganzen Körper, als sie am Rand des Wassers kniete.

«Annabel!»

Er klammerte sich mitten auf dem Steinbruchsee an die Kante eines Loches im Eis, und rundherum schwappte schwarzes Wasser über die schartigen Bruchstellen. Seine Lippen waren lila vor Kälte, die weit aufgerissenen Augen lagen starr im weißen Gesicht. Er trug eine dunkelblaue Strickmütze über den flachsblonden Haaren, einen Schal und eine schwere Jacke. Die Hände, die sich ins brechende Eis krallen wollten, steckten in roten Fäustlingen.

«Tuck», flüsterte sie. «Oh, mein Gott – Tuck.»

«Annabel, hilf mir.»

Links von ihr war eine Stelle, wo die Wand des Steinbruchs ausgewaschen war und eine Art Kerbe im Fels zum Wasser führte. Sie rannte darauf zu und kletterte die schmale Rinne hinunter, glitt auf den vereisten Flächen aus, spürte ein Knie gegen den harten Stein schlagen, ohne auch nur den geringsten Schmerz zu empfinden. Sie wollte ihn nicht aus den Augen verlieren. Sie hatte Angst, er würde sich nicht mehr halten können und im Wasser versinken ...

Als sie einen Fuß aufs Eis setzte, glitt sie sofort aus und fuchtelte wild mit den Armen, um nicht völlig das Gleichgewicht zu verlieren.

«Bitte, Annabel –»

«Ich komme schon, Tuck. Nicht loslassen.»

Sie stolperte und rutschte auf ihn zu. Das tückische Eis ließ sie nur langsam und unbeholfen vorankommen. Sie hörte seine Zähne klappern. Doch je näher sie an ihn herankam, desto undeutlicher war er zu sehen. Seine Gestalt schien zu pulsieren – einen Augenblick lang hell und klar, im nächsten dann fast unsichtbar. In den hellen Phasen war sein entsetztes Gesicht so deutlich zu erkennen, daß sie die Sommersprossen auf seiner blutleeren Haut hätte zählen können.

Nur noch ein paar Meter trennten sie voneinander, als sie das Eis unter ihren Füßen knacken hörte. Ihre Lippen öffneten sich, aber es kam kein Ton hervor.

«Tuck!»

Sie rutschte aus, fiel auf den Bauch und schlitterte ihm unaufhaltsam entgegen. Der Junge im Wasser reckte sich mit einem Schwung vor, und sie spürte, daß seine Hand die ihre berührte, fühlte, wie verzweifelt sich seine Finger unter der zu Eis erstarrten Wolle krümmten –

«Lieber Gott! Nan! *Nan!*»

Der Ruf, dessen Echo von oben kam, explodierte in ihrem Bewußtsein und ließ die fragile Realität, die dort geborgen lag, zerbersten.

Die Winterlandschaft, die sie umgab, erbebte und löste sich auf.

Als letztes sah sie Tuckers schmales sommersprossiges Gesicht, das wie ein Leuchtsignal noch einmal aufflackerte, bevor es verschwand. Dann fand sie sich bis zum Kinn im kalten Wasser wieder, sank tiefer und ging ganz unter, bevor sie instinktiv mit Armen und Beinen zu rudern begann. Sie schluckte Wasser und kam würgend und nach Luft ringend an die Oberfläche, sah den Nachthimmel, den Kreis aus mondbeschienenen Bäumen, der hoch über ihr den Steinbruchrand säumte. Undeutlich hörte sie neben sich ein Planschen; dann ergriffen rauhe Hände sie unter den Achseln, und es war, als brächte ein Rettungsschwimmer sie in die richtige Lage. Sie spürte, daß ihre rechte Hand ganz fest etwas umklammert hielt, fester, als sie je in ihrem Leben etwas umklammert hatte. Eine andere Hand, kleiner als ihre.

Die eines Kindes.

«Himmel auch», sagte Cooper. «Ganz kurz dachte ich schon, ich komme zu spät.»

Zu dritt saßen sie aneinandergekauert und klatschnaß unter einem Baum, ein gutes Stück entfernt vom Rand des Steinbruchsees. Nan hielt Stephen an sich gepreßt. Er war ohne seine Brille ziemlich hilflos, und sein nasser Pyjama hing ihm in Fetzen am Körper. Die verheilenden Wunden in seinem Gesicht und an seinen Armen hatten wohl keinen neuen Schaden genommen – aber seine Beine wiesen genau wie ihre ein wirres Muster neuer Kratzer auf, die sie sich beim Nachtmarsch durch den Wald zugezogen hatten. Ansonsten schien er unversehrt zu sein. Er fragte nicht, wo sie waren, und sie überlegte, wieviel von den tatsächlichen Geschehnissen er wohl bewußt erlebt haben mochte. Jetzt schien er verblüffenderweise sogar einzuschlafen.

Eher vom Adrenalin aufgeputscht als vor Kälte zitternd, stellte sie fest, daß Cooper tatsächlich eine Glatze bekam. Wenn seine Haare so angeklatscht waren wie jetzt, war das kaum zu übersehen, aber es kam ihr wie eine ungehörige und lieblose Beobachtung vor, wenn man bedachte, daß er ihnen beiden soeben das Leben gerettet hatte.

«Ich sah Sie zum Bach hinunterlaufen», sagte er. «Da bin ich Ihnen gefolgt.»

Die Worte drangen nur langsam zu ihr durch. Sie fuhr sich mit der Zunge über die Lippen, und der widerliche Geschmack des Wassers aus dem Steinbruchsee vertrieb auf der Stelle den Nebel aus ihrem Hirn.

«Haben Sie ihn gehört?» fragte sie. «Er hat gerufen – so wie am Abend auf dem Berg. Sie haben ihn nicht gehört?»

Er schüttelte langsam den Kopf. «Ich habe gar nichts gehört. Am Hügel haben Sie mich abgehängt – Sie sind wie von einer Tarantel gestochen da raufgerannt. Als ich schließlich oben war, meinte ich unten zwischen den Kiefern Stimmen zu hören, also bin ich in die Richtung gegangen. Aber Sie waren schon wieder weg. Ich habe sie gerade noch rechtzeitig eingeholt, um sie aus dem Wasser ziehen zu können.»

Er beugte sich näher zu ihr, bemüht, ihr in die Augen zu sehen. «Nan, was ist passiert? Ist Stephen … hineingefallen?»

Sie schilderte es so, wie es ihr im Gedächtnis war, wohl wissend, wie verrückt es klang – besonders angesichts der Tatsache, daß Cooper eingetroffen war, als Stephen und sie beinahe im überfluteten Steinbruch ertrunken wären. Und doch schien er nicht ein einziges Wort in Zweifel zu ziehen und unterbrach sie nur, um sich nach bestimmten Einzelheiten zu erkundigen. Als sie zum Ende gekommen war, atmete er betont langsam aus.

«Das scheint zu der Theorie zu passen. Wissen Sie noch? Daß ein Geist nur von Augenblick zu Augenblick existiert, ohne wirkliche Kontinuität. Der Tucker, der mit Stephen auf dem Hügel und am Bach gespielt hat, besaß wahrscheinlich nur wenig oder gar keine bewußte Erinnerung an seinen eigenen Tod. Aber als wir die Séance abhielten, als wir ihn erinnerten – nun, da wurde jener ungelöste Augenblick im Steinbruchsee zu seiner ganzen Existenz.»

Nan schluckte. «Aber wie ist er in Stephens Körper gekommen, Coop? Was hat ihn …»

Dieses eine Mal hatte er ihr keine griffige Theorie anzubieten. «Ich weiß nicht. Vielleicht war es eine Art Fluchtversuch. Vielleicht geriet Tucker in Panik – und Stephen war gerade da. Schließlich war er ja – dank Woody – ohnehin schon fast ein Teil von Stephen.»

Nan zog ihren schlafenden Sohn dichter an sich, und eine Weile saßen sie da, ohne zu reden. Sie hörten nichts als das sanfte Rauschen des nächtlichen Waldes. Der Widerschein des Mondes schwamm auf dem schwarzen Wasser, ein riesiger weißer Kreis.

Annabel, hilf mir.

«Ich habe mich heute abend noch an etwas erinnert», sagte Nan schließlich. «Etwas, das zu dem paßt, was Sie über Tucks ungelösten Tod sagten. Ich habe mich endlich erinnert, was an jenem Tag geschah, als er starb.» Sie sah Cooper an und hielt kurz seinem eindringlichen Blick stand, bevor sie wieder auf den Mond schaute, der auf die glitzernde Wasseroberfläche schien.

«Die Geschichte, die sein Vater anhand des Loches im Eis und der Fußabdrücke im Schnee rekonstruierte, stimmt ziemlich genau. Als das Eis brach und wir hineinfielen, gelang es Tucker, mich über den Rand hochzuschieben. Dann machte ich mich auf die Suche nach einem Ast, um ihn damit herauszuziehen. Später, als alles vorüber war, fand man den Ast draußen auf dem Eis. Aber man nahm einfach an, er sei schon ertrunken gewesen, als ich zurückkam.» Sie holte zitternd Luft. «Man bemerkte jedoch nicht, daß der Ast gar nicht lang genug war, um ihn damit zu erreichen.

Ich *bin* rechtzeitig zurückgekommen, Coop. Aber der Ast war nicht lang genug, und ich hätte weiter aufs Eis hinausgehen müssen, wo es immer dünner wurde. Und dazu konnte ich mich nicht überwinden. Ich hatte Angst, es würde unter mir einbrechen. Ich hatte zu große Angst. Ich bin davongelaufen.»

Sie hörte ihn atmen, sah ihn aber nicht an. Tuckers flehendes Gesicht stand ihr vor Augen.

Coopers Stimme durchbrach die Erinnerung. «Sie dürfen sich keinen Vorwurf machen, Nan. Sie waren neun Jahre alt. Aber heute abend … haben Sie versucht, ihm zu helfen. Vielleicht war das alles, was er brauchte. Vielleicht kann er jetzt fortgehen.»

Sie wußte darauf keine Antwort. Sie blieben weiter sitzen

– wie lange, davon hatte Nan keine Vorstellung. Sie schien zwischen Vergangenheit und Gegenwart, zwischen zwei Realitäten hin und her zu treiben, ohne irgendwo einen Halt zu finden. An sie geschmiegt und mit offenem Mund schnarchte Stephen leise vor sich hin.

Eine plötzliche Unruhe im Wald schreckte sie auf. Der Strahl einer Taschenlampe blitzte zwischen den Bäumen hinter ihnen auf; Stimmen wurden laut und Geräusche von Menschen, die durchs Unterholz brachen. Cooper stand auf. «Hier drüben!»

«Ich werd verrückt», sagte Gabes Stimme. «Da *sind* sie ja.»

Der blendende Lichtstrahl erfaßte sie; in seinem Schatten traten mehrere schemenhafte Gestalten zwischen den Bäumen hervor, wobei Gabe an seinem Hinken leicht zu erkennen war.

«Habt ihr ihn gefunden?» Skys Stimme, die von der hochgewachsenen Gestalt ausging. Der Lichtstrahl senkte sich, und Nan erkannte, als alle näher kamen, daß die beiden anderen die Larkin-Schwestern waren, mit Augen so blaß wie der Mondschein. Dann humpelte Gabe heran und hockte sich neben sie, sah Stephen an, als fürchte er sich, ihn zu berühren.

«Ist er ...?»

«Er ist okay», sagte Nan. «Er war eine Zeitlang wach. Hat Coop und mich erkannt. Ich glaube, er ist nur völlig fertig.»

Gabes Hand strich zärtlich über Stephens Wange, und im Schlaf lächelte der Junge. Gabe schluckte vor Rührung, griff nach Nans Arm und erschrak. «Mein Gott, du bist ja klatschnaß.» Er faßte auch Cooper an. «Sie auch? Und Stephen? Was, zum Teufel, ist hier los?»

Statt zu antworten, fragte Nan: «Wie habt ihr uns gefunden?»

Gabe deutete mit einer ruckhaften Kinnbewegung auf Flutie. «Sie hat gesagt, ihr seid hier. Was, in Gottes Namen, ist denn nur passiert?»

Nan öffnete den Mund und schloß ihn wieder, sah Cooper an und zuckte mit den Achseln. In Gabes Gegenwart kam es ihr erst recht so vor, als habe sie die vergangene Stunde im Delirium verbracht. Doch es war Sommer; es war Gegenwart. Sollte sich der Augenblick von Tuckers Tod heute abend wiederholt haben, auch nur für einen winzigen Moment existiert haben, dann vielleicht doch nur in ihrer Einbildung.

Gabe sah sie noch immer an, und sie schüttelte den Kopf. «Ich erzähl's dir ein andermal.» Sie spürte eine leichte Berührung an ihrer Schulter und sah Flutie neben sich stehen. Die Frau vom Berg lächelte.

«Was hast du da in der Hand, Honey?» fragte sie leise.

Nan sah auf die Finger ihrer rechten Hand. Sie hielten etwas umklammert. Mit einem Mal merkte sie auch, daß kein Gefühl mehr in ihnen war – daß sie sie schon lange nicht mehr geöffnet hatte. Vielleicht seit sie im dunklen Wasser die kleine Hand in der ihren gespürt hatte. Sie merkte, daß etwas Hartes in die Mitte ihrer Handfläche drückte. Langsam, fast angsterfüllt, öffnete sie die Hand und sah hin. Einen Augenblick lang herrschte Schweigen, denn alle anderen schauten ebenfalls zu.

«Was ist das?» fragte Gabe.

Nan hob die Hand näher ans Gesicht. «Nur Stephens Ring. Muß abgerutscht sein, als ich ihn bei der Hand nahm.» Plötzlich erschauerte sie. «Gehen wir nach Hause. Mir ist kalt.»

Sie stieß Cooper sanft an, und er produzierte ebenfalls ein überzeugendes Bibbern. «Mir auch. Brrr.»

Gabe warf ihnen beiden einen argwöhnischen Blick zu, aber Sky hatte genug gehört. «Schön. Machen wir uns auf den Weg.»

Er schwenkte seine Taschenlampe, damit sich ein heller Pfad zwischen den Bäumen auftat, ließ die anderen im Dunkeln hinter sich und schlug den Weg zum Bach ein. Pen und Flutie folgten, danach Cooper mit Stephen auf dem Arm. Nan schickte Gabe voran. Allein blieb sie am Rand des Steinbruchs stehen und betrachtete den Ring.

Im hellen Mondlicht konnte sie ihn sehr gut erkennen: aus einem Hufeisennagel grob zurechtgebogen, wie eine kleine Öse, passend für den Finger eines Kindes. Vom Ring blickte sie hinaus auf den überfluteten Steinbruch. Auf dem unergründlich tiefen Wasser schwamm der Mond, dessen weiße Scheibe vom Spiegelbild der nicht mehr kahlen Bäume umkränzt war. Ein Schatten huschte über das Wasser, und als sie aufsah, erkannte sie das dunkle Federkleid einer jagenden Eule. Hinter ihr im Wald begann eine einsame Grille ihr Lied, und dann stimmte eine zweite ein.

Nan holte tief Luft. Mit einer schnellen Bewegung warf sie den Ring ins tiefe Wasser und sah, wie ein paar kleine Wellen die Oberfläche des schwimmenden Mondes kräuselten. Dann folgte sie dem Schein von Skys Taschenlampe, der vor ihr in der Dunkelheit noch immer gut zu erkennen war.